HEYNE <

HANNAH LUIS

Toskanische Mandel-Träume

ROMAN

WILHELM HEYNE VERLAG
MÜNCHEN

MIX
Papier | Fördert gute Waldnutzung
FSC® C014496

Penguin Random House Verlagsgruppe FSC® N001967

5. Auflage
Originalausgabe 05/2024

Redaktion: Catherine Beck
Umschlaggestaltung: zero-media.net, München
unter Verwendung von © Getty Images (Marco Bottigelli),
Alamy Stock Foto (Design Pics), FinePic®, München
Satz: Uhl + Massopust, Aalen
Druck und Bindung: GGP Media GmbH, Pößneck
Printed in Germany
ISBN: 978-3-453-42895-9

www.heyne.de

1

Das Gutshaus Lenz war beeindruckend mit seinen Giebeln, dem Fachwerk und den weitläufigen Ländereien im Hintergrund, aber trotzdem herrschte eine angespannte Atmosphäre. Die schwülwarme Juniluft drückte vielen aufs Gemüt. Die Pferde, die später den VIP-Gästen präsentiert werden sollten, donnerten mit ihren Hufen gegen die Türen der Boxen, als wäre ihnen der vertraute Stall plötzlich zu klein geworden. Die Menschen zerrten an den Kragen ihrer Anzüge oder zupften an ihren Oberteilen. Alle schienen sich woandershin zu wünschen. So auch die Gruppe von knapp zwanzig Besuchern – die Damen mit mehr Schmuck, je enger die Kleider waren, die Herren tapfer in Hemd, Weste und Krawatte –, die sich seit geschlagenen zehn Minuten vor dem Hauptgebäude herumdrückte und den Catering-Stand nicht aus den Augen ließ.

Noemi verfiel in den Arbeitsmodus und ließ sich von alldem nicht anstecken, auch wenn ihr die weiße Bluse am Rücken klebte. Sie löste das Cellophan von den ersten Silberplatten und rückte die Lachs-Dill-Röllchen mit der Zange zurecht, damit sich ein symmetrisches Bild ergab. Trotz der Wärme war sie froh, hier draußen zu sein und sich nicht in einem Büro von einer Klimaanlage auskühlen lassen zu müssen. Zufrieden betrachtete sie das Ergebnis ihrer Bemühungen, und augenblicklich kam Bewegung in die Gäste.

»Ich dachte, hier geht es heute darum, die Pferde in sämtlichen Gangarten zu präsentieren«, flüsterte ihre Kollegin und gute Freundin Anja ihr so zu, dass sich ihre Lippen kaum bewegten, polierte weiter die Gläser und hielt dabei ihr Business-Lächeln aufrecht. »Die Einzigen, die hier gleich rennen, sind allerdings die Leute dort vorn, und zwar frontal auf den Stand zu. Ob die nur unseretwegen hier sind? Vielleicht sind denen die Tiere völlig gleichgültig. Andererseits, wenn sie die so gierig betrachten würden wie das Essen, würde ich mir echte Sorgen machen.«

Das Gutshaus Lenz am Rande Düsseldorfs war in der nun schon dritten Generation ein bekannter Name in der Reitpferde-Zucht; die alljährliche Präsentation der Tiere hatte sich als Treff- und Vernetzungspunkt von Publikum mit Rang und Namen in der Region etabliert. Wer bei Lenz geladen war, hatte es geschafft. Hier traf man den pferdebegeisterten Bürgermeister ebenso wie Mitglieder des alten Landadels oder die Köpfe wohlhabender Familien, die auf der Suche nach einem möglichst edlen Tier für den Nachwuchs waren.

Und sie alle schielten nun mehr oder weniger verhohlen auf die Köstlichkeiten vor Noemi. Aber das war völlig in Ordnung. Wenn den Gästen das Catering zusagte und vielleicht sogar die allgemeine Stimmung hob, würde der Tag vergehen wie im Flug.

»Keine Sorge, Anja. Ich beschütze dich.« Sie unterdrückte ein Lachen und wandte sich dem Tisch links von ihr zu, der mit Getränken auf Eis, Süßspeisen in winzigen Schalen und drei Silberplatten mit Pralinen bestückt war, die sie bis gerade gekühlt gelagert hatten und nun auf einem Eisbett anboten.

Ihre Pralinen! Stolz betrachtete sie die gleichmäßig geformten Irish-Cream-Kugeln, die weißen Trüffelherzen, die sie für das heutige Event mit Blattgold verziert hatte, und die glänzende Schokolade der Mandelpralinen, deren Rezept sie von ihrer Großmutter übernommen hatte. Nach ihrer Ausbildung zur Konditorin war sie eine Weile angestellt gewesen und hatte mehrmals versucht, das angestaubte Angebot der Konditorei Fechner aufzupeppen, das nur noch Stammkunden und kein frisches Publikum anlockte, war aber jedes Mal auf taube Ohren gestoßen. Nach einer Weile hatte sie sich nach etwas Neuem umgesehen und den Catering-Bereich für sich entdeckt. Hier fand sie die Freiheit und Experimentiermöglichkeiten, die sie sich erhofft hatte und die ihr wichtig waren. Für ihre Chefs, Marion und Guido Ingmann, hatte sie vor Wochen Kostproben angefertigt und kurz darauf die Erlaubnis bekommen, ihre Pralinen beim nächsten größeren Auftrag anbieten zu dürfen. Sie hatte sich nur für ihre besten Kreationen entschieden, denn Catering Ingmann war auf exklusive und gehobene Veranstaltungen spezialisiert.

Und nun stand sie auf dem Gutshof Lenz und zupfte möglichst unauffällig an ihrem Blazer – das Schwarz mit den goldenen Ornamenten war an einem solchen Tag eine kleine Tortur. Noemi war froh, dass sie sich den Pony mit einem goldenen Band zurückgebunden und ihre dunklen Haare vergangenen Monat auf Kinnlänge hatte stutzen lassen. So konnte sie sich immerhin ein wenig abkühlen, wenn sie sich mit einer der Menükarten Luft zufächelte.

Verstohlen warf sie einen Blick zum Himmel und musterte die im Westen aufziehenden Wolken. Das Gewitter war erst für den Abend angekündigt, und sie hoffte, dass die Prognose stimmte.

»Entschuldigung?« Eine Frau trat an den Stand und riss sie aus ihren Gedanken. Sie trug einen Hut, der unter dem üppigen Federschmuck in Metallicblau und grellem Orange beinahe verschwand und mit den gewagtesten Modellen in Ascot mithalten konnte, und tippte auf eine Mandelpraline. »Sind da Walnüsse drin?«

Noemi lächelte, schüttelte den Kopf und erläuterte die Zutaten der drei Sorten, während die übrige Gruppe näherkam, als sei die Dame vorgeschickt worden, um die Lage zu erkunden. Die meisten Frauen sahen sich zuerst die Süßspeisen an und griffen nach den Pralinen – manche nur, um sie mit spitzen Fingern wieder zurückzulegen –, wobei die Silberzangen von den meisten ignoriert wurden. Ein Mann nahm ein Kaviartörtchen mit der einen und ein Trüffelherz mit der anderen Hand, und auch andere aßen Süßes und Pikantes durcheinander.

Noemi und Anja beantworteten Fragen, reichten Häppchen, schenkten Champagner ein und warfen sich zwischendurch immer wieder amüsierte Blicke zu. Schließlich deutete Anja zur Seite und trat einen Schritt näher an Noemi heran. »Der Pferdeprinz kehrt zurück«, flüsterte sie, zwinkerte ihr zu und nahm eine neue Champagnerflasche aus der Kühlung.

Noemi drehte sich um und sah Julian Lenz auf sie zuschlendern. Er trug Reithose samt Stiefeln und dazu ein Sakko, alles auf leger getrimmt, aber eindeutig edel. Die Hände baumelten lässig neben seinem Körper, und das helle Haar leuchtete, auch wenn sich die Sonne bereits hinter eine dünne Wolkenschicht zurückgezogen hatte. Sein Lächeln passte zu der Haltung, die ausdrückte, dass er um sein Aussehen und seine Stellung wusste: Sohn des Gutsherrn und Erbe riesiger Ländereien sowie preisgekrönter Warmblutpferde. Noemi hatte die Urkunden und Metallplaketten bewundern können, als Julian ihr und Anja am Vormittag eine Führung durch das Haus und über das Grundstück gegeben hatte. Doch er schien nett zu sein, und sie war froh, hauptsächlich mit ihm zu tun zu haben und nicht mit seinem Vater, der vermutlich jeden in seiner Nähe einschüchterte.

Julian hob eine Hand. »Alles klar bei Ihnen?« Einige der Gäste wandten sich um und strahlten ihn an, und er lächelte zurück, ehe er sich an Noemi wandte. »Ich brauche zwei Flaschen und sechs Gläser im Empfangszimmer.« Er musterte die Auswahl auf den Tischen. »Und vielleicht ein paar Häppchen. Mein Vater hat sich spontan auf ein Geschäftsgespräch eingelassen.«

»Kein Problem.« Noemi zog zwei Tabletts unter dem Tisch hervor und wandte sich an Anja. »Kommst du für einen Moment allein klar? Dann helfe ich, alles ins Haus zu tragen.«

Ihre Kollegin winkte ab und drehte sich mit fliegendem Pferdeschwanz zu einem Mann um, der sich auffällig räusperte. »Natürlich«, rief sie über die Schulter. »Wenn du magst, kannst du auch gleich deine Pause vorziehen, ehe es hier losgeht. Komm einfach wieder, wenn du drinnen nicht mehr gebraucht wirst.«

»Alles klar.« Noemi befüllte ein Tablett mit Häppchen und drückte es Julian in die Hände. »Schaffen Sie das? Dann nehme ich die Gläser und Flaschen.«

Die gespielte Empörung in seinem Blick war nicht zu übersehen. »Ich könnte dieses Tablett bei einem Pferderennen in einer Hand halten und würde kein Salatblättchen verlieren.«

»Sie nehmen an Rennen teil?« Bisher hatte sie nur gewusst, dass er stark in den Zuchtbetrieb eingebunden war.

Er brummte zustimmend. »Es ist Teil der Familientradition. Mein Vater hat früher viele Rennen gewonnen, auch im Ausland. Jeder erwartet, hin und wieder einen Lenz auf der Bahn zu entdecken.« Bei den letzten Worten hatte seine Stimme diesen herrschaftlichen Ton angenommen, der manchmal durchblitzte. Obwohl sich Julian meist locker und freundlich gab, war ihm seine Stellung bewusst – aber das war wohl einfach so, wenn man auf einem solchen Anwesen aufwuchs, und sie nahm es ihm nicht übel.

Noemi folgte ihm über den Kiesweg und hatte dabei Zeit, das lang gestreckte Haupthaus mit den weißen Säulen und den Puttenbrunnen davor aus der Nähe zu betrachten. Sie ging die Steinstufen zu der massiven Eingangstür hinauf und betrat das Innere: Marmorböden, Deckenstuck weit über ihnen und mannshohe Gemälde in verzierten Goldrahmen, die das Anwesen selbst oder Jagd- und Reitszenen zeigten. Schlagartig veränderte sich die Kulisse, wurde ruhig und erhaben, und von draußen drang kaum ein Laut herein. Zwei Blumenbuketts auf dem Beistelltisch, der größer war als die Essecke in Noemis Wohnung, verströmten zarten Duft. Es war ein beeindruckender Anblick, aber Noemi vermisste die Gemütlichkeit, die sie von zu Hause kannte und liebte. Ein Lenz ließ sich vermutlich nicht mit Schwung auf sein Sofa fallen.

Sie brachten die Tabletts in das Empfangszimmer, wo eine

Frau, die ungefähr so alt wie Noemis Mutter war, sie entgegennahm und Julian versicherte, sie würde sich um alles Weitere kümmern.

Er wandte sich wieder an Noemi. »Sie haben es gehört, wir werden hier nicht weiter benötigt. Möchten Sie vielleicht einen Blick auf die Tiere werfen? Nachher sind Sie bestimmt zu beschäftigt dafür.« Er strich sich eine Locke zurück, während sie wieder nach draußen traten.

Noemi überlegte. Wollte sie? Gestern hatte es ihr niemand angeboten, und auch, wenn sie keine Ahnung von Pferden hatte, war sie neugierig auf diese Tiere, deren Wert ihr Jahresgehalt bei Weitem überstieg. Zudem hatte Anja recht – besser, sie machte jetzt Pause und sah sich um, ehe sie den restlichen Tag am Stand verbrachte.

»Warum nicht?«

Julian deutete in Richtung der Stallungen und passte seine Schritte den ihren an. Kurz darauf drückte er einen Flügel des bogenförmigen Holztors auf und nickte der Frau zu, die in der Stallgasse auf ihren Einsatz wartete. »Es wird noch eine Weile dauern, Ella. Die Rumanns möchten vor der Vorführung über den Kauf von Corellian verhandeln; gut möglich also, dass wir ihn heute gar nicht erst für die Hauptpräsentation nach draußen führen. Du kannst dir die Beine vertreten.«

Die junge Frau richtete ihr Shirt unter dem dunklen, ab der Taille ausgestellten Jackett. »Gut, ich mach mich schnell frisch. Bleibst du so lange hier und hast ein Auge auf alles?«

»Ja, ich führe Noemi eh noch herum.«

»Wunderbar, bis gleich.« Im nächsten Moment war sie verschwunden.

»Ella ist eine unserer Stallhilfen.« Julian setzte sich in Bewegung und bedeutete Noemi, ihm zu folgen. Sanftes Schnauben begrüßte sie aus manchen Boxen, in anderen wandten die Pferde nicht einmal die Köpfe, müde vom drückenden Wetter. »Hier ist unser ganzer Stolz«, sagte Julian, blieb vor einer Box stehen und öffnete sie.

Ein hübscher Fuchs sah ihnen entgegen und schnaubte Noemi ins Gesicht. Seine Mähne war am Widerrist geflochten, und er hatte eine schmale Blesse auf der Stirn.

»Balou du Rouet ist ein internationaler Star. Bahnbrechende Erfolge und knapp zweihundert Siege und Platzierungen in der schweren Klasse. Unter seinen Nachkommen sind zahlreiche Staatsprämienstuten und gekörte Hengste.«

Noemi hob die Brauen und lachte leise. »Davon habe ich nur die Hälfte verstanden.« Sie strich Balou behutsam über die Nase. Er bewegte die Lippen, sodass sie auf ihrer Haut kitzelten, und senkte dann den Kopf.

»Er sucht vermutlich einen Apfel. Ella steckt ihm regelmäßig welche zu, er ist nämlich auch ihr Liebling. Aber erzähl das nicht meinem Vater.«

Sie wollte bereits etwas Flapsiges erwidern, als ihr auffiel, dass er zum Du übergegangen war – und wie ernst seine letzten Worte geklungen hatten. Zwar hatte er sich um einen lockeren Ton bemüht, um ihnen die Schärfe zu nehmen, es aber nicht ganz hinbekommen. Vermutlich schüchterte sein Vater sogar ihn ein.

»Keine Sorge«, sagte sie. »Ich verrate nichts.« Ganz abgesehen davon, dass es vermutlich nicht zu einem Gespräch mit Friedrich Lenz kommen würde. Er wirkte stets sehr beschäftigt. Noch einmal streichelte sie Balous Stirn und fuhr zusammen, als Julian ihrem Beispiel folgte. Allerdings kam seine Hand ihrer so nah, dass er ihre Haut berührte und sanft darüberstrich.

Es war … unangenehm. Möglichst beiläufig zog sie ihre Finger zurück, doch Julian hielt sie mit einem leisen Laut fest. »Keine Sorge, Ella ist längst weg.« Seine Stimme hatte sich verändert, war weich und lockend geworden.

Noemi blinzelte verblüfft und versuchte, ihre Hand aus seiner zu befreien. Er verhinderte das mit einem Lächeln im Gesicht, das nicht mehr freundlich war, sondern verlangend und auch ein wenig überlegen. »Julian, bitte. Da hast du etwas völlig falsch verstanden.« Sie schaffte es, neutral zu klingen. Selbst jetzt dachte sie daran, dass sie das Catering-Unternehmen vertrat.

Er runzelte die Stirn. »Überspringen wir solche Spielchen.«

»Bitte?« Mit einem Ruck machte sie sich los und trat einen Schritt zurück.

»Du hast Ja gesagt, als ich gefragt habe, ob du unsere Tiere sehen willst.«

»Und das wollte ich wirklich!« Beinahe hätte Noemi gelacht, weil die Situation so absurd war. »Falls das unter Pferdemenschen ein Code für etwas ganz anderes ist, dann tut es mir leid, da kenne ich mich nicht aus. Besser, ich gehe zurück.«

Am Gangende wurde die Stalltür aufgerissen, und Ella stürmte herein. »Julian.« Sie klang außer Atem, als wäre sie gerannt. »Dein Vater braucht dich. Ich glaube, er ist ungehalten, weil er dich nicht auf dem Handy erreicht hat. Ich muss leider auch gleich wieder los, die Mertensens wollen mit mir über Golden Girl reden, und zwar jetzt.«

Noemi atmete auf – einen besseren Moment hätte Ella nicht wählen können.

»Mein Handy? Mist.« Julian schob Balou zur Seite. »Das habe ich im Haus gelassen. Geh, lass die Mertensens bloß nicht warten.«

Er klang längst nicht mehr so ruhig wie zuvor, und das bot ihr die Gelegenheit zur Flucht. »Danke für den Einblick und den Besuch bei Balou«, sagte Noemi kühl.

Er nickte lediglich und murmelte etwas, in Gedanken offensichtlich schon ganz woanders. Sie hörte, wie er hinter ihr aus der Box trat, und machte sich zunächst auf den Weg zu der außerhalb des Haupthauses gelegenen Gästetoilette, um sich ausgiebig die Hände zu reinigen.

Was war das gerade eben? Hatte sie Julian Lenz irgendwelche Signale gesendet? Aber nein, sie hatte nicht im Geringsten geflirtet und musste sich keine Schuld an der Situation geben. Ganz und gar nicht. Energisch verdrängte sie das dumpfe Gefühl im Magen, ein Gemisch aus Wut, Empörung und Fassungslosigkeit, und hielt auf den Catering-Stand zu, wo Anja noch immer beste Laune zeigte. Sie durfte nicht mehr daran denken, um sich auf die Arbeit zu konzentrieren.

Zum Glück hatte sich der erste Ansturm gelegt, lediglich zwei Frauen ließen sich neue Getränke reichen. Eine kleine Gruppe nippte einige Schritte entfernt an ihren Gläsern – mittlerweile war man von Champagner zu Weißwein übergegangen.

Noemi strich Uniform und Haare glatt. »Tut mir leid, dass

es so lange gedauert hat.« Sie trat neben Anja und stellte fest, dass nicht nur die Tabletts mit den Pralinen geplündert waren, sondern auch die Kühlboxen mit dem Nachschub.

Anja, die ihr nur ein rasches Lächeln zugeworfen hatte, wartete, bis die beiden Frauen sich ebenfalls zu der Gruppe gesellt hatten, und zog dann einen Mundwinkel in die Höhe. Ihre Wangen waren gerötet. »Alles unter Kontrolle. Ich hätte nur nicht erwartet, dass alle so ausgehungert sind.« Sie deutete auf die abgegrasten Tische. Zwei, drei zerknüllte und eine zerrissene Serviette boten ein trauriges Bild. »Ich habe Marion angerufen und um Nachschub gebeten. Sie ist gerade in Krefeld und beeilt sich. Wenn es nach der Vorführung nichts mehr gibt, teeren und federn die uns. Sie klärt das mit Guido.«

Noemi nickte, obwohl sie am liebsten den Kopf geschüttelt hätte. Ihre Chefs berieten im Vorfeld stets ihre Auftraggeber über das Angebot, indem sie sich über das Event und die Menge der erwarteten Gäste informierten, und ein Andrang wie heute kam nur selten vor. Im Grunde hätten sie abbauen können, aber das wäre vor dem offiziellen Beginn der Veranstaltung sicherlich seltsam gewesen. »Sogar meine Pralinen sind allesamt weg«, sagte sie und stippte einen Schokokrümel mit dem Finger auf. »Da gibt's keinen Nachschub.«

»Auch darum«, sagte Anja geheimnisvoll, zwirbelte ihren blonden Zopf und hob die Augenbrauen, »habe ich mich gekümmert.«

Noemi drehte sich noch einmal um, als hätte sie ein volles Tablett übersehen. »Ich verstehe nicht, was du …« Sie blinzelte, als von der Einfahrt her eine Gestalt auf sie zueilte und wild winkte. Mit ihrem knalligen Sommerkleid in Pink, Lila und Orange hob sie sich von den edlen gedeckten Farben der anderen Gäste ab. Noemis Hirn stotterte, als hätte es einen Anlasser, der soeben versagte. Natürlich erkannte sie die Frau, hatte sie aber niemals hier erwartet. »Tante Elisa?«

Ein Lachen aus von zahllosen Falten umkränzten knallrot geschminkten Lippen war die Antwort und hallte so laut durch die Luft, dass sich manche Gäste umblickten. »Mädchen!« Elisa winkte noch einmal, obwohl sie den Stand beinahe erreicht hatte – so als würde sie in Betracht ziehen, dass Noemi und Anja überraschend kurzsichtig geworden waren. »Rettung ist da!«

Mit ihrer sympathischen Art und den bunten Sachen wirkte sie wie jemand, der sich von einem Hippiemarkt auf das Gut verirrt hatte. Sie schleppte eine ihrer immensen Basttaschen mit sich herum, die sie selbst anfertigte, wenn sie mal etwas anderes sehen wollte als ihre Küche – auch wenn die eindeutig Elisas liebster Ort war. Noemi kannte keinen Menschen, der noch lieber und länger Schokolade rühren und sich über Pralinenfüllungen und -verzierungen Gedanken machen konnte.

So wie Nonna Rosa, dachte sie mit einer gehörigen Portion Wehmut. Die Beerdigung war nun sieben Monate her, und noch immer verging kaum ein Tag, an dem sie sich nicht an ihre Großmutter erinnerte. Jedes Mal, wenn sie Pralinen herstellte, hatte sie Rosas Stimme im Ohr, die ihr sagte, wie sie die Ganache noch cremiger hinbekam oder die Schokolade noch schöner glänzen lassen konnte. Sie vermisste sie jeden Tag, wusste aber, dass ihre Nonna niemals gewollt hätte, dass Trauer sie lähmte. Ihr italienisches Temperament hatte sich

Rosa bis zu ihrem Tod erhalten, und sie war stets sehr überzeugend gewesen – wenn sie etwas wollte, hatte man es ihr nur schwer abschlagen können.

Der Herzinfarkt war für die gesamte Familie überraschend gekommen, aber Noemi wusste genau, dass Rosa auch daran etwas Positives gefunden hätte.

Immerhin ist sie nun wieder mit Opa Gerd vereint.

Die Frau, mit der sie unzählige Male in der Küche neue Pralinenrezepte ausprobiert und die ihr die ersten Ohrlöcher gestochen hatte, stand nun vor ihr. Tante Elisa war nicht Noemis echte Tante, aber über all die Jahre Nonna Rosas beste Freundin gewesen und schon seit Noemis Geburt Teil ihres Lebens.

»Was tust du hier?« Sie deutete auf die Tasche, ahnte aber bereits, was es damit auf sich hatte.

Elisa zuckte die Schultern und lachte wieder, wobei sie ihr dunkles Haar fliegen ließ. Es war so lang wie Noemis, asymmetrisch geschnitten und an den Spitzen aufgehellt. Nur wenn man genau hinsah, entdeckte man den schlohweißen Ansatz, denn Elisa legte viel Wert auf ihre Erscheinung. »Wenn ich mir Mühe gebe, sehe ich noch immer aus wie siebzig«, sagte sie stets und hatte vollkommen recht damit. Niemand würde glauben, dass sie beinahe achtzig war.

Jetzt hob sie die Tasche hoch in die Luft, um sie dann auf dem Tisch abzustellen. »Anja hat mich angerufen, als du im Haus beschäftigt warst.« Sie hielt inne, beugte sich vor und legte ihr beide Hände auf die Schultern. »Ist alles in Ordnung, Emi? Geht es dir gut? Du siehst aus, als hätte ich dich mit Schmuggelware in der Tasche erwischt.« Sie warf der

Gruppe in der Nähe einen Blick zu. »Keine Sorge«, flüsterte sie verschwörerisch. »Ich will nur die Pralinen abliefern, dann entschwinde ich wieder dieser Tristesse aus gelangweilter Stimmung und all diesen schrecklichen Brauntönen auf einem Haufen. Das schmerzt ja geradezu in den Augen.« Sie zog eine Plastikbox heraus und stellte sie mit Schwung vor Noemi ab. »Hier, die habe ich heute Morgen frisch gemacht und schön kühl gehalten an diesem Tag, der uns beweisen will, dass sich Luft wie Suppe anfühlen kann. Tja, und dann ruft diese hübsche junge Dame an«, sie drehte sich um und entlockte Anja ein Lächeln, indem sie ihre Wange streichelte, »und erzählt mir, dass ihr es hier mit sehr hungrigen Mäulern zu tun habt. Wie gut, dass das Schicksal immer auf uns alle achtet!« Sie küsste ihre Fingerspitzen und streckte sie gen Himmel, als sei der Gruß für all die Geister bestimmt, an die sie glaubte.

Wie so oft reihte sie in ihrer typischen Art unterschiedlichste Themen aneinander – manchmal so atemberaubend schnell, dass ihr Gegenüber nicht mitkam. Früher war sie dabei öfter ins Italienische verfallen. Als Kind hatte Noemi neugierig nachgefragt, was die fremden Wörter bedeuteten, und so ihren ersten Sprachunterricht erhalten. Es hatte ihr gefallen, sich an manchen Tagen mit Nonna Rosa und Elisa in der Sprache ihrer Heimat zu unterhalten. Anfangs noch holprig, doch schon nach kürzester Zeit hatte es wunderbar geklappt. Nonna hatte darauf bestanden, dass ihre Enkelin regelmäßig übte, und sich eine ganze Weile sogar geweigert, mit ihr Deutsch zu reden. »Dafür ist Gerd zuständig«, hatte sie gesagt.

Noemis Opa war wenige Wochen nach ihrer Einschulung gestorben, bei der er es sich nicht hatte nehmen lassen, ihr die Schultüte in die Hand zu drücken, mit bereits zittrigen Fingern, auf denen die Haut zu blass geworden war. Mit den Jahren waren die Gespräche auf Italienisch immer weniger geworden, aber hin und wieder hatten Rosa und Elisa verkündet, dass es Zeit für einen *Auffrischungskurs* sei, wie sie es genannt hatten.

Elisa stammte wie Rosa aus Italien – Nonna aus Bondeno, einem kleinen Ort zwischen Padua und Bologna, Elisa aus der Hafenstadt Chioggia. Zwar hatte sie nicht wie Rosa einen deutschen Mann kennengelernt, dem sie in seine Heimat gefolgt war, aber sie hatte Abenteuer stets geliebt. Auf Deutschland war sie neugierig gewesen, als es ihre beste Freundin dorthin verschlug, und es hatte ihr bei ihren Besuchen gefallen, also war sie eines Tages geblieben und hatte sogar geheiratet, sich aber nach einigen Jahren wieder von ihrem Mann getrennt. Sie redete kaum über ihre Ehe und war seitdem Single geblieben.

»Denkst du, das geht in Ordnung?« Noemi warf Anja einen Blick zu. Natürlich würden Elisas Pralinen großartig sein, daran hegte sie keinen Zweifel, aber schließlich unterlagen sie als Cateringfirma Richtlinien zur Qualitätssicherung, die von der Herstellung bis zum Servieren einzuhalten waren.

Anja zuckte die Schultern. »Bei dem Appetit der Gäste wird es eher einen Skandal geben, wenn die Pralinenteller leer sind. Ich würde sagen, dass dieser Nachschub einfach unser kleines Geheimnis bleibt.« Sie arbeitete schon lange für die Ingmanns und wusste, was sie tat.

Noemi fing Elisas verschwörerischen Blick auf und atmete

insgeheim auf. »Also gut. Danke, du bist großartig«, sagte sie und hauchte Elisa einen Kuss auf die Wange. »Was hast du dabei?« Sie zweifelte keine Sekunde daran, dass die Pralinen den Anforderungen von Catering Ingmann entsprachen, schließlich hatte sie alles, was sie über die Herstellung wusste, von Elisa und Nonna Rosa gelernt.

Elisa lachte und strich ihr über die Wange, ehe sie eine zweite Plastikdose zutage förderte. »Einmal natürlich Mandelpralinen, dann Irish Cream und Honigtrüffel. Schließlich …«

»… gibt es den besten Honig der Welt in Italien, und daher bestellst du dort jedes Jahr ein Glas«, beendete Noemi grinsend den Satz. Sie nahm einen der Deckel ab und schnupperte. Voll und dunkel drang das Aroma von Waldhonig an ihre Nase. Mit einer Zange reichte sie Anja eine Praline. »Hier, bitte. Wir brauchen eine Vorkosterin.«

Anja biss ein Stück ab, wartete eine Weile, bis sich die Schokolade im Mund verteilt hatte, und nickte. »Wow!« Ihre Augen strahlten. »Ich glaube, wir werden unsere Gäste sehr glücklich machen. Elisa, Sie sind unsere Rettung, wenn es um den Nachtisch geht.«

Noemi kostete ebenfalls und schloss die Augen, als sich die herbe dunkle Schokolade mit der Süße des Honigs verband. Die Ganache im Inneren war herrlich cremig. Anja hatte recht, die Gäste würden den Nachschub vermutlich ebenso lieben wie sie. »Wie immer wundervoll. Danke, du bist ein Schatz.« Sie griff nach Elisas Händen und drückte sie leicht, während Anja bereits die Mandelpralinen probierte.

»Schie schmecken auch schuper, genau wie deine«,

nuschelte sie und machte sich daran, ein Tablett zu säubern und neu zu bestücken.

Elisa zwinkerte Noemi zu; ihre Augen strahlten. »Ich habe mir gedacht …« Sie stieß einen kleinen Schrei aus und fuhr herum, als es hinter ihnen krachte. Dann direkt noch einmal, als würde etwas gegen eine Wand prallen. Die Geräusche kamen aus den Stallungen, gefolgt vom schrillen Wiehern mehrerer Pferde.

In die Gruppe, die den Cateringstand verstohlen beobachtet hatte, kam Unruhe. Die beiden Frauen mit den extravaganten Hüten wichen zurück, in der nächsten Sekunde flog das große Tor auf, und etwas raste aus dem Stall in die drückende Schwüle des Sommers. Nun schrien mehrere Leute, jemand ließ ein Glas fallen, und Noemi beobachtete, wie sich die Splitter mitsamt der Flüssigkeit in Zeitlupe auf dem Kopfsteinpflaster verteilten. Erst dann hob sie den Kopf.

Ein Pferd galoppierte mit erhobenem Schweif über den Hof, ließ die Zierhecken und -büsche am Rand mit einem eleganten Sprung hinter sich und verschwand zwischen den Bäumen. Noemi holte erschrocken Luft, kniff dann aber die Augen zusammen. War das etwa Balou gewesen?

Die Gruppe drehte sich und folgte ihm mit Blicken, die Münder offen und die Hände erhoben, als würden sie das Tier im Nachhinein aufhalten wollen. Die Art, wie es stolz den Kopf gehalten hatte, wies auf seinen Wert hin.

Einige Sekunden lang schien die ganze Szenerie wie erstarrt, dann setzte Gemurmel ein. Die Frau mit dem größten Hut fluchte äußerst undamenhaft, während sie über ihr Kleid strich, und der Mann neben ihr rief etwas in Richtung Stall.

»Was bei allen Gutsherren war das?«, murmelte Anja.

Tante Elisa räusperte sich. »Eindeutig ein Pferd. Und ich vermute sehr, sein kleiner Ausflug war so nicht geplant. Es sei denn, es ist hier üblich, dass Pferde wie Hofkatzen kommen und gehen, wann sie wollen.«

Noemi atmete langsam aus und wischte sich über die Stirn. In den vergangenen Sekunden war ihr noch wärmer geworden. Sie war recht sicher, dass es Balou gewesen war, der ganze Stolz des Guts, und dachte an den hektischen Aufbruch zuvor. Hatte Julian in der Eile die Box nicht richtig geschlossen? Sie wollte etwas erwidern, aber dann entdeckte sie jemanden an den Stallungen. Er hatte die Hände in die Hüften gestemmt; das blonde Haar lag nicht mehr so ordentlich wie zuvor, und selbst auf die Entfernung erkannte sie den Schock in den Gesichtszügen.

Julian Lenz war blass geworden – und er fuhr zusammen, als ein donnernder Bariton das Szenario übertönte.

»Was ist hier los?«

Sein Vater, Friedrich Lenz, war eine Naturgewalt. Nicht nur seine Stimme und seine hochgewachsene Gestalt, sondern auch und vor allem seine nahezu militärischen Gesten. Sicherlich stand die arme Ella in der Stallgasse stramm, wenn er auftauchte.

Jetzt trat er mit langen, harten Schritten neben seinen Sohn. »Julian!« Entweder schien er nicht zu bemerken, dass er mit seinem Auftritt sämtliche Aufmerksamkeit an sich riss, oder es war ihm gleichgültig. »War das etwa Balou, der sich selbstständig gemacht und womöglich dort draußen verletzt hat?« Die unterschwellige Aussage war deutlich: Der Wert des preisgekrönten Tiers durfte nicht geschmälert werden.

Es war nicht zu übersehen, wie sehr sich Julian Lenz innerlich wand. Die Schuld war ihm ins Gesicht geschrieben. Doch dann presste er die Lippen aufeinander, hob den Kopf und … blickte zum Cateringstand. »Was haben Sie getan, Noemi?«

Sämtliche Köpfe wandten sich zu ihnen um, und Noemi erstarrte.

»Was soll das?«, flüsterte Anja und trat näher an Noemi heran.

Sie wollte ihr antworten, dass sie es nicht wusste, brachte aber keinen Ton heraus. Ein ungutes Gefühl kribbelte in ihrem Nacken und sorgte dafür, dass sich die Härchen dort aufstellten.

Mittlerweile hatten Friedrich und Julian Lenz den Weg zum Cateringstand halb zurückgelegt. »Ich habe Sie vorhin aus dem Stallgebäude kommen sehen, Frau Wittkamp«, rief Julian so laut, dass es alle hörten, »und Sie gebeten, die Pferde vor der Präsentation nicht zu stören. Sie sagten, Sie wären nur in der Gasse gewesen und hätten keine der Boxen geöffnet.«

Das konnte einfach nicht wahr sein! Noemis Mund klappte auf, und sie suchte nach Worten, um dieser Geschichte die Tatsachen entgegenzusetzen. Aber sie war zu perplex.

Was Julian Lenz weiter ausnutzte. »Sie haben offenbar gelogen.« Er deutete in die Richtung, in der Balou verschwunden war. »Dieses Tier ist unheimlich wertvoll, das ist Ihnen vermutlich nicht bewusst.«

Das weiß ich. Das hast du mir gesagt, als du ihn mir gezeigt hast. Ehe du mehr versucht hast. Und das ist nun die Rache, weil ich nicht wollte.

»Das weiß ich«, stotterte sie. »Das …«

Friedrich Lenz trat vor und schnitt ihr mit einer Handbewegung das Wort ab. »Das hier ist keine Bar, in der man sich nach Herzenslust danebenbenehmen kann! Sie haben Hausfriedensbruch begangen und großen Schaden angerichtet, und das wird ein Nachspiel haben, glauben Sie mir. Wir können nur hoffen, dass meine Angestellten das Tier schnell zurückbringen.« Er ähnelte Julian mit dem kantigen Gesicht und dem hellen Haar, nur strahlte er eine eisige Kälte aus.

Noemi wurde rot, als sie die Blicke sämtlicher Anwesenden spürte. Aber sie brachte keinen Ton mehr hervor. Dann berührte Anja ihre Hand und riss sie aus ihrer Schockstarre. Hastig schüttelte sie den Kopf. »Ich war nicht allein im Stall, und das wissen Sie genau, Julian.« Ihre Stimme war nicht so fest, wie sie es sich gewünscht hätte. »Nachdem wir die Tabletts ins Haus gebracht hatten, wollten Sie mich herumführen. Sie haben den Stall nach mir verlassen und die Box geschlossen.« Sie beschloss, das entscheidende Detail zu verschweigen – ihr würde eh niemand glauben, wenn ihr Wort gegen Julians stand. Damit würde sie sich nur lächerlich machen.

Als sich sein Vater noch immer voller Zorn zu ihm umdrehte, lachte Julian hart auf. »Sie lügt.«

Seine Worte schienen die Stille um sie herum noch zu vertiefen. Empörung flackerte in Noemi auf und schickte eine unangenehme Hitze durch ihren Körper, die sich in ihren Wangen sammelte. Am liebsten hätte sie ihn angeschrien, ihn gefragt, wie er es wagen konnte. Im Augenwinkel sah sie, wie einige Gäste die Köpfe schüttelten, dann setzte Getuschel ein.

Noemi atmete tief durch und wünschte sich, ihre vor Wut zitternden Hände beschäftigen zu können. Doch sie wollte nicht schuldig oder ertappt wirken, also bemühte sie sich, locker stehen zu bleiben. »Das tue ich nicht. Fragen Sie Ihre Angestellte. Ella.« Sie versuchte, Julians Blick einzufangen, doch er ignorierte sie.

»Ich werde wohl eher meinem Sohn glauben als Ihnen«, sagte Friedrich Lenz. »Solange Sie keine Doppelgängerin besitzen, die sich heute ebenfalls auf unserem Gut aufhält, ist die Sache eindeutig und wird Konsequenzen nach sich ziehen.«

Damit stand das Wort des wohlhabenden Sohns gegen das einer Catering-Angestellten, und sie hatte von vornherein verloren. Fassungslos starrte sie Julian an. Wie hatte sie sich nur so in ihm täuschen können? Er hatte nicht mal das Rückgrat, um einen Fehler zuzugeben, da er den Zorn seines Vaters fürchtete.

Sie zuckte zusammen, als sich neben ihr etwas bewegte. Tante Elisa trat vor den Stand und schirmte Noemi teilweise vor den Blicken der anderen ab. »Da liegt ein Missverständnis vor«, sagte sie laut und deutlich. Wie immer, wenn sie aufgebracht war, verstärkte sich ihr italienischer Akzent, der während all der Jahre in Deutschland beinahe verschwunden war. »Ich kenne Noemi schon ihr ganzes Leben. Wenn sie sagt, sie war es nicht, dann ist das so.«

Noemi griff nach Elisas Hand. »Ist schon gut«, flüsterte sie. Besser, sie traten diesen Vorfall nicht in der Öffentlichkeit breit.

Friedrich Lenz gab einen Laut von sich, der irgendwo zwischen Bellen und Schnauben lag, und deutete zum Haus. »Das klären wir drinnen.« Er wischte sich über die Hose. »Aber erst werden Julian und ich uns um Balou kümmern, sobald er zurückgebracht wurde. Anschließend will ich Sie von meinem Grundstück wissen.« Er stieß seinen Sohn an, der sich sofort auf den Weg zum Stall machte, und wandte sich an die Gäste. »Ich entschuldige mich für diese Unannehmlichkeiten, kann Ihnen aber versichern, dass dies keine Auswirkungen auf unser Tagesprogramm haben wird. Allerhöchstens wird es eine kleine Verzögerung geben.« Er deutete zur Seite. »Bitte trinken Sie noch etwas, wir werden Sie informieren, sobald es losgeht.«

Die Leute nickten, manche musterten noch einmal Noemi – verstohlen oder ganz offen. Doch in ihren Gesichtern las sie bereits, dass Julian Lenz gewonnen hatte.

2

»Hast du noch einmal mit deinen Chefs gesprochen?«

Tante Elisa drehte die Zitronenhälfte bei jeder Silbe über die Presse, so fest, dass feine Safttropfen herausstoben.

Noemi nahm das Brett mit der weißen Kuvertüre, die sie klein gehackt hatte, und brachte etwas Abstand zwischen sich und die erboste Frau. »Ex-Chefs. Ich arbeite nicht mehr für die Ingmanns.«

Sie horchte zunächst den eigenen Worten nach, dann den Empfindungen, die sie in ihr auslösten. Ja, sie bedauerte ihren Rauswurf, und natürlich war sie wütend auf Julian Lenz – weil er sie benutzt hatte, um seinen Fehler zu vertuschen und sich für die vermeintliche Kränkung zu rächen –, aber ein Teil von ihr zuckte auch die Schultern und sagte sich, dass weit schlimmere Dinge geschehen konnten, als sich einen neuen Job suchen zu müssen. Es hatte ihr im Catering gefallen, aber vor allem, da die Ingmanns ihren Angestellten vertraut und ihnen freie Hand gelassen hatten. In ihrem letzten Gespräch hatten sie mehrmals bedauert, dass Noemi gehen musste, und betont, dass sie ihr glaubten, aber sich nicht leisten konnten, einen wichtigen Kunden wie die Familie Lenz zu verlieren. Vor allem, weil es nicht bei dem Gutshof bleiben würde. Der alte Lenz besaß viel Einfluss, auch über die Region hinaus, und wenn sich der Vorfall herumsprach und der Name Ingmann beschmutzt wurde, wäre das ein ernsthaftes Problem für das Geschäft. Noemi hatte es verstanden und sich gesagt, dass sie den Job ohnehin nicht auf Dauer hatte machen wollen. Für ein Intermezzo von einem, vielleicht zwei Jahren war er ideal gewesen, um neue Erfahrungen zu sammeln und Kontakte zu knüpfen, und mit ihren Kolleginnen hatte sie sich gut verstanden. Danach wollte sie weitersehen. Noch hatte sie keine genaue Vorstellung, aber sie wollte auf jeden Fall in ihrem Metier bleiben. Vielleicht bei einem Onlineservice. Schließlich taten sich stets neue Wege auf.

Elisa schnaubte und hob den Kopf. Ihre dunklen Wimpern verliehen dem Funkeln in ihren Augen eine düstere Note. »Wenn die Ingmanns noch einmal über diese lächerliche Geschichte nachdenken, dann werden sie dich zurückhaben wollen und diesem Jüngling die Meinung geigen. Offenbar hat er keine Erziehung genossen, und seine Eltern sollten froh sein, wenn jemand dieses Defizit ausgleicht und ihm sagt, wo es langgeht.« Sie legte die Zitronenhälfte hin und schnappte sich die nächste.

Noemi schob die Schokoladensplitter auf dem Holzbrettchen mit dem Messer beiseite und griff nach dem nächsten Stück. »Du weißt doch, wie das ist. Es geht nicht um die Wahrheit, sondern um den Schein. Das Ansehen. In der Welt von Lenz und Co. ist es mit das Wichtigste, und die Cateringfirma muss sich anpassen, um Aufträge zu bekommen. Glaub mir, ich ärgere mich ebenso sehr wie du darüber, dass Julian damit durchkommt. Immerhin ist dem Pferd nichts geschehen.«

Die nächste Zitronenhälfte flog in die Spüle, und Elisas Haare wippten, als sie sich die letzte nahm. »Genau deshalb ist es angebracht, da einmal auf den Tisch zu hauen. Die Ingmanns …«

»Sind nicht in der Position dafür«, sagte Noemi sanft und wartete, bis Elisa den Zitronensaft noch einmal abgemessen und in die Schüssel auf dem Wasserbad gefüllt hatte. Behutsam trat sie neben sie und schob die weißen Splitter nach und nach mit dem Messer hinein. »Ehrlich gesagt möchte ich nicht in ihrer Haut stecken. Das Hauen und Stechen ist in den gehobenen Kreisen noch mal schlimmer.«

»Kein Wunder«, sagte Elisa düster und rührte das Gemisch behutsam um. Erste Schokoladensplitter schmolzen am Rand der Schüssel, und ihr volles Aroma vermischte sich mit dem fruchtigen der Zitrone. »Die haben ja auch den ganzen Tag nichts zu tun, nachdem sie den Gärtner beaufsichtigt und sich durch die neuesten Klatschkolumnen gelesen haben. Da wird wegen jedem Kinkerlitzchen zum Telefon gegriffen und getratscht.«

Noemi schnalzte mit der Zunge. »Haben wir da etwa Vorurteile?« Sie stupste Elisa an, woraufhin sich deren Schultern eine Winzigkeit lockerten. »Komm schon, es passt gar nicht zu dir, so verbittert zu sein.« Sie deutete auf Elisas Schürze, wo Blumen und Schmetterlinge den Schriftzug *Bunt ist meine Lieblingsfarbe* zierten. Ihre eigene war einer Schokoladentafel nachgestaltet und verkündete: *Solange Kakaobohnen auf Bäumen wachsen, ist und bleibt Schokolade für mich Obst.* »Außerdem hast du mir immer gesagt, dass man niemals in schlechter Stimmung Pralinen machen soll, da sich das Bittere sonst im Geschmack festsetzt. Also. Möchtest du, dass unsere Zitronentrüffel misslingen?«

Beide blickten in die Schüssel, wo sich die Schokolade weiter im Saft auflöste.

»Ich ärgere mich eben an deiner Stelle«, sagte Tante Elisa schließlich, griff nach der silbernen Pralinenzange mit dem geschwungenen Griff und dem Rosenmuster, mit der Noemi schon als Kleinkind gespielt hatte, betrachtete sie nachdenklich und legte sie wieder zurück. »Weil dich das alles so kaltlässt, Emi.«

»Das tut es nicht. Aber ich weiß, dass ich nichts an der Situation ändern kann, und versuche, das Ganze positiv zu sehen. So wie Nonna es tun würde.«

Die Erwähnung von Rosa zauberte endlich ein Lächeln auf Elisas Gesicht. »Bevor deine Nonna eine Familie gegründet hat, hätte sie einen solchen Rausschmiss zum Anlass genommen, um wieder auf Tour zu gehen. Sie hätte ihren Rucksack gepackt, wäre losgezogen und irgendwo einige Wochen geblieben.« Die Worte klangen so liebevoll, dass Noemi einen feinen Stich in der Herzgegend spürte. Es stimmte, Rosa war in ihrer Jugend öfter aufgebrochen und länger geblieben als geplant, weil sich spontan etwas ergeben oder sie sich schlicht in die Landschaft verliebt hatte. So hatte sie zwei Wochen statt nur ein Wochenende im Fischerdorf Manarola verbracht, weil die Häuserreihen in Pastellfarben sie so fasziniert hatten. Einmal hatte sie für knapp ein Jahr in einer WG in Venedig gelebt, bei Freunden, weil ein Zimmer frei geworden war. Sie hatte in einem Café gejobbt, sich in die Stadt verliebt und war erst ausgezogen, als der ursprüngliche Bewohner ihres Zimmers von seinem Auslandsstudium zurückgekehrt war. Nonna war so voller Leben gewesen, bis …

Noemi blinzelte mehrmals, um die Erinnerung an den schrecklichen Tag vor über sieben Monaten zu verdrängen, als ihr Vater sie angerufen und ihr mit tränenerstickter Stimme mitgeteilt hatte, dass seine Mutter einem Herzinfarkt erlegen war. Es war wie aus dem Nichts gekommen. In der einen Minute hatte Nonna Rosa auf dem Markt mit Herrn Gunder vom Obst- und Gemüsestand geplaudert, in der nächsten hatte sie über Schwindel geklagt und war wenig später zusammengebrochen, die Tüte mit einem Salatkopf und Tomaten noch fest in der Hand. Der Krankenwagen hatte nicht einmal zehn Minuten gebraucht, war aber trotzdem zu spät gewesen. Ihr Herz hatte einfach aufgehört zu schlagen. Dabei hatte Rosa nicht geraucht, nur hin und wieder Alkohol getrunken und sich für ihr Alter viel bewegt.

Ihr Tod hatte eine riesige Lücke in die Familie gerissen, die sich niemals wieder füllen lassen würde.

Diese Erinnerung schmeckte fahl. Vorsichtig rührte Noemi die Schokoladenmischung um und schluckte energisch, bis der Kloß in ihrem Hals verschwand. Zu ihrem Leidwesen bildete er sich oft, wenn sie Elisas gemütliche Wohnung in einem kleinen Hinterhaus in der Meineckestraße im Düsseldorfer Stadtteil Golzheim betrat, weil sie beinahe erwartete, dass auch Rosa aus der Tür kam, um sie zu begrüßen. Aber Elisa verscheuchte den Anflug von Wehmut stets mit einer ihrer Umarmungen, die ein ganzes Dorf umfassen konnten. Heute hatte sie Noemi in eine Diskussion über die Pralinensorten verwickelt, die sie für ihr Backtreffen ausgesucht hatte, kaum dass sie die Schuhe ausgezogen hatte.

Noemi dachte an Elisas letzte Bemerkung; dass Rosa nach

einem Rauswurf etwas gänzlich Neues getan hätte. »Du hast recht. Sie wäre losgezogen, um frische Eindrücke zu sammeln. Und …« Sie machte eine Pause und breitete die Arme aus. »Ich werde ihrem Beispiel folgen.«

Elisa zog die akkurat gezupften Augenbrauen in die Höhe, bis sie Dreiecken ähnelten. »Was hast du vor?«

»Ich habe gestern Abend mit Lea telefoniert und ihr alles erzählt. Sie hat mir angeboten, sie in Venedig zu besuchen, und ich halte das für eine gute Idee. Immerhin haben wir es nach der Beerdigung so besprochen, weißt du noch?«

Welch eine Frage! Keine von ihnen würde diese Stunden jemals vergessen. Noemi, ihre Eltern und Elisa hatten sich in Rosas Wohnung getroffen und beratschlagt, wie sie weiter vorgehen wollten. Elisa hatte Mandelpralinen mitgebracht, weil es Rosas liebste Sorte gewesen war, und Noemi Kaffee in einem großen Spender, den sie sich von Ingmanns geliehen hatte. Sie hatten geredet, waren von Rosas persönlichen Sachen auf Rosa selbst gekommen und Jahr um Jahr in der Zeit zurückgereist. Irgendwann war die Idee entstanden, Rosas mit einem Besuch in ihrer alten Heimat zu gedenken, doch bislang hatten ihre Jobs, der Umbau des Hauses von Noemis Eltern und generell ihre Terminpläne dem einen Strich durch die Rechnung gemacht. Aber zumindest für Noemi gab es jetzt keinen Job mehr, sondern freie Zeit, die sie füllen konnte. Momentan wusste sie noch nicht, womit, aber mit etwas Glück würde ihr die Reise auch helfen, einen Plan für sich zu entwickeln. Sie konnte ihre Nonna nicht mehr um Rat fragen, so wie früher. Vielleicht sah sie die eigene Zukunft klarer, wenn sie sich auf Rosas Spuren begab; vielleicht würde sie dann wissen, was Nonna ihr gesagt hätte.

»Also setze ich unser Vorhaben endlich in die Tat um und fahre nach Italien.« Triumphierend sah sie Elisa an. »Weißt du noch, wie Nonna immer gesagt hat, man solle in die Fremde gehen, wenn man sich selbst finden will? Damals habe ich das nur für einen Spruch gehalten, aber mittlerweile glaube ich, sie hatte recht.«

Elisa runzelte die Stirn. »Wenn du keine Lust mehr hast, umzurühren, lass mich das tun.«

Noemi machte sich wieder an die Arbeit. »Ich habe auf den richtigen Augenblick gewartet, um dir die Neuigkeiten zu verraten. Es passt perfekt, nicht wahr? Außerdem ist es schon fast ein Jahr her, dass sich Lea und Enrico die Wohnung in Venedig gekauft haben, also viel zu lange.«

Ihre beste Freundin vermisste sie fast ebenso sehr wie ihre Nonna. Und wenn ihr Rosas Tod eines gezeigt hatte, dann, dass man nicht allzu lange warten sollte, um Menschen, die man liebte, endlich wieder in die Arme zu schließen.

Sie kannte Lea seit der fünften Klasse; sie hatten sich fast sofort angefreundet und waren seitdem nicht mehr aus dem Leben der jeweils anderen wegzudenken. Lea hatte Enrico getroffen, als ihre Firma ihn für eine Beratung im agilen Projektmanagement anheuerte, und sich innerhalb weniger Monate in ihn verliebt. Vor über einem Jahr hatten sie geheiratet und sich kurz darauf eine Wohnung in seiner Heimatstadt Venedig gekauft. Lea konnte von dort aus weiter für ihre Düsseldorfer Firma arbeiten, war glücklich an der Seite ihres Mannes und hoffte, bald ein Baby in den Armen halten zu können – dann wäre alles so, wie sie es schon vor Jahren geplant hatte.

Noemi kannte niemanden, dessen Pläne so ausgefeilt waren wie Leas.

Elisa drehte an einer ihrer großen bunten Creolen. »Wo hast du den Puderzucker hingeräumt? Emi, du machst mich ganz wirr im Kopf.«

»Hast du mir zugehört? Einen besseren Moment für einen Besuch in Venedig werde ich wohl kaum finden, jetzt, wo ich Zeit habe.«

»Ja, die hast du«, murmelte Elisa. »Ich verstehe noch immer nicht, warum du diesen Lenz damit durchkommen lässt.« Sie rührte die Mischung um, bis die gesamte Schokolade geschmolzen war.

Noemi runzelte die Stirn. »Ist etwas?«

»Nein, natürlich nicht, mein Mädchen. Ich konzentriere mich nur auf unsere Arbeit.« Sie hielt die Nase über die Schüssel und schnupperte. In dieser Hinsicht waren sie und Nonna Rosa sich sehr ähnlich gewesen – mit dem Unterschied, dass sich Elisa mehr Zeit nahm. Sie hielt öfter inne, um zu probieren, die Konsistenz zu prüfen oder sich am Glanz der Ganache zu erfreuen, und widmete sich stets einem Rezept nach dem anderen. Rosa dagegen hatte in ihrer fröhlichen Art oft mehrere Sorten Pralinen parallel hergestellt und die Wartezeiten innerhalb eines Rezepts dafür genutzt, um das nächste zu beginnen. Elisa hatte ihr hin und wieder vorgeschlagen, doch lieber einen Marathon zu laufen, wenn sie es nicht schaffte, auch nur eine Sekunde stehen zu bleiben und die Hände stillzuhalten, aber Rosa hatte nur gelacht.

Jetzt füllte Elisa die Mischung mit ruhigen Bewegungen in eine andere Schüssel, deckte sie mit Folie ab und stellte sie in den Kühlschrank. Später würden sie die Masse sowie Butter aufschlagen und nach und nach vermengen, um dann die Pralinen daraus zu formen. Bis dahin blieben ihnen mehrere Stunden, die sie bereits verplant hatten.

Noemi zuckte die Schultern. Aus irgendeinem Grund wollte Elisa nicht über ihre Venedigpläne reden, aber vielleicht machte ihr die Vorstellung wegen Rosa zu sehr zu schaffen. Also begann sie, die Gerätschaften zu säubern und in die Spülmaschine zu befördern, während Elisa die übrig gebliebenen Zutaten verstaute. Dann startete sie einen letzten Versuch. »Ich fahre heute Abend bei meinen Eltern vorbei und hatte überlegt, einen Schwung Pralinen mitzubringen.« Sie nickte in Richtung der bunten Dosen, die sich auf dem Regal reihten.

Elisa lachte. »Du willst sie bestechen, wenn du ihnen von deinen Plänen erzählst.« Nun wirkte sie wieder ganz normal.

»Zumindest Mama. Papa kommt erst morgen von seinem Auftrag zurück.« Noemi hielt inne. »Du weißt, was sie sagen wird: dass ich erst hier alles regeln und mir einen neuen Job suchen soll, ehe ich Urlaub machen kann.« Dabei ging es ihr nicht darum, die Füße hochzulegen und sich die Sonne ins Gesicht scheinen zu lassen. Vielmehr wollte sie die Zeit bis zur nächsten Anstellung nutzen, um aufzuatmen und sich zu überlegen, wie ihre Zukunft aussehen sollte.

Mal wieder.

Erschreckenderweise hatten diese beiden Worte in ihrem Kopf den vorwurfsvollen Klang, den ihre Mutter später vermutlich anschlagen würde, und sie wischte energischer, um nicht weiter daran zu denken. Ein Teil von ihr glaubte fest daran, dass Dinge aus einem bestimmten Grund passierten und das Leben es ihr nicht absichtlich schwer machte. Es ging nicht darum, möglichst vielen Stolperfallen auszuweichen oder nicht über Hindernisse zu straucheln und dabei stur weiter geradeaus zu laufen, sondern darum, den passenden Weg zu finden, auch wenn man dafür manchmal die eine oder andere Kurve mitnehmen musste.

»So, ich bin hier fertig«, sagte sie und wusch sich die Hände. »Wie sieht es aus, wollen wir jetzt sofort zum Friedhof?«

Tante Elisa nickte, band ihre Schürze ab und hängte sie an den Haken neben der Tür. »Natürlich. Du glaubst doch nicht, dass du nur zum Pralinenmachen hergekommen bist.« Sie zwinkerte, aber wie immer, wenn es um Nonna Rosa ging, wollte die Fröhlichkeit nicht so recht durchkommen.

Noemi verstand das. Elisa hatte niemals eine eigene Familie gegründet. Nachdem sie Rosa nach Deutschland begleitet hatte, hatte sie Klaus kennengelernt, einen Freund von Opa Gerd, und ihn schließlich geheiratet. Er war auf Baustellen im ganzen Land unterwegs und nur selten zu Hause gewesen, und er und Elisa trennten sich, noch ehe Noemi die Grundschule hinter sich gebracht hatte. Sie redete nur selten über ihn, und Noemi fragte sich manchmal, ob er einen Teil ihres Herzens mitgenommen und sie sich daher nie wieder für längere Zeit gebunden hatte.

»Wozu denn auch, wenn ich doch euch habe«, hatte sie stets gesagt. Zwar war sie kein Kind von Traurigkeit und im Laufe der Jahre mit einigen Männern ausgegangen – meist

Künstler oder Hobbyphilosophen –, doch eine ernsthafte Beziehung war für sie nicht mehr infrage gekommen. »Ich habe keine Zeit für so etwas«, hatte sie einmal gesagt.

Früher hatte Noemi nie länger darüber nachgedacht und war einfach nur froh gewesen, dass es mit Elisa einen weiteren geliebten Menschen in ihrem Leben gab. Doch jetzt, mit der Lücke, die Nonna Rosa hinterlassen hatte, fragte sie sich manchmal, ob Elisa trotz all ihrer Hobbys, Termine und Bekannten einsam war.

Einer spontanen Eingebung folgend, trat sie zu ihr und umarmte sie. Zunächst reagierte Elisa nicht, dann legte sie die Hände auf Noemis Rücken und tätschelte ihn leicht. Bis auf das Ticken der Wanduhr war es still in der Küche, dann räusperte sich Elisa und schob Noemi von sich.

»Falls das ein Versuch ist, dich vor der Hitze draußen zu drücken, dann hast du keinen Erfolg, mein Mädchen.« Ihre Augen schimmerten feucht, und sie trat in die Diele, wo sie ihren großen Strohhut von der Garderobe nahm. »Denk an die Kühltasche!«

Noemi zupfte an ihrem Oberteil und warf einen Blick zum Himmel, wo die Sonne sämtliche Wolkenfetzen weggebrannt hatte. Vor zwei Tagen waren die Temperaturen in die Höhe geschossen, aber für morgen war Regen angekündigt. Noch war nicht die Zeit für hochsommerliche Dürre, und die Pflanzen, Hecken und Bäume auf dem Friedhof Gerresheim hatten sich ihre satten Farben bewahrt. Noemi sah zum Waldfeld in einiger Entfernung und sehnte sich nach Schatten. Auch wenn es Nonna Rosa gefallen hätte, am Fuße eines Baums ihre letzte Ruhe zu finden, war ihre Urne im Reihengrab von Opa Gerd beerdigt worden.

Endlich wieder vereint.

»Bei den Temperaturen werden sie vermutlich sofort schmelzen«, sagte Noemi und zog die kleine Tupperdose aus der Kühltasche. Darin lagen drei Pralinen – eine von jeder Sorte, die in der vergangenen Woche in Elisas Küche entstanden waren. Sie hatte es sich zur Gewohnheit gemacht, eine Kostprobe auf Rosas Grab zu stellen – in der Dose, damit nicht Tiere die Schokolade fraßen. »Wir haben uns immer gegenseitig kosten lassen. Damit höre ich jetzt doch nicht auf.«

Noemi stellte den Behälter behutsam auf die dunkle Erde, während sich Elisa vorbeugte und den Blumenkranz auf der Immergrünen Heckenkirsche platzierte. Sie hatte ihn aus Wiesen- und Wildblumen geflochten, da sie nichts von gekauften Kränzen hielt. »Ich möchte ihr nicht mit Blumen kommen, die extra für den Friedhof gezüchtet wurden – allein der Gedanke ist deprimierend. Zu Rosa passen bunte Blüten, die Wind und Sonne genossen haben, so wie sie selbst.« Jetzt leuchteten sonnengelbe, zartrosa und violette Tupfen um die Wette. Elisa wischte mit einem Tuch über den Grabstein, richtete sich zufrieden wieder auf und legte einen Arm um Noemis Taille.

»Sie fehlt mir immer dann besonders, wenn die Sonne scheint, so wie heute«, sagte sie leise. »Weil ich dann erwarte, ihr Lachen zu hören. Sie hat den Sommer so geliebt und war davon überzeugt, dass man bei schönem Wetter keine schlechte Laune haben kann.« Sie hob den Kopf, starrte zunächst in den Himmel, dann zu den nahe gelegenen Hecken.

Noemi wusste, dass sie versuchte, die Vögel dort zu erkennen – was ihr vermutlich nicht gelang, da sie sich weigerte, eine Brille zu tragen. Nonna Rosa hatte einmal gesagt, dass sie nach dem Tod gern als Rotkehlchen zurückkehren würde, da sie die hübschen Sänger besonders geliebt hatte.

Noemi drückte ihre Tante an sich, die ihr auf einmal so viel schmaler und gebrechlicher erschien, und ignorierte, dass der Strohhut an ihrem Hals kratzte. Gemeinsam musterten sie den grauen Grabstein mit der vergoldeten Schrift.

Gerhard Jürgen Wittkamp
1940–2002
Rosa Maria Carlota Wittkamp
1945–2023
Nicht verloren – nur vorangegangen

Noemi mochte den Spruch. In all der Trauer hatte er etwas Tröstliches, da der Abschied nur vorübergehend war. »Ciao, Nonna«, flüsterte sie. »Und tschüs, Opa.« Sie legte die weiße Tulpe, die sie für Opa Gerd mitgebracht hatte, neben den Kranz. Erst als Elisa nach ihrer Hand tastete, stellte sie fest, dass ihr Tränen über die Wangen liefen. Sie erwiderte den Druck der Finger, die sich anfühlten, als würden sie mit Leichtigkeit brechen, und starrte nach vorn, bis die Buchstaben auf dem Stein zu einer Fläche aus Gold verschwammen.

»Ich finde, du solltest dir das wirklich noch mal überlegen, Noemi.« Silvie Wittkamp verengte die Augen hinter ihrer Brille.

Jetzt ist nicht die passende Zeit, um Urlaub zu machen.

»Jetzt ist nicht die richtige Zeit, um an Urlaub zu denken«, fuhr ihre Mutter fort. »Natürlich ist es eine schöne Idee, Lea zu besuchen, aber du solltest zumindest einige Bewerbungen schreiben, ehe du aufbrichst. Und vielleicht noch mal mit den Ingmanns reden, ob sie eine Empfehlung für dich haben. Kann es nicht auch sein, dass die Sache im Sand verläuft? In einigen Wochen redet doch niemand mehr darüber, was auf dem Gutshof geschehen ist. Sie könnten dich in der Küche arbeiten lassen oder in die Planungen einbeziehen. Vielleicht musst du gar nicht bei Veranstaltungen vor Ort sein, das wäre doch auch eine Möglichkeit.«

Noemi aß das letzte Stück Apfelkuchen – die Pralinen, die sie von Elisa mitgebracht hatte, waren längst vernichtet – und schüttelte den Kopf. »Sie brauchen Angestellte für Veranstaltungen. Die Küche ist Guidos Domizil, und Marion würde sich niemals von irgendwem in die Planung hineinreden lassen.«

Ihre Mutter nahm ihre Kaffeetasse und schwenkte sie. Dass ihre Tochter mit achtundzwanzig Jahren weder einen festen Platz im Leben gefunden hatte noch Anstalten machte, einen solchen zu suchen, war für sie unverständlich. »Ich kann nachts nicht schlafen, wenn ich nicht weiß, ob du über die Runden kommst.«

»Mach dir keine Sorgen, Mama. Ich habe etwas angespart und werde ganz sicher nicht in naher Zukunft obdachlos werden. Und wenn alle Stricke reißen, kassiere ich vorübergehend in einem Supermarkt oder bleibe einfach bei Lea. Sie und Enrico haben ein Gästezimmer, und ich könnte bei den Gondolieri anheuern.« Sie ließ es übertrieben fröhlich klingen, damit der Scherz auch bei ihrer Mutter ankam, die bereits wieder die Stirn runzelte.

Sie rieb sich die Nasenwurzel mit Daumen und Zeigefinger. »Bei dir weiß ich nie, ob du es ernst meinst.«

Noemi behielt für sich, dass sie zumindest den Teil mit der Supermarktkasse durchaus ernst gemeint hatte, beugte sich vor und legte eine Hand auf die ihrer Mutter. »Es sieht nicht danach aus, dass meine Zukunft im Catering liegt.« Sie behielt für sich, dass der Job lediglich etwas gewesen war, um sich auszuprobieren und Erfahrungen mitzunehmen. »Also denke ich darüber nach, was ich als Nächstes machen will, und das geht am besten, wenn ich Abstand zu allem habe. Auch zu Düsseldorf. Da kommt Lea ins Spiel. Sie kennt mich in- und auswendig und kann mir sicher helfen, meine Gedanken zu ordnen. Außerdem«, sie zwinkerte, »hat niemand von uns es nach Nonna Rosas Tod geschafft, nach Italien zu fahren. Diese Trödelei muss ein Ende haben.«

Ihre Mutter verzog keine Miene. Mit einem lautlosen Seufzer ließ sie sich in die Polster des cremeweißen Sofas fallen, auf dem die Kissen so akkurat angeordnet waren, als befänden sie sich in einem Möbelhaus. »Warum muss es denn nur wieder etwas Neues sein? Ich dachte, diese Phase wäre vorbei. Du hast eine abgebrochene Lehre zur Steuerfachangestellten und eine abgeschlossene Ausbildung. Du bist gelernte Konditorin! Warum suchst du nicht in diesem Bereich? In einem Café, Restaurant oder einem Hotel lässt sich doch sicher etwas finden. Ich kann mich gern umhören.«

Ein ähnliches Gespräch hatten sie schon mal geführt, ehe Noemi den Vertrag bei den Ingmanns unterschrieben hatte.

Auch damals hatte sie ihrer Mutter nicht verständlich machen können, dass es sich falsch anfühlte, über Jahre hinweg jeden Tag am selben Ort aufzuschlagen, am besten noch zur selben Zeit – schlimmstenfalls unter der Supervision eines Chefs, der jeden Handschlag seiner Angestellten kontrollierte.

Nur ungern dachte sie an das Jahr zurück, in dem sie im Hotel Sangelier in der Altstadt gearbeitet hatte – wo sie sich noch eingeengter gefühlt hatte als im Anschluss in der Konditorei Fechner. Der Küchenchef stammte aus Karlsruhe, hielt sich aber für einen französischen Maître, zumindest sprach er mit einem schrecklich falschen Akzent und legte ein Temperament an den Tag, das zu französischen Starköchen in schlechten Filmen passte. Irgendwann hatte Noemi ihn freundlich darauf hingewiesen, dass ein angenehmeres Klima für bessere Ergebnisse bei der Arbeit sorgte. Seine Antwort bestand in einem Wutanfall, den man sicher bis auf die Straße gehört hatte. Also hatte sie beschlossen, dass das Sangelier nicht der Ort war, an dem sie ihre Lebenszeit verbringen wollte.

Aber sie wusste auch, dass ihre Mutter sie liebte und nur das Beste für sie wünschte – und in ihrer Welt kam das möglichst großer Sicherheit durch eine unbefristete Anstellung gleich.

Noemi erhob sich aus ihrem Sessel und ließ sich schwungvoll neben ihrer Mutter auf das Sofa fallen. Vor ihnen gewährten die Fenster den Blick in den Garten, wo eine ebensolche Ordnung herrschte wie im Wohnzimmer.

»Danke für das Angebot, Mama. Aber ich werde mich nicht entscheiden können, ehe ich nicht darüber nachgedacht habe. Mit Abstand. Du weißt, ich bin nicht so wie du.«

»Nein.« Nun seufzte Silvie Wittkamp doch. »Du bist wie dein Vater, ehe ich ihm mühsam beigebracht habe, dass er sesshaft werden muss, wenn er eine Familie hat.« Es klang noch immer streng, aber auch liebevoll, was Noemi ein warmes Gefühl in den Bauch zauberte.

So verschieden ihre Eltern auch waren, sie liebten sich nach wie vor und hatten das Kunststück vollbracht, die Eigenarten des anderen zu tolerieren und sich ein Stück weit anzupassen. So ließ ihre Mutter ihren Vater ohne Murren ziehen, wenn ihn ein Grafikauftrag wieder quer durch Deutschland führte. Dafür achtete er darauf, keine allzu große Unordnung im Haus zu veranstalten – außer in seinem Arbeitszimmer, dessen Tür daher stets geschlossen war.

Ein leises Geräusch weckte Noemis Aufmerksamkeit: Ein Insekt war gegen eine der Fensterscheiben geflogen und hielt nun auf den Streifen Wildblumenwiese neben dem Zaun zu, den sich ihr Vater gewünscht hatte und der wie ein Fremdkörper in dem fast schon englischen Garten wirkte.

»Ich war heute mit Tante Elisa an Nonnas Grab«, sagte sie.

»Lenk nicht ab.« Ihre Mutter klang längst nicht mehr so energisch wie zuvor. Lag da ein Hauch Resignation in ihrer Stimme?

Noemi lächelte. »Weißt du, wenn ich nach Venedig fahre, würde ich ja nicht nur Lea besuchen, sondern all die Dinge, Geschäfte und Bauten sehen, die Nonna geliebt hat, wo sie gelebt und gejobbt hat. Ich werde durch dieselben Straßen streifen wie sie und da einkaufen, wo sie eingekauft hat.«

»Falls es die alten Läden überhaupt noch gibt«, sagte ihre Mutter.

Noemi knuffte sie in die Seite. »Etwas mehr Romantik könnte dir nicht schaden. Schon allein, weil du demnächst mit Papa nach Dresden fährst!«

»Wir sehen uns die Stadt und die Semperoper an. Dafür ist Romantik keine Voraussetzung.« Ihre Mutter zwinkerte, weil sie genau wusste, worauf Noemi hinauswollte. Ihr Mann redete schon lange davon, Schloss Moritzburg zu besuchen, weil dort *Drei Haselnüsse für Aschenbrödel* gedreht worden war und er den Film wie jeder aus der Familie mochte, und, auch wenn sie es nicht zugab, sie freute sich genauso sehr darauf wie auf die Oper.

»Gut.« Noemi zog die Beine an und kuschelte sich an ihre Mutter. »Dann nehme ich all die Romantik mit nach Venedig und verspreche dir, dass ich dort nicht auf der faulen Haut liegen, sondern mir Gedanken über meine berufliche Zukunft machen werde.«

»Ach, Kind.« Ihre Mutter stand auf, hauchte ihr einen Kuss auf die Stirn und begann, das Geschirr zusammenzuräumen. »Du kannst nicht dein Leben lang so weitermachen.«

»Doch, weil ich nämlich einen so breiten Erfahrungsschatz in vielen Bereichen habe, dass ich immer etwas finden werde. Davon abgesehen sind Quereinsteiger heutzutage gern gesehen. Und wenn alle Stricke reißen, werde ich Pralinen-Influencerin.« Sie breitete die Arme aus, um zu zeigen, dass sie zumindest den letzten Satz nicht ernst meinte.

Ihre Mutter schüttelte den Kopf. »Ich war so froh, dass Rosas Gene Manuel nur gestreift haben, aber du hast die volle Ladung abbekommen. Nun.« Sie pustete die Kerzen im Silberleuchter aus, ein unmissverständlicher Hinweis, dass der

Nachmittagskaffee beendet war. »Wenn du schon auf ihren Spuren wandelst, kannst du ja auch Simonettis besuchen.«

»Wen?« Noemi freute sich, dass ihre Mutter ihre Pläne endlich akzeptierte, schnappte sich die Kuchenplatte und folgte ihr in die Küche.

Silvie stellte das Geschirr ab und öffnete die Spülmaschine. »Erinnerst du dich an den Pralinenladen, in dem deine Nonna regelmäßig bestellt hat? Anfangs gab es doch Drama, weil der eigentlich nicht ins Ausland lieferte, aber dann hat Rosa dort angerufen, da sie den Besitzer von früher kannte, und seitdem hat er ihr stets pünktlich Pralinen geschickt. Sie hat mal gesagt, es seien die besten, die man bekommen könne. Die Torte, die sie dir zu deinem achtzehnten Geburtstag gebacken hat, war mit Simonetti-Pralinen verziert, weißt du noch?«

Natürlich erinnerte sie sich an die Torte. Es waren Mandelpralinen darauf gewesen, beinahe so, wie Nonna Rosa sie stets gemacht hatte. Noemi hatte sie vor vielen Jahren gefragt, warum sie ihre Lieblingspralinen waren, und ihre Nonna hatte von einem Mandelgarten erzählt, den sie als junge Frau gesehen hatte. »Die Bäume standen nicht in Reihen, sondern wild durcheinander, eben so, wie sie hatten wachsen wollen. Es gab eine Steinbank, so breit wie ein großes Bett. Ich habe mich hingelegt und nach oben in die Blüten geblickt, und dieser unglaubliche Duft, Noemi … so etwas Magisches habe ich selten erlebt.«

Von da an hatte sie sich gewünscht, diesen Mandelgarten ebenfalls zu besuchen, und ihren Eltern so lange in den Ohren gelegen, bis sie eine Gartenbank kauften, auf der sich

Noemi vorstellen konnte, dort zu sein, an diesem verwunschenen Ort.

Sie lächelte bei der Erinnerung. »Simonetti, waren das diese weißen Packungen mit dem silbernen Vogelkäfig darauf?«

»Ganz genau die.«

Ihre Nonna hatte hin und wieder ein Paket aus Italien erhalten und dann stets diese Wunderwerke daraus hervorgeholt, die nur an besonderen Tagen auf den Tisch kamen. Noemi und Rosa hatten unzählige Stunden lang versucht, die Pralinen in Geschmack und Konsistenz zu kopieren, es aber nicht immer geschafft. Noemi hatte nie gefragt, woher genau sie stammten, weil es für sie einfach so normal gewesen war, dass ihre Nonna jemanden in ihrer alten Heimat kannte, der sein Handwerk ebenso liebte wie sie.

»Die hatte ich ganz vergessen!« Ein Energiestrom floss durch ihren Körper, als sie ihrer Reiseliste den Besuch im Pralinengeschäft Simonetti hinzufügte. »Da weiß ich schon, was ich dir, Papa und Elisa mitbringe. Hast du eine Ahnung, wo genau sich der Laden befindet?«

»Nein, leider nicht. Aber wenn jemand Pralinen in Venedig aufspürt, dann du.« Ihre Mutter schenkte ihr ein warmes Lächeln. Allmählich freundete sie sich mit dem Gedanken an, dass ihre Tochter ihr Leben auf ihre Weise regelte. »Hast du Elisa eigentlich gefragt, ob sie mitkommen will? Vielleicht hat sie ihre Meinung nach Rosas Tod geändert und möchte ihre Heimat doch noch einmal besuchen. Ihre Muttersprache in den Straßen hören.«

Im Gegensatz zu Nonna Rosa war Elisa kaum außer Landes gereist, seitdem sie in Deutschland lebte, und hatte stattdessen ihr Herz für die Nordsee entdeckt.

Noemi hatte sie einige Male darauf angesprochen, weil sie nicht verstand, dass Elisa nur noch wenig Interesse an dem Land zeigte, in dem sie aufgewachsen war. Zu ihrem Erstaunen war es dann stets Rosa gewesen, die das Gespräch unterbrochen und ihr gesagt hatte, dass niemand über Elisas Leben bestimmte außer sie selbst – und dass sie sich für nichts rechtfertigen musste.

Noemi schloss die Spülmaschine und lehnte sich an die Küchenzeile. »Ja, das habe ich, aber sie hat seltsam reagiert.«

Silvie nickte. »Sie hat wie immer das Thema gewechselt.«

Noemi zögerte. »Ja. Als sei Venedig etwas, über das man nicht in der Öffentlichkeit redet. Es war komisch.«

»Ach, meine Kleine.« Ihre Mutter trat zu ihr und schlang die Arme um sie. »Vermutlich sind zu viele Erinnerungen an Rosa wach geworden. Elisa würde es niemals zugeben, aber sie ist einsam ohne ihre liebste Freundin. Man sieht es an ihren Augen. Sie sind leerer als zuvor.«

Noemi ließ sich in die Umarmung sinken. So sachlich und korrekt Silvie Wittkamp sein konnte – sie hatte ein großes Herz, und es schlug vor allem für ihre Familie. »Ich wünschte, ihr würdet alle mitkommen«, flüsterte sie, als Tante Elisas Traurigkeit sogar über die Entfernung auf sie übersprang. Auf einmal vermisste sie ihre Nonna fürchterlich.

Ihre Mutter hielt sie fest und strich ihr behutsam über den Rücken. »Es ist deine Reise, meine Kleine. Ich hoffe nur, dass sie dir Klarheit bringt.«

3

»Huch! Guten Morgen«, rief Noemi und wäre beinahe in vollem Tempo in den Postboten gerannt. Vor lauter Schreck ließ sie den Koffer los, der durch den Schwung mit einem dumpfen Laut umkippte. »Sie sind aber früh dran!«

»Und Sie haben es eilig?« Er tippte sich an die Schirmmütze und grinste. Herr Grolmann kümmerte sich um die Post in ihrer Straße, seit sie hier wohnte, machte seinen Job aber schon seit über zwanzig Jahren. Noemi mochte ihn und nahm sich gern Zeit zum Plaudern, wenn sie ihn traf.

Nur heute nicht. »Ja, und ich bin spät dran, weil ich zu lange mit einer Freundin telefoniert habe.« Sie lachte. »Ich muss zum Flughafen, es geht nach Venedig.« Kaum zu glauben, dass seit ihrem Entschluss, Lea zu besuchen, erst eine Woche vergangen war!

»Na, dann gute Reise. Ihre Post ist schon da drin.« Er nickte in Richtung Briefkasten, berührte noch einmal seine Mütze und ging weiter.

Noemi zögerte kurz, aber die Neugier siegte – sie würde einfach den Weg zur Bahn rennen. Mit ausgestreckten Fingern schloss sie auf, nahm zwei Werbeprospekte und einen Brief heraus – und stutzte. Er war ursprünglich an Nonna Rosa adressiert und an sie weitergeleitet worden. Die Familie hatte entschieden, Noemis Adresse für den Nachsendeantrag der Post anzugeben. Ihre Eltern hatten sich damals den lang gehegten Traum einer Miniweltreise erfüllt, und Noemi hatte geglaubt, noch für längere Zeit bei Catering Ingmann zu bleiben.

Der Wecker ihres Handys schlug an – der zweite Alarm, den sie gestern noch gestellt hatte und der *Die Zeit wird knapp, ab jetzt keine Verzögerungen mehr* bedeutete. »Mist!« Eilends steckte sie den Brief in die Handtasche, stellte den Alarm ab und hastete los.

Ihr Kleid klebte ihr am Körper, als sie endlich die mit einem Blumengitter und einem Klopfer in Löwenform verzierte Tür in der Calle dei Cerchieri erreichte und ihren Koffer neben sich abstellte. Die Wärme in Venedig war eine andere als zu Hause in Düsseldorf, klarer und erbarmungsloser, sofern man nicht in eine der schmalen Gassen eintauchte, wo Schatten vorherrschte, da die Sonnenstrahlen es nicht schafften, sich zwischen den hohen Gebäuden durchzumogeln. So war es auch hier – das Baugerüst, mit dem die halbe Straße überspannt war, tat sein Übriges –, und Noemi gönnte sich einige Sekunden, in denen sie förmlich spürte, wie Schweiß und Stoff auf ihrer Haut trockneten. Sie lockerte mit knappen Bewegungen die Muskeln in ihrem Nacken, während sie dem Geräuschteppich aus Schritten, Stimmen und, weiter entfernt, Musik lauschte, der hier weniger verblasste als die Temperaturen.

Im Grunde war der Weg vom Bahnhof bis in den Stadtteil Dorsoduro nicht allzu weit gewesen, doch das Kopfsteinpflaster, auf dem jeder noch so moderne Koffer hilflos rumpelte, sowie die vielen Brücken, über deren Stufen sie ihn hatte tragen müssen, waren eine kleine Herausforderung gewesen.

Jetzt atmete sie auf und strich mit einem Lächeln über den Löwenkopf. Sie war am Ziel, in der verzauberten Stadt, wie Nonna Rosa Venedig stets genannt hatte, mit ihrem besonderen Flair und der ganz eigenen Geräuschkulisse, die von den unzähligen Kanälen und dem fehlenden Straßenverkehr herrührte. Der Calle dei Cerchieri schien auf den ersten Blick allerdings keinerlei Zauber innezuwohnen. Sie war schmal, mit vergitterten Fenstern im Erdgeschoss, besagtem Baugerüst und Steinwänden, die an manchen Stellen aussahen, als handelte es sich bei den nahtlos ineinander übergehenden Häusern um Ruinen. Aber man musste nur den Kopf in den Nacken legen, um Farben und die wunderschönen Metallbalkone zu entdecken. Hoch über ihr kämpften bunte Blumen gegen die Tristesse am Boden an.

Neben der Tür prangte ein verbeulter Briefkasten, auf dem mit schwarzem Edding die Ziffern 1248 gemalt waren. Werbeprospekte und eine Zeitung klemmten im Türgitter. Noemi zog sie heraus, griff nach dem Ring im Löwenmaul und ließ ihn mehrmals auf das Holz prallen. Der Ton hallte im Inneren nach. Noemi wartete, während sie an dem abbröckelnden Putz zwischen den Mauersteinen knibbelte. In Venedig war der Verfall Teil des Charmes.

Schritte wurden auf der anderen Seite der Tür laut, dann öffnete sie sich, und Leas Gesicht tauchte vor ihr auf. Für den Bruchteil einer Sekunde schien Noemi in die Vergangenheit zu reisen. Das war immer so, wenn sie sich sahen, seitdem ihre Freundin mit Enrico nach Italien gezogen war und sie sich nur noch selten treffen konnten. Lea betonte stets, dass sie ihre Liebe zu diesem Land niemals ohne Noemi, Nonna Rosa und Tante Elisa entdeckt hätte.

Schon im nächsten Moment war der Eindruck vorbei, und sie kehrte in die Gegenwart zurück, die nicht schöner hätte sein können. »Störe ich?« Es fiel ihr schwer, ein breites Grinsen zurückzuhalten.

Lea strahlte und warf ihr beide Arme um den Hals. »Mensch, da bist du ja endlich! Ich dachte schon, du hättest es dir anders überlegt oder wärst unterwegs in einer Konditorei versackt!«

»Quatsch«, sagte Noemi, den vertrauten Duft nach Vanilleshampoo einatmend. »Doch nicht mit dem blöden Koffer.« Sie lachten beide und klopften sich auf den Rücken, immer schneller, so wie sie es schon früher getan hatten. Erst dann lösten sie sich wieder voneinander und musterten sich gegenseitig auf der Suche nach allem, was sich verändert hatte.

»Die kürzeren Haare stehen dir wirklich gut. Und sehen gar nicht so brav aus wie auf den Fotos«, sagte Lea und zupfte an einer von Noemis kinnlangen dunklen Strähnen. Sie selbst sah noch immer aus wie vor einem Jahr, trug das dunkelblonde Haar wie so oft zusammengebunden und wirkte energisch mit ihrem spitzen Kinn. Aber das passte zu ihr. Lea hatte schon immer einen Plan für alles gehabt, meist Jahre im Voraus, verfolgte geradlinig ihre Ziele und notierte sich sämtliche Erfolge und Meilensteine, um gegebenenfalls ihre Drei-, Fünf- und Zehnjahrespläne zu korrigieren.

Noemi probierte lieber aus, was manchmal dazu führte, dass sie im Leben erst zu einer und dann zur anderen Seite tanzte, statt sich konstant vorwärts zu bewegen. So wirst du nie Karriere machen, hatte Lea einmal mit einem Augenzwinkern gesagt, woraufhin sich Noemi gefragt hatte, was *Karriere* für sie überhaupt bedeutete. Vermutlich war es kein Weg, der so stur geradeaus verlief, dass sie irgendwann auf ihm einschlafen würde.

»Danke.« Sie fuhr sich über den Nacken und wischte den feinen Schweißfilm weg. Dann drückte sie Lea die Werbeprospekte in die Hand. »Vor allem ist die Frisur praktisch, wenn man zu seiner besten Freundin nach Venedig fährt und dabei mindestens zehn klitzekleine Hitzetode auf sich nimmt.«

»Wie gut, dass besagte Freundin eine kühle Wohnung und tonnenweise eiskalte Getränke hat«, sagte Lea und zerrte Noemi ins Innere.

Kaum schloss sich die Tür, war es, als würde man in eine andere Welt treten. Hier drinnen war von der abblätternden Farbe in der Calle nichts zu ahnen. Im Gegenteil, es war mit den hellen Wänden und dem glänzenden Marmorboden gemütlich und, ganz wie Lea es versprochen hatte, kühl. »Wow.« Noemi strich über den verzierten Beistelltisch neben der Garderobe. »Ihr habt ja alles neu gemacht.«

Lea schnaubte. »Das musste auch sein. Erinnerst du dich an den Vormieter, von dem ich dir erzählt habe? Signor Favero? Der hatte leider ein Faible für Zigarren, aber nicht für geöffnete Fenster oder gar den Balkon. Der Rauch hatte sich überall festgesetzt, da hatten sämtliche Putzmittel der Welt keine Chance. Wir haben alles rauswerfen müssen, weil ich den Geruch nicht ertragen konnte. Aber komm, lass den Koffer stehen, ich führ dich erst mal herum.« Sie deutete auf das

Treppengeländer aus Holz, das noch auf seine Renovierung wartete, denn hier und dort hatte es Splitter von der Größe eines Kinderfingers gelassen, und so wie Noemi Lea kannte, würde sie das nicht auf Dauer tolerieren.

Die Wohnung war schmal, verlief aber über drei Etagen. Einen Atemzug lang wurde Noemis Kehle eng. Nonna Rosa hatte sich so gefreut, als Enrico einen Job in Venedig bekommen hatte. Sie hatte ebenfalls beim Umzug geholfen – Elisa war leider kurz zuvor krank geworden und in Deutschland geblieben – und war an den Abenden verschwunden, um Stunden später in bester Laune wieder aufzutauchen. Ich komme auf jeden Fall wieder, wenn ihr alles renoviert und ein wenig mehr Ruhe habt, hatte sie zum Abschied zu Lea gesagt.

Sie würde ihr Verspechen nicht mehr halten können.

Über die Treppe gelangten sie in eine geräumige Küche, wo sich Holzelemente und Edelstahlflächen zu einer Kombination verbanden, die mit Kunstdrucken von Blumenfeldern und alten Landkarten versehen worden war. Der Tisch in der Mitte passte auf den ersten Blick nicht dazu, war auf den zweiten jedoch nicht mehr wegzudenken, und bildete mit den sechs Stühlen, dem Blumengesteck und den Kerzen eindeutig das Zentrum des Raums, wenn nicht sogar der ganzen Wohnung. Wie Noemi fühlte sich Lea in Küchen stets am wohlsten und konnte einer Plauderei bei süßen Snacks und einem Glas Wein nicht widerstehen.

An einer Wand glänzten drei aus Stahl gefertigte Blumen. Noemi lächelte, als sie darüberstrich. »Du hast sie noch.«

»Natürlich«, sagte Lea und drückte ein paar Tasten auf der Kaffeemaschine. »Sie sind von dir, und sie sind schön.«

Die Skulpturen waren vor einigen Jahren entstanden, nachdem Noemi ihre Lehre bei einer Steuerberaterin abgebrochen hatte, mit der sie in die Fußstapfen ihrer Mutter hatte treten wollen. Im Anschluss hatte sie sich in den Kopf gesetzt, etwas Handwerkliches zu lernen, und da ein guter Freund als Schweißer arbeitete, hatte sie ihm oft über die Schulter geblickt. Nach mehreren Besuchen hatte sie zwar mit seiner Hilfe diese Blumen angefertigt, aber auch festgestellt, dass das Schweißen und sie nicht so zusammenpassten, wie sie es sich erhofft hatte.

Während der Kaffee durchlief, zeigte Lea ihr den Rest der Wohnung. Auf dieser Etage gab es noch eine Vorratskammer, das große Bad, ein Wohn- sowie ein Arbeitszimmer. Über die Treppe gelangte man zum Schlafzimmer, Gästezimmer sowie zu einem begehbaren Schrank, den Lea als Abstellkammer nutzte. Die Einrichtung bestand aus Möbeln in warmen Holztönen mit modernen Akzenten, was hervorragend zu der Wohnung passte – auch zu dem Balkon mit dem Eisengitter, der vom Wohnzimmer aus auf die Straße hinausging und auf dem gerade mal Platz für einen winzigen Tisch und zwei Stühle war.

»Ich kann deinen Nachbarn in die Wohnung gucken«, sagte Noemi, beugte sich vor und warf einen Blick auf die Straße, was Lea mit einem scharfen Luftholen quittierte.

»Fall nicht runter.«

»Keine Sorge, es ist hier viel zu eng dafür. Vermutlich würde ich zwischen diesem Haus und dem da drüben stecken bleiben.« Das war natürlich übertrieben, aber es erschien ihr seltsam, dass die Häuser in einer so schmalen Gasse Balkone besaßen und man sich vermutlich mit den Leuten gegenüber in normaler Lautstärke unterhalten konnte. Oder miteinander anstoßen, wenn man sehr, sehr wagemutig war.

Lea schnaubte. »Besser, wir probieren das nicht aus, da du sonst Signora Dalla aufweckst.«

»Oh?« Noemi trat zurück. »Um diese Zeit aufwecken? Arbeitet sie nachts?«

Lea verdrehte die Augen. »Sie ist Sängerin und übt zu den unmöglichsten Zeiten. Am Nachmittag legt sie sich meistens hin, nur manchmal, wenn sie nicht schlafen kann, schmettert sie wieder los. Und das will ich vermeiden.« Energisch zog sie Noemi zurück ins Wohnzimmer, schloss erst die Holzläden und dann die Balkontür. »Los, ab in die Küche, und dann erzählst du mir, warum wieder so viel Chaos in deinem Leben herrscht.«

»Tja.« Noemi lehnte sich zurück und leerte ihr Wasserglas. Zwischen ihnen stand ein Teller, auf dem sie die mitgebrachten Pralinen angerichtet hatte. Für Enrico waren noch genug da, auch wenn Lea deutlich mehr verputzt hatte als erwartet. »Damit war der Einsatz auf dem Gutshof Lenz mein letzter für die Ingmanns.«

»Das ist unglaublich!« Leas Wangen hatten sich gerötet. Sie presste ihre Hände auf die Stuhllehnen und schob sich ein Stück in die Höhe – ein deutliches Zeichen ihrer Empörung. »Der Typ ist ja mehr als dreist. Und er kann doch gar nichts beweisen!«

»Ich leider auch nicht.« Noemi seufzte. »Meine Chefin und der Chef – ich meine, meine Ex-Chefin und mein Ex-

Chef – glauben mir, und es tut ihnen auch mehr als leid, mich gehen zu lassen. Aber wenn das Wort eines Kunden gegen das der Angestellten steht …« Sie zuckte die Schultern. »Du weißt ja, wie das läuft. Ganz abgesehen davon, dass die Familie Lenz in und außerhalb von Düsseldorf genug Kontakte und auch das Geld besitzt, um sich die Geschichte so hinbiegen zu können, wie sie sie haben will.« Sie winkte ab.

»Na wunderbar, also kann dieser Reiterschönling weiterhin fremde Frauen anbaggern und Mist bauen und schiebt es dann von sich, indem er Geschichten erfindet?« Leas Stimme war mit jeder Silbe lauter geworden, und Noemi warf einen Blick zum Fenster, das weit offen stand. Vermutlich hatten sie die Signora von gegenüber nun doch geweckt, was in ihren Augen aber nicht schlimm war. Im Gegenteil, sie war neugierig auf die musikalischen Übungsstunden in der Calle dei Cerchieri.

»Ich habe leider das Pech, dass zumindest offiziell bisher nie etwas in der Art vorgefallen ist.«

»Du könntest klagen.«

»Ach, Lea.« Noemi schüttelte den Kopf. »Welche Chancen hätte ich denn? Sogar Christoph hat da kaum Hoffnung.«

»Christoph? Dein Ex Christoph, der Anwalt?«

»Genau der. Also nein, ich nehme mir diese Auszeit und überlege, was ich in Zukunft machen will. Ob ich es noch einmal bei einem Cateringservice versuche, wobei meine Chancen da wie gesagt vermutlich schlecht stehen, zumindest, wenn ich in der Gegend bleibe. Aber wenn ich ehrlich bin, reizt es mich auch nicht mehr allzu sehr.«

»Das habe ich mir schon gedacht«, sagte Lea in einem Ton, der Noemi an ihre Mutter erinnerte.

Ein guter Grund, um es zu ignorieren. »Aber vielleicht gibt es ja auch eine Möglichkeit, etwas mit meinen Pralinen zu machen. Die Ingmanns waren schließlich überzeugt genug, um sie in ihr Angebot aufzunehmen. Darüber werde ich nachdenken, während ich hier bin. Und in der Zwischenzeit wird Tante Elisa der Familie Lenz vermutlich die Hölle heiß machen, auch wenn ich sie gebeten habe, den Vorfall zu vergessen.« Sie seufzte leise, aber es klang liebevoll.

Leas Brauen wanderten nach oben. »Ich wundere mich ohnehin, dass sie diesem Julian nicht die Augen ausgekratzt hat. Es passt gar nicht zu ihr, sich dermaßen zurückzuhalten.«

Das stimmte. Tante Elisa ging zwar auf die achtzig zu, hatte sich aber ihr Temperament erhalten, auch wenn es schon immer Momente gegeben hatte, in denen sie still und in sich gekehrt wirkte. An manchen Tagen strahlte sie sogar eine schwer greifbare Traurigkeit aus. Noemi hatte Nonna Rosa vor vielen Jahren darauf angesprochen, aber die hatte nur gemeint, dass jede Person aus vielen Facetten bestehe und auch Elisa ruhige Zeiten brauche, um sich von jenen zu erholen, in denen sie all ihre Energie verfeuerte. Bei jedem anderen hätte es geklungen, als stammte es aus einem Lifestyle-Magazin, aber zu Rosa hatte es gepasst.

Noemi lächelte. Ihre Nonna fehlte ihr fürchterlich – ihr Temperament, ihre Neugier, ihre Entschlossenheit und vor allem ihre Eigenart, jeden Tag zu feiern, indem sie Neues suchte und auch fand. In ihrer Jugend war sie eine regelrechte Vagabundin gewesen und hatte stets betont, dass die Seitenstraßen in Städten und auch im Leben mitunter die interessantesten waren. »Vor allem in Venedig«, hatte sie einmal gesagt und sich mit halb geschlossenen Augen hinweggeträumt. »Mach nie den Fehler, dort mit einem Reiseführer herumzulaufen, mein Mädchen. Nicht jeder interessante Ort will von Massen überrannt werden, und daher halten sich viele von ihnen im Verborgenen, doch das bedeutet nicht, dass sie weniger strahlen.«

Nonna Rosa hatte Noemi damals verstanden und sogar bestärkt, als sie sich nach vielen schlaflosen Nächten dazu durchgerungen hatte, ihre Ausbildung abzubrechen. Sie war immer da gewesen, wenn sie sie gebraucht hatte, und hatte nachvollziehen können, was sie bewegte – und wenn nicht, hatte sie einfach ihre Hand gehalten, bis sich Zweifel, Unsicherheit oder Angst legten. Niemals hätte sie gedacht, dass eine Person, in der so viel Weisheit steckte, durch einen Herzinfarkt aus dem Leben scheiden könnte. Es schien ein zu kleines Hindernis für eine so große Seele zu sein. Sie war überzeugt davon, dass sie Rosas Stimme hier wiederfinden und nach ihrer Rückkehr vielleicht schlauer sein würde, was ihre Zukunft betraf.

»Tante Elisa hat versucht, Julian Lenz zu sagen, dass sie ihn durchschaut, sich dabei aber sehr zurückgehalten. Es ist kein einziges Schimpfwort gefallen. Nicht einmal ein italienisches.« Sie zuckte die Achseln. »Aber lass uns nicht mehr darüber reden. Wie sehen deine Pläne für den Nachmittag aus?«

Lea verzog das Gesicht. »Ich habe mir leider nur den halben Tag freinehmen können und muss noch ein paar Stunden fürs Büro an den Computer. Was hältst du davon, wenn wir später zusammen essen gehen? Enrico müsste gegen sieben zu Hause sein.«

»Klingt super.« Noemi angelte nach ihrer Handtasche, die

über der Stuhllehne baumelte, um ihr Handy herauszunehmen. Dabei stießen ihre Finger auf etwas Glattes. Papier, zu dick, um ein Notizzettel zu sein. »Oh, den habe ich ganz vergessen«, sagte sie und zog den Umschlag hervor. »Ich habe ihn vor der Abreise aus dem Briefkasten geholt, hatte aber keine Zeit mehr, ihn zu öffnen. Der Postbote war heute recht früh dran.«

»Im Gegensatz zu dir, nehme ich an.«

Noemi zog eine Grimasse. »Erwischt.«

Ihr Herz schlug schneller, während sie den Umschlag betrachtete. Er war verknittert, mit eingedrückten Ecken, als hätte er eine lange Reise hinter sich. Poststempel und Absenderadresse bestätigten das.

»Er war für Nonna bestimmt, und der Absender ist ein Raffaele Mangano aus Matraia hier in Italien.« Sie hob den Kopf und musterte Lea. »Von dem hab ich noch nie gehört.«

In den Augen ihrer Freundin las sie Mitgefühl. Lea wusste, warum sie zögerte, und würde sie auch nicht drängen, wenn sie sich entschied, mit dem Öffnen zu warten. Andererseits würde sich der Inhalt des Umschlags nicht verändern, und wenn sie ehrlich war, ließ die Neugier ihre Finger zucken. Sie strich über die gleichmäßigen Buchstaben und das *Germania* unter der Postleitzahl. Daneben prangte etwas, das sie auf den ersten Blick für einen Fleck hielt, sich dann aber als winziges Fragezeichen entpuppte, so als wäre dieser Raffaele nicht sicher gewesen, ob die Adresse stimmte. Einen Wimpernschlag lang kam es Noemi vor, als wäre dieser Hinweis für sie bestimmt. Als würde der Unbekannte sie fragen, ob sie sich wirklich mit seinem Brief befassen wollte.

Sie schüttelte den Kopf über diese dramatischen Gedanken. Womöglich handelte es sich bei Raffaele Mangano um einen alten Bekannten ihrer Nonna, und er war nicht sicher, ob er die richtige Rosa aufgespürt hatte? Schließlich hatte sich ihr Name mit der Ehe geändert, aber mit etwas Recherche im Internet ließ sich ihr Mädchenname herausfinden. Nonna Rosa war in ihrem Leben nicht untätig gewesen und hin und wieder in Veranstaltungsberichten der lokalen Medien aufgetaucht, und sie hatte stets darauf geachtet, dass sie *Rosa Wittkamp, geborene Greco,* war.

»Noemi?« Lea berührte ihre Hand und riss sie aus ihren Gedanken. »Willst du erst spazieren gehen? Der Brief kann ja warten.«

»Nein, ich möchte wissen, worum es geht.« Sie beugte sich zur Seite, öffnete die Schublade und holte ein Messer heraus. Behutsam und weit ordentlicher als sonst schlitzte sie den Umschlag auf. Darin befand sich nur ein Blatt Papier. Sie faltete es auseinander und musterte die gedruckten Zeilen. Lediglich Anrede und Verabschiedung waren mit energischer Handschrift verfasst. Jetzt war sie froh, dass sie vor Jahren so oft Italienisch mit Rosa und Tante Elisa gesprochen hatte. Sprachen eröffnen dir Wege in ganz neue Teile der Welt, hatte Nonna Rosa stets gesagt, und es ist immer gut, wenn sich viele davon auftun. Du musst sie ja nicht allesamt nutzen.

Liebe Rosa Greco,

mein Name ist Raffaele, und ich bin der Sohn von Marta Mangano. Marta und Sie kennen sich von früher – Sie waren beide an der Entstehung des Piacere-Festivals an der Villa Pitiani in San Gimignano beteiligt. Damals lautete der Nachname meiner Mutter noch Svevo. Vielleicht erinnern Sie sich an sie.

Ihr geht es gut, aber ihr Gedächtnis lässt sie immer öfter im Stich. Dennoch erzählt sie häufig von früher, und daher hat meine Familie beschlossen, das Piacere nach all diesen Jahren erneut auszurichten, damit sie es noch einmal erleben kann. Wir haben recherchiert und versucht, möglichst viele der ehemaligen Initiatoren zu erreichen. So sind wir auch auf Sie gestoßen. Ich freue mich, wenn Sie Interesse hätten, am Wiederaufleben des Festivals mitzuwirken, so wie Sie damals Teil davon waren. Melden Sie sich sehr gern bei mir. Bis dahin haben Sie eine gute Zeit!

Herzlich
Ihr Raffaele Mangano

Darunter prangten die Adresse in Matraia sowie ein E-Mail-Kontakt. Noemi runzelte die Stirn und überflog den Brief erneut, wobei ihr Blick an den Namen hängen blieb. »Was für ein Festival?« Sie drehte das Papier um, aber die Rückseite war leer. »Ich habe niemals von diesen Leuten oder dieser Villa gehört, und ich bin mir sicher, dass Nonna nie ein Festival erwähnt hat, an dessen Entstehungsgeschichte sie beteiligt gewesen ist.«

Lea löschte die Kerzen auf dem Tisch und wirkte längst nicht so überrascht. »Rosa war doch viel unterwegs, da würde es mich nicht wundern, wenn sie das eine oder andere Event vergessen hat. Das würde jeder von uns tun. Vor allem«, sie zwinkerte, »wenn sie dort etwas zu viel gefeiert hat.«

»Hm.« Noemi überflog noch einmal die Zeilen. »Vermutlich hast du recht. Ich werde diesem Raffaele mailen, wenn ich wieder zu Hause bin, und ihm mitteilen, dass Rosa leider verstorben ist.« Sie hielt inne. »Schon seltsam, oder? Vermutlich gibt es da Freunde in ihrer Vergangenheit, die ihr einmal sehr wichtig waren und keine Ahnung haben, dass sie nicht mehr lebt.«

»So ist das wohl leider«, sagte Lea, trat zu Noemi und legte einen Arm um sie. »In jedem Lebensabschnitt gibt es Menschen, die irgendwann verschwinden. Und es gibt andere, die bleiben, so wie wir beide füreinander.«

Noemi schloss kurz die Augen. Lea fand so oft die passenden Worte. »Du hast recht. Danke, Süße.«

»Keine Ursache.«

»Also dann.« Noemi schob den Brief zurück in den Umschlag und legte ihn auf den Tisch, stand auf und begann, das Geschirr abzuräumen. Mit den schmutzigen Tellern verschwand auch der Anflug von Melancholie. »Ich mache hier erst mal Ordnung zum Dank, dass ich bei euch wohnen darf, und bummle anschließend ein wenig durch die Stadt. Ich will an dem Haus vorbeigehen, wo Rosa früher gewohnt hat, und außerdem muss ich das Pralinengeschäft Simonetti finden. Erinnerst du dich? Es gehört einem alten Freund von ihr; sie hat da regelmäßig bestellt. Ich darf den Simonettis nur nicht verraten, dass wir einen Teil ihrer Kreationen quasi kopiert haben.« Sie zwinkerte. »Du weiß nicht zufällig, wo es ist?«

Lea rieb sich über die Schläfe – ganz klar ein Zeichen, dass sie über mehrere Dinge gleichzeitig nachgrübelte. Vermutlich war sie in Gedanken schon halb bei der Arbeit. »Puh, gute Frage. Ich bin bestimmt schon daran vorbeigegangen; hier ist ja nichts wirklich weit voneinander entfernt. Aber wenn ich ehrlich bin, habe ich nicht darauf geachtet. Schließlich muss ich keine Pralinen kaufen.« Sie deutete auf den Teller mit den Restexemplaren. »Die sind viel besser als aus irgendeinem Laden.«

»Och.« Noemi nahm Leas Hand und drückte sie. »Ich finde es schon und ich hoffe, Nonnas alter Freund lebt noch.«

»Woher kannten sie sich?«

»Gute Frage. Ich schätze, sie waren eine Weile zusammen unterwegs, ehe sie nach Deutschland gezogen ist?« Noemi kramte in ihren Erinnerungen und dachte an die Geschichten aus Rosas Jugend, als sie mit ihrer Clique durch Italien gereist war und Partys gefeiert hatte. *Partys, ja, und Festivals – aber keines in einer Villa, das sie selbst auf die Beine gestellt haben.*

Lea füllte ihre Tasse nach. »Dann viel Glück, und futter nicht zu viel Schokolade, damit du später noch was runterbekommst. Ich erkläre dir, wie du die beste Pizzeria in ganz Venedig findest, oder willst du vorher noch mal herkommen?«

»Ich denke schon, dann können wir zusammen hingehen. Also los, verzieh dich in dein Arbeitszimmer, ich nehme den Ersatzschlüssel mit.« Sie schlug auf ihre Hosentasche, und das Metall darin klirrte.

»Okay.« Lea drückte Noemi an sich. »Ich bin so froh, dich zu sehen, und du weißt ja, dass du so lange bleiben kannst, wie du möchtest. Enrico hat absolut nichts dagegen, und ich könnte mir sogar vielleicht relativ spontan Urlaub nehmen.«

Noemi schob ihre Freundin ein Stück von sich. »Spontaner Urlaub? Was ist los, grassiert ein Virus in der Stadt, von dem ich nichts weiß?« Sie legte eine Hand auf Leas Stirn, die augenblicklich lachend weggeschlagen wurde.

»Na los, raus mit dir! Und wag es nicht, mit weniger als fünfhundert neuen Eindrücken zurückzukommen.«

Das musste sie ihr nicht zweimal sagen. Noemi warf einen Blick aus dem Fenster, wo die Sonne die Fassade gegenüber mit ihrem abbröckelnden Putz in einen goldschimmernden Palast verwandelte. Hier, mit dem Abstand zu Deutschland, war es leicht, den Vorfall auf dem Gutshof Lenz zu vergessen. Nicht mehr daran zu denken, dass ihr jemand mit voller Absicht Schaden zugefügt hatte. Aber vielleicht war ihre Zukunft ja nicht verbaut, so wie sie es im ersten Schreckmoment geglaubt hatte. Vielleicht stand sie nur wieder an einer Weggabelung, um eine von Nonna Rosas Seitenstraßen zu erkunden, in der so viel auf sie warten konnte.

4

Der Zauber Venedigs umfing sie wieder, kaum dass Noemi Leas und Enricos Wohnung verlassen hatte: Mit jedem Schritt fühlte sie sich leichter. Die alten Mauern der Stadt, von denen manche von der Sonne aufgeheizt waren und andere mit Moos und Algen bewachsen, brachten ihre Gedanken zur Ruhe, indem sie ihre Aufmerksamkeit auf die Feinheiten lenkten, die an jeder Ecke zu finden waren.

Noemi war noch schnell unter die Dusche gesprungen, danach in ein rot-gelbes Sommerkleid sowie dünne Sandalen geschlüpft und jetzt froh, dass sie ihre Haare nicht ganz getrocknet hatte. Die kühlen Spitzen fühlten sich gut im Nacken an.

Am Haus gegenüber wurden die Balkonflügel aufgestoßen, und kurz darauf erfüllte Gesang die Luft. Noemi blieb stehen und wartete einige Sekunden, doch die Signora ließ sich nicht blicken. Lächelnd und von der vollen Altstimme begleitet, wandte sie sich nach links und strich mit den Fingerspitzen an den Mauern entlang, bis sie am Ende der Straße abbog.

Sie folgte Eindrücken wie dem in der Ferne schimmernden Türkis eines Kanals, dem flüchtigen Duft nach Wein oder interessant wirkenden Gebäuden in der Ferne. Dabei versuchte sie, sich vorzustellen, wie es früher hier ausgesehen hatte, als Rosa durch die Stadt geschlendert war.

Es hat gedauert, Nonna, aber jetzt bin ich endlich wieder nach Italien gereist, so wie ich es dir versprochen habe.

Sie lief über steinerne Brücken und betrachtete die Kanäle, auf denen Boote schaukelten. An einer Rundbogentür balancierte eine Möwe auf einem roten Rettungsring und flog mit lautem Krächzen davon, als Noemi ihr zu nahe kam.

Die meisten Fenster zur Kanalseite hin waren mit einem geschwungenen Gitter oder Holzläden versehen, die sich in dunklem Grün oder Rostrot von den Hausfassaden abhoben. Überall sonst hätte Noemi gedacht, dass sie einen Anstrich bräuchten, diese Fenster, Türen und Wände, aber hier schien nichts besser zu passen als der rötliche Stein, der bis knapp über die Wasserlinie mit Algen bedeckt war. Die Balkone der oberen Etagen wiesen verspielte Schwünge auf, und sie stellte sich vor, wie Menschen vor mehreren Hundert Jahren dort gestanden hatten. Wie es wohl sein musste, in einem dieser Häuser zu wohnen und aus der Hintertür direkt ins Boot zu steigen? Am Abend dem Flüstern des Wassers zu lauschen? Venedig hatte sich im Laufe der Jahrhunderte mit Erinnerungen und Geheimnissen vollgesogen und gab sie wieder preis, wenn man nur aufmerksam genug hinhörte.

Noemi lief weiter, passierte zwei Torbögen, und augenblicklich änderten sich die Geräusche, wurden dumpf, während ihre Schritte nachhallten und von Verborgenem wisperten. Sie musterte das Wechselspiel von Sonne und Schatten auf dem Stein zu ihren Füßen und gelangte auf eine größere Straße, in der zwischen den Wohnhäusern ein Schmuckladen und ein Geschäft für Tapeten und Bodenbeläge auf Kunden warteten, ohne Leuchtreklamen oder Standschilder, für die ohnehin kaum Platz gewesen wäre. Es war wenig los in diesem Teil der Stadt. Die Touristen hielten sich an den Sehenswürdigkeiten auf, aber Noemi war froh darüber. Natürlich würde sie auch den Markusplatz besuchen, den Dogenpalast und die Rialtobrücke, aber heute gehörte sie dem für viele Besucher unsichtbaren Teil der Stadt und dem Gewirr aus Gassen.

Nach einer Weile vermischte sich der typische Geruch nach Wasser und Hitze mit dem von Fisch und Pizza. Noemi passierte einen Laden, vor dem eine Gruppe mit Weingläsern in den Händen stand, und bog immer dann ab, wenn das Stimmengewirr in der Nähe zu laut wurde oder sie den größeren Kanälen zu nahe kam. Die würde sie sich für die kommenden Tage aufsparen, schließlich blieb sie eine Weile.

Irgendwann nahm die Anzahl der Geschäfte und Lokale zu, und nachdem sie einen Mann, der vor seinem Laden eine Zigarette rauchte, nach dem Weg gefragt hatte, fand sie, wonach sie Ausschau gehalten hatte. Mit der glänzenden Holztür und dem dazu passenden Schild über dem Schaufenster stach ihr Ziel aus den grauen Fassaden heraus, als hätte jemand ein Stück Gegenwart in die Vergangenheit verpflanzt. Der Schriftzug war aus dem Holz herausgeschnitten, die Buchstaben nur geringfügig heller.

Cioccolateria Simonetti.

Es gab ihn noch, den Laden von Rosas Bekanntem! Wieder dachte Noemi an die Geschichten aus der Jugend ihrer Nonna. An die Clique, die quer durch das Land gezogen war und teilweise irgendwo in der Wildnis übernachtet hatte, um nach dem Aufwachen dem Regen zu lauschen, der auf eine notdürftig aufgespannte Plane trommelte. Einmal waren sie sogar von einem Polizisten aus einem Heuschober vertrieben worden, da der Bauer sie entdeckt hatte und fürchtete, sie würden rauchen und seine Scheune in Brand stecken.

Es musste eine fröhliche Zeit voller Freiheit gewesen sein. Man hatte gemeinsam ausprobiert, experimentiert, gefachsimpelt und sein Herz mal an einen Menschen, mal an ein neues Hobby oder gar eine Passion verschenkt. Schon damals hatte Rosa ein Faible für Pralinen besessen, und so hatte sie auch Tante Elisa kennengelernt – auf einer Schokoladen- und Konfektbörse. Möglicherweise war auch Signor Simonetti damals schon Teil der bunten Truppe gewesen, ehe er viele Jahre später dieses Geschäft im Herzen von Venedig übernommen oder vielleicht sogar eröffnet hatte.

Die Cioccolateria flüsterte ihr zu, dass sie nähertreten solle. Im Schaufenster hingen altmodische weiße Vogelkäfige verschiedener Größen, in denen sich Pralinenschachteln oder Schokoladen stapelten. Weitere Süßigkeiten lagen auf großen Silberplatten darunter aus. Es gab Etageren mit Pralinen, handgefertigte Schokolade mit Pistazien, kandierten Früchten und Krokant sowie Schokoladenwaffeln.

Hinter der Verkaufstheke stand eine junge Frau mit kurzen Haaren und strich ihre Schürze glatt. Dann klingelte ein Glöckchen, und Noemi kam es vor, als wäre sie in der Zeit zurückgereist.

War sie schon einmal hier gewesen, als Kind, als sie mit Nonna Rosa und Opa Gerd nach Venedig geflogen war? Sie musste ungefähr vier Jahre alt gewesen sein, und daher waren von jedem Tag nur Bruchteile geblieben. Einzelne Sinneseindrücke, allerhöchstens Bilder, die sie bisher völlig vergessen hatte. Behutsam berührte sie die Schaufensterscheibe und gab sich ihren Erinnerungen hin. Da waren der dunkle, volle Duft von Schokolade, italienische Wortfetzen, die mit der Wärme immer dann hereinwaberten, wenn das Glöckchen der Tür ging, und die fröhliche Energie auf den Straßen.

Italien ist Bewegung in der Sonne, hatte Rosa stets gesagt, *Deutschland dagegen Gemütlichkeit vor dem Kamin. Zwei Welten, die sich wundervoll ergänzen, wie die Sonne des Sommers und ein Herbst, der sich langsam in den Winter verabschiedet.* Noemi lächelte. Jetzt war sie hier, mitten im Sommer, und hatte dieses kleine Paradies wiedergefunden.

Das Glöckchen an der Eingangstür entlockte ihr ein Lächeln, als sie den Laden betrat. Wie damals wurde sie von den unzähligen Düften umfangen, versuchte, einzelne Komponenten herauszufiltern, und fühlte sich ein wenig zu Hause.

Die Frau hinter der Theke – sie war jünger, als sie durch das Schaufenster gewirkt hatte, ungefähr in Noemis Alter – lächelte und entblößte strahlend weiße Zähne, auf denen es an zwei Stellen silbrig blau funkelte. »Kann ich Ihnen helfen?«

Noemis Blick glitt über die Auslagen, und am liebsten hätte sie sich sofort in die Bestellung gestürzt. Aber das musste warten; sie war aus einem anderen Grund hier. »Guten Tag. Mein Name ist Noemi Wittkamp, und ich bin auf der Suche nach Signor Simonetti.« Ihre Aussprache war etwas holprig geworden in all den Jahren, aber sie wusste, dass sich das schnell wieder legen würde.

Die Verkäuferin lächelte. »Matteo ist heute geschäftlich unterwegs und erst gegen Abend wieder da.«

Matteo? War das sein Name gewesen? Jetzt erst kam es Noemi in den Sinn, dass Rosas alter Bekannter vielleicht bereits einen Nachfolger für sein Geschäft hatte, einen Sohn oder Schwiegersohn oder auch Enkel. »Entschuldigen Sie, der Mann, den ich suche, müsste um die achtzig sein. Er war ein Freund meiner verstorbenen Nonna. Sie haben sich in den Sechzigerjahren kennengelernt.« Sie räusperte sich leise. »Ich fände es schön, jemanden zu treffen, mit dem sie früher Kontakt hatte. Sie hat auch oft Pralinen gemacht, nur eben nicht professionell.« Sie hoffte, in keinen Fettnapf getreten zu sein – am Ende weilte der alte Signor Simonetti ebenfalls nicht mehr unter den Lebenden.

In den Augen der Frau leuchtete es auf, und sie fuhr sich mit einer Hand durch die Haare, bis die Strähnen in sämtliche Himmelsrichtungen abstanden. »Ah, Sie meinen Alfredo.« Das Geschäftliche war aus ihrer Stimme verschwunden und hatte einem fröhlichen Tonfall Platz gemacht, so als würden sie sich kennen. »Den gibt es natürlich noch, ja. Und er hält die Fäden hier in der Hand, auch wenn er nach außen hin alles seinem Sohn überlässt. Normalerweise kann ihn niemand davon abhalten herzukommen. Die Cioccolateria ist seine Welt. Er sitzt jeden Tag hinten in der Küche, trinkt seinen Kaffee und wartet auf Stammkunden, damit er plaudern kann. Aber momentan ist er nicht wirklich gut zu Fuß, also bleibt er zu Hause. Weiß er denn, dass Sie vorbeikommen?«

Noemi schüttelte den Kopf und verfluchte ihre Spontaneität. »Nein. Ich hoffe, es ist nichts Ernstes?« Verdammt, sie hätte vorher anrufen sollen, so wie jeder andere es getan hätte.

Etwas huschte über das Gesicht der Verkäuferin, ehe sie

wieder lächelte, und Noemi beschlich das ungute Gefühl, mit ihrer Frage zu persönlich geworden zu sein. Früher hatte sie oft ausgesprochen, was ihr durch den Kopf ging, und war dadurch in einige unangenehme Situationen hineingeschlittert. Mittlerweile wusste sie, wann sie sich zurückhalten musste, doch manchmal verfiel sie in alte Gewohnheiten.

Dann winkte die Frau ab. »Wenn man Alfredo zuhört, würde man glauben, dass er sich nur einen Fingernagel eingerissen hat. Er tobt und zetert, weil sein Sohn darauf besteht, dass er sich schont, und langweilt sich fürchterlich. Aber ich denke wie Matteo, dass er nach seinem Herzinfarkt ein wenig kürzertreten sollte.«

Auch ein Herzinfarkt! Wie bei Nonna Rosa. Noemi unterdrückte ein Schaudern. »Das tut mir leid.«

»Er hat es überstanden, und weil er ein sturer Bock ist, wird er auch bald wieder der Alte sein.« Die Frau warf einen Blick auf die Wanduhr. »Ich werde gleich ohnehin für eine halbe Stunde schließen, damit ich rübergehen, mir seine Beschwerden anhören und herausfinden kann, ob er irgendwas braucht. Warum begleiten Sie mich nicht einfach?«

Noemi zögerte. »Ich kann auch gern an einem anderen Tag wiederkommen, wenn es besser passt. Damit er sich auf Besuch einstellen kann, meine ich.« Beinahe hoffte sie, dass ihr Vorschlag angenommen würde. denn auf einmal fühlte sie sich unsicher, so unangemeldet beim alten Simonetti aufzutauchen. Das war etwas anderes, als beim Bummeln kurz die Nase in seinen Laden zu stecken. Was sollte sie ihm auch sagen? Vielleicht erinnerte er sich nicht einmal mehr an Rosa.

Doch die Frau war bereits hinter einem roten Vorhang

verschwunden und kehrte kurz darauf mit einer Handtasche zurück. »Das ist kein Problem, glauben Sie mir, er freut sich, wenn er etwas anderes sieht als seine vier Wände, seine Familie oder mich. Er wollte mich schon überreden, langjährige Kunden zu fragen, ob sie nicht in seiner Wohnung mit ihm einen Kaffee trinken wollen. Aber den Teufel werde ich tun, nachher sind die alle verschreckt und kommen nie wieder. Ich bin übrigens Mariana. Wir können uns duzen, wenn Sie möchten. Ich meine, wenn wir schon gemeinsam zu Alfredo gehen.«

»Gern.«

»Na dann los.« Mariana streifte Noemis Arm, als wollte sie damit einen Handschlag ersetzen, da sie dafür keine Zeit hatte, blieb an der Tür stehen und öffnete sie. »Es ist wirklich in Ordnung«, sagte sie, und Noemi glaubte ihr. Mariana schien zu wissen, was sie tat.

»Also gut.«

Signor Simonettis Wohnung lag drei Straßen weiter, in einem hübschen Haus mit Steinbalkonen, hinter denen Türen mit Rundbögen warteten und Grünpflanzen in der Sonne vor sich hindorrten. Mariana hatte Noemi auf dem Weg von ihrer Zeit in der Cioccolateria erzählt und amüsante Anekdoten zum Besten gegeben. Jetzt nahm sie die Treppe zur untersten Tür, zog einen Schlüssel hervor und stieß sie kurz darauf auf. »Alfredo«, brüllte sie so laut, dass es über die gesamte Straße hallte. Zwei mit Kamera und Brustbeutel bewaffnete Pärchen drehten sich zu ihnen um, die restlichen Passanten zuckten nicht einmal mit der Wimper.

Aus dem Inneren antwortete eine Mischung aus Brummen und Rufen, woraufhin Mariana Noemi einen Wink gab und die Wohnung betrat. Hier herrschten angenehme Temperaturen. Die Räume waren schmal, doch durch die Fenster fiel genügend Licht und malte verschlungene Muster auf den Marmorboden. Es roch ähnlich wie in der Cioccolateria nach Schokolade und Kaffee, allerdings untermalt von einer leichten Zigarettennote.

Mariana durchquerte die Diele, hielt auf die erste offen stehende Tür zu und bedeutete Noemi zu warten. Mit einem breiten Lächeln klopfte sie an den Rahmen.

»Da bin ich!«

»Und du hast mir nichts mitgebracht«, polterte es zur Antwort. »Nicht eine einzige Praline.«

»Ich soll zwar nachsehen, ob du was brauchst, aber Matteo und ich sind uns einig, dass du dich nicht den ganzen Tag von Schokolade ernähren solltest. Außerdem stehen da noch Pralinen auf dem Tisch!«

»Dekoration.«

»Und was ist mit deinem Salat? Den hast du kaum angerührt.«

»Pah!«

Dann redeten beide gleichzeitig aufeinander ein, wobei sich Worte und Stimmungen vermischten und ein Grinsen auf Noemis Lippen schickten. Die Silben flossen ineinander über und brachten Bilder aus der Kindheit zurück: wie Rosas Hände getanzt hatten, wenn sie mit Begeisterung erzählte, und wie ihre kleine Enkelin diese imitiert hatte in der festen Überzeugung, dass die Gesten einfach dazugehörten, wenn man Italienisch sprach.

Sie betrachtete die Fotografien an den Wänden: Sonnenaufgänge über der Stadt, die den Markusdom oder die Basilika Santa Maria della Salute in Gold tauchten. Der Canal Grande vor der Kirche sah aus, als stünde er in Flammen. Bei diesem Anblick schlug ihr Herz schneller. Sie würde hier eine wunderbare Zeit verbringen. Vielleicht hatte Julian Lenz ihr sogar einen Gefallen getan, indem er dafür sorgte, dass sich ihre Wege und die der Cateringbranche – zumindest vorläufig – getrennt hatten.

Als sie ihren Namen hörte, wandte sie sich um: Mariana stand an der Tür, einen Teller mit traurig eingefallenen Salatblättern in der Hand, und winkte ihr zu. »So, nun bist du angekündigt, komm rein. Ich mache ihm in der Zwischenzeit Bruschetta, damit er etwas Vernünftiges in den Magen bekommt.« Sie klopfte noch einmal gegen den Türrahmen, tanzte den Flur bis zum Ende entlang und verschwand.

Noemi setzte sich in Bewegung, um Alfredo Simonetti nicht unnötig warten zu lassen. An der Schwelle blieb sie stehen und musterte den Mann, der halb auf einem Sofa lag, das mit unzähligen Kissen gemütlich aussah.

»Guten Tag.« Mit einem Lächeln trat sie ein. Die Einrichtung war alt; dunkles Holz und ein Läufer, der seine besten Tage längst hinter sich hatte. Aus den Fenstern erhaschte man einen Blick auf die Straße und, etwas weiter entfernt, das in der Sonne hellgrüne Wasser eines Kanals. Der Fernseher auf dem Sideboard, ein uraltes Röhrenmodell mit einer ausklappbaren Antenne, zeigte irgendein Autorennen, war aber stummgeschaltet.

Signor Simonetti lag inmitten der Kissen wie jemand, der

eine Audienz hielt, und hatte eine Decke über seine Unterschenkel gebreitet. Er war sicher einen guten Kopf größer als Noemi und besaß dichtes dunkles Haar, das von unzähligen grauen Strähnen durchzogen war und ähnlich in die Höhe stand wie Marianas. Früher musste er eine stattliche Erscheinung abgegeben haben; jetzt schien der Oberkörper zu schmal, was aber auch an dem wohlgerundeten Bauch liegen konnte. Aber so etwas passierte vermutlich, wenn man sein Leben einer Cioccolateria widmete.

Signor Simonetti hob das Kinn und setzte sich ein Stück aufrechter hin. Er war es eindeutig nicht gewohnt, Schwäche zu zeigen, erst recht nicht einer Fremden gegenüber. »Sie wollten mich sprechen?«

»Das stimmt.« Noemi nickte, während sie sein Gesicht musterte. Derselbe Stolz, der ihn aufrechthielt, war auch in den von vielen Jahren gegrabenen Furchen zu finden. Auf der Stirn zeigte sich ein regelrechtes Muster aus Falten, aber das Braun seiner Augen schimmerte noch immer aufmerksam. »Und ich hoffe, ich komme nicht ungelegen. Ich habe Ihren Laden aufgesucht, und Mariana meinte, dass ich sie hierher begleiten könnte.«

»Da hatte sie recht.« Es klang sanfter. »Und sie sagte auch, es geht Ihnen nicht um meine Pralinen.«

»Genau. Mein Name ist Noemi Wittkamp, und ich glaube, Sie kannten meine Nonna Rosa. Sie hat in jungen Jahren ein Jahr in Venedig gelebt. Ehe sie meinen Opa heiratete und nach Deutschland zog, lautete ihr Nachname Greco, und sie hat sich hin und wieder Ihre Pralinen schicken lassen.« Sie bemerkte das Erkennen in seinen Augen, aber abgesehen davon regte sich nichts in seinem Gesicht. Doch dann presste er die Lippen aufeinander, langsam nur, als wollte er einen Kommentar zurückhalten. Noemi räusperte sich. »Meine Freundin Lea wohnt in Venedig, in der Calle dei Cerchieri. Ich bin zu Besuch und dachte, ich sehe in Ihrem Geschäft vorbei. Sie wissen schon – ich wollte herausfinden, wo meine Nonna ihre Lieblingspralinen bestellt hat.«

Es war nicht zu übersehen, dass er genau wusste, wer sie war. Vielleicht entdeckte er auch die Ähnlichkeit mit Rosa. Aber er schwieg weiterhin. Vermutlich brauchte er Zeit, um sich zu sammeln. Es war nicht immer einfach, wenn ein Teil der Vergangenheit unerwartet anklopfte.

Schließlich blinzelte er mehrmals und starrte auf den Couchtisch, wo ein Teller mit Pralinen stand. *Dekoration.* »Das ist eine ganz schöne Überraschung.« Es klang wie eine Feststellung, und Noemi konnte nicht sagen, ob er wirklich überrascht, erfreut oder das Gegenteil war.

Sie schluckte. »Rosa ist leider vor sieben Monaten sehr plötzlich verstorben.« Mittlerweile konnte sie darüber reden, ohne dass ihre Stimme stockte. »Aber sie hatte ein schönes Leben. Es ging ihr gut.«

»Unerwartet also. Vermutlich Herzinfarkt oder Schlaganfall, hab ich recht?«, brummte Signor Simonetti. »Die Dinger sind eine Pest.«

Noemi schwieg, auch wenn er den Nagel auf den Kopf getroffen hatte, aber sie wollte dem Gespräch keine düstere Note geben oder zu persönlich werden, da sie ohnehin den Eindruck hatte, dass er sich nicht uneingeschränkt über ihren Besuch freute. Es schien die richtige Taktik zu sein, denn auf einmal zog etwas über sein Gesicht, das als Lächeln durchgehen konnte.

»Entschuldigen Sie meine Manieren, setzen Sie sich doch bitte. Möchten Sie einen Kaffee?« Er deutete auf den Sessel ihm schräg gegenüber – dick, schwer, mit Altersspuren an Lehnen und Füßen und einem Kissen, das groß genug war, um Noemi den Platz streitig zu machen.

Sie ließ sich fallen und presste sich so lange dagegen, bis es nachgab. »Vielen Dank. Und, nein, ich brauche nichts.«

Er brummte. »Im Leben geht es nicht nur darum, was man braucht, das wär trüb und grau. So wie die Bruschetta, die Mariana mir gleich vorsetzt. In ihren Augen brauche ich sie. Aber woher will sie das wissen?« Den letzten Satz rief er, und aus einem anderen Teil der Wohnung erscholl Gelächter. »Nein, Signorina Greco, manchmal möchte man auch tanzen und nicht nur herumsitzen, nicht wahr? Und dann geht es darum, was das Herz will.«

Sie entschied, ihn nicht wegen des Nachnamens zu korrigieren. Die Worte erinnerten sie an Nonna Rosa – vielleicht war sie mit Alfredo Simonetti befreundet gewesen, weil sie sich in mancherlei Hinsicht ähnlich gewesen waren. »Sie haben recht. Aber mein Herz will auch keinen Kaffee und ist froh, mit mir in diesem Sessel zu versinken und mit Ihnen zu reden.«

»Bene.« Jetzt sah er gelöster aus. »Aber bedienen Sie sich jederzeit«, sagte er und zeigte zum Tisch. »Das da sind die neuen Kreationen meines Sohns, mit Pistazien aus Bronte und Honig aus der Lunigiana, einer Spezialität der Toskana. Kennen Sie sich mit Pralinen aus?«

Sie beugte sich vor, nahm das Schälchen und schnupperte daran. Voller, würziger Honigduft. »Ja, ich bin gelernte Konditorin und habe mich früh von meiner Nonna anstecken lassen, was die Begeisterung für Pralinen betrifft. Wir haben oft zusammen in der Küche gestanden. Daher habe ich mir auch Ihren Namen gemerkt, Signor Simonetti, und wollte Sie unbedingt besuchen. Es ist, als würde ich einen alten Verbündeten meiner Nonna treffen.« Sie nahm eine Praline und drehte sie in den Händen. Äußerlich war sie schon einmal perfekt, also biss Noemi ein Stück ab und schloss die Augen, um sich besser auf den Geschmack konzentrieren zu können.

Vor ihr raschelte es leise, und als sie die Augen wieder öffnete, sah sie, dass sich Signor Simonetti vorgebeugt hatte. »Und?«

Sie schüttelte knapp den Kopf, da sie noch nicht ganz sicher war. Die Konsistenz war genau richtig, aber etwas störte sie dennoch. Nur eine Kleinigkeit, aber genau diese Details waren es, auf die sich Nonna Rosa und auch Tante Elisa mit Vorliebe gestürzt hatten. »Die Honignote ist hervorragend, allerdings zu dominant.«

»Ha!« Sie fuhr zusammen, als Signor Simonetti eine Faust auf die Sofalehne krachen ließ. »Genau das habe ich meinem Sohn auch gesagt, aber er überlegt noch, ob er mir glauben soll.«

Er nahm eine Praline, auf der eine Pistazienhälfte prangte, und betrachtete sie eingehend, ehe sein Blick zu Noemi wanderte. »Sie passen hierher.« Noch während sie grübelte, ob er die Wohnung, die Pralinenbranche oder schlicht Italien meinte – ihr schnell bräunender Teint, die dunklen Haare und die braunen Augen waren ein Geschenk von Rosas Genen –, sprach er weiter. »Es ist seltsam, wenn man jemanden trifft, der einer Person ähnlich sieht, die man vor vielen Jahren kannte, wissen Sie? Als würde hin und wieder Rosa durchblitzen, obwohl doch eine ganz andere Frau vor mir sitzt. Ich erwarte ja fast, dass Sie jeden Moment etwas Freches zu mir sagen, Signorina, um mich aufzuziehen oder zu sehen, wie ich reagiere. Rosa war manchmal so, wenn ihre Laune übergesprudelt ist. Sie und trübe Stimmung, das passte nicht zusammen.«

Noemi starrte auf die fröhlichen Farbenschwünge ihres Kleids und nickte. Der Kloß in ihrem Hals war wieder da, verschwand aber erstaunlich schnell, da sie es mit so vielen neuen Eindrücken zu tun hatte. Oder die Trauer war irgendwann schlicht aufgebraucht. »Etwas Freches?« Sie hob einen Mundwinkel und betrachtete Signor Simonetti genauer.

Die Augen unter den dichten Brauen waren tief eingesunken, aber wenn sie sich nicht irrte, blitzte es darin auf. »Rosa hat stets gesagt, was sie dachte, und wusste genau, was sie wollte. Das kann eine fatale Mischung sein, vor allem, wenn ihr etwas nicht passte. Aber wir wussten, wie wir damit umzugehen hatten. In den meisten Fällen.« Er hob eine Hand und strich sich über das Kinn, wo die Bartstoppeln zu lang geworden waren. Auf einmal veränderte sich sein Gesichtsausdruck. War das Unsicherheit? Oder gefiel Signor Simonetti nicht, was er aus dem Gedächtnis gekramt hatte? Dann ließ er die Hand fallen, beinahe schon unwirsch, als wollte er eine stumme Diskussion mit sich selbst beenden. »Ihre Freunde haben es ihr meist nicht übel genommen. Und wenn doch, dann hat sie denjenigen umarmt und gesagt, dass es nicht böse gemeint war. Es sei denn ... sie meinte es doch so.« Eine Mischung aus Grollen und Lachen folgte. Allmählich entspannte sich die Atmosphäre im Raum. Eine Weile herrschte Stille zwischen ihnen, während fröhliches Pfeifen aus der Küche herüberdrang.

Noemi lehnte sich wieder zurück. »Nonna hat mir hin und wieder von früher erzählt, von der Zeit mit ihren Freunden, ehe sie nach Deutschland gekommen ist. Von den gemeinsamen Feiern oder den Städten, die sie besucht haben, wie Genua oder Mailand oder Florenz. Irgendwo ist sie mit einer Vespa durch die Straßen gefahren, als die Hupe verrückt spielte und sich nicht mehr abstellen ließ, und in Livorno hat sie bei einem Sandburgenwettbewerb den ersten Preis gewonnen. Aber natürlich hat sie auch von Venedig geschwärmt und der besonderen Stimmung hier. Es waren schöne Geschichten.«

»Wir waren eine große Gruppe«, sagte Signor Simonetti. »Haben uns in der Jugend zusammengefunden. Manche kannten sich, brachten auf Feiern Cousins oder Cousinen oder Freunde aus anderen Städten mit dazu, und so wurden es immer mehr. Einige von uns haben hier gewohnt, in Venetien, und manche haben bereits eine Ausbildung gemacht oder gearbeitet. Andere waren über das Land verstreut, und wirklich alle zusammengekommen sind wir nur selten. Aber mindestens eine Handvoll war immer dabei, wenn wir etwas unternommen haben. Ich kann mich nicht mehr an alle Details aus jener Zeit erinnern. Aber ich hätte nicht gedacht, dass Ihre Großmutter einmal sesshaft wird, Signorina Greco. Sie war eine Vagabundin.« Je länger er über die Vergangenheit redete, desto mehr glätteten sich die Falten auf seiner Stirn. Als hätte er sich erst die Erlaubnis geben müssen, in alte Zeiten abzutauchen.

»Ja, das war sie in ihrem Herzen ihr ganzes Leben lang«, sagte Noemi und lächelte. »Meine Eltern behaupten, ich sei ihr in dieser Hinsicht ähnlich.«

Er musterte sie eingehend. »Sie reisen viel?«

»Wenn es möglich ist, ja.«

»Nicht verheiratet?« Im Gegensatz zu ihr hatte er offensichtlich kein Problem mit persönlichen Fragen.

Sie dachte an die Trennung von Christoph. Knapp ein Jahr war das nun her. Christoph und sie hatten irgendwann festgestellt, dass die Luft raus und das, was geblieben war, nicht einmal mehr für eine engere Freundschaft reichte. Allerdings waren sie gute Bekannte, die hin und wieder telefonierten, wenn einer von beiden einen Rat brauchte. Seitdem hatte sich Noemi auf sich selbst und ihren Job konzentriert und nicht gegrübelt, ob sie die Zweisamkeit einer Beziehung vermisste. Ihr war ja auch kein passender Kandidat über den Weg gelaufen.

»Nein«, sagte sie und zog eine Grimasse. »Kein Ehepartner.«

»Aber eine gute Anstellung?«

Sie hob die Arme und ließ sie wieder fallen. »Ehrlich gesagt bin ich momentan auf der Suche nach einem neuen Job, auch wenn ich weiß, dass mich so etwas am glücklichsten macht.« Sie hielt demonstrativ die halbe Praline in die Höhe und steckte sie sich in den Mund. »Hm … vielleicht könnte man der Honignote noch etwas Herbes entgegensetzen, neben der Schokolade, meine ich. Vielleicht Thymian«, sagte sie nachdenklich und zuckte zusammen, als Signor Simonetti in die Hände klatschte.

»Das ist eine gute Idee, ich werde es meinem Sohn vorschlagen. Ah, Mariana!« Er blickte zur Tür, runzelte aber die Stirn, als sie einen Teller vor ihm abstellte. Die Bruschetta darauf sah gut aus, mit frischer Tomate, einer guten Portion Knoblauch und Basilikum. »Was soll ich mit noch mehr Grünzeug? Bin ich ein Karnickel?«

»Nein, aber jemand, der wie alle anderen etwas auf eine ausgewogene Ernährung achten sollte«, sagte sie gespielt streng. »Der Salat war dir zu grün, also iss zumindest das bisschen hier. Du musst gesund werden und kannst nicht nur von Schokolade leben.« Sie stemmte die Hände in die Hüften.

Noemi blickte zwischen den beiden hin und her. »Ich kann auch draußen warten«, bot sie an.

»Nein«, sagte Signor Simonetti energisch, nahm eine Scheibe und biss mit Todesverachtung hinein. »Kann ein Mann in seiner eigenen Wohnung ein Getränk dazu bekommen?«

»Ich werde dir gern einen Tee machen«, bot Mariana mit zuckersüßer Stimme an und zwinkerte Noemi zu.

Signor Simonetti lehnte sich zurück und schloss die Augen. »Wenn das so weitergeht, bekomme ich einen zweiten Herzinfarkt«, murmelte er und streckte eine Hand nach ihr aus, als sie sich abwenden wollte. »Mariana, warte. Wenn du mich schon mit diesem Essen folterst, dann tu mir doch bitte einen Gefallen. Oder bleibt uns dafür keine Zeit mehr?«

Beide warfen einen Blick zu der Wanduhr mit ihren riesigen Ziffern, und Mariana zuckte die Schultern. »Es ist euer Geschäft und damit so lange mittags geschlossen, wie ihr wollt. Wenn du möchtest, vertrödele ich den ganzen Nachmittag hier.«

»So weit kommt es noch«, murmelte Signor Simonetti. »Attento. In der Abstellkammer müsste eine Zigarrenkiste stehen, ungefähr so groß.« Er nutzte die Gelegenheit, die Bruschetta zurückzulegen, und deutete die Größe mit den Händen an. »Aus Holz. Ziemlich weit unten. Würdest du bitte danach sehen? Mit etwas Glück habe ich noch einige alte Fotos Ihrer Großmutter, dann sind Sie nicht umsonst gekommen.« Der letzte Satz galt Noemi.

»Das bin ich nicht. Aber das wäre wunderbar.« Sie strahlte ihn an und sah zu Mariana. »Wenn es knapp wird mit der Zeit, kann ich auch noch mal …«

Die winkte ab. »Unsinn, die paar Minuten werden nichts ändern. Wenn jemand etwas in der Cioccolateria kaufen will und vor verschlossener Tür steht, wird er entweder warten oder später wiederkommen.« Ihre letzten Worte waren nur gedämpft zu hören, da sie bereits wieder in der Diele verschwunden war. Kurz darauf kündete ein Poltern und Rumpeln davon, dass sie die Abstellkammer erreicht hatte.

Noemi blickte sich noch einmal um. Je öfter sie das tat, desto mehr verriet der Raum etwas über seinen Besitzer: Auf einem Regal standen gerahmte Fotos, die Signor Simonetti mit verschiedenen Menschen zeigten – vermutlich Angehörige seiner Familie; zumindest ein Mann mit dichtem Haar sah ihm sehr ähnlich. Neben dem Fernseher stapelten sich

Bücher auf dem Boden, auf denen im Gegensatz zu dem Regal in der Ecke kein Staub lag. »Hatten Sie noch lange Kontakt mit meiner Nonna? Nachdem sie Italien verlassen hat, meine ich. Bis auf die Pralinenlieferungen natürlich.«

Er stützte das Kinn in eine Hand, als wäre sein Kopf auf einmal zu schwer geworden. Da war er wieder, der flüchtige Schatten in seinen Augen. Sie hatte es sich vorhin also nicht eingebildet. Ob etwas vorgefallen war zwischen ihm und Rosa?

»Nein, ganz so enge Freunde waren wir nicht, nur Teil desselben Kreises, und … ah, Mariana, das ging schnell!« Es klang erleichtert. Mit leicht zitternden Händen nahm er die Zigarrenkiste entgegen. »Ja, das müsste die richtige sein.« Er drehte sie in den Händen, und seine Daumen strichen über den Deckel, als gäbe es ein geheimes Zauberwort, mit dem man ihn öffnete und das ihm vorübergehend entfallen war. »Wissen Sie, an manchen Tagen hadert man mit den Lebensjahren, die man auf dem Buckel trägt, und dann verlässt einen der Mut, einen Blick zurück in die Jugend zu werfen.« Er streckte Noemi die Kiste entgegen. »Hier. Damit Sie mir auch glauben, dass ich mal jung und fit war und alles essen konnte.«

»Das würde niemand jemals bestreiten. Ich mach mal in der Küche Ordnung«, sagte Mariana und verschwand wieder.

Noemi betrachtete das Kästchen in ihren Händen. Es war mit einem Aufkleber versehen, auf dem altertümlich geschwungene Buchstaben gedruckt waren. Neugierig klappte sie den Deckel auf und fand Fotos, ungeordnet und wild durcheinander. Sie besaßen die typischen leicht bräunlichorangenen Farben, die verrieten, dass die Aufnahmen mehrere Jahrzehnte alt sein mussten. Die oberste zeigte drei Männer vor einem Auto. Einer hatte die Hemdsärmel hochgekrempelt und präsentierte seinen Bizeps. Es folgten Aufnahmen der drei in Venedig, vor einem Kanal und auf einem Boot, das gehörig schwankte. Noemi hielt Signor Simonetti das Foto entgegen und deutete auf den Mann ganz links. »Das sind Sie, nicht wahr?«

Er tätschelte sich den Bauch, schloss die Augen und atmete tief aus. »Halb so schwer, ein Viertel so alt und zehnmal so glücklich. Sehen Sie sich alles in Ruhe an.«

Er klang nicht mehr so energisch wie zu Anfang, vermutlich erschöpfte ihr Besuch ihn mehr, als er zugeben wollte. Noemi entschied, die Bilder schnell durchzusehen und sich dann mit Mariana zu verabschieden, damit er sich ausruhen konnte.

Das nächste Foto strahlte etwas ganz anderes aus. Trotz des Alters und der verblassten Farben wurde es von dem Gold der Sonne beherrscht, die sich über eine grüne, von Baumreihen durchzogene Hügellandschaft schob. An einer Seite hatten sich einige junge Leute vor parkenden Autos versammelt. Noemi hielt die Aufnahme schräg, um das Licht der Deckenlampe einzufangen, und fand sie: Nonna Rosa stand inmitten der Gruppe, die dunklen Haare fielen ihr in einem unordentlich geflochtenen Zopf bis weit über die Schultern. Sie trug ein buntes Oberteil und einen weiten Rock; an ihren Armen baumelten mehrere schmale Reifen. Sie hatte den Kopf in den Nacken gelegt, als würde sie lachen oder den Himmel beobachten, und strahlte genug Energie aus, um jeden anzustecken, der das Bild viele Jahre später betrachtete. Noemi strich mit den Fingern über die Oberfläche der Aufnahme, fand winzige Risse und Falten. »Ist es in Ordnung, wenn ich Fotos mache?« Sie zog ihr Handy hervor und hielt es in die Höhe.

Er wirkte zunächst erstaunt, dann amüsiert. »Ein Bild von einem Bild? Bitte.«

Noemi grinste und lichtete es ab.

Auch auf der nächsten Fotografie war diese atemberaubende Landschaft zu sehen, mit einem steingepflasterten Weg, der sich in der Ferne verlief. Zur Rechten wurde er von einer Pappelreihe gesäumt, und auf einem Hügel erhob sich ein alt wirkender Steinturm. Noemi schoss ein weiteres Foto, nahm das nächste aus der Kiste und holte unwillkürlich Luft, da die muntere Truppe vor einem beeindruckenden Haus posierte. Der Mittelteil des Gebäudes überragte die Seitenflügel und besaß eine große Holztür, deren Flügel weit offen standen. Mit Läden versehene Fenster ließen Luft und Sonne herein. Neben dem Haus waren ein Tisch mit vier Stühlen sowie eine riesige Hängematte zu sehen, in der mindestens zwei, wenn nicht drei Menschen Platz fanden.

Doch ebenso atemberaubend wie das Gebäude selbst waren der Springbrunnen und die Beete davor; Narzissen und Hyazinthen, von Büschen umkränzt. Eine Katze saß darin, leckte sich eine Pfote und blickte höchst desinteressiert in Richtung Kamera. Im Hintergrund verzauberten Bäume den Landstrich, geschmückt mit einem Blütenmeer. Sie standen nicht in Reihen, wie auf Plantagen üblich, sondern wild durcheinander. *Mandelbäume.* Beinahe konnte Noemi den unvergleichlichen Duft riechen. Dann hielt sie inne. War das womöglich der Garten, von dem ihre Nonna erzählt hatte? Der sie zu ihren Mandelpralinen inspiriert hatte?

Sie studierte die ausnahmslos fröhlichen Gesichter. Bis auf Rosa erkannte sie niemanden, wobei es sich bei dem Mann außen links um Signor Simonetti handeln könnte. »Wow«, murmelte sie, beeindruckt von der Kulisse und der Lebensfreude, und ihr Herz schlug schneller. Sie freute sich darüber, wie fröhlich Rosa gewesen war. Ihre Nonna hatte jede Minute Glück in ihrem Leben verdient – und tausendmal mehr.

»Hm?« Signor Simonetti blinzelte sie an. »Haben Sie etwas gefunden?«

Sie streckte ihm das Foto entgegen. »Ist das in der Toskana? Die Landschaft erinnert mich daran.«

Er warf einen Blick darauf. Kurz war in seinem Gesicht Freude zu lesen, doch sie verschwand schnell und machte etwas anderem Platz, das ihn irgendwie traurig wirken ließ. »Das ist die Villa Pitiani in der Toskana, ja. Unser erster Besuch dort, im Frühjahr. Man könnte sagen, es war die Vorbereitung für das Fest.«

Die Villa Pitiani! Etwas klingelte bei ihr. Natürlich, der Umschlag, den sie vorhin bei Lea geöffnet hatte! »Moment, meinen Sie das Piacere-Festival?« Bei dem Wort hatte sie zunächst überlegen müssen, aber dann war ihr eingefallen, dass es Genuss oder Vergnügen bedeutete.

Er strich sich über die Stirn. »Ihre Nonna hat Ihnen also davon erzählt.«

»Nein, leider nicht. Jemand hat vor wenigen Tagen einen Brief geschickt, in dem stand, dass es neu aufgelegt werden soll.«

»Ah. Mangano.«

»Genau, das war der Name des Absenders! Der Brief sollte an meine Nonna gehen, aber … nun.« Sie schluckte, fuhr mit einem Finger über die Ränder der Kiste und räusperte sich. »Erzählen Sie mir doch von dem Festival. Gut möglich, dass Nonna Rosa es früher erwähnt hat, aber Sie wissen ja, wie Kinder sind – sie behalten nicht alles, aber das wenige dann bis zu ihrem Lebensende.«

In der Kiste gab es mehr Fotos von der Villa, und stets war die gesamte Gruppe um Rosa oder ein Teil darauf zu sehen. Die Freunde saßen mit Wein, Käse und Gebäck vor dem Haus, lagen auf einer Wiese, die Gesichter in die Sonne gereckt und die Hände hinter dem Kopf verschränkt, oder lehnten sich in den Schatten eines Sonnenschirms. Auf einem Bild saß Rosa inmitten der Mandelbaumpracht, blickte nach oben und hatte die Arme ausgestreckt, als erwartete sie, dass ein magischer Wind die Blüten von den Bäumen wirbelte und auf sie herabregnen ließ.

Als sie den Kopf hob, bemerkte sie, dass Signor Simonetti sie anstarrte.

Vielleicht sah er aber auch ins Nichts.

Jetzt bemerkte er ihren Blick und räusperte sich. »Wir hatten bunte Tage damals. Der Frühling war stets angenehm, aber die Sommer warm und voller Energie, die uns bis ins nächste Jahr getragen hat.« Er machte eine Pause und nickte gedankenverloren. »Wenn ein Fest geplant war, wusste man nie, wer kam, aber es war immer schön. Einige von uns, wie Rosa, waren häufig unterwegs, mit der Vespa oder per Anhalter und später mit dem eigenen Auto. Damals habe ich noch nicht daran gedacht, mich selbstständig zu machen, aber die Leidenschaft war da. Ich konnte das Pralinenhandwerk schon als kleiner Junge bei meinem Vater beobachten, und Rosa, nun, sie schlug in dieselbe Kerbe und hatte viele Ideen. Irgendwann haben wir gemerkt, wie viele kreative Menschen wir kennen. Verstehen Sie, nicht nur in unserem Metier. Da gab es Bilder, Skulpturen, Gegenstände aus Holz oder Stein, Wein. All so was. Ein paar Freunde machten Musik. Die Idee entstand, das alles auf einem Fest zu präsentieren, mit Programm und Verkaufsständen, und wieder kannte jemand jemanden, und so fanden wir die Villa und kamen auf den Namen des Festivals. Wir wollten, dass die Besucher gute Dinge kaufen konnten und Spaß hatten. Das erste Fest war noch klein, aber im Folgejahr hat uns der Zulauf schon umgehauen.« Er strich sich über die Stirn und starrte zum Fenster, gefangen im Aufblitzen längst vergangener Bilder. »Wir hatten nicht damit gerechnet, aber es hat sich herumgesprochen, dieses Angebot an der Villa. Und es kamen immer mehr Leute. Wir waren begeistert.« Seine Mundwinkel zuckten, als wäre er nicht sicher, ob er sich noch immer darüber freuen durfte. »Ein paar Jahre lang lief es hervorragend, aber dann kam die Zeit, wo sich feste Paare bildeten und Familien gegründet wurden. Einige von uns haben sich eher von der Truppe zurückgezogen, andere später. Damit zerschlug sich dann auch das Piacere.«

»Wie schade«, sagte Noemi, und er sah hoch, als hätte er ganz vergessen, dass sie noch da war. Allein die Vorstellung, dass ihre Nonna mit ihren Freunden ein solches Festival auf die Beine gestellt hatte, war einfach großartig – umso weniger begriff sie, dass Rosa nie davon erzählt hatte.

Über Signor Simonettis Gesicht huschte etwas, das ihn für den Bruchteil einer Sekunde in einen jungen Mann verwandelte. »Aber wie Sie bereits wissen: Dieses Jahr lassen wir das Piacere neu aufleben. Raffaele Mangano ist der Sohn einer Frau, die damals mit dabei war, und hat die Planung übernommen. Und unsere Cioccolateria wird Teil des Ganzen sein.«

»Das ist wundervoll.« Noemi lächelte und blätterte weiter durch die Fotos, während sie sich ausmalte, wie Rosa darauf reagieren würde. Vermutlich hätte sie sich längst Tante Elisa geschnappt und wäre auf dem Weg nach Italien, um zu zeigen, dass sie in all den Jahren nicht verlernt hatte, wie man Pralinen herstellte.

Auf einmal hielt sie inne. Am Boden der Kiste befand sich dünnes Papier, wie um sie auszulegen, aber darunter ertastete sie die Umrisse weiterer Fotografien. Sie zog sie hervor und betrachtete die oberste. Sie zeigte feiernde Menschen. Einige tanzten, andere standen im Hintergrund neben Feuerschalen, in denen die Flammen nach oben ragten, doch ihr Blick wurde automatisch von der jungen Rosa angezogen, die in einem Kleid am Rand stand und eine andere Frau küsste.

Sie hatte glatte helle Haare, und ihr Oberteil bauschte sich in der Bewegung. Noemi konnte lediglich das Profil erkennen. Der Kuss wirkte nicht besonders innig, eher verspielt. Noemi dachte an ihre Schulzeit, als sie ihre Freundinnen Nadine und Kalinka geküsst hatte – als *Experiment,* wie sie es damals bezeichnet hatten, doch eigentlich hatten sie vorbereitet sein wollen, wenn sie Jungen kennenlernten.

»Wissen Sie, wer das ist?« Sie hielt das Foto in die Höhe. »Die Frau, die meine Nonna hier küsst?«

Er hatte sich bereits vorgebeugt und die Augen verengt, zuckte nun aber zurück. »Leider erinnere ich mich nicht mehr an jede Bekanntschaft von damals.« Er atmete laut aus und griff nach seinem Teller. »Nun müssen Sie mich entschuldigen, Signorina, ich bin müde, und Mariana wird ungehalten, wenn ich das nicht aufesse.« Mit Todesverachtung biss er von der Bruschetta ab, und es wirkte ebenso gekünstelt wie sein Tonfall zuvor.

»Natürlich.« Noemi erkannte es als Flucht und schwieg. War es ihm etwa unangenehm, dass die Fotografie einen Kuss zweier Frauen zeigte? In seiner Jugend war das womöglich noch unüblich gewesen. Während sich Signor Simonetti intensiv seinem Essen widmete, schoss sie ein drittes Bild mit ihrem Handy, legte das Foto zurück in die Holzkiste, klappte sie zu und erhob sich. »Ich danke Ihnen für Ihre Zeit. Es war sehr schön, etwas über die Jugend meiner Nonna zu erfahren. Ich hoffe, es geht Ihnen bald besser, Signor Simonetti.«

Er streckte ihr eine Hand entgegen. »Arrivederci, Signorina Greco. Sagen Sie Mariana, dass ich schon klarkomme und sie wieder ins Geschäft kann, und haben Sie eine wundervolle Zeit in Venezia.«

Sie nickte und machte sich auf den Weg. An der Tür blieb sie noch einmal stehen. Signor Simonetti hatte die Hand mit der Bruschetta halb erhoben und starrte vor sich hin, als hätte er etwas Wichtiges verloren.

5

»Ich weiß, es ist die Streitfrage schlechthin, aber ich finde Ananas auf Pizza toll.« Noemi schob sich ein weiteres Stück mit ihrem Lieblingsobst, Pilzen und Paprika in den Mund – eine Kombination, die ihr entsetzte Blicke von Enrico und einigen anderen Gästen eingebracht hatte. Sie wandte den Kopf und strahlte eine Gruppe an, die sie aufmerksam beäugte. Eine junge Frau grinste zurück und prostete ihr zu.

Es herrschte eine lockere Atmosphäre. Lea und Enrico hatten Noemi zielstrebig durch die Gassen der Stadt geführt, die schmaler und schmaler geworden waren, während das Wasser in den Kanälen sanft schwappte. Die Tagestouristen waren abgereist, und Venedig gehörte bis zum Morgen wieder den Einheimischen. Passend dazu fand das Leben fernab der Sehenswürdigkeiten statt. Überall standen oder saßen Menschen an kleinen Tischen und auf den Stufen der unzähligen Brücken zusammen, umarmten und küssten sich an den Kanälen. Unterhaltungsfetzen flogen durch die einbrechende Nacht, durchtränkt von Gelächter und den Düften nach allem, was geboten wurde.

Das Marechiaro hatte vier klapprige Tische auf die Straße gestellt, sodass Passanten sie umrunden mussten, was aber niemanden zu stören schien. Die Speisekarte war übersichtlich, die Getränkekarte beinahe spartanisch – es gab neben dem Hauswein nur jeweils zwei weiße und rote Sorten zur Auswahl, dafür schmeckte die Pizza unglaublich gut. Kein Wunder, dass dieser Ort innerhalb kürzester Zeit Leas und Enricos Stammlokal geworden war.

»Also, ist das ein würdiger Abschluss deines ersten Tags in Venedig?« Enrico hob sein Weinglas und stieß erst mit Noemi, dann mit seiner Frau an, um Lea anschließend einen Kuss auf die Lippen zu drücken.

»Auf jeden Fall.« Die Szene erinnerte Noemi an etwas, und sie zog ihre Tasche von der Rückenlehne, um darin zu kramen. »Ich war heute bei den Simonettis. Ihr wisst schon, Nonna Rosas alter Bekannter mit dem Pralinengeschäft.«

Enrico nickte, auch wenn er eindeutig keine Ahnung hatte, wovon sie redete.

Lea legte ihr Besteck beiseite. »Und? Lebt er noch?« Im Gegensatz zu Noemi hatte sie sich dazu also Gedanken gemacht.

Sie verdrängte den Hauch von schlechtem Gewissen und leerte ihr Weinglas. »Ja, ich durfte seine Angestellte sogar begleiten und ihn in seiner Wohnung besuchen, weil sie ihm etwas zu essen machen wollte. Er hat mir Fotos von früher gezeigt, und auf manchen …« Endlich hatte sie ihr Handy gefunden, entsperrte es und rief die Bildergalerie auf. »Tadaa.« Sie reichte es Lea.

Die warf einen Blick darauf, vergrößerte das Foto und runzelte die Stirn. »Ist das Rosa?«

»Ganz genau.«

»Aber warum küsst sie eine Frau? Ich dachte, sie … na ja, sie war doch mit deinem Opa verheiratet. Denkst du, es gibt da etwas, das sie euch nie erzählt hat?« Lea reichte Enrico das Handy mit einem Gesichtsausdruck, als könnte er dieses Rätsel für sie lösen.

Der sah jedoch nur kurz hin und zuckte dann die Schultern. »Das sieht nun nicht nach der großen brennenden Liebe aus. Eher so, als hätten die beiden ein wenig Spaß.«

»Das denke ich auch«, sagte Noemi und nahm ihr Handy von ihm entgegen. »Die Kulisse erinnert an ein Straßenfest; sie feiern und haben gute Laune. Das bedeutet ja nicht, dass Nonna Geheimnisse hatte.« Sie hörte die eigene Unsicherheit in ihren Worten, denn schließlich hatte sie eben erst herausgefunden, dass Nonna Rosa ihr nicht alles über ihre Zeit in Italien erzählt hatte. Natürlich hatte sie nicht jedes Detail erwähnt, aber wichtige Dinge wie das Piacere einfach auszulassen, war schon seltsam.

Lea zuckte die Schultern. »Das magst du jetzt sagen, ja, aber du wirst trotzdem eine große Sache daraus machen.«

»Ich? Moment, *du* hast doch gerade …«

Lea lachte. »Komm schon, Noemi, ich kenne dich und weiß, dass deine Neugier dir keine Ruhe lassen wird. Du wirst herausfinden wollen, wer die Frau ist und ob sie noch lebt, auch wenn es wirklich nur eine Partybekanntschaft war, Nachforschungen anstellen und in längst vergangenen Dingen wühlen.«

»Du übertreibst«, murmelte Noemi, obwohl Lea den Nagel auf den Kopf getroffen hatte. Nachdenklich betrachtete sie das Foto. Nonna Rosa sah darauf so unbeschwert aus, so voller Energie und Lebensfreude.

Warum nur hatte sie das Piacere-Festival niemals erwähnt?

Konnte es sein, dass sie wie Signor Simonetti manche Dinge vergessen hatte? Noemi nagte an ihrer Lippe. Nein, Rosa hatte sich bis zu ihrem Tod an alles erinnert, was einmal wichtig gewesen war. Und so ganz nahm sie dem Signore seine Gedächtnislücken auch nicht ab.

»Ich glaube auch«, sagte sie langsam, »dass diese Frau nur eine Freundin war oder eine Partybekanntschaft, schließlich war Opa eindeutig Nonnas große Liebe, und sie hat auch stets nur von Männern erzählt, die sie vor ihm interessant fand. Ich wüsste ja gern, warum sie das Festival nie erwähnt hat. Du weißt schon, das Piacere, zu dem ich diesen Brief erhalten habe. Simonetti wusste auch Bescheid, dass es ein Revival geben soll. Nonnas gesamte alte Clique ist dazu angeschrieben worden.«

»Tante Elisa auch?«, fragte Lea.

Noemi hob erstaunt den Kopf. Daran hatte sie bei all den neuen Fragen über Nonna Rosas Vergangenheit noch gar nicht gedacht! Wobei Elisa und Rosa sich auch erst vergleichsweise spät in Italien kennengelernt hatten. »Ich weiß es nicht. Möglich, dass Elisa zu Piacere-Zeiten noch nicht mit dabei gewesen ist. Ich werde sie fragen.« *Aber wenn, dann hat sie auch einen Brief bekommen, falls dieser Signor Mangano sie ebenfalls ausfindig gemacht hat – wobei sie nicht so viel Wert auf ihren Mädchennamen gelegt hat wie Nonna.* »Und gut, ja, ich möchte auch gern wissen, wer diese Frau ist.« Wieder betrachtete sie das Foto. »Signor Simonetti war nämlich einigermaßen redselig, bis zu dem Moment, als ich das Foto zur Sprache gebracht habe.«

»Er hat schon einige Jahre auf dem Buckel«, sagte Enrico.

»Vermutlich kennt er es nicht aus seiner Jugend, dass sich zwei Frauen in der Öffentlichkeit küssen, und es war ihm schlicht unangenehm.«

»Möglich, ja.« Noemi legte ihr Handy wieder weg. »Es ist nur … Es kommt mir vor, als würde ich Nonna ein winziges Stück zurückholen, wenn ich etwas Neues über sie erfahre. Besser verstehen, wie sie als junge Frau gedacht hat. Schließlich bin ich ja unter anderem ihretwegen hier. Vielleicht finde ich ja auch heraus, was sie mir für die Zukunft raten würde, wenn ich mehr darüber weiß, wie sie damals war.«

Lea streckte ihre Hand über den Tisch, und Noemi griff danach. »Aber du musst sie doch nicht zurückholen«, sagte sie leise. »Du hast sie doch immer bei dir.«

Noemis Kehle wurde eng, und sie blinzelte, um das plötzliche Brennen in ihren Augen zu lindern. »Manchmal möchte ich sie einfach noch einmal umarmen«, flüsterte sie und drückte Leas Finger, erstaunt darüber, wie plötzlich ihre Traurigkeit zurückgekehrt war. Es musste an dem Foto und den Gesprächen liegen, an dem Ausflug in die Vergangenheit, die hier in Venedig lauerte.

Lea nickte. »Ich weiß«, sagte sie und strich ihr über die Wange. »Aber das wird nicht passieren, indem du in ihrem Leben wühlst.« Sie lehnte den Kopf an Noemis Schulter. Eine ganze Weile saßen sie schweigend da, bis Lea aufblickte und sich leise räusperte. »Was meint ihr, sollen wir zahlen?«

Enrico nickte, hob eine Hand und winkte dem Kellner. »Ich mache das. Wollen wir noch irgendwo was trinken oder lieber zurückgehen?«

»Wenn niemand etwas dagegen hat, würde ich gern nach

Hause.« Lea hielt sich eine Hand vor den Mund. »Ich habe morgen früh das Meeting mit der Grafikabteilung, und Noemi hat mich heute einfach zu sehr geschlaucht.« Sie zwinkerte ihr zu.

Noemi atmete aus. Die vorübergehende Stille und Leas Nähe hatten ihr geholfen, sich wieder zu fangen und die Trauer zurückzudrängen. Ganz verschwunden war sie nicht, aber das war vollkommen in Ordnung. »Sie ist nur immer so zuckersüß zu dir, Enrico, weil wir anderen ihr erlauben, all ihre schlechte Laune an uns auszulassen. So wird eure Ehe noch viele Jahre halten.«

»Na, das hoffe ich doch«, sagte er, schlang einen Arm um Leas Taille und hauchte ihr einen Kuss auf die Wange, ehe er sich an den Kellner wandte, der mit der Rechnung an den Tisch trat.

»Kommst du mit nach Hause?«, fragte Lea, stand auf und legte sich ihren hauchdünnen Schal um die Schultern.

Noemi schüttelte den Kopf und erhob sich ebenfalls. »Ich bummle noch ein wenig durch die Gassen. Ich habe meinen Schlüssel dabei.« Sie klopfte auf ihre Handtasche.

»Alles klar, hab noch Spaß.« Lea schlang die Arme um sie und drückte sie kurz. »Ist wirklich alles in Ordnung?«

»Alles gut. Danke«, sagte Noemi und wandte sich an Enrico. »Und dir danke für die Einladung. Beim nächsten Mal bin ich dran.«

Auch er umarmte sie, und dann lief sie die Gasse entlang und blickte noch mal über die Schulter, um den beiden zu winken. Kurz darauf blieben Gelächter, der Duft nach Pizza und Wein sowie die Lichter der Lokale hinter ihr zurück, und sie ließ sich von der Stille leiten. Dann blieb sie stehen, zückte ihr Handy und wählte Elisas Nummer. Nach kurzer Zeit sprang die Mailbox an, also legte sie wieder auf. Die Neuigkeiten über das Piacere wollte sie Elisa lieber persönlich mitteilen und nicht in einer Sprachnachricht. Also genoss sie die Atmosphäre, blieb an den Kanälen stehen und lauschte auf das Wasser. Durch manche Fenster fiel Licht und malte helle Umrisse auf die Oberfläche, die niemals zur Ruhe zu kommen schien.

Als Kind hatte sie geglaubt, dass in den Tiefen der Kanäle Wasserwesen hausten, die nachts auftauchten, um zu sehen, was aus ihrer Stadt geworden war.

Sie lief weiter, verirrte sich mit Absicht in dem Geflecht von Wegen, bis ihr die Gegend irgendwann wieder bekannt vorkam. Schließlich entdeckte sie in der Ferne ein Holzschild, schwach vom Licht des Schaufensters darunter beleuchtet. Die Cioccolateria.

Die Tür stand offen. Hatten die Simonettis etwa so spät noch geöffnet? Noemi hörte eine Stimme, männlich und so schnell, dass sich die Worte ab und zu überschlugen. Zunächst glaubte sie, dass es sich um das so typische Tempo der Italiener handelte, das ihr zum Glück nach einer kurzen Eingewöhnungsphase kaum noch Probleme bereitete, aber dann begriff sie, dass derjenige aufgebracht war.

Sie dachte an die Verkäuferin, Mariana, und beschleunigte ihre Schritte. Sollte es sich um einen unzufriedenen oder gar unhöflichen Kunden handeln, konnte sie womöglich helfen, wobei sie das Gefühl gehabt hatte, dass Mariana sehr gut allein zurechtkam. Als sie jedoch das Schaufenster erreichte, sah sie zwei Männer und vermutete in dem Älteren Signor Simonettis Sohn, denn er ähnelte ihm sehr und war auch mit ihm auf einem der gerahmten Fotos im Wohnzimmer zu sehen. Wie hieß er doch gleich? Sie dachte an das Gespräch mit Mariana, bis es ihr wieder einfiel. Matteo. Matteo Simonetti.

Der zweite Mann war in ihrem Alter oder einige Jahre älter, ein Stück größer als Simonetti jr. und hatte dunkle Haare, die ihm wuschelig bis zu den Ohren reichten, wies aber keinerlei Ähnlichkeit mit den Simonettis auf. Jetzt fuhr er sich mit einer Hand übers Kinn und wirkte ratlos, ehe er die Stirn runzelte und von einem Ende der Theke zum anderen lief. Dann noch einmal, wobei seine Schritte immer länger und energischer wurden.

Simonettis Sohn stand dagegen still, als gäbe es in seiner Welt keine Bewegungen mehr. Wen von beiden hatte sie zuvor gehört? Hatten sie gestritten? Noemi gab sich einen Ruck. Was auch immer sie zu besprechen hatten, ging sie nichts an, und sie war heute bereits neugierig genug gewesen. Morgen würde sie noch einmal vorbeisehen und sich nach Signor Simonetti erkundigen. Vielleicht würde er sich über ein paar der Pralinen freuen, die sie Lea und Enrico mitgebracht hatte. Oder sie machte schnell frische.

Hinter ihr knallte etwas, als wäre eine Faust auf die Theke gekracht. »Ich mache mir den ganzen Tag lang Sorgen um meinen Vater«, hörte sie. Noemi hielt den Atem an und blieb nun doch stehen. Langsam drehte sie sich um und schlich zurück zur Cioccolateria.

Der jüngere Mann hatte eine Hand erhoben, als wollte er sie dem anderen auf die Schulter legen, aber dann ließ er sie sinken. »Es tut mir wirklich leid.« Seine Stimme war dunkel und ruhig, klang aber angespannt. »Ich packe natürlich sofort meine Sachen und suche mir ein Hotel.«

»Nein, Unsinn«, sagte Matteo Simonetti zerstreut, blinzelte und kehrte aus seinen Grübeleien in die Gegenwart zurück. »Das musst du nicht. Es tut mir leid, dass nun auch deine Pläne ins Wasser fallen, aber ich kann nicht einspringen, ebenso wenig wie eine meiner Angestellten. Ich muss hierbleiben und mich um Papà kümmern.«

Noemi zögerte. Redeten sie von Signor Simonetti? Das klang nicht gut. Sie mochte ihn, er war ein alter Bekannter von Nonna Rosa, und es wäre schrecklich, sollte ihm etwas zugestoßen sein. Hin- und hergerissen trat sie einen Schritt zurück, um den beiden Privatsphäre zu geben, dann wieder vor – und die Spitze ihres Schuhs stieß gegen die Kante eines Steins, der nicht vollständig in den Boden eingelassen war. Noemi gab einen erschrockenen Laut von sich, taumelte und hielt sich im letzten Moment an der Tür fest.

Beide Köpfe ruckten in die Höhe.

»Entschuldigen Sie«, sagte sie hastig und suchte nach den passenden Worten, fand jedoch nur welche, die wie eine Ausrede klangen, und entschied sich für die Wahrheit. »Ich bin draußen vorbeigegangen und habe einen Teil Ihres Gesprächs mitbekommen. Geht es um Signor Simonetti? Ist mit ihm alles in Ordnung? Ich … er und ich kennen uns«, schob sie eilig nach, als sich die Runzeln auf der Stirn des Jüngeren vertieften und die Augenbrauen des Älteren nach oben wanderten.

»Sie kennen meinen Vater? Sind Sie eine Kundin?« Matteo Simonetti musterte sie von oben bis unten und machte deutlich, sie noch nie zuvor gesehen zu haben. Außerdem musste er ihren Akzent bemerkt haben und fragte sich wohl zu Recht, wie er sie und seinen Vater miteinander in Verbindung bringen sollte. Dann seufzte er, beugte sich vor, stützte sich mit beiden Händen auf der Theke ab und ließ den Kopf hängen. »Mein Vater hatte vor Kurzem einen Herzinfarkt, von dem er sich eigentlich gut erholt hat. Er war auf dem Weg der Besserung, aber das hat sich heute geändert.«

»O mein Gott.« Noemi schlug die Hand vor den Mund. »Noch ein Infarkt?«

»Nein«, sagte er und klang erschöpft. »Das zum Glück nicht. Aber eine Art Schwächeanfall. Es ging ihm nicht gut, und er musste zur Kontrolle ins Krankenhaus. Um ehrlich zu sein, wir machen uns ziemliche Sorgen. Es kam wieder so plötzlich.«

»Du meine Güte.« Noemi schluckte hart und dachte an ihr Gespräch mit dem Signore zurück. Er hatte gesund gewirkt. Ja, er war schnell müde geworden, aber das war nichts gewesen, was ihr Sorgen bereitet hatte. »Das tut mir so leid. Als ich am Nachmittag mit ihm geredet habe, ging es ihm noch gut.«

Matteo nickte langsam und hielt dann inne. »Sie haben meinen Vater heute aufgesucht?«

»Ja, ich bin hierhergekommen, weil er meine Nonna kannte, und Mariana war so lieb, mich in ihrer Pause mitzunehmen, damit ich mich vorstellen kann.« Auf einmal kam ihr der Besuch aufdringlich vor. »Sie hat ihn natürlich erst gefragt, ob er mich überhaupt kennenlernen möchte, also …«

»Sie waren wann genau bei ihm?« Die Frage kam schnell.

Etwas perplex musterte sie ihn und rechnete zurück – Landezeit, Ankunft am Bahnhof, das Gespräch bei Lea und der anschließende Bummel durch die Stadt. »So gegen zwei, halb drei, schätze ich.«

Nun verengten sich seine Augen, bis sie unter den dunklen Brauen kaum noch zu sehen waren. In die Trauer mischten sich Entschlossenheit und eine Energie, die Noemi nicht gefiel. »Das bedeutet, sein Gesundheitszustand hat sich nach Ihrem Besuch verschlechtert.«

Der Jüngere hob die Brauen, und Noemi fühlte sich, als hätte Matteo ihr einen Schlag in den Magen verpasst. »Ich … was? Sie glauben doch nicht …«

»Hören Sie«, sagte er, und mittlerweile klang seine Stimme flach. »Ich kann und möchte darüber nun nicht nachdenken. Aber bitte gehen Sie. Und dir wünsche ich alles Gute für deine Pläne, Fabio.« Bei den letzten Worten wurde seine Stimme weicher. »Es tut mir wirklich leid, aber ich kann nichts weiter für dich tun. Wenn du noch in der Stadt bleiben möchtest, kannst du selbstverständlich noch bei mir wohnen. Allerdings kann ich nicht sagen, wann ich aus dem Krankenhaus zurück bin.«

»Nein, das ist schon in Ordnung«, sagte der Mann namens Fabio. Sein Blick war klar, wenn auch Sorge und ein Hauch Unruhe darin lagen. »Ich komme schon zurecht, und du musst dich natürlich um Alfredo kümmern. Grüß ihn von mir und richte ihm meine Genesungswünsche aus.«

Matteo Simonetti nickte, aber es war ihm anzusehen, dass er mit den Gedanken bereits woanders war. Mit halb erhobenen Händen begleitete er Noemi und Fabio zum Ausgang, wobei er ihn mit einem freundlichen Nicken verabschiedete, ihr dagegen einen finsteren Blick zuwarf.

Das Glöckchen klingelte, dann fiel die Tür zu, und es klickte, als sich ein Schlüssel im Schloss drehte, ehe die Jalousie heruntergelassen wurde. Keinen Atemzug später erlosch das Licht im Inneren und ließ Pralinen und Schokolade in der Auslage verschwinden.

Fassungslos starrte Noemi auf die Tür und setzte einen Schritt zurück, als müsste sie Abstand nehmen, um zu begreifen, was soeben geschehen war. Plötzlich fröstelte sie. Waren die Temperaturen in der Stadt schlagartig gesunken? Es würde sie nicht wundern, wenn Nebelschwaden über den Kanälen hingen.

»Verdammt. Das darf nicht wahr sein«, sagte Fabio neben ihr mit seiner dunklen Stimme, und selten hatten so viele Emotionen in so wenigen Silben gelegen. Enttäuschung, Resignation, Beunruhigung, Sorge, Mitleid … aber auch ein Hauch Sarkasmus.

Noemi betrachtete ihn: Er trug Jeans, ein helles Hemd und Turnschuhe – lässig, aber ordentlich. Jetzt, im Licht der Straßenlaterne, glich die Farbe seiner Haare der von sehr dunklem Honig, und das tiefe Braun seiner Augen wirkte fast schwarz. Um das zu erkennen, musste sie allerdings den Blick heben, und dabei bemerkte sie, wie sehr seine Kiefer mahlten.

»Was ist denn genau passiert?«, flüsterte sie. »Es ging dem Signore doch gut.«

Zunächst glaubte sie, er würde ihr nicht antworten wollen,

aber dann wandte er sich ihr so abrupt zu, dass sie fast zurückgewichen wäre. »Warum haben Sie ihn heute besucht?«

Sie öffnete die Lippen, schloss sie wieder und ließ sich seine Worte noch einmal durch den Kopf gehen. Und den Ton. »Moment mal, Sie können doch nicht wirklich mir die Schuld dafür geben, dass er wieder im Krankenhaus ist?«

Er fuhr sich durch die Haare. »Gute Frage, aber es ist schon auffällig, oder? Sie tauchen auf und erzählen ihm … ich weiß nicht …«

»Er kannte meine Nonna von früher, darüber haben wir geredet! Wenn die Erinnerung allein dafür sorgt, dass sich sein Zustand so sehr verschlechtert, dann war er doch noch nicht wieder so gut auf den Beinen, wie sein Sohn dachte. Man erinnert sich doch andauernd an Dinge aus der Vergangenheit.« Sie wusste, dass die Diskussion unsinnig war, aber dieser Fabio hatte sie in die Ecke gedrängt. Noch während sie ihn anblitzte, wanderten ihre Gedanken zurück zu dem Treffen mit Signor Simonetti – und zu dem abrupten Ende, nachdem sie ihn auf das Foto von Nonna Rosa und der blonden Frau aufmerksam gemacht hatte. Was, wenn Matteos Anschuldigungen gar nicht so sehr aus der Luft gegriffen waren?

Je mehr sie darüber nachgrübelte, desto stiller wurde Fabio, doch dann gab er sich einen Ruck. »Sie haben sich also länger unterhalten?«

Sie zuckte die Schultern. »Ja, über meine Nonna, deshalb bin ich schließlich hingegangen. Er hat mir von früher erzählt, dass sie zusammen ein Fest in der Toskana veranstaltet haben, über mehrere Jahre hinweg. Und er hat mir Fotos gezeigt.

Aber Entschuldigung, wer sind Sie überhaupt? Es klingt nicht gerade danach, als wären Sie mit den Simonettis verwandt.« Sonst hätte Matteo ihn vermutlich nicht ebenfalls rausgeworfen.

Er wirkte kurzzeitig verblüfft. Seine Brauen zogen sich zusammen und veränderten seinen Gesichtsausdruck völlig. Zuvor hatte er verschlossen gewirkt, doch jetzt verwischte die Härte, und darunter kam wieder diese wilde Mischung von Gefühlen zum Vorschein, die verwirrend war. Selten hatte Noemi jemanden getroffen, in dessen Gesicht sich so viel abspielte. »Nein, ich bin kein Verwandter. Ich …« Er atmete tief durch. »Tut mir leid, aber ich fühle mich gerade schrecklich wegen der Sache mit Alfredo, weil ich mir auch Gedanken darüber mache, was das für mich bedeutet. Ganz schön egoistisch, was?« Er starrte auf seine Hände, dann trat er vor und streckte ihr eine entgegen. »Ich bin Fabio, Fabio Serra. Und gerade kommt mir die höfliche Anrede total falsch vor.«

Noemi lauschte seinem Akzent nach, dem Schwung in den Silben, der auf einmal so viel weicher wirkte als zuvor. »Finde ich auch.« Sie schüttelte seine Hand, in der ihre wie die eines Kindes wirkte. »Noemi. Ich komme aus Deutschland.«

»Und deine Nonna ist Italienerin?«

»War. Sie ist vor einigen Monaten gestorben.«

»Oh.« Fabio senkte den Kopf, und endlich entspannte sich der harte Zug um seine Lippen. »Das tut mir auch leid.« Selbst seine Stimme klang nun weicher, jedoch noch immer so dunkel, dass er überzeugend den Bösewicht in einem Hörspiel hätte geben können.

»Schon in Ordnung.« Sie schob die Hände in die Taschen

ihrer Jeans. »Also. Was machst du hier, und warum hat Signor Simonettis Gesundheitszustand etwas mit dir zu tun?«

Er schien zu überlegen, dann verschränkte er die Hände im Nacken, legte den Kopf zurück und atmete tief aus. »Ich bin beruflich hier und bei den Simonettis zu Gast. Wir haben uns über ihr Familiengeschäft unterhalten. Eigentlich war geplant, dass ich Matteo auf das Festival begleite, aber jetzt wird er seine Teilnahme absagen.«

Damit hatte sie nicht gerechnet. »Das Piacere? Du weißt davon?«

Er ließ die Arme wieder sinken. »Ja, ich wollte darüber berichten. Für das *Taste of Europe.* Hast du zufällig schon einmal davon gehört?«

Noemi rieb sich über die Nase und überlegte – gehört ganz sicher, aber zuordnen konnte sie es nicht. »Ist das eine TV-Show?«

»Ein YouTube-Kanal, und zwar einer der größten in Italien, aber auch in Großbritannien und Skandinavien ist er gut vertreten. Es wird dort ein Special geben über besondere Food Festivals oder welche an besonderen Orten. Die Toskana ist Nummer drei auf meiner Liste, mit dem Piacere im Mittelpunkt des Berichts, weil es wegen seiner Geschichte besonders interessant ist. Ich hätte Matteo bei den Vorbereitungen begleitet, und am ersten Festival-Tag wäre Linda Giles zu uns gestoßen.«

»Wow«, entfuhr es Noemi. Linda Giles war eine bekannte TV-Köchin, die in den vergangenen Jahren permanent in den Medien vertreten war. In den Läden standen ihre Bücher neben denen von Jamie Oliver und Tim Mälzer und schlugen weltweit mit großem Erfolg ein. »Linda ist toll, ich habe ihre Dessert-Reihe gesehen, die war unglaublich gut.«

»Ja«, sagte Fabio düster. »Linda ist generell unglaublich gut, aber eben leider auch unglaublich teuer und …« Er winkte ab. Auf einmal wirkte er so ratlos, dass sie den Eindruck hatte, irgendetwas tun zu müssen. Eine Lösung herbeizaubern für ein Problem, dessen Tragweite sie noch nicht ganz erfasste.

»Sag deinem Chef die Wahrheit. Ich meine, niemand konnte wissen, dass so etwas passiert, nicht wahr? Signor Simonetti ist schließlich nicht mehr der Jüngste.«

Fabio starrte auf die Hauswand gegenüber, an der ein Plakat nur noch in Fetzen hing, und riss sich sichtlich zusammen. »Da gibt es keinen Chef. Ich habe den Kanal zusammen mit jemand anderem aufgebaut, und …« Er rieb sich über die Stirn und zuckte die Schultern, als wollte er ihr sagen, dass es nun auch egal war. »Vor einiger Zeit steckten wir in einer Krise, wegen interner Differenzen. Seitdem versuche ich alles, um *Taste of Europe* wieder zu den alten Zahlen zurückzuführen.«

»Unter anderem, indem du Linda Giles dazu bringst, zusammen mit dir ein neu aufgelegtes Festival zu besuchen.« Sie konnte sich gut vorstellen, welchen Effekt solch ein Zugpferd hätte.

»Ganz genau. Ich hatte bereits Gennaro Contaldo zu Gast sowie Marion Ringborg und Linn Söderström, und mit Linda sollte es richtig international werden. Aber nun sieht es aus, als wäre ich umsonst hergekommen. Matteo wird nicht fahren, denn er will seinen Vater verständlicherweise nicht allein lassen, und sonst gibt es keinen Simonetti, der im Betrieb eingebunden ist. Also.« Er zögerte. »Nimm es mir nicht übel, dass ich nicht gut auf dich zu sprechen bin, auch wenn du Simonetti in freundlicher Absicht besucht und vielleicht gar nichts mit allem zu tun hast. Aber ich muss nun erst mal überlegen, wie ich das alles wieder einspiele.«

Noemi bemühte sich um ein aufheiterndes Lächeln. »Dein Kanal wird doch ganz sicher nicht wegen eines Festivals ...«

»Ich muss los, meine Sachen bei den Simonettis abholen. Mach's gut, Noemi. Viel Spaß noch in Venedig.« Er wollte eindeutig nicht weiter darüber reden. Wieder zögerte er, und dieses Mal glitt sein Blick über ihr Gesicht und blieb an ihren Augen hängen. Dann zog er die Mundwinkel in die Höhe, was nicht ganz für ein echtes Lächeln reichte, drehte sich um und verschwand. Nur wenige Sekunden später bog er in eine Gasse ab, und Noemi blieb mit den Geräuschen der Nacht zurück.

6

Von hier sah es aus, als würden ihre Zehen die Wasseroberfläche berühren, wenn sie ihre Beine nur ein wenig streckte. Fasziniert beobachtete Noemi die Spiegelung der Lichter vor sich.

Nachdem Fabio gegangen war, hatte sie sich in Grübeleien verfangen, irgendwann am Canal Grande wiedergefunden und war ihm bis zur Santa Maria della Salute gefolgt, jener barocken Kirche aus Kalkstein mit den zwei Kuppeln, die bei Nacht einer mystischen Welt entsprungen zu sein schien. Noemi hatte die Heiligenfiguren auf den Sockeln betrachtet und sie stumm gebeten, auf Signor Simonetti achtzugeben. Zwar war sie nicht gläubig, aber es konnte ja nicht schaden.

Nach einer Weile hatte sie die Basilika hinter sich gelassen und sich südlich gehalten, bis sie das Bacino di San Marco erreichte, das einen Teil der Lagune bildete, und war daran entlanggeschlendert. Hin und wieder war sie auf kleinere Gruppen gestoßen, Menschen in Feierlaune, und einmal hatte man sie aufgefordert, sich anzuschließen, was sie mit einem Lächeln und einem Kopfschütteln beantwortete. Nun saß sie hier, laut der App auf ihrem Handy nicht allzu weit von Leas und Enricos Wohnung entfernt, aber noch hatte sie sich nicht dazu durchgerungen, zurückzugehen oder gar an ihr Bett zu denken. Es war zu viel geschehen, das sie nicht einfach ignorieren wollte.

Oder konnte. Ihr war bewusst, dass Fabio seine Enttäuschung auf sie projizierte – ebenso Matteo Simonetti einen Teil seiner Sorgen. Ob es trotzdem eine Möglichkeit gab, zu helfen? Aber dafür musste sie erst verstehen, was wirklich vor sich ging. Bisher hatte die Geschichte zu viele Lücken und warf zu viele Fragen auf. Sie stützte ihre Hände am Boden ab, lehnte sich zurück und betrachtete die Hausfassade, die neben ihr in die Dunkelheit wuchs.

Zuvor hatte sie YouTube geöffnet und auf Fabios Kanal gestöbert. Das Konzept des *Taste of Europe* gefiel ihr. Es blickte auf die stolze Zahl von über einer halben Million Abonnenten zurück, orientierte sich in den Beiträgen thematisch entweder an Ländern und ihren Spezialitäten oder nahm eine bestimmte kulinarische Köstlichkeit ins Visier, um länderübergreifend zu berichten. Dazu gab es Interviews, Berichte von Festivals und Eröffnungen der Restaurants bekannter Persönlichkeiten. In der Reihe »Kulinarische Zeitreisen« stellte er Kochstars die Aufgabe, für eine historische oder sogar fiktive Persönlichkeit zu kochen – und überließ ihnen die Entscheidung über das Menü.

Mit einem Schmunzeln hatte sie sich Ausschnitte aus einer Folge angesehen, in der ein italienischer Sternekoch ein Mahl für Romeo und Julia kredenzte. Fabio machte seine Sache gut, moderierte jeden Beitrag interessant an, überließ dann aber weitgehend seinen Gästen die Bühne und beschränkte sich auf kurze, aber unterhaltsame Zwischenfragen oder Anmerkungen, um die Show in Gang zu halten. Er wirkte anders vor der Kamera, gefestigter und überzeugend, aber auch lässig, so als stünde er mit Freunden in der Küche und nicht mit geladenen Gästen. Als würde er selbst dann die Ruhe bewahren, wenn plötzlich alles in Flammen aufginge.

Als hätte er keine Sorgen.

Sie verstand, warum das Konzept funktionierte. Es hatte Tempo durch seinen Unterhaltungswert sowie Witz, hastete aber nicht durch die Show, sondern ließ genügend Zeit für Entspannung, Wohlgefühl und Genuss. Noemi hatte sich vorgenommen, sich zu Hause in Ruhe mehr anzusehen oder sogar die eine oder andere Köstlichkeit auszuprobieren – beispielsweise sah das Parfait für Mr. Darcy aus *Stolz und Vorurteil* hervorragend aus.

Das Plätschern der Lagune riss sie aus den Gedanken, und sie warf einen Blick auf ihr Handy. Es war kurz nach zehn, aber sie kannte genügend Menschen, die um diese Uhrzeit noch nicht im Bett lagen. Also scrollte sie durch ihre Kontakte, bis sie die Nummer von Tante Elisa fand. Zeit für Versuch Nummer zwei. Kurz darauf erklang das Freizeichen an ihrem Ohr, und nur wenige Atemzüge später Elisas fröhliche Stimme.

»Emi! Was ist los, mein Kind, hält Venedig dich wach?«

»So ungefähr. Ich habe dich nicht geweckt, oder?«

»Natürlich nicht, ich kann schlafen, wenn ich älter bin. Und, gefällt es dir?« Ein Hauch Sehnsucht schwang in ihren Worten mit, und wieder fragte sich Noemi, warum Elisa ihr Heimatland so selten besuchte.

Fragte man sie, betonte sie immer, dass sie zu wenig Zeit habe, es aber im kommenden Jahr auf jeden Fall tun wolle. Aus dem kommenden Jahr waren viele geworden, in denen Elisa an die Nord- oder auch mal an die Ostsee reiste, aber nie über die Grenzen Deutschlands hinaus.

Noemi lehnte sich zurück und betrachtete die Lichter in der Ferne. »Venedig ist wieder mal faszinierend, auch wenn ich mir die großen Sehenswürdigkeiten für morgen aufgehoben habe und heute in den kleinen Gassen geblieben bin, ganz, wie du es mir geraten hast.«

»Gut.«

Noemi fuhr mit einem Finger über die Rillen im Untergrund. »Aber es sind einige Dinge passiert, die ich nicht verstehe.«

Sie konnte Elisas Stirnrunzeln förmlich hören. »Hast du dich mit Lea gestritten?«

»Iwo, nein. Aber ich habe einen von Nonna Rosas alten Freunden besucht.« Und dann erzählte sie von der Cioccolateria Simonetti, von ihrem Gespräch mit Alfredo und der Holzkiste, in der sie das Foto von ihrer Nonna und der blonden Frau gefunden hatte – und schließlich vom Piacere-Festival. »Ich habe nun wirklich oft darüber nachgedacht, aber sie hat weder meinen Eltern noch mir jemals davon erzählt.«

»Ach, Liebes.« Eine Pause folgte, in der sich Elisa mehrmals räusperte. »Deine Nonna war viel unterwegs, als sie noch jung war. Vielleicht hat sie das einfach vergessen bei all den Partys und Festen, die sie gefeiert hat.«

»Nein.« Noemi schüttelte den Kopf. »Das war nicht der Grund, das wissen wir doch beide. Es ist eine Sache, irgendwo zu feiern, aber eine andere, ein ganzes Festival ins Leben zu rufen, das dann auch noch ein paar Jahre gut läuft. Das ist doch etwas Besonderes! Darüber redet man und ist stolz darauf. Und Nonnas Gedächtnis hat bis zum Schluss hervorragend funktioniert.« Sie machte eine Pause, doch Elisa schwieg. »Du hast also auch nie von diesem Piacere gehört? Oder von der Villa Pitiani? Nonna und du, ihr kanntet euch doch schon, als ihr noch in Italien gewohnt habt, war das denn nie ein Thema? Hast du keinen Brief von Signor Mangano bekommen?«

Schweigen antwortete ihr.

»Tante Elisa? Bist du noch da?«

»Nein, ich habe keinen Brief bekommen, Noemi.« Es klang steif. Noemi wollte gerade nachhaken, als sich die Geräusche in der Leitung veränderten. Ein dumpfes Knacken drang an ihr Ohr. »Hallo? Tante Elisa, hörst du mich noch?« Stille antwortete ihr, dann waren da einzelne Töne, abgehackt und weit entfernt. »Hallo!« Sie starrte auf das Handy und presste es wieder ans Ohr.

»Emi, die Verbindung ist schlecht. Ich sagte, lass deine Nonna und die Vergangenheit ruhen. Es bringt doch nichts, nach so vielen Jahren darauf herumzureiten.«

Noemi stutzte. Das war ganz sicher nicht das, was sie erwartet hatte. »Aber kanntest du Signor Simonetti?«, startete sie einen neuen Versuch, auf den jedoch wieder nur Stille antwortete. »Tante Elisa? Was ist denn los?« War die Verbindung wieder weg? »Bist du etwa so spät noch unterwegs?« Sie lauschte, und endlich räusperte sich Elisa.

»Ich höre dich ganz schlecht. Lass uns auflegen, Kind, so ist das doch eine Qual.«

Noemi wollte das Gespräch jetzt noch nicht beenden, aber das brachte wohl wirklich nichts. Morgen war schließlich auch noch ein Tag, obwohl es ihr schwerfallen würde, bis dahin ohne Antworten auskommen zu müssen. »Also gut, ich melde mich dann noch einmal bei dir, okay?«

»Ist gut, Emi. Grüß Lea herzlich von mir.«

Sie wollte gerade sagen, dass sie das auf jeden Fall tun würde, doch Tante Elisa hatte aufgelegt. Mit einem Anflug von Frust starrte Noemi noch eine Weile auf ihre Füße vor dem Wasser, das eine einzige Schattenfläche war, und stand auf. »Ich bin nicht sicher, wer hier mehr verbirgt«, flüsterte sie der Glitzerfläche und damit dem Wasservolk zu, an das sie lange Jahre nicht gedacht hatte. »Ihr oder diese Geschichte.«

»Mama und Papa wissen auch nichts!« Noemis Hand fuhr durch die Luft und landete so dicht neben ihrer Kaffeetasse, dass der Löffel in die Höhe hüpfte. Seitdem sie aufgewacht war, fühlte sie sich, als würde sie vor Energie platzen, und es fiel ihr schwer, beim Frühstück mit Lea nicht aufzuspringen und durch die Küche zu laufen, hin und her, immer zwei Schritte. »Und Tante Elisa geht nicht an ihr Telefon, nachdem wir gestern schon wegen der schlechten Verbindung kaum reden konnten. Ich verstehe das nicht, sie lässt es doch sonst nie klingeln.« Sie nahm den Löffel und drehte ihn in den Händen, immer schneller, bis er ihr aus den Fingern glitt und auf ihre Oberschenkel fiel. »Irgendetwas ist seltsam, Lea.«

Ihre Freundin blickte sie lange an, beugte sich dann zu ihr, pflückte den Löffel von ihrem Rock und legte ihn mit vielsagendem Blick zurück auf den Tisch. Es war paradox, aber ihre Ruhe machte Noemi noch hibbeliger. »Und wen außer Elisa hast du noch mit diesen alten Geschichten wild gemacht?«

»Niemanden. Aber ich habe noch einmal über alles nachgedacht, und ich sage dir, etwas stimmt da nicht, und es hat mit Nonnas Zeit in Italien zu tun. Es passt nicht zu ihr, dass sie dieses Festival niemals erwähnt hat. Zumindest Tante Elisa sollte davon wissen, der hat sie schließlich immer alles erzählt. Ich meine wirklich alles. Die zwei waren wie Zwillinge, die man bei der Geburt getrennt hat. Elisa hätte demnach gestern am Telefon mehr als neugierig sein müssen. Unter normalen Umständen wäre sie ausgeflippt und hätte mich mit Fragen bombardiert, aber stattdessen hat sie es abgetan, als wäre es nicht der Rede wert. Und dann die seltsame Sache mit Signor Simonetti.«

Lea wölbte ihre Augenbrauen zu feinen Bögen. »Ich würde Signor Simonettis Zustand nicht als seltsam bezeichnen, sondern als unglücklichen Zufall.«

Noemi schüttelte den Kopf. »Du auch!«

»Ich was?«

»Du interessierst dich auch nicht dafür.« Sie war fassungslos.

»Das stimmt doch gar nicht.« Lea schmunzelte. »Natürlich finde ich es spannend, was Rosa damals getrieben hat. Aber mich interessieren andere Dinge gerade mehr. Zum Beispiel, ob Enrico am Wochenende im Lotto gewinnt, er hat nämlich angefangen zu spielen. Oder wie ich es schaffe, die nächste Marketingstrategie durchzubekommen, ohne dabei den Kunden zu verprellen, der gern unsere gesamte Firma für ein Taschengeld anheuern möchte.« Ein dunkler Ton ertönte draußen und schraubte sich mehr und mehr in die Höhe, bis er einem Schrei ähnelte. Lea stöhnte auf. »Und am meisten interessiert mich, wie ich die Signora dazu bringe, mal einen Tag lang still zu sein. Wie soll ich bei dem Lärm arbeiten?«

Beide blickten nach draußen – sie hatten das Fenster

geschlossen, nachdem um kurz nach acht von drüben die ersten Töne erschollen waren und verrieten, dass die Signora sich erst einmal *locker singen* musste.

»Mir gefällt es.« Noemi lachte, als Lea einen Krümel Ciabatta in ihre Richtung schnippte. Ihre Freundin hatte recht – ihr Leben ging weiter, und sie musste sich darum kümmern, auch wenn sie selbst sich gerade ein neues suchte. Mit weniger Stress in der Arbeit würde Lea sicherlich ebenfalls versuchen herauszufinden, was an der ganzen Geschichte hakte. »Also dann los, schnapp dir deine Kopfhörer und sei fleißig, ich räume hier auf und mache mich dann auf den Weg.«

Lea hatte sich bereits umgedreht, hielt nun aber noch einmal inne. »Wo willst du denn hin?«

»Zur Cioccolateria, ein paar Pralinen vorbeibringen.«

»Pralinen? In einen Pralinenladen? Denkst du nicht, die haben genug davon?«

Noemi knuffte ihr in den Arm. »Als kleine Aufmerksamkeit. Außerdem möchte ich wissen, wie es dem Signore geht. Und auch seinem Sohn.«

Ob er sich beruhigt hat oder mich gleich wieder rauswerfen will.

Obwohl sie gestern Fabio gegenüber ihre Unschuld beteuert hatte, war der Hauch eines schlechten Gewissens nicht verschwunden. Im Gegenteil, er war über Nacht gewachsen, daher musste sie einfach wissen, was mit Alfredo Simonetti war. Und auch ohne schlechtes Gewissen würde ihr die Frage keine Ruhe lassen. »Vielleicht lenken ihn Pralinen ab, die sie nicht im Sortiment haben. Schließlich ist das so was wie neues Terrain.« Sie stellte die Teller aufeinander und schob Lea sanft aus der Küche. Anschließend räumte sie das Geschirr in die Spülmaschine und wischte den Tisch ab, wobei sie das Fenster öffnete und sich wenige Handgriffe später dem Rhythmus des Gesangs anpasste. Die Signora hatte eine imposante Stimme, und als sie verstummte, trat Noemi ans Fenster und applaudierte. Von oben stampfte Lea auf den Boden, und Noemi konnte sich den ungehaltenen Gesichtsausdruck regelrecht vorstellen – vermutlich befürchtete ihre Freundin, dass sie nun noch öfter in den Genuss des Gesangs kommen würden.

Die Fensterläden gegenüber blieben jedoch geschlossen, also suchte Noemi nach einem Behälter, um Mandelpralinen, Konfekt mit einem Hauch Chili sowie Trüffelherzen einzufüllen. Sie schlüpfte in ihre weißen Sandalen, schnappte sich Tasche, Sonnenbrille und Schlüssel und machte sich auf den Weg nach draußen.

Obwohl sich die Sonne noch nicht in die Calle dei Cerchieri durchgemogelt hatte, war die Luft warm, und Noemi war froh, zum Rock statt zur kurzen Hose gegriffen zu haben. Er war in fröhlichen Farben gehalten und umspielte ihre Knie; dazu hatte sie ein helles Top gewählt. Sie sah nach unten und wackelte mit den hellblau lackierten Zehen. Ihre Haare hatte sie hochgesteckt, schließlich sollte der Tag laut Vorhersage so warm werden wie der gestrige.

Dieses Mal fand sie den Weg zur Cioccolateria auf Anhieb – wenn man wusste, durch welche Gassen und über welche Seitenkanäle man gehen musste, war es wirklich nicht weit. Es war bereits geöffnet, das Licht aus Deckenstrahlern beleuchtete die Auslagen im Schaufenster sowie die Theke, wo Mariana stand und etwas ordnete. Kunden gab es derzeit keine, also atmete Noemi tief durch und trat ein.

Mariana blickte auf, lächelte und winkte – sie erkannte sie eindeutig wieder, schien ihr aber nicht übel zu nehmen, was geschehen war. Oder sie dafür verantwortlich zu machen.

»Guten Morgen.« Noemi erwiderte das Lächeln und hob die Dose. »Ich wollte mich nur erkundigen, wie es Signor Simonetti geht, und das hier vorbeibringen. Es sind selbst gemachte Pralinen.« Jetzt kam ihr das Mitbringsel doch ein wenig überflüssig vor. »Meine Freundin denkt, es sei albern, jemandem wie ihm ausgerechnet Pralinen zu schenken, aber ich dachte, er freut sich vielleicht über andere Sorten als seine eigenen. Und darüber, dass er besser ist als die Konkurrenz.« Sie sah sich um. »Obwohl das mit der Konkurrenz wohl nicht so ganz passt. Ich habe meine Pralinen zuvor über einen Cateringservice angeboten, aber kein eigenes Geschäft.«

»Das hat manchmal nichts mit dem eigenen Können zu tun, sondern mit vielen anderen Dingen wie Finanzierungen, Konkurrenz vor Ort oder ob man etwas erbt, das die eigenen Eltern auf die Beine gestellt haben«, ertönte eine Stimme hinter Mariana.

Zunächst war Noemi erstaunt, aber dann erkannte sie Matteo. Er war von dem roten Vorhang verborgen gewesen, mit dem der Verkaufsraum vom Rest des Ladens abgeteilt wurde, und trat nun an die Theke.

Noemi wettete darauf, dass er wenig bis kaum geschlafen hatte. Die Haut im Gesicht wirkte schlaff, die Ringe unter den Augen sprachen für sich, und das kurzärmelige Hemd wies Knitterfalten auf.

»Buongiorno, Signorina.«

Noemis Wangen röteten sich. Ein Teil von ihr erwartete, dass Matteo sie bat zu gehen. Vorsichtig nickte sie ihm zu. »Buongiorno.« Sie zögerte, aber er wirkte weder wütend noch aufgebracht. »Wie geht es Ihrem Vater?«

Er schüttelte den Kopf und zuckte gleichzeitig die Schultern. »Er erholt sich, wenn auch nur langsam. Er ist eben ein alter Mann, und es hat ihn ziemlich zurückgeworfen.«

Mariana sah von einem zum anderen, trat hinter der Theke hervor und machte sich an der Auslage des Schaufensters zu schaffen, wohl um ihnen Raum für ein Gespräch zu geben.

»Das tut mir leid«, sagte Noemi, noch immer vorsichtig. »Ich hoffe, er erholt sich schnell.« Sie reichte ihm die Dose, und er nahm sie, schien aber nicht so recht zu wissen, wohin damit. Dann stellte er sie ab. »Hören Sie, ich wollte Sie gestern nicht so anfahren. Natürlich tragen Sie keine Schuld am Zustand meines Vaters, und selbst wenn Ihr Auftauchen ihn aufgeregt hat, konnten Sie das ja vorher nicht ahnen.« Es klang ehrlich reuevoll.

Noemi winkte ab. Sie war froh, dass die Spannung zwischen ihnen verschwand – aber das Letzte, was Matteo nun sein sollte, war schuldbewusst. »Schon vergessen. Ich hätte an Ihrer Stelle vermutlich ähnlich reagiert.« Das stimmte zwar nicht, aber darauf kam es jetzt auch nicht an.

Er nickte lediglich, und Stille kehrte ein, unterbrochen von den Geräuschen, als Mariana etwas ordnete und Schachteln von einer Seite auf die andere schob.

Noemi knibbelte am Riemen ihrer Handtasche. »Dann gehe ich mal wieder. Sie haben sicher alle Hände voll zu tun.«

»Ich muss den Laden ein paar Tage schließen«, sagte er leise, als hätte er ihre letzten Worte nicht gehört.

Noemi hatte sich bereits halb abgewandt, hielt nun aber inne. »Was? Aber warum?«

Er zuckte die Schultern und deutete auf die Auslagen. »Unser Motto ist es, nur frisch zubereitete Ware anzubieten. Aber unsere zweite Angestellte, Carla, ist krank, ich muss mich um meinen Vater kümmern, und damit kann ich nicht in der Küche stehen oder jemanden anlernen. Seit gestern haben mir fünf Leute gesagt, dass er im Krankenhaus gut aufgehoben ist, aber da möchte ich neben ihm sitzen und ihn nicht mit fremden Menschen allein lassen, die keinen Moment für ein Gespräch haben oder es in ihrer knappen Zeit gerade mal schaffen, ihm sein Essen zu bringen, weil sie zu viele Patienten versorgen müssen. Es soll ihm gut gehen. Ich habe nur noch ihn. Das mit der Ehe hat bei mir leider nicht funktioniert.«

Noemi verstand – und sie wusste, dass man im Krankenhaus auch mal jemanden brauchte, der einem einfach nur zuhörte.

»Natürlich kümmern Sie sich um ihn«, sagte sie leise und wünschte sich, auch eine solche Entscheidung treffen zu können, um bei ihrer Nonna am Krankenbett zu sitzen und ihre Hand zu halten. Wenn sie noch einmal die Chance bekäme, würde sie keine Sekunde von Rosas Seite weichen! »Ich würde das genauso machen.«

Matteo Simonetti nickte langsam. »Und weil ich nicht an zwei Orten gleichzeitig sein kann, habe ich mich gegen das Geschäft entschieden. Die Cioccolateria wird einen außerplanmäßigen Urlaub überleben. Unsere Kunden sind treu, und wir werden schon über die Runden kommen.«

»Aber …« Noemi blickte sich um. »Kann denn niemand sonst …?«

Matteo schüttelte den Kopf. »Wir sind zwar einigermaßen vernetzt, aber zu dieser Jahreszeit ist es schwer, jemanden zu finden, der sich auskennt.«

Noemi blickte zur Seite, und ihr Blick kreuzte Marianas. »Was ist mit dir?«

Mariana richtete sich wieder auf und zupfte an ihrer Schürze. »Ich bin bestimmt eine der besten Verkäuferinnen der Stadt«, sagte sie so überzeugend, dass Noemi ihr vorbehaltlos glaubte. »Aber Pralinen sind bei mir, anders als bei Carla, immer ein Roulettespiel. Mal gelingen sie, mal nicht. Alfredo hat es mir so oft gezeigt, aber ich habe kein Händchen dafür. Matteo sagt, ich bin einfach ein zu großes Risiko. Zu gefährlich.« Sie machte ein düsteres Gesicht, musste dann aber grinsen, ehe sie wieder ernst wurde. »Leider haben wir auch kaum noch Ware auf Vorrat. In den vergangenen Tagen ist viel über die Theke gegangen, besonders die fruchtigen Sorten.«

»Ja, die passen hervorragend zum Sommer.« Noemi starrte auf die Auslagen, die Pralinenhaufen, die auf ihren Schalen kleiner geworden waren, sowie die kunstvoll verzierten handgeschöpften Schokoladen, und eine Idee formte sich in ihrem Kopf. Langsam nur, und sie sagte sich, dass sie erst noch einmal nachdenken musste. Darüber, ob es überhaupt passte. Ob es klug war. So wie Lea es getan hätte oder jeder andere Mensch, der nachdachte, ehe er vorpreschte.

Aber ihr Mund war schneller. »Ich könnte doch aushelfen.« Kaum hatte sie es ausgesprochen, lief ein feiner Schauer über ihre Haut. Sie fühlte sich wie in dem Moment auf einem Sprungbrett in großer Höhe, wenn sie sich entschieden hatte, den Schritt ins Nichts zu wagen, und ihr Körper leicht vibrierte. Als Matteo Simonetti die Stirn runzelte, deutete sie auf die Dose. »Ich bin gelernte Konditorin und habe oft mit meiner Nonna Pralinen hergestellt. Natürlich kann ich nicht versprechen, all Ihre Stammsorten so hinzubekommen, wie Sie es tun, aber zur Not ändern Sie einfach vorübergehend das Sortiment ab oder verkleinern es. Probieren Sie gern, was ich Ihnen mitgebracht habe, um sich ein Bild zu machen. Die Pralinen sind allerdings mittlerweile zwei Tage alt. Oder, besser noch, ich stelle mich in Ihre Küche, und Sie entscheiden hinterher, ob Sie das Ergebnis verkaufen wollen. So können Sie bei Ihrem Vater sein und müssen die Cioccolateria keinen Tag schließen. Einen Versuch ist es wert.«

Während sie redete, spürte sie, wie ihre Aufregung wuchs – da war Vorfreude, vermischt mit einem Hauch Nervosität, und auf einmal wusste sie, dass sie es unbedingt ausprobieren wollte. Sie wollte Matteo Simonetti, den Menschen in Venedig und nicht zuletzt sich selbst beweisen, was sie konnte. Dies war etwas anderes, als bei Catering Ingmann einen winzigen Tisch bestücken zu dürfen, der daraufhin von einer überschaubaren Menschenmenge frequentiert wurde, die wegen der Umsonstmentalität ohnehin alles aß, was sich ihr bot. Wenn aber ihre Pralinen in einem Fachgeschäft wie diesem angeboten würden, mit Stammkunden, die eine gewisse Qualität gewohnt waren … Außerdem war der alte Alfredo ein Freund von Nonna Rosa gewesen, also war es selbstverständlich, dass sie hier aushalf.

Matteo blinzelte. »Ich …«

»Das ist eine großartige Idee!« Mit der Energie eines Wirbelwinds trat Mariana zu ihnen, zog die Augenbrauen in die Höhe und lächelte so breit, dass die blauen Strasssteinchen auf ihren Eckzähnen glitzerten. »Du hast es gehört, sie hat Erfahrung. Und ich freue mich immer, wenn noch jemand hinten im Laden ist, dann kann ich mich unterhalten, sollte wenig los sein.«

Ihr Chef blinzelte und rieb sich die Nasenwurzel – im Gegensatz zu ihnen tat er sich noch schwer mit der Idee. Oder auch mit zu viel Spontaneität. »Die Küche ist hinten, wie du vielleicht weißt. Für eine Unterhaltung mit jemandem, der sich dort aufhält, müsstest du schreien.«

»Ich habe eine gute Lunge.« Sie zupfte an einer blonden Strähne, die aberwitzig in die Höhe stand.

Matteo gab ein Seufzen von sich, das klang, als würde er kapitulieren.

»Na komm schon, Matteo«, sagte Mariana. »Du hast doch nichts zu verlieren außer ein paar Zutaten. Noemi tobt sich aus, und wenn dir das Ergebnis nicht gefällt, folgst du deinem Ursprungsplan, hängst das Geschlossen-Schild an die Tür, und ich besuche meine Cousine in Brescia. Aber wenn wir es versuchen, besteht der Hauch einer Chance, dass der Betrieb weiterläuft, was Alfredo im Übrigen besser gefallen würde. Nicht, dass er sich hinterher wieder aufregt.«

»Daran musst du mich nicht erinnern«, murmelte er und rieb stärker, bis sich seine Nase rötete, als würde er so auf die einzig wahre Antwort stoßen. »Also gut. Nehmen wir an, wir versuchen es. Was verlangen Sie dafür?«

Noemi brauchte etwas, um zu begreifen, dass die Frage ihr galt. Redete er von einer Gegenleistung? Von Bezahlung? So weit hatte sie nicht gedacht. Natürlich nicht. Genauer gesagt hatte sie noch gar nicht nachgedacht, sondern war einfach nur mit ihrer Idee herausgeplatzt, also zuckte sie die Schultern.

»Nichts. Vielleicht könnte ich am Abend ein paar Pralinen mit nach Hause nehmen? Ich meine, wenn alles gut läuft.« Noch immer schien er nicht überzeugt. Sie verstand ihn, schließlich ging es hier um einen Familienbetrieb, der ebenso zu den Simonettis gehörte wie die Menschen der Familie selbst, und den man nicht mal eben auslagerte, ohne sich Gedanken darüber zu machen. »Ich könnte mich ja in der Küche umsehen und Ihnen vorschlagen, was ich anbieten kann. Manche Sorten gelingen mir immer sehr gut, das wäre dann eine sichere Variante, damit wir den Ruf der Cioccolateria nicht gefährden. Vielleicht haben Sie ja auch eine Liste mit Ihren Stammangeboten und die passenden Rezepte dazu?«

Zum ersten Mal in diesem Gespräch kräuselten sich seine Lippen zu einem kaum sichtbaren Lächeln. »Keine Rezepte, nur eine Übersicht für die Buchführung, die aber helfen könnte. Der Rest ist hier.« Er tippte sich mit einem Zeigefinger gegen die Schläfe.

»Gut, dann ist das ja schon mal geklärt.« Mariana wirkte zufrieden und schien nicht gewillt, die Sache weiter in die Länge zu ziehen – was womöglich auch daran lang, dass das Türglöckchen ertönte und ein älteres Ehepaar eintrat. »Ich bin gleich bei Ihnen, muss eben den Chef in den Hintern treten«, rief sie, packte Matteo und Noemi am Arm und zog sie mit sich zu dem roten Vorhang, der den Verkaufsraum vom hinteren Bereich des Ladens abteilte.

Sie durchquerten einen Aufenthaltsraum, der mit einem winzigen Tisch, zwei Stühlen, einem Kühlschrank und einer Kaffeemaschine bestückt war und an dessen Ende sich eine Tür befand. Mariana öffnete sie und schob beide über die Schwelle. Augenblicklich schlug Noemi der Duft von Schokolade und Früchten entgegen. »So, bitte, mehr kann ich als gute Angestellte nicht tun. Ich bin dann vorne und verkaufe Signora Gambetti ihre Zitronentrüffel. Viel Spaß!« Sie salutierte, winkte und war verschwunden. Nach ihrem überschäumenden Auftreten schien die Stille doppelt so tief zu sein.

Matteo atmete langsam aus. »So alt bin ich noch nicht, aber manchmal erschlägt mich ihr Temperament.«

Noemi verzichtete auf einen Kommentar, da sie Mariana und ihrer Durchsetzungskraft überaus dankbar war, und blickte sich um. Sie befanden sich an dem idealen Ort, um ihr Vorhaben in die Tat umzusetzen, einem Traum aus Chrom und Holz, der nur darauf wartete, dass man ihn wieder in Betrieb nahm. Während sie den Blick über die silbrigen Vorratsschränke, die blank gewienerten Arbeitsflächen und die Regale im Hintergrund schweifen ließ, schlug ihr Herz schneller, und sie malte sich aus, wie sie Schichten um Schichten an Pralinen rollte, formte und goss.

Es gab einen Herd und zwei riesige Kühlschränke neben den schweren viereckigen Spülbecken, und auf den Wandregalen im hinteren Teil des Raums glänzte die Ausstattung, als wäre sie frisch angeliefert worden und wartete auf ihren ersten Einsatz: Melangeure für die Schokoladenherstellung, ein Tempermeter, ein Winnower zur Trennung der fertig gerösteten Kakaobohnen von ihren Häuten, ein Röster, eine Kugelmühle und dazu unzählige kleinere Gerätschaften, Gitter, Mixer und Messer an Magnethalterungen an der Wand.

»Wow«, flüsterte sie und hätte am liebsten jedes Utensil genau inspiziert. »Das ist deutlich professioneller als meine kleine Küche. Wundervoll.« Sie strich über die breite Arbeitsfläche, auf der sie sich bequem zum Schlafen hätte ausstrecken können.

In Matteos Augen glänzte Stolz. »Wir machen noch möglichst viel mit der Hand, aber manche Maschinen sind einfach unerlässlich. Die Zutaten befinden sich dort hinten. Frisches Obst und Milchprodukte liefert ein befreundetes Ehepaar auf Anfrage, sie haben ihren Laden hier in der Nähe.« Er deutete auf eine Ecke, hinter der sich ein halb offener kleiner Raum anschloss. Dort fand Noemi die letzte Komponente, die ihr zuflüsterte, dass sie sich gern mehrere Tage – und Nächte! – in dieser Küche einschließen würde.

»Das ist einfach ideal«, murmelte sie und betrachtete Nüsse, Schokolade sowie riesige Glasbehälter, in denen sich diverse Sorten Salz und Zucker befanden. Im Kopf ging sie bereits jene Rezepte durch, die ihr im Schlaf gelangen. Wenn sie Signor Simonetti überzeugen wollte, durfte nichts schiefgehen.

»Also«, sagte sie und drehte sich um. »Von Mariana habe ich ja gerade erfahren, dass Sie Zitronentrüffel im Sortiment haben, und da die hervorragend zum Sommer passen und frisch einfach am besten schmecken, würde ich zuerst eine

Ladung davon herstellen. Meine sind recht simpel, mit weißer Schokolade natürlich, und ich dekoriere sie mit fein gehackten Pistazien.«

Zum ersten Mal seit ihrem Vorschlag, in der Cioccolateria auszuhelfen, zeigte Matteo echtes Interesse. Das Zögern in seinem Blick flackerte, verschwand und tauchte wieder auf, bis er die Augen schloss und leicht den Kopf schüttelte, als wunderte er sich über sich selbst. »Simpel bedeutet nicht schlecht und ist oft besser als viel Schnickschnack«, murmelte er und öffnete die Augen wieder. »Lassen Sie die Pistazien weg, und nehmen Sie auf jeden Fall frische Zitronen; ich rufe Francesca an, ob sie gleich welche liefern kann.« Er musterte Noemi noch einmal eingehend, ging nach erneutem Kopfschütteln zu einer Kommode in der Ecke, zog eine Schublade auf und ein Heft heraus. »Mein Haushaltsbuch. Hier notiere ich die Menge für jede Charge. So behalte ich die Übersicht, und es fällt mir auch auf, wenn sich etwas an den Produkten ändert.«

Noemi nickte und nahm es so ernst entgegen, als handelte es sich um einen Schatz, was ja in gewisser Weise auch stimmte. Neugierig schlug sie es auf. Die Seiten waren mit einer gleichmäßigen Handschrift gefüllt und würden eine große Hilfe sein, da sie keine Ahnung hatte, was in der Cioccolateria am Tag über die Theke ging. »Das ist super. Soll ich erst einmal eine kleine Probemenge herstellen?«

Er winkte ab. »Nein. Ich vertraue Ihnen nun einfach, dass Sie nicht übertrieben haben und die Trüffel hinbekommen – und wir bräuchten wirklich Nachschub.« Er sah sich um, betrachtete die Küche, als sähe er sie zum ersten Mal, und rieb sich die Stirn. »Hören Sie, ich bin noch immer nicht sicher, ob das eine gute Idee ist, und momentan bin ich in meinen Gedanken auch hauptsächlich bei meinem Vater. Aber ich danke Ihnen für das Angebot und möchte noch mal betonen, dass ich gestern Unsinn geredet habe.«

Es tat gut, das noch einmal zu hören; der Druck auf Noemis Schultern verschwand und der Anflug von Nervosität gleich mit dazu.

»Ich mache das sehr gern«, sagte sie. »Und nun geben Sie mir schon Francescas Telefonnummer, damit ich mich um die Zutaten kümmern kann. Morgen fange ich mit den Pralinen an.«

7

»Hey, ich wollte mich kurz verab…«

Die Tür zur Küche der Cioccolateria wurde aufgedrückt. Noemi hob den Kopf, die Hände in dünnen Schutzhandschuhen und mit Trüffelmasse bedeckt, und starrte in Fabio Serras erstauntes Gesicht. »Hallo«, sagte sie fröhlich. »Ich vermute, Mariana hat vergessen, zu erwähnen, dass du mich statt Matteo hier hinten findest?«

In den vergangenen Stunden hatte sie sich überaus wohlgefühlt. Matteo hatte sich gemeinsam mit ihr um die Bestellung gekümmert, die kurz darauf von Francesca, einer fröhlichen Frau mittleren Alters, geliefert worden war. Sie hatte so schnell geredet, dass Noemi Mühe gehabt hatte, alles zu verstehen, und dabei unentwegt an ihrem bunten Kopftuch gezupft. Kurz darauf war sie in einem Wirbel aus Lachen und Rufen verschwunden, hatte aber neben Netzen voller Zitronen und einer großen Kiste einen Teil ihrer Energie zurückgelassen, die in den Straßen Venedigs geboren worden war.

Von jenem Moment an hatte die Küche ganz Noemi gehört. Sie hatte sämtliche Schränke inspiziert, sich erst die Gerätschaften, dann die Zutaten zurechtgelegt und sich schließlich voller Vorfreude in die Arbeit gestürzt. Zunächst hatte sie die Sahne erhitzt, um die klein gehackte weiße Schokolade darin zu schmelzen. In der Zwischenzeit hatte sie sich um die herrlich frischen Zitronen gekümmert, den Saft ausgepresst und hauchdünne Zesten von der Schale abgerieben. Jetzt zog ihr Duft zusammen mit dem von aromatischer Schokolade bis in den Verkaufsraum, wie Mariana ihr vor wenigen Minuten mitgeteilt hatte: »Das Ehepaar Cardile war gerade da und unendlich erleichtert, dass wir nun doch wieder produzieren. Sie haben Zitronentrüffel für morgen früh vorbestellt, also nasch nicht ganz so viel, ja?«

Im Gegensatz zu besagtem Ehepaar wirkte Fabio nun vor allem verwirrt und strich sich übers Kinn. Heute trug er ein weißes Shirt zur Jeans, das seine gebräunten Arme betonte, und sah aus, als wäre er just aus der Dusche gehüpft. »Was machst du hier, für noch mehr Komplikationen sorgen?«

Noemi wäre empört gewesen, würde das Zwinkern nicht zwischen seinen Worten hervorblitzen – passend zu dem Glitzern im Braun seiner Augen und der nur sanft gerunzelten Stirn.

»Nein, ich beseitige sie«, sagte sie hoheitsvoll. »Und du machst einen Abstecher in die Cioccolateria, um dich ein letztes Mal über mich zu beschweren?« Beinahe hätte sie gelacht, als sein Kopf hochruckte, doch dann zuckten seine Mundwinkel.

»Hätte ich gewusst, dass ich Signorina Caos hier antreffe, hätte ich mich weiter mit dem Gondoliere unterhalten, der mich vorhin nach einer Zigarette gefragt hat. Im Nachhinein erscheint mir das sicherer.«

Noemi stützte beide Hände auf die Arbeitsfläche. »Signorina Caos?« Offenbar hatte er aus seinem Tief wegen des abgesagten Berichts beim Piacere-Festival herausgefunden.

Fabio zuckte die Schultern, griff nach einer Schüssel und

drehte sie beiläufig. »Du kannst es nicht abstreiten. Kaum tauchst du auf, wirft Matteo zum ersten Mal in seinem Leben jemanden aus dem Laden, nur um dir kurz darauf die Hoheit über sein Heiligtum zu überlassen. War es von Anfang an dein Ziel, die Simonetti-Küche zu übernehmen? Wie lange hast du das alles geplant?«

Sie blickte sich um und beugte sich ein Stück vor, woraufhin Fabio ihrem Beispiel folgte. Er hatte eine feine Narbe auf der Stirn, und der Bronzeton seiner Haut schien seit ihrem letzten Treffen noch intensiver geworden zu sein. »Verrate es niemandem, aber ja, das war von Anfang an mein Plan. Mariana ist meine Verbündete und hält mir bei Problemen den Rücken frei, weil ich sie finanziell beteilige.«

Er schüttelte den Kopf, und ein Muskel in seiner Wange zuckte. »Es wäre einfacher, wenn deine Geschichte wirklich stimmen würde.«

Noemi musterte ihn, die geschwungene Kinnlinie und die entspannten Lippen. Offenbar war sein Zorn wirklich verraucht. Er war hier, um sich von Matteo zu verabschieden, würde Venedig also vermutlich noch heute verlassen.

»Hast du eine Lösung gefunden? Wie sehen deine Pläne aus?« Sie versuchte, Zuversicht in ihre Stimme zu legen. Man durfte sich von Hindernissen nicht abschrecken lassen. Hätte sie das getan, würde sie jetzt nicht hier stehen und Pralinen herstellen.

Fabio schüttelte den Kopf. »Leider gibt es da keinen Plan B. Ich wollte wissen, ob Matteo es sich anders überlegt hat, und als Mariana meinte, dass es hier mit der Herstellung weitergeht …«

Noemi spürte einen Stich im Magen. »Es tut mir ehrlich leid«, sagte sie und überlegte, aber natürlich konnte auch sie keine Lösung herbeizaubern. »Kannst du nicht so zum Festival fahren und über jemand anderen berichten? Die Simonettis haben doch Kontakte, da lässt sich sicher was machen. Oder vielleicht hat dieser Raffaele Mangano eine Idee? Du weißt schon, derjenige, der das alles organisiert.«

Den Brief hatte sie über den Planungen für die Pralinen kurzzeitig vergessen, aber jetzt kribbelte es ihr in den Fingern. Am liebsten hätte sie sich zweigeteilt, um in der Küche der Cioccolateria zu wirbeln und gleichzeitig den Mann zu treffen, der Nonna Rosa nach all den Jahren ausfindig gemacht hatte. Natürlich würde sie auch gern das Festival besuchen.

Fabio hob einen Mundwinkel – kein Lächeln, aber immerhin deutete sich ein Grübchen neben seinen Lippen an. »Nein, Linda Giles ist der Angelpunkt bei der ganzen Geschichte. Ich war mehr als froh, sie für den Beitrag gewonnen zu haben, aber sie hat sehr konkrete Vorstellungen und kann richtige Starallüren an den Tag legen.«

»Wirklich?« Das klang spannend. Bislang kannte Noemi Linda Giles nur in ihrer öffentlichen Rolle: die Wonder Woman der Küchen, die man einfach lieb haben musste. »Wie sehen diese Allüren aus? Will sie, dass ihre Hotelzimmer über und über mit weißen Blumen geschmückt sind? Oder badet sie nur in Wasser aus einer bestimmten Quelle?«

Fabios Blick verriet ihr, dass sie auf dem Holzweg war. »Zum Beispiel möchte sie lange im Voraus gebucht werden, und es gibt im Vertrag eine Klausel über Änderungen des besprochenen Ablaufplans, die sind nämlich nicht gestattet. Ich habe einige Male mit ihrem Management geredet, und ich kann dir versichern, dass der Vertrag nur eingehalten wird, wenn die Cioccolateria Simonetti vor Ort ist und das abgesprochene Interview auch genau so stattfindet. Mit der zuvor abgesprochenen Struktur, der zuvor abgesprochenen Dauer und den zuvor abgesprochenen Kameraleuten.«

»Ach, du meine Güte. Was macht sie denn, wenn sich das zuvor abgesprochene Wetter ändert?« Noemi griff nach einer Zitrone und rollte sie hin und her. Linda Giles wirkte in ihren Shows, auf Plakaten und Büchern so unglaublich spontan und offen wie jemand, mit dem man anschließend noch etwas trinken ging. Natürlich wusste sie, dass viel davon lediglich gespielt war, aber solch eine übertriebene Bürokratie hatte sie nicht erwartet. »Das klingt ganz schön kompliziert.«

Er nickte düster. »Ganz zu schweigen davon, dass sie nicht gerade wenig verlangt hat für ihren Auftritt. Geld, das auf jeden Fall gezahlt werden muss.«

Noemi hatte keine Idee, wie es in der Branche ablief, aber die Resignation in seiner Stimme verriet eine Menge. Er hatte auf einen großen Namen gesetzt und war dabei ein hohes Risiko eingegangen. »Und ohne sie?«

Er schüttelte den Kopf. »Ich habe es bereits überall angekündigt, das Geld bin ich eh los. Lass uns nicht über den Knebelvertrag reden, den ich unterschrieben habe. Außerdem …« Er stieß sich ab und lief mit langen Schritten durch die Küche, die auf einmal gar nicht mehr so groß wirkte. Wieder strich er sich die widerspenstigen Locken zurück, als könnte er so die aufgestaute Energie loswerden. »Das *Taste of Europe* hat schon einmal in einer Krise gesteckt, und ich habe viele Monate dafür gekämpft, dass es überlebt, und dann noch mal so lange, damit es wieder auf die Beine kommt. Ich weiß nicht, ob das noch einmal funktioniert.« Während seine ersten Worte energisch waren und an eine Kampfansage erinnerten, wurde seine Stimme bei den letzten leise, nachdenklich. Er blieb stehen und starrte auf die erste Pralinencharge, die Noemi zum Trocknen zur Seite gestellt hatte.

Einem plötzlichen Impuls folgend, griff sie nach dem Blech und hielt es ihm entgegen, auch wenn die Kugeln noch nicht ganz abgekühlt waren.

Er runzelte die Stirn, nahm sich dann aber eine und roch daran. Dann schob er sie sich in den Mund, kaute aber nicht, sondern wartete mit geschlossenen Augen, bis sich das Aroma der Trüffelmasse entfaltete. Er murmelte etwas, öffnete die Augen wieder und wirkte etwas ruhiger.

Noemi war zufrieden. Sie wusste, welchen Effekt Schokolade auf das Gemüt haben konnte. »Also«, sagte sie. »Was ist passiert? Damals, als es zum ersten Mal beim *Taste of Europe* gekriselt hat, meine ich.«

Er lehnte sich an die Arbeitsplatte, streckte die Beine aus und überlegte sichtlich, ob er darüber reden wollte. »Ich habe mich mit Davide überworfen, meinem Geschäftspartner«, sagte er schließlich. »Letztlich haben wir entschieden, beruflich getrennte Wege zu gehen.« Er presste die Lippen aufeinander. »Davon musste ich mich erst mal erholen. Nicht nur finanziell. Der Kanal hatte eine gute Reichweite, und ich musste neu investieren, weil Davide den Namen nicht freigeben wollte. Das hat gedauert, und es hätte auch schiefgehen können, aber ich hatte Glück. Und jetzt …« Er nahm einen

Löffel und drehte ihn zwischen den Fingern. »Jetzt hat es mich wohl wieder verlassen, dieses Glück. So früh hätte ich noch nicht damit gerechnet.«

Noemi wünschte sich erneut, ihm helfen zu können. Aber sie wusste zu wenig über Webvideos, Produzenten, Verträge und Werbegelder oder Kollegen, die sich plötzlich gegen einen stellten. Ihre einzige Erfahrung in dieser Hinsicht war der Zwischenfall mit Julian Lenz, und sie bezweifelte, dass die Geschichte Fabio weiterbringen würde.

»Nun«, sagte sie und schenkte ihm ein aufmunterndes Lächeln. Vielleicht konnte sie zumindest seine Stimmung heben. »Immerhin hat dir dieses Mal niemand Steine in den Weg gelegt, den du gut kennst, sondern eine völlig Fremde, die du nach Herzenslust verfluchen kannst.« Sie deutete auf sich. »Falls dir das ein Trost ist.«

Er überlegte. »Nicht wirklich, nein. Du wolltest mir ja nicht mit Absicht schaden. So kann ich mich nicht mal nachts vor dein Fenster stellen und dir drohen.«

»Würdest du dich denn besser fühlen, wenn ich mich pauschal fürchte, sobald ich heute ins Bett gehe?«

»Das würdest du tun?« Da, das war beinahe ein Lächeln! Wie gebannt starrte Noemi auf Fabios Mundwinkel, aber dann winkte er ab. »Es ist vor allem Unsinn. Ich weiß, dass du keine Schuld an Alfredos Zustand trägst.« Er fuhr mit dem Löffel in die Schüssel mit der Pralinenmasse und schob ihn sich in den Mund. »Kann man essen.«

»Wow.« Sie hob eine Augenbraue. »Das war vermutlich ein Riesenkompliment, oder?«

»Du übertreibst.« Er sah sich um, dann blieb sein Blick

an ihr hängen. »Ich verabschiede mich mal. Also dann, Signorina Caos, alles Gute und noch viel Erfolg in Venedig.« Er hob eine Hand und wandte sich ab, um die Angelegenheit endgültig hinter sich zu lassen.

Auf einmal wollte Noemi nicht, dass er die Sache abschloss und nach Hause zurückfuhr mit nichts als einem Misserfolg in der Tasche. Etwas an ihm hatte sich vorhin verändert, als er von seiner Arbeit erzählte; wie er das *Taste of Europe* wiederaufgebaut hatte. Er hatte schneller geredet, und seine Gesten waren schwungvoller geworden. Es musste doch einen Weg für Fabio geben.

Sie stellte sich vor, wie er mit Linda Giles plauderte, und fragte sich, wie die Villa Pitiani wohl aussah. Wie groß das Piacere sein würde. Ob viele von Rosas alten Freunden mit dabei waren? Erzählten sie Geschichten von früher, so wie ältere Menschen es oftmals taten?

Noemi hielt die Luft an, als die Szene vor ihrem geistigen Auge lebendig wurde, und auf einmal wollte sie unbedingt dabei sein.

Etwas in ihr geriet in Bewegung und stand in der nächsten Sekunde schlagartig still, damit sie ihren Gedanken lauschen konnte.

Warum eigentlich nicht? Hier in Venedig hatte sie in kürzester Zeit etwas über ihre Nonna erfahren, von dem sie noch nie zuvor gehört hatte – aber niemand sagte, dass dies die letzte Etappe ihrer Reise für und zu Rosa sein musste. Oder in ihre eigene Zukunft. Wieder dachte sie an die Worte ihrer Nonna, dass man sich in der Fremde am besten fand. Mittlerweile war sie selbst fest davon überzeugt, dass sie diesen

Abstand zu Düsseldorf brauchte, um sich neu zu orientieren. Sie hatte Matteo überzeugt, dass ihre Pralinen gut genug für sein Geschäft waren. Aber vielleicht ließ er sich ja zu weiteren Unternehmungen überreden?

Fabio hatte den Raum bereits verlassen, nur seine Schritte waren noch zu hören.

»Warte!« Sie war über ihre Reaktion vermutlich überraschter als Fabio, der zwei Atemzüge später mit fragendem Gesichtsausdruck zurückkehrte. Eine lange Weile starrten sie sich an, bis sich Noemi einen Ruck gab. »Was weißt du über das Piacere? Wie intensiv hast du recherchiert?«

Er hob die Augenbrauen.

»Ich meine, sagt dir der Name Rosa Greco etwas?«

Er überlegte, dann nickte er. »Er ist in dem Zusammenhang gefallen. Deine Nonna, oder?«

»Ja. Hast du mehr über sie gehört?«

»Nein.« Überraschung wandelte sich in Verwunderung. »Worauf willst du hinaus?«

»Ich habe von alldem zum ersten Mal hier in Venedig erfahren. Vom Piacere, meine ich, und dass meine Nonna daran beteiligt war. Ich wäre gern vor Ort, wenn es wieder stattfindet.« Mit jeder Silbe klopfte ihr Herz schneller, da sich die Idee zeitgleich mit den Worten weiter ausformte und dafür sorgte, dass sich Noemi auf einmal unendlich leicht fühlte.

Matteo hatte ihr heute früh mitgeteilt, dass Carla in der kommenden Woche zu ihrer Schicht in der Küche wieder antreten würde. Wenn sie bis dahin richtig Gas gab, brauchten die Simonettis sie dann nicht mehr.

Warum hatte sie nicht zuvor schon daran gedacht? Sie

hatte nur einen Schritt nach vorn gesetzt, um einen ersten Blick in unbekanntes Terrain zu werfen, aber es warteten noch weitere auf sie.

Sie hob den Kopf. »Und genau das werde ich tun.«

Er starrte sie an, als hätte sie den Verstand verloren. »Was wirst du tun?«

»Es mir ansehen. Ich fahre zur Villa Pitiani!« Sie betrachtete sein Gesicht, die Ernsthaftigkeit darin und auch die gerunzelte Stirn, die so gar nicht zu den energischen Gesichtszügen mit der geraden Nase und dem markanten Kinn passen wollte. »Was hältst du davon, wenn du mir dabei Gesellschaft leistest?«

Matteo Simonettis Wohnung lag in Castello, dem größten Sestiere Venedigs und nordöstlichen Bereich der Lagunenstadt. Er bestand aus 23 Einzelinseln, wie Enrico Noemi heute beim Frühstück erzählt hatte – ohnehin schien er besorgt, dass sie durch ihre Tätigkeit in der Cioccolateria zu wenig Zeit fand, um sich umzusehen und den Zauber Venedigs zu entdecken. Aber sie hatte ihn bereits gefunden, ihren eigenen Zauber, und er bestand darin, dass ihre Reise weiterging.

Fabio bedeutete ihr vorzugehen. Matteos Wohnzimmer zeigte wie auch die Diele zuvor eine wilde Mischung aus moderner und traditioneller Einrichtung. An den Wänden hingen gerahmte Fotos. Auf manchen war Matteo mit einer Frau zu sehen – seine Ex, die ihm plötzlich eröffnet hatte, lieber Karriere in Rom machen zu wollen, wie Noemi von Mariana wusste –, auf anderen mit seinem Vater oder einer Handvoll Menschen. Freunde vielleicht oder weitere Verwandte. Es roch nach Kaffee und – natürlich – Schokolade. Sicherlich probierten die Simonettis wie sie selbst manche Ideen erst am heimischen Herd aus, ehe sie in der Cioccolateria angeboten wurden.

Matteo deutete auf den langen Tisch, wo sich Papiere stapelten. »Setzen Sie sich doch, Signorina Wittkamp. Und du auch, Fabio. Erst einmal möchte ich mich bedanken.« Er griff nach Noemis Händen, um sie zu schütteln. »Ich hätte nicht gedacht, dass es funktioniert, aber dank Ihrer Hilfe konnten wir das Geschäft geöffnet lassen. Die Pralinen kamen gut an.«

Noemi atmete auf. Der Punkt war ihr besonders wichtig gewesen – nicht nur wegen der Berufsehre, sondern auch für ihre weiteren Pläne. Schließlich galt es, Matteo zu überzeugen.

In den vergangenen Tagen hatte sie täglich mehrere Stunden in der Cioccolateria verbracht und neben den Zitronentrüffeln auch welche mit Honig und Tartufo al Cioccolato hergestellt. Allesamt Pralinen, die dem ursprünglichen Sortiment mehr oder weniger entsprachen und ihr definitiv gelangen. Dazu hatte sie sich nach langer Zeit wieder an Gianduja versucht, dem dunklen Nugat aus Schokolade, Haselnüssen und Puderzucker. Zu ihrer Erleichterung war ihr auch das gelungen, und sie hatte mehrere Fotos an Elisa geschickt. Zurückgekommen war jedoch lediglich das Emoji mit dem nach oben gereckten Daumen, worüber sie etwas enttäuscht gewesen war. Aber vermutlich war Elisa mit ihrer Mädelstruppe unterwegs, denn seit ihrem letzten Telefonat hatte Noemi sie nur einmal erreicht, und da war sie bereits auf dem Sprung gewesen und hatte sich rasch wieder verabschiedet.

Leider hatte Noemi nicht das gesamte Sortiment der Simonettis anbieten können, da die Nachfrage momentan sehr groß war und auch der Versand weiterlief. Aber dennoch waren zumindest weder das Schaufenster noch die Auslage in der Theke leer. Denn zum einen verstand sich Mariana hervorragend aufs Dekorieren und arrangierte die Ware so geschickt, dass es keine Lücken gab, und zum anderen waren manche Produkte wie die handgegossene Schokolade noch vorrätig.

Jetzt prickelte die Freude in ihr hoch, weil alles so gut gelaufen war. »Es hat mir wirklich Spaß gemacht, Signor Simonetti.«

Matteo winkte ab. »Lassen wir die Förmlichkeiten nach allem, was passiert ist. Nenn mich einfach Matteo.«

»Gern.« Sie zögerte und gab sich einen Ruck. »Ich hätte da eine Frage. Obwohl, nein, eigentlich ist es eher ein Vorschlag.« Sie warf Fabio einen Blick zu. Bislang hatte er geschwiegen, und sie wusste, dass er noch nicht ganz überzeugt war. »Aber erst mal: Wie geht es deinem Vater?«

Matteo schmunzelte – ein gutes Zeichen! »Schon viel besser, wobei seine Ungeduld das Schlimmste bei der Genesung ist. Andauernd muss ich ihn davon abhalten, aufzustehen und Dinge zu tun, von denen er die Finger lassen soll. Er jammert, dass er nicht dazu geboren wurde, den ganzen Tag in irgendwelchen Kissen zu liegen oder auf einem Stuhl zu sitzen und auf den Kanal zu starren, und er vermisst es, im Geschäft mit den Kunden zu plaudern. Mit anderen Worten: Er langweilt sich fürchterlich.«

Fabio lachte leise. »Wenn er sich beschwert, ist das ein gutes Zeichen.«

»Ja, das habe ich mir auch gedacht. Aber wie sehen nun eigentlich deine Pläne aus, Fabio? Bleibst du Venedig noch erhalten?«

Fabio zögerte.

»Genau deshalb sind wir hier«, sagte Noemi schnell. »Wir haben uns über das Piacere unterhalten und wie schade das alles ist. Also nicht nur, dass Fabios Reportage ins Wasser fällt, sondern auch, dass der Name Simonetti nicht beim Festival vertreten sein wird.«

Matteo schwieg, aber sein Blick wechselte von ihr zu Fabio und wieder zurück, so hellwach, als wüsste er genau, dass das noch nicht alles gewesen war. »Und du hast bereits einen Vorschlag dazu, nehme ich an?«

Ertappt sah Noemi ebenfalls zu Fabio, der wirkte, als müsste er sich zusammenreißen, und dann leicht den Kopf schüttelte. *O nein, meine Liebe. Deine Idee, deine Erklärung.*

Sie verengte die Augen, gab sich einen Ruck und wandte sich wieder an Matteo. »Ich denke schon«, sagte sie zögernd. »Ich meine, wenn Carla in der kommenden Woche wieder da ist und sich um die Pralinen kümmert, brauchst du meine Hilfe ja nicht mehr. Aber da du erst einmal bei deinem Vater bleiben möchtest … nun, ich habe wie gesagt eine Auszeit vom Berufsleben geplant. Die letzten Tage haben mir gezeigt, wie viel Spaß ich in eurer Küche habe, und noch mehr freut es mich, wenn die Kunden auch begeistert sind. Mariana hat mir nur von einer Beschwerde erzählt, und zwar, dass die dunklen Trüffel zu wenig nach Alkohol schmecken.« Auch wenn das insgesamt ein guter Schnitt war, hoffte sie, dass sie sich damit nicht die Chance verbaut hatte, Matteo von ihren Fähigkeiten zu überzeugen.

Er winkte ab. »Die alte Simona übersteht keinen Tag, ohne zu kritisieren. Sie hat früher an der Hotline eines Versandhauses für Kleidung gearbeitet und sich die gesamte Zeit Kundenbeschwerden angehört. Mit der Rente scheint sie sich vorgenommen zu haben, den Ball zurückzuspielen.«

»Das klingt … beruhigend.«

»Aber wir müssen hier nicht um den heißen Brei herumreden.« Matteo war ein Mann der Tat. »Verrätst du mir, was du eigentlich sagen willst?«

Noemi rutschte bei der Suche nach einer bequemeren Sitzposition auf ihrem Stuhl hin und her. »Du weißt ja, dass meine Nonna Rosa damals an der Gründung des Festivals beteiligt war. Wir hatten stets engen Kontakt, aber meine gesamte Familie hat noch nie vom Piacere gehört. Auch nicht Elisa, die beste Freundin meiner Nonna, der sie eigentlich alles erzählt hat. Sie stammt ebenfalls aus Italien.« Noch während sie das aussprach, fiel ein tadelndes Stimmchen in ihrem Hinterkopf ein und wisperte, dass das womöglich nicht ganz stimmte. Elisa hatte das niemals wortwörtlich gesagt – im Gegenteil, sie hatte wie alle anderen das Thema gewechselt, als Noemi das Festival erwähnte. »Ich würde mich jedenfalls freuen, den Spuren meiner Nonna zu folgen.« Sie atmete aus, da ihre Lunge brannte, und begriff, dass sie beim Reden immer schneller geworden war.

Vielleicht sah Matteo deshalb so verwirrt aus.

Fabio räusperte sich. »Was sie meint: Sie möchte für die Cioccolateria zum Festival fahren«, sagte er in aller Seelenruhe.

»Ich sehe für uns alle nur Vorteile«, ergänzte Noemi

schnell, um Matteo die Chance zu nehmen, ihr Angebot abzulehnen. »Du hast in den letzten Tagen mitbekommen, wie ich arbeite, und kannst beurteilen, ob die Qualität ausreicht, um euch offiziell zu vertreten und auch vor Ort Nachschub herzustellen. Die Cioccolateria würde wie angekündigt auf dem Festival sein, aber du musst nicht selbst hin und kannst dich um deinen Vater, die Buchhaltung und alles Logistische kümmern, während deine Angestellten den Laden übernehmen. Ich würde mehr aus dem Leben meiner Nonna erfahren und Fabio würde wie ursprünglich geplant seine Reportage machen, wegen der er nach Venedig gekommen ist.« Sie hob die Hände, als beide Männer den Mund öffneten. »Mir ist bewusst, dass ich die gesammelte Erfahrung von dir und deinem Vater nicht mitbringe und seine alten Freunde enttäuscht sein werden. Aber alle Besucher werden auf den Namen Simonetti aufmerksam, und wenn das Festival nun wieder jährlich stattfinden sollte, kann es doch nicht schaden, von Anfang an dabei zu sein. Damit hätten wir«, sie hielt Daumen, Zeige- und Mittelfinger in die Luft, »drei Fliegen mit einer Klappe geschlagen. Und wenn wir noch Linda Giles hinzunehmen, sind es sogar vier. Und das ist auch ein wichtiger Punkt bei der ganzen Sache: die Simonetti-Pralinen zusammen mit einer weltbekannten TV-Köchin auf einem Kanal, der über eine halbe Million Abonnenten hat! Das ist die beste Werbung, die es geben kann.« Sie bemerkte Fabios erstaunten Blick und grinste ihn an. »Ich habe mir das *Taste of Europe* natürlich auf YouTube angesehen, und demnächst musst du mir verraten, warum Sokrates Feigenspaghetti mit Spinat und Walnüssen serviert bekommen hätte.«

Er blinzelte. »Hast du schon mal jemanden mit deiner Art überfahren?«

Noemi schwieg dazu, hätte aber vor Triumph beinahe die Hand zur Faust geballt, da er zum ersten Mal, seitdem sie ihn kannte, zumindest ansatzweise sprachlos war.

Langsam atmete sie aus. Ihr war warm. In diesem Moment spürte sie einfach, dass alles an seinen richtigen Platz rücken konnte, wenn Matteo einverstanden war. Ihr stand ein Abenteuer bevor, und sie wusste nicht, was letzten Endes auf sie wartete. Aber verlieren konnte sie nicht. Niemand von ihnen.

Matteo musterte sie eingehend, was Noemi leicht nervös machte. »Wir kennen uns noch nicht allzu lange, aber etwas sagt mir, dass ich mich wohl daran gewöhnen sollte, dass du mich mit solchen Ideen überfällst«, murmelte er mehr zu sich.

Noemi schielte zu Fabio. Er wirkte ernst und nicht mehr so lässig wie zuvor, was bewies, wie viel ihm diese Sache bedeutete. Er hatte geglaubt, diese Chance bereits verloren zu haben, aber jetzt war sie wieder in greifbare Nähe gerückt. Noemi hoffte von ganzem Herzen für sie beide, dass sich Matteo entschied, es zu wagen. Am liebsten hätte sie ihn angestupst, als er weiter auf die Tischplatte starrte und nachdachte.

Schließlich presste er die Lippen aufeinander, was dazu führte, dass ihr Herz einen Schlag aussetzte. »Das Festival ist eine größere Sache, als in der Cioccolateria Pralinen herzustellen.«

»Ich weiß«, sagte sie fest. »Aber ich traue es mir zu. Traue es uns zu, Fabio und mir. Ich habe durch das Catering Erfahrung mit Veranstaltungen, und davon abgesehen stellen wir auch nicht allzu große Ansprüche. Also ich nicht. Bei Fabio bin ich mir nicht so sicher. Ich könnte zur Not auch im Wagen schlafen. Also, je nachdem, ob es irgendwo sanitäre Anlagen gibt. Oder … vielleicht wäre ein Fluss zum Waschen ganz gut. Ein Bach könnte auch reichen.« Himmel, allmählich redete sie sich um Kopf und Kragen! »Ich weiß, du brauchst Zeit, um darüber nachzudenken …«

»Nein.« Matteo richtete sich auf und legte beide Hände flach auf den Tisch.

Noemi erstarrte. »Nein?«

»Nein, ich muss nicht drüber nachdenken. Tut es.«

Fabio lehnte sich vor. »Bist du sicher?«

Matteo schnaubte amüsiert. »Als mein Vater mit diesem Brief von Raffaele Mangano ankam, hielt ich es zunächst für ein Hirngespinst. Nicht das Festival – ich finde es schön, wenn etwas, das einmal erfolgreich war und viele Menschen zusammengebracht hat, nach so vielen Jahren erneut stattfindet. Aber mir war nie wohl bei dem Gedanken, dass sich mein alter Herr auf den Weg in die Toskana macht. Es geht ihm gut auf seinen kurzen Spaziergängen oder wenn er im Laden sitzt, aber sein Körper ist anfällig geworden, und ich hatte Sorge, dass das Piacere ihm zu viel abverlangt. Nur deshalb hatte ich mich entschieden, ihn zu begleiten – um ein Auge auf ihn zu haben, und das hätte mit Sicherheit zu Nachtschichten geführt, während derer ich ihn davon hätte abhalten müssen, zu viel mit seinen alten Freunden zu trinken. Ich sage es nicht gern, aber es liegt auch etwas Gutes darin, dass die Ärzte ihm ins Gewissen geredet haben und größere Anstrengungen wie Reisen vorläufig gestrichen sind.« Er hielt inne. »Ich habe es ihm nicht gebeichtet, aber ginge es nur um mich, hätte ich mich niemals zum Festival angemeldet. Unser Geschäft lebt von Stammkunden und Laufkundschaft. Die Onlinebestellungen sind nur ein kleiner Teil des Ganzen. Das Piacere wäre eine spannende Erfahrung gewesen, aber es hätte unseren Tagesbetrieb nicht sehr beeinflusst.«

»Unterschätz den Beitrag mit Linda Giles nicht«, sagte Fabio. »Sie hat schon einige Unternehmen groß gemacht.«

Matteo nickte. »Das glaube ich dir. Aber die Cioccolateria läuft gut, so wie sie ist. Sie ist Teil unserer Heimat, Teil von uns, meinem Papà und mir. Ich habe dem Beitrag nicht zugestimmt, um berühmt zu werden, Fabio. Sondern weil du mich so an mich selbst erinnert hast, als wir zum ersten Mal am Telefon darüber geredet haben. Diese Begeisterung, die man nicht der gesamten Welt zeigen will, die aber tief in einem brennt, das verbindet Menschen wie uns. Jene, die eine Leidenschaft haben und bereit sind, viel dafür zu tun.«

War Noemi vorhin kurzzeitig erstarrt, so wurde ihr nun warm – ein Gefühl, das in ihrer Brust geboren wurde und sich von dort in ihrem gesamten Körper ausbreitete. »Heißt das, hier sitzen drei Gleichgesinnte am Tisch?«

»Nein«, sagte Fabio trocken. »Du bist niemand, dessen Begeisterung tief in dir brennt. Wenn du begeistert bist, dann erfährt es jeder in der unmittelbaren Umgebung, ob er will oder nicht.«

Noemi versuchte, den Hauch von Kritik in seinen Worten zu ignorieren, ebenso wie die Tatsache, dass sich Matteo ein Lachen verkneifen musste. »Ich werte das einfach mal als Kompliment«, sagte sie möglichst hoheitsvoll. »Und als Vorteil, denn müssten wir uns ausschließlich auf deine zurückhaltende Art verlassen, würden wir nun nicht hier sitzen und Pläne schmieden. Also noch einmal ganz offiziell, Matteo: Du bist einverstanden?«

Er stand auf, trat an einen Schrank mit Glastüren und holte drei Gläser sowie eine Flasche Amaretto heraus. »Wir müssen noch einiges besprechen, aber ich sehe keinen Grund, warum es nicht funktionieren sollte. Mein Vater wird sich freuen, wenn seine Pralinen doch auf dem Piacere angeboten werden, und wer bin ich schon, mich seinem Wunsch in den Weg zu stellen?« Es klirrte, als er die Gläser auf dem Tisch abstellte. »Erst stoßen wir darauf an, und dann sehen wir weiter.«

Fabio wartete, bis die Gläser gefüllt waren, und schob dann eines Noemi entgegen. »Hier, du hast es dir verdient.«

»Noch ein Kompliment.« Sie war ehrlich erstaunt. »Wenn das so weitergeht, bin ich nicht sicher, wie meine Nerven die Reise zum Festival überstehen sollen.«

»Du findest einen Weg, da bin ich mir sicher«, sagte Matteo, ließ sich wieder auf seinen Stuhl fallen und hob sein Glas. »Also: Auf verrückte Ideen, Spontaneität und Menschen, die sich nicht unterkriegen lassen.«

8

»Was ist das für ein Stück? Das im Radio im Hintergrund?« Dieses Mal bereitete die Telefonverbindung keine Probleme – Tante Elisas Stimme klang so glasklar durch die Leitung, als stünde sie neben Noemi.

Die grinste und schlenderte zur Balkontür. Lea saß draußen und wirkte, als wollte sie sich beide Hände auf die Ohren pressen, aber sie war zu stur, um ihren Platz aufzugeben, von wo sie die noch kühle Morgenluft genießen wollte. »Das ist kein Radio, sondern die Signora von gegenüber. Sie ist Sängerin und übt gerade bei geöffnetem Fenster.«

»Com'è bello«, sagte Elisa andächtig. »So etwas erlebst du nur in Italia.« Sie klang regelrecht verliebt.

Noemis Schmunzeln verwandelte sich in ein breites Lächeln. »Das Angebot für einen Besuch hier steht noch. Wenn du in den nächsten Stunden aufbrichst, könntest du am Abend in Venedig sein. Und …« Sie zwang sich zu einer dramatischen Pause. »Wir würden sogar auf dich warten.«

»Wir? Plant ihr einen Ausflug, Lea und du?«

Noemi lief langsam zurück zur Wohnzimmertür. »Nicht Lea und ich, sondern Fabio und ich.«

»Bitte? Hast du etwa jemanden kennengelernt, Emi?« Augenblicklich klang Elisa mindestens dreißig Jahre jünger. Vielleicht dachte sie an die Jungs, mit denen sie früher ausgegangen war, an Fahrten mit der Vespa über Straßen, die am Abend noch von der Sonne aufgewärmt waren.

»Nein.« Noemi fühlte sich, als würde sie die Arme für die große Neuigkeit ausbreiten müssen. »Ich habe dir doch erzählt, dass ich für ein paar Tage in der Cioccolateria gearbeitet habe.« Natürlich hatte sie Elisa auch nach dem Gianduja-Foto über alles auf dem Laufenden gehalten und war erstaunt gewesen über die verhaltene Reaktion zu ihrem Ausflug in die Profiküche. Aber in den letzten Tagen hatte sich Elisa nicht so wohlgefühlt.

Nichts Ernstes, mach dir keine Sorgen, Emi, ich schwächle nur etwas. Das kommt selbst in meinen jungen Jahren vor.

Zum Glück gehörte das nun der Vergangenheit an, und Elisa hatte zu Beginn ihres Telefonats beteuert, wieder ganz die Alte zu sein.

»Du erinnerst dich doch an den Brief von Signor Mangano? Bezüglich des Festivals?« Noemi hielt den Atem an.

»Hm.«

Das klang längst nicht so, als wäre Elisa wieder die Alte, und ein wenig sorgte sich Noemi nun doch. Wenn es Elisa nicht gut ging, wäre das eine Erklärung für ihre mangelnde Begeisterung und Neugier bei ihren Telefonaten. Aber Noemi wusste auch, dass sie das niemals zugeben würde, erst recht nicht, wenn sie glaubte, ihr damit den Urlaub zu verderben. Sie würde es ihrer Mutter gegenüber erwähnen und sie bitten, ein Auge auf Elisa zu haben.

»Also, ich fahre für die Simonettis dorthin, quasi geschäftlich. Fabio hat einen YouTube-Kanal, wird daher über das Festival berichten und ein Interview mit Linda Giles führen.«

»Linda Giles?« Endlich kam wieder Leben in Elisas Stimme. »Oh, ich liebe Linda. Sie war damals in dieser Show, in der sie ihren Nagellack stets auf die Farbe der Desserts abgestimmt hat, erinnerst du dich?«

»Nein, wenn ich ehrlich bin.« Niemand außer Tante Elisa achtete auf solche Details! »Aber ja, Linda ist natürlich eine große Nummer. Ist das nicht irre? Ich werde an einem Festival teilnehmen, das Nonna mitbegründet hat!« Ihre Stimme war vor Begeisterung so laut geworden, dass sich Lea draußen umdrehte. »Fabio und ich wollen heute los, erst einmal zu den Manganos, um alles durchzugehen, und von dort weiter zur Villa. Aber ich habe bereits mit ihm und Matteo Simonetti geredet: Auf einen halben Tag mehr oder weniger kommt es nicht an, falls sich uns noch jemand anschließen möchte. Also.« Sie holte tief Luft und spürte dem Kribbeln auf ihrer Haut nach. »Kommst du mit? Ich weiß, du hattest keine Zeit für Venedig, aber vielleicht hast du Lust, mit mir zusammen in die Toskana zu fahren und Nonna Rosas alte Freunde zu treffen? Du kennst doch auch einige von ihnen, oder?« Sie reckte eine Hand in die Höhe, in der Erwartung, dieselbe Begeisterung bei Elisa zu hören, die sie fühlte, aber ihr antwortete … Stille. »Tante Elisa?«

»Ja.« Elisa seufzte, was noch seltsamer war als die Stille zuvor.

Noemi starrte ihr Spiegelbild in der Balkontür an. Es starrte irritiert zurück.

»Vielleicht solltest du allmählich etwas Druck herausnehmen, Emi.«

Noemi hielt inne. »Wie meinst du das?«

»Du weißt, ich stehe immer hinter dir, und ich mag es, dass du neuen Impulsen folgst. Aber dieses unschöne Erlebnis auf dem Gutshof Lenz hat dich ziemlich aus der Bahn geworfen.«

»Was? Unsinn, nein.« Noemi war so perplex, dass sie kurz in sich hineinhorchte. »Es war ein Schock, ja, aber wegen Julians frecher Lüge.«

»Vielleicht hat deine Mutter recht, und du solltest dich mehr darauf besinnen, was sein wird, wenn du zurückkommst.«

Noemi blinzelte. Das waren ja ganz neue Töne! Sie überlegte, ob Tante Elisa ihrer Mutter noch einen Gefallen schuldete und deshalb so etwas vom Stapel ließ.

Elisa schnalzte mit der Zunge. »Erst flüchtest du nach Venedig und dann springst du gleich weiter zum nächsten Ort. So wird das nichts. Tu dir selbst einen Gefallen und komm bei Lea zur Ruhe.«

»Aber bist du denn gar nicht neugierig auf das Piacere? Und auf all die Menschen von früher?«

»Nein, das bin ich nicht. Ich bin es leid zu trauern. Ich möchte an Rosa denken, und das tue ich jeden Tag, aber mir genügen die Erinnerungen, die ich an sie habe. Ich brauche keine weiteren, die wehtun, weil sie alles noch einmal aufwühlen.«

»Oh.« Noemi ließ sich auf einen Stuhl sinken. Dachte Elisa wirklich so? »Ich wusste nicht, dass du …«

»Jetzt weißt du es. Sei mir nicht böse, aber ich brauche etwas Zeit für mich, und gerade ist mir nach einem guten Tee. Lass uns auflegen. Und du überleg dir, ob du es nicht besser ruhen lässt.«

»Aber Elisa«, sagte Noemi leise und wünschte sich für einen Moment zurück nach Düsseldorf, um sie in den Arm nehmen und diese Trauer entweder von ihr fernhalten oder mit ihr teilen zu können. »Ich möchte gern fahren. Es ist mir wichtig. Und ich dachte, du würdest dich auch darüber freuen. Es tut mir leid, wenn ich das falsch eingeschätzt habe. Ich will nicht, dass du traurig bist.«

»Das weiß ich doch«, sagte Elisa, die Stimme wieder sanft. »Mach dir um mich keine Sorgen, ja? Mir geht es gut. Ich bin heute mit Amira verabredet, wir besuchen dieses neue Café an der holländischen Grenze, von dem ich dir erzählt habe.« Jetzt klang sie wieder, als wäre alles in bester Ordnung. »An deiner Stelle würde ich die Zeit mit Lea genießen. Wer weiß, wann ihr euch wiederseht. Grüß sie schön von mir.«

»Ja, das mache ich.«

»Wunderbar. Bis bald, mein Mädchen.« Dann legte Elisa auf.

Lea starrte so angestrengt nach vorn, als könnte sie die Töne sehen, die aus dem halb geöffneten Fenster der Signora kamen. Auf der Straße standen zwei Männer, rauchten, unterhielten sich, blickten manchmal nach oben und genossen eindeutig das private Konzert. Auf der Calle dei Cerchieri erwachte allmählich wie in der ganzen Stadt das Leben. Geräusche drangen bis in die Wohnung, so sehr ineinander verwoben, dass man keine Einzelheiten ausmachen konnte. Hin und wieder kristallisierte sich ein Ruf oder das Brummen eines Bootsmotors heraus.

Es war jetzt, um kurz vor acht, bereits warm genug, um

in Rock und Top auf dem winzigen Balkon zu sitzen. Die Luft roch nach frisch Gebackenem und auch ein wenig nach Zigarettenrauch.

Noemi ließ sich auf den freien Stuhl fallen und musterte ihre Freundin. »Du siehst so angespannt aus, als würdest du gleich brüllen, dass du diesen Gesang so früh am Morgen nicht mehr ertragen kannst«, sagte sie und nippte an ihrem Kaffee. »Oder bist du etwa kurz davor zu applaudieren? Gefällt dir das Konzert heute?« Gespielt bestürzt beugte sie sich über den winzigen Tisch und legte Lea eine Hand auf die Stirn. »Geht es dir gut?«

Mit einem Brummen drückte Lea ihren Arm weg. »Was sagt Elisa, will sie mit?«

Noemi schüttelte den Kopf. »Nein. Und sie wollte mir quasi ausreden zu fahren.«

»Warum? Geht es ihr etwa immer noch nicht so gut?«

»Das war auch mein erster Gedanke«, murmelte Noemi. »So kenne ich sie nicht. Sie hat gesagt, sie möchte keine neuen Erinnerungen an Nonna, weil es zu sehr wehtut. Ich meine, das klingt gar nicht mal so unlogisch, aber so ist Elisa einfach nicht. Im Gegenteil! In den vergangenen Monaten hat sie sich gefreut, wenn ich ihr etwas über Nonna erzählt habe, das sie noch nicht wusste. Und dass sie die alte Clique nicht wiedersehen will … sie kennt diese Leute doch vielleicht auch, aber selbst dazu hat sie geschwiegen.«

»Das ist wirklich komisch«, sagte Lea und zwirbelte an ihrem Zopf. »Vielleicht wird sie einfach alt. Dann darf man schon einmal spontan seine Meinung ändern, ohne es erklären zu müssen.«

»Natürlich darf sie. Ich verstehe es nur nicht.«

Gemeinsam schwiegen sie, bis Lea in die Hände klatschte, weil die Stimmung am Tisch eindeutig zu düster wurde. »So wie ich dich kenne, lässt du dir die Reise aber dadurch nicht ausreden. Willst du eigentlich noch deinen Eltern davon erzählen, ehe es losgeht?« Sie lachte, als Noemi ihr lediglich einen verzweifelten Blick zuwarf. Wenn Elisa schon nicht gerade begeistert reagiert hatte, lag auf der Hand, was das Ehepaar Wittkamp zu den Plänen der Tochter sagen würde. »Okay, verstehe, anderes Thema. Hast du fertig gepackt?«

Noemi war ihrer besten Freundin in diesem Augenblick unglaublich dankbar. Lea mochte anders gestrickt sein als sie, aber sie konnte sich immer auf ihre Unterstützung verlassen. Schon hellte sich ihre trübe Stimmung auf. »Ja, und das geht eindeutig leichter, wenn man schon auf Reisen ist und nur eine Tasche füllen muss. Deshalb können wir gemütlich hier sitzen und darauf warten, dass Fabio den Weg findet.« Sie lehnte den Kopf zurück, betrachtete den blauen Himmel und entschied, es zu sehen wie Lea. So oder so – ihre Reise nach Venedig war eine gute Entscheidung gewesen.

Zu ihrer Überraschung hatte sie bisher kaum an den Vorfall auf dem Gutshof gedacht oder an den Job, den sie verloren hatte. Natürlich war sie nicht so naiv, zu erwarten, dass ihr die nächste Chance aus heiterem Himmel in den Schoß fallen würde, sobald sie wieder in Düsseldorf aufschlug, aber sie war froh, sich nicht Tag und Nacht um ihre Zukunft sorgen zu müssen. Von hier würde sie ohnehin wenig tun können. Ihre Ex-Chefs hatten versprochen, sich umzuhören und sie zumindest zu informieren, wenn sie über ein Angebot stolperten, auch wenn sie sich hinsichtlich einer Empfehlung zurückhalten mussten. Es war schon enorm, wie viel Macht die Familie Lenz besaß.

Sie atmete tief durch, schob Julian Lenz und alles, was mit ihm zu tun hatte, beiseite und lächelte, als die Signora eine Pause einlegte und die beiden Männer auf der Straße applaudierten.

»Na wunderbar«, murmelte Lea. »Spornt sie noch an. Nun wird sie vermutlich den halben Vormittag hier rumkrakeelen.«

Noemi grinste. »Ach, komm. So schlimm ist es doch gar nicht. Was ist denn los?«

Sie erntete ein Schulterzucken. »Ich weiß nicht, ich bin heute einfach unzufrieden. Vielleicht, weil ich nicht damit gerechnet habe, dass du so bald wieder abreist und dir ein Festival wichtiger ist als ich.« Sie ließ es wie einen Scherz klingen, aber es lag ein Hauch Wahrheit in ihren Worten.

»Ach, Lea.« Noemi lehnte den Kopf an ihre Schulter. »Du solltest dir wirklich überlegen, ob du nicht mitkommen möchtest. Du hast selbst gesagt, dass deine Chefin dich schon darauf angesprochen hat, endlich mal deinen Urlaub abzubauen. Das wäre doch eine großartige Möglichkeit.« Sie griff nach ihrer Hand. »Wir hätten sicher Spaß. Ich war noch nie in der Toskana, aber allein die Fotos von der Villa sind so wunderschön! Ich kann es kaum erwarten, morgens nach dem Aufwachen die Fensterläden aufzustoßen und über die Landschaft zu blicken, mit dem leichten Dunst am Morgen, der sicher golden schimmert in der Sonne.«

Lea prustete leise. »Deine Vorstellungen sind eindeutig

zu romantisch. Du weißt genau, dass es auch in der Toskana mal regnen kann.«

Noemi hob den Kopf. »Aber doch nicht um diese Jahreszeit!«

»Doch, auch um diese Jahreszeit. Und du weißt außerdem, dass ich nicht so spontan sein und einfach mitkommen kann.«

Noemi zögerte. »Du kannst oder du willst nicht so spontan sein?«

Lea zog eine Grimasse. »Heute hier, morgen da. Mensch, Noemi. Warum ist dein Vater eigentlich nicht so? Sind die Greco-Gene an ihm vorbeigehuscht?«

Noemi knuffte Leas Oberarm. »Papa hatte früher auch nicht unbedingt den geradlinigsten Lebenslauf. Aber dann«, sie machte ein geheimnisvolles Gesicht, »hat er meine Mutter kennengelernt.«

»Ah, die Liebe. Es wird also Zeit, dass du dich nach jemand Neuem umsiehst.« Lea gab der Tasse einen Schubs. »Das wäre immer noch besser, als arme verwirrte Ladenbesitzer mit der Idee zu überfallen, sie auf Festivals vertreten zu wollen.«

Noemi wollte schon protestieren, schloss den Mund aber dann wieder. Lea hatte gar nicht mal unrecht. Es war nicht das erste Mal, dass ihre Begeisterung sie dazu gebracht hatte, ein klitzekleines Stück übers Ziel hinauszuschießen. Aber sie tat damit auch den Simonettis und Fabio etwas Gutes, und solange sie niemandem auf die Füße trat, war alles in bester Ordnung. »Ich bin einfach neugierig, warum Nonna niemals von alldem erzählt hat. An der blonden Frau von dem Foto kann es nicht gelegen haben.«

Lea seufzte. »Ja, das sehe ich mittlerweile auch so. Ich meine, jeder hat schließlich gemerkt, dass deine Großeltern nicht ohne einander konnten.«

»Weißt du noch, wie mein Opa gejammert hat, als Rosa und Elisa für eine Woche nach Santorin geflogen sind?« Damals war Lea fast jeden Tag bei den Wittkamps zu Besuch gewesen, da ihre Eltern viel um die Ohren gehabt hatten.

»Hm. Er hat sie jeden Abend angerufen.«

»Und sie hat sich beschwert, als er einmal eine Stunde zu spät war, weil er nicht an die Zeitumstellung gedacht hat. Sie hat sich Sorgen gemacht und dann so lange mit ihm geredet, dass Tante Elisa irgendwann im Hintergrund gesungen hat.«

»Weil sie sich bei all den Liebesbekundungen im Hotelzimmer fehl am Platz fühlte.«

»Siehst du«, sagte Noemi zufrieden. »Das Foto beweist lediglich, dass Nonna Partys gegenüber nicht abgeneigt war.« Sie musterte Leas Profil. »Wenn ich zurück bin, werden wir eine wundervolle Zeit haben und alle Trattorien, Cioccolaterien und Pasticcerien in der Stadt besuchen.«

»Alle?« Lea sah so entsetzt aus, dass Noemi lachen musste, und kurz darauf stimmte ihre Freundin ein. Die beiden Männer auf der Straße blickten zu ihnen hoch, und Noemi winkte ihnen gut gelaunt zu. »Okay«, sagte Lea. »Mein Sightseeing-Programm für dich kann warten, und vermutlich könntest du dich eh nicht konzentrieren, wenn du in Venedig hockst und dich ständig fragst, was gerade auf dem Festival passiert. Aber du wirst mir etwas Schönes mitbringen.«

Noemi legte eine Hand auf ihr Herz. »Versprochen.« Sie erschrak, als jemand auf der Straße ihren Namen brüllte, beugte sich vor und sah Fabio, der, die Hände in die Hosentaschen geschoben, neben den beiden Männern stand.

»Bist du fertig?!«, rief er über den Gesang der Signora.

»Du bist zu früh«, gab sie zurück und betrachtete ihn noch eine Weile. Das schmal geschnittene Hemd passte zu ihm und zu der Sonne, die auf sein Gesicht fiel und die Wangenknochen betonte. Jetzt hob er die Hände, als würde er sie fragen, ob das eine Rolle spielte.

Noemi winkte. »Ich bin sofort unten!«

»Lass dir Zeit, hier gibt es ja ausreichend Unterhaltung.« Damit wandte er sich den beiden anderen zu und ließ sich in ein Gespräch verstricken.

Lea stand auf und streckte vorsichtig den Kopf nach vorn. »Das ist er? Sieht gar nicht aus wie einer, der auf YouTube unterwegs ist. Mehr wie einer dieser Typen, die um die Welt reisen. Auf einem Motorrad und zwischendurch auf Pferden und Kamelen.«

Noemi wandte sich noch einmal um und musterte Fabio eingehend, wobei sie sich noch ein Stück weiter vorbeugte. »Findest du?«

»Komm da weg«, zischte Lea, packte sie an der Schulter und zog sie zurück. »Er sieht sonst noch, dass wir ihn beobachten.«

»Wir sind beste Freundinnen, es dürfte ihm also klar sein, dass wir über ihn reden.« Noemi riskierte einen letzten Blick – den Fabio nicht bemerkte, da er ihnen mittlerweile den Rücken zuwandte –, tat Lea aber dann den Gefallen und folgte ihr in die Wohnung. Ihr Blick fiel auf ihren Koffer. Auf einmal schlug ihr Herz schneller, und Vorfreude kribbelte wie

Sonnenstrahlen in ihrem Bauch. Ja, sie hatte vorgehabt, mit Lea durch Venedig zu schlendern, eine Gondel zu besteigen und alte Palazzi zu besichtigen, aber das konnte sie alles tun, wenn sie zurückkam. Jetzt würde sie erst einmal die Toskana mit ihren romantischen Hügeln und Villen kennenlernen und zusammen mit alten Freunden von Nonna Rosa ein Festival auf die Beine stellen!

»Noemi?« Lea wedelte mit beiden Händen vor ihrem Gesicht herum. »Bist du in Gedanken schon im Pralinentruck?«

Sie lachte und breitete die Arme aus. »So ungefähr. Aber noch nicht ganz, schließlich will ich mich von meiner Lieblings-Lea verabschieden.«

Lea rührte sich keinen Millimeter. »Du kennst doch nur eine.«

»Ach, komm schon, mach nicht immer jeden sentimentalen Augenblick kaputt.«

»An dem hier ist nichts sentimental.« Leas Worte waren kaum mehr als ein Nuscheln, da Noemi sie bereits an sich gezogen hatte. Kurz darauf spürte sie ein sanftes Klopfen auf dem Rücken. »Na los«, sagte Lea und trat zurück. »Lass deinen Outdoor-Helden nicht allzu lange warten.«

Noemi angelte nach der Tasche und nahm dann vorsichtig den Plastikbehälter mit den Pralinen vom Tisch. »Der ist draußen in bester Gesellschaft – Männergespräche zum Gesang der Signora. Was könnte an einem solchen Morgen schöner sein?«

Begleitet von Leas Prusten, machte sie sich auf den Weg nach unten. Mit jedem Schritt schien die Wärme zuzunehmen, und als sie die Haustür öffnete, war es wieder, als würde sie in eine andere Welt treten; laut, fröhlich und lebendig. Sie verabschiedete sich noch einmal von Lea und versprach ihr, sich regelmäßig zu melden, und dann ging sie mit ihrer Tasche auf Fabio zu. »Buongiorno!«

Die beiden Fremden begrüßten sie, machten ihr Komplimente zu ihrem Kleid und plauderten ein wenig über den schönen Morgen sowie das Glück, auf der Straße ein Privatkonzert zu genießen, nahmen ihr Auftauchen aber auch zum Anlass, sich zu verabschieden, wobei sie dem Fenster der Signora Luftküsse schickten.

Fabio wirkte ausgeschlafen, und wenn er aufgeregt war, so zeigte er es nicht. Im Gegenteil, sein Gesichtsausdruck war so sachlich wie immer. »Bereit, Signorina Caos? Jetzt, wo du die beiden Zuhörer vergrault hast?«

Sie bemühte sich um einen empörten Gesichtsausdruck, was gar nicht mal so leicht war, da heute nur wenig ihre Laune trüben konnte. »Vermutlich habe ich sie daran erinnert, dass sie nicht den ganzen Tag herumstehen und rauchen sollten, also habe ich quasi etwas für ihre Gesundheit getan.«

In diesem Augenblick verklang der Gesang, und eine so tiefe Stille legte sich über die Gasse, als würde die Umgebung den Atem anhalten.

»Sie ist ziemlich gut«, flüsterte Fabio.

Noemi blickte vom halb geöffneten Fenster zu ihm und hob die Hände. »Wollen wir?«

Zunächst wirkte er verwirrt, dann belustigt und applaudierte mit einer Intensität los, dass Noemi zunächst zusammenzuckte und schließlich mit einfiel. Da war es, das berühmte italienische Temperament! Fabio war nur sehr gut darin, es zu verstecken. »Bravo!«

Lea trat auf ihren Balkon und zeigte ihnen einen Vogel. Im Haus daneben bewegte sich die Gardine, aber dann öffnete sich das Fenster der Signora. Sie trug ein feuerrotes Kleid und war schlank, fast schon dürr. Noemi fragte sich, wie so viel Stimme in so wenig Körper passte. Dunkles Haar reichte der Sängerin bis weit über die Schultern, und sie deutete eine Verbeugung an, ehe sie das Fenster schloss.

Noemi nahm ihre Tasche und machte sich auf den Weg. »So viel Spontaneität hätte ich dir gar nicht zugetraut«, rief sie.

Er hatte kein Problem, sie einzuholen, und war schon in der nächsten Sekunde neben ihr. Mit seinen längeren Beinen wirkte er lässig, als er sich ihrem Tempo anpasste – fast wie der Globetrotter, den Lea in ihm sah.

»Du denkst, ich bin nicht spontan?« Er deutete auf ihre Tasche und streckte eine Hand danach aus, aber sie schüttelte den Kopf. Sie hatte es mit mehr Gepäck vom Bahnhof bis hierher geschafft.

»Ich weiß nicht«, sagte sie und atmete tief durch, als sie in die Calle Malpaga abbogen und vor ihnen einer der kleinen Kanäle, die in den Canal Grande mündeten, in der Sonne schimmerte. »Der erste Eindruck ist immer der wichtigste, nicht wahr? Und da hast du sehr angespannt gewirkt und, ja, nicht gerade flexibel.«

»Zu Recht. Da bin ich auch gerade mit voller Geschwindigkeit in die nächste Katastrophe geschlittert.« Etwas an seinem Tonfall brachte sie dazu, ihn zu mustern: Fabio wirkte so entschlossen, als hätte er eine Herausforderung angenommen.

»Und jetzt?«, fragte sie leise. »Schlitterst du noch immer?«

Er drehte den Kopf eine Winzigkeit und streifte sie mit einem Seitenblick. Noemi war das warme Braun seiner Augen bereits zuvor aufgefallen, aber nun entdeckte sie einen Goldton rund um die Pupillen, der sie in seinen Bann zog. Es wirkte geheimnisvoll, aber gleichzeitig lebendig, als würde sie noch mehr Facetten finden, wenn sie nähertrat – oder länger hinsah.

Fabio blinzelte und beendete diesen Augenblick, der aus den Geheimnissen Venedigs geboren sein musste. »Jetzt bin ich einen kleinen Schritt weiter, aber noch nicht überzeugt, dass alles so läuft, wie ich es mir wünsche. Es ist großartig, dass du Matteo überredet hast, aber Linda Giles erwartet ein Interview mit einem italienischen cioccolatiere und nicht mit einer deutschen Touristin.«

»Also«, sagte sie, als sie die Treppe über den Kanal erreichten. »Du malst gerade ganz schön schwarz. Es kann ja auch sein, dass Linda Giles die Änderung gefällt. Sie hatte diese Sendung mit Rezepten aus dem Schwarzwald, vielleicht hat sie gute Erinnerungen an Deutschland. Oder sie freut sich, die Frauenquote ihrer Interviews zu erhöhen. Es kann viel passieren, Fabio.« Sie nickte in Richtung Wasser.

In der Ferne tuckerte ein Lieferboot, umkränzt von tanzenden Reflexionen der Sonnenstrahlen. Aus den Blumenkästen der umliegenden Häuser leuchtete es bunt, und hier und dort gab es Tore aus Metall im Erdgeschoss, durch die man auf winzige Stege gelangte.

»Sieh dir das an. Die Sonne scheint, der Tag wird wunderschön, und die Menschen genießen es. Ich habe hier nie solch eine Hektik wie in den Städten zu Hause erlebt. Beinahe, als würden sich die Venezianer sagen: Es kann nichts schiefgehen, und wenn doch, dann finden wir schon heraus, wie wir es handhaben.« Sie erreichten die Mitte der Treppe, und sie blieb stehen. »Wir sind auf dem Weg zum Festival, du bekommst deinen Bericht und darfst auch gleich die Pralinen kosten, die gestern in Leas Küche entstanden sind. Außerdem sind wir bald in der Toskana! Da wollte ich immer schon hin, und nachdem ich die Bilder von der Villa und dem Festival gesehen habe, erst recht.«

Ihre Aufregung kehrte zurück. So musste sich Nonna Rosa damals auch gefühlt haben: frei und bereit, es mit der ganzen Welt aufzunehmen; vor allem mit dem riesigen Teil, der noch entdeckt werden wollte.

Fabio sah sich um – entweder tat er das mit dieser Intensität zum ersten Mal, was beinahe schon eine Beleidigung Venedig gegenüber wäre, oder er nahm sich ihre Worte wirklich zu Herzen. »Es kann noch immer eine Menge schiefgehen, und für mich hängt zu viel daran.«

»Und darum rechnest du von vornherein mit Problemen?«

»Genau. Dann bin ich nicht mehr so überrascht, wenn sie wirklich eintreten.« Er blinzelte in die Sonne, und sie konnte nicht sagen, ob er es ernst meinte.

Sie erreichten das Viertel San Polo, wo Kinder in den Straßen spielten. Vor der Anlegestelle eines Gondoliere-Services warteten Touristen mit Kameras und Sonnenhüten auf den

Mann mit dem geringelten Oberteil und dem mit einem roten Band geschmückten Strohhut, der soeben anlegte und zwei Frauen an Land half.

Obwohl Noemi an Venedig schätzte, dass es keinen Straßenverkehr gab, atmete sie auf, als sie aus der Ferne das Dröhnen der Busse vernahm, die neben dem Bahnhof Santa Lucia parkten – allmählich wurde die Tasche doch schwer. Immer mehr und größere Gruppen kamen ihnen entgegen. Ein Reisebus hielt in zweiter Reihe, um seine Passagiere hinauszulassen, zum Missfallen der lokalen Fahrer, die es mit einem Hupkonzert quittierten. Innerhalb weniger Sekunden verlor die Stadt einen Teil ihres Zaubers und reihte sich unter die unzähligen anderen Orte des Landes ein, wo zäher Verkehr sowie das Warten an roten Ampeln an der Tagesordnung waren.

Noemi konnte es kaum erwarten, bald auf dem Weg Richtung Süden zu sein, durch die endlosen Felder und die geschwungene Landschaft der Toskana zu fahren. Zum ersten Mal fragte sie sich, wer die anderen Leute waren, auf die sie treffen würde.

»Hast du noch etwas vom alten Signor Simonetti gehört?«, fragte sie Fabio.

Er nickte. »Er war zur Nachuntersuchung und hat die strenge Auflage, zu Hause im Bett zu bleiben, woran er sich nicht halten wird. Matteo will darauf achten, dass er sich gesund ernährt.«

»Leicht wird das sicher nicht werden«, sagte Noemi. Das waren tolle Nachrichten! Sie hatte den älteren Mann ins Herz geschlossen und freute sich, dass er alles gut überstanden hatte. Wie gern hätte sie ihn noch einmal auf das Foto von Nonna Rosa und der blonden Frau angesprochen!

Sie merkte erst, wie sehr sie sich in ihren Gedanken verfangen hatte, als sie beinahe gegen Fabio geprallt wäre, der stehen geblieben war und mit einem Schlüsselbund spielte. Erleichtert stellte sie ihre Tasche auf dem Boden ab – und blinzelte. Sie standen auf einem Parkplatz, vor einem weißen Fiat, der seine besten Jahre bereits hinter sich hatte, also drehte sie sich um und sondierte die Gegend. Doch die einzigen größeren Fahrzeuge waren zwei Reisebusse und ein Wohnmobil mit deutschem Kennzeichen.

»Du wirkst verwirrt.« Fabios Tonfall nach schien ihn das zu amüsieren.

»Wo ist denn der Foodtruck?« Sie suchte den Parkplatz noch einmal ab, als könnte sie ihn bislang übersehen haben.

Fabio deutete auf den Fiat. »Ich darf vorstellen: Wir fahren damit. Keine Sorge, er ist besser in Schuss, als er aussieht, und wird auf jeden Fall durchhalten, bis …«

»Aber das geht doch nicht!« Noemi starrte auf den Behälter mit den Pralinen, dann auf die Reisetasche. »Ich kann doch nicht auf einem Festival von diesem Ding aus verkaufen. Wie sähe das denn aus?« In ihrem Kopf ratterte es, während Bilder von Stehtischen oder einer Holztheke vor ihr auftauchten. »Und selbst wenn wir, keine Ahnung, an der Villa einen Verkaufstisch bekommen, müssen wir die Zutaten doch frisch halten! Damit meine ich die Temperatur. Wir werden doch länger unterwegs und vor Ort sein, und …« Sie brach ab, als er eine Hand auf ihren Unterarm legte.

»Keine Sorge.« Wenn er sie nicht neckte oder aufzog, besaß seine Stimme eine tiefere Nuance, die eine angenehme Ruhe mit sich brachte. Fabio würde es sicherlich schaffen, in hitzigen Diskussionen so manche Gemüter zu beruhigen, wenn er es darauf anlegte. »Ich habe die Kisten aus der Cioccolateria heute früh bereits laut Matteos Anweisungen verstaut.« Er deutete auf den Wagen. »Er hat mir außerdem alles mitgegeben, was er benutzt, wenn er mit Pralinen oder Schokolade im Land unterwegs ist. Was nur selten vorkommt, hat er mehrmals betont, aber für Verwandte, gute Kunden und deren Feiern setzt er sich schon mal hinters Steuer.«

Noemi trat vor und erkannte, dass die Rückbank des Fiats vollgestellt war mit Taschen, großen silbernen Boxen, bei denen es sich vermutlich um Fabios Equipment handelte, und anderen Gerätschaften. »Was, du hast da einen kleinen Kühlschrank drin?«

»Unter anderem. Auch Kühlboxen zum Beispiel. Ja, er ist winzig, wird aber ausreichen, bis wir in Matraia sind.«

Sie dachte an den Brief, den sie sorgfältig in ihrer Tasche verstaut hatte. »Und dann? Laden wir die Kühlakkus bei den Manganos auf? Wie stellst du dir das vor?«

Er legte den Kopf schief und ließ sie eine Weile zappeln. Am liebsten hätte Noemi ihn geschüttelt, aber sie riss sich zusammen und wartete, bis er ein Einsehen hatte. »Raffaele Mangano wird uns einen Foodtruck leihen, weil die Simonettis nämlich keinen besitzen. Sprich, wir werden wie geplant dort übernachten und morgen alle zusammen weiterfahren zur Villa, während mein Wagen bei ihnen bleibt.«

»Oh«, sagte Noemi. Natürlich, so wie Matteo über das Familiengeschäft geredet hatte, hätte ihr klar sein müssen, dass er nicht die nötige Ausstattung für ein Festival besaß, aber sie hatte nicht weiter darüber nachgedacht.

Lea wäre das nicht passiert, sie hätte jedes Detail bis zur Abreise akribisch notiert. Tante Elisa hatte einmal gesagt, dass sie die beiden jungen Frauen gern in eine Box packen und kräftig durchschütteln würde, um ihre Charakterzüge zu mischen. Sie fragte sich, ob Fabio sie nun für unorganisiert und konfus hielt. *Signorina Caos.*

Er hatte sie eindeutig damit necken wollen, aber dennoch war es bei ihr hängen geblieben. Aber so war sie nicht, zumindest nicht immer.

Sie atmete tief ein und strich sich die Haare zurück. Augenblicklich fielen sie wieder ins Gesicht, die Spitzen streiften ihre Wangen. »Ich schätze, ich war zu aufgeregt, um daran zu denken, dass Matteo sonst nicht auf Veranstaltungen unterwegs ist.«

Er nickte. »Du warst in der Cioccolateria beschäftigt.«

»He! Pralinenmädchen!«

Noemi hielt inne und wandte sich um. Jetzt fiel ihr auf, dass jemand hinter ihnen bereits seit einiger Zeit rief, aber bislang hatte sie es für einen Teil der Geräuschkulisse gehalten. Sie hob die Hand, schirmte ihre Augen gegen die Sonne ab und entdeckte einen Arm, der in die Luft gereckt wurde. Verwirrt winkte sie zurück, und dann erkannte sie …

»Mariana?«

Die junge Frau kam mit hochroten Wangen vor ihnen zum Stehen. Sie atmete schnell; feine Schweißtropfen standen ihr auf der Stirn. »Puh«, sagte sie und wischte sich mit einer Hand über das Gesicht. »Ich dachte schon, ich hätte euch verpasst.«

»Was tust du denn hier?« Noemi wechselte einen Blick mit Fabio. »Warum bist du nicht in der Cioccolateria?« In ihrem Magen bildete sich eine Mischung aus Druck und Kribbeln. Blies Matteo die Sache etwa in letzter Minute ab?

Mariana streckte sich und zog einen Brief aus der Tasche ihrer knielangen Stoffhose. »Der Laden ist gerade geschlossen, weil ich den Sonderauftrag habe, euch noch zu erwischen. Hier, der ist für dich. Ciao, Fabio!«

Noemi runzelte die Stirn und nahm den Umschlag entgegen. Darauf stand in tief ins Papier hineingedrückten, leicht eckigen Buchstaben *R. Mangano*.

Mariana zupfte an einer Haarsträhne. »Ich war bei Alfredo und habe ihm Rigatoni gebracht, als ihm plötzlich einfiel, dass ich dir den Brief für Signor Mangano geben soll. Tja, und da bin ich gejoggt, weil ich ja wusste, dass ihr schon unterwegs seid.«

Noemi bemühte sich, nicht allzu offensichtlich aufzuatmen. »Danke. Weißt du, worum es geht?« Der Umschlag war dünn; mehr als ein Bogen Papier konnte nicht darin sein.

»Nein, und er hat auch ein großes Geheimnis daraus gemacht und mir mit Gehaltskürzungen und sogar Kündigung gedroht, wenn eine von uns ihn öffnet.« Sie riss die Augen auf, wirkte aber nicht, als würde sie sich Sorgen machen. »Also bitte, zügelt eure Neugier, ich arbeite nämlich sehr gern für die Simonettis.«

Noemi schmunzelte. »Es geht ihm also besser.«

»Gib ihm noch ein paar Tage, dann ist er im Viertel unterwegs und nicht zu stoppen. Wenn ich ehrlich bin, graut es mir ein wenig davor. Er ist pflegeleichter, wenn er auf dem Sofa bleibt. So, aber nun muss ich wieder zurück. Euch beiden eine gute Reise, und gebt alles für die Cioccolateria!«

»Das machen wir auf jeden Fall«, versprach Noemi. »Ich schicke dir Fotos.« Mariana und sie hatten zu diesem Zweck die Handynummern ausgetauscht – und damit sie schnell nachfragen konnte, falls wider Erwarten Probleme auftauchten. »Sag Signor Simonetti, ich werde darauf achten und ihn sicher überreichen.« Sie wedelte mit dem Brief.

»Wunderbar.« Mariana beugte sich vor, fasste ihre Schultern und küsste sie auf die Wange, ehe sie dasselbe bei Fabio tat. »Fahrt vorsichtig!« Schon drehte sie sich um, winkte noch einmal und tauchte in der Menge unter.

Keine zwei Sekunden später verlor Noemi sie aus den Augen. Sie zuckte die Schultern, ehe sie Fabio die Plastikbox in die Hand drückte und den Umschlag sorgfältig in ihrer Umhängetasche verstaute. »Gut, dass sie uns noch erwischt hat.« Dann musterte sie den Fiat mit größtmöglicher Skepsis. »Also. Passen wir da noch rein? Samt Gepäck?«

Fabio zog einen Schlüssel aus der Tasche, öffnete den Kofferraum und gewährte den Blick auf ordentlich gepackte und beinahe geradlinig ausgerichtete Taschen, Beutel und Kisten. An einer Seite befand sich noch Platz. »Genügt dir das?«

Sie nahm ihre Tasche und stopfte sie hinein. »Perfekt.«

»Und was ist mit der Box?«

Noemi griff danach, hob den Deckel und hielt sie ihm entgegen. »Das sind die Verkostungspralinen. Schließlich muss der Herr Unternehmer, der sich mit mir auf dem Piacere einen Wagen teilt, auch wissen, was wir anbieten.«

»Das sollte er auf jeden Fall. Rieche ich Honig?«

»Genau, hier haben wir Pralinen mit Honig der Lunigiana, Zitronentrüffel, und das da ist Gianduja.« Sie deutete auf die akkurat geschnittenen Stücke. »Alle drei haben bei den Simonettis den Geschmackstest bestanden, aber ich habe sie zur Sicherheit noch einmal in der Küche meiner Freundin nachproduziert.« Sie dachte an gestern Abend zurück, als sie Lage um Lage zur Seite gestellt und schließlich Leas sämtliche Keksdosen damit gefüllt hatte.

Fabio ließ einen Finger kreisen und schnappte sich eine Gianduja-Raute. Zunächst betrachtete er sie von allen Seiten, schnupperte daran und biss behutsam ein Stück ab. Als sich seine Lider senkten, fiel ihr auf, wie lang seine Wimpern waren. Beinahe bereute sie es, dass er die Augen wieder öffnete – es war auf seltsame Weise schön gewesen, sein Gesicht in Ruhe zu betrachten und den Schlagabtausch ihrer Gespräche ruhen zu lassen. »Das ist«, er schluckte den Bissen herunter, »wirklich nicht übel.«

»Oh.« Sie deutete eine Verbeugung an. »So viel Anerkennung; ich weiß nicht, ob ich damit umgehen kann.«

»Bisher hältst du dich tapfer.«

»Vielen Dank, dann bin ich erleichtert, und wir können los.«

Fabio war schneller als sie und öffnete die Beifahrertür. »Soll ja niemand behaupten, ich wäre kein Gentleman«, sagte er auf ihren verwunderten Blick hin.

»Das würde ich nie denken.« Noemi ließ sich in den Sitz fallen und beobachtete im Seitenspiegel, wie er sich eine weitere Praline angelte und in den Mund steckte, ehe er ebenfalls einstieg.

9

»Noch eine Viertelstunde, dann haben wir es geschafft.« Fabio klappte die Sonnenblende ein Stück nach oben. »Es sei denn, du möchtest noch irgendwo anhalten, um dein Faible für Sightseeing auszuleben. Vielleicht ist das da ein hübsches Feld für ein Foto? Oder die Ziegen dort hinten?« Er deutete nach links, wo die Tiere im Schatten mehrerer Bäume dösten und hin und wieder mit den Ohren wackelten.

Noemi betrachtete die hügelige Landschaft vor ihnen. Zur Rechten fiel das Gelände ab; endlose Reihen von Apfel- oder hin und wieder Feigenbäumen reckten sich in den klaren blauen Himmel, hier und dort von Pappeln überragt. Vor wenigen Minuten hatten sie die Häuseransammlungen mit den flachen Dächern hinter sich gelassen, die Straße war schmaler geworden, und jetzt wuchs Gras an den Seiten über die Asphaltbegrenzung.

Sie reckte sich und spürte die Wärme der Sonne durch die Fensterscheibe – das schöne Wetter hatte sie seit ihrer Abreise vor knapp fünf Stunden begleitet. »Wir liegen sehr gut in der Zeit«, sagte sie nach einem Blick auf die Uhr. »Und in der vergangenen Stunde habe ich dich kaum gebeten anzuhalten.«

»Gut herausgeredet.«

»Hey, unser letzter längerer Stopp war Lucca! Eine

wunderschöne mittelalterliche Stadt. Es war quasi Pflicht, sich dort umzusehen.«

»Weshalb wir ja auch einen Umweg gefahren sind.«

Noemi war hin- und hergerissen gewesen, als das Ortsschild am Straßenrand aufgetaucht war. Begeistert hatte sie darauf gedeutet und Fabio dazu überredet abzufahren, wobei sie die Pralinendose auf ihrem Schoß zu Boden gefegt hatte. Es kribbelte ihr in den Füßen, durch die alte Stadt zu flanieren, die sich ins Tal des Serchio schmiegte und noch immer von mittelalterlichen Türmen beherrscht wurde, sodass man die Vergangenheit fast in den Gassen wispern hörte. Allein die warmen Sandsteinfarben, die Luccas Silhouette – inmitten der von pinien- und zypressengesäumten Hügel – schon von Weitem prägten, zauberten ihr ein Lächeln auf die Lippen.

Bei ihrem Abstecher erhaschten sie einen Blick auf die Mauern rund um die Altstadt, die von einem Grüngürtel umgeben war. Aus einem bestimmten Winkel kam es Noemi vor, als befänden sie sich bereits in der weiten, endlosen Landschaft der Provence, ohne Einschränkungen unter einem Himmel, der nur in der Ferne von einer Handvoll Schäfchenwolken geziert wurde.

Obwohl sie liebend gern in das alte Zentrum Luccas eingetaucht wäre, dachte sie an die Pralinen und die Zutaten auf der Rückbank und im Kofferraum. Zwar hatte Matteo Simonetti versichert, dass der kleine Reisekühlschrank und die Kühlaggregate für die Dauer der Fahrt ausreichten, aber sie traute den alten Geräten nicht, die aussahen, als wären sie lang vor ihrer Geburt hergestellt worden. Besser also, sie gingen auf Nummer sicher und fuhren möglichst bald weiter nach Matraia, um den Foodtruck in Empfang zu nehmen.

»Hier müssen wir unbedingt auf dem Rückweg noch mal anhalten«, sagte sie daher und verabschiedete sich von den Palazzi, dem schachbrettartigen Straßensystem aus der Römerzeit und der Kathedrale San Martino, die mit Ornamenten geradezu übersät war. Sie hatte sich gewünscht, mehr Zeit zu haben, und an Nonna Rosa denken müssen, die so viele Jahre durch die Gegend gezogen war und Eindrücke und Erlebnisse gesammelt hatte.

Ob sie dieses Leben vermisst hatte, nachdem sie mit Opa Gerd am Rande Düsseldorfs sesshaft geworden war? Damals war sie jünger gewesen als Noemi, die vor knapp einem halben Jahr ihren achtundzwanzigsten Geburtstag gefeiert hatte.

Noch konnte sie sich nicht vorstellen, sich jetzt und hier zu entscheiden, wie sie in den kommenden Jahren ihr Leben führen wollte. Als die Landschaft an ihr vorbeiflog, merkte sie, wie sehr sie es vermisst hatte, unterwegs zu sein. Es gab so viel Faszinierendes auf dieser Welt – allein in diesem Land! –, und es wäre ihr wie eine Verschwendung vorgekommen, das zu ignorieren. Laut Navi würden sie ihr Ziel in einer halben Stunde erreichen, also lehnte sie sich zurück.

Es dauerte eine Weile, bis sie die Randbezirke der Stadt und die Bebauungen hinter sich ließen. Zur Rechten öffnete sich ein grünes Tal, von hellen Flecken durchzogen, während sich vor ihnen Hügel wölbten. Hier wohnten nur wenige Menschen, und hin und wieder verströmte ein Steinhaus an der Straße rauen Charme. Sie passierten Wiesen mit Obstbäumen, umgeben von niedrigen, teils bewachsenen Steinmauern.

Noemi warf Fabio einen Seitenblick zu. Er hatte ihr Angebot ausgeschlagen, sich am Steuer abzuwechseln, wirkte aber deutlich entspannter als zu Beginn ihrer Reise. Bislang hatten sie Small Talk betrieben, der sich um Pralinenrezepte, Noemis Jobs und ihre Reise nach Italien drehte. Sie hatte ihm von der Sache auf dem Gutshof Lenz erzählt und dabei gemerkt, wie weit weg sich der Vorfall inzwischen anfühlte.

Anschließend hatte sie überlegt, den Ball zurückzuspielen und Fabio zu fragen, was er vor dem *Taste of Europe* gemacht hatte, aber sie wollte die Stimmung nicht drücken und ihn daran erinnern, dass die Zukunft des Kanals womöglich auf wackeligen Füßen stand. Erst recht nicht, als sie die kleinen Lachfalten um seine Augen bemerkte und das Schmunzeln, das seine Lippen seit ihrem Abstecher nach Lucca eine Winzigkeit kräuselte. Wenn das seine Art war, gute Laune zu zeigen, gefiel es ihr.

Sie bewegte die Finger im Luftzug, der durch das einen Spaltbreit geöffnete Fenster drang. »Ich bin froh, dass alles doch noch gut ausgegangen ist.«

Er schenkte ihr einen skeptischen Blick. »Das glaube ich erst, wenn ich das Interview mit Linda Giles im Kasten habe.«

Sie ließ den Arm sinken. »Wir werden Spaß haben und ein großartiges Festival erleben. Sie wird es lieben; bei der Landschaft hat sie doch gar keine andere Wahl.« Zumindest hoffte sie das. »Was sollte also schiefgehen?«

Fabios Augenbraue zuckte. »Wer weiß, wie sie reagiert, wenn die Simonettis nicht vor Ort sind, oder was ihr sonst plötzlich in den Sinn kommt.«

»Wir werden sie schon weichkochen. Wenn du von ihr

erzählst, klingt es immer, als wäre sie die größte Diva auf diesem Planeten.«

Die zweite Augenbraue folgte der ersten. »Jemand, der schon einmal mit ihr gearbeitet hat und dessen Namen niemals zu erwähnen ich versprochen habe, ist fest davon überzeugt, dass sie ohne mit der Wimper zu zucken dein erstgeborenes Kind fordert, sollte ihr etwas an dir nicht passen. Sobald aber eine Kamera in der Nähe läuft, verwandelt sie sich blitzschnell in die liebreizende Köchin, der man seinen gesamten Besitz und besagtes Erstgeborenes nur zu gern anvertrauen würde.«

»Dann ist doch alles sehr einfach. Wir sorgen dafür, dass immer eine Kamera in der Nähe ist, sodass sich Linda stets von ihrer besten Seite zeigt. Damit wirst du zwar Massen von Material produzieren, aber du musst es ja nicht verwenden. Hauptsache, du hast einen pflegeleichten Star für deinen Bericht«

Er musterte sie. »Manchmal weiß ich nicht, ob ich über deine Ideen den Kopf schütteln oder sie wirklich in Betracht ziehen soll. Aber ich muss das dieses Mal einfach hinbekommen.« Beim letzten Satz wurde er schlagartig ernst.

Noemi verscheuchte eine Fliege und entschied, nun doch nachzufragen. »Was ist eigentlich damals genau passiert? Mit deinem Kollegen, meine ich. Der, mit dem du vorher zusammengearbeitet hast. Davide.«

Stille antwortete ihr. Es fühlte sich an, als würde sie sich auf einen Steg begeben, der stark schwankte, weil das Wasser unter ihm in Aufruhr war, und sie wusste nicht, ob er ihr Gewicht hielt.

»Wir haben das Geschäft zusammen aufgezogen, damals noch als *Paradiso del Cibo* ausschließlich auf Italienisch. Ich hatte die Idee und einige wenige Kontakte für den Anfang, aber nicht das Geld, um größere Namen mit ins Spiel zu bringen. Um beides hat sich Davide gekümmert, ebenso um das Design der Seite, und eine Weile lief es sehr gut.« Er machte eine Pause, als würde er sich etwas ins Gedächtnis rufen, das er vor einiger Zeit verdrängt hatte. Vielleicht war er auch nicht sicher, ob er das alles mit ihr teilen wollte. »Damals war ich mit Ana zusammen, aber die Beziehung hat schon lange nicht mehr funktioniert. Ana war bereits auf der Suche nach einem neuen Partner, aber trotzdem sauer, als ich die Trennung zur Sprache gebracht habe. Wir sind nicht sehr freundschaftlich auseinandergegangen.« In seine Finger kam Bewegung, und er trommelte auf das Lenkrad.

»Das tut mir leid. Lass mich raten, sie ist dann mit Davide zusammengekommen?«

»Leider, denn ab da hat er sich verändert. Erst habe ich es nicht richtig wahrgenommen und dann auf den Stress geschoben, auf zu viel Arbeit, eine Party am Vorabend, eine Erkältung. Vermutlich habe ich Ausreden gesucht, weil ich geahnt habe, dass es Schwierigkeiten geben könnte. Aber irgendwann konnte ich es nicht mehr ignorieren. Wir gerieten wegen Kleinigkeiten in Streit, auf einmal war jede geplante Aktion und jeder Beitrag ein Problem, und Davide wurde unzuverlässig, wenn es um das Geschäft ging. Er war nicht mehr gut auf mich zu sprechen. Ich habe versucht, mich in aller Ruhe mit ihm zu unterhalten, aber wir konnten keine gemeinsame Basis finden.« Er starrte auf die Straße, die Lippen schmaler als zuvor.

»Also haben wir entschieden, beruflich getrennte Wege zu gehen. Und wie gesagt, das war erst mal eine finanzielle Katastrophe. Auch, weil ich den Kanal umbranden musste und Davide einige unserer größten Kontakte mitgenommen hat. Mittlerweile habe ich ihn ausgezahlt, und diese Reihe über Food Festivals soll alles wieder so richtig zum Laufen bringen.«

»Das klingt nach einer Menge Arbeit. Aber du hast es geschafft, da wieder rauszufinden. Du bist auf einem guten Weg.«

»Möglich, ja.« Er nickte. »Daher war ich auch anfangs so …«

»Dünnhäutig?«, schlug sie im selben Moment vor, als er »ungeduldig« sagte.

Fabio überlegte. »Einverstanden.« Er starrte auf seine Finger und streckte sie, als hätte er jetzt erst bemerkt, dass er sie die ganze Zeit bewegt hatte. »*Etwas angespannt* trifft es wohl auch ganz gut, denn nun kann ich nichts tun, außer hoffen, dass Linda Giles gnädig akzeptiert, dass du die Cioccolateria vor Ort vertrittst.«

Noemi schwieg, auch wenn sie ihm sagen wollte, dass es nicht zwangsläufig zu Problemen kommen musste und er die Sache mit Linda Giles womöglich zu schwarz sah. Es schien, als hätte sich Fabio die ganze Sache von der Seele reden müssen, und manchmal war es einfacher, seine Probleme vor einem fast Fremden auszubreiten.

Auf einmal dachte sie an ihren Ex Christoph und fragte sich, wann *ihre* Beziehung zu bröckeln begonnen hatte. Über zwei Jahre hatten sie die Welt gemeinsam erkundet, hatten miteinander gelacht und ihre Träume geteilt. Doch irgendwann war das Gefühl der Zusammengehörigkeit verschwunden, und es hatte sich immer häufiger angefühlt, als würden sie ein Tauziehen veranstalten. Noemis Neugier auf Unbekanntes hatte ihn nicht mehr fasziniert, sondern angestrengt. Plötzlich hatte er eine Familie gründen, ein Haus kaufen und den obligatorischen Baum pflanzen wollen und ihr gesagt, dass sie sich an eine Zeit klammerte, in der es weniger Verpflichtungen gegeben hatte.

Doch damit hatte er falschgelegen. Sie rannte nicht vor Verpflichtungen davon. Für ihre Familie, zu der auch Elisa zählte, würde sie sofort alles stehen und liegen lassen, ebenso für die Menschen, die ihr ans Herz gewachsen waren.

Seitdem Christoph und sie sich getrennt hatten, hatte es keinen Mann mehr in ihrem Leben gegeben. Aber sie kamen gut miteinander aus. Wenn sie sich zufällig in der Stadt trafen und Zeit hatten, gingen sie manchmal einen Kaffee trinken, wobei Noemi stets merkte, dass ihre Leben sich immer stärker voneinander unterschieden. Trotzdem wusste sie, dass sie sich auf Christoph verlassen konnte. Sie bedauerte, dass Fabio diese Erfahrung mit Ana nicht gemacht hatte.

»… hast?«

Sie schreckte auf. »Wie bitte? Entschuldige, ich war ganz in Gedanken.«

»Gut, ich hatte schon befürchtet, dass du zu Tode gelangweilt eingeschlafen bist.«

»Was? Unsinn. Es war höchstens ein kleines Nickerchen.« Möglichst unauffällig bewegte sie ihren linken Fuß, der wirklich eingeschlafen war.

Das Navi unterbrach ihre Unterhaltung und informierte

sie, dass sie ihr Ziel in wenigen Minuten erreichen würden. Sie waren den zahlreichen Kurven einer Straße gefolgt, die durch die Natur geführt und hin und wieder den Blick auf einzelne Gebäude oder Einfahrten freigegeben hatte. Die raue Schönheit der unverputzten alten Landhäuser war mittlerweile gut gepflegten, mit Säulen oder großen Türen versehenen Bauten gewichen. In den Vorgärten warteten Sitzgelegenheiten oder Kinderschaukeln hinter Zäunen oder Steinmauern, auf denen oft kein Fleckchen Unkraut wuchs.

Die Straße stieg weiter an, und endlich tauchte am Straßenrand das weiße Schild mit dem Ortsnamen auf. Sie hatten Matraia erreicht. Die Straße wurde noch schmaler, während sich Noemi den Hals bei der Suche nach Hausnummern verrenkte.

Fabio drosselte das Tempo. »Matteo sagte, das Haus liegt hinter dem Zentrum und direkt am Zebrastreifen.«

»Es gibt hier ein Zentrum?« Matraia schien nicht einmal über einen Laden oder eine Tankstelle zu verfügen. Vermutlich mussten die Einwohner für größere Einkäufe bis nach Lucca fahren. »Die Lage ist auf jeden Fall fantastisch.«

Das war nicht übertrieben. Wo Lucca durch historische Bauwerke und alte Mauern fasziniert hatte, wirkte Matraia, als wäre es aus der Welt gefallen. Es lag völlig abgeschieden, und zur Linken breitete sich bis zum Horizont das Tal aus.

Als ein Zebrastreifen vor ihnen auftauchte – anders als in Deutschland auf rotem Untergrund –, stieg Fabio auf die Bremse, ließ das Fenster weiter hinab und streckte den Kopf nach draußen. »Da vorn ist es. Nummer zweiundvierzig. Wir sind da.«

Noemi musterte das orange gestrichene Haus vor der Kulisse von Obstbäumen. Es war schlicht und schnörkellos, die dunkelgrünen Fensterläden geschlossen, der Vorgarten mit den wenigen Bäumen und Rosenbüschen durch eine Mauer abgetrennt.

Fabio setzte den Blinker und bog auf den Parkplatz neben dem Gebäude. Dahinter lag ein durch ein Metalltor abgeteiltes Gelände. Ein Anhänger sowie zwei große, weiße Lieferwagen parkten darauf – das mussten die Foodtrucks sein, mit denen sie losziehen würden.

Noemi löste ihren Sicherheitsgurt und stieg aus, noch ehe der Motor verstummt war. Ein warmer Wind strich über ihre Haut und brachte einen süßlichen Kräuterduft mit sich. Sie lauschte auf das verhaltene Pfeifen, das sich irgendwo weit vor ihr verlor, als hätte etwas dem Wind auf dem Weg aus dem Tal sämtliche Geräusche gestohlen. Bis auf die Blätter an den Bäumen und die wenigen Vogelsilhouetten am Himmel bewegte sich nichts. Die Atmosphäre war fast surreal, aber dann bellte in der Ferne ein Hund, und Noemi begriff, dass sie den Atem angehalten hatte.

»Es sieht aus, als sei niemand zu Hause«, sagte sie und deutete auf die geschlossenen Fensterläden. »Wissen die Manganos denn, dass wir kommen?«

Fabio runzelte die Stirn. »Matteo hat sie informiert.«

Die Tür wurde aufgerissen, und zwei Katzen stürmten heraus – eine rot getigert, die andere schwarz mit weißen Ohren und einem weißen Fleck an der Nase, als wäre sie in einen Schneeschauer geraten, der hier sicher niemals fiel. Wie angewurzelt blieben sie auf der Wiese stehen und starrten Noemi und Fabio an, als wären sie zu Tode erschrocken.

Ihnen folgte eine Frau mit wilden schulterlangen Locken. Sie trug Sportkleidung und wollte vielleicht eine Runde Joggen gehen, was zu ihr passen würde, denn ihre Bewegungen waren voller Energie. Jetzt winkte sie und strahlte über das ganze Gesicht. Behutsam stieg sie über die schwarze Katze hinweg, wobei sie ihr spielerisch über den Rücken strich.

»Hallo! Ihr kommt aus Venedig, hab ich recht?« Ihre Stimme passte zu ihr: helle Silben, schnell aneinandergereiht, als sei dieses Treffen das Beste, was ihr heute passierte. Noemi mochte sie jetzt schon.

Fabio hob eine Hand. »Stimmt, und mit Empfehlungen der Familie Simonetti. Ich bin Fabio, das ist Noemi.«

»Ah, die Pralinenexpertin!« Die Frau stützte sich auf der Mauer ab, um locker darüber zu springen, trat zu ihnen und hielt Noemi eine Hand hin. »Ich habe schon gehört, dass du den Simonettis als Retterin in den Laden gespült worden bist. Ich bin Giada. Super, dass ihr hier seid!«

Noemi ergriff die Hand und wechselte einen Blick mit Fabio. Das war die bisher schmeichelhafteste Beschreibung, die sie im Zusammenhang mit der ganzen Geschichte gehört hatte. »Schön, dich kennenzulernen. Und vielen Dank, dass ihr uns einen Wagen leiht, damit wir beim Festival dabei sein können.«

Giada blinzelte, und ihre Lider erinnerten an einen kleinen quirligen Vogel. Einen Kolibri vielleicht. Ihre Augen waren von einem hellen Grau. »Ah, wir freuen uns, dass der Simonetti-Stand trotz allem dabei sein wird. Je mehr, desto besser, nicht wahr?« Sie hielt auch Fabio eine Hand hin und schüttelte sie, ehe sie auf den Hof und die Fahrzeuge deutete. »Der rechte der beiden gehört bis nach dem Festival euch. Er hat schon ein paar Jahre auf dem Buckel, aber mein Vater hat ihn vor einer Woche in Fredos Werkstatt komplett durchchecken lassen. Drinnen ist genug Platz für zwei Leute, Papà hat ihn jahrelang für Wochenmärkte genutzt. Die Geräte sind geprüft, und wir haben mit Matteo Simonetti telefoniert, um sicherzugehen, dass alles an Equipment da ist, was ihr benötigt. Seht aber besser noch mal nach, ehe es losgeht nach San Gimignano. Wir können auch auf dem Weg noch einkaufen, und wenn es um Geräte geht, helfen wir gern aus.«

»Klingt super.« Fabio reckte sich nach der langen Fahrt, aber vielleicht fiel auch gerade ein Teil der Anspannung von ihm ab, da zumindest diese Etappe ihrer Reise geklärt zu sein schien. »Matteo hat in Venedig seine Checkliste abgehakt. Wenn es im Foodtruck Kühlgelegenheiten gibt, sind wir vollständig ausgerüstet.«

Giada reckte einen Daumen in die Luft, blickte zum Haus und dann wieder zu ihnen, wobei ihr Körper stets halb herumwirbelte, als wäre sie eine Tänzerin kurz vor dem Auftritt. Die Katzen gähnten beinahe synchron, kamen näher und ließen sich auf den Gehweg fallen, um in die Sonne zu blinzeln und sich zu putzen.

Noemi ging in die Knie, streckte eine Hand aus und wartete. Die getigerte Katze sah sie lediglich mit großen Augen an, doch die schwarze kam beinahe sofort näher. »Na, meine Schöne?«

»Das ist Donatella, unsere kleine Diva. Wenn du sie einmal streichelst, wird sie das andauernd einfordern.«

Noemi lachte und strich über das weiche Fell zwischen den

Ohren, was Donatella mit einem Buckel und hochgerecktem Schwanz quittierte. »Ich denke, damit komme ich zurecht.«

Giada beugte sich hinab und nahm die andere Katze auf den Arm. »Ornella ist anfangs immer etwas scheu, doch sie wird sich an euch gewöhnen. Aber entschuldigt«, sie schlug sich mit der flachen Hand vor die Stirn, »ihr seid sicher müde von der Fahrt, und ich halte euch mit meinen Katzen auf.«

»Wir haben unterwegs Pausen gemacht.« Fabio warf Noemi einen Blick zu. »Mehr als geplant, aber sie hat mir keine Wahl gelassen.« Seine Laune wurde wirklich mit jeder Minute besser.

Giada schlug ihm gegen den Arm, als wären sie alte Freunde. »In der richtigen Gesellschaft spielt Zeit eh keine Rolle, nicht wahr? Lasst uns reingehen, ihr habt sicher Hunger, und ich kann es kaum erwarten, euch Papà und meine Nonna vorzustellen. Ohne die zwei hätte ich euch schließlich niemals kennengelernt. Also los, ich habe gekocht!« Sie schwenkte eine Hand durch die Luft, als wäre sie eine Reiseführerin, drehte sich um und hüpfte zurück zum Haus.

Noemi sah sich noch einmal um, nahm Donatella auf den Arm und folgte ihrer Gastgeberin.

10

Während seine Tochter Mühe hatte, länger als ein paar Minuten still zu sitzen, strahlte Raffaele Mangano eine nahezu ansteckende Ruhe aus. Er war ein Stück kleiner als Fabio und trug seine dunklen Locken zu einem Zopf gebunden. Sein Gesicht wurde von kerzengeraden Augenbrauen dominiert, die ihn nachdenklich und energisch zugleich wirken ließen. Noemi konnte sich nicht entscheiden, ob er sie an ihren alten Sozialkundelehrer oder einen Künstler erinnerte.

»Herzlich willkommen am ersten Ziel eurer Reise«, hatte er sie begrüßt, die Ärmel seines Hemds hochgerollt und sich entschuldigt, dass er sich noch eine Weile ins Arbeitszimmer zurückziehen musste. »Wenn ich das jetzt nicht fertig mache, schiebe ich es wochenlang vor mir her.« Er hatte ihnen geholfen, ihr Gepäck sowie Pralinen und Zutaten aus dem Wagen zu holen und zu verstauen, ehe er verschwand.

Zu Noemis großer Erleichterung hatten die Kühlakkus gute Dienste geleistet und alles frisch gehalten.

Giada führte sie durch das Haus, in dem angenehme Temperaturen herrschten, und erzählte ihnen vom Familiengeschäft. Es war ebenfalls auf Kulinarisches ausgelegt: Die Spezialität der Manganos waren Cantuccini nach einem Rezept, das Marta, Raffaeles Mutter, in ihrer Jugend aus Florenz mitgebracht und seitdem verfeinert hatte. Auf den Wochenmärkten und saisonalen Festen, auf denen Vater und Tochter regelmäßig zugegen waren, sowie in ihrem Onlineshop boten sie zudem Amaretti und Biscotti an und standen dafür täglich in der Küche. Kein Wunder, dass es im gesamten Haus wundervoll roch – nicht nur nach der Minestrone, dem herrlich würzigen Eintopf, den Giada gezaubert hatte, sondern auch nach süßen Aromen, die sich für immer in Stoffen und Möbeln festgesetzt hatten.

Die Küche der Manganos entlockte Noemi einen Ausruf der Begeisterung. Genau so musste ein Raum aussehen, in dem eine Familie zusammenkam, um zu kochen und backen, zu essen, reden, lachen oder zu diskutieren. Er war groß genug für den Tisch mit sechs Stühlen sowie mit Schränken, Arbeitsflächen und Regalen bestückt, die nahezu überquollen. Nichts passte zusammen – selbst die Stühle besaßen unterschiedliche Formen und Polsterfarben – und bildete trotzdem ein perfektes Bild. Von den zwei Holzbalken an der Decke hingen Kochlöffel, Suppenkellen und andere Utensilien. Dazwischen entdeckte Noemi Anhänger mit den Namen oder kitschigen Motiven unzähliger Städte in Italien, die mal zwischen Schöpfkelle und Schneebesen, mal zwischen Mehlpackungen hervorlugten. Sie dachte an die Foodtrucks draußen auf dem Hof. Ob die Manganos an all diesen Orten gewesen waren, um ihr Gebäck zu verkaufen?

Grünpflanzen vervollständigten das Bild, sofern sie einen Platz in dem geordneten Chaos fanden: auf den zwei breiten, von Sonnenstrahlen gesprenkelten Fensterbänken, auf manchen Regalen, auf den Schränken. Zwei Blumenampeln baumelten von der Decke, sodass Fabio an einer Stelle den Kopf einziehen musste.

»Das ist unsere Familienküche«, sagte Giada und strich auf dem Weg zum Herd, wo es in einem Topf verhalten blubberte, über die Blätter eines Bogenhanfs. »Hinten neben dem Lagerraum ist noch eine zweite. Wir haben sie für das Geschäft eingerichtet und weil sich Nonna beschwert hat, keinen Platz für ihren Kaffee zu haben, wenn Papà und ich den ganzen Tag am Ofen stehen und alles blockieren.« Sie deutete auf den großen Tisch und hob den Deckel vom Topf, während die getigerte Katze – Ornella – um ihre Beine strich. »Setzt und entspannt euch, sonst beleidigt ihr seine Gastgeberehre. Ganz zu schweigen davon, was Marta sagen würde, wenn sie mitbekäme, dass wir unseren Besuch einfach so herumstehen lassen.«

Der plötzlich so nachdenkliche Tonfall wollte nicht ganz zu ihren Worten passen, aber vielleicht hatte sich Noemi das auch nur eingebildet – schließlich kannten sie sich kaum. Sie wählte einen moosgrün gepolsterten Stuhl und freute sich, dass sich Donatella augenblicklich an ihre Beine schmiegte. »Ich weiß, es ist deine Küche«, murmelte sie, beugte sich hinab und kraulte das weiche Fell. Augenblicklich wurde sie mit einem Schurren belohnt.

Fabio lehnte sich in seinem Stuhl zurück und streckte die Beine aus, woraufhin Donatella einen langen Hals machte, um an seinen Schuhen zu schnuppern. »Sei vorsichtig, kleine Katze«, flüsterte er. »Signorina Caos bringt dich schneller in Schwierigkeiten, als du ahnst.«

Noemi würdigte ihn keines Blickes und sah stattdessen in

die wundervoll grünen Augen unter dem Tisch. »Fabio hat eine Vorliebe für Ironie und Sarkasmus«, teilte sie der Katze mit. »Du darfst bei ihm nicht alles wörtlich nehmen.«

Giada, die gerade einen Löffel an ihre Lippen führte, um die Gemüsesuppe zu probieren, warf einen Blick über die Schulter. »Wie lange kennt ihr euch schon?«

Noemi wollte antworten, aber Fabio war schneller. »Seit ein paar Tagen. Wir sind uns in der Cioccolateria der Simonettis begegnet.«

»Davvero? Das hätte ich jetzt nicht erwartet.« Giada nahm ein Glas von einem Regal und streute Kräuter in den Topf. »Diese Art von Schlagabtausch habe ich bei meinem letzten Freund vermisst.« Ein verträumter Ausdruck zog über ihr Gesicht. »Er war in einigen Dingen perfekt, aber manchmal einfach zu lieb.«

Noemi zog eine Grimasse. »Dann wirst du dich über Fabios Besuch freuen. Er hat mir seit der ersten Begegnung Dinge an den Kopf geworfen, und ich muss mich ja irgendwie wehren.« Sie erwiderte sein Grinsen und blickte sich um. »Kann ich dir helfen, Giada? Ich habe schon auf der Fahrt nur auf dem Beifahrersitz gesessen, und es ist ungewohnt, so lange nichts zu tun, während andere um mich herum beschäftigt sind, Gast hin oder her.«

Giada deutete auf einen der Schränke. »Wenn du magst, kannst du den Tisch für fünf decken. Teller und Gläser sind dort oben, Besteck und Servietten in der linken Schublade.«

Noemi machte sich an die Arbeit und stellte fest, dass auch Geschirr und Besteck so wenig und damit gleichzeitig so gut zusammenpassten wie die Stühle, die Regale oder generell alles in dieser Küche. Es gefiel ihr, und sie achtete darauf, keine zwei Teller von derselben Farbe aus dem Schrank zu nehmen.

Kurz darauf stellte Giada den dampfenden Topf auf den Tisch und holte zur Feier des Tages eine Flasche Weißwein aus der Vorratskammer, die Fabio entkorkte, ehe sie an die Tür trat und ins Haus hineinbrüllte, dass alles fertig sei. Es duftete so himmlisch nach Gemüse und Kräutern, dass Noemis Magen knurrte.

»Der Platz gegenüber dem Fenster ist für Nonna«, sagte Giada, »da lässt sie sich auch nicht reinreden. Sie hat von da einen guten Blick auf die Straße und will wissen, was draußen vor sich geht. Ansonsten setzt euch einfach, wohin ihr wollt.«

Ihre Stimme wurde sanft, als sie über ihre Oma sprach, und das machte sie in Noemis Augen noch sympathischer. Sie erinnerte sich an Raffaele Manganos Brief, in dem er schrieb, dass seine Mutter immer häufiger Probleme mit dem Gedächtnis habe und er daher das Piacere noch einmal aufleben lassen wollte.

»Wie geht es deiner Nonna? Sie ist der Grund dafür, dass ihr das Festival organisiert, nicht wahr?«

»Ah, ihr wisst sicher, wie ältere Menschen sein können.« Giada zuckte die Schultern. »Sie vergessen hin und wieder etwas, manchmal nur, sich Socken anzuziehen, manchmal stellen sie einen Topf auf den Ofen und denken eine Sekunde später nicht mehr daran. Aber die Erinnerungen an früher, die sind noch immer da. Mehr noch, sie werden stärker und intensiver, je älter der Mensch wird. Fast, als würde das Leben einen Bogen schlagen wollen und auf die Zeit hinweisen, als es noch nicht so viele Probleme gegeben hat wie Kredite oder irgendwelche Zipperlein.«

Fabio nickte, aber Noemi schwieg. Sie dachte an Rosa, daran, dass sie zu früh gestorben war, um sich in der Vergangenheit zu verlieren und die Gegenwart darüber zu vergessen. Bis zu ihrem Tod hatte ihr Gedächtnis hervorragend funktioniert. Sie hatte zwar gern von früher erzählt, aber genau gewusst, was in den vergangenen Tagen und Wochen geschehen war, und ganz sicher hatte sie niemals einen Wohnungsbrand riskiert, indem sie den Herd angelassen hatte. Im Gegenteil, sie und Tante Elisa hatten bis zuletzt angeregte Diskussionen geführt, sich gegenseitig aus der Zeitung vorgelesen und sich über Dinge lustig gemacht, mit denen sie sich ihrer Meinung nach nicht mehr zwingend beschäftigen mussten. *Manchmal, Noemi, hat das Alter auch seine Vorteile. Oder einen Freifahrtschein für Dinge, ganz, wie du es ausdrücken möchtest.*

Giada lehnte sich an die Kochzeile. »Und wie ihr ja schon wisst, war Nonna früher Teil der Piacere-Gruppe. Sie hat immer öfter davon erzählt, aber gleichzeitig ist sie dabei von uns weggedriftet.« Ein dumpfer Ton färbte ihre Stimme, und auf einmal wirkte sie traurig. Selbst die wilden Locken schienen an Kraft zu verlieren. »Daher haben wir uns überlegt, ihr eine Freude zu bereiten, solange sie noch mitbekommt, was um sie herum geschieht. Wir haben recherchiert und versucht, möglichst viele Personen von früher beziehungsweise ihre Familien ausfindig zu machen. Bei manchen wie den Simonettis war das leicht, andere haben wir erst über Umwege und nach Wochen gefunden, und einige sind wie von der Bildfläche verschwunden. Oder bereits verstorben.« Sie machte eine Pause. »Irgendwann war uns klar, dass wir einen Schritt weiter gehen und nicht nur diese Menschen zusammenbringen, sondern auch das Festival wieder feiern wollen. Für Nonna und all die anderen.« Ihre Augen glänzten vor Begeisterung, und in Noemis Bauch breitete sich Wärme aus, die ihr zu ihrer Überraschung die Tränen in die Augen trieb.

Giadas Nonna hatte Rosa gekannt, und erst jetzt ging ihr auf, dass die Manganos nicht wussten, dass sie die Enkelin einer dieser alten Freundinnen war. Bisher hatten weder Giada noch ihr Vater etwas in der Richtung erwähnt, und es lag nahe, dass auch Matteo Simonetti nicht daran gedacht und lediglich angekündigt hatte, dass sie und Fabio ihn vertreten würden. Kein Wunder bei allem, was in den vergangenen Tagen geschehen war.

Sie wollte Giada sagen, dass sie auch einen Brief erhalten hatte, der ursprünglich an Nonna Rosa adressiert worden war, und noch viel lieber wollte sie fragen, ob Marta Mangano heute einen guten Tag hatte und ihr womöglich von der gemeinsamen Zeit mit Rosa erzählen konnte. Aber auf einmal war ihr Mund trocken, und sie zögerte.

Als eine Hand ihren Arm streifte, fuhr sie zusammen. »Alles in Ordnung?« Obwohl sie sich zusammenriss, hatte Fabio bemerkt, dass etwas nicht stimmte. »Das Festival neu aufzulegen, ist eine großartige Idee«, sagte er zu Giada, als sie nickte. »Wenn meine Großeltern noch leben würden, hätte ich das auch für sie getan. Ich bin sicher, deine Nonna wird sich freuen. Selbst wenn sie sich nicht erinnert, erlebt sie ein schönes Fest.«

Giada strahlte. »Genau das habe ich meinem Vater auch gesagt.«

Noemi verspürte einen weiteren Stich in ihrem Magen. Sie hatte nicht mal gewusst, dass Fabios Großeltern verstorben waren; während der Fahrt war seine Familie kein Thema gewesen. Gerade wollte sie ihm sagen, wie leid ihr das tat, als Schritte ertönten.

Raffaele erschien in der Tür, das Haar durcheinander, als hätte er es sich während der Arbeit gerauft. Die Frau neben ihm ging ihm knapp bis zur Schulter.

Sie war dünn, mit schmalem Gesicht und so knochigen Schultern, dass sie spitz unter dem rosafarbenen Oberteil hervorstachen. Ihre Wangen und die Hand, mit der sie sich bei Raffaele untergehakt hatte, waren von Altersflecken übersät, und sie trug ein dunkles Netz am Hinterkopf, mit dem sie ihr in der Mitte gescheiteltes graues Haar zusammenhielt. Ihr Blick flackerte, als sie Noemi und Fabio bemerkte.

Raffaele räusperte sich. »Ich möchte euch vorstellen: Marta, die Herrin des Hauses.« Er legte die linke Hand auf die der Frau, die neben seinen gebräunten Fingern wirkte, als würde sie jederzeit zerbrechen können. Martas Gesicht entspannte sich, auch wenn sie noch immer aussah, als wüsste sie nicht, was vor sich ging. »Mamma? Das sind unsere Gäste, Noemi und Fabio. Sie kommen mit uns zum Piacere, anstelle von Matteo und Alfredo Simonetti. Erinnerst du dich? Es geht dem Signore nicht so gut.«

Etwas blitzte in den trüben Augen auf und brachte Marta Mangano in die Gegenwart zurück. »Alfredo?« Ihre Stimme passte zu ihr – so brüchig und fragil, als könnte sie für immer verstummen, wenn Marta zu viel Kraft hineinlegte. »Er ist zu Besuch?« Aus unerfindlichen Gründen schien sie das aufzuregen, und sie wich einen Schritt zurück.

»Nein, Mamma.« Raffaele führte seine Mutter zum Tisch, wo Giada sie mit einem Kuss auf die Wange in Empfang nahm und dafür sorgte, dass sie sich setzte.

Marta bewegte sich wie eine Puppe und stockte immer wieder, als wäre sie nicht mit dem einverstanden, was ihre Familie von ihr verlangte. Unentwegt starrte sie zur Tür, beinahe als würde sie einen Fluchtweg im Auge behalten.

Giada strich ihr über die Schulter und zupfte eine Haarsträhne zurecht, die sich unter dem Netz hervorgeschmuggelt hatte. »Noemi und Fabio haben sich bereit erklärt, Simonettis Pralinen zu verkaufen. Das ist doch großartig, oder?« Routiniert schöpfte sie die Teller voll, während ihr Vater Ciabatta in Stücke schnitt. Die Wassergläser hatte Noemi bereits gefüllt. Zitronenscheiben und frische Kräuter schwammen darin.

Endlich sackten Martas Schultern herab, der schmale Körper entspannte sich.

Noemi beugte sich über den Tisch und reichte ihr eine Hand. »Ich freue mich sehr, Sie kennenzulernen. Es ist toll, dass Sie damals das Festival mit auf die Beine gestellt haben, und …«

»Rosa?«, fragte Marta und dehnte die Silben, während sie Noemi von oben bis unten musterte. Sie streckte eine Hand aus, die in der Luft zwischen ihnen zitterte, und berührte behutsam ihre Wange. »Rosa.«

Es war wie ein sanfter Stromschlag, und er brachte die Wahrheit an die Oberfläche, die Noemi bislang zurückgehalten hatte. Urplötzlich herrschte Schweigen, aber dann nahm Noemi Martas Hand und drückte sie sanft. Sie war unendlich erleichtert. Marta erinnerte sich! »Rosa war meine Nonna. Sie ist leider verstorben und wird das neue Piacere nicht miterleben können. Ich bin ihre Enkelin. Noemi.«

Marta zuckte zurück und blinzelte mehrmals, und Giada gab einen fragenden Laut von sich.

»Tut mir leid«, sagte Noemi und hob den Kopf, »ich hätte das eher erwähnen sollen, aber es ist so viel passiert, seit ich die Simonettis in Venedig getroffen habe. Ich habe auch einen Brief von dir erhalten, Raffaele. Er wurde vor ein paar Tagen von Rosas Adresse an meine weitergeleitet.«

»Ragazzo?« Marta wandte sich zu ihrem Sohn um, als würde sie ihn fragen wollen, ob diese junge Frau an ihrem Tisch die Wahrheit sagte.

Er zupfte ihr ein Haar von der Schulter. »Das ist ja eine Überraschung! Aber erst einmal mein Beileid zum Tod deiner Nonna.« Er streckte eine Hand nach seiner Mutter aus und fragte sich womöglich, wie er sich fühlen würde, wäre sie nicht mehr da. »Ist es schon länger her?«

»Sieben Monate. Manchmal kommt es mir vor, als wäre seitdem ein halbes Leben vergangen, und an anderen Tagen, als hätte ich gestern noch mit ihr geredet.«

Raffaele nickte. »Ich weiß genau, was du meinst. Also ist es kein Zufall, dass du für die Simonettis unterwegs bist? Oder wie kam es dazu? Hat es etwas mit meinem Brief zu tun? Wenn du ihn erst vor einigen Tagen erhalten hast, war er sehr lange unterwegs.«

»Vermutlich lag das an dem Weg nach Deutschland,

und dann wurde er an mich weitergeleitet. Und zu deiner Frage …« Noemi warf Fabio einen Hilfe suchenden Blick zu, den er mit einem leichten Kopfschütteln quittierte.

Das ist deine Geschichte, Signorina Caos.

»Ich habe eine Freundin in Venedig besucht und euren Brief kurz vorher in meiner Post gefunden und eingesteckt, aber noch nicht geöffnet, weil ich zum Flughafen musste, und ich war recht spät dran, und …« Noemi fing Fabios amüsierten Blick auf und winkte ab. »Zunächst wusste ich also nichts von dem Festival. Aber dann bin ich zur Cioccolateria Simonetti gegangen, weil …«

»Ah!« Alle starrten zu Marta, die ihren Ausruf mit einer Geste unterstrich und Fabio musterte. Sie erhob sich etwas umständlich, um sich über den Tisch zu beugen und wie zuvor bei Noemi eine Hand an Fabios Wange zu legen. Nur war da kein Zögern, keine Verwunderung, sondern ein Strahlen in ihren Augen. »So ein gut aussehender Junge.« Sie nickte, als wäre es ihr Verdienst, und setzte sich wieder. »Iss, Fabio, sonst wird die Suppe kalt. Jemand mit deiner Statur braucht ordentliche Mahlzeiten.« Sie deutete auf seine durchtrainierten Oberarme und ließ sich wieder auf ihren Stuhl sinken. Von ihrer Verwirrung und der Zerbrechlichkeit, mit der sie die Küche betreten hatte, war nichts geblieben, so als hätte eine andere Marta die Führung übernommen.

Fabio schenkte ihr ein so umwerfendes Lächeln, dass es den gesamten Tisch erhellte. Marta presste eine Hand vor den Mund, als wollte sie ein Kichern unterdrücken, und verwandelte sich für flüchtige Sekunden in ein junges Mädchen.

Raffaele riss ein Stück von seinem Brot ab und tunkte es

in die Suppe. »Mutter hat gute und schlechte Phasen, und manchmal wechseln sie sich sehr schnell ab. Lasst euch einfach nicht verwirren«, sagte er mit einem zärtlichen Blick zu Marta. »Aber Noemi, wir waren bei deiner Nonna.«

Sie nahm ihren Löffel und drehte ihn in den Händen. »Sie hieß vor ihrer Heirat Rosa Greco und stammte aus Italien. Aus Bondeno. Ich sehe ihr wirklich ein wenig ähnlich. Vermutlich haben Sie mich daher verwechselt, Marta.« Sie war froh, dass das Gespräch so schnell auf die eine Sache gekommen war, die ihr unter den Nägeln brannte.

Raffaele schüttelte den Kopf. »Deine Nonna war Signorina Greco, wirklich?«, sagte er, und etwas an seinem Tonfall weckte Noemis Aufmerksamkeit.

»Sie haben sie gekannt?«

Er lachte, und auf einmal war die Ähnlichkeit mit Giada nicht zu übersehen. Doch im Gegensatz zu seiner Tochter, die mit übersprudelnder Temperament geradezu um sich warf, hob er sich das für besondere Momente auf. »Natürlich! Auch wenn es schon so lange her ist und ich mich nicht an alles erinnere. Ich kannte Rosa, als ich ein kleiner Junge war.« Er hielt eine Hand ungefähr auf Höhe der Tischplatte. »Sie hat Mamma hin und wieder besucht, zusammen mit Bianca.«

Noemi versuchte, seine Aussage einzuordnen, aber sie war sicher, dass ihre Nonna niemals eine Marta oder einen Raffaele aus Matraia erwähnt hatte. Oder eine … »Bianca?«

Raffaele rieb sich über die Schläfe und warf seiner Mutter einen Blick zu, doch es war schnell klar, dass er von ihr keine Hilfe erhalten würde. Marta hatte sich bereits wieder in ihre Welt der Erinnerungen zurückgezogen und starrte aus dem

Fenster. Lediglich hin und wieder musterte sie Fabio wie ein scheues junges Mädchen. Er spielte das Spiel mit, fragte sie, ob sie für die Blumen im Vorgarten verantwortlich sei, und zauberte damit Röte und Stolz auf ihr Gesicht.

Noemi fuhr zusammen, als Raffaele auf den Tisch schlug. »Valli! Bianca Valli war ihr Name. Ich weiß noch, dass ich mit ihr und Rosa Verstecken gespielt und Kekse gebacken habe. Wir hatten damals Ausstecher in Tierform, die habe ich heiß und innig geliebt.«

Bianca Valli.

Noemi hatte auch diesen Namen noch nie gehört – aber das überraschte sie nicht mehr so sehr, wie es das noch vor wenigen Tagen getan hätte. Schließlich gehörten auch die Manganos sowie alles rund um das Piacere-Festival zu einem Teil von Rosas Vergangenheit, den ihre Familie aus unerfindlichen Gründen nicht kannte.

Nur warum? Ihre Nonna hatte gern von früher erzählt, auch von ihrer Zeit in Italien. Sie hatte ihnen die Liebe zu diesem Land durch ihre Geschichten schon in der Kindheit vermittelt – so überzeugend, dass Lea sogar einen Italiener geheiratet hatte und mit ihm in Venedig lebte! Warum also hatte sie dieses Kapitel ausgelassen?

»Nein, da klingelt leider nichts«, murmelte sie und bekam halb mit, dass Marta über irgendetwas lachte, das Fabio gesagt hatte. »Ebenso wenig hat sie das Festival oder eure Familie erwähnt.«

Giada zupfte an einer Haarsträhne. »Deine Nonna hat meine nie erwähnt? Vor ihrer Hochzeit hieß sie Marta Svevo.«

»Nein, ich bin mir ziemlich sicher. Und auch keine Bianca

Valli, dabei hat sie viel von Italien erzählt und von ihren Freunden hier. Ihr habt Bianca nicht zufällig auch eingeladen?« Auf einmal fühlte sich ihre Kehle einen Hauch trockener an.

Giada verzog bedauernd das Gesicht. »Nein, leider nicht. Sie gehört zu denen, über die Papà und ich nichts gefunden haben. Vermutlich hat sie geheiratet und ihren Namen abgelegt, und dann hat sich ihre Spur verloren.«

Noemi nickte nachdenklich. »Tut mir leid, ich halte euch vom Essen ab mit meinen Fragen, und das, wo du extra gekocht hast.«

Zu ihrer Überraschung beugte sich Marta vor und tätschelte ihre Hand. »Die Suppe meiner Giada schmeckt am besten, wenn man sie aufwärmt, und am Tag darauf noch besser. Und mir tut es leid, dass ich Ihren Mann mit Beschlag belege. Aber …«, sie zwinkerte, »er sieht so gut aus. Und er ist so groß!«

Noemi musterte Fabio, dessen Blick irgendwo zwischen Belustigung und Bestürzung pendelte, und schüttelte den Kopf. »Fabio und ich sind nur Bekannte. Sie haben also völlig freie Bahn, Marta.«

»Wie nett von dir.« Fabio schaffte es, Sarkasmus mit Höflichkeit zu tarnen.

Marta legte eine Hand auf die Schulter ihres Sohns. »Raffaele, bei den Fotos von früher müssten welche von Rosa und Bianca dabei sein. Der blaue Karton, nicht der rote.«

»Stimmt. Einen Moment!« Er stand auf und verschwand im Flur. Die Suppe schien vergessen.

»Wie alt waren Sie und meine Nonna damals, als sie hier zu Besuch war?«, wandte sich Noemi an Marta. »Haben Sie noch Kontakt gehalten, als Rosa nach Deutschland gezogen ist?«

Marta lächelte; ihr Blick wanderte zu Fabio und dann aus dem Fenster. Die Leere darin war zurückgekehrt. Zwar murmelte Marta etwas, aber die Worte waren unverständlich.

»Nonna?« Giada streichelte Martas Arm, aber sie reagierte nicht. »So ist es leider«, sagte Giada leise. »Diese Phasen, in denen sie sich zurückzieht, häufen sich mit jedem Jahr. Daher wollten wir das Piacere möglichst zeitnah organisieren, auch wenn es neben dem Job eine Menge Stress war. Wir haben manche der Ehemaligen ziemlich bedrängt.« Sie zwinkerte.

Raffaele kehrte zurück und stellte etwas auf dem Tisch ab: einen Schuhkarton, dessen Deckel Risse aufwies und mehrmals mit dunkelblauem Band geklebt worden war. Jemand hatte mit einem schwarzen Stift *Fotos* quer daraufgeschrieben. »Da sind sie. Zum Glück hält meine Mutter auch in der Abstellkammer stets Ordnung. Sieh mal, Mamma.« Er nahm den Deckel mit großer Geste ab, erntete jedoch nur flüchtige Aufmerksamkeit. Welcher Teil der Vergangenheit sich vor Martas geistigem Auge abspielte, wusste nur sie selbst.

Giada dagegen stützte sich auf die Ellenbogen, beugte sich vor und fischte einen Stapel loser Bilder in sämtlichen Größen und Formaten heraus: Motive in Schwarz-Weiß und Bunt, quadratische Polaroids und rechteckige Schnappschüsse mit Büttenrand. Das fröhliche Durcheinander erinnerte Noemi an die Zigarrenkiste in Signor Simonettis Wohnung. Hin und wieder hatte sich eine Postkarte zwischen die Fotos verirrt. Auf den meisten waren Personen zu sehen, doch manche zeigten Landschaften oder Häuser.

Giada hielt ihrem Vater eines entgegen, auf dem ein kleiner Junge versuchte, seine Nase mit der Zunge zu berühren. »Du warst ein seltsames Kind.«

»Dann hast du das von mir«, sagte er, ging die Schnappschüsse mit routinierter Geschwindigkeit durch und stapelte sie dabei vor sich auf dem Tisch. Er hielt inne. »Bingo. Hier sind sie, Noemi, deine Nonna und Bianca.«

Neugierig griff sie nach dem Foto, und ihr Blick fiel sofort auf Rosa. Sie war jung, sicher noch keine zwanzig, und verströmte mit ihrem bodenlangen Kleid und den offenen Haaren das Flair eines Menschen, der plante, die Welt herauszufordern und sich von niemandem aufhalten zu lassen. Und neben ihr ... Noemi hielt den Atem an. Die Frau wirkte ruhiger, vielleicht schüchterner, aber auch etwas eleganter in Rock und Bluse. Sie hatte ihr leuchtend blondes Haar hochgesteckt und lächelte in die Kamera, und obwohl Noemi sie erst einmal zuvor und im Profil gesehen hatte, erkannte sie das Gesicht sofort: Es war die Frau von dem Foto, das Signor Simonetti so verstört hatte. Die Frau, die Nonna Rosa geküsst hatte.

»Jetzt, wo ich die Bilder sehe, erinnere ich mich wieder«, sagte Raffaele. »Die zwei waren gute Freundinnen. Schade, dass du Bianca niemals kennengelernt hast. Vielleicht ist der Kontakt zwischen ihnen abgebrochen, als deine Nonna ausgewandert ist.«

»Ja, möglich«, murmelte Noemi und versuchte, mehr zu erkennen. Vielleicht ein Detail, das ihr weitere Hinweise liefern würde. Aber bis auf zwei lächelnde Frauen war da nichts, und das Foto besaß längst nicht die Qualität, die man heutzutage gewohnt war. Als sie bemerkte, dass auch Marta versuchte, einen Blick darauf zu werfen, hielt sie es ihr entgegen. »Hier, bitte.«

Marta rührte sich nicht. »Sie wollten sehen, ob ich alles richtig mache«, sagte sie in verträumtem Ton.

Noemi lächelte ihr zu und betrachtete das Bild noch einmal; Bianca Vallis rundliches Kinn, der angewinkelte Arm, mit dem sie posierte.

Raffaele legte die restlichen Fotos zurück in den Karton. »Vielleicht taucht sie ja doch in San Gimignano auf«, sagte er. »Es ist gut möglich, dass Kontakte bestehen unter den Initiatoren von früher, und Bianca so von der ganzen Sache erfahren hat. Ich würde mich auch sehr freuen, sie wiederzusehen. Aber so oder so, du wirst ganz sicher einige Menschen kennenlernen, mit denen du dich über deine Nonna unterhalten kannst.«

Er hatte recht. So viele Fragen sich auch mittlerweile angesammelt hatten – wenn sie Antworten suchte, würde sie die am ehesten auf dem Piacere finden.

Sie nickte ihm zu, dankbar, dass er verstand. »Wie war sie so? Rosa, meine ich. Als sie euch besucht hat.« Ihr Blick ging von Raffaele zu Marta.

Dieses Mal reagierte die ältere Frau und lächelte Noemi strahlend an. »Der Junge«, sagte sie und berührte Noemis Hand. »So wichtig, Rosa.« Dann blinzelte sie, presste die Lippen aufeinander und zog den Arm zurück, als sie ihren Irrtum erkannte.

»Welcher Junge?«, fragte Noemi weich. Es konnte nicht schaden, mit Marta über das zu reden, woran sie sich erinnerte. Doch die Antwort bestand lediglich aus einem starren Blick.

»So«, sagte Giada und schob ihrer Nonna die Suppe zu. »Jetzt wird aber gegessen, sonst habe ich ganz umsonst gekocht! Papa kann trotzdem alles erzählen, was er noch von früher weiß. Er beherrscht die Fähigkeit, seine Mahlzeiten immer und überall herunterzuschlingen.« Sie nahm den Löffel, und die anderen folgten ihrem Beispiel.

Die Minestrone war köstlich, kräftig gewürzt mit Zwiebeln, Lauch, Speck, Knoblauch und Parmesan. Noemi schmeckte einen Hauch Weißwein heraus sowie Chili. Das Gemüse und die Nudeln hatten genau die richtige Konsistenz, und sie genoss jeden Löffel, während sie Raffaeles Erzählungen über ihre Nonna lauschte. An mehr als Momentaufnahmen wie Spielen im Garten, gemeinsames Naschen oder den einen oder anderen Ausflug in die Natur oder zu einem Spielplatz erinnerte er sich allerdings nicht. Dafür beschrieb er Rosa als eine fröhliche, spontane Frau, die ihm kaum etwas abgeschlagen hatte. »Wir haben uns immer hervorragend verstanden, Rosa, Bianca und ich. Dabei weiß ich mittlerweile längst, wie anstrengend Kinder sein können.«

»Hey«, rief Giada gespielt empört und schob ihren Teller von sich. Der Topf war beinahe leer, und sie hatten auch das Brot bis auf den letzten Krümel vernichtet. »Hast du das gehört, Nonna?«

Marta schenkte ihr ein feines Lächeln. »Möchte jemand einen Espresso? Was ist mit dir, mein Lieber?« Die Frage ging an Fabio. »Oder etwas Stärkeres? Wir haben einen guten Grappa im Haus.«

»Es ist etwas früh für Grappa«, sagte Fabio gut gelaunt. Er hatte sich im Laufe des Essens mehr und mehr entspannt.

Vielleicht schwanden hier, in der fröhlichen Runde, allmählich seine Sorgen bezüglich Linda Giles' Starallüren. Schließlich kam auf dem Piacere so etwas wie eine Großfamilie zusammen, und wer konnte diesem Gefühl schon widerstehen?

»Ach, doch nicht, wenn Gäste zugegen sind.« Marta stand auf, verließ die Küche und kam kurz darauf mit einer Flasche zurück. Giada holte Gläser aus einem der Hängeschränke.

Einer plötzlichen Eingebung folgend, zog Noemi ihr Handy aus der Tasche. »Darf ich das Foto ablichten?«

»Natürlich«, sagte Raffaele und schob es ihr zu.

Sie kontrollierte die Aufnahme, scrollte dann ein Bild zurück und hielt Raffaele das Handy hin. »Hier, das hat mir der alte Signor Simonetti gezeigt.«

Er verengte die Augen und riss sie wieder auf. »Ja, das sind die beiden, und es sieht so aus, als hätten sie viel Spaß. Ein Paar schienen sie mir aber nie gewesen zu sein.«

Noemi betrachtete das Bild noch einmal nachdenklich. »Vermutlich haben ihre Besuche wirklich aufgehört, weil meine Nonna nach Deutschland gegangen ist. Aber was war mit Bianca? Warum ist sie nicht mehr hergekommen?«

Raffaele zuckte die Schultern. »Ich vermute, es hat sich einfach verlaufen. So ist es ja; man gründet eine Familie und findet plötzlich kaum noch Zeit für andere Dinge. Ich kann mich nicht mehr erinnern, wie alt ich war, als ich sie zuletzt gesehen habe, aber ich schätze, das war noch vor meiner Schulzeit. Nicht wahr, Mamma?«

»Hm?« Marta, die Fabio mit zittriger Hand seinen Grappa reichte, blickte auf. »Ich habe dir doch gesagt, dass ich nicht weiß, was Rosa und Bianca heute treiben, mein Junge, aber ich bin sicher, sie haben ein schönes Leben.« Sie hielt Noemi ein Glas entgegen. »Und genau darauf trinken wir nun. Auf ein schönes Leben.«

Giada sprang auf. »Und auf das Piacere!«, rief sie, und ihre Locken hüpften. »Darauf, dass es ein ebensolcher Erfolg wird wie damals.«

Fabio sah Noemi an. »Und darauf, dass sich Dinge fügen und jeder die Antworten findet, die er sucht.« Der leichte Singsang in seiner Stimme brachte Wärme auf ihre Haut.

Also erhob sie sich ebenfalls, und für den Bruchteil einer Sekunde fühlte es sich an, als wäre sie viel leichter als sonst. »Und darauf, dass eine gewisse TV-Berühmtheit sich als handzahm herausstellt«, sagte sie und warf Fabio einen Blick zu.

In seinem Gesicht rührte sich kein Muskel, aber dann nickte er, und der Zusammenklang von fünf Gläsern bekräftigte den Start ihrer gemeinsamen Reise.

11

Giada hatte die Fenster der Küche geöffnet, und da der Raum im Anbau lag und zum Garten hinausging, drang kaum ein Geräusch neben dem Gesang der Vögel und dem Klimpern eines Windspiels herein. Ab und an strich eine Brise kaum merklich über Noemis Gesicht und Arme und brachte Blumenduft mit sich, der durch die Wärme noch verstärkt wurde. Im Schatten der drei Pinien lagen die beiden Katzen, hatten die Pfoten von sich gestreckt und die Augen geschlossen. Aus der oberen Etage drang Musik – dunkler italienischer Gesang, der hervorragend zum Sommer passte.

Noemi hatte sich begeistert in der Küche umgesehen, die von den Manganos ausschließlich für die geschäftlichen Backwaren genutzt wurde, und sich vorgestellt, auch so etwas zu besitzen: einen Ort, an den sie sich zurückzog, um Köstlichkeiten herzustellen und sie anschließend unter die Leute zu bringen. Natürlich bedeutete diese Selbstständigkeit viel Verantwortung, Stress und manchmal sicherlich Durststrecken, aber auch eine Freiheit, die das Ganze wieder aufwog.

Raffaele hatte ihr und Fabio zuvor das Gästezimmer gezeigt, woraufhin sich Fabio großmütig bereit erklärt hatte, Noemi das Bett zu überlassen und die Nacht auf dem Sofa zu verbringen. »Auch wenn ich morgen dann vermutlich verspannt und nicht fit für das Festival sein werde, aber besser, als wenn du in der Nacht mit einem Obstmesser in der Hand stolperst und ich ins Krankenhaus statt zur Villa fahren muss.«

Sie hatte entgegnet, dass sie nicht im Traum daran denken würde, sich seinen Wünschen entgegenzustellen. Fabio war dennoch im Gästezimmer geblieben, um seinen Laptop anzuwerfen und sich um Geschäftliches zu kümmern, und Noemi war Giadas Vorschlag gefolgt, sich in der Küche auszutoben und noch eine Ladung Pralinen oder zumindest Ganache für das Festival vorzubereiten.

Raffaele hatte am Vorabend mit dem Besitzer der Villa Pitiani telefoniert und erfahren, dass das Interesse in der Gegend bereits groß war und ihn viele Nachfragen erreicht hatten. In der Regel vermietete er Zimmer der Villa, die auch als Eventlocation für Hochzeiten oder andere Feiern gebucht werden konnte, aber eine Veranstaltung wie das Piacere war einzigartig und hatte sich in Windeseile herumgesprochen. Dass es vor so vielen Jahren schon einmal ein Erfolg gewesen war, hatte sich als weiterer Vorteil entpuppt, denn die Menschen in der Toskana waren stolz auf ihre Geschichte und zeigten Interesse an der Vergangenheit.

»Du wirst sehen, die werden uns überrennen, und wir werden nachts in der Küche der Villa stehen und für Nachschub sorgen«, sagte Giada, zog die Ofentür ein winziges Stück auf und schnupperte. »Hm, die sind bald fertig. Weißt du, es braucht kein wildes Zutatengemisch. Lediglich ein paar Produkte von guter Qualität und ganz viel Liebe.«

»Genau das ist auch das Motto der Simonettis. Wenige Zutaten, aber dafür gute, und dabei am besten Spezialitäten aus Italien. Sie sind sehr eigen bei der Auswahl, sogar bei Zitronen. Matteo hat mir beispielsweise dreimal eingeschärft, dass in ihre Honigpralinen nur dieser Akazienhonig kommt.« Sie stupste das Glas an.

Giada nickte. »Verständlich. Ich war mal bei einer Honigverkostung in der Lunigiana. Viele Menschen dort leben mit der Natur und richten sich nach ihr. Kein Wunder also, dass sie den besten Honig in ganz Italien herstellen.«

Noemi zwinkerte verschwörerisch. »Falls ich hinterher welchen übrig habe, weiß ich also schon, mit wem ich ihn teile.«

Giada legte eine Hand auf ihr Herz. »Ich würde mich opfern.«

Noemi grinste und sah noch einmal über ihre Zutatenliste. Neben den regulären Sorten der Simonettis würde sie Nonna Rosas Mandelpralinen anbieten, darauf war sie besonders stolz. Sie hatte sie an einem späten Abend in der Cioccolateria angefertigt und für Mariana und Matteo zum Probieren auf den Küchentisch gestellt, und beide hatten sich überzeugen lassen. »Sag es keinem, aber die schmecken noch besser als unsere«, hatte Mariana ihr zugeflüstert. Vielleicht lag es an dem Hauch Orange, den Rosa stets an ihre *Mandelträume* gegeben hatte.

Giada beugte sich vor und starrte in den Ofen. »Was denkst du?«

Noemi warf ebenfalls einen Blick auf die zwei Bleche, wo Haselnüsse, aber auch Mandeln für das Gianduja rösteten. Auch wenn die Simonettis Wert auf ursprünglichen Geschmack und traditionelle Rezepte legten, änderten sie wie Rosa und Noemi manchmal im Grundrezept ein Detail ab.

Giada hatte sich eine Schüssel zur Seite gestellt, um später eine letzte Ladung Biscotti zu backen. Die trockenen Zutaten hatte sie bereits vermengt und anschließend Butterflocken, Eier und Vanille hinzugegeben – alles in Handarbeit, denn die Manganos glaubten daran, dass das Geheimnis des Geschmacks unter anderem in der Sorgfalt lag und vor allem in der Liebe zum Gebäck, die nicht von Maschinen erzeugt werden konnte.

Als Noemi mit dem Bräunungsgrad einverstanden war, zog sie sich die Ofenhandschuhe über, beförderte die Bleche ans Tageslicht und schüttete den Inhalt auf die Arbeitsfläche, damit Nüsse und Mandeln nicht im Nachhinein auf dem heißen Stahl verbrannten. Anschließend machte sie sich daran, sie zu zerteilen. Den Rest der Arbeit erledigte sie mit einem Stabmixer. Sofort stieg ihr der unverwechselbare Duft in die Nase, und als das Nussöl austrat, verwandelte sich das Gemisch in eine krümelige Paste.

»Ich finde es bewundernswert, dass ihr die gesamte Organisation im Vorfeld des Festivals zu zweit gestemmt habt«, sagte sie. »Marta muss stolz auf euch sein.«

In Giadas Lächeln lag ein Hauch dieses Stolzes, aber vor allem die Liebe zu ihrer Großmutter. »Sie hat so oft von ihrer Jugend geschwärmt und wie viele faszinierende Menschen sie kennenlernen durfte. Zwar ist sie niemals weggezogen und hat auch keinen großen Wert darauf gelegt, übermäßig zu reisen. Aber sie hat ihre Freunde und Bekannten besucht und viele Ecken des Landes erkundet. Dafür ist sie bis heute dankbar.«

»Sie ist in Matraia geboren?«

Giada nickte. »Und aufgewachsen, in diesem Haus.«

»Hat sie euch oft vom Piacere erzählt?«

»O ja, es war *das* Ereignis für Nonna. *Die besten Tage ihres Lebens* hat sie es einmal genannt.«

Noemis Gedanken schweiften zu ihrer eigenen Nonna. Wie konnte das Piacere eine so große Rolle für Marta gespielt haben, aber Rosa nicht einmal eine Erwähnung wert gewesen sein? Lag es daran, dass Marta ein ruhigeres Leben bevorzugte, während Rosa viel mehr von der Welt gesehen hatte? War alles nur eine Frage der Perspektive? Sie zögerte, behielt ihre Fragen aber für sich. Giada würde sie nicht beantworten und lediglich weitere Spekulationen in den Raum werfen können, und davon gab es bereits genug. »Was ist mit deinem Opa?«, fragte sie stattdessen. »War er auch Teil der Piacere-Truppe?«

»Nein.« Zum ersten Mal, seitdem sie Giada kennengelernt hatte, verdüsterte sich ihr Gesicht. »Er hat Marta verlassen, als mein Vater noch klein war. Sie redet nur selten darüber, aber ich glaube nicht, dass die Ehe sehr glücklich war. Auf den wenigen Fotos, die es von den beiden gibt, blicken sie immer sehr steif in die Kamera. Es sind diese gestellten Bilder von früher, wo sie auf einem Stuhl sitzt und er danebensteht, eine Hand auf der Lehne. Als hätte man sich im Beisein des Fotografen nicht berühren dürfen.«

»Ja, ich weiß, was du meinst.« Derartige Schnappschüsse gab es von Rosa und Gerd nicht, und Noemi war froh darüber. Auf den Bildern im Familienalbum sahen sie glücklich aus oder umarmten sich, und auf Noemis liebsten Foto gab er ihr einen Kuss auf die Wange, was sie so sehr zum Lachen gebracht hatte, dass sie die Augen zu Schlitzen verengte.

Giada knetete den Teig energischer. »Wenn Papà von ihm erzählt hat, klang es immer, als hätte mein Opa seine Frau als Besitz betrachtet. Und Marta hat das über sich ergehen lassen. Sie spricht niemals schlecht über einen Menschen, aber ich glaube, sie war froh, als er gegangen ist, auch wenn sie ihren Sohn allein aufziehen musste. Für manche Nachbarn war das ein größerer Skandal als die Tatsache, dass sie es dadurch wirklich schwer hatte. Er hat ihr nichts hinterlassen, kein Geld, keine Unterstützung, und das Haus gehörte ohnehin ihren Eltern.«

Noemi konnte sich gut vorstellen, wie sehr das Ganze damals für Aufsehen gesorgt hatte. »Sie scheint es aber gut hinbekommen zu haben«, sagte sie und lächelte.

»Ja, sie hat viel für uns getan. Und jetzt können wir das endlich wiedergutmachen und tun etwas Schönes für sie.«

»Hast du nie daran gedacht wegzuziehen?«

Ein erstaunter Blick traf sie. »Warum sollte ich? Hier fühle ich mich wohl. Ich liebe meine Familie und möchte meinen Job gegen keinen anderen auf der Welt tauschen. Nein, ich gehöre hierher und hoffe, dass ich noch viele Jahre bleibe. Wenn die Leute denn unser Gebäck weiter kaufen wollen!« Sie stellte die Schüssel beiseite. »Bist du aufgeregt?«

Noemi überlegte. Das war sie, ja, aber auf eine positive Weise. Sie wusste, dass sie die Rezepte beherrschte und ihre Pralinen gut geworden waren – sonst hätte Matteo Simonetti sie gar nicht erst losziehen lassen –, und sie hatte keine Probleme, beim Verkauf mit Menschen ins Gespräch zu kommen. »Ich mache mir nur Sorgen, dass Fabio wegen dieses Interviews irgendwann ohnmächtig wird und ich ihn ins Krankenhaus bringen und den Stand vernachlässigen muss.« Sie zog eine Grimasse, um zu zeigen, dass sie es nicht ernst meinte, und Giada lachte. »Aber ich freue mich vor allem darauf, alte Bekannte meiner Nonna zu treffen.«

»Das wird bestimmt spannend.« Da Giada sich nun ganz ihrer Schüssel widmete – die Küche war so groß, dass sich zwei Leute austoben konnten, ohne sich in die Quere zu kommen –, machte sich Noemi ebenfalls wieder an die Arbeit, lauschte dem Rhythmus der Musik und geriet in diesen Zustand der Leichtigkeit, in dem die Handgriffe fließend ineinander übergingen.

Ihr Blick glitt immer wieder von der Arbeitsplatte aus dem Fenster. Sie sog die Aromen ein, lauschte Giadas verhaltenem Summen und begriff mit einem Mal, dass sie glücklich war. Dies war ein perfekter Moment, in dem sich alle Dinge zusammenfügten und an dem sie nichts ändern wollte. Sie war dankbar, dass ihre Reise nach Italien sie hierhergeführt hatte, nach Matraia und in die Küche der Manganos, die so herzlich waren, dass man nicht anders konnte, als sich zu Hause zu fühlen.

Sie wünschte sich, sie könnte Tante Elisa diese Gefühle beschreiben, damit auch sie begriff, dass nichts an ihren Entscheidungen falsch gewesen war. Allein dieser Augenblick war es wert.

Als eine Hand in ihrem Sichtfeld auftauchte, wich sie zurück und warf aus Reflex das Tuch, mit dem sie einen Teil der Arbeitsfläche hatte säubern wollen. In dem Augenblick, als sie Fabio erkannte, landete das gute Stück mit Schwung in seinem Gesicht.

»He!« Er griff danach und betrachtete es, ehe er es auf die Arbeitsplatte fallen ließ, zur Sicherheit einen Schritt zurücktrat und sein linkes Auge rieb. »Warum greifst du mich an?«

Noemi wechselte einen erschrockenen Blick mit Giada, die das Ganze recht amüsant zu finden schien. »Das tut mir leid, aber du hast mich erschreckt. Wieso schleichst du auch hier herum?«

»Von Schleichen kann keine Rede sein.« Er klang trotz allem würdevoll. »Ich stehe hier seit guten zehn Sekunden und versuche, deine Aufmerksamkeit zu erregen. Giada hatte mich sogar schon gegrüßt, also habe ich mich bemerkbar gemacht, um dich aus deiner Trance zu holen.«

Noemi musterte sein Auge, fand aber lediglich eine leichte Rötung, die bereits wieder abklang – und wenn sie sich nicht irrte, nahm ihr Fabio die Attacke nicht im Geringsten übel. Zumindest funkelte der Goldring seiner Pupillen wieder so sehr wie auf der Fahrt hierher oder beim Essen mit den Manganos. »Du musst ohnehin hart im Nehmen sein, wenn du dich Linda Giles stellen willst«, sagte sie, klopfte ihm auf die Schulter und spürte die Wärme seiner Haut durch sein Shirt.

Er nahm das Tuch und warf es zielsicher in das mittlere der drei Waschbecken. »Wie hast du bisher mit ihr in einem Raum überlebt, Giada? Bist du verletzt? Zwinker einfach dreimal, wenn ich dich retten soll.« Er musterte die Schüsseln. »Was wird das?« Er zog sein Handy aus der Hosentasche, hielt es über die Arbeitsfläche und startete eine Videoaufnahme.

»Biscotti«, sagte Giada gut gelaunt, nahm es ihm aus der Hand und tupfte ihm etwas Teig auf die Wange, ehe sie ihn filmte. »Bitte, der Maestro des *Taste of Europe* mitten im Geschehen. Du solltest in deinem Beitrag einen Blick hinter die Kulissen zeigen, wäre das nicht spannend?«

»Die Idee ist gar nicht mal so übel«, sagte er und lachte, als Giada den Teig auf seiner Wange mit einem Kuss beseitigte und anschließend ein Selfie mit ihm schoss. Dabei wirkte sie nicht, als wollte sie mit ihm flirten, sondern einfach, als hätten beide eine gute Zeit.

Wie Nonna Rosa und Bianca Valli, dachte Noemi und fragte sich, ob sie der Anblick trotzdem störte. Vielleicht, ja. Ein wenig. Ihr gegenüber war Fabio zwar auch locker, aber auf eine andere Weise. In diesem Moment hob er den Kopf, und sein Blick begegnete ihrem. Ertappt konzentrierte sie sich wieder auf ihre Schüssel, schlug das mit Puderzucker gefüllte Sieb behutsam gegen ihre Handfläche und ärgerte sich über die Wärme auf ihren Wangen.

»Und was wird das?« Fabio beugte sich über ihre Schulter und filmte. Sein Atem kitzelte auf der bloßen Haut an ihrem Hals.

Prompt drückte sie ihn ein Stück zurück. »Gianduja mit Haselnüssen und Mandeln, aber Vorsicht.« Sie deutete auf seine dunklen Locken, und er trat einen Schritt nach hinten.

Giada klatschte in die Hände. »Tut mir leid, Fabio, aber wir dürfen nicht lange trödeln, wenn wir den Teig und das Nugat so hinbekommen wollen, dass es sämtliche Besucher des Piacere aus den Socken haut. Aber du kannst gern bleiben, oder, Noemi?«

Er seufzte. »Das wäre sicher angenehmer, als vor meinem Laptop zu sitzen, aber ich werde besser noch mal die Mails von Lindas Management durchgehen, damit ich ja nichts übersehen habe«, murmelte er düster. »Eigentlich wollte ich mir nur ein Glas Wasser holen und herausfinden, was ihr so treibt. Bis später.« Er hob eine Hand und machte sich wieder auf den Weg.

Noemi ging auf, dass er sich diese Auszeit vermutlich auch genommen hatte, um seine Gedanken von der Starköchin abzulenken. Für Fabio hing mehr am Piacere als für jeden anderen hier. Die Manganos taten all das für Marta, und sie selbst wollte mehr über Nonna Rosa erfahren und ihrer Leidenschaft folgen. Nichts davon würde ihre Zukunft verbauen, sollte es schiefgehen. Mit einem Mal hatte sie Mitleid mit ihm, aber nun war es zu spät für aufmunternde Worte.

Giada musterte Noemi, als würde sie auf eine Antwort warten.

»Was?«, fragte Noemi verwirrt.

Giada blinzelte vielsagend und machte sich wieder an die Arbeit. »Ich habe nur überlegt, wie er reagiert hätte, wenn du ihm den Teig von der Wange geküsst hättest und nicht ich. Ich glaube, das hätte ihm gefallen.«

»Iwo.« Noemi beugte sich über das Sieb. »Glaub mir, wir sind nur Bekannte. Vielleicht Freunde.« Es war ihr unangenehm, dass sie wieder rot wurde, denn Giada würde ihre Reaktion auf jeden Fall falsch interpretieren. Die Beziehung mit Christoph war wirklich schon viel zu lange her und sie völlig aus der Übung, was derartige Anspielungen betraf. Wenn sie wieder in Düsseldorf war, würde sie sich auf das eine oder andere Date einlassen müssen, damit sie nicht irgendwann herumstotterte, nur weil ein Mann sie ansprach.

»Hm«, sagte Giada nur und bedachte sie mit einem Blick, der alles bedeuten konnte. »Ist er nicht dein Typ?«

»Nein«, sagte Noemi, noch ehe sie darüber nachdenken konnte. Dabei stimmte das nicht ganz. Fabio hatte etwas an sich – seine ruhige Art, die dunkle Stimme sowie die Hartnäckigkeit und Begeisterung, die er an den Tag legen konnte –, das sie durchaus anziehend fand. Dazu sah er gut aus mit den dunklen Haaren, der energischen Kinnlinie und dem Blick, der so sehr zu seiner Stimme passte. Fabio gab seine Gedanken und Gefühle nicht zu leicht preis – lediglich durch seine Augen, in denen es funkeln oder flackern konnte. Wenn man gelernt hatte, darin zu lesen, und er es zuließ, würde man eine Menge über ihn erfahren. »Nein, wir sind wirklich nur Reisepartner. Außerdem habe ich momentan absolut keine Zeit für eine Beziehung.« Sie hob die Puderzuckerschachtel mit der einen und die Schüssel mit der anderen Hand.

Giada sah nicht überzeugt aus. »Na gut, machen wir uns an die Arbeit und trinken hinterher noch einen Wein zusammen. Fabio bringen wir auch ein Glas, damit er keine Sorgen mehr wegen dieser Linda hat.«

»Ich glaube nicht, dass da ein Glas ausreicht. Was er mir über den Vertrag mit ihrem Management erzählt hat, klingt kompliziert. Offenbar ist sie eine ziemliche Diva.«

»Ah, vielleicht hat sie auch einfach nur Stress oder eine blöde Allergie oder Liebeskummer«, sagte Giada. »Auch eine englische Berühmtheit wird sich an der Villa Pitiani entspannen und das Angebot genießen, du wirst sehen. Und wenn sie rumzickt, biete ihr einfach ein paar Kostproben an. Das ist immer eine nette Geste, und viele Menschen vergessen einen Teil ihres Ärgers, wenn man ihnen eine Aufmerksamkeit zukommen lässt.«

Giada hatte recht. Auf dem Piacere würden sich Menschen nach unzähligen Jahren wiedersehen. Bei so viel Liebe und Kreativität musste die Stimmung einfach gut sein.

Mit frischer Energie machte sich Noemi daran, die Masse zu verrühren. Im Anschluss würde sie noch einmal den Stabmixer einsetzen und zum Schluss so viel Vollmilchschokolade hinzufügen, dass das Gianduja schnittfest, aber immer noch weich sein würde. Nach einer Weile fiel ihr auf, dass sie in Giadas Summen einfiel, obwohl sie die Melodie nicht kannte.

»Das sieht wirklich zauberhaft bei dir aus, mein Schatz. Wie schade, dass Lea keine Zeit hatte, um dich zu begleiten. Sie ist sicher traurig, dass du so schnell wieder aufgebrochen bist.«

Das war typisch ihre Mutter – sie fand selbst bei dieser wundervollen Aussicht noch eine Möglichkeit, Kritik anzubringen. Wobei Noemi wusste, dass sie es nicht böse meinte, sondern sich manchmal einfach nur schwer vorstellen konnte, dass Menschen andere Entscheidungen trafen als jene, die ihr als die einzig logischen erschienen. Besonders, wenn es sich bei diesen Menschen um ihre Tochter handelte.

Die Arbeit mit Giada in der Küche war beendet. Das Gianduja härtete aus, und die Biscotti kühlten ab, also war Noemi in den Garten gegangen, um endlich ihre Eltern darüber zu informieren, dass sie nicht mehr in Venedig war – und auch Lea und Tante Elisa auf den neuesten Stand zu bringen, was ihre Reise und Bianca Valli betraf. Lange hatte sie einfach nur dagestanden, tief ein- und ausgeatmet und genossen, wie sich nicht nur ihr Körper entspannte, sondern es auch in ihrem Kopf stiller wurde.

Das Grundstück verlief länglich und war von hohen Hecken umgeben, auch wenn sich kein Nachbargrundstück, sondern Wiesen zu beiden Seiten anschlossen. Es fiel nach hinten ab und gewährte den Blick auf eine sanft gewellte Hügellandschaft aus Gold- und Grüntönen. In der Ferne zog sich ein Weg durch zwei Felder, hinter denen Zypressen und Pinien hochragten. Wenn Noemi tief Luft holte, glaubte sie, das würzige Aroma neben dem süßlichen der Blumen zu erahnen – so verhalten wie das Rauschen der Brise, die wie die zarteste Feder über ihre Haut strich.

Hier im Garten wuchsen unter anderem zwei der immergrünen Nadelbäume und spendeten mit ihren Kronenschirmen Schatten. Daneben reihten sich Obststräucher, und ihnen gegenüber stritten Gladiolen und Oleander um die leuchtendsten Farben. Eine Hollywoodschaukel sowie eine Hängematte in einem Gestell standen in einer Ecke. Wenn sie sich nicht irrte, lagen beide Katzen darin und dösten. Hin und wieder sah sie ein Ohr zucken.

Noemi wandte sich um und musterte das Haus der Manganos. Durch das Sonnenlicht schien das Orange der Fassade zu glühen, und auch hier wurden die Fenster von dunkelgrünen Läden geschützt. Eine kleine Terrasse schmiegte sich an das Gebäude, gerade groß genug für einen Tisch mit Stühlen und liebevoll mit Keramikfiguren verziert. Am Ende des Grundstücks trennte ein weißer Holzzaun den Garten von dem Feldweg dahinter ab. Von hier hatte sie zunächst Mariana wie versprochen die ersten Fotos geschickt – vom Foodtruck, um ihr zu zeigen, wo sie die Simonetti-Pralinen verkaufen würde – und dann Anja und Lea per Videochat angerufen, um ihnen dieses wunderbare Fleckchen Erde zu präsentieren. Ihre Freundinnen waren deutlich beeindruckter gewesen als ihre Mutter.

»Lea hat vollstes Verständnis, dass ich zum Festival fahre, Mama«, sagte sie. »Sieh mal, das ist das Haus. Giada und ihr Vater leben hier mit Marta.« Sie drehte sich um und schwenkte das Handy über die Fassade, die mit den Obstbäumen kaum idyllischer sein konnte. »Aber ich will dich ja nicht nur neidisch machen, sondern … es gibt Neuigkeiten.«

Ihre Mutter, die sich bislang gemütlich auf ihrem Sofa zurückgelehnt hatte, setzte sich aufrechter hin. »Das Cateringunternehmen hat sich bei dir gemeldet?«

»Was? Nein, warum sollten sie?«

»Na, ich dachte, sie haben es sich vielleicht anders überlegt.« Auf Silvie Wittkamps Gesicht zeichnete sich Enttäuschung ab.

Noemi entschied, nicht darauf einzugehen, da sich ihre Mutter sonst wieder an diesem Thema festbeißen und ihr Bewerbungstipps geben würde. »Viel besser. Stell dir vor – die Manganos kannten Nonna! Also zumindest Raffaele und seine Mutter Marta. Das ist die Frau, wegen der das Festival überhaupt noch einmal stattfinden wird. Nonna war hier früher öfter zu Besuch. In der Toskana!«

»Wirklich?« Endlich wich die höfliche Aufmerksamkeit echtem Interesse. »Dabei schwört Papa, den Namen Mangano noch nie gehört zu haben, und an einen Ort namens Matraia kann er sich auch nicht erinnern. Aber gut möglich, dass Rosa nicht jeden Besuch und jeden Bekannten erwähnt hat, es waren wohl einfach zu viele. Oder sie hat die Zeit, in der sie mit den Manganos befreundet war, als nicht so wichtig abgehakt.«

»Aber Raffaele und seiner Mutter zufolge haben sie eine ganze Weile regelmäßig hier vorbeigesehen.«

»Sie? Plural?«

Noemi wartete und lauschte ihrem Herzen, das wider Erwarten nun nicht wie der Trommelwirbel klang, der diesen Augenblick hätte begleiten müssen. »Ja, Nonna und Bianca Valli. Die blonde Frau, die sie geküsst hat, auf dem Foto, über das Signor Simonetti nicht reden will und das seinen Zustand kurzzeitig verschlimmert hat.« Sie hörte selbst, wie enthusiastisch sie klang – als wollte sie, dass diese Puzzlestücke ein Rätsel bildeten, statt Zufall zu sein.

Ihre Mutter schnalzte mit der Zunge. »Ich bin noch immer davon überzeugt, dass es eine einfache Erklärung dafür gibt. Das Leben deiner Nonna war doch kein Krimi.«

»Streckenweise vielleicht schon?«

»Na, dann rede noch mal mit den Manganos. Die alte Dame … wie hieß sie noch gleich? … kann dir doch sicher mehr erzählen.«

Noemi verzog den Mund. »Leider nicht. Ihr Gedächtnis ist nicht mehr das beste. Sie hat mich heute sogar einmal mit Rosa verwechselt, und auch sonst hat sie höchstens Erinnerungsschübe.«

Ihre Mutter schwieg kurz. »Was ist denn mit Elisa? Vielleicht sagt ihr der Name dieser Frau etwas. Sie war doch schon so eng mit Rosa, ehe beide nach Deutschland gekommen sind. Ruf sie an.« Sie warf einen Blick nach oben, wo die Uhr an der Wand hing. »Wobei, jetzt isst sie im Hotel sicher gerade zu Abend.«

Noemi blieb stehen. »Was, welches Hotel?«

»Hat sie dir nichts erzählt? Sie ist heute früh mit einer Freundin aus ihrem Lesekreis an die Ostsee aufgebrochen, zum Timmendorfer Strand, und wird dort ein paar Tage bleiben.«

»Nein, das wusste ich nicht. Aber das könnte der Grund sein, warum ich sie nicht erreiche.«

Ihre Mutter antwortete etwas, das mit überfüllten Stränden und schlechtem Handyempfang zu tun hatte, aber Noemis Gedanken schweiften ab. Was war mit Elisa los? Selbst wenn sie sich spontan zu einer Reise entschloss, hatte sie ihr immer davon erzählt. Einfach wortlos zu verschwinden, sah ihr nicht ähnlich. Sie konnte es drehen und wenden, wie sie wollte: Elisa verhielt sich seltsam, seitdem Noemi in Italien war. Das bildete sie sich doch nicht ein!

»Hörst du, Noemi?«

»Ja, klar«, stotterte sie. »Was?«

»Schatz, wo warst du denn wieder?«

Das hätte sie selbst gern gewusst. In den vergangenen Tagen fiel es ihr manchmal schwer, den eigenen Gedanken zu folgen, da sie sich in Bereiche verirrten, die sich überraschend aufgetan hatten. »Ich habe nur überlegt, ob Elisa erwähnt hat, dass sie an die Ostsee wollte. Sonst ruft sie zumindest an, listet mir zehn Buchtitel auf und fragt, welche davon sie mitnehmen soll.«

»Sie hat sich sehr spontan entschieden, und du warst daran nicht ganz unschuldig.«

»Was, warum?« Hatte sie es doch gewusst! Aufregung kribbelte durch ihre Adern, nur leicht gemildert durch die Tatsache, dass Elisa sich dieses Mal ihrer Mutter anvertraut hatte und nicht ihr.

Leises Lachen antwortete ihr. »Du hast sie angesteckt mit deinem Reisefieber. Sie wollte sich noch bei dir melden, ist aber wohl nicht mehr dazugekommen.«

Das war nicht das, was Noemi erwartet hatte, also gab sie sich einen Ruck. »Sag mal, Mama, kommt dir Tante Elisa in letzter Zeit irgendwie komisch vor? Manchmal reagiert sie so seltsam, und ich frage mich, ob sie etwas auf dem Herzen hat.«

»Nein, mir ist nichts aufgefallen. Als sie vorgestern hier war, hat sie ganz normal gewirkt.« Etwas war im Hintergrund zu hören, eine Art Poltern. »Noemi, ich muss sehen, was die Handwerker wegen der Solarpanels da draußen veranstalten, die machen heute Überstunden. Meld dich doch, wenn du auf dem Rückweg nach Venedig bist.«

Wenn du weißt, wann du wieder in Düsseldorf sein und dich um ein geregeltes Leben kümmern wirst.

Es war erstaunlich, wie sehr manchmal das durchschimmerte, was Silvie Wittkamp eigentlich sagen wollte. Noemi versprach es ihr und beendete das Gespräch. Mehr würde sie jetzt nicht herausfinden, und dass Nonna Rosa früher eine gute Bekannte der Manganos gewesen war, schien außer ihr niemanden zu interessieren.

Sie lehnte sich in den Schatten des Olivenbaums und versuchte es noch einmal bei Tante Elisa. Vergeblich. Zögernd starrte sie auf das Display. Es versetzte ihr einen leichten

Stich, dass Elisa bei ihren Eltern vorbeisah, aber nicht einmal die Zeit fand, noch einmal mit ihr zu telefonieren. Als hätte es Streit zwischen ihnen gegeben. Nach kurzem Überlegen schickte sie ihr eine Textnachricht.

Warum hast du mir nicht erzählt, dass du an die Ostsee fährst? Ich wünsche dir eine wundervolle Zeit! Melde dich mal bitte, denn mittlerweile bin ich in Matraia und habe erfahren, dass Nonna Rosa bei der Familie Mangano keine Unbekannte ist! Und sagt dir der Name Bianca Valli etwas? Ich hab dich lieb! Kuss, Emi.

»Du siehst verstört aus.«

Überrascht hob sie den Kopf: Fabio schlenderte auf sie zu, in jeder Hand ein Weinglas. Sein Haar ringelte sich feucht in die Stirn; er hatte sich umgezogen, trug eine helle Leinenhose zu einem Shirt mit einem verblichenen Sportemblem und wirkte weitaus entspannter als zuvor. Zumindest waren die Sorgenschatten aus seinem Gesicht verschwunden.

»Bin ich nicht«, sagte sie, in Gedanken noch halb bei dem Gespräch. »Ich habe nur gerade mit meiner Mutter telefoniert.«

»Probleme?«

»Nicht wirklich.« Sie winkte ab. Es brachte weder etwas, ihm davon zu erzählen, noch sich weiter den Kopf zu zerbrechen – ändern würde sich dadurch nichts. »Was treibt dich nach draußen?«

»Ich gehe ganz gern mit zwei Gläsern Wein spazieren. Es stärkt meinen Gleichgewichtssinn und ist praktisch, falls mir ein Glas nicht genügt.« Als sie ihn lediglich anstarrte, seufzte er und drückte ihr eines in die Hand. »Die anderen sitzen im Wohnzimmer und wollen später noch einmal über die Planung für morgen reden. Es geht früh los.«

»Dann ist es gut, dass du deinen Wein teilst. Nachher hast du womöglich einen schweren Kopf.«

»Keine Sorge.« Er hielt ihr sein Glas entgegen. »Also dann. Darauf, dass auf dem Piacere alles glatt laufen wird.«

Sie ließ ihr Glas behutsam gegen seines klingen und lauschte dem hellen Ton, der so gut zu der Sonne und der warmen Luft passte. Und dazu, so musste sie sich zu ihrem Erstaunen eingestehen, hier mit Fabio zu stehen und die Ruhe zu genießen, die über Matraia lag. »Das klingt, als wäre bei dir alles geklärt?«

Er zuckte die Schultern. »Das wird sich zeigen. Ich habe Lindas Management noch einmal per Mail informiert, dass du und ich für die Simonettis vor Ort sein werden. Sie haben eine Stunde später eine Bestätigung geschickt und zumindest nicht nachgefragt, was mit den Simonettis ist. Wann genau Linda eintrifft, wollen sie mir noch mitteilen, aber sie wird mit zwei eigenen Kameraleuten anreisen.«

»Was, wieso das? Es wird doch dein Beitrag, und du hast das nötige Equipment dabei.«

Er lächelte. »Linda ist Geschäftsfrau. Sie wird ihren eigenen Bericht über das Piacere bringen. Aber das ist für mich in Ordnung.«

»Dann klingt das doch super! Ich freue mich für dich.«

Er ließ den Blick schweifen. »Warten wir es ab.«

»Trotzdem noch immer skeptisch?«

»Das weißt du doch, Signorina Caos.« Etwas daran, wie er es sagte, sorgte dafür, dass sie langsam den Kopf wandte. Fabio erwiderte ihren Blick, als würde er auf eine bestimmte Antwort warten.

Es machte sie nervös. Und unsicher. Wann war sie das letzte Mal unsicher gewesen? »Du bist unmöglich«, murmelte sie und hob das Glas an die Lippen.

12

»Was tust du denn?«, fragte Fabio, und Noemi widerstand dem Drang, die Hände auf die Ohren zu pressen, als das Getriebe des Foodtrucks ein protestierendes Geräusch von sich gab.

»Ich versuche, wie auch in den vergangenen zwei Stunden, dieses Mörderding zu fahren, und ich schwöre dir, dass es mindestens doppelt so alt ist, wie es aussieht«, murmelte sie und legte endlich den Gang ein.

Noemi und Fabio hatten sich nach kurzer Diskussion darauf geeinigt, dass sie fahren würde, und seitdem waren sie unterwegs. Der Hebel ruckte und wehrte sich, gab dann aber mit einem Quietschen nach, und sie setzten sich in Bewegung. Vor ihnen hatte Giada mit laufendem Motor und dem Foodtruck-Modell gewartet, das deutlich schnittiger war, und bog nun vom Parkplatz auf die Straße. Ein schneller Blick in den Rückspiegel verriet Noemi, dass sich auch Raffaele und Marta in ihrem feuerroten Lancia wieder ihrer kleinen Kolonne angeschlossen hatten. Mit dem Wagen würden sie auch vor Ort mobil sein, falls nötig.

Nachdem sie am Vorabend den größten Teil der Sachen und Zutaten verstaut hatten, waren sie am Morgen früh auf den Beinen gewesen. Marta hatte mitten im Chaos gestanden und in einem ihrer wenigen klaren Momente irgendwann energisch verkündet, dass man nun gemeinsam frühstücken solle, da sie sonst nirgendwo hingehen würde.

Also hatten sie das getan. Noemi machte sich keine Sorgen, denn ihnen blieb bis zum Start des Festivals noch mehr als genug Zeit, aber sie spürte, dass Fabio neben ihr immer häufiger auf die Uhr blickte und auch sonst unruhig war. Gut möglich, dass er einfach zu wenig geschlafen hatte oder das Sofa zu unbequem gewesen war beziehungsweise zu kurz. Trotzdem hatte er sich nicht zu einem Tausch überreden lassen. Noemi hatte die Nacht mit zwei schnurrenden Katzen verbracht, die sich erst an ihre Füße geschmiegt und dann schwer auf ihre Brust gelegt hatten. Zu ihrem Erstaunen hatte Raffaele die zwei vor dem Aufbruch kurzerhand auf die Rückbank des Lancia verfrachtet.

»Sie kommen immer mit und kennen das gar nicht anders. Wenn sie nicht regelmäßig auf Märkten oder Festen umherstreifen können, sind sie schlecht gelaunt. Sogar Ornella überwindet nach einigen Anfangsschwierigkeiten ihre Scheu, wenn es überall duftet und die Leute ihr immer wieder etwas zustecken.«

»Gib mir einfach ein Signal, wenn ihr anhalten wollt«, hatte Giada bei der Abfahrt gesagt. »Wir kennen die Gegend ja, aber wenn man zum ersten Mal hier ist, muss man sie einfach genießen. Gerade am Vormittag hat sie etwas Besonderes an sich. Es liegt am Licht.«

Ihre Route führte sie auf der Via Don Emilio Angeli gen Süden, und das Reisetempo der Manganos war ganz nach Noemis Geschmack – nicht allzu schnell, sodass es ausreichend Gelegenheit gab, die Aussicht zu bewundern. Die

Sonne hatte sich bereits ihren Platz am Himmel gesucht, wo sich blasse Wolkenreihen als Fetzen zeigten, sodass sie die Blenden herunterklappte. Das Radio spielte im Hintergrund leise Musik aus den Achtzigern, und manchmal summte Noemi mit.

Obwohl sie sämtliche Pralinen und Zutaten gut eingepackt hatte, duftete es nach kürzester Zeit im Foodtruck nach Zucker, Karamell und den frischen Zitronen, die in zwei Kisten lagerten. Einen besseren Start hätte es nicht geben können!

Sie fühlte sich leicht auf ihrem Sitz mit dem ungewohnt großen Lenkrad, von wo aus alles nicht unbedingt kleiner, aber einfacher wirkte, und entschied, dass es ab sofort keine Schwierigkeiten mehr geben würde. Schließlich konnte es keine geben in einer Welt, in der so viel auf sie wartete. Sie freute sich so ungemein auf die drei Tage an der Villa, dass sie am liebsten jemanden umarmt hätte. Aber momentan blieb ihr nur Fabio, der sich schon wieder höchst konzentriert seinem Handy und damit den Mails im Posteingang widmete, die Stirn runzelte und so viel von dem verpasste, was die Gegend rund um Matraia für sie bereithielt.

Noemi betrachtete die weißen und terrakottafarbenen Häuser am Straßenrand, die nur selten mehr als zwei Geschosse besaßen und oftmals mit Fensterläden oder gestreiften Markisen ausgestattet waren. Auf manchen Grundstücken ragten Pinien oder Obstbäume in die Höhe. Das Gelände war flach, erst in weiter Ferne erhob sich ein dunkler Umriss, der an ein Gebirge erinnerte.

Sie passierten ein Café, vor dem Tische und Stühle standen. Sie alle waren besetzt; ein Mann lehnte an der Wand neben dem Eingang und klimperte auf einer Gitarre. Er hob den Kopf, als sie vorbeifuhren, dann eine Hand. Einem Impuls folgend, drückte Noemi auf die Hupe und grinste, als sich sein Winken verstärkte und Fabio neben ihr zusammenzuckte.

»Was ist passiert?«, fragte er und musterte erst die Straße, dann den Seitenspiegel.

Sie lachte. »Nichts. Es ist ein schöner Morgen, die Menschen haben gute Laune, Fabio. Versuch, dich ein wenig zu entspannen, und leg endlich dein Handy weg.«

Am Abend zuvor hatte sie es bei dem Wein im Garten geschafft, seine Stimmung aufzuhellen, und nach dem üblichen Schlagabtausch hatten sie sich zunächst über ihre liebsten Pralinen und anschließend über seine Pläne nach dem Piacere unterhalten. Er wollte weiter an seinem YouTube-Kanal arbeiten und, sollte der Bericht mit Linda ein Erfolg werden, namhafte Gäste einladen und sich den Genüssen Europas widmen. In ihren Augen ein guter Plan; schließlich gab es einige Größen in der kulinarischen Szene, sodass er vermutlich bis ans Ende seiner Berufsjahre darüber berichten konnte.

Er tat ihr den Gefallen, warf einen letzten Blick auf seine Nachrichten und platzierte sein Handy in der Ablage vor sich.

Noemi lächelte ihm zu, als die Häuser zu beiden Seiten von lang gestreckten Wiesen abgelöst wurden. »Hat sich Lindas Management noch einmal gemeldet?« Hoffentlich gab es keine schlechten Nachrichten.

»Nein.« Er schwieg eine Weile, und als sie ihn von der Seite musterte, hatte er die Lippen aufeinandergepresst. Dann blinzelte er, so flüchtig, dass seine Wimpern nur flüchtig auf seine Haut trafen. »Meine Mutter hat mir gemailt.«

»Oh?« Gestern hatte sie ihn nach seiner Familie gefragt, aber er hatte so schnell das Thema gewechselt, dass es ihr erst im Nachhinein aufgefallen war. »Eine gute Nachricht?«

Er sah sie überrascht an, als hätte er darüber noch nicht nachgedacht. »Nein. Ich meine ... doch. Sie hat mich darüber informiert, wo sie sich gerade aufhält. Meine Mutter ist Schauspielerin«, sagte er, als er ihre Überraschung bemerkte.

»Wow, spannend!« Das passte. Vermutlich hatte Fabio sein ausdrucksstarkes Gesicht von ihr geerbt – und auch das Talent, mit dem Heben einer Augenbraue oder dem Zucken eines Mundwinkels mehr zu sagen als manche Menschen in einem mehrminütigen Monolog. »Kenne ich sie aus einem bestimmten Film?«

»Sie ist beim Theater. Und, nein, sie ist keine Berühmtheit, aber seit Jahren recht solide im Geschäft. Ein Engagement hat sie fast immer, und daher ist sie auch permanent in ganz Italien unterwegs.«

Noemi nickte, dann fielen ihr seine Worte von vorher wieder ein. »Und du wusstest vor ihrer Nachricht nicht, wo sie momentan ist?«

Er sah wieder nach vorn und schien zu bereuen, ihr davon erzählt zu haben. »Meist kümmert sie sich schon um das nächste Engagement, wenn das alte noch läuft, und fährt sofort weiter, dann bleibt wenig Zeit für Gespräche. Vor zwei Tagen ist sie in Neapel angekommen und wird dort für drei Monate beschäftigt sein.«

Wenig Zeit für Gespräche? Etwas daran drückte ihr aufs

Gemüt. Sollte nicht immer Zeit bleiben, um dem eigenen Sohn zumindest eine Nachricht zu schicken?

»Wann hast du sie denn zuletzt gesehen?«

»Vor zwei Jahren.« Es klang zu unbekümmert, um echt zu sein. »Damals haben sie und mein Vater das Haus verkauft und sich offiziell getrennt, auch wenn sie das schon viel früher hätten tun sollen. Meine Mutter schreibt mir meist Postkarten, weil sie das für stilvoller hält als eine Textnachricht oder eine E-Mail. Ich habe eine ganze Sammlung davon. Aber derzeit ist sie im Stress, also hat sie eine Ausnahme gemacht.« Er nickte in Richtung seines Handys.

Noemi zögerte. »Habe ich ihren Namen vielleicht trotzdem schon gehört?« Sie fragte sich, ob er seine Mutter vermisste. Oder ob sie wusste, dass er in den kommenden Tagen in der Toskana sein würde, und vielleicht auf einen Besuch vorbeikommen wollte. Wie weit war Neapel wohl entfernt?

»Ich glaube nicht, es sei denn, du gehst regelmäßig in Italien ins Theater.« Es klang sachlich. »Ihr Name ist Giuliana Serra.«

»Nein, tut mir leid.« Noemi ging vom Gas, da auch Giada vor ihnen abbremste, um ein älteres Pärchen über die Straße zu lassen.

Die Frau hatte sich bei ihrem Mann untergehakt und lachte, als er etwas rief und zum Dank eine Verbeugung andeutete. Auf den letzten Schritten vor dem Bordstein steckten die zwei die Köpfe zusammen, als teilten sie ein Geheimnis. Sie strahlten eine solche Vertrautheit aus, dass die Leichtigkeit in Noemis Herz zurückkehrte – und sie begriff, dass es bei Fabios Erzählung von seiner Mutter schwerer geworden war.

Sie fuhr wieder an, sanft dieses Mal. »Bist du stolz auf sie?«

Eigentlich wollte sie wissen, wie er sich dabei fühlte, dass seine Mutter nur aus der Ferne Teil seines Lebens war. Und wie er zu seinem Vater stand. Vielleicht sah er zumindest ihn häufiger – zwei Jahre waren eine lange Zeit!

Sie dachte an ihre Eltern und an das Haus, in das sie noch immer flüchten konnte, wenn es ihr schlecht ging. Ihr altes Kinderzimmer war zwar einem Gästeraum gewichen, besaß aber ein Schlafsofa und fröhliche Blumendrucke an den Wänden. Nach der Trennung von Christoph hatte sie sich dort für einige Tage einquartiert. Nicht, weil sie so traurig gewesen war, sondern weil sie vertraute Menschen um sich hatte haben wollen. Lücken entstanden immer, wenn sich Wege trennten, und es brauchte Geborgenheit, um sie zu füllen.

Fabio schien über ihre Frage nachzudenken. »Natürlich«, sagte er dann langsam. »Sie lebt ihren Traum, und da kommen schon mal andere Bereiche zu kurz, aber mittlerweile habe ich mich daran gewöhnt. Ich meine, ich versuche es ja auch mit der Selbstständigkeit und weiß, wie schwer es ist.«

»Verstehe.« Das tat sie wirklich. Sie konnte sich gut vorstellen, für eine Tätigkeit, die man liebte, eine lange Zeit unterwegs zu sein. Doch dabei würde sie niemals die Menschen vernachlässigen, die ihr wichtig waren, und lieber einen zusätzlichen Tag hinter dem Steuer in Kauf nehmen, um sie zumindest kurz in die Arme zu schließen. »Wie lange ist sie denn schon Schauspielerin?«

Fabio musterte sie. »Eigentlich willst du fragen, wann sie losgezogen ist, oder?« Er wartete, bis sie nickte. »Ich war sechzehn. Also fast mein halbes Leben.«

Noemi war kurzzeitig sprachlos. Die Zukunft von Fabios Familie stand also bereits auf wackligen Beinen, seitdem er ein Teenager gewesen war. Das erklärte so vieles. Die Genauigkeit und beinahe schon Verbissenheit, mit der er versuchte sicherzustellen, dass es keine bösen Überraschungen gab. Die akribischen Planungen, damit der Boden unter den Füßen nicht mehr schwankte und erst recht nicht einfach so wegbrechen konnte. Und vielleicht auch der Wunsch, das *Taste of Europe* aus eigener Kraft wiederzubeleben. Er wollte etwas aufrechterhalten und nicht noch einmal zusehen, wie es zerbrach, so wie es seiner Familie passiert war. Daran hatte er nichts ändern können. Der YouTube-Kanal, in den er all seine Energie fließen ließ, lag dagegen in seiner Hand – abgesehen von Faktoren wie Linda Giles. Ihre Reaktionen und Entscheidungen entzogen sich Fabios Kontrolle, was ihn mehr stresste, als er jemals zugeben würde. So gut kannte Noemi ihn bereits.

Aber das Leben ließ sich niemals zu hundert Prozent planen, vor allem nicht, wenn andere darin eine Rolle spielten. Und sogar während eines Gesprächs mit dem Gemüsehändler vom Markt konnte das ganze Dasein umgekrempelt werden, so wie es bei Nonna Rosa mit ihrem Herzinfarkt der Fall gewesen war.

Lea würde ihr nun sagen, dass sie zu viel hineininterpretierte und keine Psychologin war, aber es passte alles so gut zusammen. Denn hinter Fabios Grübeleien und dieser geschäftlichen Fassade gab es mehr. Da waren Sorglosigkeit und Frohsinn, die er so oft zurückhielt, als würde er ihnen selbst nicht trauen.

Und aus diesem Grund entschied Noemi, dass es keine

weiteren Mauern zwischen ihnen geben sollte. »Das finde ich ehrlich gesagt schrecklich«, sagte sie daher. »Und es tut mir sehr leid.«

Fabio winkte ab. »Mit sechzehn ist man alt genug, um allein klarzukommen.«

»Denkst du das wirklich?«

Sein Blick gab eine Hälfte der Antwort, sein Schweigen die andere. Er wollte es glauben. Oder aber er hatte sich diese Antwort antrainiert, um nicht weiter darüber reden zu müssen. »Ich bin schließlich der Beweis, nicht wahr?« Er lächelte, blickte demonstrativ auf die Straße und deutete nach vorn.

Noemi verstand und trat aufs Gas, da der Abstand zu Giadas Foodtruck groß geworden war, verfing sich aber in Überlegungen. War es das, was ihre eigene Mutter befürchtete? Glaubte sie, dass ihre Tochter sich eines Tages in ihren Wünschen und Sehnsüchten verstrickte und dabei nach und nach alle wichtigen Brücken hinter sich abbrach?

Fabios Geschichte war ihr unter die Haut gegangen und hatte etwas in ihr ausgelöst. Eine gewisse Beklommenheit, weil sich die Welt um eine Nuance verdüstert hatte und sie nichts dagegen tun konnte.

So ähnlich war es auch auf Nonna Rosas Beerdigung gewesen, aber erst jetzt, mit dem nötigen Abstand, begriff sie, dass dieses Gefühl damals nicht neu für sie gewesen war. Es war bereits aufgekommen, als Lea nach Venedig zog, und einige Monate später, als sich Christophs und ihre Wege trennten. Innerhalb von anderthalb Jahren hatten sich drei der wichtigsten Menschen mehr oder weniger aus ihrem täglichen Leben verabschiedet. Bei ihren Freunden hatte sie die Veränderung mit ihrer üblichen fröhlichen Art angenommen, immerhin freute sie sich für Lea, und das mit Christoph hatte schlicht nicht mehr gepasst. Nonna Rosas Tod war der letzte Hinweis gewesen, dass nichts von Dauer war.

Am liebsten hätte sie den Kopf geschüttelt, um diese düsteren Gedanken zu vertreiben. Wie hatte Fabio es formuliert? Dass er von nichts mehr überrascht werden konnte, wenn er stets mit dem Schlimmsten rechnete?

Aber sie wollte nicht mit dem Schlimmsten rechnen, sondern die Sonnenmomente im Leben genießen und die Schatten, die unweigerlich dazwischenlagen, so schnell wie möglich überspringen.

Sie wechselte den Radiosender, da es aus dem Lautsprecher zunehmend knarzte und rauschte, und konzentrierte sich auf die Musik, auf den weichen, melodischen Gesang. Sie hatte den Klang des Italienischen mit seinen warmen Vokalen schon immer geliebt. Auch jetzt wirkte er seinen Zauber, und Noemi entspannte sich wieder.

Als die Landschaft hügeliger wurde und vermehrt Piniengruppen die Wiesen säumten, kehrte auch die Vorfreude zurück. Immer wenn die Baumkronen einen Blick auf die Landschaft erlaubten, schienen die Täler tiefer und die Hügel dominanter geworden zu sein. Außer ihrer kleinen Kolonne waren nur vereinzelt Fahrzeuge unterwegs, und Noemi ließ ihr Fenster ein Stück hinab. Ein Luftzug kühlte ihre Wangen. Fabio hob eine Hand und bewegte die Finger, als wollte er ihn einfangen.

Nach einer Weile tauchte zur Linken ein brauner Wegweiser auf: *Pieve di Cellole.*

»Jetzt kann es nicht mehr allzu weit sein«, sagte Fabio. »Dort geht es zur Pieve di Santa Maria Assunta a Cellole. Die Kirche ist Teil eines Klosterkomplexes und wohl ein gern besuchter Ort, wenn man mal abschalten möchte.«

»Wusstest du das schon vorher, oder hast du dir die Kirche gemerkt, für den Fall, dass du zwischendurch mal deine Ruhe willst?«

»Ich habe mich im Internet informiert«, sagte er im besten Professoren-Ton. »Aber eigentlich bin ich drübergestolpert, als ich mir Giadas Wegbeschreibung durchgelesen habe. Wir müssen nämlich, und das tut mir jetzt sehr leid, noch vor San Gimignano abfahren. Du wirst dir die Stadt also erst später ansehen können.«

»Das machst du doch mit Absicht«, murmelte sie, freute sich aber, dass die Anspannung im Truck verflogen war.

Die Straße beschrieb einige Kurven und führte an einsam gelegenen Häusern vorbei, bis sich zu ihrer Rechten ein Tal ausbreitete. Wiesen, Baumgruppen und Weinreben woben einen goldgrünen Teppich, der auf der nächsten Hügelkuppe in einen Wald überging. In der schier endlosen Weite zeigten sich die typischen Wächterreihen der Zypressen. Hin und wieder zweigten Straßen oder von massiven Eisentoren begrenzte Einfahrten von der Strada provinciale ab.

Sie erreichten einen Kreisverkehr, wo San Gimignano bereits ausgeschildert war. »Ich bin so gespannt auf die Villa«, sagte Noemi und richtete sich kerzengerade auf, in der Hoffnung, sie in der Ferne zu entdecken.

Wie auf ein Stichwort setzte Giada den Blinker, bog an der nächsten Möglichkeit links ab und drosselte ihr Tempo.

Noemi folgte ihrem Beispiel und quietschte auf, als sie augenblicklich durchgeschüttelt wurden. Rasch fuhren sie und Fabio die Fenster wieder hoch, als die Reifen auf dem trockenen Untergrund Staubwolken aufwirbelten.

»Ich hoffe, die Pralinen überleben das«, murmelte Noemi.

Vor ihnen ragte mitten aus einem bunten Blumenbeet – das einzige in der Wiesenlandschaft – ein weißer, mannshoher Pfahl auf. Daran baumelte an zwei dicken Metallketten ein Schild.

Villa Pitiani.

Sie bogen in den sorgfältig gepflegten Weg ein, und das Ruckeln hörte augenblicklich auf. Er beschrieb eine Kurve und wuchs sich dahinter zu einer kleinen Allee aus, von Grünflächen begrenzt, die sich nicht hinter einem englischen Rasen verstecken mussten. Als sich weit vor ihnen die Villa zeigte, gesellten sich Büsche und Stauden dazu, schließlich Blumenbeete mit weißen Bänken oder kleinen Sitzgruppen. Ein Brunnen plätscherte vor sich hin, eifrig besucht von Vögeln.

Noemi war begeistert, als sie einen länglichen Holztisch ausmachte, an dem mindestens zwanzig Menschen Platz fanden. »Sieh mal! Ob die Veranstalter und Händler heute Abend gemeinsam dort essen? Das wäre wunderbar! Ich habe mir schon immer gewünscht, auf solch einem Grundstück an einer riesigen Tafel zu sitzen und Wein zu trinken!«

Fabio lachte leise. »Du bist ein ziemliches Werbeopfer.«

»Nein, ich bin romantisch.«

Er schwieg, aber als sie zur Seite sah, verhakte sich ihr Blick mit seinem, und sie konzentrierte sich schnell wieder auf den

Weg. Ein wohliger Schauder rann über ihren Rücken, und ihr Herz schlug der Villa mit jedem Meter hoffnungsvoller entgegen. Sie waren beinahe am Ziel!

»Das ist einfach zauberhaft schön hier«, flüsterte sie.

Vor ihnen ließ die Sonne eine Mauer aus Naturstein aufleuchten, die sich um den Hof der Villa zog. Sie lief in zwei Türmchen aus, die ein Metalltor einfassten. Die Flügel waren weit geöffnet und rahmten das schönste Bild von allen ein: die Villa Pitiani. Sie bestand aus demselben Stein wie die Mauer und war von den typisch flachen terrakottafarbenen Dächern gekrönt. Noemi zählte sieben – drei auf dem Haupthaus und vier auf den angrenzenden Gebäuden. Der Komplex war L-förmig angelegt und besaß an der Ostseite einen Anbau, bei dem es sich um ein Garten- oder Gerätehäuschen, aber auch um ein Gästeapartment handeln konnte. Der Innenhof war mit Steinen in zwei Farben gepflastert – das Muster war selbst auf die Entfernung hin als Blume zu erkennen – und mit hüfthohen Vasen, Blumenrabatten und Sitzmöglichkeiten versehen.

»Wow«, sagte Fabio. »So groß habe ich es mir nicht vorgestellt. Dass es ausreichend Stellmöglichkeiten für das Piacere gibt, war klar, aber allein der Innenhof ist gigantisch.«

»Ich kann es kaum erwarten, mir alles genauer anzusehen«, sagte Noemi. Hinter dem Haupthaus standen auf einer Wiese unter Sonnenschirmen mehrere Holzliegen, von denen aus man die grünen Hügel in der Ferne betrachten konnte. Steinstufen führten auf eine mit Büschen und Zierpflanzen bestückte Ebene, und daneben …

Noemi keuchte und trat so abrupt auf die Bremse, dass Raffaele hinter ihnen hupte und ebenfalls anhielt.

»Was ist los?« Fabio hatte sich am Armaturenbrett abgestützt, war halb aufgestanden und versuchte, den Weg vor dem Truck zu erkennen, so als vermutete er, dass sie jemanden angefahren hatte.

Noemi wollte ihm sagen, dass alles in Ordnung war, doch ihre Aufmerksamkeit wurde von den Bäumen gefesselt, die hinter der Villa wuchsen und von hier besonders gut zu sehen waren, da der Weg nicht geradlinig verlief. Es waren Mandelbäume, und zwar nicht wenige – ein eigener kleiner Mandelgarten. Sie wuchsen nicht in den typischen Reihen der Plantagen in der Gegend, sondern wild durcheinander. Wie auf dem Foto, das sie bei Signor Simonetti gesehen hatte.

Wie in dem Mandelgarten, von dem Nonna Rosa erzählt hatte und der ihre Inspiration für die Pralinen gewesen war, die sogar Matteo Simonetti beeindruckt hatten.

Die Bäume standen nicht in Reihen, sondern wild durcheinander, eben so, wie sie hatten wachsen wollen. Und dieser unglaubliche Duft, Noemi … so etwas Magisches habe ich selten erlebt.

Hastig schluckte sie gegen die Tränen an, die urplötzlich in ihr aufsteigen wollten. Dabei war sie nicht traurig, ganz im Gegenteil.

»Noemi?« Fabio berührte sie sanft an der Schulter und zögerte dann, als würde er ihr die Träne von der Wange wischen wollen, die dort kitzelte.

Hastig schüttelte sie den Kopf und fuhr mit dem Handrücken darüber. »Alles in Ordnung. Der Mandelgarten hat mich nur an etwas erinnert, das meine Nonna mir mal erzählt hat.« Schnell lehnte sie sich aus dem Fenster, rief Raffaele eine Entschuldigung zu und fuhr langsam wieder an.

Auf dem Bereich neben dem Gebäude – eine riesige Wiesenfläche, die von mehreren Wegen durchzogen wurde – war der Aufbau für das Festival bereits in vollem Gange. Tische mit und ohne Sonnenschutz, weitere Foodtrucks, doch auch Hänger und zwei Campingwagen standen dort. Menschen waren nur wenige unterwegs, aber vermutlich würde sich das ändern, wenn die Temperaturen zum Abend hin abkühlten. Eine Gruppe von vier Leuten stand im Innenhof, hielt Gläser in den Händen, steckte die Köpfe zusammen und lachte.

Vor ihnen hatte Giada ihren Truck geparkt, und dann streckte sich ihr Lockenkopf so weit aus dem Fenster, dass Noemi schon befürchtete, sie würde das Gleichgewicht verlieren und auf den Weg plumpsen.

»Die Manganos sind da!«, brüllte sie, und sämtliche Köpfe ruckten in die Höhe. Giada winkte so wild, dass ihre Armreifen klimperten. Zwei Frauen winkten zurück, was Giada wiederum mit einem begeisterten Hupen quittierte, das zwei weitere Männer in den Hof lockte.

»Und du nennst *mich* Signorina Caos«, sagte Noemi und hupte ebenfalls.

Fabio hatte das Fenster ganz heruntergelassen, um das Festivalgelände zu betrachten, und Noemi bemerkte, wie weich seine Gesichtszüge wirkten. »Tut mir leid, aber den Titel wirst du nicht mehr los.« Er klang nicht, als würde er es bedauern.

Die Villa war noch schöner als auf den Fotos und zauberte eine Stimmung, der sie sich nicht zu entziehen vermochte. Sie konnte es kaum erwarten, mit dem Aufbau zu beginnen, sich umzusehen und vor allem durch Nonna Rosas Mandelgarten zu schlendern. Und sie war jetzt schon sicher, dass das Piacere ein voller Erfolg werden würde. Wie konnte das an einem solchen Ort auch anders sein?

Einer der Männer, die aus dem Haus getreten waren, hielt auf sie zu, gab ihnen ein Zeichen und deutete auf das noch weitgehend freie Gelände. Giada fuhr wieder an, rollte langsam hinter ihm her, und Noemi folgte ihrem Beispiel. »Also dann. Sehen wir mal, dass wir einen guten Platz erwischen.«

»Für mich sehen die alle gleich gut aus«, sagte Fabio, und Noemi lag die Entgegnung auf der Zunge, wie ungewohnt positiv diese Aussage für ihn war.

13

Carlota und Luigi Gozzi auf dem Stellplatz zur Linken halfen mit wildem Winken, Rufen und Handzeichen, bis der Foodtruck endlich an seinem Platz stand. Die beiden waren seit wenigen Monaten verheiratet, boten an ihrem Stand alles, was mit Pilzen und Trüffeln zu tun hatte, und waren schon am Morgen von Montaione aus angereist, nur eine halbe Stunde von San Gimignano entfernt. Carlotas Großvater war Teil der ursprünglichen Piacere-Gruppe und hatte bei den Festivals damals Geschnitztes aus Holz verkauft, lebte aber seit einigen Jahren im Pflegeheim und war bettlägerig. Carlota war eine fröhliche, wenn auch etwas schüchterne Frau, nur wenige Jahre jünger als Noemi, kannte niemanden der anderen Teilnehmer und war mit ihrem eigenen Unternehmen vor Ort, das sie mit Luigi auf die Beine gestellt hatte.

Beobachtet wurde die Einparkaktion von Noemis Standnachbarn auf der anderen Seite: Die Carducci-Cousinen Grazia und Chiara verkauften Brot und Aufstriche – zusammen Crostini Toscani, die als Appetitanreger vor dem Essen genossen wurden. »Und wir verwenden ausschließlich pane sciocco«, betonte Grazia, runzelte die ohnehin faltige Stirn und schnappte nach Luft, weil Noemi mit dem Begriff »dummes Brot« nichts anfangen konnte. »Das Besondere am toskanischen Brot ist, dass es kein Salz enthält, so wie im Rest des Landes, und das hat mit der Salzsteuer zu tun. Die wurde nämlich von den Idioten in Florenz im zwölften Jahrhundert erhöht, und da haben sich die Toskaner gesagt: Lassen wir es eben weg, ehe wir uns von denen da oben so gängeln lassen.« Sie verschränkte die massigen Arme vor der Brust und klang, als wären die historischen Entscheidungen ein persönlicher Angriff auf sie, ihre Cousine und ihren Stand. »Die toskanische Küche ist wunderbar, aber eher arm im Vergleich zu manch anderen. Sie enthält alles, wozu die meisten Leute früher Zugang hatten und heute noch immer haben, so wie Pilze beispielsweise. Oder eben Mehl und das, was die Landwirtschaft hervorbringt. Grundzutaten, aber die alle in hervorragender Qualität.« Sie machte eine Pause und musterte stolz ihre Verkaufsfläche, während Chiara, die Stillere und Ältere der beiden, im Hintergrund stand und nickte. Wie auch Grazia trug sie ihr Haar kurz und lockig, jedoch fehlte ihm der leichte Violettstich, mit dem ihre Cousine ihr Grau aufgepeppt hatte.

Noemi freute sich über die spontane Plauderei und versuchte, sich und Fabio – der noch bei Carlota und Luigi stand – ebenfalls vorzustellen, hatte aber bei Grazias Redefluss keine Chance.

»Für die Aufstriche haben wir natürlich auch beste Zutaten verwendet, da kommt nur rein, was ich mir vorher genau angesehen habe!« Sie drückte Noemi diverse Gläschen in die Hand, die in schwungvoller Schrift und auf Italienisch etikettiert waren: Leberpastete, Oliventapenade, Pilzaufstrich und Artischockencreme.

Sie kam allerdings kaum dazu, sich den Inhalt genauer

anzusehen, als Grazia ihr die Gläser schon wieder entriss und zurück in die Kisten stellte. »Die kommen gleich in den Kühlraum der Villa.« Wenn sie mit derselben Energie und diesem Tempo verkaufte, würden sie und Chiara beim Piacere ein gutes Geschäft machen. Dabei wirkte sie nicht einmal unsympathisch, sondern wie jemand, der wusste, dass Dinge nun einmal erledigt werden mussten. Jemand, dem man freiwillig vorübergehend das Kommando überließ, weil es zu anstrengend war, mit ihr zu diskutieren. Vor allem, da sie heiße Wangen bekam, sobald sie zu voller Form aufgelaufen war, und dann beinahe wirkte, als würde ihr gesamter Kopf in Flammen stehen.

Irgendwann schaffte Noemi es, sich vorzustellen, was von Grazia mit einem knappen Nicken und von der zarten Chiara mit einem Händedruck beantwortet wurde. »Wen von der Ursprungsgruppe vertrittst du, meine Liebe?«

Zunächst erwiderte Noemi den Blick irritiert – über all den neuen Eindrücken hatte sie wirklich vergessen, an Nonna Rosa zu denken. »Eigentlich zwei Menschen«, sagte sie dann. »Ich verkaufe die Pralinen der Familie Simonetti aus Venedig. Alfredo Simonetti war damals in den Sechzigern mit dabei, als das Piacere zum ersten Mal stattgefunden hat.«

Ein Strahlen erhellte Chiaras Gesicht, verhalten und beinahe schüchtern wie bei einem jungen Mädchen – doch dann erlosch es schlagartig. »Alfredo kommt also nicht hierher?« Ihre Stimme zitterte ebenso wie ihre Hand, die Noemis noch immer hielt, und es kitzelte dort, wo ihre Fingerspitzen auf Haut trafen.

Noemi wusste nicht, warum Chiaras Lächeln so schlagplötzlich verschwunden war, und blickte mit einem Anflug von schlechtem Gewissen zu Grazia.

Die seufzte leise und schüttelte den Kopf, als würden sie ein Geheimnis teilen. »Ach, meine Liebe, das tut mir so leid.« So überwältigend ihre Gegenwart sein konnte, so behutsam nahm sie ihre Cousine nun in den Arm. »Chiara war damals noch sehr jung«, sagte sie und hauchte ihr einen Kuss auf das graue Haar. »Ihre ältere Schwester Maja – Gott hab sie selig – war eine von denen, die von Anfang an mit dabei waren, und hat sie ab und an mitgenommen zu den Planungssitzungen. Tja, und seitdem uns die Manganos kontaktiert haben, hat sich Chiara besonders darauf gefreut, Alfredo Simonetti wiederzusehen. Nicht wahr, dolcezza?«

Chiara drückte ihre Hand. »Fredo war damals natürlich viel zu alt für mich, aber ich hab ihn so gern beobachtet«, sagte sie und legte eine Hand vor den Mund, als würde sie ein Kichern unterdrücken. »Er hatte so stattliche Schultern und wundervolles Haar. Ich habe mich immer gefragt, wie es sich wohl anfühlen würde.«

»Na, du hättest einfach mal reingreifen sollen«, sagte Grazia ungerührt. »Alte Liebschaften, nicht wahr? Die lassen einen nie ganz los, selbst wenn man ein Leben hinter sich und schon einen Mann zu Grabe getragen hat.«

Noemi fragte sich, ob dem wirklich so war. In der zehnten Klasse hatte sie für Markus aus der Oberstufe geschwärmt, weil er nach Schulschluss so lässig auf seinem Skateboard davongerollt war, aber sich manchmal herabgelassen hatte, sie und ihre Freundinnen zu grüßen. Würde sie sich im hohen Alter an ihn erinnern und sich wünschen, dass mehr zwischen ihnen gewesen wäre? Diese Mischung aus Bewunderung und Sehnsucht in Chiaras Stimme rührte sie.

»Das Haar von Alfredo Simonetti kann sich noch immer sehen lassen«, sagte sie. »Ich habe ihn in Venedig getroffen; er erholt sich von einem Herzinfarkt und wäre gern hergekommen, weil er es nicht mag, nur herumzusitzen. Aber sein Sohn hat ihm ins Gewissen geredet.«

»Da hast du es.« Grazia ließ ihre Cousine los und zog den Sonnenschutz ihres Stands nach vorn, bis Schatten auf ihr Gesicht fiel. »Eines Tages kehrt sich alles um, und die Jungen schreiben den Eltern vor, was sie zu tun und zu lassen haben. Sollten meine Mädchen irgendwann damit anfangen, können sie sich auf was gefasst machen!«

Noemi konnte sich kaum vorstellen, dass es irgendwer wagen würde, Grazia etwas vorzuschreiben, behielt das aber für sich. Stattdessen wandte sie sich wieder an Chiara. »Aber ich vertrete gewissermaßen auch meine Nonna hier. Sie ist leider verstorben, war aber früher bei den Festivals mit dabei. Sie hieß Rosa Greco. Kannten Sie sie vielleicht? Oder sagt Ihnen Bianca Valli etwas? Sie waren befreundet.«

Chiara überlegte nicht lang. »Nein, die Namen habe ich leider noch nie gehört. Aber meine Schwester hat mich auch nur einige Male mitgenommen, wenn sie ihre Freunde getroffen hat und es sonst niemanden gab, der auf mich aufpassen konnte. Abgesehen davon habe ich nicht viel von dem mitbekommen, was sie in ihrer Freizeit getan hat, und auch nicht nachgefragt.«

»Außer, wenn es um Simonetti ging«, warf Grazia ein. »Mir sagen die Namen leider auch nichts, ich bin nur dabei, damit Chiara das alles nicht zu viel wird. Aber es haben sich ja genug Stände angemeldet.«

»Fünfundzwanzig, zumindest zu dem Zeitpunkt, als wir zugesagt haben«, bestätigte Chiara.

»Da siehst du es, Mädchen. Irgendwer wird deine Nonna schon kennen. So, und nun ...«, Grazia tauchte in den Schatten des Stands ein und kehrte mit einem Bollerwagen zurück, »werde ich unsere Gläser in die Villa bringen, sonst haben wir morgen Suppe statt Aufstrichen. Kommst du mit, Chiara?« Sie wartete keine Antwort ab, sondern stapfte los. Ihre Cousine winkte und lief ihr hinterher.

Noemi nahm sich vor, bald ihrem Beispiel zu folgen, sich in der Villa einzurichten und darum zu kümmern, dass ihre Pralinen und Zutaten gut verstaut wurden. Doch erst einmal sah sie sich weiter um.

Zwischen den Reihen war viel Platz, sodass das Flair nicht an einen Wochenmarkt, sondern wirklich an ein großes Festival erinnerte. Manche Stände erweckten bereits den Eindruck, fertig aufgebaut zu sein, und warteten nur darauf, mit Produkten befüllt zu werden, andere waren lediglich ein Sammelsurium aus Kisten und Tischen. In der Ferne hupte jemand, und als Noemi den Kopf hob, sah sie einen Wagen samt Anhänger in der langen Einfahrt. Noch immer trafen Teilnehmer ein.

Giada hatte ihren Foodtruck direkt hinter ihnen geparkt, sodass sie gemeinsame Pausen unter dem Sonnenschirm an dem Plastiktisch machen konnten, den die Manganos eingepackt hatten. Carlota und Luigi waren mittlerweile im Inneren ihres Stands verschwunden; Giada unterhielt sich mit Fabio – und schaffte es wieder mal, ihn zum Lachen zu bringen.

Noemi freute sich, dass auch er sich von der Stimmung anstecken ließ. Mittlerweile hatte sich Aufregung in ihre Vorfreude gemischt, und ihre Hoffnung wuchs. Nicht nur darauf, mehr über Nonna Rosa und ihre Freundin Bianca herauszufinden, sondern auch in Bezug auf das Festival und seine Besucher. Sie wollte, dass es ein Erfolg wurde und sich nicht hinter dem ursprünglichen Piacere verstecken musste, wollte die Besucher mit Pralinen verzaubern, Fachgespräche führen, Menschen kennenlernen und neue Eindrücke sammeln. Und sie wollte für Fabio in die Kamera strahlen, wenn er Linda Giles interviewte, und dafür sorgen, dass sein Beitrag dem *Taste of Europe* viele neue Abonnenten verschaffte.

»Noemi.« Raffaele Mangano trat zu ihr, Marta am Arm neben sich. Sie blickte sich permanent um, als wüsste sie nicht, was sie von der Situation halten sollte. Ihr Sohn achtete darauf, dass sie nicht stolperte, und wich mit der Übung langer Jahre Hindernissen wie Kisten, anderen Utensilien oder Unebenheiten im Boden aus. »Alles okay bei euch?«

»Alles wunderbar.« Sie merkte selbst, wie sehr sie strahlte.

»Die Luft ist so weich«, sagte Marta und tippte ihrem Sohn auf den Arm. »Fast so wie das Licht.«

Es war unmöglich zu sagen, ob sie sich in der Gegenwart befand oder wieder in Erinnerungen abgeschweift war, aber Noemi beschloss, dass die Aussage in beiden Fällen passte. »Da haben Sie recht, Marta. Dazu noch die Aussicht und die Villa.« *Und der Mandelgarten!* Ihre Geste schloss die gesamte Umgebung ein. »Ich bin wirklich begeistert. Danke, dass ihr das alles möglich gemacht habt.«

Marta runzelte die Stirn. »Der Junge war so wichtig, das

wusste ich. Das habe ich immer gewusst, und man musste doch helfen.« Sie reagierte nicht, als Raffaele ihr etwas zuraunte, sondern starrte Noemi an. »Rosa, du wusstest es ja auch.« Ihre Lider flackerten, aber dann klärte sich ihr Blick. »Oh. Sie sind …«

»Noemi«, lächelte sie. »Rosas Enkelin.«

»Natürlich«, murmelte Marta. »Natürlich.« Sie blickte sich um, eindeutig peinlich berührt davon, diese junge Frau verwechselt zu haben, die plötzlich dort stand, wo wenige Sekunden zuvor noch ihre alte Freundin Rosa gewesen war.

Noemi brannte es unter den Nägeln, nachzuhaken. Marta zu fragen, woran sie gedacht und was genau Rosa über welchen Jungen gewusst hatte. Aber sie hatte gelernt, dass es keinen Sinn hatte, und Raffaeles Gesichtsausdruck bestätigte es.

»Nonna!« Giada tauchte mit Fabio neben ihnen auf. Ornella und Donatella strichen mit erhobenen Schwänzen um ihre Beine und beobachteten die Umgebung, die sie vermutlich bald zu ihrem Reich erklären würden. Donatella gähnte, streckte sich und stolzierte zu Carlota und Luigi, die soeben ein Sonnensegel aufspannten.

Luigi unterbrach seine Arbeit augenblicklich und ging in die Knie, um die Besucherin zu streicheln – was Donatella mit geschlossenen Augen genoss, bis es ihr genügte und sie es den Menschen mit einem Pfotenhieb wissen ließ.

»Na, hast du Papà gut hergebracht?« Giada umarmte ihre Großmutter und blickte sich unübersehbar stolz um. »Ich glaube, das hat alles hervorragend geklappt, nicht wahr?«

»Es ist auf jeden Fall jetzt schon beeindruckend.« Raffaele deutete hinter sich. »Ich werde mal sehen, dass ich Enzo

Pitiani finde, um mit ihm die letzten Details durchzugehen. Außerdem wird er uns zeigen, wo wir übernachten können. Kommst du mit, Giada?«

»Klar, ich überlasse dir doch nicht den ganzen Ruhm für die Planung.« Sie zwinkerte Noemi zu und schlang ihre Haare zu einem Knoten am Oberkopf. »Was ist mit euch, wollt ihr uns begleiten?«

»Nein, besser wir tragen erst einmal alles zusammen, was nicht im Wagen bleiben kann, und kommen dann nach. Ihr hattet ja gesagt, dass es in der Villa Möglichkeiten gibt, um unsere Sachen kühlzustellen.«

»Das ist kein Problem.« Raffaele blickte zu Marta, da sie einen Arm ausstreckte.

»Wir haben getanzt«, sagte sie und strahlte plötzlich über das ganze Gesicht. »Es war sonnig, und kein Lüftchen hat geweht, und wir haben dahinten getanzt. Oh, ich habe mich so schnell im Kreis gedreht, dass mir ganz schwindelig geworden ist!« Sie legte die Arme vor der Brust zusammen und wiegte sich zu einer Musik, die nur sie hörte.

Giada griff nach ihren Händen und drehte sich vorsichtig einmal mit ihrer Nonna im Kreis. »Wir werden auch dieses Mal tanzen, versprochen! Aber wollen wir uns nicht erst einmal die Villa ansehen und Enzo Pitiani finden?«

Marta dachte darüber nach und nickte dann so ernst, als wäre sie für das Geschäftliche verantwortlich. Die drei verabschiedeten sich und machten sich auf den Weg. Die beiden Katzen erstarrten und folgten ihnen dann mit langen Sprüngen, als wären sie junge Hunde.

Noemi wollte zurück zum Foodtruck gehen, als eine Kiste

neben ihr abgestellt wurde. Erstaunt fuhr sie herum und blickte in Fabios fröhliches Gesicht. »Was tust du da?«

Er musterte sie mit schräg gelegtem Kopf. Eine Locke fiel ihm in die Augen, und er pustete sie beiläufig weg. »Du hast doch gesagt, dass die Sachen ins Haus müssen, und da ich nicht wusste, wie lange du die Gegend noch mit diesem speziellen Lächeln auf den Lippen beobachten willst, fange ich schon mal an.«

»Spezielles Lächeln?« Ihre Mundwinkel zuckten.

»Ja. Verträumt. Als würdest du diesen Ort noch nicht ganz begreifen, aber auch, als würde dir genau das gefallen, weil dann noch so vieles auf dich wartet.«

Noemi hätte es nicht besser in Worte fassen können. »Es fühlt sich so anders an hier«, sagte sie und dachte an Martas Worte von vorhin. »Die Luft ist weicher auf der Haut, und auch das Licht ist sanfter.«

»Romantikerin«, sagte er leise und stellte sich an ihre Seite, um gemeinsam mit ihr den Blick schweifen zu lassen.

»Natürlich. An einem solchen Ort muss man das doch sein.«

Auf ihre Worte folgte Stille, bis sich Fabio leicht bewegte. »Ja«, sagte er dann, mit einem Unterton in der Stimme, der neu war. »Das stimmt.«

Noemi wandte den Kopf, und ihr Blick verfing sich in seinem. Ein Teil von ihr staunte – über die Wärme in seinen Augen, aber auch darüber, wie sehr es sie verunsicherte. Ein anderer Teil sagte ihr, dass dieser Augenblick einfach so sein musste. Der Zauber der Toskana hatte sich hier gesammelt, an der Villa Pitiani, und fand sein Echo überall, in jeder Ecke, auf jeder Blüte, in jedem Wimpernschlag. Dann aber ging ihr Atem schneller, und sie befürchtete, Fabio könnte es bemerken und falsche Schlüsse daraus ziehen.

»Was ist los?«, fragte sie, und selbst ihre Stimme war so weich wie die Luft rund um San Gimignano. »Heute kein ironischer Kommentar?«

»Nein.« Fabio bewegte sich nicht. »Heute bin ich nett zu dir.«

Sie schluckte, um ihre Schlagfertigkeit wieder in Gang zu bringen. »Ich weiß nicht, ob mich das misstrauisch machen sollte.«

Verhaltener Wind kam auf und wehte ihr eine Haarsträhne auf die Wange. Fabio streckte eine Hand aus, und Noemi glaubte bereits, er wollte sie wegstreichen, aber dann fasste er lediglich ihre Schulter und zog sie ein Stück nach hinten.

»Vorsicht.«

Ein Wagen brauste so dicht an ihnen vorbei, dass eine feine Staubwolke sie einhüllte. Noemi hatte ihn weder gesehen noch den Motor gehört. Noch immer glaubte sie, Fabios Hand zu spüren, aber dann blinzelte sie, und der Eindruck verschwand.

»Danke«, sagte sie betont lässig. »Lass uns alles ins Haus bringen, ja?«

Er schien kurzzeitig irritiert von ihrem Themenwechsel, nickte dann aber und verschwand im Wagen.

Sie fanden Enzo Pitiani am Eingang der Villa – zumindest war Noemi sicher, dass er es war, da ihn immer wieder ansprachen und er kurz darauf in eine bestimmte Richtung deutete, wohl um einen Weg zu beschreiben, oder anderweitig gestikulierte. Er war ungefähr so alt wie Noemis Eltern und machte in seinen weiten Gewändern mit der Kette aus Bernstein den Anschein, als befände er sich in einem Yoga-Retreat. Sein dunkles Haar war von dicken grauen Strähnen durchzogen, und an ihm schien jedwede Form von Hektik schlicht abzuperlen. Kein Wunder – wenn man an einem solchen Ort lebte, konnte man vermutlich nicht anders, als tiefenentspannt zu sein.

»Signor Pitiani?«, fragte Noemi, während Fabio seine Kisten mit einem Scheppern abstellte. Er hatte darauf bestanden, die zwei größten auf einmal zu tragen, nachdem Noemi sich gespielt besorgt erkundigt hatte, wie viel sie ihm bei diesem Wetter zumuten könne. Den Weg vom Foodtruck bis hierher hatte er geschwiegen und all ihre Vorschläge einer kurzen Pause ignoriert. Trotzdem hatte sich seit ihrer Ankunft etwas zwischen ihnen verändert, das sie nicht benennen konnte. Eine Nuance im Tonfall vielleicht oder aber auch die Art, mit der sie Blicke wechselten. Wie zwei Vertraute, die füreinander einstehen würden, auch wenn sie sich den Spaß nicht nehmen ließen, den anderen aufzuziehen. Oder aber es lag an diesem Zögern, das Noemi immer dann überkam, wenn Fabio sie so ansah wie vorhin am Stand.

Enzo Pitiani wandte sich ihnen zu und zeigte zwei Reihen so blendend weißer Zähne, dass sie sich vor keinem Werbeclip der Welt verstecken mussten. »Der bin ich.« Gut gelaunt hielt er ihr eine Hand entgegen und schüttelte ihre behutsam, als sie einschlug.

»Ich bin Noemi Wittkamp und gemeinsam mit den Manganos eingetroffen. Das ist Fabio Serra.«

»Buongiorno, Signore«, sagte Fabio und wischte sich den Schweiß von der Stirn.

Enzo winkte ab. »Ah, keine Förmlichkeiten, meine Freunde, keine Förmlichkeiten. Beim Piacere sind wir doch alle eine große Familie, die an einem Strang zieht, nicht wahr? Ich bin Enzo.« Selbst seine Stimme hätte es ohne Mühen in einen Werbespot geschafft, tief und voll und mit einem Singsang, der Noemi faszinierte. »Seid ihr Gäste von Raffaele und Giada?«

»Fast. Wir vertreten die Simonettis«, sagte Fabio.

»Ah, ihr seid das! Es ist wundervoll, dass ihr einspringt und dafür sorgt, dass wir in den kommenden Tagen nicht ohne Pralinen auskommen müssen. Aber ihr seid auch aus dem Metier, nicht wahr?« Er kratzte sich an der Schläfe. »Ich meine, Giada hätte so etwas erwähnt.«

»Ich bin gelernte Konditorin«, sagte Noemi, »und habe das Faible für Pralinen von meiner Nonna geerbt. Sie war auch Teil der alten Piacere-Truppe.«

»Oh?« Enzo riss die Augen auf. »Welch eine wundervolle Fügung!« Er griff noch einmal nach ihrer Hand, aber dieses Mal schüttelte er sie nicht, sondern hielt sie einfach nur fest. »Betrachte das nicht als Zufall, meine Liebe, denn so etwas gibt es nicht. Es hat einen Grund, warum du erst die Simonettis und dann die Manganos getroffen hast.«

»Ja«, sagte Fabio, und die Ironie war kaum zu hören. »Weil sie die Simonettis mit ihrer Idee nahezu überfallen hat. Sie sind nicht mehr dazu gekommen, sich zu wehren.«

Noemi unterdrückte den Drang, ihm den Ellenbogen in die Seite zu rammen, und lächelte Enzo weiter an.

Der ließ sie wieder los. »Wo steckt sie, deine Nonna? War ihr der Weg zu beschwerlich?«

»Sie ist leider verstorben. Ich habe eine Freundin in Italien besucht, bin so den Simonettis begegnet und habe vom Festival erfahren. Sie …« Die letzten Worte schienen ihr im Hals stecken zu bleiben, und Noemi blinzelte, da ihre Augen plötzlich brannten. »Sie wäre so begeistert, das alles hier noch einmal zu sehen.« Zu ihrer Überraschung war es dieses Mal Fabio, der ihre Hand berührte. Nur flüchtig, aber lang genug, um sie zu trösten. Sie blinzelte noch einmal, und das Brennen verschwand. »Und Fabio ist hier, um einen Videobeitrag mit einer berühmten Köchin zu erstellen.«

»Ah, ja, ich erinnere mich! Wir haben gemailt!« Enzos Enthusiasmus war groß genug für sämtliche Festival-Teilnehmer. »Entschuldigt, aber die Korrespondenz im Vorfeld war umfangreich. Manches habe ich zwischenzeitlich vergessen, aber jetzt … Natürlich, Signora Giles, die große Köchin aus England! Das wird wundervoll, mein Freund.« Er nahm auch Fabios Hände, schüttelte sie und hielt sie fest. »Die Energie der Villa hat sich bereits verändert, seitdem die ersten Teilnehmer hier aufgetaucht sind, und jetzt ist sie fast greifbar, nicht wahr?« Er schloss die Augen und atmete tief ein. »Hach, das wird ein großartiges Event. Etwas ganz Besonderes. Sonst finden hier meist private Feiern und Hochzeiten statt. Das ist natürlich auch schön, so viel Liebe und Zuneigung!«, sagte er und lachte. »Gut, manchmal auch Streit und neidvolle Blicke. Oder Intrigen und Eifersüchteleien. Letztens hat sich ein Brautpaar noch vor Ort zur Scheidung entschlossen, weil es sich nicht einigen konnte, ob es sich einen Hund oder eine Katze anschaffen wollte, und zu einem Kompromiss waren die Eheleute nicht bereit.«

Mit einer fließenden Bewegung drehte er sich um. »Aber das Piacere, das ist Kreativität und Weltoffenheit. Vor allem ist es kulinarischer Genuss mit den besten handgemachten Erzeugnissen, die man in der Toskana findet. Ach, was sage ich da, nicht nur in der Toskana. Wusstet ihr, dass eine Familie sogar extra aus den USA angereist ist? Sie stammen ursprünglich aus Bologna, sind aber irgendwann ausgewandert, warum auch immer. Schließlich gibt es keine Landschaft auf der Welt, die es mit dieser hier aufnehmen kann. Nun.« Er ließ ihnen keine Zeit für eine Antwort, sondern deutete auf das Haus. »Ihr wollt sicher eure Habseligkeiten verstauen und sehen, wo ihr untergebracht seid. Ich habe euch ein Zimmer mit einem berauschenden Blick ausgesucht. Nur das Beste für das Paar, das so selbstlos für andere einspringt!« Er schnappte sich die obere der beiden Kisten und bedeutete ihnen, ihm zu folgen. »Na gut, ich bin ehrlich, eigentlich wollte ich dem alten Simonetti etwas Gutes tun, wenn er schon den langen Weg hierher auf sich nimmt, aber umso besser für euch beide. Es wird euch gefallen!«

Noemi starrte ihm hinterher und versuchte, alle Informationen seines Redeschwalls zu verarbeiten. Dann erst begriff sie, was Enzo noch gesagt hatte – dass er ihnen ein gemeinsames Zimmer geben würde, da er glaubte, sie wären ein Paar. Ihr Blick fiel auf Fabios Rücken. Unter seinem Shirt spielten die Muskeln, da auch eine Kiste allein schon schwer genug war. Warum hatte er nichts darauf erwidert? Oder hatte Enzos Enthusiasmus ihn ebenso überrollt wie sie?

»Das wird schon«, murmelte sie, nahm ihre Tasche wieder auf und machte sich daran, den beiden zu folgen.

Mit jedem Atemzug hoben sich ihre Mundwinkel weiter, und sie hielt mit einem Auge Ausschau nach Giada oder den Katzen, weil sie sich so auf alles freute, was kommen würde, dass sie gern jemanden umarmt hätte.

Die große Flügeltür aus Holz stand weit offen, sodass die Sonne auf den Marmorboden fiel, der nur wenige Nuancen dunkler war als die Fassade des Hauses. Als Noemi nach oben blickte, sah sie halb geöffnete Fensterläden. Ihr war zuvor nicht aufgefallen, dass auch das Haupthaus der Villa dreigeteilt war, mit abgeflachten Ausläufern zu den Seiten. Vor jedem lag eine kleine Terrasse. Sie alle waren bogenförmig wie das Fenster über dem Eingang und durch schmale Blumenbeete vom Hof abgeteilt. Der Duft der weißen Rosen, die sich um Spaliere rankten, lag in der Luft. Tische mit Mosaikplatten dazu Metallstühle mit geschwungener Lehne standen dort und quollen über vor Papieren, Klebebandrollen, Werkzeugen und anderen Dingen.

Im Eingangsbereich der Villa war es angenehm, wenn auch wegen der offenen Türen nicht kühl. Das Geräusch ihrer Schritte änderte sich, wurde tiefer und erzeugte einen Nachhall. Stimmen kamen von überall her, bildeten ein fröhliches Gewirr aus Rufen, Gelächter und Fragen und verrieten, dass das Haus größer war als gedacht.

Noemi legte den Kopf in den Nacken und betrachtete die Decke über sich. Sie war mit Stuck verziert, doch der davon herabhängende Leuchter hatte etwas Modernes mit seinen aus diversen Metallen gefertigten Federn. Diese Stilmischung fand sich überall: Klassische Einlegearbeiten aus Naturstein, die breite Treppe mit dem gewundenen Geländer oder ein großes Wandgemälde im Gang hinter der Eingangshalle wurden durch moderne Sitzgelegenheiten oder Spiegel mit Metallakzenten aufgelockert.

Sie wich einem älteren Paar aus und entdeckte Enzo und Fabio auf der Treppe. Drei Frauen, beladen mit Körben und Holzkisten, kamen ihnen entgegen und riefen Enzo zu, ob in einer der Küchen noch Platz sei. Er deutete nach unten und gab ihnen eine kurze Wegbeschreibung.

»Wir müssen unsere Pralinen auch kühl stellen«, sagte Noemi, als sie endlich zu den beiden Männern aufgeholt hatte.

»Ich zeige euch erst das Zimmer, dann die Küchen und die Vorratskammer«, sagte Enzo. »Keine Sorge, wir bekommen alles unter.« Er führte sie zu einer weiteren Treppe, und sie fragte sich, wie Alfredo Simonetti den Weg nach oben bewältigt hätte.

Im zweiten Obergeschoss fielen Sonnenstrahlen durch die Lamellen der Fensterläden und malten ein Muster auf den Boden, als wollten sie ihnen den Weg weisen.

Enzo bog in einen Flur. Auf einer Seite befanden sich Fenster, auf der anderen zweigten Holztüren ab. Zwischen ihnen standen kleine Sitzbänke und hohe Vasen mit Sonnenblumen.

»So, da sind wir.« Er öffnete die vorletzte Tür und bedeutete seinen Gästen, vorzugehen.

Fabio blickte sich zu Noemi um. »Tut mir leid, aber die Kiste ist zu schwer, um dir den Vortritt zu lassen.«

»Ich habe nichts anderes erwartet.« Langsam folgte sie ihm und betrachtete dabei das Zimmer. Halb so groß wie ihre Wohnung in Düsseldorf, teilte es sich in zwei Bereiche, die von einer Sitzecke sowie einem riesigen Doppelbett dominiert wurden. Goldene Kissen stapelten sich auf beiden Seiten und bildeten den Kontrast zur hinteren Wand, die nur im oberen Drittel weiß verputzt war und darunter die alten Steine zeigte, aus denen die Villa einst errichtet worden sein musste. Stehlampen und zahlreiche gerahmte Fotos mit Motiven aus der Gegend sorgten dafür, dass die übrigen Wände nicht nackt wirkten. Die Decke wurde von Holzbalken getragen und wies an einer Seite eine Schräge auf. Gemütlicher hätte eine Unterkunft in der Toskana kaum sein können – dieses Zimmer wisperte Noemi zu, dass es nur auf sie gewartet hatte.

»Wow.« Sie ließ die Tasche zu Boden fallen und ging wie magisch angezogen zum Fenster. Es war geöffnet, doch die Läden davor geschlossen. Mit den Fingerspitzen strich sie über das Holz und drückte sie dann auf. Das zweite *Wow* kam ihr nicht mehr über die Lippen, denn die Aussicht fesselte sie bereits zu sehr.

Würde man sie zwingen, augenblicklich abzureisen, hätte sie im Brustton der Überzeugung behaupten können, die Toskana gesehen zu haben, und zwar eine der schönsten Ecken; eventuell sogar das Herz, denn sie konnte sich nur schwer vorstellen, dass es einen Ausblick gab, der diesen übertraf. Es war ein typisches Postkartenmotiv, nur dass es in natura noch viel umwerfender war. »Fabio, das musst du dir ansehen.«

Keine zwei Sekunden später lehnte er sich neben sie, die Ellenbogen aufgestützt; Arm und Hüfte berührten ihre. Schweigend betrachteten sie die sanft gewellte grüne Landschaft, über der am Horizont die Sonne den Himmel orange färbte und einen goldenen Schimmer auf das Land warf. Eine von Zypressen gesäumte Straße schlängelte sich hindurch wie ein Fluss, und Noemi hatte den Eindruck, ein Gemälde zu betrachten.

Ihr Herz schlug höher, als sie einen Teil des Mandelgartens entdeckte. Der Festivalplatz und die Einfahrt lagen auf der anderen Seite des Gebäudes. Von hier hörten sie zwar hin und wieder jemanden rufen oder ein Motorengeräusch, doch abgesehen davon konnte man bei diesem Anblick glauben, allein in dieser unglaublichen Landschaft zu sein.

»Na, zufrieden?«

Sie drehte sich um – Enzo hatte sie beinahe vergessen. Sein Lächeln verriet, dass er genau wusste, was sie gedacht hatte. »Der Ausblick ist wundervoll. Genau so habe ich mir die Toskana immer vorgestellt.«

Fabio drehte sich um und lehnte sich mit dem Rücken gegen die Fensterbank. »Du hast echtes Glück, hier zu wohnen, Enzo.«

»Wartet ab, bis ihr den Sonnenaufgang seht und mitbekommt, wie sich die Farben und Geräusche ändern. Und wenn ihr bei geöffnetem Fenster schlaft, werden die Vögel schon dafür sorgen, dass ihr ihn nicht verpasst.«

»Gut zu wissen.« Fabio lachte und musterte das Doppelbett.

Noemi strich sich eine Haarsträhne hinter das Ohr. »Falls du das Zimmer gern jemand anderem geben möchtest, Enzo, ist das übrigens vollkommen in Ordnung. Es war für Alfredo gedacht, und hier sind viele ältere Menschen. Fabio und ich haben Schlafsäcke dabei und können uns draußen etwas suchen, das Wetter ist ja gut genug dafür.«

Enzo winkte ab. »Macht euch keine Sorgen, ich habe sämtliche Gäste untergebracht, und es wäre nur unnötiger Aufwand, wenn wir das alles noch einmal umwerfen. Ihr fühlt euch jetzt bitte ganz wie zu Hause, atmet tief hierhin und kommt auch mit dem Geist an, nicht nur mit dem Körper.« Er legte eine Hand auf den Bauch, schloss die Augen und holte laut und vernehmlich Luft. Während Noemi und Fabio einen Blick wechselten, hielt er sie an, ehe er langsam ausatmete. »Mehrmals nacheinander. Das wird euch nach der langen Reise erden.« Er drehte sich so schwungvoll um, dass sein Oberteil aufflatterte, und machte sich auf den Weg zu Tür. »Packt in Ruhe aus und richtet euch ein. Unten gibt es zwei große Küchen, fragt einfach jemanden nach dem Weg, und wenn ihr niemanden antrefft …« Er deutete auf den Tisch der Sitzecke und klopfte dann gegen seine Hosentasche. Es klang dumpf. »Ich habe euch meine Handynummer notiert; bis zum Ende des Festivals habe ich das gute Stück dauerhaft dabei. Morgen Vormittag ist Zeit für die letzten Vorbereitungen; um zwölf geht es los, und an den anderen beiden Tagen um zehn. Und heute Abend essen wir alle zusammen, vermutlich so gegen acht. Ich habe bereits einen Tisch auf dem Gelände aufstellen lassen.«

»Die lange Holztafel, die man von der Einfahrt aus sieht?« Erschrocken schlug Noemi eine Hand vor den Mund, da sie vor lauter Begeisterung laut gerufen hatte.

Enzo schmunzelte. »Genau die. Es hat sich bereits eine kleine Gruppe zusammengefunden, die für uns kochen wird, also schnappt euch kurz vorher einfach etwas, das wir dorthin tragen müssen, und bringt Hunger mit. Alles Weitere besprechen wir später. Habt eine gute Zeit in der Villa.«

»Das werden wir«, sagte Fabio. Zwar zeigte er seine Begeisterung nicht so sehr wie Noemi, aber sie merkte ihm an, wie sehr es ihm gefiel. Noch ein oder zwei Tage, und der Geschäftsmann Fabio Serra würde mit einem Lächeln auf diese Landschaft herabblicken und sich nicht einmal von einer ganzen Horde TV-Stars aus der Ruhe bringen lassen.

Enzo verschwand und zog die Tür hinter sich zu.

Noemi trat noch einmal ans Fenster, schloss die Augen und konzentrierte sich auf die Geräusche und die Wärme auf ihren Wangen. »Siehst du, Nonna?«, flüsterte sie. »Ich bin in San Gimignano, bei deinem Mandelgarten, und ich weiß genau, wie gern du mir alles zeigen würdest, wären wir zusammen hier. Aber ich werde mein Bestes geben, um auch so eine großartige Zeit zu haben, weil du dir das wünschen würdest.« Sie lauschte ihren Worten nach, stellte sich vor, wie sie in die Luft stiegen und irgendwann ihre Nonna erreichten. Wo sie wohl damals übernachtet hatte? Oder hatte sich die Villa seitdem verändert und war umgebaut worden? Sie musste Enzo bei Gelegenheit danach fragen.

Eine Berührung an ihrer Schulter riss sie aus ihren Gedanken: Fabio stand neben ihr; den Kopf leicht schräg gelegt. »Alles in Ordnung mit dir? Du hast schon wieder so traurig ausgesehen.«

Sie wollte erst abwehren, ihm sagen, dass er sich geirrt

hatte, zog aber dann eine Grimasse. »Ich habe an meine Nonna gedacht. Dass ich am selben Ort bin, an dem sie damals war, macht mich traurig und glücklich zugleich. Ich kann das Festival kaum erwarten, würde aber auch alles dafür geben, wenn ich sie so herumführen könnte, wie die Manganos es mit Marta tun.«

»Verstehe«, sagte er, und Noemi vermutete, er dachte dabei an seine Mutter, die zum Glück nicht verstorben, aber nicht wirklich Teil seines Lebens war. »Bei dem, was du bisher von ihr erzählt hast, denke ich, dass sie stolz auf dich wäre.«

Aus Fabios Mund kam das so überraschend, dass sie verwundert den Kopf schüttelte. »Wie kommst du darauf?«

Er wartete eine Weile mit seiner Antwort. Ein Mundwinkel zuckte. »Möglich, dass du manchmal chaotische Ideen entwickelst. Aber wenn du einmal eine Entscheidung getroffen hast, stehst du auch dahinter. Aber bild dir jetzt nicht ein, dass ich dir das Bett überlasse, nur weil du etwas traurig bist.«

Zeitgleich wandten sie die Köpfe und blickten zu dem Sofa in der Sitzecke. »Das würde ich niemals wagen«, sagte Noemi mit todernster Miene. »Natürlich spielen wir Schere, Stein, Papier.«

»Einverstanden.«

Wenige Augenblicke später richtete er sich ohne Murren auf dem Sofa ein.

Noemi ließ sich in die weichen Laken sinken und betrachtete die Holzbalken über sich. »Ich freue mich, Alfredo Simonetti nach unserer Rückkehr nach Venedig vom Festival zu erzählen. Und ich bin froh, dass es ihm wieder besser geht.«

»Ich auch«, sagte Fabio und tippte auf seinem Handy herum. »Vielleicht bleibst du besser auf dem Zimmer, damit du nicht noch mehr ältere Herrschaften verschreckst.«

Sie grinste. »Du musst immer das letzte Wort haben, oder? Was liest du da eigentlich? Gute oder schlechte Nachrichten?«

»Gute, glaube ich. Eine Mail von Nina, Lindas Assistentin. Es sieht noch immer nicht nach Problemen aus. Also: Suchen wir die Küchen und sehen uns anschließend auf dem Gelände um, was meinst du?«

Noemi hob einen Daumen, sprang auf und machte sich auf den Weg.

14

Donatella gähnte und entblößte beeindruckende Fangzähne, ehe sie sich wieder an Noemi kuschelte, die ihr mit einem Schmunzeln das Köpfchen kraulte. »Dir gefällt es hier auch, nicht wahr?«

Die Katze hatte auf sie gewartet, umringt von einer kleinen Menschentraube, die versucht hatte, ihre Aufmerksamkeit zu erlangen. In einiger Entfernung hielt Ornella Hof – sprich, sie ließ zu, dass man ihr Leckerbissen anbot, die sie jedoch nur beäugte und weiterhin Abstand hielt.

Als Noemi und Fabio nach draußen getreten waren, hatte Donatella ihrer Anhängerschaft den Rücken gekehrt und war um Noemis Beine gestrichen, um sich anschließend hochnehmen zu lassen.

Nachdem Noemi und Fabio sich zu einer der Küchen durchgefragt hatten, in der es mehrere riesige Kühlschränke, einen Kühlraum und mehr als genug Stellflächen gab, hatten sie Pralinen und Zutaten verstaut und anschließend beschlossen, die Gegend um die Villa zu erkunden. Fabio hatte einen Nebeneingang entdeckt, der zu einer der lang gestreckten Seiten der Villa führte, von wo aus sie einen Teil des Festivalgeländes sehen konnten. Sie hatten sich links gehalten und waren zu einer großflächigen, von Hecken begrenzten Wiese gelangt. Nach einer Weile eröffnete sich vor ihnen der Ausblick, den sie vom Fenster ihres Zimmers aus genießen konnten – und dann sah Noemi einen schmalen Pfad zur Nachbarwiese, wo die Mandelbäume ihre kurzen Zweige in den Himmel reckten. Zwar war der März und damit ihre Blütezeit längst vorbei, aber das minderte die Faszination dieses Orts nicht im Geringsten. In gut zwei Monaten würden die Hüllen der Früchte aufspringen und die Mandeln erntereif sein, wobei Noemi nicht glaubte, dass die Bäume zu diesem Zweck angepflanzt worden waren. Vielmehr sah es aus, als wären sie irgendwann zufällig hier gewachsen. Sie konnte nicht einmal sagen, ob es sich um Bitter- oder Süßmandelbäume handelte.

Sie lief langsamer und wandte sich Fabio zu. »Hast du etwas dagegen, wenn ich mir das kurz allein ansehe? Meine Nonna hat davon erzählt. Von einem Mandelgarten, meine ich, den sie sehr geliebt hat. Damals wusste ich noch nicht, dass er sich hier in San Gimignano befindet.«

»Na klar. Lass dir Zeit, ich warte hier.«

Einem Impuls folgend, umarmte sie ihn, dann drehte sie sich um und folgte dem Pfad. Als sie die Wiese betrat, flatterte ein Rotkehlchen von einem der Zweige auf und verschwand im hinteren Teil des Gartens. Noemi legte die Fingerspitzen auf die Rinde eines Mandelbaums und lief einen Zickzackkurs, da sie von einem zum anderen wanderte … bis sie schlagartig stehen blieb.

Da war sie, die Steinbank, und sie war wirklich fast so breit wie das Bett in ihrem Zimmer oben in der Villa. Noemi schloss die Augen und ließ das Bild mit dem von Nonna Rosa verschmelzen, stellte sich vor, wie sie dort lag, die Hände auf der Brust faltete und in die Baumkronen starrte, die noch ihre weißen oder rosa Blüten trugen. Sie betrachtete die samtig behaarten Früchte, die sich im Laub versteckten, und atmete ein Echo des Dufts ein, den die Bäume noch vor wenigen Monaten verströmt haben mussten. Es zauberte ihr ein Lächeln auf die Lippen, obwohl sie leicht zitterten.

Langsam öffnete Noemi die Augen wieder und trat zu der Bank. Sie war auf einer Seite leicht von Moos überzogen, aber ansonsten tadellos sauber.

Sie zögerte, aber dann ließ sie sich nieder und legte sich hin, starrte durch das dunkelgrüne Laub in den Himmel und streckte eine Hand aus, als würde ihre Nonna sie nach all den Jahren noch ergreifen können.

»Am liebsten würde ich auch nach dem Festival noch hierbleiben.« Noemi seufzte verträumt.

Fabio beugte sich vor, zupfte einen Grashalm ab und steckte ihn sich zwischen die Zähne. »Frag Enzo. Den Foodtruck bekomme ich auch allein zurück nach Matraia, und die Simonettis würden sicher eine Weile auf ihre Schüsseln und Behälter verzichten.«

Noemi musterte ihn. Er hatte die Hände in die Taschen geschoben und streckte das Gesicht der Sonne entgegen. »Was ist mit dir? Denkst du darüber nach, länger zu bleiben, jetzt, wo du all das hier gesehen hast?«

Fabio blinzelte. »Das war eigentlich nicht der Plan, aber wer weiß, vielleicht tue ich es doch.« Er blieb stehen, und sie folgte seinem Beispiel. Etwas geschah zwischen ihnen, als sie sich einfach nur anblickten, und auf einmal war das Gespräch nicht mehr so wichtig wie die Tatsache, dass sie es bis hier geschafft hatten und gemeinsam auch noch viel weiter kommen konnten, wenn sie es nur wollten.

Etwas raschelte im Gebüsch neben ihnen. Das Geräusch brach den Bann, und Fabio spuckte den Grashalm aus. »Ich meine, du hast recht, so schnell werde ich nicht wieder herkommen, und Enzos Küchen sind schon beeindruckend. Da lässt sich fast noch ein zweiter Bericht drehen.«

Noemi versuchte, den Stich der Enttäuschung zu verdrängen. Was hatte sie auch erwartet – dass Fabio ihretwegen bleiben wollte? Viel Grund dazu hatte sie ihm schließlich nicht gegeben.

Sie musste aufhören, sich von ihren Erlebnissen so mitreißen zu lassen. Lea würde nun behaupten, dass ihre romantische Ader durchkam, und vermutlich hätte ihre beste Freundin in diesem Fall sogar recht. Sobald sie wieder in Düsseldorf war, musste sie sich mal wieder einen schönen Film fürs Herz ansehen oder ein Buch lesen, bei dem sie mitseufzen konnte.

Fabios fragender Laut holte sie aus ihren Gedanken. »Du könntest ja auch noch einen Bericht hinter den Kulissen machen«, sagte sie schnell, da sie befürchtete, er könnte ihr ansehen, worüber sie nachgegrübelt hatte. »Du weißt schon, was Giada vorgeschlagen hat.«

Fabio nickte. »Das ist gar keine so schlechte Idee.« Er beugte sich vor, und kurz glaubte sie, er wollte sich mit einem Kuss auf die Wange bedanken. Aber dann bemerkte sie den kleinen Trampelpfad, der halb um die Villa herumführte. »Was ist das da vorn?«

Es war ein Schild, weiß und mit dem Schriftzug der Villa versehen. Darauf hatte jemand einen Ausdruck geheftet:

Benvenuti al Piacere – Willkommen auf dem Piacere. Ein Pfeil zeigte nach rechts.

In einiger Entfernung stand ein Mann und hielt einen Hammer in einer Hand. Er nickte ihnen zu, als er sie bemerkte. »Hey, hallo. Teilnehmer oder nur neugierig?« Er sprach Englisch, und sein Akzent ließ vermuten, dass er nicht aus Italien stammte.

»Teilnehmer.« Fabio deutete über die Schulter. »Wir sehen uns das Gelände an.«

Der Mann streckte sich, sodass seine Schultern knackten, und zupfte an seinem imposanten Bart, wobei die Muskeln seiner tätowierten Arme spielten. »Gut, dann muss ich euch nicht in meinem holprigen Italienisch erklären, dass es noch nichts zu sehen gibt und das Festival erst morgen losgeht.«

»Zum Glück«, sagte Noemi. »Ich meine, ich freue mich auf morgen, aber die Ruhe vor dem Sturm ist auch etwas Schönes. So können wir uns noch umsehen.«

Er nickte. »Du sprichst mir aus der Seele, Lady.« Er starrte auf seine Hand und rieb sie dann energisch an seiner Hose ab, ehe er sie erst Noemi und dann Fabio reichte. »Ich bin Ray.«

»Noemi. Und das ist Fabio.« Sie erinnerte sich an Enzos Erzählung von der amerikanischen Familie. »Du kommst aus den USA, oder?« Das erklärte auch seinen Akzent.

Ray grinste breit. »Schuldig. Aus Michigan. Entweder hat es sich bereits herumgesprochen, oder ich hätte meine Oma wirklich nicht allein lassen sollen. Seit dem Brief von Raffaele Mangano redet sie nur von ihrer alten Heimat Italien, und glaubt mir, sie redet gerne und viel. Also haben wir ihr die Flugtickets nach Europa geschenkt. Ein Fehler, sage ich euch, denn seitdem kocht sie nur noch Nudeln und irgendwelche Eintöpfe. Mein Opa hat uns angefleht, sie zu begleiten und sicherzustellen, dass sie auch wirklich in den Flieger steigt und er sich zu Hause endlich wieder ein paar Spareribs auf den Grill legen kann.« Er hob die Schultern. »Wer wäre ich, dem alten Mann seine Bitte abzuschlagen?«

»Niemand mit auch nur etwas Herz hätte das getan«, sagte Fabio todernst, was Ray mit einem rauen Lachen und einem Schlag auf seine Schulter quittierte. »So sieht es aus. Was ist mit euch, seid ihr auch mit jemandem hier, der seine alten Freunde wiedertreffen möchte?«

Noemi berichtete ihm von den Umständen, die sie und Fabio zur Villa geführt hatten, und sie plauderten noch ein wenig, bis sich Ray entschuldigte, um ein zusätzliches Schild an der Einfahrt aufzustellen. »Wenn ihr meine Oma trefft, sagt ihr, dass ich in einer halben Stunde bei ihr bin. Sie hilft bei der Ausstellung, und ihr werdet keine Probleme haben, sie zu erkennen.«

Noemi runzelte die Stirn. »Welche Ausstellung?«

Er deutete mit dem Hammer über die Schulter. »Über die Anfänge des Festivals, drüben in der alten Scheune. Es gibt Fotos und verdammt viel Text.«

Noemi sah zu Fabio. »Da müssen wir hin.« Am liebsten wäre sie sofort losgestürmt. Wenn sie etwas über Nonna Rosas Leben herausfinden wollte, war das vermutlich die ideale Gelegenheit.

Die Scheune war weiß gestrichen, mit Blütenornamenten in Pastellfarben verziert, und eine Hälfte des riesigen Bogentors stand offen. Auf der anderen war ein Plakat angebracht worden und verriet, dass es hier zur Ausstellung ging.

Der Innenraum bot viel Platz für die zahlreichen rollbaren Stellwände und war modern renoviert. Von weißen Balken baumelten Lampen sowie Blumen- und Blätterdekorationen.

Noemi blickte sich fasziniert um. Hier mussten die Feiern stattfinden, wenn Enzo seine Villa vermietete und das Wetter nicht ganz mitspielte – wobei sie jederzeit ein Event unter freiem Himmel vorziehen würde. Am liebsten im Mandelgarten. Nichtsdestotrotz war die Scheune ein echtes Schmuckstück. Einen flüchtigen Augenblick lang erinnerte sie der Anblick an den Gutshof Lenz, und rasch schüttelte sie den Kopf. »Hatte Ray nicht gesagt, es sei die *alte* Scheune? Mit Scheune hat er ja recht, aber alt sieht hier nichts aus.«

Drei Frauen und ein Mann, allesamt im Alter von Nonna Rosa, gingen zwischen den Stellwänden hin und her oder hefteten etwas daran, unterhielten sich und lachten. Im Hintergrund ergoss sich dagegen ein steter Redeschwall. Nur wenn man sich konzentrierte, fand man die Stille zwischen den Worten, und selbst der Tonfall änderte sich kaum. Wer auch immer da erzählte, erwartete keine Antworten oder Entgegnungen.

»Der Beschreibung nach dürfte das die Dame aus Michigan sein«, sagte Fabio amüsiert. »Vielleicht deshalb auch die Deko da vorn.«

»Hm?« Noemi trat einen Schritt zur Seite und entdeckte einen Haufen Stoffblätter in Indian-Summer-Farben sowie Maiskolben und Ähren aus Plastik. »Das hat etwas von Thanksgiving. Meinst du, Rays Oma hat das aus Michigan mitgebracht?« Es kam ihr exzentrisch vor, sorgte aber auch für ein warmes Gefühl in ihrem Bauch. Die Familie dieser Frau hatte es möglich gemacht, dass sie über den großen Teich jettete, um ihre alten Freunde wiederzusehen.

Fabio zuckte die Schultern und deutete auf die Stellwand, der sie am nächsten standen. »Sieh mal.«

Das Licht der Lampe über ihnen reflektierte auf den Fotos, die im Großformat ausgedruckt und rund um einen Hinweis angebracht worden waren: *Il Piacere Festival – La prima compagnia.* »Das Piacere Festival, die erste Truppe«, las Noemi leise und trat näher.

Das Motiv auf Augenhöhe war in Sepiafarben gehalten und zeigte eine muntere Gruppe von fünfzehn Menschen, die teils Arm in Arm posierten. Die meisten lachten, lediglich der eine oder andere blickte so ernst in die Kamera, als wäre dies ein offizieller Fototermin. Ein Mann reckte eine Faust in die Höhe; zwei Frauen saßen auf dem Boden, hielten sich die Bäuche und machten den Eindruck, Sekunden nachdem das Foto geschossen wurde, vor Lachen umgefallen zu sein.

Eine war Nonna Rosa, und ihre Freude färbte auf Noemi ab. Sie musterte das lange dunkle Haar, in das schmale Zöpfe geflochten waren. Einen davon hatte sich die Frau neben ihr, die Noemi noch nie gesehen hatte, wie einen Schnurrbart zwischen Nase und Oberlippe geklemmt. Rosas Rock bestand aus mehreren dünnen Lagen Stoff und war ihr bis zu den Knien hochgerutscht. Ihre Füße waren nackt, und ihr Oberteil gab den Blick auf ihren flachen Bauch frei.

Noemi legte eine Hand daneben, als könnte sie so eine Verbindung zu früher herstellen und das Lachen hören. Wie viele der Menschen auf diesem Foto hatten wohl mit Rosa Kontakt gehalten, nachdem es sie nach Deutschland verschlagen hatte? Und wie viele von ihnen waren heute hier und ließen die gemeinsamen Geschichten wieder lebendig werden?

Sie musterte die anderen Gesichter und hielt inne, als sie ein mittlerweile vertrautes entdeckte: Bianca Valli stand am linken Rand neben einem Mann, der sie um mehr als einen Kopf überragte. Er hatte einen Arm um sie gelegt, und sein Haar stand in alle Richtungen ab. Sein Kinn war erhoben, als würde er jeden Augenblick loslachen. Bianca dagegen schmunzelte und schenkte dem Fotografen einen jener wissenden Blicke, die tiefer gingen, als es Worte konnten.

Auf der anderen Seite der Stellwand waren Schritte zu hören, und Noemi spähte zur Seite. Zwei Frauen näherten sich ihnen. Eine hielt weitere Fotoausdrucke in den Händen, die andere eine Blumengirlande.

»Ciao«, sagte Fabio, lächelte sie an und erntete eine ähnliche Reaktion wie am Vortag in der Küche der Manganos: Kurz wirkten beide verwundert, aber dann breitete sich ein weiches Lächeln auf ihren Gesichtern aus. Die Frau mit dem schmalen Gesicht tastete nach ihrem hochgesteckten grauen Haar, die andere streckte eine Hand nach Fabio aus, die erst über seinem Arm schwebte, aber dann nach seinen Fingern griff. »Kann ich dir weiterhelfen, caro mio? Oder euch?« fügte sie rasch an, als sie jetzt auch Noemi entdeckte.

Die versuchte, ihre Verwunderung zu verbergen. Hatte sie bislang einfach nicht bemerkt, dass Fabio diese spezielle Wirkung besaß? Oder galt das nur für ältere Leute?

Fabio schüttelte die Hand und griff dann noch mit der

zweiten zu – jedoch nur, um sich zu befreien, da die begeisterte Frau offenbar nicht bereit war, ihn einfach so gehen zu lassen. »Noemi hat ihre Nonna auf diesem Foto entdeckt«, sagte er, trat näher an die Stellwand und brachte so etwas Abstand zwischen sich und seine neue Verehrerin.

»Wirklich?«, ertönte es hinter ihnen in einer energiegeladenen Mischung aus Englisch mit starkem US-Akzent und Italienisch. »Wer ist denn deine Nonna, junge Dame, und wo steckt sie? Wenn sie da drauf ist, müsste ich sie kennen, und ich bin extra nach Europa, um all meine alten Freunde wiederzusehen. Die Chance hat man ja nur einmal im Leben, nicht wahr? Und ich nutze Chancen, wenn ich sie sehe, das war schon immer so. Mein Mann meint manchmal, dass ich übertreibe und es ruhiger angehen lassen soll, aber das kann ich schließlich noch immer, wenn ich tot bin, nicht wahr?« Gelächter folgte, so rau, als hätte die Sprecherin eine ganze Kiste Zigarren geraucht, und dann trat eine Frau zu ihnen, deren Energie jemanden entweder mitreißen oder aber einschüchtern konnte.

Noemi entschied sich für die erste Option.

Sie war in Rosas Alter und besaß auch ihre Statur, wirkte aber durch den breitbeinigen Stand und die in die Hüften gestemmten Hände doppelt so präsent. Ein mit großen Blüten bedrucktes Kleid wallte bis auf den Boden und wollte auf den ersten Blick nicht zu den kurz geschnittenen Haaren passen.

»Sie müssen Rays Oma sein«, sagte Noemi. »Wir haben ihn draußen getroffen, und er hat uns von der Ausstellung erzählt.«

»Na, darauf kannst du Gift nehmen, dass Ray mein Junge

ist, Mädchen! Ich bin Vittoria Ford oder heute eben Vicky.« Auch sie streckte eine Hand aus, dieses Mal für Noemi, und ihr Griff war so energisch und fest, wie man es von ihr erwartet hätte. »Na, erkennst du mich auf dem Foto? Ich habe mich ein wenig verändert in den letzten zwei oder drei Jahren.«

Die beiden anderen Frauen lachten, und Noemi wandte sich noch einmal dem Foto zu. Schwer war es nicht – die spitze Form der Augenbrauen sowie der Aufwärtsschwung der Nase waren auch heute noch unverkennbar. »Natürlich sind Sie das hier«, sagte sie und tippte auf die junge Frau in Hotpants. »Und Sie stehen direkt hinter meiner Nonna.«

»Du bist Rosas Mädchen?« Vicky blickte über Noemis Schulter in Erwartung, ihre alte Freundin zu sehen. »Wo steckt sie?«

Noemi schüttelte den Kopf. »Sie ist leider vor einigen Monaten verstorben. Aber ich weiß, dass sie sich sehr gefreut hätte, Sie alle wiederzusehen.«

»Dann bist du wegen Rosa hier?«, fragte eine der anderen Frauen mit brüchiger Stimme.

»Nein.« Noemi überlegte. »Wobei, irgendwie schon. Aber wenn es um einen Verkaufsstand geht, vertreten Fabio und ich die Familie Simonetti und ihre Pralinen.«

Die anderen Frauen steckten die Köpfe zusammen und flüsterten miteinander, während Vicky so energisch Noemis Hand tätschelte, dass es leicht schmerzte, und dabei den Kopf schüttelte. Sie wirkte beinahe ungehalten. »Das tut mir leid mit Rosa, Mädchen, damit hätte ich nun nicht gerechnet. Ich dachte immer, wenn uns eine überlebt, dann ist sie es.«

»Ja?« Noemi wechselte einen Blick mit Fabio, der bereits wieder von den anderen Frauen in Beschlag genommen wurde. »Warum ausgerechnet meine Nonna?«

»Na, die war ein Wirbelwind. Immer unterwegs, immer neue Ideen. Rosa war schon auf den Beinen, ehe irgendwer etwas planen konnte. Ohne sie hätte es das alles hier nicht gegeben.« Vicky breitete die Arme aus. »Die ursprüngliche Idee für das Piacere, die stammte unter anderem von ihr. Und von Bianca, die zwei waren ja damals unzertrennlich und haben so viel hervorgekramt, dass wir anderen gar nicht mehr mitkamen. Ich meine, es war nicht so, dass wir nur dumm rumgesessen und Löcher in die Luft gestarrt haben, aber was in Rosas Kopf passierte, hätte ich gern mal auf einer Leinwand gesehen.«

»Die ursprüngliche Idee?«, stotterte Noemi. »Von Rosa?«

»Und Bianca, ja. Es konnte gut sein, dass die zwei die Köpfe zusammengesteckt haben und dann mit einem verrückten Plan herausrückten. Meist ging es darum, irgendwo hinzufahren, sich was anzusehen, von dem sie gehört oder gelesen hatten. Da genügte schon die Begegnung mit einem Fremden, der von seiner Heimatstadt erzählte, um ihr Interesse zu wecken. Ich glaube, zwischenzeitlich haben sie eine Liste geführt, auf der sie all ihre Ideen notierten, aber irgendwann habe ich nicht mehr mitgezählt, weil mir sonst der Kopf geschwirrt hätte. Außerdem hab ich mir irgendwann gedacht, dass es doch Unsinn ist. Über dreihundert Orte, die sie noch sehen und an denen sie irgendwas Besonderes erleben wollten. So lange lebt doch kein Mensch!« Sie lachte dröhnend, sodass ihr gesamter Körper bebte. Je länger sie redete, desto mehr wich ihr amerikanischer Akzent der sanften und doch so energiegeladenen italienischen Melodie. »Tja, und eine dieser Ideen war ein Festival. Ich weiß nicht mehr, wie sie darauf kamen, aber dann hat einer von uns ihnen von der Villa Pitiani erzählt, und da muss es bei Rosa und Bianca wohl losgerattert sein.« Sie deutete auf ihre Stirn. »Sie haben nicht lockergelassen und immer wieder auf uns eingeredet. Zum Glück! Ich meine, sehen wir uns doch mal um, das ist das Beste, was ich in den letzten Jahren erlebt habe, nicht wahr, Cosma?«, wandte sie sich an die Frau mit dem schmalen Gesicht, was diese mit einem begeisterten Nicken quittierte.

Das wurde ja immer besser! »Also war meine Nonna quasi die Initiatorin des Piacere.« Noemi wandte sich zu Fabio um, als könnte ausgerechnet er ihr versichern, dass sie Vicky nicht falsch verstanden hatte. Er zwinkerte ihr zu, doch in dem vergnügten Funkeln in seinen Augen schimmerte auch ein Hauch Ernsthaftigkeit. Vermutlich befürchtete er, dass es alles zu viel für sie sein könnte.

Noemi deutete auf das Foto. »Die blonde Frau ist Bianca, oder? Wer ist der Mann neben ihr?«

Vicky musterte erst sie irritiert, dann Fabio. »Na, ich dachte, das wüsstet ihr, wenn ihr für die Simonettis hier seid. Das ist natürlich Alfredo. Er sah gut aus früher, nicht wahr? War der Größte der Truppe, und selbst ich hab ihm hin und wieder auf den Hintern gestarrt. Was?«, sagte sie zu ihren Freundinnen, die sich wegdrehten und kicherten. »Kein Grund, sich dafür zu schämen, außerdem bin ich schon lange glücklich verheiratet.«

Cosma schürzte die Lippen. »Ich dachte, dein John treibt dich in den Wahnsinn?«

»Ja, und damit hält er meinen Blutdruck aufrecht und mich fit«, sagte Vicky im Brustton der Überzeugung.

Die restliche Unterhaltung trat in den Hintergrund, als sich Noemis Blick auf den jungen Alfredo Simonetti heftete, auf Bianca Valli neben ihm, und auf seinen Arm, der so selbstverständlich und fest um ihre Hüfte lag, dass die zwei einfach ein Paar gewesen sein mussten.

Konnte das sein? Hatte er deshalb so abgeblockt, als sie das Foto von Nonna Rosa und Bianca gefunden hatte? Weil es ihn an eine Frau erinnert hatte, mit der er einst zusammen gewesen war?

Nachdenklich nagte sie an ihrer Lippe. Sie wusste, dass Trennungen schmerzhaft sein konnten, aber dass ein Foto einer Jugendfreundin nach so vielen Jahren dafür sorgte, dass sich der Gesundheitszustand verschlechterte, konnte sie sich nicht vorstellen. »Waren sie lange zusammen?«, fragte sie. »Alfredo und Bianca. Ich meine, sie waren doch zusammen, oder?«

Vicky zuckte die Schultern. »Eine Weile, ja, aber das ging irgendwann in die Brüche. Ich weiß noch, dass es damals ein kleines Drama war und die beiden sich auf einmal gemieden haben wie der Teufel das Weihwasser, was natürlich nicht gut für die allgemeine Stimmung war. Aber was genau passiert ist, kann ich dir nicht sagen, Mädchen. Frag doch Alfredo, wenn du wieder in Venedig bist.«

Im Augenwinkel bemerkte sie Fabios bestürztes Gesicht und flehte ihn im Stillen an, den Frauen nicht zu erzählen, was geschehen war, als sie Alfredo Simonetti zum ersten Mal mit einem Bild von Bianca Valli konfrontiert hatte – sonst würde Vicky Ford vermutlich bis zum Morgen nicht mehr verstummen. »Das werde ich tun«, sagte sie und entschied, das Thema zumindest ansatzweise zu wechseln. »Das müssen damals wilde Partys gewesen sein.« Himmel, so klang sie selbst wie eine alte Frau!

Den anderen schien das nicht aufzufallen. Sie wechselten Blicke voller unausgesprochener Botschaften.

Noemi wählte ihre Worte vorsichtig. »Und manchmal haben Sie auch über die Stränge geschlagen?«

Nun lachten die drei. »Na, ich hoffe, dass die Jugend das heutzutage immer noch tut«, sagte Vicky.

Fabio nutzte die Gelegenheit, um sich neben Noemi zu schieben und so Cosma und der Dritten im Bunde zu entkommen, die ihm recht nahe rückten. »Sie fragt, weil sie ein Foto gefunden hat, auf dem sich ihre Nonna und Bianca Valli küssen, und überlegt vermutlich gerade, ob ihre Nonna die Schuld daran trägt, dass sich Bianca und Fredo getrennt haben.«

Noemi verengte die Augen und stieß ihm möglichst unauffällig einen Ellenbogen in die Seite. *Vielen Dank auch!*

Erneut wurden Blicke gewechselt, doch dieses Mal lagen Fragen und Ratlosigkeit darin, aber kein Erstaunen oder gar Schlimmeres. »Davon wissen wir nichts«, sagte Vicky. »Wobei, damals war alles möglich. Deine Nonna war kein Kind von Traurigkeit, aber sofern ich mich erinnern kann, habe ich sie stets nur mit jungen, knackigen Kerlen gesehen. Von diesem Kaliber hier!« Sie deutete auf Fabio. »Zumindest so lange, bis sie ihren Liebsten aus Deutschland kennenlernte, da war es um sie geschehen, und sie hat keinen anderen mehr angeguckt.«

»Meinen Opa Gerd.« Mit einem Mal schien die Sonne weiter in die Scheune vorzudringen. »Sie haben eine glückliche Ehe geführt.«

»Das ist schön. Und kostbar«, sagte die Frau, deren Namen Noemi noch immer nicht kannten.

»Auch wenn das Piacere kurz danach eingeschlafen ist. So ist es wohl, wenn man irgendwann in das Alter kommt, eine Familie zu gründen.« Vicky warf einen Blick auf ihre Armbanduhr. »Oha, nun müssen wir uns aber ranhalten, Mädels, wenn wir noch rechtzeitig bis zum Abendessen fertig werden wollen.« Sie deutete über die Schulter, wo weitere Stellwände darauf warteten, befüllt zu werden.

Noemi zückte ihr Handy. »Es tut mir leid, dass wir Sie aufgehalten haben. Ist es in Ordnung, wenn ich ein Foto mache?«

»Natürlich! Und wenn noch Fragen aufkommen, sehen wir uns ja später beim Essen.«

Noemi nickte. »Auf jeden Fall.« Das würde sie sich nicht entgehen lassen! Sie lichtete das Foto ab und warf noch einen Blick in den restlichen Teil der Scheune, merkte jedoch schnell, dass die Ausstellung noch im Entstehungsprozess war. »Hier gibt es wohl nichts mehr zu sehen«, sagte sie und schenkte Fabio einen strengen Blick. »Und danke, dass du die Sache mit dem Kuss erwähnt hast. Genau das habe ich nämlich versucht zu vermeiden.«

»Ich weiß«, sagte er. »Und es war fast schmerzhaft, dich dabei zu beobachten. Du bist ja sogar rot geworden.«

»Bin ich?« Unwillkürlich legte sie eine Hand an ihre Wange. War das so offensichtlich gewesen?

Fabio blieb ihr eine Antwort schuldig und trat nach draußen, während es im Inneren der Scheune klapperte und klirrte. Ein Glockenton ertönte, und er zog sein Handy aus der Hosentasche, um einen Blick darauf zu werfen. »Entschuldige mich kurz.« Es musste sich um eine Nachricht handeln, da er lediglich auf dem Display herumtippte.

Noemi entschied, die Gelegenheit zu nutzen, schoss noch ein Foto von der Scheune sowie der Umgebung und schickte sie kurzerhand an Tante Elisa.

Grüße aus der Toskana an die Ostsee!

Anschließend wählte sie ihre Nummer und presste das Handy an ihr Ohr. Es klingelte lange, doch niemand nahm ab. Sie checkte noch einmal die Nachricht, und die beiden blauen Haken verrieten ihr, dass Elisa sie bereits gelesen hatte. »Was ist nur los?«, murmelte sie. Solange Elisa nicht umgekippt war, direkt nachdem sie die Bilder gesehen hatte, musste sie doch den Anruf entgegennehmen. Hatte man am Timmendorfer Strand wirklich einen so miesen Empfang?

»Schlechte Nachrichten?«

Sie blickte auf, als Fabio zu ihr trat. »Gute Frage. Wobei … nein, eigentlich nicht.« Sicherlich gab es eine vernünftige Erklärung, warum sie Elisa nicht erreichte. »Und bei dir?«

»Noch keine bösen Mails.«

»Das wird auch so bleiben«, sagte sie im Brustton der Überzeugung. Dann schickte sie ihrer Mutter, Lea und Anja ein Foto mit einem kurzen Gruß, und zumindest Lea reagierte augenblicklich mit einem Herz-Emoji. »Sollen wir zurückgehen? Ich würde zwar liebend gern zusehen, wie die Ausstellung entsteht, aber ich möchte vor dem Abendessen duschen und mich umziehen.«

Fabio schlenderte in Richtung Tor. »Das ist eine großartige Idee.«

Noemi grinste, als sie den Blick bemerkte, den er über die Schulter zurückwarf. »Du siehst aus, als wärst du auf der Flucht vor den dreien.«

»Das kommt ganz gut hin. Du hast es vielleicht nicht bemerkt, aber Cosma hat mir sechzehnmal die Hand getätschelt, während du dich mit Vicky unterhalten hast.«

Aus ihrem Grinsen wurde ein Lachen, und auf einmal konnte sie nicht anders, als die Arme auszustrecken und sich einmal um sich selbst zu drehen. »Ich kann dir gar nicht sagen, wie sehr ich mich auf heute Abend und vor allem auf morgen freue! Ich meine nicht nur das Festival. Vicky und einige andere kannten meine Nonna, und … ich weiß nicht, es fühlt sich an, als würde ich sie in gewisser Weise noch einmal kennenlernen. Wann bekommt man schon mal die Chance dazu?«

Sie blieb stehen, aber die Umgebung drehte sich noch einen Augenblick lang weiter, also setzte sie einen Schritt zur Seite, um es auszubalancieren. Und auf einmal war da Fabios Hand auf ihrer. Seine Finger legten sich behutsam um ihre und hielten sie fest.

Es war faszinierend, dass sich die Welt weiterdrehen und gleichzeitig keinen Millimeter bewegen konnte. Noemi hielt den Atem an, um dem nachzuspüren, doch alles, worauf sie sich konzentrieren konnte, war seine Berührung.

»Geht es wieder?« Fabios Stimme war dicht an ihrem Ohr; er musste nähergetreten sein, und sie horchte den Silben hinterher. Jede einzelne war eine Frage für sich, auf die sie aber nicht antworten konnte.

Sie starrte auf seine Lippen, dann in die Augen mit den langen dunklen Wimpern. Fabio wollte noch etwas fragen, das sah sie ihm an, aber er tat es nicht. Stattdessen musterte er sie einfach, schweigend und so ernst, als würde unendlich viel von ihrer Antwort abhängen.

»Hey, ihr zwei!«

Beide fuhren herum, und Noemis Hand rutschte aus seiner. Giada hielt auf sie zu, ein breites Lächeln im Gesicht und die Hände tief in den Taschen ihrer Leinenhose vergraben. Ihr auf dem Fuße folgten Ornella und Donatella, die ausgezogen waren, um die Umgebung unter Giadas Schutz zu erobern. »Ihr habt doch gesagt, ihr seid kein Paar!«

Zu Noemis Ärger wurden ihre Wangen nun doch rot. »Das sind wir auch nicht. Wie auch? Er ist sachlich, macht sich ewig Sorgen und denkt nur an sein *Business*. Das würde nie funktionieren.« Sie wagte einen letzten Blick und hatte beinahe so etwas wie ein schlechtes Gewissen, weil sie Fabio so darstellte.

Aber er schien es ihr nicht übel zu nehmen. Im Gegenteil, er blinzelte. Oder zwinkerte ihr zu? Es war so schnell vorbei, dass sie es sich womöglich nur eingebildet hatte. »Dieses Mal muss ich Signorina Caos zustimmen. Wir zwei wären eine fatale Kombination.«

Donatella strich um Noemis Beine, während Ornella neben

Giada stehen blieb und sie anstarrte, als wartete sie ebenfalls auf eine Erklärung. Giada beugte sich hinab und strich ihr behutsam über den Rücken. »Nun, das klingt zumindest alles andere als langweilig.« Sie musterte beide noch einmal eingehend und hatte schließlich Erbarmen. »Ich wollte nach euch sehen und fragen, ob ihr noch Hilfe benötigt. Ihr kommt doch später zum Abendessen, oder?«

»Natürlich, das lasse ich mir nicht entgehen«, sagte Noemi und beugte sich zu Donatella hinab, um ihren Wangen Zeit zum Abkühlen zu geben. »Abgesehen davon habe ich allmählich wirklich Hunger.«

»Gut«, sagte Giada. »Dann bis später!« Sie drehte sich um und machte sich wieder auf den Weg, während die Katzen in die Scheune huschten.

15

Es war noch schöner, als Noemi es sich vorgestellt hatte. »Da kann kein Werbespot mithalten«, sagte sie und blieb stehen.

Fabio hatte im Zimmer auf sie gewartet, während sie im Bad war, und sein Equipment geprüft – zum vermutlich zwanzigsten Mal, aber er ging lieber auf Nummer sicher.

Jetzt betrachtete er die Szene vor ihnen mit der ihm so eigenen Ruhe, als hätte er nichts anderes von der Villa Pitiani erwartet. Noemi musste sich dagegen zusammenreißen, um nicht in lautes Entzücken auszubrechen.

Auch wenn die Sonne erst in einer knappen Stunde untergehen würde, waren rund um die lange Holztafel auf der Wiese Laternen entzündet worden. In regelmäßigen Abständen sorgten Windlichter für Akzente zwischen Schüsseln und Geschirr, und in den Bäumen und Sträuchern waren Leuchtketten gespannt. Auf den Bänken lagen Kissen, und viele waren bereits besetzt. Einige Teilnehmer des Piacere arrangierten die Schüsseln und Platten auf dem Tisch, und manche Nachzügler waren noch am Haus zu hören. Das Gewirr aus Stimmen und Gelächter lag über allem und erinnerte an einen fröhlichen Bienenschwarm, was wunderbar zum Anblick passte. Selbst wenn man lediglich eine Momentaufnahme festgehalten hätte, würde man beim Betrachten das Leben an diesem Tisch spüren. Er quoll über vor Köstlichkeiten, die sich zwischen dem Geschirr aneinanderreihten, und Noemi hielt Ausschau nach einem Platz, wo sie ihre Pralinen unterbringen konnte.

In einer der Küchen hatte sie eine Etagere gefunden und kurz entschlossen die Box, die sie und Fabio auf dem Weg hierher leer gefuttert hatten, erneut gefüllt. Am Rand der Tafel entdeckte sie die Cousinen Grazia und Chiara, die soeben einen großen Teller abstellten, auf dem sich Brot und Schälchen vermutlich mit ihren Aufstrichen befanden. Außerdem gab es zahlreiche kalte Köstlichkeiten wie Antipasti, Schinken, Käse, Gebäck, Brot und Salat, dazu Töpfe mit dampfenden Soßen. Auf einem Rollwagen standen Kisten mit Wein und Wasser.

Noemi merkte nun doch, dass sie den ganzen Tag über noch nichts Richtiges gegessen hatte.

Hinter einer Schüssel mit Cantuccini saß Giada und winkte ihnen zu. Fabio deutete auf die freien Plätze ihr gegenüber. »Das kann sich sehen lassen. Ich sterbe vor Hunger.«

»Du hattest doch gerade auf dem Zimmer noch mindestens doppelt so viele Pralinen wie ich.«

»Das war für den Geschmack. Pralinen machen doch nicht satt.«

Noemi verkniff sich die Bemerkung, dass man nur genug davon essen musste.

Hinter ihnen wurden Rufe laut, die mit begeistertem Applaus beantwortet wurden: Enzo Pitiani, Raffaele Mangano, Ray und ein weiterer Mann trugen Töpfe voller Spaghetti zum Tisch, so groß, dass sich ein Kleinkind darin hätte verstecken können. Hinter ihnen lief Marta, flankiert von zwei weiteren

Frauen. Giada stand auf und sagte etwas zu ihren Sitznachbarn, woraufhin die ein Stück zusammenrückten und Platz machten.

Menschen, die sich zuvor nicht gekannt hatten, wurden durch ein gemeinsames Ereignis zusammengeschweißt und bildeten für kurze Zeit eine Gemeinschaft.

Vielleicht sogar eine Art Familie.

Ob es damals für ihre Nonna auch so gewesen war? Noemi nahm sich vor, alles dafür zu tun, um ihren Teil zu leisten und sie würdig zu vertreten, und stellte die Etagere behutsam auf den Tisch. Carlota Gozzi, die leicht schüchterne junge Frau vom Stand neben ihrem, lächelte sie an und griff nach einer Honigtrüffel. Sie sah hübsch aus in ihrem himmelblauen, bodenlangen Kleid, hielt die Hand ihres Mannes Luigi und wechselte immer wieder verliebte Blicke mit ihm.

»Noemi, Fabio! Ich dachte schon, ihr kommt nicht mehr!« Giada hielt nichts von Zurückhaltung; ihre Stimme hallte so laut durch die Luft, dass sich einige der Anwesenden umdrehten. Sie bedeutete ihnen, sich ihr gegenüberzusetzen, nahm ihre Nonna in Empfang und dirigierte sie zu dem freien Platz neben sich.

Die alte Dame blickte sich um und schien von all den Eindrücken nahezu erschlagen zu sein. Jetzt tätschelte sie den Arm ihrer Enkelin und schloss kurz die Augen.

Noemi ließ sich auf die Bank fallen, winkte in die Runde und rutschte für Fabio ein Stück zur Seite. Er sagte etwas zu seinem Sitznachbarn, was diesen in Gelächter ausbrechen ließ. Wenn er es darauf anlegte, konnte er Menschen um den kleinen Finger wickeln. Das war Noemi nun schon einige Male aufgefallen.

Raffaele und die anderen hatten die riesigen Töpfe mittlerweile abgestellt. »Also dann«, rief Enzo. »Ich möchte euch alle noch einmal offiziell an der Villa Pitiani willkommen heißen! Dass wir hier zusammengekommen sind, haben wir unserem Freund Raffaele und seiner Tochter Giada zu verdanken.« Er deutete zur Seite, was mit donnerndem Applaus beantwortet wurde. Als er abebbte, trat Enzo zu Marta und legte ihr behutsam eine Hand auf die Schulter. »Sie sind die Nachfahren der reizenden Marta Mangano, die manche von euch als Marta Svevo kennengelernt haben und die Teil der alten Piacere-Crew war. Ohne sie würde dieses Festival in den kommenden Tagen nicht stattfinden.« Unter Rufen und Johlen beugte er sich hinab, nahm Martas Hand und hauchte einen Kuss darauf, woraufhin sie rot wurde und Giada etwas zumurmelte. »Und ehe ich nun zu lange rede und die Pasta kalt wird, erkläre ich unseren ersten gemeinsamen Abend für eröffnet! Habt Spaß und feiert, so lange ihr wollt – ich bitte lediglich darum, dass jeder hinterher etwas zurück ins Haus mitnimmt und das schmutzige Geschirr in den Geschirrspülern landet. In jeder Küche gibt es einen. Seid außerdem morgen alle rechtzeitig an euren Ständen. Um zwölf Uhr geht es offiziell los.« Erneut antwortete Jubel.

Während Teller durchgereicht und gefüllt wurden, beugte sich Noemi über den Tisch. »Giada, hast du dir die Ausstellung in der alten Scheune angesehen?«

Sie schüttelte den Kopf. »Nein, das mache ich morgen, ich wollte nicht beim Aufbau stören.«

Noemi zögerte. »Es gibt dort ein Gruppenfoto.« Erst jetzt fiel ihr auf, dass sie darauf gar nicht nach Marta Ausschau gehalten hatte, was ihr sofort leidtat. »Meine Nonna und Bianca Valli sind darauf, ebenso der alte Signor Simonetti. Wusstest du …« Sie merkte, dass sie zu laut sprach, senkte die Stimme und beugte sich weiter vor. »Wusstest du, dass sie ein Paar waren? Bianca und Simonetti? Hat dein Vater es vielleicht mal erwähnt? Sie sind auf der Fotografie Arm in Arm zu sehen, und Vicky Ford hat es bestätigt.«

Giada dachte kurz nach, als könnte die Information irgendwo in ihrem Kopf vergraben sein, und sie würde sie finden, wenn sie nur hartnäckig genug war. »Nein, davon wusste ich nichts.« Sie zuckte die Achseln. »Aber die zwei kannten sich, und wer weiß, was im Laufe ihres Lebens alles passiert ist.« Sie wandte sich um, als Raffaele hinter sie und Marta trat und zwei große Teller vor ihnen abstellte. »Papà, wusstest du, dass Bianca Valli und Alfredo Simonetti mal ein Liebespaar waren?«

Er rückte Martas Besteck zurecht und drückte ihr einen Kuss auf die Wange. »Das wäre mir neu. Ich bin mir sicher, dass Bianca die Simonettis niemals erwähnt hat. Mamma?« Er legte eine Hand auf Martas Schulter.

Sofort blickte sie zu ihm auf.

»Bianca Valli und Alfredo Simonetti waren zusammen?«

Noemi hielt den Atem an, als Marta nicht reagierte – und stieß ihn langsam aus, als sie wieder nach vorn blickte und Fabio eines ihrer Lächeln schenkte, die verrieten, dass sie sich in ihre eigene Welt zurückgezogen hatte.

»Fredo Simonetti«, flüsterte sie, und nun spitzte Noemi doch die Ohren. Beinahe hätte sie vor lauter Anspannung unter dem Tisch nach Fabios Hand gegriffen, der seine Unterhaltung mit dem Mann neben sich unterbrach und Marta aufmerksam anblickte.

Die reckte auf einmal den dürren Arm in die Luft und schüttelte die Faust. »Fredo, so ein Macho!«

Die Gespräche rund um sie verstummten. Alle sahen Marta an, die das jedoch nicht zu bemerken schien, sondern sich in einem Zorn verfing, der schon längst hätte verraucht sein sollen. »Trifft einfach Entscheidungen für drei, ohne weiter darüber nachzudenken!«

»Für wen trifft er Entscheidungen, Nonna?«, fragte Giada sanft. »Für seine Familie?«

Noemi überlegte. »Oder für mich und Fabio, weil wir die Simonettis hier vertreten? Oder meinen Sie, dass er früher Entscheidungen für drei getroffen hat?«

Marta blinzelte erst zu ihr, dann auf ihren Teller. Dabei murmelte sie vor sich hin, und es war klar, dass sie keine Antwort mehr geben würde.

Das übernahm eine Frau, die Noemi schräg gegenübersaß. »Lassen Sie es einfach. Sie sehen doch, dass Marta schon wieder in Gedanken ist, da bringt es doch nichts, sie weiter mit Fragen zu quälen.«

Überrascht musterte Noemi die Frau. Sie musste so alt sein wie Marta und Nonna Rosa, gehörte also möglicherweise auch zur ehemaligen Piacere-Gruppe. Ihre Stirn war gerunzelt, die Lippen schmal und das Gesicht gerötet – ob von der Sonne, vom Wein oder weil sie sich ärgerte, war schwer zu sagen. Ihr Haar war beinahe vollständig ergraut, und sie trug es kinnlang.

Der Mann neben ihr – ebenfalls grau, mit breitem Gesicht

und einer randlosen Brille – schien zu ihr zu gehören. Die beiden saßen nah beieinander und trugen Freizeithemden zu Cargoshorts, dazu identische Outdoor-Uhren mit breiten Silikon-Armbändern sowie geknotete Halstücher. Sie machten den Eindruck, zu einer Wanderung aufbrechen und anschließend zelten oder jagen gehen zu wollen.

Die Frau würdigte Noemi keines Blickes mehr und wandte sich ihrem Besteck zu. Sie hatte gesagt, was sie hatte sagen wollen, aber es gab keinen Grund, darauf einzugehen. Das würde eventuell nur zu Spannungen führen, und Noemi wollte die zauberhafte Atmosphäre nicht gefährden.

Also reichte sie Teller hin und her, bis jeder versorgt war, und gab kurz darauf Soße auf ihre Pasta. Das Aroma von Tomaten, gegrilltem Gemüse und Käse zog durch die Luft. Am Tisch wurde es ruhiger, auch wenn die Gespräche nicht abebbten und nur von langen, genussvollen Pausen unterbrochen wurden. Besteck klapperte, und hin und wieder klirrte es, wenn zwei Gläser aneinanderstießen.

Auch Fabio hielt Noemi seins hin. »Wir haben es geschafft.«

Sie griff nach ihrem Weißwein, und das zarte Klingen beim Anstoßen kam ihr wie ein persönlicher Startschuss vor. Endlich waren sie hier, an einem Ziel, das für sie bis vor wenigen Tagen noch nicht einmal existiert hatte.

In ihrem Kopf hatte sie sich vieles ausgemalt, Fragen gewälzt und wieder verworfen, aber nichts und niemand würde ihr dieses Erlebnis nehmen können. In dieser Hinsicht wandelte sie auf den Pfaden ihrer Nonna: Sie würde einzigartige Erinnerungen schaffen, von denen sie sicher auch nach Jahren noch gern erzählte; vielleicht sogar, wenn sie selbst einmal Enkel hatte. Denn so schnell würde sie vermutlich nicht wieder Pralinen auf einem Festival an einer italienischen Villa verkaufen.

Oder miterleben, wie Fabio allmählich zu dem Menschen wird, der er offenbar ist, ohne all diese Sorgen und die dauernden Blicke auf sein Handy.

Wie sehr sie sich darüber freute, überraschte sie – ebenso die Erkenntnis, wie sehr sie ihn mochte. Nicht nur, weil ihr der regelmäßige Schlagabtausch mit ihm gefiel, sondern auch, weil sie mehr über ihn wissen wollte.

Eine Berührung an ihrem Handgelenk ließ sie aufblicken, und sie sah in Fabios lächelndes Gesicht. »Ich frage dich jetzt nicht, worüber du nachgedacht hast, weil du gerade so glücklich aussiehst. Wenn auch ein wenig verstört. Aber vielleicht trainierst du auch nur deine entzückenden Armmuskeln und möchtest das Weinglas noch eine Weile hochhalten?«

Sie blinzelte, nickte und schüttelte den Kopf, alles nacheinander.

Jetzt nur nicht wieder rot werden!

Was war nur los mit ihr?

Wieder fiel ihr Blick auf seine Finger an ihrem Handgelenk, und er zog sie zurück, als er es bemerkte.

»Ich bin auch glücklich«, sagte sie langsam und horchte der Wahrheit in den Worten nach. »Wegen all dem hier und weil wir eine großartige Zeit haben werden. Und sag jetzt nicht, dass das erst nach dem Interview mit Linda möglich sein wird«, schob sie schnell hinterher, als sich seine Augenbrauen eine Winzigkeit zusammenzogen.

Dieses Mal antwortete er nicht sofort, dafür sah er beinahe überrascht aus. Nach einer Weile räusperte er sich. »Vielleicht hast du recht.« Es klang nachdenklich und sanft zugleich.

Noemi schüttelte den Kopf. »Du kannst mir doch nicht einfach zustimmen.« Ihre Stimme war kaum lauter als seine. »So funktioniert das zwischen uns doch nicht.«

»Aber was, wenn ich etwas Neues ausprobieren möchte?« Das Grübchen vertiefte sich.

Noemi riss sich von dem Anblick los und griff nach der Käsereibe und dem Parmesanblock. »Warte damit am besten bis nach dem Interview, sonst bringt dich das womöglich aus dem Gleichgewicht.« Sie konnte sein Grinsen förmlich hören, aber dann widmete er sich seinem Teller, die Welt normalisierte sich, und Noemi fühlte sich wieder wie sie selbst.

Die Gespräche am Tisch waren angeregt. Jeder wollte die Menschen kennenlernen, mit denen er die kommenden Tage verbrachte. Während sich Fabio blendend mit seinem Tischnachbarn zur Rechten verstand, plauderte Noemi mit Carlota und Luigi über ihre Heimatstädte, ihr Angebot am Stand und welche Länder sie bislang bereist hatten.

Beiläufig bemerkte sie die Blicke der Frau mit dem Outdoor-Outfit. Sie flüsterte ihrem Mann etwas zu, ohne Noemi aus den Augen zu lassen. Es irritierte sie – sie kannte diese beiden nicht und hatte ihnen keinen Anlass gegeben, sie nicht zu mögen, und trotzdem war das offenbar der Fall. Es machte sie unruhig. Daher lehnte sie sich zurück, griff nach ihrem Weinglas und ließ den Blick über die Runde schweifen. Als er den der Frau – und des Mannes, denn beide beobachteten sie nun – kreuzte, zwang sie sich zu einem Lächeln.

Sie erhielt keines zurück. Stattdessen kräuselten sich die Lippen der Frau in einem Spott, der ihr übertrieben schien und den sie vor allem nicht verstand. Schon wollte sie eine harmlose Bemerkung fallen lassen, über das Essen oder das Wetter oder auch das zauberhafte Ambiente, doch Carlota berührte sie flüchtig an der Schulter.

»Woher kam deine Nonna noch einmal? Aus der Nähe von Mailand? Wir haben da Verwandte.« Mittlerweile hatte sie ihre Schüchternheit abgelegt, redete immer schneller und unterstrich die Worte mit so lebhaften Gesten, dass Noemi permanent damit rechnete, Carlotas Finger würden früher oder später in irgendeinem Gesicht landen.

»Aus Bondeno, zwischen Padua und Bologna.«

»Ah, Bondeno, das kenne ich.« Carlotas Fingerspitzen zischten haarscharf an Noemis Nasenspitze vorbei. »Wie faszinierend, dass deine Nonna quasi den Grundstein zu alldem hier gelegt und ihrer Familie niemals etwas davon erzählt hat!«

Auf einmal verspürte Noemi den Drang zu ebenso großen Gesten. »Ja, daher bin ich auch so aufgeregt. Natürlich bin ich auch gespannt, ob ich es schaffe, die Besucher für die Simonetti-Pralinen zu begeistern.«

Carlota warf ihrem Luigi einen Blick zu, der die Etagere zu sich gezogen hatte und sich seelenruhig die dritte Praline in den Mund stopfte. Zuvor hatte er zwei Teller Spaghetti in Lichtgeschwindigkeit geleert. »Meinen Mann hast du auf jeden Fall schon einmal rumbekommen. Eine Mission ist erfüllt, und die zweite wirst du sicher auch hinbekommen und alle Antworten finden, die du suchst.«

»Das hoffe ich«, sagte Noemi im selben Augenblick, als die Frau mit den grauen Locken schnaubte.

Noemi nahm sich die Zeit, um tief durchzuatmen, aber allmählich reichte es ihr. »Entschuldigung?« Sie schaffte es noch immer, freundlich zu klingen. Aber warum auch nicht? Sie und die Unbekannte hatten schließlich keinen Streit, und sie hoffte, dass es so blieb.

Die Frau starrte sie mit verengten Augen an und wandte sich dann ihrem Mann zu, nicht gewillt zu antworten. Dann überlegte sie es sich anders und schnellte so abrupt herum, dass Carlota ein erschrockener Laut entfuhr. »Ganz die Großmutter«, zischte sie.

Ein Stich fuhr tief in Noemis Magen und nahm ihr kurzzeitig die Luft. Beinahe hätte sie zur Seite geblickt, doch Fabio saß nicht mehr neben ihr, sondern stand etwas abseits und telefonierte. Auch Giada hatte sich erhoben und suchte irgendwas für Marta. Raffaele war schon vor Minuten mit Enzo wieder Richtung Villa verschwunden; vermutlich um die letzten Formalitäten zu klären.

Aber letztlich brauchte sie niemanden, um ihre Schlachten zu schlagen. »Wie bitte?«, fragte sie höflich.

Die Frau verzog das Gesicht. »Sie haben mich schon verstanden, Mädchen. Vielleicht versuchen Sie, nicht denselben Fehler wie Ihre Großmutter zu machen und halten sich aus Dingen heraus, die Sie nichts angehen.«

Rund um sie war es still geworden. Carlota und Luigi starrten die Streitlustige ebenso an wie deren Ehemann. Auch Marta blickte zu ihnen, schien jedoch nicht wirklich mitzubekommen, was um sie herum geschah.

Noemi drückte unter dem Tisch ihre Fingernägel gegen die Holzplatte und zwang sich, zumindest innerlich zu lächeln. »Ich weiß nicht, wovon Sie reden; da müssen Sie schon deutlicher werden.«

Die Frau verschränkte die Arme vor der Brust und hob das Kinn. »Das muss ich ganz sicher nicht, Sie verstehen mich auch so. Rosa Greco«, sie spie den Namen geradezu aus, »hat sich permanent einmischen müssen, und wir haben es ihr in den meisten Fällen nachgesehen. Das war unser Fehler, denn eines Tages ist sie zu weit gegangen. Und jetzt sitzen Sie hier und sind genauso neugierig wie Rosa damals.«

»Aber …« Noemi gefiel es ganz und gar nicht, wie die Blicke der anderen auf ihr ruhten. »Ich versuche doch nur, herauszufinden, warum meine Nonna uns nie vom Piacere erzählt hat und von ihren Freunden hier. Ich verstehe nicht, warum das ein Problem sein soll.« Sie wollte Bianca Valli erwähnen, hielt sich dann aber zurück. Das war jetzt vermutlich keine gute Idee.

Der Mann der Grauhaarigen legte eine Hand auf die seiner Frau und beugte sich vor. »Es gibt überall Schatten, in jeder Gruppe, und Ihre Großmutter war einer.«

Die wachsende Aufmerksamkeit brannte auf Noemis Haut, und sie glaubte, aufstehen und etwas Unsichtbares abstreifen zu müssen, ehe es sich einen Weg in ihr Inneres fraß.

»Ich bin ganz offen: Rosa hat das Piacere mitbegründet, ja«, sagte der Mann. »Meinetwegen war sie auch eine Ideengeberin. Aber danach hat sie nur Unruhe in unseren Freundeskreis gebracht, und wir waren froh, als sie einen Mann aus Deutschland gefunden hat und weit weg gezogen ist.«

Seine Frau nickte so energisch, dass ihre Armbanduhr auf den Tisch schlug. »Und jetzt machen Sie da weiter, wo sie aufgehört hat, und sorgen hier für Ärger.«

»Das reicht jetzt«, sagte Giada, die wieder an den Tisch getreten war und ebenso von einem zum anderen starrte wie Carlota und Luigi. »Wenn hier jemand gerade Ärger macht, dann ganz sicher nicht meine Freundin.«

Noemi war dankbar, dass jemand für sie Partei ergriff, aber es war zu spät – die Stimmung war bereits gekippt. Sie schüttelte den Kopf, weil sie sprachlos war, aber um nichts in der Welt erstarrt vor diesen beiden sitzen wollte. Ein Teil von ihr fragte sich, warum niemand sonst etwas sagte und diese Anschuldigungen als absurd bezeichnete, und ein anderer machte ihr klar, dass das Abendessen in dieser wundervollen Kulisse für sie beendet war. Sie ahnte, dass sie keine nähere Erklärung bekommen würde, auch wenn sie nachfragte – der Triumph in den Augen des Outdoor-Paars sprach Bände. Etwas musste damals zwischen ihnen und Rosa geschehen sein, und jetzt, nach all den Jahren, behielten sie die Oberhand in einem Duell, das Noemi nicht verstand.

»Warum gehen Sie nicht einfach?«, sagte die Frau mit Verachtung in der Stimme und ignorierte Giada komplett.

Ihr Mann stand auf, beiläufig, als würde er sich ebenfalls nur einen Nachschlag holen wollen, aber die Drohung war unverkennbar. »Besser, Sie hören auf meine Frau und mischen sich nicht mehr ein. Es ist schon eine Ironie, dass Simonetti ausgerechnet an Sie geraten ist als Repräsentantin für seine Pralinen. Aber wie ich hörte, waren Sie auch nicht ganz unschuldig an seinem Herzinfarkt.«

Nun erhob sich auch Luigi, nachdem Carlota ihm fest auf den Oberschenkel geschlagen hatte. »Ich denke, Sie sollten sich wieder setzen.«

Wo sich Noemi zuvor noch hatte behaupten können, traf sie die Aussage über Signor Simonetti tief – weil sie ihr schlechtes Gewissen rührte, das sich noch immer die Schuld gab und gegen das ihre Logik niemals ankommen würde. Sie fühlte sich, als hätte jemand sie mit eiskaltem Wasser übergossen. Das Letzte, was sie tun wollte, war flüchten, denn damit spielte sie den beiden nur in die Karten und würde schuldig wirken. Aber ihre Augen füllten sich bereits mit Tränen – wegen dieser Feindseligkeit ihr gegenüber, aber vor allem, weil sie es nicht schaffte, ihre Nonna zu verteidigen, diese wundervolle Frau, die so angegriffen wurde.

»Noemi?« Ihre Sicht verschleierte bereits, aber sie erkannte, dass Giada beide Hände in die Hüften gestemmt hatte. »Du wirst diese Hirngespinste hoffentlich nicht ernst nehmen. Das ist mehr als unverschämt!« Sie klang wütend, aber auch besorgt, woraufhin sich eine erste Träne auf Noemis Wange stahl.

Auf einmal wollte sie nur noch weg. »Entschuldigt mich«, murmelte sie und stieg über die Bank. Giada streckte eine Hand nach ihr aus, aber sie musste schneller sein. Wenn man sie nun tröstete, würde sie hier, vor all diesen Menschen, in Tränen ausbrechen und alles nur noch schlimmer machen.

Sie rang sich ein Lächeln ab und deutete über die Schulter, ehe sie sich umdrehte und loslief. Vielleicht konnte sie Giada täuschen und ihr weismachen, dass sie dringend zurück zur Villa musste.

Aus dem Augenwinkel sah sie Fabios Rücken, der – noch immer in sein Telefonat vertieft – mittlerweile auf der anderen Seite des Wegs auf und ab lief. Giada rief ihren Namen, und wie auf ein Stichwort setzte das Gemurmel von Stimmen wieder ein. Sie wehten hinter Noemi her wie etwas, dem sie nicht entkommen konnte und das aus falschen Anschuldigungen und Vorwürfen erschaffen worden war.

Sie blinzelte, und jetzt wagte sie es endlich, sich über die Augen zu wischen. Mit der Bewegung kam die Wut.

Giada rief noch einmal, sagte etwas in scharfem Ton, und dann war Noemi endlich weit genug weg, um sich nicht mehr zusammenreißen zu müssen.

16

In jedem schlechten Erlebnis liegt etwas Gutes, sagte Tante Elisa immer, und sie hatte wieder einmal recht. Noemi versuchte ein Lächeln, und dieses Mal gelang es ihr. Ohne den hässlichen Vorfall beim Abendessen hätte sie womöglich niemals die zwei durch Hecken und Sträucher abgeteilten Nischen im Mandelgarten entdeckt.

Sie befanden sich im hinteren Bereich, waren zuvor von den Bäumen verdeckt worden und ihr daher nicht aufgefallen. In einer standen ein weißer Tisch und zwei Stühle, in der anderen eine Hollywoodschaukel mit gestreiftem Baldachin und weichen Kissen. Noemi hatte die Schaukel gewählt, lag auf dem Rücken und hatte die Beine angezogen. So sah sie die Sterne am sich verdunkelnden Himmel, aber auch einen Teil der Bäume, da die Lichter der Villa bis hier streuten. Das Konzert der Zikaden passte dazu, und sie glaubte, ein Echo des Blütendufts zu erahnen, der vor wenigen Monaten die Luft erfüllt hatte.

Aus der Ferne drangen Gelächter und andere Geräusche zu ihr herüber sowie leise Musik – die anderen saßen noch an der Holztafel und lernten sich besser kennen.

Sie war noch nie zuvor zur Außenseiterin einer Gruppe gemacht worden – und vor allem war sie noch nie zuvor auf solch eine Weise bloßgestellt worden. Auf Partys hatte sie keine Probleme, mit anderen ins Gespräch zu kommen, und fühlte sich mittendrin ebenso wohl wie am Rande eines interessanten Gesprächs. Doch wie es aussah, gab es mehr als ein Kapitel in der Vergangenheit ihrer Nonna, mit dem sie nicht gerechnet hatte. Was auch immer geschehen war, musste so schwerwiegend gewesen sein, dass dieses seltsame Ehepaar bis heute an seinem Zorn festhielt.

Noemis Finger fanden einen Faden im Polster, und sie zog daran, bis er sich mit einem leisen Geräusch löste. Dann hörte sie, dass sich Schritte näherten. Jemand schlenderte durch den Mandelgarten auf sie zu und sorgte dafür, dass die Zikaden vorübergehend verstummten.

Augenblicklich beschleunigte sich ihr Herzschlag auf eine unangenehme Weise, und rasch setzte sie sich aufrecht. Sie wollte nach dem Zwischenfall allein sein und war nicht für eine weitere Auseinandersetzung gewappnet. Besser, sie ging auf ihr Zimmer. Vorher würde sie sich noch einen Wein aus der Küche holen. Der Appetit war ihr vergangen.

Als sie aufstand, hob die Gestalt – durch den Lichtschimmer in ihrem Rücken nur eine dunkle Silhouette – eine Hand; in der anderen hielt sie etwas. Jetzt erkannte Noemi die Art, sich zu bewegen, die sie noch immer an einen Sportler erinnerte.

Wie einer dieser Typen, die um die Welt reisen, hatte Lea gemeint.

»Ich komme in Frieden«, sagte Fabio leise und blieb stehen, als bräuchte er ihre Erlaubnis, um sich weiter zu nähern.

Noemi horchte in sich hinein, aber irgendwie freute sie sich, dass er die muntere Runde verlassen hatte, um sie zu suchen. »Wie hast du mich hier gefunden?«

»Das war nicht gerade schwer. Außerdem haben die Manganos ein Fernglas dabei, weil Marta ganz gern Vögel beobachtet, und Giada hat von der Villa aus Ausschau nach dir gehalten, nachdem sie lautstark verkündet hat, dass ihr der Wein in der Gesellschaft am Tisch sauer schmeckt.« Er deutete über seine Schulter.

Noemi schwieg, doch Fabio schien nichts mehr hinzufügen zu wollen. »Moment mal, du meinst das ernst?« Sie warf einen Blick zum Gebäude, konnte aber niemanden an einem der Fenster ausmachen.

Fabio zuckte die Schultern. »Sie ist eben ein wenig verrückt. Aber auf eine gute Weise. Was man nicht von allen hier behaupten kann.« Er ging weiter, so langsam, dass sie ihn jederzeit hätte stoppen können. Aber sie schwieg. Es tat gut, zu wissen, dass es mindestens zwei Leute in der Villa gab, die sich um sie sorgten.

Er gab ihr zu verstehen, dass sie zur Seite rutschen sollte, und ließ sich neben sie fallen, ehe er das Bündel auf dem Boden abstellte. Nach und nach förderte er eine Flasche Wein, Becher und zwei Schüsseln zutage. »Hier. Es sind sicher auch Spaghetti übrig, aber ich wollte nicht mit den riesigen Tellern durch die Gegend laufen. Ich habe als Teenager mal versucht, zu kellnern, und es ist nicht gut ausgegangen.«

»Ich habe eh keinen Hunger«, sagte Noemi. »Aber ich will dich nicht um dein Abendessen bringen. Wirklich, Fabio, du musst mir keine Gesellschaft leisten.«

Sein Blick streifte ihren, und im Halbdunkel, in dem lediglich seine Augen glitzerten und die Schatten Kinn und Wangenknochen schärften, sah er aus wie jemand, der das größte Geheimnis der Welt mit sich herumtrug und überlegte, ob er es ihr verraten wollte. »Wenn du nichts dagegen hast, würde ich gern bleiben. Die Aussicht, den Abend mit dem Ehepaar Fürchterlich an einem Tisch zu verbringen, ist nicht gerade verlockend. Es sind übrigens die Russos. Carlota hat versucht, mehr aus ihnen herauszubekommen, zum Beispiel, warum sie dich und deine Nonna so angegriffen haben.« Mit einem Plopp glitt der Korken aus der Flasche. »Aber sie weigern sich, mit der Sprache rauszurücken, und sie war ziemlich genervt. Carlota, meine ich. Sie ist sogar laut geworden. Das hätte ich ihr gar nicht zugetraut.« Er zögerte. »Tut mir leid, dass ich nicht mitbekommen hatte, was da am Tisch passiert ist.«

»Schon okay«, sagte sie leise. »Du warst beschäftigt.«

Er füllte den Wein in die Plastik-Campingbecher und reichte ihr einen. »Hier. Ansonsten habe ich Antipasti und Crostini Toscani von den Carducci-Cousinen. Ich soll dir ausrichten, dass du dir die Sache bloß nicht zu Herzen nehmen sollst, weil die Russos generell viel zu meckern haben und nicht die Ersten sind, wenn es darum geht, Freundschaften zu schließen. Sie verkaufen auf dem Piacere übrigens geräucherten Schinken, den die Cousinen boykottieren wollen. Bei denen hast du einen echten Stein im Brett.« Er trank einen Schluck, lehnte sich zurück und tat das, was Noemi in diesem Augenblick ebenso sehr half wie seine Worte: Er schwieg mit ihr. Eine ganze Weile starrten sie in den Himmel, bis Fabio hörbar ausatmete. »Niemand hat diese Anschuldigungen gegen deine Nonna bestätigt, Noemi. Vermutlich hatte Frau Fürchterlich Knatsch mit ihr, und dem Mann blieb keine andere Wahl, als sich auf ihre Seite zu schlagen, da es sonst zu Hause kriselt.«

Er schob eines der Schälchen in ihre Richtung. Es roch so köstlich nach Pilzen und Kräutern mit einem Hauch Knoblauch, dass Noemi doch nach einem Stück Brot griff. Es war herrlich weich in der Mitte und knusprig am Rand, und der würzige Aufstrich passte perfekt dazu. Trotzdem wollte der Appetit nicht so recht zurückkehren, und sie legte den Crostino nachdenklich wieder ab.

»Ich verstehe es nur nicht. Ich versuche doch nur, etwas über das Leben meiner Nonna hier in Italien herauszufinden. Was kann sie denn so Schlimmes getan haben, dass die zwei nach all den Jahren so aggressiv reagieren?« Die Tränen kehrten zurück, dieses Mal von der Wut getrieben. Sie biss die Zähne aufeinander. »Meine Nonna war ein freundlicher, lebensfroher Mensch, und niemand, der für Unruhe sorgt oder anderen die Stimmung verdirbt. Oder was haben sie gemeint, als sie sagten, Nonna wäre ein Schatten gewesen?«

»Ich glaube, sie wollten einfach nur ihre Abneigung ausdrücken. Du darfst nichts auf die einzelnen Wörter geben«, sagte Fabio leise und legte seine Hand neben ihre, so nah, dass sich die kleinen Finger berührten.

Das Kitzeln von Haut auf Haut verwandelte sich innerhalb eines Atemzugs in ein Kribbeln. Noemi zögerte, da er sie kurzzeitig aus ihrer Wut und Verwirrung riss. Doch beides wog zu schwer und löschte das wundervolle Gefühl aus, hier und jetzt bei ihm sicher zu sein. Wäre der Abend anders verlaufen, hätte sie sich allzu gern an ihn gelehnt. Hätte die Augen geschlossen und mit klopfendem Herzen die nächsten Augenblicke erwartet.

Hätte sich fallen lassen können.

Aber das war unmöglich. Stattdessen hielten die Fragen sie in der Gegenwart, und sie brauchte Antworten, um sich nicht das Festival verderben zu lassen. Sie konnte diese Anschuldigungen nicht einfach hinnehmen. Und trotz allem war sie sich seiner Nähe mehr als bewusst.

»Ich weiß«, flüsterte sie. »Ich habe mich nur gefragt, ob meine Nonna so auf andere gewirkt hat. Sie konnte sehr enthusiastisch sein und Menschen mitreißen. Ich fand das immer faszinierend und höre öfter, dass ich ihr in der Hinsicht ähnlich bin. Aber was, wenn es manchmal so angekommen ist, als hätte sie sich in etwas eingemischt, das sie nichts angeht? Und«, sie schluckte, »wenn es bei mir genauso ist?« Sie wandte den Kopf, langsam nur, da sie befürchtete, eine Antwort in Fabios Augen zu lesen, die ihr nicht gefallen würde. »Wie bei den Simonettis. Ich habe sie ziemlich überfallen. Erst mit meiner Hilfe im Laden und dann mit dem Piacere.«

Fabio drehte sich eine Winzigkeit, und das Licht der Villa fiel auf sein Gesicht. Doch da war keine Zustimmung. Nicht einmal ein Urteil. Nur eine Vertrautheit, die Noemi ebenfalls spürte. Behutsam griff er nach ihrer Hand, und sie ließ es geschehen.

»Ja, du kannst spontan und manchmal auch verdammt überschwänglich sein, wenn du eine Idee hast«, sagte er, und die Worte gingen beinahe im Zikadenchor unter. »Aber wer böse Absichten dahinter vermutet, ist ein Idiot. Es ist nicht dein Problem, Noemi. Du hast nichts getan, außer harmlose Fragen zu stellen. Wenn die Russos allergisch auf deine Nonna reagieren, weil sie so lebhaft und begeisterungsfähig war wie du, dann ist das ihr Problem.«

Seine Worte brachen einen Teil der Mauer auf, die sich um Noemi geschlossen hatte. »Das sagst du jetzt nicht nur, um mich zu beruhigen, oder?«

Er drückte ihre Hand kaum merklich. »Nein. So gut müsstest du mich mittlerweile kennen.«

Zum ersten Mal war sie froh, dass ihr keine Gegenargumente einfielen. Dafür wurde ihr bewusst, wie nah er ihr war. Sein Atem streifte ihre Wange, und sie roch Wein und Kräuter. Mit Mühe riss sie den Blick von seinen Augen los, nur um ihn zu seinen Lippen wandern zu lassen und den verführerischen Schwung darin zu bewundern. Ihr Körper wollte auch diesen letzten Abstand zwischen ihnen verringern, doch ihr Kopf hatte auf einmal andere Pläne und ließ eine Flut an Fragen auf Noemi los, von denen sie keine einzige beantworten konnte.

Hatte Fabio vor, sie zu küssen, oder war dies noch immer nur ein Gespräch, um sie zu beruhigen und ihr Selbstvertrauen wiederaufzubauen? Oder wollte er sie von dem Vorfall mit den Russos ablenken? Vielleicht küsste er ja generell Frauen, wenn sie traurig waren?

Sie sog scharf die Luft ein, drückte den Rücken durch und rückte dabei eine Winzigkeit von ihm ab. »Danke.« Am liebsten hätte sie sich selbst geohrfeigt. Nichts in ihrem Leben hatte künstlicher geklungen als dieses eine Wort. »Du hast vermutlich recht. Und ich denke, wenn der Schock erst mal abgeklungen ist, komme ich auch drüber weg.«

Fabio war von ihrer Reaktion eindeutig überrascht, nahm

sie aber gelassen. Seine Hand rutschte von ihrer und stahl einen Teil der sommerlichen Temperaturen. »Das ist gut. Signorina Caos sollte sich nicht von einem grummeligen Paar einschüchtern lassen.« Er nahm sich eine Olive, hielt ihr das Schälchen hin und lehnte sich wieder zurück. In der Nähe der Villa wurden die Sterne vom Licht überdeckt, aber zur Rechten zogen sie zarte Leuchtbänder über den Himmel. »Bist du eigentlich Frühaufsteherin?«

»Was?« Sie brauchte eine Weile, um wieder in eine normale Unterhaltung zurückzufinden. »Ja, ich meine … manchmal. Aber keine Angst, ich verschlafe morgen ganz sicher nicht. Es ist ja noch einiges zu tun, ehe es losgeht.«

»Gut.« Er schnappte sich noch ein Stück Brot sowie seinen Becher und stand auf. »Dann werden wir den Tag so beginnen, dass ihn dir keine Bemerkung der Welt verderben kann.«

»Und was genau stellst du dir da vor?«

»Ich frage Raffaele, ob wir morgen seinen Wagen haben können, dann packen wir etwas zum Frühstück ein und halten an, wo auch immer wir wollen. Du hast doch auf der Fahrt nach Matraia gemeint, dass du nicht genug Gelegenheit hattest, dir die Gegend anzusehen, und das holen wir nach. Wenn wir rechtzeitig losfahren, bleibt uns noch genug Zeit, um alles für das Festival vorzubereiten.«

Dieses Mal fehlten ihr wirklich die Worte. Fabio, der so aufgeregt war, der sicherlich heute Nacht kein Auge zutun und sich erst nach dem Interview mit Linda entspannen würde, wollte sie mit einem Ausflug ablenken – und eindeutig auch von den Russos fernhalten. »Eine schöne Idee, aber geht das nicht alles zu sehr auf die Zeit? Wir müssen uns morgen früh doch noch vorbereiten, und du …«

»Genügen dir … sagen wir drei Stunden, um die letzten Pralinen zu rollen und was sonst noch auf deiner Liste steht?«

»Ja, schon, natürlich, aber …«

»Ich habe mich erkundigt: Die Sonne geht gegen viertel vor sechs auf. Es sei denn, das ist dir zu früh, und du möchtest lieber für das Piacere ausgeruht sein.«

Er hat sich nach dem Sonnenaufgang erkundigt.

Auf einmal schienen das Abendessen und die missbilligenden Gesichter des Ehepaars Russo weit weg zu sein. »Es wäre schön, den Sonnenaufgang in der Toskana zu erleben.«

»Gut.« Er hielt ihr noch einmal seinen Becher entgegen. »Ich besorge den Wagen, du den Picknickkorb. Von dem Weg hinter der Villa, wo wir heute Ray getroffen haben, hat man eine schöne Aussicht. Danach fahren wir los und sind gegen neun wieder zurück. Deal?«

Noemi stand auf und stupste ihren Becher gegen seinen – sanft nur, da die leisen Töne perfekt passten. »Deal.«

Sie waren nicht als Einzige so früh auf den Beinen.

Als Noemis Wecker sie um kurz nach fünf mit sanften Glockenschlägen aus dem Schlaf riss, war sie erstaunt, wie tief und fest sie geschlummert hatte – und wie gut. Das Bett war bequem, und sie fühlte sich nicht nur ausgeruht, sondern auch voller Tatendrang. Die Vorfreude auf das Festival war zurückgekehrt und brachte eine Energie mit sich, die dafür sorgte, dass sie nur kurz nach draußen blickte, um dann mit einem Satz aufzuspringen.

Fabios Sofa war leer. Sie hatte ihn gestern Abend im Halbschlaf gehört, als er ins Zimmer gekommen war, doch nicht heute früh. Hoffentlich lag es nicht daran, dass er schlecht geschlafen hatte, schließlich musste er später fit sein.

Es war noch dunkel draußen, jedoch nicht mehr stockfinster. Die Außenbeleuchtung der Villa durchbrach die Nacht, ebenso einzelne Lichter in der Ferne. In Düsseldorf war es unvorstellbar, dass die Nachbarn nicht einmal mehr in Sichtweite wohnten.

Fasziniert trat Noemi ans Fenster und lauschte. Bereits jetzt meldeten sich Vögel, doch abgesehen davon war es totenstill; die restlichen Gäste der Villa schienen noch zu schlafen. Kühle Luft strich über Noemis Gesicht und Arme – eine willkommene Abwechslung zu den Tagestemperaturen.

Sie genoss den Moment noch eine Weile, drehte sich dann um und griff nach den Sachen, die sie gestern bereitgelegt hatte: ihre lange Stoffhose sowie ein Top, dazu einen dünnen Cardigan und Sneaker. Dann machte sie sich auf den Weg ins Bad. Zwanzig Minuten später trat sie mit handtuchfeuchten Haaren auf den Flur und lauschte noch einmal der Stille. Irgendwo hustete jemand, und im Stockwerk unter ihr tickte die gigantische Standuhr.

Auf der Treppe huschte ihr etwas entgegen. Zunächst erschrak sie, erkannte dann aber Donatella und ging in die Hocke. »Na, wie bist du denn aus eurem Zimmer entwischt? Oder hast du gar nicht bei den Manganos übernachtet, sondern die Mäusepopulation in Augenschein genommen? Und wo hast du deine Freundin gelassen?«

Donatella ließ sich kraulen, bis es ihr zu viel wurde und sie mit einem vorwurfsvollen Blick Abschied nahm. Als Noemi den Weg zur Küche einschlug, folgte sie ihr aber in der eindeutigen Hoffnung auf einen Leckerbissen.

»Tut mir leid, aber keine Katzen in der Küche«, flüsterte Noemi und quetschte sich durch die einen Spalt geöffnete Tür.

Den Picknickkorb hatte sie noch am Vorabend in der Ecke platziert, mit Plastikgeschirr sowie Besteck gefüllt und sich bei Enzo versichert, dass es in Ordnung war, etwas für ein Picknick abzuzweigen. Da er ohnehin glaubte, sie und Fabio wären ein Paar, hatte er eine Hand auf sein Herz gelegt und beteuert, wie wichtig es sei, die Energien zwischen zwei Liebenden selbst im Trubel einer Gemeinschaft aufrechtzuerhalten. Auch dieses Mal hatte Noemi ihn nicht korrigiert, allerdings hauptsächlich, weil sie nicht wollte, dass er fragte, warum sie nicht bei den anderen war, oder ihr anmerkte, dass etwas nicht stimmte. Zwar hatte sich ihre Stimmung seit dem Gespräch mit Fabio im Mandelgarten gebessert, aber manche Menschen verfügten über feine Antennen.

Jetzt bestückte sie die Kaffeemaschine mit zwei Pads, warf sie an und suchte alles für ein Frühstück zusammen, während der Kaffee durchlief und sich das Aroma ausbreitete: eine Ciabatta, zwei Stücke Käse, ein Glas Marmelade und Obst. Zum Schluss füllte sie eine kleine Plastikdose mit Pralinen und eine Thermoskanne mit dem Kaffee. Ein Blick auf die Uhr verriet, dass sie gut geschätzt hatte, und so trat sie drei Minuten vor der verabredeten Zeit in den Innenhof.

Fabio lehnte an der Wand, die Hände in den Hosentaschen, und hatte die Augen geschlossen. Der Anblick faszinierte Noemi so sehr, dass sie stehen blieb und hoffte, dass er sie noch nicht bemerkt hatte. Ihr war noch nie so deutlich aufgefallen, wie sehr er hierherpasste, als hätte jemand einen waschechten Italiener – so wie man sich ihn vorstellte, wenn man aus Deutschland stammte – für ein Fotoshooting in die Toskana beordert.

»Bist du fertig?«, fragte er, ehe er den Kopf wandte und die Augen öffnete.

Noemi hob ertappt den Picknickkorb. »Natürlich. Oder dachtest du, ich trage den nur zur Tarnung mit mir herum?«

Zunächst rührte er sich nicht, doch dann kräuselten sich seine Lippen zu einem Lächeln. Er stieß sich ab und deutete nach vorn. »Ich habe den Wagen schon vor dem Hof geparkt. Sehen wir uns den Sonnenaufgang an und fahren los, ich könnte einen Kaffee vertragen.«

»Wie lange bist du denn schon wach? Konntest du nicht schlafen?« Das *Bist du nervös?* hatte sie sich noch rechtzeitig verkniffen.

Fabio nahm ihr den Korb ab, als sie den Wagen erreichten, und verstaute ihn auf der Rückbank. »Ich bin gegen fünf aufgestanden, und, doch, ich habe gut geschlafen. Nur kann ich vor einem wichtigen Termin niemals lange im Bett bleiben. Heute Abend werde ich vermutlich todmüde aufs Sofa fallen und dich die halbe Nacht zuschnarchen.«

»Untersteh dich!«, sagte sie und lachte.

Sie machten sich auf den Weg und ließen den vorderen Teil der Villa hinter sich. Der Horizont färbte sich bereits schwach rötlich. Wie auch am Vortag umrundeten sie das Gebäude, jetzt mit einem Ziel und in einer Stille, die nicht passender sein konnte. Bald erstreckte sich die Landschaft vor ihnen, der Blick ruhte auf den angedeuteten Hügeln in der Ferne.

Fabio zeigte auf einen Zaun, der die Grünflächen der Villa von dem Gelände dahinter abteilte, und statt einer Antwort rannte Noemi los. Sie schrie auf, als er sie kurz vor ihrem Ziel einholte, hochhob und sie auf die oberste Holzlatte schwang.

Noemi balancierte ihren Sitz aus, hielt sich fest und stemmte die Füße gegen das Holz. Fabio zog sich neben ihr in die Höhe.

»Es ist jetzt schon atemberaubend«, sagte Noemi. Grau und dunkles Blau gaben mit jeder Sekunde mehr Nuancen frei, und auf einmal ging alles ganz schnell. Der helle Streifen am Horizont wurde breiter und zauberte Orange- und Rosétöne hervor. Sie schimmerten auf dünnen Nebelfeldern, die sich in den Hügeln verfangen hatten. Dann zeigte sich die Wölbung der Sonne und ließ die Farbpalette funkeln: Unter dem Blau erstrahlte eine Grasfläche in dunklem Grün, unterbrochen von den Reihen der Zypressen. Je feuriger sich der Himmel färbte, desto kräftiger waren auch die Farben darunter. Allmählich lösten sich die Nebelschwaden auf, und das golden glänzende Band der Straße wurde sichtbar.

»Wow.« Mehr brachte Noemi nicht heraus, und mehr brauchte es auch nicht. Diesen Anblick würde sie niemals vergessen, und sie war Fabio zutiefst dankbar, dass er ihr vorgeschlagen hatte, so früh aufzustehen.

Als die Sonne ganz über den Horizont geklettert war und sich in die leichten Wolkenfelder schob, drehte er sich zu ihr um. »Wollen wir?«

Sie spürte noch einige Atemzüge lang dieser inneren Ruhe nach und nickte. »Ja. Gehen wir.«

Die Fahrt dauerte nicht lang – offenbar hatte sich Fabio bei Enzo nach einem möglichst schönen Fleckchen für ihr Picknick erkundigt. Sie parkten an der Ausbuchtung eines Feldwegs, an den sich endlose Reihen Weinreben anschlossen, und marschierten einen Pfad hinauf, den Noemi erst entdeckte, als sie direkt davorstand.

Die Sonne hatte an Kraft zugenommen, also zog sie den Cardigan aus und band ihn um ihre Hüften. Das Weinlaub raschelte wie zur Begrüßung, als sanfter Wind aufkam, und als sie sich umblickte, erinnerten die baumbewachsenen Hügel sie an ein grünes Meer.

Nach einer Weile machte sich die Steigung in ihren Waden bemerkbar, doch dann tauchten erste Häuser in der Ferne auf. Mit jedem Schritt wuchsen sie mehr zu einem Panorama in Terrakotta- und Beigetönen heran, bis sich die mittelalterlichen Türme von San Gimignano zu erkennen gaben, die sämtliche anderen Gebäude überragten.

Fasziniert zählte Noemi und betrachtete den achten Turm, als sich rächte, dass sie nicht mehr auf den Weg achtete: Sie blieb mit der Schuhspitze hängen und stolperte nach vorn. »Huch!« Sie schaffte es, einen Sturz zu vermeiden, lehnte sich dabei aber so weit nach vorn, dass sich ein Teil des Inhalts ihrer Tasche auf den Boden ergoss.

Fabio drehte sich um, griff nach ihrem Arm und stützte sie. »Wir haben zwar nicht alle Zeit der Welt, aber wir sind fast da, du musst es nicht überstürzen.«

»Du warst mir trotzdem zu langsam«, murmelte sie und lehnte sich einen Moment lang gegen ihn.

Fabios Hand glitt zu ihrem Rücken und strich darüber.

»Na los«, sagte er dicht an ihrem Ohr. »Sammeln wir das ein, ehe der Weinbauer, dem das hier gehört, dich noch bei der Polizia anzeigt.« Er deutete auf ihr Handy, das Feuerzeug, das sie stets bei sich trug, ihr Notizbuch, das Portemonnaie sowie ein längliches Stück Papier.

Noemi runzelte die Stirn, hob es auf, drehte es um und musterte die energische Schrift darauf.

R. Mangano.

»Das ist der Brief von Signor Simonetti, den Mariana mir in Venedig gegeben hat! Ich habe ihn bei all der Aufregung vollkommen vergessen. Irgendwie ist er in der Tasche nach ganz unten geraten, deshalb habe ich ihn nicht gesehen.«

Fabio hob die restlichen Sachen auf und reichte sie ihr. »Ich erinnere mich. Dann war es gar nicht mal so schlecht, dass du unbedingt vor mir da sein wolltest und gestolpert bist.«

Sie steckte alles wieder ein, auch den Brief, nachdem sie ihn glatt gestrichen hatte. Sobald sie zurück waren, würde sie Raffaele suchen. »Wo ist denn eigentlich *da*?«

Fabio deutete den Weg entlang und ließ ihr den Vortritt. Das Panorama von San Gimignano wuchs weiter, und Noemi entdeckte eine Bank neben dem Weg.

Sie breiteten den Inhalt des Korbs aus und nahmen Platz. Noemi lehnte sich mit ihrem Becher zurück, atmete tief durch und betrachtete die Stadt, deren Mauern in der Sonne leuchteten. »Es ist perfekt.«

»Enzos Geheimtipp. Er sagte, dass er schon öfter in Begleitung hier war, und ausnahmslos alle waren begeistert. Freut mich, dass es dir auch gefällt.«

»Wie könnte es nicht?«, fragte sie und spürte dieses Kribbeln auf der Haut, das sich in Fabios Gegenwart immer öfter einstellte. »San Gimignano ist so faszinierend. All diese Türme. Es sieht aus wie ein mittelalterliches italienisches Minimanhattan.«

Fabio nahm einen Schluck Kaffee. »Laut Enzo wird es manchmal genau so genannt: das Manhattan der Toskana. Oder auch die Stadt der Türme.« Er schnappte sich eine Weintraube, warf sie in die Luft und fing sie mit dem Mund auf. »Aber lauschen Sie Ihrem Reiseführer, Signorina Caos, denn ich habe mich erkundigt, um ein umfassendes Frühstückserlebnis zu gewährleisten.«

Noemi warf ihm einen amüsierten Blick zu. »Ich bin gespannt.«

Er deutete nach vorn. »Ich weiß, dass du versucht hast, diese Türme zu zählen, weil fast jeder es tut. Es sind dreizehn sogenannte Geschlechtertürme, eine Bauweise, die vom elften bis sechzehnten Jahrhundert in Norditalien entstanden ist. Natürlich konnten nur reiche Familien Derartiges errichten lassen, und damit haben sie sich Wohnhäuser geschaffen, die gleichzeitig auch so etwas wie Verteidigungsanlagen waren. Nicht nur, wenn die Stadt angegriffen wurde, sondern auch bei Streitigkeiten mit Rivalen. Es ist damals offenbar hoch hergegangen in San Gimignano.«

»Das hat sich bis heute nicht geändert«, sagte sie leise und ärgerte sich, dass sich die Szene vom Abendessen erneut aufdrängte. Dieser Ausflug war zu schön, um ihn davon überschatten zu lassen. »Tut mir leid, ich wollte die Stimmung nicht verderben.«

»Hey.« Er musterte sie. »Das ist völlig in Ordnung. Ich möchte dich ablenken und muss mich wohl etwas mehr anstrengen.« Seine Worte waren wie gewohnt locker, mit diesem speziellen Hauch Humor, seine Stimme dagegen sanft.

Noemi stahl sich noch zwei, drei weitere Sekunden, in denen sie einfach nur Fabios Blick erwiderte und spürte, wie die Kälte, die sich hatte anschleichen wollen, wieder verschwand. »Also gut«, sagte sie. »Eine Chance hast du noch.«

Er hob eine Augenbraue und blickte wieder nach vorn. »Es gab einst über siebzig dieser Türme. Der Name der Stadt stammt vom heiligen Geminianus oder eben San Gimignano; er war Bischof von Modena. Im sechzehnten Jahrhundert hat irgendein Großherzog, dessen Namen ich vergessen habe, entschieden, dass keine Häuser mehr gebaut werden dürfen.«

Noemi stellte sich vor, wie es damals hier in der Region gewesen war. Wie einflussreiche Adelsfamilien versuchten, sich gegenseitig mit ihren Bauwerken zu übertrumpfen und sich durch Mord von ihren Rivalen befreiten. Die Vorstellung faszinierte und schockierte sie – aber stärkte auf seltsame Weise auch ihre Entschlossenheit und ihr Selbstvertrauen.

Damals hatte man bei Streitigkeiten mit großen Gefahren rechnen müssen. Man hatte die Sicherheit von steinernen Mauern benötigt. Doch die Zeiten hatten sich geändert, und die einzigen Mauern, die sie heute brauchte, um sich vor Angriffen zu schützen, trug sie in sich. Menschen wie die Russos konnten sie nur dann verletzen, wenn sie es erlaubte. Und das würde sie nicht mehr tun. Gestern hatten die beiden sie überrascht, aber das würde sie kein zweites Mal zulassen.

Auf einmal war sie Fabio in mehr als einer Hinsicht dankbar. Wahrscheinlich ahnte er nicht, was er für sie getan hatte – sie nicht nur an diesen wunderschönen Ort geführt, sondern auch daran erinnert, wo sie stand.

»Danke, Fabio«, sagte sie aus ganzem Herzen. »Für alles.« Und weil es das einzig Richtige war, lehnte sie sich zur Seite, bis ihr Kopf an seiner Schulter ruhte. Das Kribbeln kehrte zurück und breitete sich wie eine warme Decke über Noemi aus, spiegelte die Sicherheit, die sie soeben in ihrem Inneren wiedergefunden hatte.

Wie schnell sich das Leben drehen konnte. Gestern Abend hatte sie sich verstört zurückgezogen, und jetzt hätte sie nicht glücklicher sein können. Weil dieser Moment perfekt war.

Fabio rührte sich nicht, doch als die nächste Böe sie streifte, griff er wie schon einmal zuvor nach ihrer Hand und verschränkte seine Finger mit ihren. Sie erwiderte den sanften Druck und schloss die Augen.

17

An der Villa herrschte Leben, als sie die Tore passierten und die Einfahrt hinauffuhren. Auf dem Weg hierher waren ihnen neue Schilder aufgefallen, die auf das Piacere hinwiesen. Jetzt entdeckten sie Ray, der mit entschlossenen Hammerschlägen ein weiteres in den Boden rammte.

Fabio hupte, hob eine Hand, und Ray grüßte zurück.

Der Anblick des Festivalgeländes machte Noemi auf eine gute Weise unruhig. Die Stände, so unterschiedlich sie auch waren, sorgten mit ihren Dekorationen und Produkten für eine regelrechte Food-Festival-Atmosphäre. In der Luft vermischten sich Düfte zu der Einladung, näherzutreten, und von irgendwo drang leise Musik heran – Gitarre mit italienischem Gesang. Dies war ein Ort, an dem man den Tag verbringen wollte, um den Abend gemütlich mit Freunden ausklingen zu lassen. Alle waren mit letzten Vorbereitungen beschäftigt, und Noemi konnte es kaum erwarten, mit ihren loszulegen. Noch blieben ihnen gute drei Stunden, und die würde sie nutzen. Doch zunächst musste sie noch etwas anderes erledigen.

Ihre Finger spielten mit dem Umschlag für Raffaele, und sie hielt Ausschau nach ihm und Giada, wobei sie vermutete, dass die beiden ebenfalls schon fleißig waren, entweder in der Küche oder an ihrem Foodtruck. »Muss ich eigentlich etwas Bestimmtes anziehen? Du weißt schon, für den Beitrag.«

Daran hatte sie bislang noch gar nicht gedacht. Aber wenn Fabio später über die Simonetti-Pralinen berichten und mit Linda Giles an ihren Stand kommen wollte, wäre es nicht verkehrt, das zu wissen. Auf einmal ging ihr auf, dass sie zusammen mit der weltbekannten TV-Köchin zu sehen sein würde.

Fabio musterte sie mit diesem Blick, der sie fragte, ob alles in Ordnung war, und sie schenkte ihm ein Lächeln. »Solange du kein Schwarz oder Grau trägst, passt es. Schließlich wollen wir das authentische Piacere zeigen, mit der authentischen äußerst hübschen Pralinenspezialistin.«

Noemi zupfte an einer Haarsträhne und sah rasch aus dem Fenster, da sie schon wieder errötete.

Bei ihrem Picknick war nichts weiter zwischen ihnen geschehen, auch wenn sie sich gefragt hatte, ob sie ihn gern küssen würde – und sie glaubte, diesen Wunsch auch in seinen Augen gelesen zu haben. Aber alles war so wundervoll gewesen, dass sie nichts hatte ändern wollen. Im Gegenteil, sie kostete noch immer diese Nähe aus, die zwischen ihnen entstanden war und eine Spannung zurückgelassen hatte, die kleine Funken in Noemi sprühen ließ.

Das nüchterne Stimmchen in ihr sagte ihr, dass sie Fabio nicht weiter von seinem Interview ablenken durfte. Ab sofort musste er sich auf Linda konzentrieren, nicht auf sie. Doch als sie sich vorstellte, wie er sie, wenn alles im Kasten war und die Starköchin sich überschwänglich bei ihm bedankte, in die Arme zog und sie endlich küsste, konnte sie nicht verhindern, dass ihr Herz einen kleinen Sprint hinlegte.

»Am besten richte ich erst einmal den Stand her und gehe mich dann umziehen.« Außerdem sollte sie sich um ihre Haare kümmern, damit sie kameratauglich waren. Etwas Make-up wäre sicher auch nicht verkehrt. Oder lieber viel? Hieß es nicht immer, dass eine Kamera den Großteil der Farbe verschluckte? Auf der anderen Seite wollte sie in Fabios Bericht niemand anderes als sie selbst sein. »Müssen wir eigentlich Probeaufnahmen machen?« Sie erntete einen verständnislosen Blick. »Um zu sehen, wie … na ja, ob alles funktioniert und wie das Licht ist. Oder so.«

»Mach dir keine Gedanken«, sagte er. »Ich habe bei den Simonettis zur Probe gefilmt und das Equipment mehrmals getestet.« Er parkte den Wagen auf dem Grasstreifen vor dem Innenhof und stellte den Motor aus. »Und das werde ich jetzt auch noch mal tun. Sei einfach du selbst, dann ist das Einzige, was noch schiefgehen kann …«

»Linda Giles«, beendete Noemi den Satz mit ihm und öffnete die Tür. »Und da sie wie du ein absoluter Profi ist und du alles mehr als ausreichend getestet hast, wird der Beitrag auch fehlerfrei über die Bühne gehen. Wir sehen uns später am Stand!«

»Das hoffe ich. Bis nachher. Und Noemi?«

»Ja?« Sie drehte sich um und musste ihn einfach anlächeln. Allein die Art, wie er sie betrachtete, sagte ihr, dass sie sich keine Sorgen zu machen brauchte.

Er hob einen Daumen und machte sich auf den Weg in Richtung Eingang. Noemi sah ihm hinterher, bis er im Innenhof verschwand, und hielt auf den Festivalplatz zu. Zunächst würde sie die Manganos suchen, eine kurze Bestandsaufnahme im Foodtruck machen und sich dann den Pralinen und Zutaten widmen.

Je näher sie den Ständen kam, desto lauter wurden die Stimmen, und mit jedem Schritt schien das Leben auf dem Gelände zuzunehmen.

Noemi passierte mehrere kleine Gruppen, winkte und erntete Rufe, Lächeln und Fröhlichkeit. Die Stimmung war schon mal gut, und sie war aufgeregt, fühlte sich aber auch unendlich leicht. Als sie das Ehepaar Russo entdeckte, gab sie sich einen Ruck und grüßte ebenfalls. Die zwei bewahrten steinerne Mienen und starrten ihr hinterher, als wäre sie ein Raubtier, das jederzeit angreifen konnte. Mehr konnte – und wollte – sie nicht auf die beiden Nörgler zugehen. Wenn sie entschieden hatten, dass der Graben zwischen ihnen unüberbrückbar war, so konnte sie nichts daran ändern.

Sie blieb vor ihrem Foodtruck stehen, nahm den Anblick in sich auf und spürte die Vorfreude in ihrem Bauch kribbeln. Bald würde sie die Blende und die Verkaufstheke aufklappen, um die Gäste des Festivals zu begrüßen. Die beiden Stände rechts und links waren ebenfalls noch geschlossen; vor dem von Carlota und Luigi stapelten sich Kisten und Körbe.

Etwas huschte auf sie zu – dieses Mal waren Donatella und Ornella im Doppelpack unterwegs. Noemi ging in die Hocke, streckte eine Hand aus und freute sich, dass beide Katzen zutraulich genug waren, um sich von ihr kraulen zu lassen.

Sie fand Giada in ihrem Wagen, wo sie Keksdosen sortierte. »Guten Morgen! Du bist ja schon fleißig.«

Giada blickte auf und strich sich über die Stirn. Sie hatte sich ein buntes Tuch um den Kopf geschlungen, sodass nur die Haarspitzen hervorlugten. »Hey!« Sie trat auf Noemi zu und drückte sie an sich. Dabei zerknitterte sie beinahe den Umschlag in Noemis Hand.

Sie rettete ihn, indem sie den Arm hob, und reichte ihn anschließend Giada. »Hier, der ist für deinen Vater, von Alfredo Simonetti. Ich hatte ihn in meiner Handtasche und bis vorhin total vergessen. Tut mir leid.«

»Nicht schlimm.« Giada schien nicht im Geringsten neugierig zu sein, warf nur einen kurzen Blick darauf und schob ihn dann in die Fronttasche ihrer Jeanslatzhose. »Ich gebe ihn Papà, sobald ich ihn treffe. Er ist reingegangen, um nach Marta zu sehen, sie hat sich nach dem Frühstück hingelegt. Wie war euer Picknick?« Der vieldeutige Tonfall war nicht zu überhören.

Noemi lehnte sich an die Wand und verzichtete auf die Frage, woher Giada davon wusste. Wenn sie Fabio gestern geholfen hatte, sie mithilfe ihres Fernglases zu finden, dann lag nahe, dass er ihr auch erzählt hatte, warum sie das gemeinsame Frühstück schwänzten. »Wirklich schön. Wir waren in den Weinbergen, mit einem wundervollen Ausblick auf die Stadt. Wie war es heute früh an der Villa?«

Giada zuckte die Schultern. »Eigentlich ganz gut, wenn auch etwas chaotisch, weil jeder ein anderes Tempo hat. Im Grunde ist die ganze Zeit über irgendwer auf der Suche nach einem Cappuccino. Ich musste sehr energisch sein, um welchen für Nonna zu bekommen.«

Noemi schnappte sich einen Biscotto. »Wie geht es ihr? Ich meine jetzt, wo sie nach all der Zeit wieder hier ist?«

»Oh, großartig. Ob sie sich erinnert oder auch nicht – ihr gefällt es, und allein das ist es wert. Sie hat alte Freunde um sich, und alle haben sich gefreut, sie zu sehen, auch wenn sie nicht jeden sofort erkannt hat. Aber sie nehmen es locker. Ich bin übrigens heute vor dem Frühstück mit ihr über das Gelände geschlendert und habe versucht, etwas über Bianca Valli und den alten Simonetti aus ihr herauszubekommen, aber vergeblich. Sie hat zwischendurch lediglich gesagt, dass Fredo Simonetti zu stur war und zu hart.«

Noemi nickte nachdenklich und dachte an die anderen Bemerkungen, die Marta in ihrer Küche und auch hier hatte fallen lassen: Fredo Simonetti wäre ein Macho, der Entscheidungen für drei träfe, ohne nachzudenken. Und etwas über einen Jungen, der wichtig war – und dann hatte sie Noemi für Rosa gehalten.

All diese Bruchstücke aus der Vergangenheit liefen stets auf diese drei Personen hinaus: den alten Signor Simonetti, Nonna Rosa und auch Bianca Valli, die nicht nur gut mit Rosa befreundet gewesen – so gut, dass sie sich geküsst hatten –, sondern auch mit Simonetti zusammen gewesen war.

Beinahe wünschte sie sich, sie könnte in Venedig anrufen und Matteo Simonetti nach Bianca fragen, aber das erschien ihr nicht richtig. Sie hatte sich bereits zur Genüge eingemischt und wollte diese Themen lieber persönlich ansprechen. Außerdem hatte sie momentan eh nicht allzu viel Glück am Telefon, wenn sie an Elisa dachte, die sich noch immer nicht zurückgemeldet hatte. Weder auf ihre Anrufe noch auf die Fotos, die sie seit ihrer Abreise aus Venedig regelmäßig schickte – das letzte vor knapp einer Stunde, mit dem Blick auf San Gimignano. Tante Elisa hatte es noch nicht einmal angesehen, aber vermutlich schlief sie noch.

»Das ist alles so kryptisch«, seufzte sie und erntete einen verständnisvollen Blick von Giada.

»Nonna hat außerdem gesagt, dass deine Rosa … niemals getanzt hat?«

Noemi lachte. Damit konnte sie etwas anfangen! »Das stimmt. Sie hat Partys geliebt, aber auf die Tanzfläche hat sie niemand bekommen. Sogar auf ihrer eigenen Hochzeit hat sie den Eröffnungstanz verweigert – es gibt Prinzipien, hat sie gesagt, und die behält man eben bei.«

Giada machte ein erstauntes Gesicht, nickte dann aber. »Ich glaube, ich hätte sie gemocht. Und Noemi?« Sie zögerte. »Mach dir keine Gedanken, was irgendwer über sie zu wissen glaubt. Du kennst sie von allen Menschen hier am besten.«

Noemi winkte ab. »Danke, das ist lieb von dir. Diese Feindseligkeit gestern hat mich getroffen, weil sie so unerwartet kam, aber ich bin drüber weg. Ich habe die Russos gerade gesehen und glaube, sie sind entschlossen, ihre Haltung nicht zu ändern.«

Giada schnaubte. »Das ist ihr Pech. Wenn du magst, versuchen wir später gemeinsam, herauszufinden, was genau passiert ist.«

»Das wäre großartig. Aber erst bringen wir den Eröffnungstag hinter uns und halten die Stellung, falls Fabio sich doch entscheidet, dass ein Nervenzusammenbruch angebracht wäre.«

»Glaubst du, die Gefahr besteht?«

Sie winkte ab und zog eine Grimasse, um zu zeigen, dass es lediglich ein Scherz gewesen war. »Nein, ich halte ihn für professionell bei dem, was er tut. Falls es Probleme gibt, wird er vermutlich lächeln und warten, bis er allein ist, um dann in seine Hand zu beißen. Oder wahlweise in die Kamera. Also werden wir ihn einfach ablenken, falls etwas mit Linda schiefgeht.«

»Das sollten wir hinbekommen. Er kann gern bei uns am Stand helfen, falls du nichts für ihn zu tun hast. Davon abgesehen hat er bereits genügend Fans gesammelt – gestern beim Essen waren einige der Damen zu Tode betrübt, als er den Tisch verlassen hat. Meine Nonna beispielsweise.«

Noemi erinnerte sich, wie leicht Fabio mit den anderen ins Gespräch gekommen war, und auch an die verklärten Blicke, die ihn hin und wieder gestreift hatten. Ihn verband nichts mit der Vergangenheit des Piacere und seinen Teilnehmern. Zuvor hatte sie die Vorstellung etwas traurig gefunden, aber nun begriff sie, dass es auch befreiend sein konnte.

»Giada«, sagte sie und überlegte. »Denkst du, deine Nonna hatte etwas mit Alfredo Simonetti? Ich weiß nicht, eine Affäre oder etwas in der Art? Vielleicht nachdem er mit Bianca Valli zusammen war?«

Sie rechnete es Giada hoch an, dass sie über diese Möglichkeit nachdachte und nicht sofort abwehrte, aber dann schüttelte sie doch den Kopf. »Ich kann es mir nicht vorstellen. Und auf keinen Fall, nachdem sie meinen Opa kennengelernt hat. Er mag nicht ihre große Liebe gewesen sein, aber sie ist der treueste Mensch, den ich kenne. Nein Noemi, da verrennst du dich in etwas.«

Sie fuhr sich über die Stirn. »Gut möglich, ja. Aber es muss eine Erklärung für alles geben, die mit Simonetti und meiner Nonna zusammenhängt, und es macht mich wahnsinnig, dass ich nicht daraufkomme.«

»Vielleicht waren die zwei ja ein Paar.« Giada hob entwaffnend die Hände, als Noemis Kopf hochruckte. »Am besten schiebst du die Sache erst mal beiseite und konzentrierst dich auf das Festival. Heute hast du eh keine Zeit, um mehr herauszufinden, auch wenn ich mittlerweile fast so neugierig bin wie du. Stattdessen lautet unser Motto: Spaß haben und möglichst viel verkaufen!« Sie reckte Noemi eine Faust entgegen, und die schlug ihre mit einem Schmunzeln dagegen.

»Du hast recht. Und zwischendurch ein wenig nervös sein, wenn Fabio seine Kamera auf den Stand hält und ich mit Linda Giles plaudere.«

Giada winkte ab. »Das schaffst du locker. Du erzählst ihr einfach, wie toll deine Pralinen sind, dann wird sie sich durchprobieren und erst mal schweigen. Wenn alle Stricke reißen, schnapp dir Donatella und drück sie ihr in den Arm, damit sie mit ihr kuscheln kann. Das hat bislang noch bei jedem geklappt, der nicht so wollte wie ich.«

»Sie könnte eine Katzenhaarallergie haben.«

»Sie ist ein TV-Profi, das wird sie vor der Kamera natürlich überspielen«, sagte Giada im Brustton der Überzeugung und sah sich um. »Ich werde ins Haus gehen, die Cantuccini und Papà holen. Was ist mit dir?«

Noemi nickte. »Ich begleite dich und suche alles für den Stand zusammen.«

»Also dann!« Gut gelaunt sprang Giada nach draußen, zog die Tür zu und machte sich nicht die Mühe, den Foodtruck abzuschließen. Aber wer sollte hier schon etwas stehlen? Jeder war mit seinen eigenen Vorbereitungen beschäftigt, und sie zogen alle an einem Strang.

Ein schöner Gedanke. Früher, als das Festival entstanden war, musste dieses Gefühl noch stärker gewesen sein, durchdrungen von dem Stolz und der Zufriedenheit, etwas Neues erschaffen zu haben.

Noemi warf einen Blick zum Himmel, wo sich auch die letzten Wolkenfelder verflüchtigt hatten. *Umso weniger verstehe ich, dass wir alle nichts davon wussten, Nonna.*

Wie so oft hefteten sich die Katzen an Giadas Fersen – ihr ganz persönlicher Hofstaat. Sie erreichten den Innenhof, der sich mittlerweile halb in ein Schlachtfeld verwandelt hatte. Hier sammelte sich die Hektik, von der auf dem Festivalgelände noch nichts zu spüren war. Kisten, Taschen, Stell- und Sitzgelegenheiten stapelten sich an einer Wand, auf zwei Planen waren Metallteile ausgebreitet, und Menschen hasteten durcheinander.

Noemis Laune sank eine Winzigkeit, als sie die Russos neben dem Eingang entdeckte. Wie gestern auch trugen sie Outdoor-Kleidung und diskutierten angeregt miteinander. Natürlich bemerkten sie Noemi sofort, so als hätten sie ihre Antennen auf sie ausgerichtet. Augenblicklich beendeten sie ihr Gespräch und runzelten zeitgleich die Stirn. Wenn es auf ein Paar zutraf, dass es sich im Alter ähnelte, dann auf dieses.

Die Frau gab eine Art Knurren von sich. »Sie sind ja noch immer da. Als Sie nicht beim Frühstück erschienen sind, haben mein Mann und ich gehofft, dass Sie es sich anders überlegt haben und abgereist sind. Wir wollen hier ein schönes Fest!«

Noemi dachte an den Sonnenaufgang an der Villa, die Türme von San Gimignano und den Moment, als sie den Kopf an Fabios Schulter gelehnt hatte. »Das möchte ich auch. Aber Sie müssen schon selbst sehen, ob Sie das hinbekommen.«

Signora Russo riss die Augen auf und starrte ihren Mann an. Doch ehe der sich einmischen konnte, seufzte Giada laut, nahm Donatella vom Boden auf und drückte sie der verblüfften Frau in die Arme. »Hier. Sehr flauschig. Bis später.« Schon schlüpfte sie ins Haus, und Noemi beeilte sich, ihr zu folgen, da es bereits tief in ihrem Bauch vibrierte.

In der Küche traf sie auf die Carducci-Cousinen. Wo Chiara eindeutig aufgeregt war und sich immer wieder mit einem leichten Lächeln auf den Lippen umblickte, hatte Grazia die Ruhe der Welt gepachtet. »Was soll schiefgehen? Die Leute werden unsere Waren kaufen oder nicht, das ist nichts Neues, also gibt es keinen Grund für dieses nervöse Hin- und Hergerenne. Abgesehen davon, dass ich zu alt dafür bin, um mich schneller zu bewegen als sonst.«

Weder erwähnten sie den Zwischenfall vom Abend, noch verhielten sie sich anders als zuvor, sodass Noemi beschloss, die Russos endgültig zu vergessen und sich auf die Vorbereitungen zu konzentrieren. Zunächst suchte sie sich das Equipment zusammen, damit Pralinen und Zutaten noch so lang wie möglich in der Kühlung blieben. Zwar hatte sie alles dabei, was sie für den Verkauf und die Nachproduktion brauchte, aber wenn sie schon einmal die Möglichkeit bekam, die Küche einer Villa zu benutzen, würde sie sich die Gelegenheit nicht entgehen lassen.

Nach und nach trug sie Platten, zwei Etageren und längliche Schalen zusammen, die sich gut in der Auslage des

Foodtrucks machen würden. In einer Schublade entdeckte sie eine gut geordnete Auswahl von Kochutensilien und – sie strahlte – mehrere silberne Küchenzangen. Eine kam ihr seltsam bekannt vor. Sie nahm sie aus der Vertiefung im Schaumstoff und runzelte die Stirn, während sie den geschwungenen Griff sowie das auffällige Rosenmuster darauf betrachtete und sie anschließend der Auswahl in ihrem Korb hinzufügte.

In der folgenden Stunde richtete sie den Truck und die Auslage her. Zuerst putzte sie noch einmal durch, obwohl die Manganos bereits vor ihrer Ankunft in Matraia alles gereinigt hatten. Anschließend kümmerte sie sich um die Deko und lief immer wieder nach draußen, um zu sehen, wie das Ergebnis aus der Besuchersicht wirkte. Sie hatte in Venedig einige der kleineren Vogelkäfige eingepackt, die Mariana im Lager gefunden hatte, sowie Stoffe für die Auslage und verzierte Blätter in Silber und Gold. Zuletzt platzierte sie den Zettel mit ihrer Standnummer sowie das Schild mit dem Schriftzug der Cioccolateria an der Wagenfront, legte die Visitenkarten der Simonettis gut sichtbar auf die Außenablage und beschwerte sie zur Sicherheit mit einer Porzellanblume.

Fabio tauchte zwischenzeitlich auf und strich mit seiner Kamera um den Truck. Er redete nicht viel, sondern konzentrierte sich voll und ganz auf seine Arbeit. Umso mehr freute sich Noemi, als er ihr diesen Blick schenkte, mit dem er sie am Morgen auf der Bank in den Weinbergen betrachtet hatte. Er schmolz die letzten Zweifel und Unsicherheiten hinweg, und sie hoffte, dass es ihm ebenso erging. Zumindest erschien ein Lächeln auf seinen bislang so ernsten Lippen.

Nachdem er einige Sequenzen gedreht und immer wieder

die Nachrichten auf seinem Handy kontrolliert hatte, machte er eine Pause und teilte Noemi mit, dass Linda Giles' Kameraleute demnächst eintreffen würden, um Probeaufnahmen zu machen. »Ignorier sie einfach, sollten sie dich filmen«, sagte er und verschwand wieder.

Noemi entschied, dass es nun auch nichts mehr brachte, nervös zu werden, und begab sich ebenfalls in die Villa, um sich endlich dem Wichtigsten an diesem Morgen zu widmen: den Pralinen. Die Vorräte an Honigtrüffeln, Tartufi al cioccolato, das Gianduja und Nonna Rosas Mandelträume hatte sie bereits bei den Manganos aufgestockt. Die Fruchttrüffel – Zitrone und Blaubeere – wollte sie frisch herstellen. Also machte sie sich an die Arbeit, und es dauerte nicht lang, bis die Küche nach gekochter Sahne und Zitronen duftete. Nur selten ließ sich jemand blicken, da die meisten ihre Vorbereitungen in den Küchen bereits abgeschlossen hatten, doch die wenigen, die hereinschneiten, blieben stehen, schnupperten vernehmlich und wirkten gut gelaunt und voller Tatendrang.

Carlota lugte irgendwann um die Ecke, schlenderte näher und gestand, dass sie vor ihrem Luigi geflüchtet war, da der vor Aufregung die Zähne nicht mehr auseinanderbekam und sie allmählich selbst nervös machte. Sie schnappte sich einen Löffel, probierte die helle Masse und schloss genießerisch die Augen. »Das ist die perfekte Einstimmung auf das Festival«, sagte sie. »Verkauf nicht alles, ich möchte einen Schwung deiner Pralinen mit nach Hause nehmen.«

Noemi nickte. »Keine Sorge, ich habe genug Zutaten dabei, um nach dem Piacere eine letzte Ladung herzustellen. Zum Ausklang für die Teilnehmer sozusagen.«

Carlota hob einen Daumen. »Ich weiß gar nicht, ob Enzo Pitiani ein gemeinsames Abschiedsessen geplant hat, aber es wäre so schön. Dabei kann alles, was nicht verkauft wurde, den Besitzer wechseln.«

Dem konnte Noemi nur zustimmen. Natürlich würde auch sie Köstlichkeiten aus der Toskana mitnehmen – für Lea, die Simonettis und Mariana, aber auch für ihre Familie und Tante Elisa. Und vielleicht würde sie beim nächsten Besuch auf dem Friedhof nicht nur Pralinen, sondern auch einen Cantuccino auf Rosas Grab legen.

Nachdem Carlota gegangen war und die weiße Schokolade im Wasserbad schmolz, nahm Noemi ihr Handy und schoss Fotos von der Küche und den Pralinen. Zunächst schickte sie die Schnappschüsse an Lea, die innerhalb weniger Sekunden mit drei roten Herzen und einem Ausrufezeichen antwortete, dann an Mariana und schließlich an Elisa.

Ihr Herz sank, als sie sah, dass ihre letzte Nachricht noch immer nicht gelesen worden war. Allmählich machte sie sich Sorgen. Elisa war nicht mehr die Jüngste, auch wenn sie fit war. Aber jedem konnte etwas geschehen, gerade am Meer. Rasch schickte sie die Fotos mit dem Kommentar *Letzte Vorbereitungen vor dem Festival* los und öffnete den Nachrichtenverlauf mit ihrer Mutter, um zu fragen, ob sie etwas von Elisa gehört hatte.

Die Antwort kam ungefähr zehn Minuten später: Sie hatte. Und auch wenn Noemi erleichtert war, dass nicht von einem Unfall oder Schlimmerem die Rede war, schluckte sie schwer. Aus ihr unerfindlichen Gründen hatte Elisa entschieden, ihre Nachrichten nicht einmal mehr zu öffnen. Schmerzte es sie noch immer so sehr, dass Noemi sie durch ihre Reise in die Toskana mehr als sonst daran erinnerte, dass sie ihr Leben nun ohne ihre beste Freundin führen musste? Hatte Noemi ihr etwa vorgehalten, wie einsam sie seit Rosas Tod war?

»Es tut mir leid«, murmelte sie und presste die Lippen aufeinander, um nicht zu weinen. »Wirklich. Aber sie ist auch in San Gimignano. Irgendwie.« Erst als sie es laut aussprach, begriff sie, dass es stimmte. Ein Teil von Rosa war hier und würde es immer sein, und sie hatte das große Glück, diesen Teil kennenlernen zu dürfen. Selbst wenn sie nichts weiter herausfand und ihr lediglich die Fotos in der alten Scheune blieben, war sie ihrer Nonna ein winziges Stückchen näher gekommen, und das würde ihr niemand mehr nehmen.

Noemi lächelte und blinzelte den Schleier weg, der ihr die Sicht trübte. Es war erstaunlich, wie unterschiedlich sich Tränen anfühlen konnten. Gerade eben hatten ihre Augen noch so sehr gebrannt wie der Schmerz in ihrem Bauch, aber nun wurde ihr leichter ums Herz, je mehr die Berührungen auf ihren Wangen kitzelten. Mit einem Lachen legte sie den Kopf in den Nacken und starrte an die Decke.

Du bist bei mir, Nonna, nicht wahr? Gerade jetzt. Es ist wunderbar, dass ich mit dir reden kann. Ich vermisse es nur, dir Fragen zu stellen und deinen Antworten zu lauschen, weil du so oft die richtigen Worte gefunden hast. Aber noch mehr vermisse ich, deine Hand zu halten.

Sie hielt sich an ihrem Lächeln fest und griff nach dem Löffel, um die halb geschmolzenen Schokosplitter umzurühren. Dabei erinnerte sie sich an früher, wenn sie mit Rosa und Elisa Pralinen hergestellt hatte. Wie oft hatte eine der beiden die

Hand um Noemis kleine Finger gelegt und ihre ungelenken Rührbewegungen in etwas Flüssiges, Gleichmäßiges verwandelt.

Sie schloss die Augen und konzentrierte sich auf die Wärme auf ihrer Haut. Es war ein Augenblick voller Sehnsucht, aber auch voller Traurigkeit und Glück, Lachen und Weinen, Aufregung und tiefer Ruhe.

Und damit war er perfekt.

18

Noemi warf einen Blick auf ihr Handy und hastete die Treppe hinunter, wobei sie über den Sommerrock in Feuerfarben strich, den sie für besondere Anlässe aufgehoben hatte und der bei der geringsten Bewegung rund um ihre Knie aufflatterte. Dies war eindeutig ein besonderer Anlass, und in dem roten Top mit der Perlenstickerei fühlte sie sich den Kameras und Linda Giles etwas besser gewappnet als zuvor. Sie hatte sich frisch gemacht, Make-up aufgelegt sowie ihre Haare so lange gebürstet, bis ihre Kopfhaut kribbelte, und sie anschließend mit einem breiten Tuch zurückgebunden. Die Arbeit in der Küche hatte sie abgelenkt, aber nun nahm ihre Nervosität mit jedem Schritt zu.

Doch wenn jemand aufgeregt sein durfte, dann Fabio. Also würde sie sich zusammenreißen und hoffen, dass sie zumindest Ruhe ausstrahlte. In einer Stunde würde Enzo Pitiani das Piacere offiziell eröffnen, aber es würden sich schon zuvor Neugierige auf dem Gelände bewegen – bereits am Morgen hatte es Schaulustige aus der Gegend zur Villa gezogen. Linda Giles hatte sich für vier Uhr angekündigt, damit auch genügend Besucher im Beitrag zu sehen sein würden, aber ihre Kameraleute waren womöglich bereits da.

Noemi warf einen Blick auf ihr Handy, aber es waren keine Anrufe eingegangen.

Mach dich bloß nicht verrückt. Du wirst Pralinen verkaufen und Fachgespräche führen und dabei keine Probleme haben, weil du beides beherrschst.

Sie dachte an Enzo, der heute zwei Ketten aus Mineralsteinen zu seinen hellen Gewändern trug, mehr denn je wie ein toskanischer Wohlfühl-Guru aussah und auch die Ruhe ausstrahlte, die man von einem solchen erwartete. Zuvor hatte er Chiara Carducci, die mit jeder Minute nervöser wurde, in der Eingangshalle an den Schultern gefasst und mit ihr gemeinsam geatmet: ein auf *Vier* und aus auf *Acht*, das Ganze fünfmal nacheinander. Danach hatte Chiara ausgesehen, als sei ihr schwindelig, aber sie hatte sich bedankt und war nach draußen verschwunden. Ihre Cousine hatte dort auf sie gewartet, die Augen verdreht und sie dann zum Stand gezerrt.

Noemi blieb auf der untersten Stufe stehen, die Finger noch auf dem Geländer, und starrte in die Eingangshalle. Während im Innenhof die Gespräche summten, als hätte ein Bienenschwarm die Villa erobert, war es hier drinnen nahezu unheimlich still. Noemi schloss die Augen, atmete ein und zählte bis vier. Sie hielt die Luft an, so lange, bis sich ein sanftes Brennen in ihrem Brustkorb ausbreitete, und atmete dann aus. Langsam, die Lippen nur einen winzigen Spalt geöffnet.

Sieben. Acht.

Bei der zweiten Wiederholung merkte sie, wie sich der Aufruhr in ihrem Inneren zwar nicht legte, aber so weit beruhigte, dass ihre Sorgen abnahmen. Sie blickte sich noch einmal um und begriff, dass dies höchstwahrscheinlich der einzige Moment in ihrem Leben war, in dem sie eine Villa ganz für sich hatte.

Das musste sie ausnutzen! Sie setzte den letzten Schritt in die Halle, deren Wände ihre eigenen Geschichten erzählten, breitete die Arme aus, schloss die Augen und drehte sich. Hier musste sie sich keine Sorgen machen, gegen ein Möbelstück oder gar die Wand zu prallen, also nahm sie noch einmal Schwung. Schon wurde ihr leicht schwindelig, aber sie würde nicht stürzen. Ihre Fingerspitzen kribbelten, und auf seltsame Weise setzte sich das Gefühl in ihrer Kehle fort, sodass ihr nichts anderes blieb, als laut aufzulachen.

»Noemi?«

Eine Mauer hätte keinen größeren Effekt haben können. Noemi erstarrte mitten in der Bewegung und schwankte leicht wie zuvor Chiara.

Fabio hielt sie fest und wartete, bis sie einen sicheren Stand gefunden hatte. Er roch frisch, nach Zitrusfrüchten und seinem Aftershave, und musste mit den heute ausnahmsweise ordentlich gekämmten Locken keine Kamera scheuen. Das schlichte helle Hemd lenkte den Blick auf sein Gesicht, zu seinen Augen, wo die Goldfunken in dem warmen Braun mehr als sonst leuchteten. Die feine Narbe auf der Stirn bildete den silbrigen Gegensatz dazu. »Du machst deinem Namen gerade alle Ehre, Signorina Caos.« Er brachte das Kunststück fertig, gleichzeitig erstaunt, amüsiert und auch ein wenig erschrocken zu klingen. »Was sollte das werden? Wolltest du sehen, welche Vase du schrotten kannst?« Er deutete auf die zwei hüfthohen Exemplare, die zum Glück ein Stück entfernt in der Nähe der Eingangstür standen.

Noemi entschied, dass Ausreden fehl am Platz waren – schließlich hatte er sie gesehen. »Ich schätze, die Aussicht auf das Festival und die Tatsache, dass ich in dieser Villa zu Gast bin, haben mich ein wenig überwältigt. Das alles ist ziemlich aufregend.«

»Hm.« Er trat näher, ohne sie loszulassen. »Und da hast du dir gedacht, dass du einen Teil der Aufregung und Energie abbaust, ehe es offiziell losgeht?« Seine Stimme war nun leise, so als wollte er sie auffordern, ebenfalls näherzutreten, damit sie ihn verstand.

Da blieb ihr wohl keine Wahl. Mit einem unterdrückten Lächeln verringerte sie den Abstand weiter und blickte zu ihm auf. »Das kommt dem Ganzen ziemlich nahe. War es ein Fehler?«

Fabios Blick verhakte sich mit ihrem. »Machst du so etwas?«, flüsterte er. »Fehler?«

Eine Antwort war auf einmal nicht mehr wichtig, und im Grunde wussten sie beide, dass er auch keine erwartete. Er strich langsam über ihre Arme nach unten, berührte ihre Gelenke und schließlich ihre Finger. Seine Daumen streiften die Innenflächen ihrer Hände so sanft, dass sie sich fragte, ob sie es sich nur eingebildet hatte, und fachten eine Wärme in ihr an, die ihren Herzschlag beschleunigte.

»He, Kumpel?«

Sie fuhren auseinander, als Fabios neuer Freund, mit dem er sich gestern Abend so angeregt unterhalten hatte, in die Eingangshalle stürmte. Er wirkte überrascht, als Noemi und Fabio hastig auf Abstand gingen, und hatte zumindest den Anstand, für den Bruchteil einer Sekunde zerknirscht zu wirken. Dann aber wedelte er mit einer Hand. »Fabio! Mensch, draußen rennen zwei Typen mit riesigen Taschen herum, reden Englisch und fragen nach dir. Das müssen Lindas Mitarbeiter sein, oder? Ich meine, wer sonst? Na los, lass sie nicht zu lange warten!« Er kurbelte mit den Armen, und dann stürmte er auch schon mit gehetztem Blick nach draußen und ließ angespannte Atemlosigkeit zurück.

Noemi deutete zur Tür. »Scheint, als ginge es los.« Sie zögerte. »Ist alles in Ordnung?«

Zu ihrer Überraschung ließ sich Fabio nicht aus der Ruhe bringen. »Das war übrigens Stefano. Er hat mir gestern mehrmals versichert, wie sexy er Linda Giles findet. Ich hätte ihn vermutlich ernster nehmen sollen.« In seinem Blick lag eine Entschuldigung, die sie mit einem kaum merklichen Nicken akzeptierte. »Abgesehen davon: Ja, es ist alles in Ordnung.« Er strich sich die Haare zurück. »Im Nachhinein bedauere ich, dich vorhin gestoppt zu haben. Du hast so glücklich ausgesehen, und … ich weiß nicht, es hat auf mich abgefärbt. Ich musste daran denken, dass nichts im Leben so schwer sein kann, dass es einen völlig zu Boden drückt.« Eine Augenbraue wanderte nach oben. »Vielleicht geht dein Optimismus allmählich auf mich über.«

Seine Worte freuten sie mehr, als sie es für möglich gehalten hätte. »Das wäre zwar seltsam, aber behalte den Gedanken heute. Zumindest, bis du das Interview hinter dir hast. Denn es stimmt. Selbst wenn es schiefgehen sollte, wird dich das nicht zerstören. Davon abgesehen«, sie breitete die Arme aus, »wie könnte es schiefgehen? Linda Giles ist auch nur ein Mensch, und sie wird von der Villa und dem Festival und überhaupt der ganzen Stimmung hier fasziniert sein.«

Fabio griff nach ihrer Hand und drehte Noemi einmal im

Kreis, als befänden sie sich auf einer Tanzfläche, ehe er sie zögernd losließ. »Ich kümmere mich dann mal um unseren Besuch. Die wollen ja vielleicht auch Testaufnahmen mit dir machen, also ...«

»Ich bin gleich da. Gib mir Zeit, um mich zu sammeln. Ich habe in meinem Leben nur zweimal vor einer Kamera gestanden, und da war ich sechs und acht und habe auf einer öffentlichen Feier für den Weihnachtsmann Gedichte aufgesagt.«

Fabio legte den Kopf schief. »Existieren die Aufnahmen noch?«

Sie lachte. »Nun geh schon. Bis später.«

Fabio blieb an der Tür stehen. »Du siehst übrigens toll aus.« Damit verschwand er.

Noemi atmete mehrmals tief durch, strich sich über den Rock und fragte sich, warum sie wirklich nervös war. Die Begegnung mit Fabio hatte ihren Puls in die Höhe getrieben. Sie konnte nicht genau sagen, wann sich die Stimmung zwischen ihnen gewandelt hatte. Wann ihr aufgefallen war, wie faszinierend diese Augen mit den endlos langen Wimpern waren oder dass sie hin und wieder den Blick nicht von seinen Armen nehmen konnte, wenn die Muskeln unter seiner gebräunten Haut spielten. Irgendwann auf der Reise nach San Gimignano hatte sie diesen hypnotischen Unterton in seiner Stimme bemerkt, der sie wie magisch anzog, und spätestens, nachdem Fabio sie vorhin angesehen und dabei den Atem angehalten hatte, ahnte sie, dass es ihm ähnlich ging. Zumindest hoffte sie das.

Sie tastete nach ihrem Handy, und am liebsten hätte sie Lea oder Tante Elisa von ihm erzählt und davon, wie durcheinander sie war, wenn sie an ihn dachte. Aber sie ahnte, was beide ihr sagen würden: Es klang so, als würde sie sich allmählich in Fabio Serra verlieben. In einen Italiener, den sie in Venedig kennengelernt hatte und dessen Weg sich nach dem Piacere von ihrem trennen würde.

Noemi ließ ihr Handy wieder in ihre Handtasche gleiten. Jetzt war keine Zeit für solche Gespräche oder auch nur solche Gedanken. Sie atmete ein weiteres Mal so tief durch, dass ihr Brustkorb vibrierte, und machte sich auf den Weg nach draußen.

Auch wenn sie wusste, dass sie nicht mehr allzu lange trödeln durfte, nahm sie sich die Zeit und blieb mit Blick auf den Festivalplatz stehen.

Sämtliche Stände waren startklar und viele von ihnen mit Dekorationen, Laternen oder auch Lichtern geschmückt, die am Abend die Atmosphäre verzaubern würden. Auch jetzt drang Musik durch die seltenen Pausen in der Geräuschkulisse aus Stimmen und Motoren, irgendein fröhlicher Song, in dem jemand von seiner Reise an die Küste erzählte, wo er die Frau seines Lebens getroffen hatte. Ein Hund bellte, und als sich Noemi umdrehte, sah sie, dass bereits fremde Wagen auf dem dafür vorgesehenen Areal parkten. Die ersten Besucher waren da!

Hunde, auweia. Donatella und Ornella werden sich bedanken.

Rund um den Parkplatz und das Festivalgelände waren große gusseiserne Schalen aufgestellt worden, in denen am Abend Feuer flackern und für Licht zwischen den Ständen sorgen würden.

Sie alle hatten sich auf ein Open End geeinigt, da Enzo

ihnen versichert hatte, dass viele Besucher erst auftauchen würden, wenn die Temperaturen etwas gefallen waren, und vermutlich länger blieben, um zu plaudern und etwas zu trinken. Neben einem Weinstand gab es schließlich einen mit Likören wie dem anishaltigen Galliano, der oft nach dem Essen getrunken wurde, oder dem süß-würzigen roten Alchermes, der Noemi mit seiner Mischung aus Anisblüten, Nelken, Koriander, Jasmin, Zimt, Orange und Vanille ein wenig an Sirup erinnerte.

Sie betrachtete die Menschen, die zwischen den Ständen oder an der Villa umherschlenderten, und fragte sich, ob die Stimmung auf den ersten Piacere-Festivals ähnlich gewesen war. Locker, fröhlich. Bunt. Die Gemeinschaft funktionierte, und wenn es im Vorfeld Probleme gegeben hatte, war davon nichts zu sehen. Hatte nicht irgendwer erwähnt, dass es damals Livemusik gegeben hatte? Es war gut möglich, dass Rosa und ihre Freunde sich gar nicht so sehr auf den Verkauf konzentriert, sondern vielmehr gemeinsam mit den Gästen gefeiert hatten.

Noemi war fest davon überzeugt, dass die Atmosphäre von den Erwartungen, Hoffnungen und Geschichten jedes Einzelnen beeinflusst wurde. Von der meditativen Gelassenheit, mit der Enzo Pitiani über allem wachte, Giadas fröhlicher Art oder Rays und Vickys amerikanischer Direktheit. Von den grummelig verzogenen Gesichtern der Russos. Selbst Ornella und Donatella trugen ihren Teil dazu bei, der winzige Wellen im Gesamtbild schlug.

Ihr Blick wanderte zu ihrem Foodtruck auf der Suche nach Fabio. Sie entdeckte ihn etwas abseits im Gespräch mit zwei

Männern in Cargoshorts und dunklen Shirts. Ihre Gesichter wurden von Caps verdeckt, und wäre da nicht der Größenunterschied, hätte Noemi sie nicht voneinander unterscheiden können. Neben ihnen standen riesige schwarze Plastikkoffer, in denen sich die Kameras befinden mussten. Sie wirkten wie Fremdkörper.

Noemi sah rasch woanders hin, ehe ihre Nervosität zurückkehren konnte: Die Gozzis am Nebenstand waren offenbar mit allem fertig, saßen auf Campingstühlen, hatten die Beine ausgestreckt und beobachteten die Gegend. Das große weiße Schild über ihnen glänzte in der Sonne und verriet, dass *C. & L. Gozzi – Funghi e Tartufi* einen genaueren Blick wert war. Sie hatten auf Verzierungen in Gold-, Beige- und hellen Gelbtönen gesetzt, was großartig zu ihrem Angebot passte.

Etwas rustikaler war das Ergebnis der Carducci-Cousinen auf der anderen Seite ausgefallen: viel Holz, wenig Dekoration, aber dafür gab es neben der Auslage eine Infotafel, die alles verriet, was man wissen musste. Auf einem großen Teller lagen klein geschnittene Crostini Toscani mit verschiedenen Aufstrichen zum Geschmackstest für die Kunden bereit. Von Chiara war nichts zu sehen – vermutlich wartete sie im Inneren, da ihr die Sonne bereits gestern etwas zu schaffen gemacht hatte –, dafür stand Grazia neben dem Stand, eine Hand auf die Theke gestützt, und schien bereit, jeden Besucher zum Probieren zu zwingen.

Noemis Foodtruck in der Mitte sah zauberhaft aus: die verspielten Dekorationen und Vogelkäfige, die hübschen Schalen und die Schilder, auf denen sie mit goldenen Buchstaben die Sorten aufgelistet hatte. Alles in allem definitiv ein Angebot, das sie sich näher ansehen würde, wäre sie Besucherin.

Ein weiteres Mal sah sie auf die Uhr. Ihre Pralinen würde sie erst kurz vor dem offiziellen Startschuss auslegen. Momentan lagerten sie in den großen Schubladen im hinteren Bereich, die mit einer Umluftkühlung ausgestattet waren und, wenn erforderlich, schnell ihre Innentemperatur veränderten. Die Auslage in der Front besaß dagegen eine Kühleinheit, die sonst für Getränke genutzt wurde und die Pralinen in Form halten würde. Am Abend würde sie die Lichterketten einschalten, mit denen sie die Auslage und die Verkaufstheke umrahmt hatte.

Wieder glitt ihr Blick wie magisch angezogen zu Fabio. Er unterhielt sich noch immer mit den Kamerajungs, so energisch, dass sie kurzzeitig fürchtete, die Diskussion könnte sich um ein Problem drehen. Aber dann lachten alle drei, und eine Haarlocke fiel Fabio in die Augen, als er sich umdrehte und das Gelände in Augenschein nahm. Er entdeckte Noemi fast sofort und gab ihr einen Wink.

Sie verstand, und trotz aller Zuversicht waren ihre Beine plötzlich weicher als zuvor.

Carlota hob den Kopf und winkte ihr zu. »Noemi! Bist du bereit für den Startschuss?« Auch sie war in bester Stimmung und wirkte aufgeregter als sonst. Enzo würde nun sicher sagen, dass sich die Energien aller Anwesenden verbunden hätten und die gemeinsame Kraft multiplizierten, und dieses Mal würde sie ihm zustimmen.

»Für den allgemeinen ja.« Sie deutete über die Schulter. »Was ich davon halten soll, dass Fabio mich gleich als Testobjekt vor die Kamera zerrt, weiß ich noch nicht.«

Carlota richtete sich auf, beugte sich zur Seite und blinzelte an Noemi vorbei. »Och. Der mit der Kappe sieht doch ganz gut aus.« Ihr Blick glitt zu Luigi, dann schlug sie eine Hand vor den Mund und kicherte. »Wobei, der andere trägt ja auch eine.« Das Kichern wurde lauter und verwandelte sich in einen Schluckauf.

Luigi verdrehte die Augen in Noemis Richtung, lächelte aber dabei. »So ist sie schon den ganzen Morgen, und ich befürchte, dass sie den Kunden schlüpfrige Witze erzählt, wenn es so weitergeht.«

»Sex sells«, nuschelte Carlota zwischen Schluckauf und ihren Fingern, ehe sie erneut loskicherte. Das Piacere hatte zumindest sie bereits verwandelt.

Noemi winkte noch einmal und verschwand an der Rückseite des Trucks, öffnete die Tür und kletterte hinein. Sie legte ihr Handy auf der Arbeitsfläche ab und befand, dass es an der Zeit war, die Pralinen und das Nugat in die Etageren, Käfige und gekühlten Schälchen zu füllen. Neben die Glanzstücke in der Mitte – Nonna Rosas Mandelträume sowie die Honigtrüffel der Simonettis – platzierte sie die Silberzange mit dem hübschen Rosenmuster aus der Küche der Villa. Mittlerweile wusste sie von Enzo, dass diese Zange die letzte eines fünfteiligen Sets war, das sein Urgroßvater eigens für seinen Haushalt nach den eigenen Wünschen und Vorstellungen hatte anfertigen lassen. Sie hatte sich also ein echtes Unikat für ihre Zeit auf dem Piacere gesichert!

Zum wiederholten Mal kontrollierte sie, ob die Preisliste und das Simonetti-Schild gut lesbar angebracht waren, und hob den Kopf. Dies würde ihre Aussicht in den kommenden

Tagen sein! Zu guter Letzt schoss sie Fotos vom Foodtruck und von der Auslage und schickte sie neben ihren Lieben zu Hause und Lea natürlich auch an Mariana und Matteo Simonetti.

Fabio und die beiden Kameraleute hatten ungefähr die Hälfte des Wegs zu ihr zurückgelegt, waren aber erneut stehen geblieben, noch immer ins Gespräch vertieft. Offenbar ging es um die Technik, da einer der Männer seinen Koffer geöffnet hatte und sich alle drei darüberbeugten. Noemi nutzte die Zeit und ging in den Lagerbereich. Dort nahm sie die Schüssel mit den Probierstücken – Pralinen, die nicht ganz so perfekt geformt waren wie die anderen, oder Randstücke vom Gianduja, die sie mit einem scharfen Messer in der Küche der Villa abgetrennt hatte – und platzierte sie unter der Verkaufstheke.

»Noemi!«

Sie blickte auf, aber niemand stand vor ihr.

»Hinter dir!« Giada lehnte sich gegen die Einbauschränke. Sie hatte sich ebenfalls umgezogen, trug eine praktische Leggins, bequeme Stoffschuhe und ein weißes Shirt mit dem Schriftzug *Mangano – Cantuccini Magici*. »Noch eine halbe Stunde, dann geht es los! Deshalb wollte ich mit dir anstoßen!« Sie hielt zwei Thermobecher in die Höhe. »Ich spendiere den Kaffee, du die Pralinen?«

»Einverstanden«, sagte Noemi erleichtert. »Ich habe bei all den Vorbereitungen gar nicht drangedacht, mir noch eine Tasse zu holen, dabei ist Kaffee gerade lebensnotwendig.«

Giada lachte, reichte ihr einen Becher und wartete, bis Noemi einen großen Schluck genommen hatte. Der Kaffee war stark und ungesüßt, aber für die Nerven genau richtig. »Also. Kannst du eine Praline entbehren?«

»Für dich doch immer. Welche hättest du denn gern?«

»Zitrone. Es ist jetzt schon so warm, und Saures kühlt mich dann zumindest für eine Nanosekunde runter.«

»Du weißt, dass das nur Einbildung ist, oder?«, fragte Noemi, angelte mit der Zange nach einer Praline und reichte sie Giada, ehe sie sich ebenfalls eine nahm.

Giada schnupperte daran. »Das spielt keine Rolle, solange es funktioniert. Also: auf ein erfolgreiches Piacere!« Sie hielt Noemi die Praline mit Daumen und Zeigefinger hin.

Die schlug ihre dagegen. »Darauf stoße ich gern an. Dir und deiner Familie vielen Dank, ohne euch wäre das alles niemals zustande gekommen.« Sie schob sich die sahnig-fruchtige Köstlichkeit in den Mund. »Wie fühlt es sich eigentlich an? Wenn du all das siehst, meine ich, und weißt, dass wir es dir zu verdanken haben.«

Giada kaute mit vollen Wangen und verdrehte entzückt die Augen, winkte dann aber ab. »Ach, wir hatten nur die Idee und haben ein wenig recherchiert, um ein paar Briefe zu schreiben. So viel Arbeit war das nicht. Ohne Enzos Villa und euch alle wäre das komplett im Sande verlaufen. Von daher sind wir dankbar, dass so viele mithelfen, damit Nonna noch einmal ihr altes Festival erleben kann.«

Einem spontanen Impuls folgend, trat Noemi auf Giada zu und umarmte sie. »Trotzdem danke. Ihr macht das toll, und ich freue mich wirklich, dass ich dich und deine Familie kennenlernen durfte.«

Giada erwiderte die Umarmung, als wäre es das Natürlichste auf der Welt. »Ich freue mich auch. Und du mach dir bitte keine Gedanken wegen der Russos und deiner Nonna. Wir finden in diesen drei Tagen ganz sicher noch etwas raus, und das Ehepaar Fürchterlich wird uns nicht aufhalten.«

Noemi löste sich von Giada, um sie anzusehen. »Du nennst sie nun auch schon so?«

Giada griff gut gelaunt nach ihren Händen. »Klar, ich fand den Namen sehr passend. Mein Vater auch. Wir müssen nur aufpassen, dass Marta es nicht übernimmt, sonst erfährt es bald der gesamte Platz.«

Sie grinsten sich an, und in diesem Augenblick brauchte es keine weiteren Worte. Alles war gesagt, und jede Silbe war von Herzen gekommen.

Noemi mochte Giada wirklich sehr, und wer wusste schon, ob es sie nicht in naher Zukunft wieder in die Toskana verschlagen würde? Immerhin hatte sie erst einen winzigen Teil gesehen, aber allein der war so wunderschön, dass sie mehr wollte. Mehr von diesem besonderen Flair, von den Eigenarten der Landschaft und der Bewohner, von den Köstlichkeiten und vor allem von den schönsten Sonnenaufgängen der Welt.

»Ich hoffe, wir stören nicht?«

Noemi musste nicht nach draußen blicken – natürlich hatte Fabio ausgerechnet diesen Augenblick gewählt, um mit den Kameraleuten aufzutauchen. Die drei lehnten nebeneinander an der Verkaufstheke, und vor allem die beiden Gäste betrachteten sie und Giada interessiert.

»Sie sind die Vertretung für die Simonettis?«, fragte der Größere von beiden auf Englisch und schlug mit einem Finger gegen das Schild neben der Auslage. Er war um die fünfzig, hatte ein sonnengegerbtes Gesicht und wirkte wie jemand, der sich mit einem Bier im Schatten am wohlsten fühlte. Auf seinem Shirt prangte der Schriftzug einer Band, die sie nicht kannte, der aber mit den gezackten und von Flammen umkränzten Buchstaben stark an die Achtzigerjahre erinnerte.

Giada verabschiedete sich, und Noemi bemühte sich, ihr auf einmal wild schlagendes Herz unter Kontrolle zu bringen und dabei nicht an die Kameras zu denken, die bald auf sie gerichtet sein würden. »Ja, genau, das bin ich. Noemi Wittkamp, hallo.« Sie streckte erst ihm, dann dem anderen eine Hand entgegen. Er war jünger als sein Kollege und versuchte eindeutig, sich dessen Gesichtsausdruck anzueignen, was bei seinen weichen Lippen und der rundlichen Nase bemüht wirkte.

Beide schüttelten ihre Hand knapp und fest, während sie den Truck betrachteten, offenbar bereits auf der Suche nach der besten Einstellung.

»Wir gehören zu Linda Giles' Team und machen die Vorhut«, sagte der Ältere und drehte sich um. »Die Sonne steht nicht ideal, aber es könnte schlimmer sein.«

»Könnte echt schlimmer sein«, echote der andere und nickte.

Fabio deutete zur Seite. »Das sind John Langens und«, Geste zur anderen Seite, »Vince Jedburgh.« Er hatte also wie sie bemerkt, dass sich Lindas Mitarbeiter nicht vorgestellt hatten. Noemi behielt ihr Lächeln, auch wenn sie sich fragte, wo denn die berühmte Höflichkeit der Briten geblieben war.

Als hätte John ihre Gedanken gelesen, tippte er sich an

seine Mütze und nahm sie schließlich ab. Vince betrachtete ihn erstaunt, folgte dann aber seinem Beispiel. »Entschuldigen Sie, aber wir sind ein wenig unter Zeitdruck, und ich behalte schon die ganze Zeit die Umgebung im Auge und überlege, wie wir Lindas Wünsche am besten erfüllen. Es hat nichts mit Ihnen zu tun.«

Fabio musterte Noemi mit diesem Blick, der ihre Laune hob, ob sie wollte oder nicht. »Er will damit sagen, dass er generell unhöflich ist, ehe es ernst wird, und selbst die beste Pralinenkennerin auf dem ganzen Platz darunter leiden muss.« Seine Nervosität schien wie weggeblasen. Fabio hatte es geschafft, zu seiner alten Ruhe zurückzufinden – oder er besaß ein großes schauspielerisches Talent. Vielleicht hatte er das von seiner Mutter geerbt.

Vince sah ihn erschrocken an und schien sogar etwas blass zu werden, aber John zuckte nur die Schultern. »Du hast recht, Fab! Sorry noch mal, Naomi.«

»Noemi«, sagte sie, wechselte einen amüsierten Blick mit Fabio und hob, unbemerkt von den beiden anderen, einen Daumen. Wenn er später bei Linda Giles ebenso locker war, konnte nichts schiefgehen. »Möchten Sie beide etwas probieren, ehe wir loslegen?«

Die Aussicht auf eine Kostprobe schien Vince zu begeistern, und er betrachtete aufmerksam das Angebot in der Auslage.

John dagegen winkte ab und zog seine Kamera aus dem Koffer – groß und schwarz, mit einem viereckigen Aufsatz am Objektiv und zu vielen Knöpfen und Tasten an einer Seite. »Danke, aber vielleicht nach der Arbeit«, sagte er, drückte hier, stellte da etwas ein und warf einen Blick auf die Uhr an seinem Handgelenk, die selbst die robusten Modelle der Russos in den Schatten stellte. »Ich will alles geplant haben, ehe es hier zu voll wird. Linda wird um vier startklar sein.«

Vince nickte. »Um vier ist Linda auf jeden Fall startklar.« Er klang, als wäre das allein sein Verdienst – oder eine völlig neue Information, die zuvor noch niemand erwähnt hatte. Auch er nahm seine Kamera aus der Tasche, etwas kleiner als Johns, aber nicht weniger beeindruckend. Beide vertieften sich in ihre Geräte, und John gab Vince Anweisungen, mit denen Noemi nichts anfangen konnte, deshalb sah sie Fabio an.

»Also? Was soll ich tun?«

Er deutete über die Schulter. »Das wird John dir gleich sagen. Du siehst wirklich toll aus. Ich weiß, das hab ich dir schon gesagt, aber jetzt fällt es mir erst recht auf, weil der Foodtruck … na ja, weil …« Er deutete vage nach vorn und sah rasch zur Seite. War Fabio Serra, der Mann, der sonst nie um Worte verlegen war, etwa unsicher? »Wie auch immer, das Outfit passt gut zu … den Pralinen.«

Beinahe wäre ihr herausgerutscht, dass er sich auch sehen lassen konnte. »Danke. Ich dachte, der bequeme Jogginglook kommt vielleicht neben Linda Giles nicht so gut an.«

Fabio schüttelte den Kopf. »Mach dir da keine Sorgen.« Er blickte wieder zur Seite, entdeckte etwas auf seinem Hemd und zupfte es vom Stoff.

John beendete den Moment und damit Fabios Verlegenheit, was Noemi fast bedauerte. »Also, wir sind so weit.

Noemi, wenn Sie einfach da stehen bleiben und etwas in die Hand nehmen, damit es so aussieht, als würden Sie beraten oder gar verkaufen?«

»Gern.« Sie musste nicht lange überlegen und griff nach der Pralinenzange mit dem Rosenmuster. »Was soll ich jetzt tun?«

»Bleiben Sie einfach da stehen. Du auch, Fabio, du bist das Stand-in für Linda oder eben einen Kunden.«

»Geht klar.« Er fuhr sich durch die Haare und blinzelte, und es juckte Noemi in den Fingern, ihm auch die letzte widerspenstige Strähne zurückzustreichen.

In einigem Abstand hatte sich eine kleine Menschentraube gebildet und beobachtete das Geschehen. Carlota und Luigi hatten ihre Campingstühle verlassen und versuchten, nicht allzu offensichtlich herüberzustarren. Grazia Carducci sah darin offenbar kein Problem, stand mit in die Hüften gestemmten Händen und ernstem Gesicht neben den beiden und vermittelte den Eindruck, dass all das hier nur unter ihrer Aufsicht stattfinden durfte. Ornella streifte um ihre Beine, aber Grazia war vermutlich die Einzige auf dem gesamten Festival, die über die niedlichen Vierbeiner zumindest für eine Weile hinwegsehen konnte.

Noemi versuchte, die Aufmerksamkeit so gut es ging zu ignorieren. Womöglich war es gar nicht so verkehrt, dass John und Vince so kurz vor der Eröffnung mit den Kameras auf der Schulter von einer Seite zur anderen liefen, Aufnahmen machten und auf die winzigen Monitore starrten, sich berieten und neue Positionen suchten. So wurde zumindest jeder auf den Stand aufmerksam. Ob sie dann auch mehr verkaufte, stand zwar in den Sternen, aber schaden konnte das Ganze sicher nicht.

John kehrte zurück und gab ihr Anweisungen, woraufhin sie einige Schritte zur Seite trat, sich vorbeugte oder Fabio eine leere Pralinenschachtel reichte und ein Verkaufsgespräch simulierte, wobei die beiden den Ton wieder und wieder checkten, bis John schließlich nickte. »So, damit haben wir es.«

»Ich denke, wir haben es«, sage Vince, stellte mit einem deutlichen Seufzer seine Kamera ab und nahm die Theke in Augenschein. »Aber könnten wir wohl nun …«

Noemi nahm einen Teller, platzierte eine Mischung des Angebots darauf und stellte ihn auf der Theke ab. »Hier, bitte. Damit Sie auch wissen, was Ihnen später vor die Kamera kommt.«

»Danke«, sagte Fabio, schnappte sich den Teller und steckte sich eine Honigtrüffel in den Mund. »Ich verspreche, ich werde sie fair zwischen uns aufteilen. Wir sehen uns später, Noemi.« Mit der freien Hand griff er nach ihrer, beugte sich vor und hauchte ihr einen Kuss auf die Haut. Es kribbelte bis in ihre Fingerspitzen. In der Ferne setzte Applaus ein – Carlota und Luigi, Giada und Raffaele sowie einige Gäste. Noemi wollte sich erst abwenden, riss sich dann aber zusammen und winkte, ehe sie mit einem Lächeln ihre Auslage neu ordnete.

19

Noemi reichte dem Pärchen vor ihrem Stand die XXL-Schachtel mit den Pralinen sowie eine Visitenkarte der Simonettis und beobachtete mit einem Lächeln, wie der junge Mann mit den hochgegelten Haaren seinem Freund eine in den Mund schob, um ihn dann zu küssen. »Wir fahren jedes Jahr nach Venedig, weil es die unglaublichste Stadt der Welt ist!«

»Süß, die zwei, oder?«, ertönte eine Stimme hinter ihr. Giada stellte sich neben sie und beobachtete das Treiben auf dem Gelände. Es war nicht so voll, dass sich die Menschen zwischen den Ständen drängelten, aber trotzdem war der Zulauf schon jetzt ein Erfolg. Viele Familien waren gekommen, Pärchen, Freunde. Eine Gruppe war sogar mit einem Bus aus einem Pflegeheim in der Gegend angereist. Das Stimmengewirr übertönte die Musik, die aus mehreren Foodtrucks schallte. »Sie haben gerade bei uns zwei Kilogramm Gemischtes gekauft. Ich meine … zwei ganze Kilo! Für sich und ihre Familien, weil die leider zu weit weg wohnen, um herzukommen.«

»Die Pralinenschachtel war auch randvoll.« Noemi strahlte. Sie hatte nie daran gezweifelt, dass das Festival ein Erfolg würde – vermutlich, weil sie selbst so begeistert von allem war –, aber es wirklich zu erleben, in lachende Gesichter zu sehen und die Stimmung zu spüren, war noch einmal etwas anderes. *Sieh mal, Nonna! Das Piacere zieht auch nach all den Jahren so viele Besucher an.*

Wie immer wieder seit der Eröffnung begutachtete sie die Auslage und drapierte ihr Angebot etwas um, damit keine unschönen Leerstellen entstanden – das hatte sie in Venedig von Mariana gelernt. Wenn es so weiterging mit dem Verkauf, würde sie demnächst zum ersten Mal nachlegen müssen. Schließlich war es nur noch eine halbe Stunde, bis Fabio Linda Giles interviewen würde, und da musste alles perfekt aussehen. »Ich hoffe nur, sie essen nicht alles selbst.«

»Ah, und falls doch, gibt es doch den Stand mit Likören, da ist auch Kräuterschnaps dabei. Der päppelt sie schon wieder auf.« Giada schnappte sich eine Zitronenpraline und dann gleich eine zweite.

»Ich verkaufe auch andere Sorten, weißt du?« Noemi zupfte ihren Rock zurecht. Auch das hatte sie seit der offiziellen Eröffnung bereits mehrmals getan – falls sich die Küchenkönigin aus England eher blicken ließ.

»Isch weisch.« Giada strich sich einen weißen Schokokrümel von der Lippe. »Aber die schind einfach die beschten.« Sie kaute noch einmal und schluckte. »Hm … wirklich. Das Rezept musst du mir verraten, ich sag es auch nicht den Simonettis. Aber eigentlich bin ich hier, damit du eine Pause einlegen kannst.«

Noemi atmete auf. »Du bist eine Hellseherin.«

»Ich weiß.«

»Aber du musst sofort Bescheid geben, wenn Linda Giles auftaucht. Ich nehme mein Handy mit.«

»Ich weiß«, sagte Giada zum dritten Mal und versuchte

sich an einem todernsten Gesicht, scheiterte aber schnell. »Na los, mach dich frisch und vertritt dir die Beine. Und es wäre super, wenn du mir eine eiskalte Cola aus der Villa mitbringen könntest.«

»Ich würde nicht wagen, ohne wiederzukommen«, sagte Noemi todernst. »Nachher bist du noch völlig unterzuckert.«

Giada fasste sie an den Schultern. »Ich sehe, wir verstehen uns. Also, verschwinde schon.«

Noemi ließ sich aus dem Foodtruck schieben, drehte sich aber draußen noch einmal um. »Wehe, ich komme zurück, und alle Zitronentrüffel sind weg!«

»Das würde ich der Familie Simonetti niemals antun«, sagte Giada empört und wedelte mit einer Hand, als wäre sie eine Königin und nicht mehr gewillt, dieses Gespräch fortzusetzen.

Noemi atmete tief durch und ging bis zum Ende der Standreihe, um den Blick über das Gelände schweifen zu lassen. Die Sonne stand noch immer ungetrübt am Himmel, und die Wege waren mit Besuchern gut gefüllt. Zahlreiche Autos parkten auf dem Gelände und – so hatte ihr jemand erzählt – weit die Straße entlang. Sie entdeckte sogar einen zweiten Kleinbus.

Enzo und Raffaele waren fest davon überzeugt, dass es zum Abend hin noch einmal mehr werden würden. Noemi war mit dem Verkauf bislang zufrieden, wenn sie bedachte, dass viele Besucher versprochen hatten, zum Abend oder kurz vor ihrer Abfahrt wiederzukommen, damit die Wärme den Pralinen nicht schadete und sie nicht alles mit sich herumschleppen mussten. Die Zeit bis dahin würde wie im Flug vergehen. Auf dem Piacere zu verkaufen, war etwas anderes, als für eine Cateringfirma zu arbeiten, und sie liebte so vieles daran: die Gespräche mit den Kunden, das offene Interesse, die Zeit, die sich die Leute nahmen, um nachzufragen oder auch zu probieren – und natürlich die Zufriedenheit, wenn die Pralinen gut ankamen. Im Catering war das Essen stets das Rahmenprogramm für ein Event gewesen, dem man sich zwischendurch oder in einer knappen Pause widmete. Oft war der Genuss dabei auf der Strecke geblieben. Das war hier anders. Die Kunden nahmen sich Zeit, und manche fragten sie sogar, woher sie stammte. Schon jetzt hatte sie mehrere Tipps für Ausflugsziele in der Gegend erhalten – und für ein Schokoladengeschäft in San Gimignano.

Spätestens gegen zehn wollten alle ihre Stände allmählich schließen und noch gemeinsam etwas trinken. Noemi freute sich auf den Austausch nach dem ersten Tag und war fest entschlossen, sich dieses Mal nicht vom Ehepaar Fürchterlich vertreiben zu lassen.

Sie lächelte, als sie an den Startschuss des Piacere dachte, wo sich sämtliche Verkäufer vor der Villa versammelt hatten und sie von einem kleinen Mädchen gefragt worden war, ob es auch Ponys gäbe. Sie hatte bedauert, verneinen zu müssen, aber versprochen, dass die Kleine sich später eine Praline bei ihr abholen durfte. Nur wenige Minuten nach zwölf war Enzo auf die Mauer geklettert, die sich um den Innenhof der Villa zog, und hatte gewartet, bis sich eine Menschentraube vor ihm bildete. Dann hatte er in einer flammenden Rede von den Anfängen des Piacere und dem toskanischen Geist erzählt, der die Menschen dazu brachte, sich nach so vielen

Jahren auf das zu besinnen, was sie einst zusammengeführt hatte, und es einmal mehr aufleben zu lassen. Er hatte genau den richtigen Ton getroffen, und viele, besonders die älteren Aussteller, hatten sich vor Rührung die Augen gerieben. Sogar Marta hatte gestrahlt, sich an Giadas Schulter gelehnt und ihre Tränen weggeblinzelt. Noemi hoffte, dass sie einen Moment in der Gegenwart gehabt hatte, um diesen Tag mit allen Sinnen zu erleben, der ohne sie niemals zustande gekommen wäre.

Fabio war nur noch einmal aufgetaucht, hatte ihr mitgeteilt, dass er John und Vince noch kurz begleiten und sich dann für letzte Änderungen und Vorbereitungen in ihr Zimmer zurückziehen würde.

Jetzt riss sie sich von dem Anblick los und machte sich auf den Weg. In den Küchen der Villa hatte Enzo Getränke und Snacks für die Teilnehmer kalt gestellt. Sie würde sich erst frisch machen, noch einmal ihr Make-up checken, vielleicht etwas essen und mit zwei Cola für sich und Giada zurückkehren. Normalerweise rangierte die süße Limo nicht sehr weit oben auf ihrer Hitliste, aber ihr stand ein langer Tag bevor, und sie wollte bis zum Schluss fit sein.

Im Innenhof waren Sitzgelegenheiten unter riesigen Sonnenschirmen aufgestellt worden, und die meisten waren belegt. Kinder rannten zwischen den Bänken herum, manche mit Wasserpistolen bewaffnet. Die Erwachsenen lehnten sich zurück und plauderten, einige hatten Getränke oder etwas zu essen vor sich. Noemi entdeckte mehrere geöffnete Gläser mit Brotaufstrichen der Carducci-Cousinen und – was viel wichtiger war – so viele zufriedene und lachende Gesichter, dass ihr ganz warm ums Herz wurde. Genauso hatte sie es sich vorgestellt!

»Mamma, da ist die Frau mit der Schokolade!« Das kleine Mädchen von zuvor war stehen geblieben, die Wasserpistole erhoben, sodass ein feiner Strahl auf ihre Schulter tropfte, und winkte Noemi zu. Sie winkte zurück, lächelte den Anwesenden zu und verschwand im Inneren der Villa. In der großen Halle war es noch warm, aber sobald sie die Treppe erreichte, sanken die Temperaturen auf spürbare, aber angenehme Weise. Sie beeilte sich im Bad, kontrollierte Make-up und Haare und holte anschließend die Getränke aus der Küche, in der bis auf das leise Summen der Geräte Stille herrschte. Ihre Cola öffnete sie sofort und nahm einen großen Schluck, der angenehm in ihrer Kehle kribbelte. Noemi atmete langsam aus, zog ihr Handy aus der Handtasche und verfasste eine kurze Nachricht, die sie wie so oft an Lea, ihre Mutter und Tante Elisa schickte.

Nicht mehr lange, und ich stehe mit Linda Giles vor der Kamera. Wünscht mir Glück! Das Piacere ist übrigens wunderbar angelaufen, ich schicke später Fotos.

Elisa hatte mittlerweile ihre letzten Nachrichten gelesen – und geantwortet! Vielmehr ohne jedweden Kommentar ein Bild geschickt. Es zeigte sie selbst in einem bunten Kleid. Sie stand vor einem gut gefüllten Strandabschnitt und hielt ihren Strohhut fest, damit er nicht weggeweht wurde. Im Hintergrund war die graublaue Ostsee zu sehen. Mit der anderen Hand streckte sie der Kamera eine Postkarte entgegen, auf der ein romantisches Sonnenuntergangsmotiv und der Schriftzug *Grüße vom Timmendorfer Strand* zu sehen waren. Noemi atmete auf. Zwar hatte ihre Mutter bereits bestätigt, dass es Elisa gut ging, aber trotzdem war sie erleichtert über das Lebenszeichen. Sollte sich Elisa zurückgezogen haben, weil Noemi ihr mit der Reise in Nonna Rosas Vergangenheit zu nahe gekommen war, so schien sie ihr verziehen zu haben.

»Danke«, flüsterte sie, versah das Bild mit einem Herzchen und steckte ihr Handy wieder weg. Allmählich musste sie sich auf den Weg machen.

Als sie nach draußen trat, stand eine Menschentraube am Eingang des Innenhofs und beobachtete etwas auf dem Festivalplatz. Hoffentlich war nichts geschehen! Oder – Noemi blieb stehen, um in Ruhe durchzuatmen, da es ihr plötzlich schwerfiel – war Linda Giles eingetroffen? Rasch kontrollierte sie ihr Handy, aber Giada hatte sich noch nicht gemeldet. Am liebsten hätte sie sich die Colaflasche gegen die Handgelenke gepresst, wo ihr Puls gerade Fahrt aufnahm.

»Mamma!« Das Mädchen, das Noemi zuvor erkannt hatte, deutete nach vorn. »Will dahin!«

Eine junge Frau in Jeansshorts schüttelte den Kopf. »Wir bleiben hier im Schatten. Und du isst erst einmal auf, Maria.«

»Nein.« Die verschränkten Arme und das trotzige Gesicht ließen Noemi schmunzeln, und auch die junge Mutter schien amüsiert.

»Süße, du bist noch klein«, sagte sie. »Und solange das der Fall ist, entscheide ich für drei, weil dein Vater eh meist meiner Meinung ist.« Sie stieß den Mann neben sich an, der seine Tochter angrinste und beide Hände hob, als wollte er sagen, dass er da nichts tun konnte.

Noemi ging weiter, drängte sich an den Menschen vorbei und sah, dass Enrico die Feuerschalen am Eingang zum Innenhof der Villa entzündet hatte. Zwar dauerte es noch bis zum Einsetzen der Dämmerung, aber der Anblick sorgte dennoch für einen faszinierenden Effekt. Die Schalen waren weit genug von den Verkaufsständen entfernt und würden die Luft dort nicht weiter aufheizen. Kerzengerade reckten sich die Flammen in den Himmel.

Etwas an diesem Anblick ließ Noemi innehalten. Mit gerunzelter Stirn versuchte sie, herauszufinden, was genau daran sie auf diese ganz spezielle Weise fesselte, die ihr sagte, dass sie etwas Ähnliches schon einmal gesehen hatte. War das gerade ein Déjà-vu?

Dann erinnerte sie sich an eines der Fotos, die sie in Signor Simonettis Wohnung in Venedig abgelichtet hatte. Mit einem Lächeln zog sie ihr Handy hervor, rief die Foto-App auf und scrollte. Da waren sie, die Feuerschalen – auf dem Schnappschuss, wo sich Nonna Rosa und Bianca Valli küssten, während der Wind Biancas Oberteil bauschte.

Seltsam nur, dass die Flammen im Hintergrund kerzengerade in den Himmel stiegen. Vielleicht hatte eine Böe Biancas Shirt erfasst – oder aber das Feuer hatte geflackert, und das Foto war in dem Augenblick geschossen worden, als es zufällig nach oben zeigte.

Die gusseisernen Schalen waren zu schlecht zu erkennen, um zu sagen, ob es sich um dieselben handelte wie heute, aber es war ein schöner Gedanke. Ein weiterer Kreis, der sich schloss. »Noemi!« Giada tauchte neben ihr auf, griff nach ihrer Hand und zog sie mit sich. »Fabio hat mich losgeschickt, um dich zu suchen, und er sagte, es sei eilig. Die beiden Kamerajungs haben nämlich eine Nachricht von Lindas Assistentin bekommen, dass sie beinahe hier sind und Linda in Empfang genommen werden will. Außerdem habe ich Carlota gebeten, mich bei den Pralinen zu vertreten, bis ich dich gefunden habe, und sie kann den Kunden sicher nicht so viel über Pralinen erzählen wie du oder ich.«

»Mist«, murmelte Noemi, drückte Giada ihre Cola in die Hand, die nicht mehr richtig kalt war, und lief schneller. Über all den Grübeleien seit dem Anblick der Feuerschalen hatte sie sogar Linda Giles vergessen! Fabio drehte vermutlich eben durch, da sie wie vom Erdboden verschluckt war.

Typisch Signorina Caos.

»Das tut mir wirklich leid.« Sie wich einigen Besuchern aus, um ihr Tempo beizubehalten.

Giada winkte ab. »Noch ist die Königin der Küchen nicht in unseren edlen Hallen eingetroffen.«

Noemi lief langsamer, als sie einen weiteren Menschenauflauf in der Nähe der Einfahrt entdeckte. Ein BMW parkte dort mitten auf dem Weg, und neben ihm stand …

Linda Giles!

Noemi blieb stehen und fasste nach Giadas Hand. »Ich glaube, du irrst dich.«

Die berühmte TV-Köchin stach aus der Menge heraus wie ein Paradiesvogel aus einem Krähenschwarm. Sie trug ein schillerndes gerade geschnittenes Kleid, das in sämtlichen Grün- und Blautönen der Welt changierte, zu knallblauen

Stilettos. Mit dem passenden Haarschmuck wäre sie der Star auf jeder Charleston-Party gewesen. Doch ihre blonde Frisur brauchte keinen Schmuck, da die Farbe so sehr leuchtete, als wollte sie der Sonne Konkurrenz machen.

Neben Linda stand eine junge Frau im Business-Kostüm, hielt eine Kladde sowie ein Handy in den Händen und nickte permanent. Das musste die Assistentin sein, und sie unterhielt sich ausgerechnet mit – Noemi stöhnte leise auf – dem Ehepaar Russo. Unter normalen Umständen hätte sie geglaubt, die beiden wären lediglich Fans und hätten sich mit ihrer hemdsärmeligen Art zu Linda vorgearbeitet, um ihr hautnah zu begegnen. Doch sie wirkten nicht begeistert, sondern zufrieden. Oder sogar triumphierend.

Linda Giles dagegen sagte etwas zu ihnen und dann zu ihrer Assistentin, wandte sich ab und wartete mit verschränkten Armen vor der hinteren Wagentür, bis ihre Assistentin herbeieilte, um diese zu öffnen. Dann stieg sie ein.

Signor Russo trat zur Seite, als der Motor ansprang, und gab den Blick auf einen weiteren Mann frei.

Fabio.

Selbst auf die Distanz sah Noemi, wie geschockt er war, auch wenn er versuchte, es mit einem neutralen Gesichtsausdruck zu überspielen. Aber er schien bleicher als sonst, und seine Hände ballten sich unaufhörlich zu Fäusten, nur um sich dann wieder zu lockern.

Der BMW hupte. Die Menschenansammlung teilte sich, als er anrollte. Fabio rührte sich weder, noch sah er der davonfahrenden Linda hinterher, dafür warfen sich die Russos zufriedene Blicke zu, wandten sich unisono um und verschwanden.

»Giada?«, hauchte Noemi. Ihre Lippen schienen taub zu sein.

Giada schüttelte den Kopf. »Ich habe keine Ahnung, was da passiert ist. Los, finden wir es heraus.«

Dieses Mal liefen sie nicht, sondern sie rannten, und Giada wedelte mit beiden Armen, um den Weg freizumachen. Währenddessen hatte Lindas Wagen die Einfahrt erreicht, beschleunigte und war kurz darauf verschwunden. Zurück blieben eine Staubwolke sowie unzählige Fragen.

Die Hälfte derjenigen, die soeben noch die Russos und Linda samt Begleitung umringt hatte, drehte sich um. Giada trat zu ihnen und lenkte sie geistesgegenwärtig mit allgemeinen Fragen ab, sodass Noemi weitgehend unbeobachtet neben Fabio treten konnte. Jetzt entdeckte sie auch die Kameramänner John und Vince, die in der Nähe eindeutig ratlos ihr Equipment verstauten. »Fabio?« Noemi senkte die Stimme. Schlimm genug, dass die anderen Lindas ungeplante Abreise miterlebt hatten. »Was ist passiert?« Noch während sie sprach, fuhr ihr der Schreck siedend heiß in den Magen. Schnell warf sie einen Blick auf ihr Handy, doch es waren noch zehn Minuten bis zum offiziellen Termin. Trotz allem atmete ein winziger Teil von ihr auf. Nicht auszudenken, wenn ihr Zuspätkommen der Grund für Lindas Flucht gewesen wäre! »Fabio? Warum ist sie gefahren?« Sie griff nach seiner Hand und zog ihn von den anderen weg.

Er ließ es geschehen, starrte aber auf einen imaginären Punkt vor sich. In seinen Augen flackerten die verschiedenen Gefühle im Kampf um die Vorherrschaft. Seine Fassungslosigkeit behielt die Oberhand, doch ein Hauch Wut schimmerte hindurch.

»Fabio«, zischte Noemi, und endlich reagierte er.

Mit einem Schulterzucken. »Das war es. Es wird kein Interview geben.«

»Aber weshalb? Erzähl mir doch bitte, was passiert ist.«

Er lachte so bitter auf, dass es wehtat. »Es gab in der ganzen Geschichte nur einen einzigen Faktor, bei dem ich unsicher war.«

Sie wusste sofort, wovon er redete. »Mich.«

Er atmete energisch aus. »Ich habe nur nicht damit gerechnet, dass Linda sofort damit konfrontiert wird, sobald sie hier eintrifft.« Er verstärkte seinen Griff, sodass sich seine Finger wie ein Schraubstock um ihre schlossen. Noemi zuckte zusammen. »Entschuldige«, sagte er hastig, als er es bemerkte, und wollte sie loslassen, aber sie schüttelte den Kopf und hielt ihn fest. Fabio strich wie zur Entschuldigung mit dem Daumen über ihren Handrücken und verdrängte trotz allem einen Teil der dunklen Wolke, die sich an diesem Sonnentag in ihr festsetzen wollte. Sogar jetzt, da er selbst so niedergeschlagen war, schaffte er es, für sie da zu sein.

Noemi straffte die Schultern. »Okay, mach dir keine Sorgen. Wir bekommen das wieder hin, egal wie. War sie wirklich so sauer, dass ich hier bin und nicht jemand von den Simonettis? Ich dachte, das hätte sie bereits per Mail erfahren.«

»Und per Telefon«, sagte er düster. »Anfangs war sie nicht sehr erbaut, aber dass du quasi einen Arbeitstest in der Cioccolateria durchlaufen hast und selbst Konditorin bist, hat sie schließlich umgestimmt, zusammen mit Nina, ihrer Assistentin. Mit ihr hatte ich im Vorfeld den meisten Kontakt. Sie fand es besser, eine junge Frau zu zeigen, da in unserem Bereich meist Männer vor die Kamera treten. Nina hat Linda überredet – sie kann sehr überzeugend sein.«

»Aber vor Ort hat das plötzlich nicht mehr ausgereicht.«

Er presste die Lippen aufeinander. »Es lag nicht an dir.«

»Aber …«

Giada stürmte auf sie zu, das Gesicht so düster, dass Noemi sie kaum wiedererkannte. In der sonst so fröhlichen Frau steckte also auch ein Racheengel. »Es waren die Russos! Quei vecchi idioti!« Sie gab sich keine Mühe, leise zu sein, und einige der Anwesenden drehten sich zu ihnen um. Manche erstaunt, doch andere nickten, als spräche Giada ihnen aus dem Herzen.

»Was …« Weiter kam Noemi nicht.

Giadas Empörung brandete über sie hinweg wie eine Welle, die jeden von den Füßen riss, wenn sie wollte. »Sie haben Linda quasi abgefangen und sich aufgespielt, als gehörte die Villa ihnen. Dann hatten sie nichts Besseres zu tun, als zu erzählen, dass du nur hier bist, weil deine Nonna damals Teil der Piacere-Truppe war, und Simonetti dich aufgrund seines großen Herzens an seinen Stand lassen würde. Du wärst nur eine Verkäuferin ohne Fachkenntnis, haben sie gesagt, und es so dargestellt, als hättest du Simonetti überredet, weil du mit Linda Giles vor die Kamera wolltest. *Heutzutage macht man das ja so, man lädt was im Internet hoch und schwupps, ist man berühmt*«, imitierte sie Signora Russo. »Als hättest du keine Ausbildung und wärst auch nicht für diese großartigen Pralinen verantwortlich!« Sie schnaubte. »Und natürlich haben sie wieder darüber gejammert, dass deine Nonna schon damals alles durcheinandergebracht hat und du nicht anders bist.«

Obwohl die Abneigung der Russos Noemi nicht erstaunte, trafen die Worte sie tief. Sie hatte nicht erwartet, dass die zwei in Kauf nahmen, Fabios Bericht zu ruinieren, nur um ihr eins auszuwischen. »Das … ich glaube … ich weiß einfach nicht, was ich sagen soll.«

»Oh, mir fällt da eine Menge ein!« Giada verengte die Augen. »Erst einmal rede ich mit meinem Vater und mit Enzo. Es kann nicht sein, dass zwei Menschen aus dummen privaten Gründen meinen, mit ihrer miesen Stimmung das Piacere und mehr verderben zu können.« Je länger sie redete, desto mehr Menschen drehten sich zu ihnen um. Giada konnte sehr laut sein, wenn sie wollte. Sie meinte es gut, aber Fabio hob eine Hand. Momentan war er vermutlich der Einzige, der sie zum Schweigen bringen konnte. »Wir klären das, Fabio«, sagte sie so energisch, dass ein Teil der Umstehenden nickte, auch wenn sie vermutlich nicht genau wussten, worum es gerade ging.

Fabio trat einen Schritt zurück und ließ Noemis Hand los. »Später. Ich muss nachdenken. Es ist nicht deine Schuld, Noemi.« Er wollte allein sein. Dinge für sich regeln, so wie er es stets getan hatte. Es machte sie traurig, aber gleichzeitig verpasste es ihr seltsamerweise einen Energieschub. Sie mochte zwar nicht direkt verantwortlich für das sein, was gerade geschehen war, aber sie spielte darin eine Rolle. Daher würde sie alles in ihrer Macht Stehende tun, um die Sache wieder hinzubiegen.

Doch Fabio hatte sich bereits durch die Menschen gedrängelt, die herumstanden und darauf warteten, wie die Sache ausgehen würde, obwohl es nichts mehr zu sehen gab. Kurz überlegte sie, ob sie ihm nachgehen und gemeinsam mit ihm einen Plan schmieden sollte, wie sie das Ruder wieder herumreißen konnten. Aber sie ahnte, wie wenig es bringen würde. Trotzdem konnte sie nicht einfach hinnehmen, was passiert war.

Nur am Rand bekam sie mit, wie Giada den Umstehenden mitteilte, dass es nichts mehr zu sehen gab, und sich mit zwei Frauen darüber unterhielt, wie unmöglich sich die Russos benommen hatten. Alle drei bekräftigten lautstark, dass sie ihren Stand boykottieren würden.

Noemis Blick fiel auf John und Vince, die startklar schienen und bereit, die Villa Pitiani zu verlassen, also straffte sie die Schultern und hielt auf sie zu.

»Ich weiß nicht, was da gerade geschehen ist«, sagte sie, kaum dass sie die beiden erreicht hatte. »Es tut mir leid, dass Sie auch völlig umsonst hergekommen sind.«

Vince warf John einen Blick zu und wartete, bis der die Schultern zuckte, um dann die Geste zu imitieren.

»Das ist nicht schlimm, wir bekommen unser Geld so oder so.« John rieb sich den Nacken und sah sich um. »Ein Jammer. Wir würden gern noch bleiben, aber wir müssen sehen, wie die Stimmung ist und ob wir einen Flug eher zurücknehmen. Linda ist da sehr eigen und duldet keine Nachzügler. Es tut mir leid für Fabio, er ist wirklich in Ordnung.«

Noemi nickte. »Ja, das ist er. John, ich bin wirklich ratlos. Es war doch kein Geheimnis, dass ich die Simonettis vertrete.

Also warum hat sich Linda von zwei wildfremden Menschen umstimmen lassen?«

Er wechselte einen Blick mit Vince. »Ich weiß es nicht, Noemi. Wir haben sie erst bei der Landung gesehen, weil sie in der Ersten Klasse geflogen ist, aber da war sie schon recht schlecht gelaunt und hätte alles am liebsten abgesagt.«

»Aber wieso?« Dann waren die Russos womöglich nicht allein schuld, sondern nur der Tropfen, der das Fass zum Überlaufen gebracht hatte. »Wegen des Beitrags?«

John winkte ab. »Nein, es ist irgendwas Privates, über das sie nicht mit uns redet. Linda ist eigen und, das muss man mal so sagen, eine verdammte Diva mit allen Allüren, die man sich vorstellen kann. Sie wird zurück im Hotel sein und das Personal dort bis zu ihrer Abreise herumkommandieren.«

Vince japste. Er hatte bei jedem Wort verstörter gewirkt, und mittlerweile riss er die Augen so weit auf, dass er den Eindruck erweckte, gleich zu kollabieren. Wahrscheinlich erwartete er, dass John seinen Job verlieren würde, wenn er so über Linda redete. An wem würde er sich dann orientieren? Unter anderen Umständen hätte er Noemi leidgetan.

Jetzt aber spitzte sie die Ohren. »Welches Hotel?«

»Wie?«

»In welchem Hotel sind Sie untergebracht?«

John lachte. »Nicht im selben wie Linda, das wäre ein Unding. Vince und ich haben eine nette Pension in San Gimignano. Linda ist das zu provinziell, sie residiert in Florenz.«

Florenz! War das weit entfernt? Vermutlich nicht; Linda Giles würde keine allzu stressige Anreise auf sich nehmen. »Und wo genau?«

John überlegte nur kurz. »Ich habe keine Ahnung, und es ist mir auch egal. Ihre Assistentin wird uns irgendwann anrufen, sollten wir einen früheren Flug nehmen müssen, und bis dahin bin ich ehrlich gesagt froh über die Linda-freie Zeit. Falls Sie mit dem Gedanken spielen, sie anzurufen, um sie umzustimmen – lassen Sie es. Es bringt nichts.« Er bedachte sie mit einem langen Blick. »Machen Sie es gut, Noemi. Und sagen Sie Fabio, dass es mir echt leidtut. Er soll sich mal bei mir melden, vielleicht kann ich noch einen anderen Kontakt für ihn rauskramen. Meine Nummer hat er.«

»Ja, natürlich«, sagte sie und überlegte fieberhaft, wie viele Hotels es wohl in Florenz gab – und wie lange es dauern würde, sie abzutelefonieren.

»Das Four Seasons«, sagte Vince, als er ihr zum Abschied die Hand hinhielt.

Sie griff danach. »Lindas Hotel?«

Er nickte. »Ich hab's mir gemerkt, weil Nina mir erzählt hat, dass sie zunächst den Palazzo Portinari gebucht hat, weil er das Flair der Stadt so schön widerspiegelt. Aber Linda wollte nicht in einem mittelalterlichen Gebäude wohnen, hat sie gesagt, sondern in einem Hotel, das ihr ein Begriff ist.«

Die berühmte und weitgereiste TV-Köchin war also alles andere als offen, was fremde Länder und neue Erlebnisse betraf.

»Super, vielen Dank!« Noemi schüttelte Vinces Hand so energisch, dass er rasch Abstand nahm. Er und John winkten ihr noch einmal, schulterten ihre Taschen und machten sich auf den Weg.

Noemi suchte und fand Giada, die sich noch immer mit

den Leuten unterhielt, die den Vorfall mitbekommen hatten, und zog sie zur Seite. »Kannst du eine Weile auf meinen Stand achten? Ich muss etwas erledigen. Oh, und ich bräuchte euren Wagen.«

»Klar, das gilt für beides. Aber was hast du vor?«

Das wusste sie selbst noch nicht so genau, aber sie war sicher, dass ihr unterwegs etwas einfallen würde. »Ich muss nach Florenz.«

20

Dieses Mal hatte Noemi lediglich flüchtige Blicke für die Landschaft übrig, obwohl sich das Grün auf weiten Flächen zu beiden Seiten der Straße erstreckte. In der Ferne wallten sanfte Wolkenfelder am Himmel auf, aber sie beschloss, sie nicht als Omen zu sehen. Immer wieder ging sie in Gedanken ihren Plan durch, der nicht wirklich einer war und lediglich aus der Absicht bestand, mit Linda zu reden und sie zu überzeugen, sich doch noch vor eine Kamera zu stellen. Sie würde Worte finden müssen, die Linda schmeichelten. Mit Selbstdarstellung und einem entsprechenden Ego hatte sie ja bereits bei dem Vorfall mit Julian Lenz zu tun gehabt, und nun würde sich zeigen, ob sie etwas daraus hatte lernen können.

Ehe sie im Lancia vom Grundstück der Villa gerollt war, hatte sie Giada eine Nachricht geschickt und sie gebeten, John und Vince zu suchen und irgendwie auf dem Gelände zu halten. Der Gedanke war ihr womöglich zu spät gekommen, da sie nicht wusste, ob die zwei überhaupt noch in San Gimignano waren, aber versuchen musste sie es.

Ihr Weg führte sie zunächst nach Osten und durch einige Kreisverkehre, ehe sie den raccordo autostradale erreichte, der sie Richtung Norden leitete. Sie atmete auf und trat aufs Gas. Die Zeit verschwamm, während Noemi mögliche Szenarien und Eröffnungsreden für ein Treffen mit Linda durchspielte, doch schließlich sagte sie sich, dass sie diese Begegnung nicht planen konnte.

Es musste ihr gelingen, Linda zum Piacere zurückzubringen. Sie würde ihr klarmachen, dass dieser exklusive Ort einer Linda Giles würdig war, auch wenn das Festival in Wahrheit durch den Zusammenhalt bestach und nicht durch Luxus.

Nachdem sie sich in die endlosen Wagenreihen eingefädelt hatte, sah sie auf die Uhr. In einer Dreiviertelstunde sollte sie am Ziel sein.

Nach etwas über einer Stunde überquerte sie den Arno, versuchte, im stockenden Verkehr die Nerven zu behalten, und bahnte sich mithilfe ihres Navis den Weg zum Four Seasons. Es befand sich mitten in der Stadt, und nachdem sie durch enge Straßen gefahren war und ihr die Haare im Nacken klebten, gab sie einen Jubelschrei von sich, als sie herausfand, dass ein hoteleigener Parkplatz existierte. Sie stellte den Lancia ab, griff nach der Kühlbox, die sie an der Villa rasch gepackt hatte, stieg aus und strich ihr Outfit glatt, ehe sie sich auf den Weg machte.

Sie war überrascht, als sie herausfand, dass das Luxushotel in einer riesigen Parkanlage thronte, die einen Renaissancepalast und ein ehemaliges Kloster beherbergte. Unter anderen Umständen hätte sie nichts lieber getan, als sich umzusehen, aber dafür blieb ihr jetzt keine Zeit. Sie versuchte lediglich, sich nicht von dem in freundlichem zartem Gelb gestrichenen Gebäude einschüchtern zu lassen – was ihr etwas schwerfiel, als sie die Lobby betrat.

Sie erinnerte selbst an einen Palast oder auch ein Museum mit der hohen Decke, den Rundbögen, dem vielen Stuck oder der Statue des obligatorischen nackten Mannes. Sitzgelegenheiten in der Mitte waren von massiven Blumenarrangements umgeben. Es roch frisch, mit einem Hauch von schwerem Parfüm. Die Geräusche passten sich an, wurden tiefer und gehaltvoller, sodass Noemi ihr Tempo automatisch drosselte, obwohl sie sich einfach nur beeilen wollte. Aber dies war kein Ort, an dem man rannte. Hier schritt man, hielt das Kinn möglichst hoch und bediente sich knapper, aber gut durchdachter Gesten.

Sie registrierte das florale Muster des Marmorbodens nur am Rande und hielt nach der Rezeption Ausschau. Kurz darauf trat sie an den breiten Tresen und versuchte, nicht zu sehr auf die ausgeleuchtete Auslage an der Wand zu starren, in der Mamorbüsten unterschiedlicher Größen ausgestellt waren.

Eine Frau und ein Mann in schwarzen Anzügen, unter denen die weißen Hemdkrägen perfekt gestärkt hervorblitzten, standen davor, und die Frau lächelte ihr herzlich entgegen. Sie erinnerte Noemi an ein Gemälde – die Haut glatt, das Make-up vollendet, die Haare akkurat zu einem Knoten gebunden. Sie selbst würde eine solche Frisur niemals länger als zehn Minuten tragen können – zumindest nicht, wenn sie sich bewegte.

»Guten Tag.« Die Stimme der Frau verlieh Noemi einen Wimpernschlag lang das Gefühl, der wichtigste Mensch auf Erden zu sein.

»Guten Tag.« Noemi stellte die Kühltasche auf der Marmorfläche des Empfangstresens ab. »Ich bin Noemi Wittkamp, die deutsche Botschafterin des Piacere-Festivals in San Gimignano.«

Klang das gut? Oder überzeugend? Der Gedanke war ihr spontan gekommen, aber nun ließ es sich nicht mehr zurücknehmen, also lohnte es sich auch nicht, darüber nachzudenken. »Linda Giles war heute für einen Beitrag vor Ort, und im Trubel des Aufbruchs haben unsere Organisatoren die Übergabe der Abschiedsverkostung verschwitzt. Daher bin ich nach Florenz gekommen, um das nachzuholen.« Sie hob die Tasche. »Es sind Pralinen aus der Cioccolateria Simonetti in Venedig, eines der Aushängeschilder des Festivals und Grundstein des Berichts mit Miss Giles«, sagte sie in gewichtigem Ton. »Ich hoffe, sie ist noch nicht abgereist?« Innerlich hielt sie den Atem an.

Die Rezeptionistin nickte, als würden täglich Menschen mit Kühltaschen vorbeikommen, um etwas für einen Gast abzugeben. »Sie haben Glück, Miss Giles genießt ein verspätetes Mittagessen. Wenn Sie mir die Tasche überlassen, werde ich sie in die Küche bringen, um die Pralinen für Miss Giles verpacken zu lassen.«

Jetzt bloß nicht zögern.

»Das ist sehr freundlich, aber ich würde sie gern persönlich überreichen, um die Sorten und ihre Besonderheiten zu erläutern. Alles andere würde einem Meisterbetrieb wie der Cioccolateria Simonetti nicht gerecht werden.«

Dieses Mal antwortete die Dame nicht sofort. Ihr Lächeln blieb, aber etwas tat sich in ihrem Gesicht, und auf einmal wirkte sie eine winzige Nuance unnahbarer als zuvor. Noemi begriff, dass sie hier nicht weiterkommen würde. Diese Frau machte ihren Job, und der beinhaltete unter anderem, manche Menschen zu umsorgen und andere fernzuhalten. Sie durfte nicht zur zweiten Kategorie gehören!

»Oder ich überreiche sie jemandem von Ihren Kollegen aus der Küche, der diese kleine Aufmerksamkeit Miss Giles zum Abschluss ihres Essens servieren könnte«, sagte sie und hielt den locker-professionellen Ton aufrecht. »Dort kann ich die Besonderheiten der Zutaten erläutern, die ich ungern untergehen lassen würde. Sie verstehen das sicher.« Bei den letzten Worten senkte sie die Stimme – eine verschwörerische Übereinkunft zwischen ihnen beiden.

Der Kollege der Frau nickte, ohne den Blick von seinem Computerbildschirm zu nehmen. Auch wenn es nicht ihr gelten sollte, nahm Noemi es als gutes Zeichen.

Positiv denken!

Sie behielt ihr Lächeln, obwohl es ihr schwerfiel.

Endlich trat die Frau hinter dem Empfang hervor. »Gut, folgen Sie mir bitte. Wir sehen nach, ob Alessio jemanden dafür abstellen kann.«

»Herzlichen Dank.«

Noemi nahm ihre Tasche und folgte der Rezeptionistin durch die edlen Gänge des Four Seasons, die in dem Bereich, in dem sich vermutlich vorrangig das Personal aufhielt, nicht weniger beeindruckten. Unwillkürlich blickte sie auf den Marmorboden und hoffte, dass ihre Schuhe nicht die geringsten Dreckpartikel hinterließen. Beistelltische mit geschwungenen Beinen, Blumenbouquets und Miniaturausgaben der Statue in der Halle zogen an ihr vorbei. Hier hätte sich selbst die Villa Pitiani vor Ehrfurcht verneigt.

Sie atmete tiefer, als würziger Duft an ihre Nase drang – gebratener Fisch, Kräuter, aber dahinter auch etwas Süßes. Dann vernahm sie das leise Klappern von Geschirr.

Die Frau blieb stehen und drehte sich zu ihr um. »Wenn Sie bitte hier warten würden?«

»Natürlich«, sagte Noemi, als wäre es das Normalste der Welt.

Die Frau verschwand durch eine Tür, hinter der sich ein kurzer Flur befand. Mehr konnte sie nicht erkennen, ehe sich der Spalt wieder schloss. Dafür ertönten Stimmen. Obwohl sie den Atem anhielt, verstand sie kein Wort. Sie trat von einem Fuß auf den anderen, betrachtete das Bild an der Wand gegenüber – ein Straßenzug in einer Kopfsteinpflastergasse in der Dämmerung – und zählte innerlich die verstreichenden Sekunden. Sie war bei vierzig, als die Stimmen lauter wurden, dann schwang die Tür erneut auf, und die Rezeptionistin erschien.

Ihr folgte eine junge Frau in der typischen weißen, hochgeschlossenen Kleidung des Küchenpersonals. Sie war höchstens Anfang zwanzig und erweckte den Anschein, nicht so recht zu wissen, was gerade von ihr erwartet wurde.

Die Rezeptionistin wandte sich an Noemi. »Das ist Signorina Galli. Sie wird sich der Sache annehmen. Eva, wenn du die Dame dann bitte nach eurem Austausch wieder nach vorn bringst? Anschließend kehr bitte sofort in die Küche zurück.« Sie deutete den Gang entlang und setzte sich bereits wieder in Bewegung. Verständlich, sie konnte ihren Platz an der Rezeption nicht zu lange verlassen.

»Ich danke Ihnen vielmals, auch im Namen der Familie

Simonetti«, sagte Noemi und spiegelte das strahlende Lächeln. Die Absätze der Rezeptionistin hallten auf dem Marmorboden, während sich Noemi Eva zuwandte.

Die wirkte etwas verwirrt. »Guten Tag. Es geht um Pralinen?« Ihr Blick huschte zu der Tasche.

Noemi nickte. »Ganz genau. Ich komme im Auftrag der Cioccolateria Simonetti in Venedig.« Sie beugte sich hinab, holte die kleine weiße Schachtel hervor und drehte sie so, dass Eva den Schriftzug unter dem silbernen Vogelkäfig erkennen konnte. »Sie wissen ja sicher, dass Miss Giles heute für einen Beitrag über uns auf dem Piacere bei San Gimignano zu Gast war. Leider ist es untergegangen, ihr diese Aufmerksamkeit mitzugeben, und ich würde das gern nachholen.« Sie zögerte, entschied dann aber, alles auf eine Karte zu setzen. Eva schien vor allem in die Küche zurückkehren zu wollen – anders als die Rezeptionistin war sie es nicht gewohnt, Gespräche über seltsame Wünsche mit unbekannten Menschen führen zu müssen.

Jetzt nickte sie erleichtert und streckte eine Hand aus. »Oh, ich verstehe. Geben Sie mir einfach die Schachtel, ich lasse sie Miss Giles zukommen.«

Noemi verbreiterte ihr Lächeln, reichte ihr die Pralinen, hielt sie aber weiterhin fest. »Gibt es eine Möglichkeit, dass ich sie ihr serviere? Ich habe es bereits Ihrer Kollegin erklärt: Mir und Signor Simonetti sind die Erläuterungen zu den einzelnen Sorten sehr wichtig.« Sie zog die Lasche auf und deutete ins Innere. »Das sind beispielsweise Zitronentrüffel, für die wir Früchte aus Buggiano Castello verwendet haben. Die Zitronenbäume wachsen dort inmitten der toskanischen Weinberge, und ihr Aroma …«

Ein Hauch von Entsetzen schlich sich in Evas Gesicht. Vermutlich hatte sie gesehen, dass sich fünf Sorten Pralinen in der Schachtel befanden, und ihr ging auf, dass sie sich kaum sämtliche Details würde merken können, zumindest nicht in der kurzen Zeit. Allzu lange würde der Küchenchef sie sicherlich nicht entbehren wollen. Als sich zwei zarte rosa Flecken auf ihren Wangen bildeten, tat sie Noemi leid. Beinahe hätte sie ihr die Schachtel in die Hand gedrückt und wäre verschwunden, aber dann erinnerte sie sich daran, warum sie hergekommen war.

Für Fabio.

Sie würde dafür sorgen, dass das *Taste of Europe* kein zweites Desaster erlebte. Aber sie tat das hier auch für sich. Weil sie Fabio glücklich sehen wollte. Und weil sie sich wünschte, noch einmal ihre Hand in seiner zu spüren, so wie am Morgen vor den Toren von San Gimignano.

»Vielleicht können Sie Miss Giles ja im Nachhinein anrufen«, sagte Eva zögernd, aber eindeutig froh, auf diese Lösung gekommen zu sein.

Noemi schüttelte den Kopf. »Das wäre nicht dasselbe. Sie haben doch Erfahrung darin, wie sehr das Wissen über gute Zutaten und die lokale Verbundenheit das Geschmackserlebnis beeinflussen können, nicht wahr?« Gut, nun pokerte sie und saugte sich eine Erklärung aus den Fingern, die ein wenig verkünstelt klang. Und vielleicht hatte sie sogar recht damit. Es konnte doch sein, dass es irgendwo auf der Welt eine Studie gab, die sich mit diesem Thema befasste.

Evas Zögern verwandelte sich in Verwirrung, dann in Ratlosigkeit. »Womöglich möchte Miss Giles die Pralinen nicht sofort probieren. Zu ihrem Menü gehört nämlich auch eine Nachspeise«, stotterte sie.

Noemi seufzte und hielt sich gerade eben noch davon ab, theatralisch über ihre Stirn zu streichen. »Spekulationen sind leider keine Sicherheiten. Ich möchte Signor Simonetti nicht enttäuschen. Hören Sie, wäre es denn ein Problem, wenn ich Miss Giles kurz aufsuchen würde?«

Wie erwartet erzeugte die Frage sofortiges Kopfschütteln. »Ich kann ...«

»Ich verspreche, ich werde alles auf mich nehmen. Sie müssten mir einfach sagen, wie ich in den Speisesaal gelange. Ich meine, ich könnte ja ebenso ein Gast des Hotels sein, dann hätte ich dort ja auch Zutritt, nicht wahr?« Sie biss sich auf die Lippe. »Es ist wirklich sehr wichtig«, sagte sie leise.

Eva atmete tief aus und schielte den Gang hinab. Nach einem weiteren langen Atemzug gab sie sich einen Ruck. »Sie müssen eh wieder an der Rezeption vorbei, wenn Sie anschließend links abbiegen und dort durch die großen Türen wollen, an denen der Speisesaal ausgeschildert ist.«

Ein riesiges Gewicht fiel Noemi vom Herzen, und sie konnte nicht anders, als die junge Frau zu umarmen. »Danke! Damit retten Sie mehr, als Sie ahnen!«

Eva war so perplex, dass sie stocksteif stehen blieb, aber als Noemi sie wieder losließ, entdeckte sie den Hauch eines Lächelns auf den Lippen der jungen Frau. »Miss Giles wird sich so oder so beschweren, das macht sie schon die ganze Zeit«, sagte sie kaum hörbar, nachdem sie sich halb abgewandt hatte. Kurz darauf war sie durch die Tür zur Küche verschwunden.

Linda Giles schien ihre gute Laune also noch nicht wiedergefunden zu haben. Das war unerfreulich, aber hilfreich zu wissen. Offenbar hatte die Starköchin heute generell keinen schönen Tag. Aber Schokolade hatte ja bereits so manches Wunder bewirkt.

Noemi verlor keine Zeit, schnappte sich die Kühltasche und lief so leise wie möglich zurück in Richtung Eingangshalle. Natürlich war die Rezeption noch immer mit den zwei Angestellten besetzt, und sie musste eine Weile hinter einer Marmorsäule warten, bis beide mit Gästen beschäftigt waren.

Das war ihr Moment! Sie zog den Kopf ein, eilte in den von Eva beschriebenen Gang und erwartete, jede Sekunde eine Stimme hinter sich zu hören, die sie zurückbeorderte. Ihr Herz schlug jedenfalls laut genug, dass sie beinahe glaubte, erwischt worden zu sein, aber dann fand sie den Eingang zum Speisesaal, trat durch die Tür und gab sich Mühe, gleichzeitig ihre Geschwindigkeit zu drosseln und so aufzutreten, als wäre alles in bester Ordnung.

Dennoch blieb sie einen Augenblick stehen, um das Interieur zu bestaunen; die riesigen Kristalllüster an der Decke, die üppig gerafften altrosa Brokatvorhänge an den Bogenfenstern, durch die das Grün des Parks zu sehen war, und die Blumenbouquets in Lila und Gelb. Der auf Hochglanz polierte Boden im Schachbrettmuster reflektierte die Sitzgelegenheiten und nun auch Noemi selbst. Nur wenige Tische waren belegt. Das verhaltene Klirren von Besteck verlor sich unter der hohen Decke, aber dennoch war die Luft einen Hauch wärmer als auf dem Gang und von Gerüchen durchzogen, die Lust darauf machten, die Menükarte aufzuschlagen.

Noemi setzte die Tasche ab und schob sie mit einem Fuß unter ein Beistelltischchen, dann entdeckte sie einen Metallteller, auf dem winzige Putten zur Dekoration angeordnet waren. Rasch stellte sie die Figuren auf den Tisch und die Pralinenschachtel auf den Teller, ehe sie sich im Raum umblickte.

Linda Giles saß mit dem Rücken zu ihr. Es musste einfach Linda sein. Zum einen war sie die einzige Person im Raum, die allein aß, und zum anderen passte die akkurat geschnittene und dezent gesträhnte blonde Bobfrisur. Sie bewegte die Arme energisch – vermutlich benutzte sie gerade Messer und Gabel –, sodass die Ellenbogen in der weißen Bluse immer wieder so abrupt zurückfuhren, als wollte Linda jemanden erstechen.

Hatte sie etwa *so* schlechte Laune? Die Fahrzeit von San Gimignano bis hierher betrug etwas über eine Stunde, wenn man die Straßen nicht im Eiltempo entlangraste. In der Zeit müsste doch eigentlich jedweder Zorn verflogen sein.

Noemi schüttelte den Kopf, um all diese Gedanken loszuwerden, die sie nicht weiterbrachten – im Gegenteil –, streckte den Rücken durch und setzte sich in Bewegung. Sie konnte das! Schließlich hatte sie Cateringerfahrung, wusste, wie man Pralinen herstellte, und hatte Fabio dazu gebracht, mit ihr zusammen zum Festival zu fahren. Da würde Linda Giles keine unüberwindliche Hürde darstellen.

Sie lief einen kleinen Bogen, damit sie die Köchin nicht erschreckte, indem sie plötzlich hinter ihr auftauchte, drehte sich neben dem Tisch um und blieb sehen. Etwas perplex starrte sie auf den Teller, wo Linda Giles an einem Stück

Fleisch ein wahres Gemetzel veranstaltet hatte. Selbst jetzt säbelte sie mit dem Messer herum, als wollte sie jemanden töten.

»Ich bin noch nicht fertig, Sie können also noch nicht abräumen, das sollte Ihnen doch klar sein«, zischte sie, als sie Noemi bemerkte, hob jedoch nicht den Kopf. »Wenn dieses Ding nicht zäh wie eine Schuhsohle wäre, sähe das anders aus! Wie alt war das Rind, hundert?« Ihr Akzent hätte schön sein können, würden die Worte und die Aggressivität nicht den Schwung aus den Silben saugen.

Noemi starrte auf das Fleisch, das locker zerfiel, als Linda mit ihrer Gabel hineinstach, und räusperte sich. »Guten Tag, Miss Giles. Es tut mir sehr leid, dass ich Sie beim Essen störe, aber wir hatten leider keine Gelegenheit, uns zu unterhalten. Daher konnte ich Ihnen diese kleine Aufmerksamkeit auch nicht überreichen.«

Linda hielt inne und hob den Kopf dann so ruckartig, dass sich Noemi zusammenreißen musste, um nicht zurückzuweichen. Als Erstes fiel ihr auf, dass Linda Giles kleiner wirkte als im Fernsehen oder Internet. Und älter. Vor allem fehlte das einnehmende Lächeln, für das sie unter anderem bekannt war.

Ihre Haut war gebräunt, doch einen Ton zu dunkel, um echt zu sein. Die Haare waren ordentlich frisiert und lagen vermutlich dank Haarspray an Ort und Stelle. Das Make-up war sicher für Kameraaufnahmen genau richtig, auf die kurze Distanz allerdings zu viel, hatte sich in den leichten Falten festgesetzt und unterstrich nur, wie ungehalten die Britin war. »Ich denke nicht, dass wir uns kennen«, sagte sie kühl.

Noemi hielt ihr Lächeln. »Ich bin Noemi Wittkamp und möchte Ihnen das hier im Namen der Cioccolateria Simonetti aus Venedig darbringen.«

»Ah. Sie sind die Praktikantin.«

»Sie verwechseln mich, ich bin Konditorin und war unter anderem für Ingmann in Düsseldorf tätig, das wird Ihnen sicher ein Begriff sein«, sagte Noemi beiläufig. Natürlich war ihr klar, dass Linda noch nie von den Ingmanns gehört hatte, aber wie würde Anja nun sagen? *Fake it till you make it.* »Vielleicht möchten Sie die Pralinen als Dessert genießen? Das kräftige Aroma des Honigs der Lunigiana passt hervorragend zum Rind.« Sie deutete mit einer übertriebenen Handbewegung auf die geöffnete Schachtel und hielt sie so, dass Linda das Innere sah. »Als Übergang empfehle ich die Mandelträume, für die selbstverständlich ausschließlich Mandeln der Sorte Tuono aus Sizilien verwendet werden. Und für den feinen Abschluss – bitte sehr, Zitronentrüffel mit frischen Zutaten aus Buggiano Castello.« Mit einer möglichst eleganten Handbewegung wedelte sie von der Schachtel in Lindas Richtung, als würde sich so das Aroma besser verteilen. Selbst die Ortsnamen sprach sie übertrieben aus und klang wie ein italienischer Gigolo in einem Hollywoodfilm. Aber sie hatte es schließlich mit jemandem zu tun, für den Kameras und Skripte das Tagesgeschäft darstellten, da war es sicher klug, etwas dicker aufzutragen.

Eines hatte sie schon einmal erreicht: Linda sah verwirrt aus statt genervt. »Was bitte wollen Sie von mir?« Es klang zwar noch nicht freundlich, aber immerhin scheuchte Linda sie nicht weg oder drohte ihr mit dem Messer.

Noemi hielt ihrem Blick stand. »Ihnen diese Pralinen überreichen. Schließlich habe ich das Sortiment zusammen- und die einzelnen Pralinen hergestellt, um sie von einem Profi testen zu lassen.«

Schmeicheln. Immer schmeicheln.

Linda Giles verengte die Augen eine Winzigkeit, sodass ihr linkes Unterlid zuckte. Die oberen waren mit blau-goldenem Lidschatten versehen, der noch immer wie gemalt wirkte. »Aber Sie sind doch die Verkäuferin vom Piacere, oder irre ich mich da?«

»Natürlich bin ich die.« Noemi deutete auf die Schachtel. »Aber ich habe nicht den ganzen Weg zunächst von Deutschland nach Venedig und dann von Venedig nach San Gimignano auf mich genommen, um diese Kreationen nur an die Landbevölkerung zu verkaufen.«

Du bist die Fachfrau, Linda! Die beste! Niemand sonst könnte eine so fundierte Meinung zu diesen Pralinen äußern wie du!

Wenn sie das oft genug dachte, würden vermutlich Schwingungen entstehen, die sich auf Linda übertrugen und sie letztlich überzeugten – zumindest hätte Enzo Pitiani sicherlich eine solche Erklärung parat.

Endlich legte Linda ihr Besteck ab und lehnte sich zurück, doch ihr Adlerblick änderte sich nicht. »Aber Sie sind diejenige, von der man mir heute erzählt hat? Diese … Praktikantin?« Sie spuckte das Wort aus wie ein Stück Knochen, das sich in ihrem Fleisch versteckt hatte.

Noemi schüttelte den Kopf und ließ sich wie beiläufig auf den Stuhl Linda gegenüber sinken. »Es gibt auf dem Festival keine Praktikanten. Ich bin Konditorin aus Deutschland«, sie benutzte den deutschen Begriff; vielleicht klang der in Lindas Ohren gewichtiger, »und habe Wurzeln in Italien. Auch auf dem Piacere. Meine Großmutter Rosa war vor vielen Jahren die Initiatorin. Falls Ihnen das Ehepaar Russo die Geschichte von der vermeintlichen Praktikantin aufgetischt hat: Sie hatten damals persönliche Differenzen mit Rosa und haben es wohl bis heute nicht geschafft, sie für sich zu begraben.« Sie schenkte Linda einen verschwörerischen Blick, der besagte, dass sie beide genau verstanden, wie unsinnig so etwas war. »Es ist sehr ärgerlich, dass man damit gerade Ihnen den Zeitplan durcheinandergebracht hat. Bei all Ihren Terminen! Dafür möchte ich mich ausdrücklich entschuldigen. Und ich habe mir gesagt, dass Sie trotz allem nicht abreisen dürfen, ohne die Genüsse der Cioccolateria zumindest zu kosten.« Während sie redete, holte sie die silberne Pralinenzange mit dem Rosenmuster hervor sowie die hübsche blaue Serviette mit der Lochstickerei am Rand, die sie in der Küche der Villa stibitzt hatte. Sie legte sie auf den Silberteller und platzierte dann mit großer Geste die Pralinen darauf. Das Gesamtbild konnte sich sehen lassen, und Noemi schob die Vase in der Mitte des Tisches zur Seite und stellte den Teller dort ab. »Bitte sehr.«

Lindas Blick flackerte von den Pralinen zu ihr und wieder zurück. Es war ihr deutlich anzusehen, dass sie sich fragte, was sie von alldem halten sollte.

Noemi dagegen bemühte sich, weiterhin so zu tun, als wäre alles in bester Ordnung und sie vollkommen entspannt, während ihr der Atem in der Kehle stockte. Ab jetzt konnte die Situation jede Wendung nehmen. Linda konnte ihr glauben – oder aber lautstark nach dem Personal verlangen und sie hinauswerfen lassen. *Hausverbot im Four Seasons in Florenz* wäre zumindest eine Geschichte, mit der sie auf Partys zu Hause punkten konnte.

Lindas Unterlid zuckte erneut, dann ihre Nasenflügel, und einen schrecklichen Augenblick lang glaubte Noemi, dass sie gleich die ganze Nase rümpfen würde. Dann aber streckte sie eine Hand aus.

»Nun, es kann ja nicht schaden.« Es klang gelangweilt; als hätte sie nichts Besseres zu tun. »Schlechter als dieses Mittagessen können sie ja nicht sein. Welche, haben Sie gesagt, sollte ich zuerst probieren?«

»Diese dort sind unsere Honigtrüffel.« Noemi deutete darauf und versuchte erneut, möglichst elegant zu wirken. »Und mit ihrem starken Aroma gut als Übergang nach einer herzhaften Mahlzeit geeignet.«

»Hm.« Linda griff mit ihren perfekt manikürten und mit tiefrotem Nagellack versehenen Fingern danach. Zunächst betrachtete sie die Praline von allen Seiten – woraufhin Noemi froh war, nur ideal geformte Exemplare eingepackt zu haben –, dann schnupperte sie daran. Augenblicklich war ihr anzusehen, dass sie in den Arbeitsmodus geriet. Sie prüfte die Konsistenz mit dem Fingernagel, betrachtete die dunkle Kuvertüre, ehe sie auch diese prüfte, und dann legte sie die Praline zurück auf den Teller. »Haben Sie ein Messer bei sich?«

Der stockende Atem in Noemis Kehle schien augenblicklich in Flammen aufzugehen. Daran hatte sie nicht gedacht! Aber dann fiel ihr Blick auf den für zwei eingedeckten Nachbartisch. Rasch stand sie auf und reichte Linda kurz darauf das Gewünschte. »Hier, bitte sehr.«

Linda nahm es und schnitt die Praline in zwei Hälften. Zunächst begutachtete sie das Innere, dann schnupperte sie erneut, und erst dann probierte sie. Ein winziges Stück nur von einer Ecke, das sie sichtlich auf der Zunge zergehen ließ. »Hm.« Ein kurzer Laut, mehr *Ach so* als *Oh, lecker.*

Ein Ehepaar einige Tische weiter beobachtete die Szene mit eindeutigem Interesse, blickte aber rasch weg, als Noemi ihm ein breites Lächeln schenkte. Mit klopfendem Herzen versuchte sie, Linda nicht allzu sehr anzustarren, lehnte sich zurück und betrachtete die Blumen in den riesigen Vasen.

»Hm«, sagte Linda noch einmal, doch nun klang es interessierter. Oder bildete sie es sich nur ein? »Die nächste. Die mit Mandel.« Sie griff zu ihrem Wasser und trank einen großen Schluck.

»Gern.« Noemi teilte auch diese und wartete, bis Linda sich einer Hälfte gewidmet hatte, dann folgten das Gianduja und zum Schluss die Zitronen- und Blaubeertrüffel. Stets nahm sich Linda Zeit und kam für sich zu einem Ergebnis, das sie Noemi nicht mitteilte. Aber wenn sie sich nicht täuschte, hatten sich die Gesichtszüge der Köchin ein wenig entspannt.

Nachdem von jeder Sorte eine halbe Praline verschwunden war, schwieg Linda. Noemi behielt ihre entspannte Haltung bei, obwohl sich ihr Arm, den sie locker auf dem Tisch abgelegt hatte, immer mehr verkrampfte und das übergeschlagene Bein zu kribbeln begann. Zitterten etwa ihre Lippen? Oder wirkte das Lächeln, das sie so unentwegt aufgesetzt hielt, eher blöd als freundlich?

Beinahe wäre sie zusammengezuckt, als Linda erneut eine Hand ausstreckte, aber dann angelte die Britin lediglich nach einer Honigpraline und schob sie sich ganz in den Mund. Dieses Mal kaute sie und ließ sich Zeit, um dem Geschmack nachzuspüren. »Nicht schlecht«, sagte sie dann, und Noemi fielen mehr als ein Dutzend Steine vom Herzen. Das aus dem Mund von Linda Giles war ein riesiges Kompliment!

Aber sie nickte lediglich, als hätte sie mit nichts anderem gerechnet. »Ich danke Ihnen.«

Linda betrachtete nachdenklich erst den Teller, dann Noemi. Etwas schien ihr auf der Zunge zu liegen, aber dann griff sie nach einer Mandelpraline und biss ein Stück ab. Ihre Schultern sackten ein Stück nach unten, und erst jetzt ging Noemi auf, wie angespannt auch Linda gewesen war. Lag das wirklich nur daran, dass ihr das Essen hier im Hotel nicht zusagte?

Wenn sie einen Vorstoß wagen wollte, dann jetzt oder nie. Dezent räusperte sie sich. »Haben Sie noch andere kulinarische Köstlichkeiten aus der Toskana probieren können?«

Sofort schüttelte Linda energisch den Kopf, aber in ihre Augen trat ein Ausdruck, der zuvor nicht da gewesen war. Bedauern? Nein, sie sah fast schon traurig aus. Als sie Noemis Blick bemerkte, riss sie sich wieder zusammen. »Nein, dafür bleibt mir keine Zeit.«

Noemi zögerte. Sie hatte für einen winzigen Moment einen Riss in der kühlen Fassade entdeckt. Linda hatte wie jeder andere auch eine menschliche Seite, und genau die wollte sie erreichen.

»Ich verstehe; Ihr Terminplan ist sicher unglaublich voll und sehr hektisch. Ich habe auch viel zu tun, aber für manche Tätigkeiten ist Ruhe wichtig. Bei der Pralinenherstellung beispielsweise ist eine gewisse Zeitvorgabe natürlich vonnöten, aber Hektik fehl am Platz. Ich bin wie Signor Simonetti der Meinung, dass so etwas in das Ergebnis einfließt.« Sie deutete auf den Teller. »Die sind für die Geschmacksnerven und fürs Herz. So wie das Piacere selbst, daher passen Simonettis dort so gut hin.«

Linda lachte auf, doch es klang nicht fröhlich. »Das glauben Sie wirklich?«

»Auf jeden Fall. Und ich habe es selbst erlebt. Abgesehen von den Russos, mit denen Sie ja bereits das Vergnügen hatten, ist das Festival eine absolute Bereicherung für mich. Die exklusiven Köstlichkeiten, das wundervolle Ambiente der Villa, all diese Geschichten und auch die Tatsache, dass ein beeindruckendes Event mit vereinten Kräften geschaffen wurde … da fliegen mir Ideen für neue Kreationen nur so zu. Abgesehen davon, dass selbst ich einige Spezialitäten aus der Toskana noch nicht kannte.«

War das zu dick aufgetragen? Noemi zuckte innerlich mit den Schultern. Nun war es eh zu spät; sie konnte die Worte nicht mehr zurücknehmen.

Linda schien über das Gehörte nachzudenken. Ihr Finger kreiste über dem Teller, dann schnappte sie sich ein Stück Gianduja und biss ab. »Beneidenswert«, sagte sie nachdenklich.

Noemi nickte. »Ja, manchmal ist es sicher gut, nicht so berühmt zu sein wie Sie. Es wäre mir viel zu stressig.«

»Ach.« Linda winkte ab. »Ich habe in diesen Tagen auch keine weiteren geschäftlichen Termine.«

»Oh, Sie machen Urlaub? Wie schön. Ich wünsche Ihnen, dass Sie sich voll und ganz erholen können.« Sie erntete einen skeptischen Blick.

Linda schwieg lange und schüttelte dann den Kopf. »So war es geplant, aber nun bin ich mir nicht mehr sicher, ob Erholung möglich ist. Meine Begleitung musste leider absagen.« Sie hob das Kinn, wie um zu zeigen, dass es ihr nichts ausmachte und sie selbstverständlich allein klarkam. Aber etwas nagte an ihr, und es hatte eindeutig mit dieser Begleitung zu tun.

Noemi kämpfte mit sich, aber dann entschied sie, sich auf das zu verlassen, was sie oft tat: einfach nach vorn preschen. Wenn sie strauchelte, hatte sie es zumindest versucht. »Ich hoffe, dass Ihnen da kein Partner oder eine Partnerin die schöne Zeit vermiest. So eine Geschichte ist mir kürzlich schon einmal begegnet.«

»Ah?« Eine fein nachgezeichnete Augenbraue schnellte in die Höhe.

»Fabio Serra.« Noemi schenkte Linda einen bedeutungsschweren Blick. »Wegen seiner Ex-Freundin wurde *The Taste of Europe* damals beinahe eingestellt, und er hat alles darangesetzt, es wieder auf die Beine zu bringen.« Sie starrte in die Ferne, als wäre sie in Gedanken, während sie Linda aus dem Augenwinkel beobachtete. »Schon interessant, all diese Parallelen im Leben, nicht wahr? Signor Serra hatte sich als Stargast in seinem Beitrag keine andere als Sie vorstellen können. Wer sollte sonst bei der Neuauflage des renommiertesten Kanals Italiens in Sachen Kulinarik Patin stehen? Zumal das Piacere noch ein echter Geheimtipp ist. Aber das wird sich sicher bald ändern.«

Lange Zeit herrschte Schweigen am Tisch, dann schnaubte Linda und nahm sich eine Mandelpraline. »Ja, ja, Partner machen einem oftmals das Leben schwer. George ist sehr im Immobiliengeschäft eingespannt. Es hat Monate gedauert, einen gemeinsamen Urlaubstermin zu finden, und nun ist ein Deal dazwischengekommen.« So vieles schwang in ihren Worten mit: Frust, aber auch Enttäuschung und Resignation. Noemi hatte zwar keine Ahnung, wer George war, aber sie ahnte allmählich, dass es die Russos unter anderen Umständen nicht ohne Weiteres fertiggebracht hätten, die Starköchin so schnell zu vergraulen.

»Das tut mir wirklich leid«, sagte sie, und dieses Mal war es nicht gespielt. »Ich weiß, wie es sein kann, wenn man sich auf eine Sache freut, und dann kommt etwas dazwischen, auf das man keinen Einfluss hat. Man fühlt sich so …«

»Ohnmächtig«, schloss Linda.

»Ja, genau. Es beeinflusst das eigene Leben, und man kann nichts dagegen tun.« Sie schnappte sich ebenfalls eine Praline und biss ab, ehe ihr bewusst wurde, was sie tat. »Außer sich mit Umständen zurechtzufinden und zu sehen, was sich daraus machen lässt.«

»Und da haben Sie Erfahrung.« Lindas Ton verriet Skepsis.

Noemi hob einen Mundwinkel. »Nicht, wenn es um ein so geschäftiges Leben wie Ihres geht. Aber, ja, ich weiß, wie es ist, wenn man vor den Kopf gestoßen wird und Pläne über den Haufen geworfen werden. Das ist mir in letzter Zeit mehrmals passiert.«

»Sie meinen mich und meinen Beitrag heute.« Linda hatte

sich entschieden, nicht länger um den heißen Brei herumzureden.

Noemi veränderte ihre Sitzposition, da ihr Bein mittlerweile wirklich eingeschlafen war. »Nein, beim Piacere bin ich nur, um zu verkaufen, und das werde ich auch tun. Da haben Sie eher Fabio Serras Pläne über den Haufen geworfen.«

»Was ist das denn für eine Geschichte mit dem *Taste of Europe* und einer Ex-Freundin, die es sabotiert hat?«

Noemi aß die zweite Hälfte ihrer Praline, woraufhin Linda ihrem Beispiel folgte, und fasste die Geschichte kurz zusammen.

Linda hörte zu und ließ sich nicht anmerken, was sie davon hielt. Wenn es darum ging, ihre Gefühle hinter einer Maske zu verbergen, war sie eine Meisterin. »Nun«, sagte sie schließlich und deutete auf den leeren Silberteller. »Die waren schon mal gut. Sind das alle Sorten, die Sie auf dem Piacere anbieten?«

Noemi lächelte. »Nicht ganz. Das volle Programm bekommt man nur vor Ort.«

»Ah.« Linda wusste genau, welches Spiel sie da spielte, schien es ihr aber nicht übel zu nehmen. »Und was ist das für eine Geschichte mit Ihrer Großmutter und den Russos?«

»Ach herrje. Die dauert etwas länger, und es gibt da auch einige Geheimnisse, die ich noch nicht ganz aufgedeckt habe.«

Die Tür des Speisesaals öffnete sich. Ein Kellner durchquerte den Raum und blieb neben ihrem Tisch stehen. »Ist alles zu Ihrer Zufriedenheit, Miss Giles? Darf ich abräumen? Und Ihnen vielleicht noch etwas bringen?«

Linda starrte Noemi an, als erwartete sie von ihr eine Antwort auf all diese Fragen. Dann deutete sie auf den Tisch. »Ich bin fertig. Und, nein, keine weiteren Wünsche. So wie es aussieht, werde ich diese Dame zurück Richtung San Gimignano begleiten.« Sie erhob sich zackig, nahm ihre Handtasche von der Stuhllehne und wandte sich an Noemi. »Also, holen wir meine Assistentin und fahren los. Ich habe jahrelange Erfahrung mit Studiobossen und Vorzimmermenschen. Ich bin recht gut im Rätsellösen.«

21

»Entschuldigen Sie?« Noemi lächelte die Russos an, die sich Brote und Limonade unter einem Baum vor dem Festivalplatz schmecken ließen.

Beide blickten zu ihr hoch – er perplex, sie gewohnt feindselig.

»Haben Sie zufällig Fabio gesehen? Wir haben es etwas eilig; Miss Giles hat einen engen Terminplan.« Sie trat zur Seite und gab den Blick auf Linda frei, die mit gewohnt starrer Miene neben ihrer Assistentin stand und lediglich knapp nickte.

Noemi biss die Zähne aufeinander, um nicht zu lachen – diesen Moment würde sie niemals vergessen. Natürlich hätte sie auch Giada direkt nach Fabio fragen können, die in einiger Entfernung neben Carlota und Luigi wartete, ihr wild zuwinkte und es wirklich geschafft hatte, die beiden Kameramänner auf dem Gelände zu halten. Aber dann hatte sie die Russos entdeckt und nicht widerstehen können.

Signora Russo wollte sich bereits abwenden, doch dann irrlichterte ihr Blick zu Linda, und ihr ging wohl auf, dass Unhöflichkeit momentan unangebracht war. »Nein«, sagte sie, und ihr Mann zog sich etwas verspätet die Schirmmütze vom Kopf. Dabei wirkte er so erschrocken, dass er Noemi beinahe leidtat.

»Danke trotzdem«, sagte sie freundlich und wandte sich wieder ab. »Keine Sorge, Linda, ich kenne hier genug Menschen, und allzu weit kann er ja nicht sein. Und Ihre Kameraleute sind auch da. Sehen Sie?« Sie deutete nach vorn, wo John und Vince nur auf einen Befehl warteten und Giada ihre wilden Gesten sein ließ, eine Hand in die Hüfte stützte und die andere wie beiläufig zum Gruß hob.

»Gut«, sagte Linda und wandte sich an ihre Assistentin, die mit einer großen Tasche bewaffnet hinter ihr stand. »Nina?«

Nina zog einen Kamm sowie ein Papiertuch aus der Tasche und trat vor. Zunächst studierte sie eingehend Lindas Gesicht und tupfte behutsam über eine Stelle unter dem linken Auge, dann fuhr sie mit dem Kamm mehr über als durch Lindas Haare. Für Noemi änderte sie nicht einen Deut an der ohnehin noch immer tadellosen Frisur. Aber dann schien Nina zufrieden, steckte Kamm und Tuch weg, zückte dafür ihr Handy, schoss ein Foto und hielt es Linda hin.

Die studierte es eingehend und nutzte den Zoom, um sich Details anzusehen, ehe sie nickte und das Handy an ihre Assistentin zurückreichte. Anschließend drehte sie sich um und gab den Kameramännern einen Wink, ohne hinzusehen. Es schien ihr nicht in den Sinn zu kommen, dass die beiden möglicherweise nicht in ihre Richtung blickten. »Wir machen es folgendermaßen: Der Kleine wird mich zum Stand führen …« Fragend blickte sie zu Nina.

»Vince«, sagte diese.

»Vince, meinetwegen. Noemi, Sie machen sich auf die Suche nach Fabio, und wir treffen uns dort. Nina wird sich um Ihr Gesicht und Ihre Frisur kümmern, ehe wir drehen, Sie sollten da nicht selbst herumpfuschen.«

Noemi hatte die vergangene Stunde mit Linda im Auto verbracht und wusste, dass sie jetzt ihre geschäftliche Seite ausgepackt hatte und es nicht böse oder vorwurfsvoll meinte. Zwar war sie auf der Fahrt nicht ganz aufgetaut, hatte aber einen Teil ihrer Fassade fallen lassen. Dabei hatte sie sogar von ihrem Lebenspartner George erzählt, der Immobiliengröße aus Manchester, mit dem sie bereits seit zwei Jahren liiert war und der regelmäßig bei öffentlichen Veranstaltungen an ihrer Seite auftrat.

Die Distanz, die Noemi heraushörte, erinnerte sie an Tante Elisa und ihre kurze, nicht sehr glückliche Ehe mit Klaus in jungen Jahren, also erzählte sie Linda davon – und dass Elisa seitdem keinen Mann mehr in ihrem Leben geduldet hatte. »Sie sagt immer, dass sie später eine Alten-WG gründen wird, damit sie nicht allein ist und wir uns nicht um sie kümmern müssen. Ich finde die Idee mit der WG großartig, werde aber trotzdem regelmäßig bei ihr vorbeisehen.«

Sie hatte es locker und leicht klingen lassen, dabei war ihr die Sache ernst. Natürlich würde sie ihr Leben lang für Elisa da sein. Und sie hatte gehofft, dass Linda aus der Geschichte etwas für sich mitnehmen konnte, und sei es nur, dass sie nach ihrer Rückkehr nach England ein ernstes Wort mit ihrem George reden und ihn fragen würde, ob er seinen Lebensabend wirklich in einem Club voller alternder Junggesellen verbringen wollte.

All das musste sie unbedingt Lea und Elisa erzählen – später, wenn der Beitrag im Kasten war. »Also dann, wollen wir?«, fragte sie und setzte sich in Bewegung, als Nina bejahte.

Jetzt galt es, Fabio so schnell wie möglich zu finden! Schon allein, da sie es kaum erwarten konnte, sein Gesicht zu sehen, wenn sie ihm die Nachricht überbrachte, dass Linda Giles ihre Meinung geändert hatte. Und dafür hatte es lediglich ein paar gute Pralinen und winzige Übertreibungen gebraucht.

Signorina Caos war zurück!

Seite an Seite mit Nina hielt sie auf die Villa zu. Im Innenhof entdeckte sie Enzo im Gespräch mit Marta und zwei Damen, die sie in der alten Scheune getroffen hatte. »Hallo!« Sie blieb neben der Gruppe stehen und freute sich, als Marta ihr ein breites Lächeln schenkte. »Marta, haben Sie Spaß?«

»O ja.« Auch wenn es kaum möglich war, wurde das Lächeln der älteren Dame noch breiter. Sie legte beide Hände an ihre Brust, und ihre Augen strahlten so sehr, dass Noemi in ihr die junge Frau sah, die vor Jahrzehnten hier gefeiert hatte. »Es ist fantastisch! Wir sind gar nicht so lang mit dem Wagen gefahren, aber ich bin trotzdem so weit gereist, und das alles dank meines lieben Jungen und meiner piccola fata.« Mit der kleinen Fee konnte sie nur Giada meinen. Momentan war sie also ganz in der Gegenwart, und nicht zum ersten Mal sagte sie dann Dinge, die Noemi tief im Herzen berührten.

Marta hatte recht. Im Grunde hatten Raffaele und Giada ein kleines Wunder vollbracht, und als Noemi nun Martas Gesicht studierte, erkannte sie, dass sie den Tränen nah war. Bei dem Anblick begannen ihre eigenen Augen zu brennen.

Ich wünschte, ich hätte dir auch ein solches Erlebnis schenken können, Nonna.

Spontan umarmte sie Marta. »Ich bin froh, dass Sie sich so sehr freuen.«

Marta schüttelte den Kopf, als könnte sie das alles noch immer nicht fassen. »Ich hatte so ein Glück«, sagte sie, und jetzt waren ihre Worte nicht mehr an Noemi gerichtet. »So ein Glück, dass der Junge zu mir gekommen ist.«

Noemi berührte Marta noch einmal liebevoll an der Schulter und richtete sich wieder auf. »Weiß jemand, wo Fabio steckt? Ich muss dringend mit ihm reden.«

Die beiden Frauen schüttelten die Köpfe, aber zu ihrer Erleichterung deutete Enzo nach oben. »Vorhin wollte er auf euer Zimmer, um irgendwas zu packen. Ich hab gehört, die geplanten Aufnahmen sind geplatzt?«

»Zum Glück nicht, sie verzögern sich nur etwas. Ich gebe ihm schnell Bescheid, danke! Möchten Sie hier warten, Nina?«

Lindas Assistentin nickte und schien glücklich über den Schatten der Sonnenschirme im Innenhof.

Noemi wollte gerade loslaufen, als Marta sie festhielt. »Du hast auch Glück«, sagte sie mit bedeutungsschwerer Ruhe.

»Ich?«

»Mit dem Jungen. Da wartet auch noch eine Reise auf dich, meine Liebe.« Sie küsste ihre Fingerspitzen und drückte sie gegen Noemis Wange. Dann wandte sie sich wieder der Gruppe zu, und Noemi machte sich auf den Weg, Martas Worte im Ohr, die ihren Herzschlag mühelos erhöht hatten.

In der Eingangshalle veränderte sich der Klang ihrer Schritte. Eine Gruppe Menschen schlenderte umher, sah sich aufmerksam um; hin und wieder schoss jemand ein Foto.

Noemi hastete die Treppe hinauf, blieb am oberen Absatz stehen und starrte über die Brüstung, als könnte sie Martas Worte sehen, die sie nicht losließen. Und auf einmal war sie noch aufgeregter als zuvor. Nicht nur, weil sie Fabio mit der Nachricht überraschen würde, dass Linda wieder hier war. Sondern vor allem, weil es Fabio war, dem sie nicht hatte erklären müssen, was das Piacere wirklich für sie bedeutete, weil er sie verstanden hatte. Der sie nach dem Vorfall beim Abendessen im Mandelgarten der Villa gefunden hatte. Der ihr Herz schneller schlagen ließ, indem er in den Weinbergen von San Gimignano ihre Hand hielt.

Sie fragte sich, warum sie so lange ignoriert hatte, dass sie in Fabio verliebt war. Auf einmal konnte sie es kaum erwarten, ihn wiederzusehen. Aber jetzt würde sie erst seine YouTube-Karriere retten.

Bei den nächsten Schritten fühlte sie sich leichter als zuvor, und Noemi begriff, dass die Redewendung, jemandem Flügel zu verleihen, so nicht ganz stimmte. Vielmehr war es, als würde der Boden unter ihren Schritten eine Winzigkeit nachgeben, um sie dann nach oben zu katapultieren.

Sie bog in den Gang ab, der zu ihrem Zimmer führte, riss die Tür auf – und bohrte die Füße in den Boden, da sie sonst gegen Fabio geprallt wäre. »Hoppla!«

Er starrte sie an, als hätte er einen Geist gesehen. Dann färbten sich die Wangen über der harten Kieferpartie dunkel, und er trat einen Schritt zurück. Fabio wirkte eindeutig schuldbewusst. »Was machst du denn hier?« Seine Stimme klang belegt. Das war nicht der Fabio, den sie am liebsten mochte, sondern derjenige, der nicht wollte, dass sie ihn durchschaute.

Was aber nicht so schwer war bei den zwei riesigen Taschen, die über seinen Schultern hingen. Einmal Kleidung und was man auch sonst auf Reisen benötigte, einmal Laptop und technisches Equipment.

»Du reist ab?« Selbst aus ihrem Mund klang es so abwegig, so falsch, dass sie es nicht glauben konnte.

Das Rot auf seinen Wangen verschwand schlagartig und machte Blässe Platz. »Ich … ja.« Er räusperte sich. »Aber nicht ganz. Ich meine, ich hätte dich natürlich nicht im Stich gelassen, sondern nach dem Piacere abgeholt und wäre mit dir zurück nach Matraia gefahren.«

Das war zwar etwas besser, doch längst nicht das, was sie hatte hören wollen. »Aber du wolltest nicht bleiben und täglich daran erinnert werden, dass dir schon wieder eine Frau Steine in den Weg gelegt hat.«

»Was? Nein. Zumindest nicht du. Linda vielleicht. Oder die Russo.« Er atmete tief durch und sah ihr fest in die Augen. »Und ich wollte auch nicht, dass du tagelang meine schlechte Laune ertragen musst, weil ich diese blöde Reportage nicht auf die Beine stellen konnte.«

»Ah.« Sie verschränkte die Arme vor der Brust. Auch wenn sie sich beeilen wollte – das musste nun sein. »Da hast du dir also gedacht, dass es besser ist, wenn ich selbst schlechte Laune bekomme, weil du abgereist bist.«

Die Überraschung auf seinem Gesicht war so schnell verschwunden, dass sie sich das vielleicht nur eingebildet hatte. »Ganz genau. Ich habe darauf gesetzt, dass du dann die Russos konfrontierst und mit Gebrüll die Wahrheit über ihren Streit mit deiner Nonna aus ihnen herausholst, woraufhin alle

Teilnehmer zusammenkommen und du sämtliche Antworten erhältst, die du suchst. Eigentlich wollte ich dir also nur einen Gefallen tun.«

Noemis Mundwinkel hoben sich, ob sie wollte oder nicht, doch dann wurde sie schlagartig wieder ernst. »Unsinn«, sagte sie leise, und in ihr kribbelte es – Anspannung, die sich mit jeder Sekunde mehr ausbreitete. »Glaubst du wirklich, dass ich nur den erfolgreichen, fröhlichen Fabio mag? Du hast mich doch gesehen, im Mandelgarten, als es mir schlecht ging. Du hast mich da auch nicht allein gelassen. Warum also willst du mich zwingen, das bei dir zu tun?«

Fabios Zögern war so schnell vorbei, dass sie es nicht bemerkt hätte, würde sie sein attraktives Gesicht nicht so aufmerksam mustern. »Da ist genug, um das du dich kümmern musst, Noemi. Ich steh dir da sicher nicht im Weg.« Seine Hand zuckte, als wollte er sie nach ihr ausstrecken.

Sie kannte diesen Blick. Dieses schnelle Schlagen der Wimpern. Genauso hatte er ausgesehen, als er ihr von seiner Mutter erzählt hatte. Und sie wettete darauf, dass er ebenso ausgesehen hatte, als seine Ex-Freundin sich nicht nur für seinen Freund und Geschäftspartner, sondern auch gegen Fabios Zukunftsvisionen entschieden hatte. Er war es gewohnt, dass Beziehungen wegbrachen und er für sich allein weiterkämpfen musste.

Das Kribbeln verwandelte sich in Wärme.

Sie würde ihn nicht allein lassen.

Die Wärme breitete sich auf ihrer Haut aus, langsam und angenehm, und hüllte Noemi ebenso ein wie das Wissen, hier und jetzt am richtigen Ort zu sein. Sie streckte eine Hand aus und bewegte die Finger, und Fabio verstand und umschloss sie mit seinen. Die Goldschatten in seinen Augen funkelten auf, als er ihre Hand so drehte, dass die Innenfläche nach oben zeigte und er mit dem Daumen sanft darüberfuhr. Es kribbelte, brannte, alles auf einmal, und entfachte etwas in ihr, das sie zurückdrängen musste.

Zumindest vorläufig.

Noemi wollte diesen Moment nicht beenden – aber gleichzeitig konnte sie es kaum erwarten, Fabio nach unten an den Stand zu zerren. Ihr Herz wollte ihr einen Strich durch die Rechnung machen, jagte ihr Blut schneller durch den Körper und raunte ihr zu, nicht länger zu zögern und Fabio einfach zu küssen. »Wir müssen los.« Ihre Stimme klang rauer als sonst.

Er blinzelte, als hätte sie ihn aus einer Trance gerissen. »Was?«

»Zum Stand«, sagte sie, nahm ihm die Reisetasche von der Schulter, ließ sie zu Boden fallen und schob sie mit einem Fuß ins Zimmer. Dann zog sie die Tür ins Schloss und Fabio mit sich.

»Was hast du vor, Signorina Caos?« Bisher hatte dieser Name neckend geklungen oder liebevoll, doch jetzt lag etwas darin, das ihr zuraunte, doch lieber zurückzugehen und sich mit Fabio bis zum Morgen einzuschließen.

Noemi biss die Zähne zusammen, schüttelte diese Vorstellungen ab und lief schneller.

Denk an andere Dinge. Verkehrsstau. Den Vogel, der direkt auf die Motorhaube geschissen hat, als Linda einsteigen wollte. Die Russos und ihre blöden Crocodile-Dundee-Outfits.

Es funktionierte. Sie warf im Gehen einen Blick über die

Schulter und lächelte Fabio an. »Wir drehen den Beitrag mit Linda Giles. Ich war vorhin in Florenz und habe sie im Hotel besucht, und sie hat eingesehen, dass alles ein riesiges Missverständnis war.« Sie schaffte es, beiläufig zu klingen.

Ein Ruck an ihrer Hand brachte sie zum Stehen. Sie hatte damit gerechnet, taumelte aber doch und wäre gestolpert, hätte Fabio sie nicht festgehalten. »Bitte was?«

Schulterzucken. »Glaub ja nicht, dass ich deinetwegen dahingefahren bin. Ich wollte nur nicht auf mir sitzen lassen, dass Linda Giles mich für eine Praktikantin hält, also habe ich ihr ein paar Pralinen vorbeigebracht. Sie hat sie gemocht.« Sie zog ihn weiter, doch wenn Fabio etwas nicht wollte, war er störrisch. »Vermutlich steht sie schon bereit, John und Vince sind schließlich auch noch da, die haben so lange mit Giada geplaudert. Linda hat Make-up und Haare bereits von ihrer Assistentin checken lassen, die sich in der Hinsicht auch noch um mich kümmern wird. Aber jetzt sollten wir sie nicht länger warten lassen.« Am liebsten wäre sie losgerannt, aber dann wäre ihr die faszinierende Veränderung in Fabios Gesicht entgangen.

Seine Fassungslosigkeit wurde durch Unglauben ersetzt, dann durch vorsichtige Hoffnung, bei der ihr erneut warm wurde. Rasch sah sie zu der mit Goldornamenten verzierten Bodenvase.

»Wir drehen also doch?«, murmelte er.

»Genau das habe ich gerade gesagt. Na los!«

Fabio schüttelte den Kopf, und endlich kehrte seine Energie zurück. »Du spinnst«, sagte er liebevoll, gab ihr einen Kuss auf die Wange und lief weiter. Dieses Mal musste sich Noemi beeilen, um mit ihm Schritt zu halten.

Vor dem Pralinenstand der Cioccolateria hatte sich eine Schlange gebildet, und gerade machte sich jemand mit einer charakteristischen Vogelkäfig-Box in den Händen auf den Weg. Noemi entdeckte zu ihrer Überraschung ihre Standnachbarin Chiara Carduzzi hinter der Verkaufstheke. Von der Schüchternheit der älteren, schmächtigen Frau war nichts geblieben. Stattdessen strahlte sie über das ganze Gesicht und plauderte angeregt mit den Kunden. Sie wirkte anders, als hätte sie sich aus einer Schutzhülle gewagt, die hier, auf dem Piacere mit dem strahlend blauen Himmel über sich, immer dünner geworden und schließlich verschwunden war.

Auch bei Grazia sowie Carlota und Luigi war einiges los, daher entdeckte Noemi Linda und ihre kleine Entourage erst auf den zweiten Blick: Sie standen zwischen den Ständen und knabberten an Crostini Toscani.

Noemi wandte sich an Fabio und deutete auf die Gruppe. »Gehst du vor? Ich will sichergehen, dass Chiara allein klarkommt.«

Er nickte und legte ihr eine Hand auf die Schulter, die Finger so nah an ihrem Hals, dass sie die bloße Haut am Dekolleté streiften und ihr eine Gänsehaut verursachten.

Noemi berührte sie flüchtig, ehe sie sich dem Stand zuwandte. Wieder hatte sie das Gefühl zu schweben.

Sie wartete, bis der Kunde verschwunden war, den Chiara bedient hatte, und trat an die Theke. »Ist hier alles in Ordnung?«

Chiara hob die Augenbrauen. »Da sind Sie ja wieder! Und, ja, es ist alles gut gelaufen.« Sie nahm einen Lappen und wienerte die blitzblanke Theke. »Ich konnte den Kunden zwar nicht so viel über die Zusammensetzung der Pralinen erzählen, aber dafür kenne ich Geschichten.« Sie lächelte schüchtern.

»Geschichten?«

»Ja, über Gianduja beispielsweise. Ein Charakter mit diesem Namen ist im neunzehnten Jahrhundert in der Commedia dell'Arte aufgetaucht. Gioan d'la douja.«

Noemi ließ sich die Worte noch einmal durch den Kopf gehen. »Hans von dem Krug? Wer war er, jemand, der gern mal etwas trank?«

Chiara schüttelte den Lappen aus. »Mit einem vom Wein geröteten Gesicht, ganz genau. Gioan ist danach zum Wahrzeichen Turins geworden. Zu jener Zeit gab es Probleme, Kakaobohnen zu beziehen, das hatte etwas mit einer Kontinentalsperre durch Napoleon zu tun.« Es klang fast entschuldigend, so als hätte sie Napoleon höchstpersönlich auf die Idee gebracht, die Schokoladenherstellung zu boykottieren. »Aber die Menschen aus Turin und die Piemontesen im Allgemeinen waren einfallsreich. Es wuchsen viele Haselnussbäume in der Gegend, also fügten sie ihren Süßigkeiten Nusscreme hinzu.«

»Das wusste ich gar nicht.«

»Die meisten Besucher auch nicht.« Chiara zupfte an ihrer Schürze. »Ich hatte wirklich nette Gespräche. Eine Dame hat mir erzählt, dass der Honig aus der Lunigiana der erste ist, der von der Europäischen Union eine geschützte Ursprungsbezeichnung erhalten hat.«

Noemi lächelte. Eine bessere Vertretung hätte sie nicht finden können. »Sie haben zu allen Pralinen Hintergrundwissen liefern können?«

Chiara ließ die Hände fallen und sah wieder unwahrscheinlich verlegen aus. »Nun ja, nicht zu den Pralinen selbst, aber irgendetwas ist mir immer eingefallen. Ich habe mein Leben lang sehr gern gelesen.«

»Das ist ja großartig«, sagte Noemi und zauberte einen Anflug von Stolz auf Chiaras Gesicht. Dann fiel ihr Blick auf die Auslage, die sich seit ihrer Fahrt nach Florenz deutlich geleert hatte. »Chiara, hinten in den Kühlboxen ist Pralinennachschub. Ich fülle hier rasch auf.« Als Chiara den Kopf schüttelte, hielt sie verwundert inne.

»Hier war es zwischenzeitlich recht voll. Ich habe fast alles verkauft, es dürfte nur noch ein kleiner Rest hinten sein.«

»Was? Wow, damit habe ich nicht gerechnet. Dann muss ich wohl noch heute Abend in die Küche, um den nächsten Schwung herzustellen. Das ist großartig, vielen Dank für Ihre Hilfe.«

»Ach.« Chiara winkte ab. »Ich bin froh, dass ich etwas erzählen durfte. Meine Cousine kennt all meine Geschichten schon und möchte sie nicht mehr hören.«

»Noemi?« Nina tauchte neben ihr auf. »Linda möchte bald loslegen, und ich würde mich vorher gern um Ihre Haare und das Make-up kümmern.« Zwischen ihren makellos geschminkten Augen erschienen kleine Sorgenfalten, sodass sich Noemi fragte, in welch katastrophalem Zustand sich ihr Äußeres befand.

»Natürlich. Wo passt es am besten?«

Nina deutete auf den Foodtruck. »Dort drinnen sollte es gehen. Ich habe alles dabei.« Sie klopfte auf ihre Tasche.

»Alles klar. Chiara, ich bräuchte noch einige Minuten Ihre Hilfe. Ist das möglich?«

Chiara hob nur einen Daumen, da bereits wieder ein Kunde an den Stand getreten war, dem sie sicherlich mit den Pralinen eine neue spannende Geschichte servieren würde. Da alles bei ihr in guten Händen schien und sie sichtlich Freude hatte, folgte Noemi Nina zur Hinterseite des Foodtrucks. Dort standen John und Vince, hatten ihre Kameras geschultert und auf Linda und Fabio gerichtet, die in ein Gespräch vertieft waren. Fabio sah so erleichtert aus!

Noemi stahl sich einen zweiten Blick und folgte Nina dann ins Innere. Dort nahm sie auf dem Schemel Platz, den Raffaele für ruhige Verkaufszeiten hier platziert hatte, und überließ Lindas Assistentin das Zepter. Die beförderte eine erstaunliche Menge Make-up-Utensilien, zwei Bürsten, einen Kamm und einen Lockenstab aus ihrer Tasche und machte sich an die Arbeit. Schicht um Schicht trug sie auf, puderte, verwischte und tupfte, ehe sie sich daranmachte, Noemis Haare in Form zu bringen. Davon, das Ganze mit Haarspray zu fixieren, hielt Noemi sie allerdings energisch ab – nicht in der Nähe der Pralinen! –, und dann war es an der Zeit, Chiara von der Verkaufstheke zu verabschieden und selbst nach vorn zu treten.

Jetzt wurde es ernst.

22

Zwei Kameras und zahlreiche Augenpaare waren auf Noemi gerichtet und brachten ihre Nervosität zurück. Natürlich sorgten John, Vince und Fabio mit ihrem Equipment für Aufmerksamkeit, aber vor allem Linda, die von einigen der Anwesenden erkannt wurde. Den Rest erledigten die gemurmelten Gespräche – überall auf dem Gelände steckten Besucher die Köpfe zusammen und beobachteten die Geschehnisse.

Noemi stützte sich auf der Arbeitsfläche ab. »Bereit. Was soll ich tun?«

Fabio blickte von seiner Kamera auf. Seine Augen wurden groß, als er sie sah, und kurz wünschte sie sich, nach der Sitzung mit Nina einen Blick in einen Spiegel geworfen zu haben. Doch jetzt war es zu spät dafür.

John öffnete bereits den Mund, doch Fabio war schneller. »Du siehst umwerfend aus.« Seine Stimme hallte laut und deutlich durch die Luft, und erst da sah Noemi das Mikro in Vinces Hand.

Die beiden Kameramänner warfen sich einen wissenden Blick zu, Nina wurde rot, und jemand in der kleinen Gruppe hinter ihnen applaudierte. Andere fielen ein, und einer stieß sogar einen schrillen Pfiff aus.

Noemi hätte sich am liebsten wieder nach hinten verzogen, oder noch besser in die Küche der Villa, um neue Pralinen herzustellen, aber dafür war es jetzt zu spät. *Danke*, formte sie mit den Lippen, aber Fabio deutete lediglich eine Verbeugung an. »Ich beschreibe nur Tatsachen«, sagte er und ignorierte erneut den Umstand, dass er gut zu hören war.

»Recht hat er!«, rief eine bekannte Stimme – Giada war zwischen den Ständen hervorgetreten und hob zwei Finger zum Victory-Zeichen. »Du rockst das, Noemi!«

Die warf John einen Hilfe suchenden Blick zu. »Gibt es noch die Möglichkeit, schnell im Boden zu versinken?«, flüsterte sie und hoffte, dass das Mikro die Worte nicht auffing.

Er grinste und hob eine Hand. »Wir sind so weit! Noemi, du tust einfach so, als wären wir nicht da. Mach das, was du an deinem Stand sonst auch machen würdest. Linda und Fabio werden sich unterhalten, und erst, wenn Linda dich anspricht, haben wir dich im Fokus. Linda geht da meist spontan vor und entscheidet aus der Situation heraus, es gibt also kein Stichwort, auf das du reagieren musst. Alles klar?«

»Alles klar?«, fragte Vince zur Sicherheit nach.

»Alles klar.« Möglichst unauffällig wischte sie sich die Hände an der Schürze ab. »Dann hole ich schnell die restlichen Pralinen für die Auslage.« Sie hastete in den hinteren Bereich und hörte mit halbem Ohr, wie sich John und Linda über Shots, Set-ups und Totalen unterhielten, was auch immer das alles zu bedeuten hatte. Ihre Hände zitterten leicht, während sie den Behälter aus der Kühlung nahm. Chiara hatte nicht übertrieben, es war wirklich kaum noch Vorrat da.

Als sie zurückkehrte, schienen die anderen alles geklärt zu haben. Linda nickte ihr zackig zu, wirkte aber deutlich gelöster als im Restaurant.

Noemi hoffte, dass die Magie des Piacere auch sie in ihren Bann zog, aber da Linda durch und durch Profi war, würden sie das wohl erst erfahren, wenn sämtliche Aufnahmen im Kasten waren.

Auch Fabio hatte sich verändert. Er wirkte nicht minder professionell, und – Noemi schluckte – er sah verdammt gut aus. Vorhin war sie zu abgelenkt gewesen, voller Aufregung, Überraschungen, guten Nachrichten, dem Wissen, Linda nicht zu lange warten lassen zu dürfen, und Bestürzung, dass Fabio hatte abreisen wollen.

Doch jetzt war es, als hätte jemand einen störenden Filter beseitigt, und sie konnte nicht anders, als Fabio anzustarren. Nina hatte sich sicher auch um ihn gekümmert, aber Noemi entdeckte keine Veränderungen an ihm. Und doch musterte sie jedes Detail, als sähe sie ihn zum ersten Mal. Seine Haut hatte diesen warmen Schimmer, der das Braun seiner Augen und die markante Kinnlinie betonte. Die dunklen Haare hatte er zurückgestrichen – bis auf diese eine aberwitzige Locke, die ihm immer wieder in die Stirn fiel. Nur zu gern wäre sie die geschwungenen Lippen mit den Fingerspitzen entlanggefahren, um herauszufinden, ob sie sich genauso weich anfühlten, wie sie aussahen.

»Noemi?«

Sie richtete sich auf. »Ja! Ich bin bereit!« Hatte sie das etwa gerade geschrien?

Vince zuckte zusammen, Nina kicherte, und Fabio betrachtete sie, als gäbe es außer ihr niemanden auf dem gesamten Gelände.

Lediglich Linda verzog keine Miene. »Gut, dann legen wir

los. Signor Serra?« Sie berührte ihn am Arm, und sie gingen einige Schritte zurück.

John gab Noemi ein Signal, und sie begann, die Pralinen mit der silbernen Zange in der Auslage zu verteilen.

»Das Piacere erlebt in diesem Jahr eine Neuauflage, und daher ist es nicht verwunderlich, viele alteingesessene Geschäfte und Fachleute an den Verkaufsständen anzutreffen«, hörte sie Fabios Stimme und begriff, dass nicht chronologisch gefilmt wurde. Vermutlich würde er früher oder später noch die Sequenzen drehen, die das Festival generell vorstellten, oder er hatte das schon getan. »Bei so viel Wissen und Professionalität zieht es natürlich auch Fachpublikum nach San Gimignano. Der wohl bekannteste Gast am heutigen Eröffnungstag ist Linda Giles, die für dieses besondere Format extra aus England hergeflogen ist. Benvenuto, Linda.«

»Vielen Dank, Fabio, ich freue mich sehr, hier zu sein und diesen Geheimtipp mitzuerleben. Das Piacere war ja schon vor zwei Generationen ein wahrer Erfolg über die regionalen Grenzen hinweg ...« Lindas Stimme vermischte sich mit dem Rauschen in Noemis Ohren, während sie behutsam eine Praline nach der anderen ablegte und sich fragte, ob sie überhaupt eine normale Verkaufssituation filmen konnten, wenn der Stand von Linda und ihrem Team belagert wurde.

Es war schwierig, nicht in die Kameras zu blicken, und sie hatte zumindest eine – wenn auch kurze – Anweisung erhalten. Das war doch einschüchternd! Niemand würde etwas kaufen, solange Linda hier mit Fabio stand, und was würde das dann für einen Eindruck machen? Dass sich niemand für die Simonetti-Pralinen interessierte! Kurz ärgerte sie sich, weil ihr das nicht vorher eingefallen war. Sie hätte die anderen daraufhinweisen müssen.

»... Simonetti, ein alteingesessenes Familienunternehmen aus der wunderschönen Lagunenstadt Venedig ...«

Noemi überlegte, ob sie den Bauch einziehen sollte, entschied dann aber, dass das womöglich lächerlich wirkte. Nun befanden sich sämtliche Pralinen in der Auslage, deren leichte Kühlung ihre Nerven beruhigte. Sie hatte alles so angeordnet, dass keine Lücken geblieben waren.

»Schönen guten Tag.«

Erstaunt blickte sie auf und sah Nina vor sich. Sie strahlte Noemi mit einem so breiten Lächeln an, dass die perfekt geformten Zahnreihen blitzten. Schon wollte sie zu Linda sehen, hielt sich aber in letzter Sekunde zurück. »Hallo, willkommen. Was darf es für Sie sein?«

»Ich bin auf der Suche nach einem Mitbringsel für meine Mutter, und Pralinen gehen immer. Sie ist allergisch gegen Haselnüsse, mag aber im Grunde alles. Können Sie mir vielleicht eine kleine Auswahl zusammenstellen? Was ist das da vorn beispielsweise?«

Sie hätte Schauspielerin werden sollen! Wie auch bei Chiara zuvor war von ihrer Zurückhaltung nichts geblieben, wobei Noemi vermutete, dass man sich als Assistentin von Linda Giles einfach oft im Hintergrund halten musste.

Noemi erläuterte die einzelnen Pralinen und reichte ihr kurz darauf eine Blaubeertrüffel zum Probieren. Nina kostete, schien ehrlich und nicht nur für die Aufnahmen begeistert, und zog wenig später mit einer Simonetti-Schachtel von dannen, die sie vorher jedoch für eine Abschiedsplauderei kamerawirksam eine Weile auf der Verkaufstheke stehen ließ.

»Besonderer Wert wird neben dem persönlichen Kontakt auch auf die Beratung gelegt«, sagte Linda, plötzlich viel näher als zuvor. »Schließlich werden die Waren nicht nur von Hand, sondern auch mit Herz hergestellt. Wer nicht selbst vor Ort sein kann, nutzt seine Fachkontakte, um einen würdigen Ersatz zu finden, denn einen Stand auf dem Piacere schlägt man nicht aus – erst recht nicht, wenn man Teil der damaligen Gründungsgruppe war. Für die Familie Simonetti hat sich Noemi Wittkamp auf den Weg nach Italien gemacht. Sie ist gelernte Konditorin und weiß mit ihrer jahrelangen Erfahrung im Pralinengeschäft genau, was sie tut.«

Noemis Herz schlug schneller. Noch einmal ordnete sie die Pralinen neu an – mit der Rosenmusterzange aus der Villa, die sie auch nach Florenz mitgenommen hatte. Auf der Rückfahrt hatte Linda sie aus Noemis Gepäck gezogen, von allen Seiten betrachtet und schließlich mit einem Schulterzucken bemerkt, dass sie die Optik der Zange mochte und den Beitrag auf dem Piacere machen würde, wenn Noemi das gute Stück während der Aufnahmen in die Kamera hielt.

Sie gab ihr Bestes, um ihren Teil der Abmachung einzuhalten, und drehte die Zange so, dass man das Muster sah. Licht fiel darauf, vielleicht die Sonne, vielleicht hatte es aber auch etwas mit den Kameras zu tun, und Noemi verengte die Augen. Etwas an dem Anblick kam ihr wieder einmal so unglaublich vertraut vor, und es hatte nichts mit der Villa zu tun.

Plötzlich wusste sie, warum ihr das Rosenmuster und der elegant gewellte Griff schon in der Küche der Villa aufgefallen waren: Tante Elisa besaß eine Konfektzange, die dieser bis ins kleinste Detail glich! Wie konnte das sein, wenn es sich um Spezialanfertigungen für die Familie Pitiani handelte? Bei aller Lebensfreude und Unbekümmertheit ihrer Jugend hätte Nonna Rosa nach dem Festival damals sicher nichts von hier mitgehen lassen – zumindest nichts so Einzigartiges. Hatten die Pitianis ihr die Zange geschenkt, und sie hatte sie Elisa überlassen? Aber auch das würde keinen Sinn ergeben – es hingen Erinnerungen an dem Stück, die für Rosa wichtig gewesen waren, nicht aber für ihre beste Freundin, die das Piacere nur aus Erzählungen kannte.

Ein Kreischen riss sie aus ihren Gedanken: Zwei Kinder tanzten um die Feuerschalen am Hofeingang der Villa. Noemi runzelte die Stirn und betrachtete das Bild. Nein, es waren nicht die Kinder, die eine Erinnerung in ihr wachriefen. Sondern das Feuer. Sie schielte zu Fabio und den anderen, doch die waren in ein Gespräch vertieft, und keine Kamera war auf sie gerichtet. Also griff sie nach ihrem Handy, rief die Fotos auf und vergrößerte jenes, auf dem sich Nonna Rosa und Bianca Valli küssten. Bei einem Fest oder einer Feier, wo Biancas Top vom Wind hochgeweht wurde.

Zumindest hatte sie das bislang geglaubt. Aber jetzt begriff sie, warum die Flammen in den Feuerschalen im Hintergrund senkrecht in den Himmel stiegen.

Als das Foto geschossen worden war, hatte kein Wind geherrscht. Und da beide Frauen auch eindeutig still standen und sich nicht drehten oder miteinander tanzten – was Nonna Rosa eh niemals getan hätte –, gab es nur eine andere Erklärung.

Bianca Valli war auf dem Foto schwanger.

Die Umgebung verschwamm, während Noemi die Fäden in Gedanken miteinander verwob. Noch einmal rief sie sich die Gespräche mit Marta Mangano und Signor Simonetti ins Gedächtnis. Etwas verband sie, sie und Bianca Valli und Rosa, die stets zu Besuch gekommen waren.

Simonetti und Bianca waren ein Paar gewesen. War er auch der Vater des Kindes? Hatte er deshalb für drei entscheiden wollen, so wie Marta sagte? »Er war zu stur«, wiederholte sie Martas Worte flüsternd. »Und Nonna und Bianca Valli haben sie besucht, um zu sehen, ob sie es gut macht.«

Ihre Gedanken wanderten weiter, während sie versuchte, ihre Nonna und Bianca der Gleichung hinzuzufügen. Eine Verbindung zu Simonetti schien es seit jener Zeit nicht mehr gegeben zu haben, abgesehen von der Tatsache, dass Nonna Rosa hin und wieder Pralinen bestellt hatte. Marta dagegen hatte sie mehrmals besucht, ehe Rosa Opa Gerd geheiratet hatte, gemeinsam mit Bianca, die aber nie ein Kind mitgebracht hatte – ihr Kind, mit dem der kleine Raffaele hätte spielen können. Mehr noch, weder Giada noch ihr Vater hatten jemals erwähnt, dass Bianca Valli Mutter gewesen war.

Noemis Gedanken kreisten wieder und wieder um diesen Punkt, und auf einmal fügte sich jede Information nahtlos in ein Bild ein, das entweder vollkommen ihrer überbordenden Fantasie entsprungen war … oder aber stimmte. Bianca und Rosa hatten bei ihren Besuchen sehen wollen, ob Marta *alles richtig machte*. Sie hatten viel mit Martas Sohn unternommen. Aber war Raffaele das wirklich – Martas Sohn?

Noemi holte scharf Luft. Oder hatte Marta auf ihn geachtet, weil sich Bianca Valli aus Gründen von ihrem Kind hatte trennen müssen, die sie noch nicht kannte? Und, wenn ja, inwiefern hatte Nonna Rosa mit alldem zu tun? Hatte sie ihre Freundin bei und nach einer schweren Entscheidung unterstützt? Oder sogar dafür gesorgt, dass Biancas Kind, der kleine Raffaele, bei Marta landete?

Vielleicht versuchen Sie, nicht denselben Fehler wie Ihre Großmutter zu machen, und halten sich aus Dingen heraus, die Sie nichts angehen. Es ist schon ironisch, dass Simonetti ausgerechnet an Sie geraten ist als Repräsentantin für seine Pralinen.

Sie hatte die Missbilligung im Gesicht von Signora Russo bei diesen Worten genau gesehen. Rosa hatte sich damals in etwas eingemischt – und sie war regelmäßig mit Bianca bei den Manganos aufgetaucht.

Mit einer fahrigen Bewegung rieb sich Noemi über die Stirn. Ihr schwirrte der Kopf, und die Hand, in der sie noch immer das Handy hielt, zitterte. Erneut dachte sie an jede Reaktion, die zu intensiv oder überraschend gewesen war, erinnerte sich an Martas Aussagen, an ihren entrückten Blick während ihrer geistigen Ausflüge in die Vergangenheit und an ihre Reaktion, als sie geglaubt hatte, Alfredo Simonetti sei in Matraia aufgetaucht. Sie hatte bestürzt ausgesehen.

Noemi stellte sich Marta und Raffaele Mangano vor und Bianca Vallis blonden Schopf. Wie würde sie wohl heutzutage aussehen? Ähnelten sie und Raffaele Mangano sich?

»Hallo, Miss Wittkamp.«

Noemis Blick schnellte in die Höhe und landete in dem runden Glasauge von Johns Kamera.

Mist.

»Guten Tag«, sagte sie mit einem breiten Lächeln und gab ihr Bestes, um sich zusammenzureißen und die Erkenntnis über Bianca, Marta und ihren Sohn beiseitezuschieben. Wie lange hatte sie hier gestanden und über alte Fotos nachgedacht? Das konnte man doch sicher nachträglich rausschneiden? Sie durfte Fabios Chance nicht ruinieren!

Aber er wirkte locker, so wie er neben Linda stand, ebenso die anderen. Vermutlich war sie genau zur richtigen Zeit aus ihren Grübeleien aufgetaucht. Glück gehabt!

Linda deutete so begeistert auf die Auslagen, dass Noemi nicht sagen konnte, ob es echt oder geschauspielert war. »Fabio und ich haben bereits darüber spekuliert, wie eine deutsche Pralinenmeisterin dazu kommt, für ein alteingesessenes Unternehmen aus Venedig in die Toskana zu reisen und welch eine Sonderstellung das Piacere unter den Food Festivals einnimmt.« Sie schien wie ausgewechselt; von ihrer schlechten Laune und der geschäftstüchtigen, knappen Art war nichts geblieben. Dies war wieder die Linda, die Noemi aus ihren Sendungen kannte: fröhlich, mitreißend und über alle Maßen sympathisch.

Sie ließ sich von Noemi die Sorten erklären, woraufhin sie und Fabio sich je eine Praline aussuchten, um sie vor der Kamera zu probieren und zu erklären, wie großartig sie schmeckten. Anschließend plauderten sie über Besonderheiten in der Herstellung und natürlich die Zutaten aus den Regionen des Landes. Es war ein Gespräch, bei dem sich Noemi wohlfühlte – vor allem, da Fabio so viel Energie verströmte, dass es für die gesamte Gruppe reichte. Er ließ überwiegend Linda reden und platzierte wenige Fragen so geschickt, dass der Beitrag letztlich all das enthielt, was er für das *Taste of Europe* geplant hatte.

Noemi war erstaunt, als er die Schlussworte für das Gespräch am Stand einleitete und sich von ihr und Linda verabschiedete. Kurz darauf nickte John, und er und Vince nahmen die Kameras von ihren Schultern.

»Das hätten wir«, sagte Vince und grinste so erleichtert, dass er seinen älteren Kollegen ansteckte.

John nickte. »So ist es.«

»Was, schon?« Noemi blickte fassungslos von ihm zu Fabio. »Das war doch recht kurz.«

Ehe er antworten konnte, rief jemand ihren Namen, und Giada hastete auf den Stand zu. »Komm da raus und lass dich umarmen, du Berühmtheit! Das war toll!« Sie blieb neben den Kameraleuten stehen und applaudierte, und die Gruppe, die alles aus dem Hintergrund beobachtet hatte, fiel mit ein.

Noemi legte die Zange ab, die sie die ganze Zeit über in der Hand gehalten hatte, und folgte der Aufforderung – unter anderem, weil es eine gute Gelegenheit war, ihre hochroten Wangen zu verbergen. Innerlich jubelte sie und am liebsten hätte sie vor Freude laut aufgeschrien. Es hatte funktioniert! Fabio hatte seinen Beitrag mit Linda Giles, die einfach zuckersüß gewesen war. Das *Taste of Europe* war gerettet!

Die Erkenntnis kribbelte durch ihre Adern, als sie die Tür aufstieß, nach draußen trat und um den Wagen rannte. Giada wartete dort, schloss sie in die Arme, und beide drehten sich lachend im Kreis. Jetzt erst merkte Noemi, wie angespannt sie gewesen war.

»Ich meine das ernst!« Giadas Locken führten wieder

mal ein Eigenleben. »Du hast das wie ein Profi gemacht.« Sie küsste Noemi auf die Wange, griff nach ihrer Hand und reckte sie in die Höhe.

In den Applaus mischte sich Gelächter, als Giada sie mit Schwung noch einmal um die eigene Achse drehte, als wären sie auf einer Tanzfläche.

Und dann stand Fabio vor ihr. Er schüttelte leicht den Kopf, ein Lächeln in den Mundwinkeln, das jedoch noch nicht durchbrach, weil er es sich allein für sie aufsparte. Sämtliche Sorgen waren verschwunden und hatten etwas in den Tiefen seiner Augen zurückgelassen, das sie wie magisch anzog. Vielleicht Geheimnisse, vielleicht aber auch etwas, das ihren Atem nicht zur Ruhe kommen ließ.

Ohne ein Wort trat er auf sie zu, legte beide Hände an ihre Wangen und küsste sie.

Schlagartig blieb die Welt stehen. Auf einmal war da nichts außer Fabios Berührung, die diese unendliche Wärme über Noemis Haut schickte, seine Lippen, zunächst behutsam und dann immer fordernder, der Geruch nach Honig und Schokolade und das Trommeln ihres Herzens.

Noemi zögerte nur eine Sekunde, dann ließ sie sich fallen und schloss die Augen. Sie hatte es sich nicht eingestehen wollen, aber auf genau diesen Moment hatte sie gewartet. All die Zeit, all die Momente, in denen Fabio sie so angesehen hatte wie gerade eben – als gäbe es nichts Wertvolleres auf der Welt als sie –, kamen nun zusammen und lieferten ihr eine der wichtigsten Antworten.

Ihre Hände glitten über seine Arme und legten sich auf seinen Rücken, spürten der verhaltenen Bewegung der Muskeln dort nach. Fabios Lippen spielten mit ihren, strichen darüber, kitzelten sie. In Noemis Ohren rauschte es, aber dann gesellte sich ein anderes Geräusch dazu: Jemand rief etwas. Nein, jemand johlte.

Ein Pfiff zerriss die Luft und zerrte sie aus dieser wunderschönen Stimmung. Sie öffnete die Augen und sah Fabios nur ein winziges Stück entfernt. Seine Brust hob und senkte sich im selben Rhythmus, in dem ihr Puls an ihren Handgelenken schlug, und er lächelte. »Achte nicht auf sie«, flüsterte er und strich ihr über die Schläfe. Allein diese zarte Berührung schickte einen Stromstoß über ihre Haut.

»Was …« Noemi blinzelte zur Seite und sah in grinsende Gesichter. Viele Gesichter. »O nein.« Am liebsten hätte sie ihr eigenes an Fabios Brust vergraben.

»Na«, hörte sie Linda. »Das wäre ja auch ganz gut für den Beitrag gewesen.« Ihr sachlicher Ton löschte einen Teil von Noemis Verlegenheit aus. Behutsam löste sie sich von Fabio, peinlich berührt von dem, was soeben geschehen war – vor den Augen so vieler Besucher!

Fabio schien sich nicht daran zu stören und griff nach ihrer Hand. »Ich würde später gern mit dir reden. Allein.« Ließ er seine Stimme gerade mit Absicht so sexy klingen, oder lag es daran, dass er es ihr ins Ohr geflüstert hatte? Er grinste Giada an, die begeistert beide Daumen in die Höhe reckte.

»Wurde auch Zeit!« Sie eilte zu Noemis Rettung, indem sie einen Arm um sie legte und in die Runde winkte. »Aber nun ist die Vorstellung vorbei und die Stände wieder für Sie alle verfügbar«, rief sie so laut, dass es über den ganzen Platz hallte. »Überlegen Sie sich gut, ob Sie wirklich daran vorbeigehen wollen, denn ich sehe bereits große Lücken in manchen Sortimenten!«

Es funktionierte. Die Zuschauer lachten erneut, manche winkten, und endlich zerstreute sich die Ansammlung, und die Menschen taten genau das, was Giada empfohlen hatte.

»Danke«, flüsterte Noemi und strich sich über das Gesicht, wo die Wärme allmählich wieder abnahm. »Das war dann doch zu viel Aufmerksamkeit für meinen Geschmack.«

»Ah!« Giada winkte ab. »Sieh es als Werbung für dich und die Simonettis. Einen besseren Verkaufsgrund als amore kann es doch gar nicht geben.« Sie drückte ihr einen Kuss auf die Wange, hüpfte zu Fabio, um dasselbe bei ihm zu tun, und verschwand zwischen den Ständen.

Noch immer etwas verlegen, sah Noemi ihn an. Die beiden Kameramänner unterhielten sich miteinander, ebenso Linda und Nina. Offenbar war der Kuss für die Menschen hier nichts weiter als Unterhaltung gewesen, die sie bereits wieder vergessen hatten. Er war nur für sie und Fabio etwas Besonderes. Etwas, das sie so schnell nicht vergessen würde, und so, wie er sie ansah, ging es ihm ähnlich.

»Du bist verrückt«, flüsterte sie.

»Wohl eher anpassungsfähig, Signorina Caos.«

Wie so oft lag diese hypnotische Wärme in seiner Stimme. Sie hätte ihm stundenlang zuhören können. »Ah.« Sie nickte. »Das heißt, wir sehen uns nach dem Piacere die Gegend an, besuchen San Gimignano und machen auf dem Rückweg all die Zwischenstopps, die wir verpasst haben?«

Er nahm sich Zeit mit seiner Antwort, wandte den Blick

jedoch nicht ab. »Übertreib es nicht. Allerdings könnte ich mir gut vorstellen, einen Beitrag in Deutschland zu drehen.«

Sie trat einen winzigen Schritt näher. »Vielleicht bleibe ich ja noch eine Weile in Italien.«

Er nickte. »Ich bin dabei. Arbeiten kann ich momentan von überall.«

Es war ein Versprechen auf so vielen Ebenen, dass sie unwillkürlich tiefer atmete. In diesem Augenblick war sie einfach nur glücklich. In ihrer Welt gab es gerade keinen Platz für schlechte Laune oder Unstimmigkeiten – und das brachte sie auf eine Idee. »Das klingt …«

»Annehmbar?«, fragte er.

»Verheißungsvoll«, flüsterte sie und räusperte sich. »Fabio, kannst du kurz auf meinen Stand achten? Ich muss schnell etwas erledigen.«

Fabio runzelte die Stirn, nickte dann aber. »Erzähl es mir einfach später.«

»Darauf kannst du dich verlassen.« Sie gönnte sich einen letzten Blick, dann machte sie sich auf den Weg. Ihre Gedanken kreisten noch immer um den Kuss, und nach einigen Schritten merkte sie, wie sehr sie lächelte. Trotz allem konnte sie nicht widerstehen und drehte sich um: Fabio sah ihr hinterher, mit so viel Zärtlichkeit im Blick, dass sie am liebsten zurückgegangen wäre. Doch es gab da etwas, das sie zunächst erledigen musste.

Giada und Marta standen an ihrer Verkaufstheke und plauderten angeregt mit ihren Kunden. Wie erwartet stromerten Donatella und Ornella ganz in der Nähe herum.

Noemi öffnete die Tür im hinteren Bereich des Foodtrucks und trat ein. »Hallo!«

Giada drehte sich um. »Brauchst du etwas?«

Noemi zögerte und überlegte, ob sie Giada auf ihre Entdeckung ansprechen und sie fragen sollte, ob ihr Vater adoptiert war. Aber dann entschied sie, das erst in Raffaeles Beisein zu tun, auch wenn es ihr unter den Nägeln brannte. »Habt ihr Leckerli dabei? Für die Katzen?«

»In der kleinen Tasche da rechts.« Giada deutete über die Schulter und wandte sich wieder ihrem Gespräch zu. Noemi warf einen Blick in den Jutebeutel und nahm eine angebrochene Tüte mit Kausticks heraus.

Ornella und Donatella reagierten sofort, als sie nach ihnen rief und die Verpackung knistern ließ. Noemi brach ein Stück für jede ab, das sofort verputzt wurde, ehe zwei wunderschöne Augenpaare ihr zu verstehen gaben, wie lächerlich klein die Portion gewesen war. Auf diese Weise lockte Noemi die Katzen quer über den Platz und wurde langsamer, als sie die Russos entdeckte.

Im Vergleich zu den Ständen mit Pralinen und Cantuccini war hier nicht viel los. Signora Russo saß, bekleidet mit einer beigefarbenen Hose und einer Bluse in kräftigen Tarnfarben, in einem der beiden Stühle und nippte an einer Tasse.

Noemi beugte sich hinab und kraulte Donatella hinter einem Ohr. »Denk daran, ich brauche eure Hilfe.«

Die Katze strich um ihre Beine, beäugte weiterhin die Tüte in Noemis Hand und schien mit allem einverstanden, solange es Snacks und weitere Streicheleinheiten beinhaltete.

Noch ein Stückchen für jede, dann blieb Noemi vor Signora Russo stehen. Ihren Mann entdeckte sie unter dem Sonnenschirm am Stand. Beide hielten in der Bewegung inne und starrten sie an, als hätte sie den Verstand verloren.

»So.« Noemi nahm Donatella hoch, strich ihr über das Köpfchen und drückte sie der verblüfften Frau in die Arme. Ihr Plan ging auf – Donatella schnurrte, was das Zeug hielt, streckte sich und spreizte die Pfötchen, sodass die Ansätze ihrer Krallen einen Augenblick lang sichtbar wurden. Dem konnte selbst das härteste Herz nicht widerstehen! »Um das jetzt klarzustellen: Sie beide haben sich bislang alles andere als nett verhalten.« Ihr Blick glitt von Signora Russo zu ihrem Mann, der sich an einem Schinken festhielt und ganz froh zu sein schien, nur eine Nebenrolle in der Konfrontation zu spielen.

Die Signora dagegen schnaubte, als sie Noemi von oben bis unten musterte, und hob die Hand, um sie mit einer Geste wegzuscheuchen oder auch etwas nach ihr zu werfen – in den unzähligen Taschen ihrer Hose befanden sich sicherlich das eine oder andere Feuerzeug, Schweizer Messer oder andere Dinge, die man zum Überleben in der Wildnis brauchte.

In diesem Moment reckte sich Donatella und schmiegte ihr Köpfchen in Signora Russos Handfläche.

Noemi gab ihr Bestes, um einen neutralen Gesichtsausdruck zu bewahren, und hob Ornella vom Boden, die nach einem Protestlaut still hielt. »Und Sie können sich auch die Mühe sparen, mich weiter anzufeinden«, fuhr sie fort, »denn ich weiß eh, was damals zur Zeit des ersten Piacere geschehen ist. Und es hat sich alles gefügt. Für jeden, der beteiligt war.«

»Ah ja?« Signora Russo beugte sich vor, sodass Donatella

nun doch entschied, zu Boden zu springen. »Was glauben Sie denn zu wissen?«

Noemi zog den zweiten Stuhl zu sich heran und nahm Platz. »Nun, ich weiß, dass Bianca Valli schwanger war, und da sie eine Beziehung mit Alfredo Simonetti hatte, denke ich, dass das Kind seines ist. Nur hat es Marta Mangano großgezogen, nicht wahr? Raffaele ist in Wahrheit Bianca Vallis Sohn.«

Signora Russo verdrehte den Hals, um ihren Mann anzusehen. Er zuckte lediglich die Schultern. »Gut«, sagte sie knapp und wandte sich wieder Noemi zu. »Das ist richtig.« Sie verschränkte die Arme vor der Brust.

Obwohl Noemi es bereits geahnt hatte, war es etwas anderes, die Bestätigung zu hören. Sie versuchte, sich nicht anmerken zu lassen, wie aufgeregt sie plötzlich war, und strich über Ornellas Nase, bis die Katze die Augen schloss und sich auf die Seite drehte.

Etwas an dem Anblick brachte einen Teil der Strenge in Signora Russos Gesicht zum Schmelzen. Vielleicht färbten Ruhe und Gelassenheit auf sie ab. Es war eine gute Idee gewesen, die Katzen mitzunehmen.

»Aber was genau ist denn damals passiert?«, fragte Noemi leise. »Warum haben Bianca und Alfredo das Kind nicht behalten? Weil sie sich zu Frauen hingezogen fühlte?« Das war geraten; es gab lediglich diese eine Momentaufnahme, um ihre Annahme zu stützen. Ein schwaches Argument also, aber sie hatte das Gefühl, den Russos noch eine Winzigkeit liefern zu müssen, um sie zum Reden zu bringen.

Signor Russo hustete, nickte aber dabei, und seine Frau stieß den tiefsten Seufzer der Welt aus. »Natürlich spielte das eine Rolle. Eine recht große sogar. Sie haben Fredo doch kennengelernt, zumindest haben Sie uns das auf die Nase gebunden. Oder stimmt das gar nicht?«

»Natürlich habe ich ihn getroffen, sonst würde ich ja schließlich nicht hier am Stand verkaufen. Aber ich verstehe nicht, was mir das erklären soll.«

»Alfredo Simonetti«, sagte die Signora und schlug mit einer Faust auf die Stuhllehne, sodass Ornella die Augen wieder öffnete, »war ein Macho vor dem Herrn. Für ihn hatten Männer ihren Platz, ebenso Frauen, und daran war nichts zu rütteln. Alles musste sein, wie er es schon immer gekannt hatte. Etwas anderes hat er nicht zugelassen. Es war ein Problem für ihn, dass Bianca vor der Ehe schwanger geworden ist. Als er das hörte, hat er sich erst einmal rargemacht, um darüber nachzudenken.« Sie lachte hart auf. »Als ob ein Kind verschwände, wenn man nur lange genug in der stillen Kammer grübelt.« Sie tippte sich an die Schläfe. »Fredo war ein Idiot, ich sag es ganz offen.«

»Camila«, mahnte ihr Mann.

»Was?« Sie fuhr zu ihm herum. »Bianca war allein, da war kaum Familie, an die sie sich wenden konnte, und sie hat sich auf ihn verlassen, auf den Kerl, der für dieses Baby in ihrem Bauch verantwortlich war. Das war ihr Fehler. Sie war eben dumm, aber das bringt die Jugend ja oft mit sich.« Ein eindringlicher Blick traf Noemi, aber sie entschied, diese Anspielung zu ignorieren.

»Und deshalb hat er sie verlassen? Weil sie nicht verheiratet waren, als er sie geschwängert hat? Das ist doch absurd.« Noemi versuchte, das mit dem Mann in Verbindung zu bringen, den sie in Venedig kennengelernt hatte.

»Deshalb«, sagte Camila Russo düster, »kam Bianca überhaupt ins Grübeln, ob er der Richtige ist, und vielleicht hat sie dann begriffen, dass sie … nun ja. Sie wissen schon.« Sie stemmte ihren Zeigefinger auf die Lehne, sodass die Fingerkuppe weiß wurde.

»Dass sie eigentlich Frauen mochte«, ergänzte Noemi.

Ein unwirscher Blick war die Antwort. »Sie hat es ihm gebeichtet. Dumm, ich sag's ja. Irgendwie ist sie davon ausgegangen, dass seine Ehre und das Verantwortungsfühl für sein Kind größer wären als seine althergebrachten Vorstellungen von dem Platz der Frau im Bett und am Herd. Aber da hat sie sich gründlich verschätzt, denn er hat sich endgültig von ihr abgewandt. Für ihn war sie plötzlich nicht mehr die Frau, mit der er eine Beziehung geführt hat, sondern … was weiß ich, irgendein fremdes Wesen.«

Es fiel Noemi immer schwerer, diesen Mann in Alfredo Simonetti wiederzufinden. Aber schließlich hatte sie mit ihm nicht über Ansichten oder Weltbilder diskutiert, sondern war sein Gast gewesen, dem gegenüber er sich entsprechend verhielt. Gut möglich, dass er sich in all den Jahren verändert hatte, doch darüber konnte sie nur spekulieren. »Er hat sie mit dem Kind allein gelassen.« Die Worte lagen ihr wie Blei auf der Zunge.

Signora Russo nickte. »Bianca hatte damals nur noch einen Bruder und einen Onkel, und beide sahen die Sache wohl ähnlich wie Simonetti – zumindest laut dem, was sie mir erzählt hat. Tja, und dann hat sich Rosa eingemischt. Die zwei waren Freundinnen, aber irgendwann hat Bianca mehr darin gesehen.« Sie schnaubte. »Rosa hätte das von vornherein abblocken müssen. Aber nein, sie hat gute Laune und Feiern über alles gestellt. Hier ein Kuss, da eine Umarmung. Für Rosa war das nur Spaß. Aber vielleicht wäre Bianca Fredo gegenüber damit nie rausgeplatzt, wenn Rosa es einfach gelassen hätte!«

Noemi starrte sie an, während in ihrem Kopf die Szene auf dem Foto lebendig wurde. Fast hörte sie die Musik, sah, wie Rosa und Bianca miteinander lachten, spürte den flüchtigen Kuss, der für jede der beiden etwas vollkommen anderes gewesen war. »Hat sie es denn zu dem Zeitpunkt gewusst? Rosa? Sie hätte doch niemals etwas getan, das ihrer Freundin wehgetan oder sogar geschadet hätte.« Sie drückte die Schultern durch und hob das Kinn. »So war meine Nonna nicht.«

Signora Russo starrte sie mit kleinen Augen an, so lange, dass Noemi schon glaubte, sie würde nicht mehr antworten. »Ich weiß es nicht«, sagte sie schließlich. »Aber wie gesagt, die Jugend ist nicht mit Weitsicht gezeichnet. Immerhin hat sie Bianca hinterher beigestanden, und die zwei sind erst einmal zusammen eine ganze Weile von der Bildfläche verschwunden. Erst breitet Bianca all ihre Sorgen vor mir aus, so wie immer, und dann kommt von einem Tag auf den anderen plötzlich nichts mehr. Niente. Als hätte es mich nie gegeben.« Sie redete schneller, härter, schaffte es aber nicht, die Enttäuschung in ihrer Stimme ganz zu verbergen – und Noemi ging auf, woher ein Teil ihrer Wut rührte. Sie hatte sich damals von Bianca zurückgesetzt gefühlt und Rosa dafür verantwortlich gemacht.

Signora Russo starrte in die Ferne, ihr Gesicht hatte sich noch mehr gerötet als sonst. »Aber dann sind sie plötzlich wieder aufgetaucht, beide, und haben irgendwie dafür gesorgt, dass Marta das Kind nahm. Geredet haben sie darüber nie, es war einfach so. Und wir haben nicht nachgefragt, auch wenn einige von uns schon überlegt haben, was passiert ist. Warum Bianca ihren Sohn nicht behalten hat. Ich meine, es gibt ja Frauen, die ihre Kinder abgeben, weil sie mit der Mutterschaft nicht klarkommen.«

»Glauben Sie wirklich, dass das der Grund für Biancas Entscheidung war?«, fragte Noemi sehr leise.

Signora Russo zuckte die Schultern. »Genau wissen werden es wohl nur Bianca und ihr kleiner Kreis. Immerhin ist sie noch einige Male hergekommen, um Marta und den Jungen zu besuchen, aber das hat dann nach einer Weile auch aufgehört. Ich war damals einfach nur froh, dass sie eine Lösung gefunden hat.«

»Wollte Alfredo Simonetti seinen Sohn denn niemals sehen?«

»Pff! Wer weiß schon, was in einem solchen Kopf vor sich geht. Er hat kein Wort gesagt, sich irgendwann eine andere Frau gesucht, und dann ist das alles ja auch schon auseinandergebrochen mit unserer Gruppe. Paolo und ich sind nach Neapel gezogen, da hatte sein Onkel eine Metzgerei.« Sie lehnte sich wieder zurück und musterte Noemi. Nicht mehr so starr und ablehnend wie bislang, sondern als wäre sie etwas losgeworden, das ihr zu lange auf der Seele gelegen hatte.

Ornella zappelte, und Noemi ließ sie hinunter. »Und Bianca?«

Ein langer Blick. »Der Kontakt zu ihr ist damals eingeschlafen. Als Letztes erfuhren wir, dass sie mit Rosa nach

Deutschland gegangen ist, die wollte sich um Bianca kümmern. Das hätte sie auch ebenso bei ihrem Kind tun können.«

Auf ihre Worte folgte eine tiefe Stille, und Noemi schloss die Augen. Da war es, das wirklich allerletzte Puzzleteil. Sie hatte es bereits geahnt. Hatte daran gedacht, dass das eine oder andere Mitglied der alten Piacere-Clique seinem jugendlichen Ich nur noch wenig ähnelte. Nicht nur, weil man älter geworden war – sondern vielleicht auch, weil man ein entscheidendes Detail an sich verändert hatte. Und aufgrund ihrer Erwartungshaltung beim Betrachten der Bilder hatte sie die Täuschung nicht durchschaut.

Bis heute. Jetzt gab es in dem großen Rätsel um Nonna Rosa und Bianca keine weiße Stelle mehr.

Signora Russo hatte die Worte so beiläufig fallen lassen, als wären sie keine zweite Überlegung wert. Doch jetzt beantworteten sie alle noch offenen Fragen und sorgten dafür, dass Noemi aufatmete, weil sie vieles endlich begriff.

Aber es machte sie auch traurig, denn Bianca Vallis Schicksal war untrennbar mit Nonna Rosa verknüpft gewesen.

Und auch mit ihr.

Sie atmete aus, öffnete die Augen wieder und starrte in die von Signora Russo. Etwas darin hatte sich verändert, war nicht freundlich geworden, aber zumindest neutral. Die Russos würden niemals gute Freunde werden, mit denen sie abends anstieß, aber nun akzeptierten sie einander. Sie nickte, dann noch einmal, und stemmte sich in die Höhe. »Danke, dass Sie mir den Rest erzählt haben«, sagte sie und hielt der Frau eine Hand hin.

Die brummte, schlug dann aber ein. »Wir sind ja keine

Unmenschen.« Ihr Mann im Hintergrund murmelte Zustimmung, und Noemi lächelte. »Ja, das sehe ich nun auch. Bis später.«

»Hm.«

Noemi wandte sich ab, zwei vierpfotige Schatten neben sich, die sie irgendwann überholten und zwischen den Ständen verschwanden. Sie kniff die Augen gegen die Sonne zusammen, die sich allmählich auf den Weg Richtung Horizont machte, und dachte an die Pralinenzange mit dem Rosenmuster. Dann blieb sie stehen, zog ihr Handy und wählte.

Die Mailbox sprang an, und sie räusperte sich. Die Zeit zu schweigen war vorbei.

»Hey.« Die Sonnenstrahlen wanderten über ihre Haut. »Ich weiß jetzt, was damals passiert ist.« Sie zögerte, aber dann legte sie auf. Sie hatte alles gesagt, was wichtig war.

23

»Er hat es mir geschrieben. In seinem Brief.« Raffaele sah im Licht der Laternen eigentümlich blass aus. Giada und Fabio hatten sie entzündet – kleine Leuchtfeuer vor dem Foodtruck der Manganos, die überall auf dem Festivalgelände entsprechend beantwortet wurden.

Für heute hatte das Piacere seine Pforten geschlossen. Nur manche Besucher schlenderten noch durch die hereinbrechende Nacht und wurden Teil der Stille, die hin und wieder von leisen Gesprächen durchbrochen wurde. An einigen Ständen liefen die Vorbereitungen für den kommenden Tag, doch die meisten genossen den Feierabend und die Möglichkeit, sich nach vielen Stunden auf den Beinen auszustrecken und zu entspannen. Weinflaschen wurden geöffnet, Gläser klirrten, und hin und wieder machte sich eine Gruppe in Richtung Villa auf, um den Tag zu beenden.

Noemi und Fabio saßen mit den Manganos auf Campingstühlen vor ihrem Truck und schwiegen. Zu ihrem eigenen Erstaunen hatte Noemi nach ihrer Nachricht nicht mehr auf ihr Handy gesehen – und war auch nicht unruhig, wenn sie daran dachte. Im Gegenteil, sie fühlte eine tiefe Ruhe, die sie bislang so nicht gekannt hatte. Sie hatte alles gesagt, was sie zu diesem Zeitpunkt sagen konnte. Der Rest würde sich ergeben, wenn die passende Zeit gekommen war.

Marta hatte sich an Giadas Schulter gelehnt, die Augen geschlossen und entschieden, sich eine Weile nicht mit dieser Welt zu befassen.

Ihr Sohn – *ihr Adoptivsohn!* – und Giada waren dagegen hellwach; ihre Augen schimmerten im Licht des Feuers. Noemi hatte sich ein Herz gefasst und Raffaele gefragt, ob er adoptiert war, was er erstaunt bejahte. Daraufhin erzählte sie ihm und Giada von ihrer Entdeckung und zeigte ihnen das Foto von Bianca Valli. Raffaele reagierte überraschend ruhig und betonte, dass sich für ihn nichts ändern würde, da Marta seine Mutter sei und bleiben würde. Trotzdem musste es überwältigend sein, nach so vielen Jahren endlich den Namen seiner leiblichen Mutter zu erfahren, einer Frau, die man in seiner Kindheit gekannt hatte. Er hatte das Foto auf Noemis Handy lange betrachtet.

»Und er hat geschrieben, dass wir reden müssen. Nach dem Festival.« Raffaele schüttelte den Kopf und lockerte seine Finger, als er merkte, dass er den Brief halb zerknüllte. »Aber warum ausgerechnet jetzt? Nach all den Jahren?«

»Weil sein Körper ihm eine Warnung geschickt hat. Er ist nicht mehr der Jüngste«, sagte Noemi. »Vielleicht möchte er Dinge klären, ehe ...« Mehr Worte waren nicht nötig. Raffaele nickte. Natürlich wusste er das selbst, aber manchmal, gerade in solchen Situationen, musste man es von jemand anderem hören.

Noemi blickte zu Fabio. Das Spiel von Schatten und Licht hob sein markantes Profil hervor. Noch immer beschleunigte sich ihr Herzschlag, wenn sie an ihren Kuss dachte. Aber jetzt war nicht die Zeit dafür. Dieser Moment gehörte den Manganos.

Raffaele nahm die Hand seiner Mutter, und in seinem Blick lag so viel Liebe, dass Noemi hart schlucken musste. Marta lächelte, ohne aus ihrer Gedankenwelt aufzutauchen. »Sie hat mir erst spät gesagt, dass ich adoptiert bin. Ich war zwölf. Mein Vater hatte sie längst verlassen, und das war gut so. Beide sind niemals glücklich miteinander gewesen.« Behutsam streichelte er die faltigen Finger. »Sie hat mir nie verraten wollen, wer meine leibliche Mutter ist. Ich habe immer gedacht, sie befürchtete, dass ich mich auf die Suche machen und sie verlassen würde. So ein Unsinn! Ich hatte mit ihr doch die beste Mutter der Welt.«

Noemi blinzelte, als Tränen in ihre Augen traten, und sie wischte rasch darüber. »Sie hat Biancas Geheimnis wahren wollen.«

Er hob den Kopf. »Allerdings verstehe ich nicht, warum. Ob Bianca und Mamma Fredo Simonetti nicht gesagt haben, wo ich aufwachse?«

Giada sah von einem zum anderen. »Vielleicht hatte Bianca Angst, dass er … keine Ahnung, das Sorgerecht für sich beanspruchen und ihr verbieten würde, dich zu besuchen? Hätte er das gekonnt? Wie war das denn damals? Rechtlich, meine ich?«

»Ich weiß es nicht«, sagte ihr Vater. »Und es spielt auch keine Rolle. Meine Mutter sitzt neben dir, Giada, und sie hat sämtliche Liebe der Welt verdient. Ich werde Alfredo Simonetti einen Besuch abstatten, ja, und ich freue mich darauf. Aber …« Der Hauch eines Lächelns stahl sich auf sein Gesicht. »Ich habe hier alles, was ich brauche. Meine Familie.« Er streckte die freie Hand nach seiner Tochter aus.

Giada beugte sich zu ihm und küsste erst ihn auf die Wange, dann Marta, die daraufhin verträumt lächelte.

Es war schön, die drei so miteinander zu sehen. Selbst die Neuigkeiten über Raffaeles biologische Eltern konnten ihnen nichts anhaben. Das, was sie zusammenhielt, war durch Liebe gewachsen und damit so viel stärker als alles andere. Trotzdem war ein Handlungsstrang der Geschichte bisher nicht zu Ende erzählt worden. Noemi zog ihr Handy aus der Tasche und warf einen Blick darauf. Noch war keine Antwort eingetroffen. Aber damit hatte sie auch nicht gerechnet.

»Noemi?« Obwohl die Stimme hinter ihr nicht besonders laut war, schnitt sie durch die ruhige Stimmung wie das Silber der Sonne am Morgen: Sämtliche Köpfe fuhren in die Höhe, und Donatella, die unter Giadas Stuhl geschlafen hatte, schoss mit aufgeplustertem Schwanz hervor.

Noemi hob eine Hand. »Ich bin hier.« Als sie sich umdrehte, sah sie Carlota. Auch sie hatte die Arbeit für den Abend bereits beendet, trug etwas, das an einen kurzen Jogginganzug erinnerte, und hielt einen Teller mit Nudeln in den Händen. »Du hast Besuch.« Sie deutete zur Einfahrt und verschwand wieder.

Verwundert starrte Noemi in die Richtung, aber es war zu dunkel, um etwas zu erkennen. »Entschuldigt mich, ich bin sofort wieder da.«

Fabios Hand streifte ihren Arm, als sie an ihm vorbeiging. Sie passierte andere Stände, andere Lichter und fühlte sich, als würde sie durch ein Schattenlabyrinth laufen. Ob Lea und Enrico etwa doch noch aufgetaucht waren? Das wäre großartig!

Die Gestalt, die auf der Wiese neben der Einfahrt im Licht der Feuerschalen mit einer großen Basttasche auf sie wartete und einen Hut in den Händen drehte, war jedoch nicht ihre beste Freundin. Seidenstoff wehte selbst im leichtesten Wind und umspielte die schlanke Gestalt in den Flammenfarben, die sich überall auf dem Gelände wiederfanden – als hätte sie sich eigens für das Piacere gekleidet. Aber möglicherweise war dem auch so.

Noemi blieb stehen. Eine seltsame Ruhe mischte sich mit ihrem Erstaunen. Jetzt erst ging ihr auf, dass sie im Grunde niemand anderen erwartet hatte. »Tante Elisa.«

Elisa war sichtlich nervös, und ihr Blick flirrte umher, ehe sie Noemi anblickte. »Ich war bereits unterwegs nach San Gimignano, als ich deine Nachricht bekommen habe.« Sie legte den Hut auf ihrer Tasche ab, und als sie merkte, dass ihre Hände nun nichts mehr zu tun hatten, zupfte sie an den Strähnen ihres pechschwarzen Haares.

Noemi nickte. Natürlich, ansonsten hätte sie niemals bereits jetzt an der Villa sein können. Sie wollte Elisa umarmen, wie sie das unter normalen Umständen getan hatte, und sie fragen, wie ihr Flug gewesen und ob sie in Florenz, Pisa oder ganz woanders gelandet war. Aber keiner von ihnen war nach Small Talk – das verriet Elisas kerzengerade Haltung nur zu deutlich. Sie wirkte, als stünde ihr eine Prüfung bevor, und sie wüsste nicht, ob sie gut genug vorbereitet war.

Noemi konzentrierte sich einen Augenblick lang auf diesen Ort mit seiner Vergangenheit – und auf all die Geschichten, die sie in ihrer Zeit in Italien erfahren hatte. »Dein richtiger Name lautet Bianca Valli, nicht wahr?«

Elisa zögerte nur kurz. »Ja«, sagte sie dann leise. »Elisa war schon immer mein zweiter Vorname, aber ich habe ihn früher nie genutzt.«

»Daher wolltest du nicht, dass ich herfahre. Und du wolltest erst recht nicht mitkommen, weil du befürchtet hast, dass deine alten Freunde dich wiedererkennen.«

Elisa ließ ihre Hand sinken. »Mir war schon übel, als du zu Lea nach Venedig geflogen bist. Ach was, schon damals, als Lea und Enrico sich dort eine Wohnung gesucht haben. Ausgerechnet Venedig!« Es klang beinahe verzweifelt. »Mir war klar, dass Fredo noch immer dort wohnt; den alten Brocken hätte nichts und niemand an einen anderen Ort verfrachten können. Und dann hast du von der Cioccolateria geredet und davon, dass du ihn getroffen hast, und ich wusste einfach nicht mehr, was ich tun sollte. Ich habe Rosa damals verflucht, dass sie dort Pralinen bestellen musste. Ich glaube, sie wollte eine Brücke aufrechterhalten, falls …« Sie rieb sich über die Arme, als wäre ihr kalt in der warmen Abendluft, und sah auf einmal unglaublich verloren aus.

Noemi trat einen Schritt auf sie zu. »Falls sich doch noch alles einrenkt? Mit dir und Simonetti und eurem Sohn?«

Elisa starrte sie an, die Augen so groß und glasig, dass sie selbst im Dämmerlicht glänzten. »Das hast du also auch herausgefunden.«

Noemi nickte. »Ich habe dich erst nicht erkannt auf den Bildern. Da warst du blond.«

Elisa versuchte ein Lächeln. »Denkst du etwa, alle Italienerinnen wären dunkel?« Sie strich sich die längeren Haare an einer Seite hinters Ohr. »Ich habe sie gefärbt, um mit der

Vergangenheit abzuschließen, daher habe ich auch meinen zweiten Vornamen benutzt. Es war nicht leicht. Sogar alles andere als das.« Ihre Stimme wurde so leise, dass Noemi sie kaum noch verstand.

»Aber warum hast du all die Jahre ein Geheimnis daraus gemacht?« Es tat Noemi weh, sie weiter zu quälen und ihr diese Fragen zu stellen. Aber Elisa war hergekommen und bereit, sich endlich ihrer Vergangenheit zu stellen. Sie musste das, was geschehen war, loslassen, um den Schmerz zu verarbeiten, den sie so tief in sich vergraben hatte. Und der erste Schritt lag darin, es auszusprechen. Zögernd streckte sie eine Hand nach Elisas aus. »Du hast Raffaele einige Male besucht. Er kann sich noch immer daran erinnern.«

Elisa fuhr zusammen und blickte sich um. Unter dem bunten Lidschatten wirkten ihre Augen dunkel und unsicher. »Er ist hier, nicht wahr?«

»Natürlich. Er hat das Piacere wieder ins Leben gerufen. Für Marta.«

Elisa schlug eine Hand vor den Mund und schluchzte so gequält auf, dass Noemi erschrocken beide Arme um sie schlang. Elisa stand starr, trat dann aber einen winzigen Schritt zurück und streichelte Noemi über die Wange. Ihre eigenen waren tränennass. »Ach, mein Mädchen. Mir war klar, dass du all diese Geschichten eines Tages zu mir zurückbringen würdest. Du bist eben Rosas Enkelin.« Sie zog ein Taschentuch hervor und betupfte sich die Augen.

Noemi strich ihr liebevoll eine widerspenstige Haarsträhne glatt. »Ich verstehe es nur nicht ganz«, sagte sie. »Warum du nicht mehr zurückgegangen bist. Wolltest du den kleinen Raffaele nicht verwirren? Ihm die Chance geben, Marta voll und ganz als seine Mutter anzusehen?«

»So weit habe ich damals gar nicht gedacht«, sagte Elisa, nun wieder gefasster. »Irgendwann bemerkte Rosa nach einem Besuch in Matraia, dass sie mich in dem Kleinen wiederfände, in seinen Gesten und der Art, wie er lacht. Und da habe ich es mit der Angst zu tun bekommen. Ich wollte nicht, dass irgendwer von unseren alten Freunden herausfindet, dass Raffaele nicht Martas Sohn ist, und erst recht wollte ich Alfredo nicht mehr sehen. Damals ...« Sie hob das Kinn. Eine stolze Geste. »Damals waren die Zeiten anders, Emi. Manches war verpönt, man schämte sich und redete nicht darüber. Dass ich keine Männer mochte, gehörte dazu. Ich hatte gedacht, ich schaffe das schon und kann die Welt davon überzeugen, dass mit mir alles in Ordnung ist. Dass sich alles irgendwie regelt. Tja, ich habe ja auch geglaubt, dass ich mal einen Filmstar heirate!« Sie gluckste. »Aber die Welt vor so vielen Jahren trug noch große Scheuklappen, und die teilte sie sich mit Alfredo Simonetti. *Lesbierin* war damals für viele ein Schimpfwort. Mehr noch, es schloss aus. Isolierte. Es kam vor, dass mir die Einkäufe verweigert wurden. Und ich hatte stets Angst herauszufinden, auf welche Schwierigkeiten ich noch stoßen könnte.«

»Das tut mir so leid.« Noemi legte einen Arm um sie. Wie schrecklich musste es für sie gewesen sein, nicht so akzeptiert zu werden, wie sie war.

Elisa atmete tief aus und drückte sie an sich. »Rosa war meine Retterin, in so vieler Hinsicht. Sie hat mich nach Deutschland mitgenommen, obwohl ich schwanger war, und ihr war es egal, was andere darüber dachten. Zu jener Zeit waren sie und dein Opa noch nicht verheiratet, aber er hat uns geholfen, wo er konnte. Kein Wunder, dass sie sich in ihn verliebt hat. Er war ein echter Gentleman.«

Noemi wurde warm ums Herz, und sie schämte sich nicht, dass ihre Tränen ebenfalls zu fließen begannen. »Ich wünschte, ich hätte ihn besser kennenlernen können.«

»Er wäre stolz gewesen, dass aus dir so eine lebensfrohe Frau geworden ist. Da bin ich sicher.«

Noemi dachte an die Fotos ihrer Großeltern: keine gestellten Aufnahmen, sondern Momenteindrücke voller Leben und Lachen. Voller Liebe. »Ja«, flüsterte sie. »Das glaube ich auch.«

Elisa strich ihr über das Haar, so wie sie es vor vielen Jahren bereits getan hatte. »Er hat mir Klaus vorgestellt, und der hat mir eine Vereinbarung vorgeschlagen: Er würde mein Alibi-Mann sein. Mit mir zusammenleben, ohne mich anzurühren. Aber dafür musste ich mein Kind abgeben. Das war seine Bedingung, damit wir nach außen ein normales Paar mimen konnten. Ein uneheliches Kind, noch dazu von einem anderen Mann, hat er ebenso wenig akzeptieren können wie Fredo.« Sie schüttelte den Kopf. »Zu dem Zeitpunkt haben mir bereits so viele Menschen den Rücken zugewandt, dass ich glaubte, die Wahrheit würde mir immer Hindernisse in den Weg legen. Und vielleicht sogar meinem Raffaele. Ich wollte, dass er es leicht hat. Er sollte nicht hören, wie jemand schlecht über seine Mutter redete, verstehst du?«

Noemi nickte, auch wenn sich alles in ihr verkrampfte. Elisa hatte ihren Sohn abgegeben aus Angst, dass er unter ihrem Ruf leiden könnte. Wie schrecklich musste sie sich gefühlt haben – und welches Opfer hatte sie gebracht! »Es tut mir so leid«, stieß sie hervor. »Hätte ich das alles gewusst, wäre ich nie hierhergekommen.«

»Ach Emi.« Elisa legte den Kopf in den Nacken und betrachtete die Sterne, als würden sie ihr verraten, was sie als Nächstes tun sollte. Aber vielleicht hatten sie das ja bereits. Sie hatten sie hergeführt. »Ich habe an der Ostsee darüber nachgedacht und auch mit Zlatica und Renate geredet. Sie haben mir Mut gemacht. Mir gesagt, dass ich mich nicht mehr verstecken muss.«

»Aber du weißt doch, dass du das nie wieder musst«, sagte Noemi und blinzelte, bis sich ihre Sicht wieder klärte. »Niemand, der dich kennt, will dich anders, als du bist. Ich am allerwenigsten.« Ihre Stimme brach, als die Tränen stärker wurden. Elisa zog sie in ihre Arme und streichelte ihren Rücken, während sie weinte. Um Nonna Rosa, die auch hätte hier sein sollen, um ihren Opa, dessen Güte sie so gern erlebt hätte, aber vor allem um Bianca, die Elisa hatte werden und so viel zurücklassen müssen.

Irgendwann zog sich der Schmerz zurück und ließ Platz für ihre Gedanken. Ungehalten wischte sie sich über das Gesicht. »So war das nicht gedacht. Eigentlich sollte ich dich trösten.«

Tante Elisa schmunzelte. »Mein Mädchen. Ich bin doch immer da für dich.«

»Ich weiß.«

»Aber du kannst jetzt etwas für mich tun.«

Noemi blinzelte. »Natürlich.«

»Ich möchte ihn treffen. Raffaele. Aber nicht allein. Glaubst du, er wäre einverstanden?«

Noemi musste nicht lange nachdenken. »Ich bin mir sogar ziemlich sicher. Und ich werde bei dir sein.«

Es war kein großes Wiedersehen, so wie man es aus Filmen kannte. Weder fielen sich Elisa und Raffaele in die Arme, noch brachen sie zusammen, da die Gefühle sie übermannten. Stattdessen war da vorsichtige Neugier, gepaart mit Offenheit und einem Hauch Erinnerungen. Und Verständnis, so viel davon, dass Noemi beinahe wieder die Tränen gekommen wären.

Sie hatte Elisa zuerst auf ihr Zimmer mitgenommen, wo sie sich frisch machen konnte, und anschließend in die Küche, um etwas zu trinken und ihre Nerven zu beruhigen. In einem der Kühlschränke hatten sie Sekt gefunden, und nachdem Elisa zwei Gläser direkt hintereinander geleert hatte, fühlte sie sich bereit.

Bei ihrem kurzen Streifzug durch die Villa war sie verträumt mit den Fingern über die Wände und Möbel gefahren, und Noemi freute sich darauf, sie später ausgiebig herumzuführen. Da war ja noch immer die Ausstellung in der alten Scheune, die sie sich bei all dem Trubel um das *Taste of Europe* und Linda Giles bisher nicht angesehen hatte. Ohnehin musste sie Elisa noch alles erzählen, was geschehen war.

Aber das kam später. Jetzt wartete sie ganz in der Nähe der Steinmauer, an der sich Elisa und Raffaele gegenüberstanden und miteinander redeten. Sie würde ihnen so viel Zeit geben, wie sie brauchten. Das alles musste so unendlich schwer für Elisa sein! Noemi war stolz auf sie.

Sie hielt den Atem an, als Raffaele zunächst eine Hand ausstreckte, als wäre er bei einem Geschäftsgespräch, Elisa dann aber behutsam umarmte. Kurz nur, aber sie sah Elisa an, wie viel es ihr bedeutete – und überlegte, wem Raffaele nun ähnlich sah. Manchmal erkannte sie Elisa in ihm, wenn er lachte oder den Kopf drehte, und fragte sich, warum sie das nie zuvor bemerkt hatte. Er hatte eindeutig mehr von seinem Vater geerbt, aber Alfredo Simonetti hatte sich nach dem Beziehungsende mit Elisa aus dem Freundeskreis zurückgezogen und sämtliche Kontakte abgebrochen, sodass es nach all diesen Jahren niemandem aufgefallen war.

Es spielte auch keine Rolle. Für Raffaele würde immer Marta seine Mutter sein, aber das bedeutete nicht, dass er Elisa aus seinem Leben ausschließen musste.

Die wandte sich um und gab Noemi ein Zeichen, näherzukommen. »Ohne meine Emi hätte ich die Reise hierher nicht gewagt«, sagte sie, zog Noemi an sich und drückte ihr einen Kuss auf die Stirn. »Abgesehen davon, dass ich schon darüber nachgedacht habe, seitdem sie mir erzählt hat, dass Fredo nicht kommen wird.«

»Ja, Noemi hat hier einiges aufgewirbelt«, sagte Raffaele. »Nicht nur, was die alte Piacere-Truppe angeht.« Elisa hob eine Augenbraue, und Raffaele schmunzelte. »Unter anderem hat sie Linda Giles persönlich aus Florenz entführt, um mit ihr einen Beitrag über das Piacere zu drehen.«

Elisa machte große Augen. »Santa Madre! Du hast was?«

Noemi winkte ab. »So war das gar nicht. Ich erzähle es dir später in Ruhe.« Sie deutete über Raffaeles Schulter. »Da ist Giada.«

Auch Giada schien nicht sicher, ob es in Ordnung war, näherzukommen.

Raffaele wandte sich an Elisa. »Bist du bereit, meine Tochter kennenzulernen?«

Ihre Antwort bestand aus einem entschlossenen Nicken … aber dann hielt sie inne. Bestürzt bemerkte Noemi, dass sie zitterte, und stützte sie. »Tante Elisa? Was ist los?«

Aber Elisa hörte ihr nicht mehr zu. Stattdessen machte sie einen fahrigen Schritt vorwärts, dann noch einen, an Raffaele vorbei. »Marta«, hauchte sie. »Marta!«

Natürlich war Giada nicht allein gekommen, nur hatte ihre Gestalt die kleinere ihrer Großmutter zuvor verdeckt. Nun stand Marta neben ihr, hatte beide Hände an die Wangen gelegt und den Mund aufgerissen, als könnte sie nicht glauben, was sie sah. Langsam setzte sie einen Schritt nach vorn, so unsicher, dass sie taumelte.

Giada wollte sie stützen, doch Elisa war schneller: In der nächsten Sekunde war sie bei Marta und legte ihre Arme um sie. Die schluchzte auf und erwiderte die Umarmung, und dann schlossen beide die Augen und standen so still, dass niemand daran zweifeln konnte, dass sie die restliche Welt aussperrten.

Auf den ersten Blick passten sie so gar nicht zusammen: Marta mit ihrem braunen Rock und der schlichten Bluse, das Tuch um den Hals geschlungen, das sie so oft über ihrem zu einem Knoten gebundenen Haar trug – und daneben Elisa mit ihrer modernen Frisur und dem bunten Lidschatten, elegant in ihrem Rock, der bei jeder Bewegung aufflatterte. Auf den zweiten war jedoch nicht zu übersehen, dass die beiden zusammengehörten, auf eine besondere, lang vergessene Weise. Sie hielten die Augen geschlossen und bewegten sich nicht. Elisa murmelte Worte, die nur für Marta bestimmt waren. Die nickte nach einer Weile und atmete so tief aus, dass sie noch ein Stück kleiner wurde. Als sie die Augen öffnete, war ihr deutlich anzusehen, dass sie dieses Mal ganz klar in der Gegenwart weilte.

Aber Noemi begriff noch etwas anderes: Diese Vertrautheit war besonders und nach all den Jahren noch so unglaublich gegenwärtig. Tante Elisa – Bianca Valli – mochte Nonna Rosa auf diesem einen Foto geküsst haben, doch ihre wahre Liebe hatte einer anderen Frau gehört. Derjenigen, der sie ihren Sohn anvertraut hatte.

Sie war so gefangen von dieser Erkenntnis, dass sie zusammenzuckte, als Raffaele neben ihr auftauchte, einen Arm über Giadas Schulter. »Na los, gehen wir.« Er wirkte selbst so, als könnte er das alles noch nicht ganz glauben, und legte den freien Arm um Noemi.

Sie ließ sich nur zu gern mitziehen. »Ich hoffe, ich habe für eure Familie nicht zu viel durcheinandergebracht.« Sie musste an Fabio denken – er würde nun sagen, dass man Signorina Caos eben nicht allein lassen konnte. Wo steckte er eigentlich? Sie musste ihn unbedingt finden und ihm alles erzählen.

Und sich vielleicht einen weiteren Kuss stehlen.

Giada lachte, während sie auf die erleuchtete Villa zuhielten. »Ich hätte nichts dagegen, eine weitere Nonna zu haben. Ich freu mich darauf, Bianca kennenzulernen. Ich meine Elisa.«

»Ich werde mal Ausschau nach Enzo halten«, sagte Noemi. »Vielleicht hat er noch irgendwo ein Zimmer für sie.«

Giada winkte ab. »Da würde ich mir keine Sorgen machen. Zur Not schläft Fabio auf dem Flur.«

»Das würde er wohl kaum freiwillig anbieten.«

»Für dich würde er eine ganze Menge tun.« Giada knuffte Noemi in die Seite und schob sie weg. »Na los, geh schon. Wir sehen uns spätestens beim Frühstück. Marta und Elisa kommen schon klar.«

»Also gut.« Noemi zögerte, verabschiedete sich aber dann von den beiden und machte sich auf den Weg, begleitet vom Schein der Fackeln, vom Gelächter und von Giadas Worten. Sie wusste nicht, was Fabio wirklich für sie tun würde. Aber allein die Vorstellung weckte in ihr den Wunsch, es herauszufinden.

24

Im Hintergrund strich sich eine Frau die Haare glatt; ihre kleine Tochter bohrte hingebungsvoll in der Nase, aber Linda Giles sah so adrett und professionell aus, als wäre sie gerade aus einem Friseursalon getreten und hätte nicht bereits eine ganze Weile auf einem Festival unter freiem Himmel verbracht.

»Und hier auf dem Piacere erhält man den Beweis dafür«, sagte sie und lächelte so, dass man sie einfach ins Herz schließen musste, »dass Liebe auch durch den Magen geht.« Die Kamera vollführte einen kurzen Schwenk, und dann sah man, wie sich Noemi und Fabio hingebungsvoll küssten.

Fabio beugte sich vor, stoppte die Aufnahme und wandte sich zu Noemi um.

Die hatte gerade nach ihrem Wein greifen wollen, hielt aber nun inne. »Das haben sie doch gefilmt? Warum? Und warum hast du das nicht unterbunden?«

Fabio setzte das unschuldigste Gesicht der Welt auf. »Wie dir womöglich aufgefallen ist, war ich zu diesem Zeitpunkt beschäftigt und hätte John gar nicht davon abhalten können.«

»Aber du könntest es rausschneiden!« Schnell trank sie einen Schluck Wein. »Ich meine, es ist schließlich dein Beitrag.«

Fabio ließ sich Zeit mit einer Antwort. Er nahm ihr zunächst behutsam das Glas aus der Hand, stellte es ab und ließ den Blick über ihr Gesicht gleiten. Es war, als würde er jeden Millimeter berühren, und beinahe hätte Noemi geseufzt. »Aber es ist so ein schönes Ende.«

Seine Stimme fand den Weg mühelos unter ihre Haut, und ein Teil ihres Protests schmolz dahin. »Aber ich möchte nicht, dass die ganze Welt sieht, dass …«

»Nicht die ganze Welt.« Fabio rückte näher an sie heran. »Es gibt noch Länder, in denen *Taste of Europe* überhaupt keine Zuschauer hat. Ich kann dir gern meine Statistik dazu zeigen.«

»Idiot«, murmelte sie und schlug ihm gegen die Schulter, doch er fing ihre Hand ein und hauchte einen Kuss darauf. Mit dieser einen Geste veränderte er die gesamte Atmosphäre im Raum, und sein Lächeln verriet, dass er es wusste.

»Hast du noch andere Kritik an den Aufzeichnungen, von der ich wissen sollte?« Mit einem Finger strich er federzart von ihrer linken Augenbraue über den Wangenknochen bis zum Kinn.

Noemi zog die Brauen zusammen, auch wenn sie am liebsten die Augen geschlossen hätte, um die Berührung zu genießen. »Du versuchst gerade, mich zu beeinflussen.«

Die goldenen Funken in seinen Augen blitzten auf, und er schenkte ihr eines dieser verschmitzten Lächeln, die sie mittlerweile so sehr liebte. »Funktioniert es denn?«

»Ich bin noch nicht sicher.«

»Hm.« Er berührte sanft ihre Lippen und beugte sich dann vor, um die Stelle zu küssen. Als er sich wieder aufrichten wollte, gab Noemi einen Protestlaut von sich und zog Fabio an sich. Er lachte leise, sodass sein Atem über ihre Haut strich. Dann kam er ihrem Wunsch nach und vertiefte den Kuss, öffnete ihre Lippen mit seinen, während seine Hände auf ihren Rücken wanderten und sich schließlich unter den Saum ihrer Bluse schoben.

Mit jeder noch so winzigen Veränderung ließ er ihren Puls schneller schlagen. Sie wollte mehr – mehr Küsse, mehr Berührungen. Mehr Nähe.

Als hätte er ihre Gedanken gelesen, stand er auf und hob sie auf seine Arme. Noemi stahl sich einen weiteren Kuss, der so intensiv war, dass ihr Herz hart in ihrem Brustkorb hämmerte. Sie ließ ihre Hand zu seinem Herzen gleiten, und herauszufinden, dass es ihm ebenso ging, fachte die Hitze in ihr weiter an.

Auch wenn ihr der Atem stockte, lachte sie, als Fabio gegen das Bett stieß und sie beide mit Schwung auf der Matratze landeten.

»Hey, das ist nicht nett«, murmelte er, seine Stirn an ihre gelegt. »Ich wette, mein Knie wird blau.«

Sie strich ihm die dunklen Strähnen aus der Stirn. »Ich lenke dich ab.«

»Ich weiß.« Er hauchte ihr einen weiteren Kuss auf die Lippen. Der nächste landete auf ihrem Kinn, dann auf ihrem Hals. Jede Berührung prickelte mehr als die vorherige, und als er den obersten Knopf ihrer Bluse öffnete, stöhnte sie leise auf. Fabio verschloss ihre Lippen und schob einen Arm unter sie. Die Wärme seiner Haut, die harten Muskeln darunter und sein beschleunigter Atem löschten auch die letzten Gedanken aus. Angeschlagene Knie, die Geräusche, die durch das geöffnete Fenster drangen, und die Villa selbst verschwammen zu einem Rauschen im Hintergrund. Nichts war mehr wichtig, bis auf Fabio und die Leichtigkeit, mit der er jeden Zentimeter ihres Körpers erschauern ließ.

»O nein!« Noemi setzte sich so ruckartig auf, dass die dünne Bettdecke von ihren Schultern rutschte – was nicht weiter schlimm war, denn die Kühle der Nacht zog sich bereits zurück, und erste Sonnenstrahlen fielen durch das Fenster. Nach einem hastigen Blick auf das Handy begriff sie, dass es nur ein Traum gewesen war – sie stand nicht halb nackt mitten auf dem Festivalgelände und wurde vor aller Augen von Signor Simonetti beschuldigt, verschlafen zu haben, sodass er extra aus Venedig hatte herkommen müssen.

Noch blieb Zeit, bis es heute losging, auch wenn den Geräuschen nach zu urteilen bereits der eine oder andere auf dem Gelände unterwegs war.

Der Platz neben ihr im Bett war leer, was sie augenblicklich bedauerte, aber dann hob sie den Kopf, als sich die Tür öffnete. Fabio trat barfuß ein, bekleidet mit einem Shirt und Jeans, und hielt ein Tablett in den Händen. Der volle Duft von Kaffee zog durch den Raum und hob Noemis Laune – wenn das überhaupt noch möglich war. Die Haare hingen Fabio feucht in die Stirn, und allein die Erinnerung daran, dass er eindeutig regelmäßig Sport machte und ein Dreieck aus Muttermalen knapp über der rechten Hüfte besaß, weckte in ihr den Wunsch, ihn direkt wieder ins Bett zu zerren.

In der vergangenen Nacht hatten sie kaum Schlaf gefunden. Nachdem sie sich geliebt hatten, war Noemi an Fabios

Schulter in einen Dämmerschlaf gesunken, aber bald wieder aufgewacht, als wollte sie keine Sekunde vergeuden. Immer wieder hatten sie sich geküsst, gestreichelt, aber auch gelacht, und nichts hatte sich je natürlicher angefühlt. In dieser Nacht hatte sie eine Reise beendet, derer sie sich nicht bewusst gewesen war. Sie war angekommen, doch es warteten noch viele weitere Wege auf sie.

Obwohl sie kaum ein Auge zugetan hatte, fühlte sich Noemi so ausgeruht wie schon lange nicht mehr, und kurz dachte sie darüber nach, das Tablett Tablett sein zu lassen und Fabio einfach wieder zu sich zu ziehen, um ihn von diesen störenden Klamotten zu befreien. Ihr Magen hatte allerdings andere Pläne und knurrte vernehmlich.

»Das klingt gefährlich. Gut, dass ich mich beeilt habe«, sagte Fabio, schloss die Tür mit einem Fuß und stellte das Tablett auf dem Bett ab, um Noemi einen langen Kuss zu geben. »Hey«, flüsterte er und fuhr ihr durch die Haare. »Du hast geschlafen, also habe ich die Chance genutzt und war in der Küche.« Er küsste ihre Schulter. »Übrigens, wenn du dir nicht bald was anziehst, muss ich wieder über dich herfallen und später neuen Kaffee holen. Was nicht ganz so schlimm wäre.«

Sie seufzte leise auf, als der nächste Kuss auf ihrem Schlüsselbein landete und für eine Gänsehaut sorgte. »Ich hätte auch nichts dagegen«, murmelte sie. »Allerdings könnte es dann sein, dass wir zu spät zur heutigen Eröffnung kommen. Und so sehr ich das auch bedauern würde …« Ihren Versuch, ihn von sich zu schieben, konnte man allerhöchstens als halbherzig bezeichnen, und einen Atemzug später sanken beide zurück in die weichen Kissen. Das Geschirr klirrte, als sie ein Bein um Fabios Hüften schlang, um ihn enger an sich zu ziehen, während sie sich küssten.

Es klirrte lauter, als Noemi die Augen aufriss. »Mist!« Sie drückte ihn von sich und bedauerte es im selben Moment. »Tante Elisa! Ich wollte mich um ein Zimmer für sie kümmern, aber dann war ich hier, und du hast mich abgelenkt, und ich habe es komplett vergessen.« Schlagartig wich die Wärme und ließ ein unangenehmes Spannungsgefühl zurück. Ja, Raffaele und Giada hatten sich gestern keine Sorgen um Marta und Elisa gemacht, da sie viele Leute kannten und Elisa keine Probleme haben würde, eine Schlafmöglichkeit aufzutun. Aber Noemi hatte sich dennoch vorgenommen, später nach ihr zu sehen und sich zu vergewissern, dass es ihr gut ging und sie alles hatte, was sie brauchte. Zur Not hatte sie ihr dieses Bett anbieten wollen. Hastig checkte sie ihr Handy, aber von Elisa war keine Nachricht eingegangen.

Fabio trank in aller Seelenruhe einen Schluck aus der Tasse, die er geistesgegenwärtig vor dem Umkippen bewahrt hatte. »Also bin ich schuld, Signorina Caos?«

»Nun.« Sie schwang die Beine über die Bettkante, stand auf, indem sie sich an ihm vorbeidrückte, und zog mit schlechtem Gewissen ihr Shirt über. »Du hast mich abgelenkt. Aber trotzdem, wie konnte ich sie vergessen? Was, wenn sie die Nacht draußen verbringen musste oder irgendwo auf dem Boden? Ich weiß, sie sieht noch fit aus, aber sie ist nicht mehr die Jüngste! Ich hätte ihr unser Zimmer anbieten sollen, und …«

Fabio trat zu ihr und fing ihre Hände ein, mit denen sie herumgestikuliert hatte. »Ganz ruhig.« Sein Kuss streifte ihre Lippen. »Ich habe Enzo in der Küche getroffen. Er hat sich darum gekümmert, dass deine Tante die Nacht bequem in einem richtigen Bett verbracht hat. Sogar in einem eigenen Zimmer oben unter dem Dach.« Er ließ sie wieder los, drehte sich um und drückte ihr den Kaffee in die Hand. »Hier. Auch wenn du bezaubernd aussiehst in diesem Frisch-aus-dem-Bett-Look und ich dich am liebsten den ganzen Tag so sehen würde, hast du leider recht. Wir haben nicht ewig Zeit. Ich muss mich mit John und Vince zusammensetzen, weil wir Linda möglichst schnell eine erste Ansicht versprochen haben, und du wolltest dich, wenn ich mich recht erinnere, um Pralinennachschub kümmern.« Ein weiterer Kuss, dann schnappte er sich ein Cornetto und biss ein Stück ab. »Also, vielleicht solltest du dich anziehen, weil ich dich sonst die ganze Zeit anstarre und nicht arbeiten kann.«

Noemi trank noch einen Schluck, drückte ihm dann die Tasse in die Hände und verschwand mit leisem Lachen im Bad, um zu duschen.

Sie beeilte sich, da ihr schlechtes Gewissen sie trotz allem plagte, schlüpfte in ein blaues Sommerkleid, leichte Turnschuhe und verzichtete weitgehend auf Make-up, schließlich musste sie heute vor keiner Kamera stehen. Ihre Haut hatte seit ihrer Ankunft bereits einen dunkleren Ton angenommen, der beinahe mit Fabios mithalten konnte und den Grünanteil ihrer Augen betonte.

Sie frottierte sich die Haare, entschied, dass sie in der warmen Luft schnell trocknen würden, und band sie wie auch am Vortag mit einem Tuch zurück, während sie in Gedanken die Zutaten für die Pralinen durchging. Sollte sie heute ungefähr so viel verkaufen wie gestern, konnte es am dritten und letzten Tag des Piacere eng werden, wenn sie die Auslage vollständig bestücken wollte. Sie freute sich jetzt schon darauf, den Simonettis von dem Erfolg ihrer Pralinen in San Gimignano zu berichten!

Ihre Bewegungen wurden langsamer; sie ließ die Hände sinken und starrte ihr Spiegelbild an, das fragend wirkte, fast so, als wüsste es nicht, ob das wirklich eine gute Idee war. Es gab andere Dinge, die sie mit den Simonettis besprechen sollte – aber das war nicht ihre Entscheidung. Sie lag vor allem bei Elisa und Raffaele Mangano.

Sie blähte die Wangen auf und stieß die Luft langsam aus. So vieles war passiert, und auch, wenn es sich zwischenzeitlich anfühlte, als hätten sich Fäden verheddert, um für immer verknotet zu bleiben, war das Gegenteil der Fall. Das, was früher ungelöst zurückgeblieben war, wurde nun entwirrt. Und auch wenn es nicht ohne Schmerzen oder Tränen vonstattengehen würde, war es das Richtige.

Noemi nickte sich zu. Allein wenn sie daran dachte, wie sich Elisa und Marta gestern nach so vielen Jahren endlich wiedergefunden hatten, war sie froh um alles, das sie mit ihrer Teilnahme am Piacere an die Oberfläche gezerrt hatte.

Ein Schrei aus dem Zimmer nebenan ließ sie zusammenfahren. Sie wirbelte herum, riss die Tür so hastig auf, dass sie gegen die Wand prallte, und stürmte hinein. »Was ist passiert?«

Fabio stand vor seinem Laptop, eine Faust in die Luft gereckt, und strahlte sie an. »Ich habe einen ersten Trailer zum Bericht mit Linda gepostet, und die Klicks gehen durch die Decke. Ich hab's gewusst!«

Sie trat zu ihm und starrte auf den Bildschirm, wo sich die

kleine schwarze Ziffer stetig erhöhte. »Ist das eine gute Anzahl?«

Fabio drehte sich zu ihr um. »Sie ist großartig! Und sobald Aufnahmen und Konzept von Linda freigegeben sind, werde ich mit der Bearbeitung loslegen.« Ohne Vorwarnung schlang er die Arme um ihre Taille, hob sie hoch und drehte sich so schnell mit ihr im Kreis, dass sie aufschrie, um dann gemeinsam mit ihm loszulachen. Behutsam ließ Fabio sie wieder herunter. Eine Zeit lang standen sie schweigend da, Noemi noch immer auf den Zehenspitzen.

»Ohne dich hätte ich das alles nicht geschafft«, flüsterte Fabio.

Sie betrachtete fasziniert, wie sich die Stelle unter seinen Wangenknochen beim Sprechen bewegte und sich dort hauchzarte Schatten bildeten, die zu schnell wieder verschwanden, um sie zu berühren. »Das kann ich nur zurückgeben. Ohne dich hätte ich mich vielleicht von den Russos vertreiben lassen.«

Fabio neigte den Kopf eine Winzigkeit. »Ich bin froh, dass du geblieben bist.« Jedes Wort fuhr wie ein leichter Stromschlag durch ihren Körper. Niemand hatte bislang diese Wirkung auf sie gehabt und ihren Puls allein durch seine Nähe so sehr beschleunigen können. Sie wollte mehr von diesem Gefühl, wollte wissen, ob sich Fabios Küsse noch so aufregend anfühlten wie gestern Abend.

»Ich …«

Beide fuhren herum, als jemand gegen die Tür hämmerte. »Seid ihr wach? Und angezogen? Wenn nicht, dann zumindest unter der Bettdecke?«

Noemi und Fabio starrten sich an. »Giada«, flüsterte sie.

Er zog seine Hände bedauernd zurück. »Nicht gerade für ihr perfektes Timing bekannt. Versprichst du mir, dass wir das hier nachholen?«

Sie hob die Augenbrauen. »Was wäre es denn geworden? Ein Kuss?«

Er beugte sich vor und berührte ihre Lippen mit seinen. »Vielleicht«, flüsterte er. »Vielleicht auch mehr.«

»Hallo?«, kam es von draußen, dieses Mal deutlich verhaltener. »Schlaft ihr noch?«

Noemi machte sich von Fabio los und drehte sich um. »Jetzt nicht mehr!«

Die Tür schwang auf und ließ eine Giada ein, die vor Energie geradezu sprühte. »Was ist los, auf den Beinen, aber noch nicht bei der Arbeit?«

»Es ist erst halb acht«, sagte Noemi. »Was hast du heute Morgen getan, einen halben Liter Cappuccino getrunken?«

Giada winkte Fabio zu, der zurückgrüßte und sich dann vor den Laptop fallen ließ. »Viel besser. Ich habe Nonna und Elisa beim Frühstück Gesellschaft geleistet. Nur kurz, weil ich denke, die zwei wollten allein sein. Aber es ist unglaublich, Nonna ist wie ausgewechselt. Ich meine, natürlich driftet sie immer wieder in ihre Gedanken ab, aber seit gestern ist das nur zweimal für eine kurze Zeit passiert. Zumindest, sofern ich es mitbekommen habe.« Sie griff nach Noemis Händen und strahlte über das ganze Gesicht. »Es ist fast so, als würde Elisa sie in der Gegenwart halten.«

Ihre gute Laune ging auf Noemi über. »Oder aber es ist vollkommen egal, ob sie in der Vergangenheit oder in der

Gegenwart weilt. Sie können sich schließlich an beiden Orten treffen.«

»Poetisch«, sagte Giada und zwinkerte. »Ich wollte ihnen erst Gesellschaft leisten, weil es so viel zu erzählen gibt, habe mir dann aber gedacht, dass das meiste davon nur sie etwas angeht. Deshalb wollte ich dich informieren, dass mit deiner Tante alles in Ordnung ist, Noemi. Du warst gestern so plötzlich aus der Küche verschwunden.« Sie warf einen vieldeutigen Blick in Fabios Richtung, den er höchst unschuldig erwiderte.

Noemi rieb über ihre Arme. »Ja, und ich habe auch ein schlechtes Gewissen deswegen. Zum Glück hat sich Enzo um ein Zimmer gekümmert.«

»Hey.« Giada sah fast schon empört aus. »Niemand wird auf einem Festival, das ich mitorganisiert habe, kein Bett haben! Also was ist, sagen wir kurz Hallo? Fabio, wie sieht es mit dir aus?«

Er winkte ab. »Ich muss das hier fertig machen. Aber geht ihr nur.«

Giada zupfte an Noemis Kleid. »Komm, ehe er uns noch rauswirft. Bis später, Maestro!«

Fabio hob eine Hand und schenkte Noemi einen Blick, der ihr tief unter die Haut ging. Es lag mehr darin als Zuneigung – eine Andeutung, über die sie unbedingt mehr wissen wollte.

Auf dem Gang standen die Fenster weit offen, um die Morgenluft hereinzulassen, und es roch nach frischen Blumen – irgendwer hatte die Buketts auf dem Tisch ausgetauscht. Enzo? Oder hatten sich die Teilnehmer des Piacere darum gekümmert?

Von unten drangen verhaltene Geräusche herauf. Als sie die Treppe erreichten, musterte Giada Noemi so eingehend von der Seite, dass sie es nicht ignorieren konnte. »Was?«

Giada zeigte ein perfektes Pokerface – für zwei oder drei Sekunden, ehe Begeisterung in ihren Augen aufblitzte. »Ich wusste das mit dir und Fabio! Ihr habt es leugnen wollen, aber es war so evidente! Jeder konnte sehen, dass sich da was anbahnt.«

Allmählich gewöhnte Noemi sich wohl an solche Aussagen, denn mittlerweile wurde sie immerhin nicht mehr rot. »Es ist ziemlich viel passiert gestern. Da haben wir uns gedacht, dass wir mithalten müssen, um dem Geist Italiens gerecht zu werden. Du weißt schon, amore.«

»Ah. Gut gemacht.« Sie erreichten das Foyer, und Giada deutete nach vorn. »Sieh mal.«

Die Eingangstür stand wie auch am Vortag offen, und an einem der Tische im Hof saßen Marta und Elisa, vor ihnen Teller und Tassen sowie ein Strauß Blumen in einem Wasserglas. Beide redeten gleichzeitig, was die jeweils andere nicht zu stören schien. Elisa blickte zur Seite, entdeckte Giada und Noemi und winkte sie zu sich, während sie aufstand. »Guten Morgen!«

Noemi eilte auf sie zu und fand sich augenblicklich in einer festen Umarmung wieder. »Tut mir leid, ich hätte dich gestern Abend suchen und sichergehen sollen, dass du ein Bett bekommst. Aber erst wollte ich dich und Marta nicht stören, und dann …«

»Ah, papperlapapp. Denkst du, dass ich nicht in der Lage bin, mir in der Villa Pitiani etwas zu organisieren?« Elisa lachte. Die Unsicherheit von gestern war wie weggeblasen, und die stolze, schöne Frau war zurück. Sie hatte immer gern bunte, auffällige Farben getragen, aber ihr Kleid, das Noemi noch nie gesehen hatte, stellte alles in den Schatten und erinnerte an die Fotos von früher, von jungen Frauen mit langen Haaren und Lebenslust, die für eine ganze Kleinstadt ausreichte. »Ich habe wunderbar geschlafen und war bei Sonnenaufgang wach, also habe ich einen Spaziergang über das Gelände unternommen. Und da habe ich Marta getroffen, die denselben Gedanken hatte.«

Noemi sah zu Marta, die in diesem Moment ihre Enkelin aus ihrer Umarmung entließ. »Wie früher«, murmelte sie verträumt. »Bianca und ich werden später zusammen tanzen, in der Abenddämmerung, wenn die ersten Lichter brennen.«

Elisa nickte. »Das werden wir. So lange, bis uns die Füße wehtun! Also ungefähr fünf Minuten.« Sie zwinkerte Noemi zu. »Mach dir keine Sorgen um mich. Mir geht es gut.«

»Bist du sicher?«

»Absolut. Ich hatte genug Zweifel auf dem Weg hierher, und nun sind zum Glück keine mehr übrig. Sieh mich an, Emi. Ich habe meine liebe Marta wieder und das Glück, meinen Sohn nach all den Jahren wiederzusehen, ohne dass er Groll gegen mich hegt. Natürlich wird Marta immer seine Mutter sein, und ich bin so froh, dass er bei einer so unglaublichen Frau aufwachsen konnte, die ihm geholfen hat, ein guter Mensch zu werden. Natürlich ist vieles anders, und auch wir haben uns verändert.« Sie musterte Marta. »Aber etwas verbindet uns alle, auf eine besondere Weise, auch nach so vielen Jahren. Und darüber bin ich froh.«

»Du bist mir also nicht böse?«

»Ach, meine Kleine.« Elisa fasste behutsam ihr Kinn, wie sie es getan hatte, als Noemi klein gewesen war, und berührte ihre Nase mit dem Zeigefinger. »Wie könnte ich? Du hast mich zurückgebracht. Damals bin ich weggelaufen. Aber mir war nie bewusst, dass ich auch vor mir selbst geflüchtet bin.« Sie hob den Kopf und sah sich um. Noemis Blick folgte ihrem, und ihr war, als sähe sie den Innenhof der Villa und die Menschen, die bereits auf den Beinen waren, zum ersten Mal. Manche von ihnen schwiegen sich an, aber das musste nicht bedeuten, dass sie sich nichts zu sagen hatten. Vielleicht genossen sie die Atmosphäre am Morgen, die klare Luft und den Gesang der Vögel, der immer mal wieder lauter wurde, um dann abzuebben. »Aber«, schloss Elisa, »Rosa hat es immer gewusst.«

Noemi nickte. Natürlich hatte ihre Nonna es gewusst. Sie hatte ihrer besten Freundin so viel Zeit gegeben, wie sie brauchte, und Elisa stets unterstützt. Denn das machte eine Freundschaft aus. »Ich wünschte, sie könnte uns jetzt sehen. Sie wäre so stolz auf dich, Tante Elisa.«

»Oh, Emi.« Elisas Stimme zitterte nur leicht. »Sie wäre vor allem stolz auf dich, so wie ich gerade. Mir haben übrigens schon zwei meiner alten Freunde erzählt, dass du ein kleiner Star bist und dir den attraktivsten Mann des Festivals geschnappt hast.« Noemi winkte ab, aber Elisa wirkte äußerst zufrieden. »Diesen Fabio musst du mir vorstellen. Aber nun solltest du etwas essen, piccola mia, und erzählen, wie deine Pläne aussehen.«

»Nun.« Noemi lauschte Elisas Worten nach. »Frühstück

ist eine gute Idee. Danach muss ich dringend neue Pralinen machen – gestern wurden mehr verkauft, als ich erwartet hatte.«

»Heute werden es noch mehr sein«, rief Giada. »Hier brauchst du keine Reportage – es wird sich in der Region herumgesprochen haben, dass Linda Giles für deine Pralinen extra aus Florenz hergekommen ist. Mehr noch, aus England!«

Elisa schmunzelte. »Noemi hat sie also nicht entführt?«

Giadas Lachen übertönte Noemis Protest. »Doch, das kann man so sagen. Hey, Marta und ich gehen schon einmal zum Stand und checken die Cantuccini-Lage. Du bist fertig, Nonna?«

Marta tätschelte ihr den Rücken und erhob sich. »Bianca?«

Elisa griff nach ihrer Hand und drückte sie behutsam. »Ich helfe Noemi, dann komme ich bei euch vorbei.« Sie blickte den beiden hinterher, wie sie den Hof überquerten, und wandte sich wieder an Noemi. »Kannst du zwanzig Minuten für deine alte Tante abzweigen?«

»Auch gern mehr, wenn du möchtest. Worum geht es?«

»Nun, ich hörte von der Ausstellung in der alten Scheune. Ich möchte mir die Bilder ansehen, und vielleicht hast du Lust, mich zu begleiten.«

»Das«, sagte Noemi und schnappte sich den Rest Marmeladenbrot von Elisas Teller, »ist eine der vielen guten Ideen an diesem Morgen. Und ich möchte dir auf dem Weg etwas zeigen. Gehen wir!«

Zunächst führte sie Elisa zu ihrem liebsten Ort an der Villa: dem Mandelgarten. Bislang hatte ihn offenbar kein anderer Teilnehmer des Piacere entdeckt, und die Stille zwischen den

Bäumen war beinahe magisch. Zwei weiße Schmetterlinge tanzten in Richtung der Bank im hinteren Bereich, fast so, als wollten sie ihnen den Weg weisen.

Noemi fasste Elisas Hand und zog sie weiter, bis sie fast in der Mitte standen, dann legte sie den Kopf in den Nacken und atmete tief ein. »Nonnas Mandelgarten«, flüsterte sie. »Er ist hier.«

Elisa schwieg, und als Noemi sie wieder anblickte, bemerkte sie, wie sehr ihre Augen glänzten. »Ja, das ist er«, flüsterte sie. »Ich erinnere mich an den Abend, als ich ihn zum ersten Mal gesehen habe. Wir haben gefeiert, und auf einmal war Rosa verschwunden. Ich habe sie gesucht und hier entdeckt, auf der Bank dort hinten. Sie hatte eine Laterne dabei, lag auf dem Rücken und starrte in den Himmel. Es war Frühling, die Bäume standen in voller Blüte, und als ein leichter Wind ging, sind einige davon auf Rosa herabgeregnet wie Schnee. Sie sah aus wie eine Märchenprinzessin.« Sie schloss die Augen und atmete tief ein. »Ich werde niemals diesen Duft vergessen. Er war überall. Rosa hat mich angelächelt, als ich mich neben sie gesetzt habe, und ich glaube, ich habe noch nie zuvor jemanden so glücklich gesehen. Dieser Ort ist wie ein Traum, Bianca, hat sie gesagt. Wir sind bis spät in die Nacht hiergeblieben und haben den Blütenblättern zugesehen, wie sie zu Boden fielen.«

Das war eine der schönsten Geschichten, die Noemi jemals über ihre Nonna gehört hatte. »Daher hat sie ihre Lieblingspralinen ›Mandelträume‹ genannt.«

Elisa nickte. »Sie stand am nächsten Morgen in der Küche und hat sie hergestellt, weil dieser Garten sie so inspiriert hat.« Sie sah sich noch einmal um, langsam, als wollte sie nicht die kleinste Stelle auslassen. »Ich hatte fast vergessen, dass es ihn gibt. Danke, dass du mich hergebracht hast.« In den letzten Worten schwang so viel mit, dass Noemis Kehle eng wurde.

»Tante Elisa«, sagte sie nach einer Weile, die Worte so leise wie ein fallendes Blütenblatt. »Hast du Nonna auch geliebt?«

Sie dachte an das alte Foto von der Villa, an die vielen Stunden, die sie zu dritt gebacken, gelacht und miteinander Italienisch geredet hatten, an Spaziergänge im Sonnenschein, Ausflüge zum Meer und viele, viele Umarmungen. Eine Träne lief über ihre Wange.

Elisa wandte sich ihr zu und wischte sie zärtlich weg. »Rosa war nicht nur meine beste Freundin, sie war meine Seelenverwandte. Ohne sie hätte ich niemals sein wollen, und ich hätte alles für sie getan, so wie sie für mich. Also, ja, ich habe sie geliebt. Aber nicht so wie Marta.«

Eine ganze Weile standen sie noch da, ehe sie zur Bank schlenderten. Elisa strich mit den Fingern darüber und murmelte etwas, das Noemi nicht verstand. Aber das musste sie auch nicht. Nach einer Weile gingen sie weiter, und ihr war, als würde ein warmer Frühlingswind über ihre Schultern streifen und den Duft von Mandelblüten mit sich bringen.

Arm in Arm schlugen sie den langen Weg an der Rückseite der Villa ein, den Noemi schon einmal mit Fabio gegangen war, und passierten mit Sonnenflecken getupfte Grasflächen, Blumenstauden, Hecken und Bäume. Auf dem Wegweiser, den Ray aufgestellt hatte, hockte ein Rotkehlchen und beäugte sie aus dunklen Knopfaugen. Als sie nah genug heran waren, flatterte es in Richtung der Scheune davon.

Das Eingangstor war noch halb geschlossen, und Noemi drückte es auf, sodass genügend Licht ins Innere fiel. Stille empfing sie. Langsam führte sie Elisa, die sich bei ihr eingehakt hatte, an den Bildern und Beschreibungen der Ausstellung vorbei, und wartete, während ihre Tante jedes Foto betrachtete und jedes Wort las.

»Wundervoll. Diese alten Bilder kenne ich zum Teil gar nicht«, sagte sie mit einem verträumten Ausdruck im Gesicht.

»Warst ja auch lange nicht hier«, kam es aus den Schatten im hinteren Bereich der Scheune.

Noemi zuckte zusammen, aber Elisa lächelte lediglich, als hätte sie nur darauf gewartet. »Camila. Ich hätte mir denken können, dass du hier steckst, als ich dich beim Frühstück nicht gesehen habe.«

Signora Russo schnaubte und kam näher, wie immer in Shorts und einem passenden Shirt, Donatella auf dem Arm. »Buongiorno, Bianca.« Sie hob eine Hand, und ihr Gesicht wurde kurzzeitig weicher, als sie Elisa an sich drückte.

Noemi gab ihr Bestes, um zu tun, als wäre es das Normalste auf der Welt, dass Signora Russo so etwas wie Zuneigung zu einem anderen Menschen zeigte. Tante Elisa schien keine derartigen Gedanken zu hegen und drückte ihre alte Bekannte an sich. »Seit wann bist du hier?«

»Schon ewig«, sagte die Signora düster. »Ich schlafe nicht so lange wie ihr alle. Kann ich auch gar nicht, weil Paolo mir nachts ein Ohr abschnarcht. Da würde jeder flüchten, der nicht schwerhörig ist.«

»Du Arme.« Elisa strich über Donatellas Rücken, die das Köpfchen hob, die doppelte Aufmerksamkeit aber angemessen zu finden schien. »Ich weiß noch, dass du damals nicht schlafen konntest, wenn noch gefeiert wurde.« Ihr Blick flackerte zu den Stellwänden. Sie atmete aus und trat darauf zu. Ihre Hand zitterte, während sie über eines der Fotos strich.

Drei Frauen waren darauf zu sehen. Sie waren festlich gekleidet und strahlten in die Kamera, so glücklich, dass es für ein ganzes Leben zu reichen schien. Es war noch immer seltsam, die blonde Bianca zu sehen, die sich schließlich entschieden hatte, Elisa zu werden. Sie stand in der Mitte, hoch aufgerichtet und mit klarem, festem Blick. Rosa links neben ihr hatte einen Arm um ihre Taille geschlungen und schien dem Fotografen etwas zuzurufen. Auf Elisas anderer Seite stand eine schmale, schüchtern wirkende Frau, die Noemi jetzt als Marta erkannte. Sie hielt den Kopf zur Seite geneigt, als würde sie ihn auf Elisas Schulter legen wollen. Eine Hand verschwand hinter ihrem Rücken, so wie Elisas.

Camila Russo räusperte sich. »Ich hab die Fotos all die Jahre in meiner Kammer aufbewahrt und mir vorgestellt, wie der alte Fredo reagiert, wenn er sie sieht. Ein schlechtes Gewissen wär das Mindeste gewesen, aber wenn ich ehrlich bin, hatte ich auf Tränen und Gejammer gehofft. Tja,« sie räusperte sich energisch, »nun bist du hier und nicht er, und ich bin froh drüber. Paolo hat mich anfangs oft genug davon abgehalten, nach Venedig zu fahren und Fredo die Leviten zu lesen. Es muss hart für dich gewesen sein ohne deinen Jungen.«

Zunächst reagierte Elisa nicht, dann atmete sie tief durch. »Anfangs war es das, ja. Aber ich habe mir immer wieder gesagt, dass er es gut hat bei Marta. Und sieh, was aus ihm geworden ist! Ein attraktiver Mann, der weiß, was er will. Und er hat eine wundervolle Tochter. Sie haben uns alle wieder zusammengeführt.«

Das schien Signora Russo nicht ganz zufriedenzustellen, und ihr Gesicht bekam wieder die mittlerweile gewohnte rote Farbe. »Und Simonetti?«

Noch einmal berührte Elisa das Foto dort, wo Nonna Rosa und sie sich umarmten. »Es ist so lange her. Die negativen Gefühle, die ich für Fredo gehegt habe, sind mit den Jahren verraucht. Aber die Liebe zu meinen Freunden und auch zu Raffaele, die ist noch immer da.« Sie drehte sich um und lächelte, auch wenn ihr eine Träne über die Wange rann. »Das ist das Faszinierende an der Liebe, nicht wahr?«

Signora Russo schüttelte den Kopf und ließ Donatella mit gemurmelten Worten auf den Boden hinunter. »Na komm Mädchen, ich zeig dir die restliche Ausstellung. Eine muss ja aufpassen, dass du hier nicht heulend zusammenbrichst.«

Elisa drückte die Finger ihrer alten Freundin und streckte eine Hand nach Noemi aus.

Es war ein merkwürdiges Gefühl, wie weit sich ein Herz anfühlen konnte, obwohl sich ein Teil des Brustkorbs vor Sehnsucht zusammenzog. Noemi warf einen Blick zur Decke, dachte an das Rotkehlchen von vorher und ließ sich zur nächsten Fotowand ziehen.

Hier sind wir, Nonna, nach all den Jahren, zusammen beim Piacere. Als ob du es mit viel Geduld höchstpersönlich eingefädelt hättest.

Womöglich hatte sie das wirklich.

25

»Ciao, Noemi!« Carlota sprang aus dem Wagen, der direkt vor der Villa hielt, und fiel ihr um den Hals, während Luigi ihr vom Steuer aus zuwinkte und den Motor abstellte. »Wir sehen uns nächstes Jahr auf dem Piacere, oder?«

»Falls es stattfindet auf jeden Fall.«

Auch wenn die Simonettis mit ihrem Pralinenstand selbst vor Ort sein würden, konnte sie sich das nicht entgehen lassen. Schon allein wegen Elisa, aber auch um der Gemeinschaft willen, die ihr in den vergangenen drei Tagen so sehr ans Herz gewachsen war. »Schade, dass ihr schon fahren müsst. Heute Abend wird es sicher noch einmal schön.«

Es war unvorstellbar, dass das Festival beinahe hinter ihnen lag. Wie vorausgesagt waren die Besucherzahlen stetig angestiegen, und durch all die Begegnungen und Gespräche war die Zeit verflogen, als wären die Stunden zusammengeschmolzen. So schnell, dass man kaum sagen konnte, wo die Grenze zwischen Vergangenheit und Gegenwart lag. Aber vielleicht war das auch der ganz eigene Zauber der Villa.

Carlota seufzte und ließ den Blick über das Gelände schweifen. Es war Nachmittag, bisher prangten kaum Lücken in den Reihen der Stände, und noch immer drängten sich die Besucher auf den Wegen, auch wenn viele bei einem kühlen Getränk im Innenhof saßen. »Ja, wir bereuen es auch, aber niemand konnte wissen, dass sich mein Vater das Bein bricht, während er mit meiner Nichte Pirat spielt.«

»Wir müssen daher auch wirklich los«, rief Luigi. »Tut mir echt leid.«

Noemi küsste Carlota auf die Wange und winkte Luigi zu. »Es war so schön, euch kennenzulernen. Hoffentlich bis nächstes Jahr!«

»Auf jeden Fall«, rief Carlota, da Luigi den Motor bereits wieder angeworfen hatte, stieg ein und schlug die Tür hinter sich zu.

Noemi sah ihnen hinterher, bis sie zwischen den Toren der Einfahrt verschwanden. Nur noch wenige Stunden, dann würde das Piacere vorbei sein, und auch wenn sie es bedauerte, war ein Teil von ihr froh darüber. Obwohl das Interesse der Besucher und die positiven Rückmeldungen ihr regelmäßig Energieschübe verpassten, schlich sich allmählich eine leichte Erschöpfung ein.

Kein Wunder. Gestern Abend waren die Lücken im Sortiment stetig größer geworden und Nonna Rosas Mandelträume ausverkauft gewesen – bis auf eine einzige, perfekt geformte Praline, die Noemi gemeinsam mit Tante Elisa unter der Bank im Mandelgarten zurücklassen würde.

Da es einigen anderen ebenso ging, hatten sich Enzo und zwei seiner Freunde am Morgen mit Zutatenlisten auf den Weg gemacht. Leider fand am Sonntag kein Wochenmarkt in der Region statt, aber manche Läden hatten geöffnet. Noemi hatte ungeduldig auf ihre Rückkehr gewartet und erst spät damit beginnen können, ihr reduziertes Sortiment wieder aufzustocken. Zum Glück vertrat Elisa sie zwischenzeitlich am Stand.

So hatte sie vorhin rasch die Toilette in der Villa aufgesucht und die Gelegenheit genutzt, Fabio in ihrem Zimmer einen kurzen Besuch abzustatten. Er hatte die halbe Nacht durchgearbeitet, um den Beitrag zu schneiden und zu rendern, war nun zufrieden mit dem Ergebnis, wartete auf die Freigabe von Linda, um das »Toskana-Spezial« dem Publikum in der weiten Welt zu präsentieren. Ihr Kuss war noch immer Teil der Reportage, und mittlerweile hatte sie sich an den Gedanken gewöhnt, vor allem, weil sie sich einredete, dass ihn kaum jemand sehen würde, der sie kannte.

Es war ihr schwergefallen, sich wieder von Fabio zu lösen. Seit ihrem ersten Kuss musste er sie nur ansehen, um diese Sehnsucht in ihr zu wecken.

Jetzt war er wieder mit seiner Arbeit beschäftigt. Sie lächelte, wenn sie an ihn dachte, betrachtete noch einmal den Innenhof der Villa und machte sich auf den Weg zum Stand, um Elisa nicht allzu lange allein zu lassen. Ihr Blick fiel auf die kleine Besuchertraube dort, und sie lief schneller.

Gelächter wehte ihr entgegen, als sie ihn beinahe erreicht hatte: Elisa teilte einzelne Pralinen mit einem Messer, reichte je eine Hälfte dem Pärchen vor sich und sagte etwas, das beide erneut zum Lachen brachte. Sie war eindeutig in ihrem Element. Seit gestern war sie mit jeder Stunde fröhlicher und lebhafter geworden, während sie ihr langjähriges Pralinenwissen an die Kundschaft brachte und immer wieder für einen Spaziergang mit Marta oder Raffaele verschwand. Wenn Noemi ehrlich war, verkaufte Elisa mit ihrer direkten Art – sie winkte auch mal Menschen zu sich heran – noch mehr als sie selbst. Die beinahe leeren Auslagen waren der beste Beweis dafür. Mittlerweile waren auch die Zitronentrüffel ausverkauft.

»Hey, alles in Ordnung bei dir?«, fragte sie, als sie den Foodtruck betrat.

Elisa hatte das Pärchen verabschiedet und sah zufrieden aus. »Absolut. Diese netten Kunden stammten aus Livorno an der Küste. Ein wundervoller Ort!« Ihr Gesicht bekam etwas Verträumtes. »Ich war als junges Mädchen dort und erinnere mich gut an die Terrazza Mascagni, die Promenade. Da habe ich abends gesessen und das Leben um mich herum beobachtet. Es war immer etwas los. Noemi, wir müssen nach Livorno, und wenn es nur für ein paar Tage ist!« Sie griff nach ihren Händen. »So viele schöne Erinnerungen. Das Paar von vorhin besucht Familie hier in der Gegend und hatte von unseren Mandelpralinen gehört.«

»O nein, ich hoffe, sie sind nicht extra deswegen hergekommen.« Noemi starrte betrübt auf die leeren Silberplatten, die sie bereits nach hinten auf die Ablage gestellt hatte.

»Ah, iwo, natürlich sind sie wegen all dem hierhergekommen. Wegen der Sonne und der Stimmung und überhaupt, dem Treiben unter freiem Himmel! Wenn man alles plant, ist das doch kein Leben. Ich habe sie durchprobieren lassen, und sie haben sich spontan für eine gemischte große Box entschieden. Sogar für fünf, als Mitbringsel für die übrige Familie.«

»Soso.« Noemi grinste. »Wenn man alles plant, ist das kein Leben, hm? Dann ist es doch in Ordnung so, wie ich es mache?«

Elisa drückte ihr einen Kuss auf die Wange. »Du hast alles richtig gemacht, meine Süße.«

»Danke«, flüsterte Noemi. Bisher war ihr nicht bewusst gewesen, dass sie das ausgerechnet von Elisa hatte hören müssen – der Frau, die ihr neben Nonna Rosa am ähnlichsten war. Dann stutzte sie. »Moment. Du hast gerade fünf große Boxen verkauft?« Sie stellte sich auf die Zehenspitzen und spähte auf die traurigen Reste der Pralinen in der Auslage. »Auweia, es ist wirklich kaum noch etwas da.«

Elisa nickte. »Und weißt du, was wir daher nun machen? Wir schließen den Stand der Cioccolateria Simonetti offiziell. Es ist an der Zeit. Die restlichen Pralinen verschenken wir an unsere Freunde.«

Noemi sah das Leben in den Augen ihrer Tante und begriff, dass es die richtige Entscheidung war – und sie damit nicht nur das Piacere für sich abschlossen, sondern so viel mehr.

Das Leben hatte ihnen gezeigt, dass es immer Wege gab, mit denen man zuvor niemals gerechnet hatte. Manchmal tauchten Hindernisse auf, die unüberwindlich schienen, doch es fand sich stets ein Pfad, den man nehmen konnte, auch wenn er zunächst vom ursprünglichen Ziel wegführte.

Denn man konnte nicht alles planen.

Noemi warf einen Blick nach draußen und fasste nach der Stange, um die Blende an der Wagenfront herunterzuklappen. »Du hast recht.«

Die Tische, Stühle und Bänke im Innenhof der Villa drängten sich dicht an dicht. Alle noch hier Anwesenden hatten die Reste ihres Angebots mitgebracht, und Enzo hatte die Kühlschränke der Villa geplündert. Herausgekommen war ein riesiges wundervolles, leicht chaotisches und doch entspanntes

Picknick, an dem auch die letzten Besucher teilnahmen, die sich der Schönheit des Abends nicht entziehen konnten.

Das Piacere war vor wenigen Stunden ausgeklungen, und bereits jetzt stand fest, dass es ein Erfolg gewesen war. Raffaeles und Giadas Hoffnungen hatten sich nicht nur erfüllt, sondern waren übertroffen worden, und zahlreiche Besucher hatten gemeint, dass sie auf eine Wiederholung im kommenden Sommer hofften. Enzo hatte sich schon bereit erklärt, die Villa erneut zur Verfügung zu stellen – er hatte diese drei Tage in vollen Zügen genossen und jedes Mal vor Entzücken eine Hand an seine Brust gelegt, wenn jemand sein Zuhause lobte.

»Der würde das Piacere auch allein durchführen, sollte sich niemand anderer dafür finden«, hatte Camila Russo angemerkt.

Vor wenigen Minuten hatte er an der Seite von Raffaele und Giada eine flammende Rede gehalten, sich bei allen bedankt und das Piacere als Leuchtfeuer der Freude bezeichnet.

Noemi saß neben Elisa an einem der Tische, knabberte Cantuccini und ließ sich von der Stimmung einfangen. Von jedem anderen hätte die Rede kitschig gewirkt, aber zu Enzo passte sie. Die Feuerschalen und Lichterketten, das leise Gelächter und die erschöpften, aber zufriedenen Gesichter sorgten für die passende Atmosphäre. Sie alle hatten gemeinsam etwas Großes auf die Beine gestellt und konnten stolz auf sich sein.

Nachdem sich Enzo verbeugt und an einem der Tische niedergelassen hatte, setzten Gespräche ein, die jetzt zum Abend hin klangen, als hätte man sie mit Samt überzogen.

Giada trat mit Marta aus der Tür und blickte sich um. Noemi winkte, und die beiden hielten auf ihren Tisch zu. Während Marta neben Elisa Platz nahm, zog sich Giada einen Schemel heran. »Danke, dass du uns noch Pralinen vorbeigebracht hast, sonst wäre ich leer ausgegangen. Wann und wo bekomme ich Nachschub?«

Noemi lehnte sich zurück. »Bei den Simonettis natürlich. Sie liefern ja auch, und ich denke, wenn du dich meldest, dann ...«

»Nein, Noemi.« Giada schüttelte den Kopf. »Ich meine, wann bekomme ich Nachschub von dir?«

Sie stutzte. Unschlüssig fuhr sie die Maserung der Tischplatte mit einem Finger nach. »Ich hatte vor, noch eine Weile in Venedig zu bleiben, und vielleicht kann ich ja in der Cioccolateria aushelfen. Aber darüber muss ich natürlich erst mit Matteo Simonetti reden. Vielleicht nicht direkt morgen; da wird er andere Dinge im Kopf haben.«

Die Manganos und Elisa waren übereingekommen, Matteo am nächsten Tag anzurufen. Er sollte erfahren, dass er einen Halbbruder hatte und Alfredo Simonetti einen Sohn, dessen Mutter sich derzeit in Italien aufhielt. Ob und wann er mit seinem Vater darüber redete, falls dessen Gesundheitszustand das überhaupt zuließ, musste er entscheiden.

Giada berührte Noemis Hand. »Alles in Ordnung?«

Sie überlegte. »Ja. Es gibt nur so vieles, womit ich nicht gerechnet habe. Worüber ich nachdenken muss. Bisher habe ich mich auf das Piacere konzentriert, aber jetzt steht die Abreise bevor, und ich weiß noch nicht, was danach sein wird.«

»Du meinst mit Fabio.«

Der Name prickelte auf ihrer Haut. »Ja.«

»Mach dir keine Sorgen.« Giada stupste sie an. »Du magst ihn. Er mag dich. Wenn wir nicht wären, würdet ihr vermutlich auf einem dieser Tische übereinander herfallen. Alles andere wird sich regeln.«

Genau das hatte sich Noemi auch gesagt, wenn sie in den vergangenen Tagen Zeit gefunden hatte, an die Zukunft zu denken. Aber sie wusste jetzt, dass sich für jede ihrer Entscheidungen ein Weg fand. Das mit Fabio war neu und aufregend und so magisch wie das Piacere selbst, und sie hatte noch keine Vorstellung, wohin es führen würde. Aber sie war bereit, sich darauf einzulassen.

Wie auf das Stichwort trat Fabio in den Hof, seine Laptoptasche in den Händen. Er blieb stehen und ließ den Blick über die Menge schweifen. Sein Gesicht erhellte sich, als er Noemi entdeckte, und auch wenn sämtliche Blicke auf ihn gerichtet waren, hob er eine Hand und winkte ihr zu.

Ein Teil der Anwesenden drehte sich zu ihr um, manche grinsten. Noemi winkte unter Giadas Kichern zurück.

Elisa lehnte sich zu Noemi herüber. »Ich verstehe, dass du bei ihm nicht Nein gesagt hast«, flüsterte sie ihr ins Ohr. Obwohl Fabio eindeutig müde war – er hatte in den letzten Tagen quasi vor dem Laptop gelebt –, sah er großartig aus in der dunklen Jeans und dem hellen Hemd.

Enzo trat zu ihm und redete auf ihn ein, während Ray und Fabios Festival-Kumpel Stefano einen riesigen Fernseher nach draußen schleppten und auf dem Tisch vor der Mauer abstellten. Stefano verschwand noch einmal und kam kurz darauf mit einem Verlängerungskabel zurück, während Fabio den Laptop aufbaute.

»Was wird das?«, flüsterte Giada Noemi zu.

»Ich habe keine Ahnung«, flüsterte sie zurück, obwohl ein Teil von ihr es ahnte.

In diesem Augenblick zog Enzo einen Stuhl zu sich heran und stieg darauf. Seine weiten Leinengewänder wallten und verwandelten ihn vorübergehend in eine Sagengestalt. »Meine lieben Freunde!« Seine Stimme übertönte mühelos die Gespräche. Innerhalb weniger Atemzüge war es bis auf den Gesang der Zikaden mucksmäuschenstill. »Bis gerade habe ich gedacht, dass ich bereits alles zum Erfolg unseres großartigen Festivals gesagt habe. Aber ich habe mich geirrt. Denn heutzutage ist mit der Vernetzung und der Technik so viel möglich, und daher können wir bereits jetzt, kaum dass wir den Großteil unserer Gäste verabschiedet haben, auf das diesjährige Piacere zurückblicken!« Er vollführte eine schwungvolle Geste, sprang vom Stuhl und deutete auf Fabio.

Elisa und Marta hielten den Atem an und beugten sich vor, als der Bildschirm hell wurde. Er zeigte eine YouTube-Seite. Auf dem Header war eine wunderschöne grüne Landschaft vor türkisblauem Meer zu sehen, wo einzelne Segelboote trieben. Darauf prangte der Name des Kanals: *Taste of Europe*.

Noemi setzte sich kerzengerade hin. War der Beitrag etwa schon online? Ja, da war er, in der obersten Reihe der Videos stand er an erster Stelle: *Piacere – das kulinarische Revival im Herzen der Toskana*.

Fabio, im Gegensatz zu Enzo kein Mann vieler Worte, startete es und lehnte sich an die Wand. Applaus kam auf, als die ersten Bilder der Villa und des Festivalgeländes zu sehen waren. Fabio hatte Teile des Aufbaus im Zeitraffer dargestellt. Wann hatte er das alles gefilmt? Noemi war so sehr damit beschäftigt gewesen, das Piacere von damals hinter dem von heute zu finden, dass sie es nicht mitbekommen hatte. Gebannt sah sie zu, als Fabio durch den Garten der Villa schlenderte, das Haus aus mehreren Winkeln zeigte, Momentaufnahmen vorstellte und hier und dort mit Ständebetreibern redete. Carlota und Luigi Gozzi kamen ebenso zu Wort wie die Carducci-Cousinen Grazia und Chiara sowie Ray und Vicky Ford, die mehrmals betonten, extra aus Michigan angereist zu sein. Und dann war es da: das Schild der Cioccolateria Simonetti und Noemis Stand. Giada stieß sie so begeistert an, dass sie schwankte und sich an Elisa festhalten musste.

Was sie vermutlich ohnehin getan hätte.

Sie alle sahen zu, wie Linda Giles das Gelände betrat – eindeutig gestellt, denn Noemi wusste genau, wie die TV-Köchin wirklich eingetroffen war –, sich umblickte, für alles und jeden einen freundlichen Blick übrighatte und schließlich an ihren Stand trat.

Ihr Herz hüpfte vor Aufregung. Da waren ihre Pralinen, da war sie … und die Zange mit dem Rosenmuster in Großaufnahme. Zum Glück hatte Enzo ihnen vorab erlaubt, die Gerätschaften aus den Küchen zu benutzen, sonst wäre das nun äußerst peinlich geworden. »Du besitzt übrigens die gleiche Zange«, flüsterte sie Elisa zu.

Die machte ein höchst unschuldiges Gesicht. »Stimmt. Jetzt, wo du es sagst … welch ein Zufall, nicht wahr?«

Beide grinsten sich an und konzentrierten sich wieder auf den Beitrag. Es gab Sequenzen, in denen Fabio und Linda über Kulinarisches und die Region fachsimpelten oder Fabio allein moderierte. Er machte seine Sache gut. Die anderen schienen ebenso zu denken – immer wieder applaudierte das Publikum im Innenhof, oder jemand rief etwas und brachte die gesellige Runde zum Lachen. Stefano war aufgestanden und schlug Fabio auf die Schulter, und Enzo Pitiani sah nahezu verträumt aus. Als Noemi auf die Uhr blickte, stellte sie erstaunt fest, wie schnell eine halbe Stunde vergangen war.

Die nächste Sequenz kam ihr bekannt vor, und hastig stand sie auf.

Er hat es wirklich drin gelassen.

So viel zu der Hoffnung, dass es niemand sehen würde, der sie kannte. Noemi stellte sich auf die Zehenspitzen und versuchte, Fabios Aufmerksamkeit zu erlangen, doch er redete noch immer mit Stefano – und vermutlich wusste er auch genau, warum er jetzt nicht in ihre Richtung sah. Hastig überlegte sie, ob sie es noch schaffen würde, sich zu ihm durchzudrängeln und ihn zu bitten, die Vorführung zu beenden. Vielleicht könnte er sich damit herausreden, dass er nur einen Vorgeschmack zeigen wollte, und vielleicht würden die meisten das Video einfach vergessen, bis sie zu Hause waren. Aber es war bereits zu spät.

»Und hier auf dem Piacere erhält man den Beweis dafür, dass Liebe auch durch den Magen geht«, sagte Linda und schenkte der Kamera einen amüsierten Blick, während sich Fabio und Noemi im Hintergrund leidenschaftlich küssten.

Es fühlte sich an, als würde die Zeit stolpern und ihr einen längeren Blick als sonst auf diese eine Szene geben, die sich mit voller Macht in Noemis Herz brannte. Sie musterte Fabios Gesicht auf der Leinwand – die geschlossenen Augen, die entspannten Züge und die Tatsache, dass er trotz allem ausstrahlte, mehr zu wollen. Dass er sich nur zurückhielt, weil er wusste, dass andere in der Nähe waren und jemand womöglich eine Kamera auf sie richtete.

Fast spürte sie wieder seine Hände, die mit jeder noch so winzigen Bewegung dafür sorgten, dass sie ihm noch näher sein wollte. Sie musste sich zurückhalten, um nicht ihre Lippen zu berühren, da sie plötzlich kribbelten.

Die ersten Köpfe wandten sich zu ihr um – und dann stand ausgerechnet Marta Mangano auf und klatschte so begeistert in die Hände, wie Noemi sie noch nie erlebt hatte. Ihr liebes runzeliges Gesicht strahlte vor Begeisterung. »Bravo, bravo! Una bella coppia!«

Ihre Stimme schlug ein wie ein Feuerwerk. In der nächsten Sekunde standen die Leute auf, fielen in den Applaus ein und drehten sich abwechselnd zu ihr und zu Fabio um. Pfiffe und Stimmen wurden laut, einige winkten ihr zu, und Grazia Carducci rief, dass sie sich die beste Partie des gesamten Piacere geangelt habe.

Noemi stand wie erstarrt und überlegte, ob sie sich hinter Giada oder Tante Elisa verstecken sollte, merkte dann aber, dass sie dort keinen Rückhalt finden würde. Giada hatte sich natürlich von der Begeisterung anstecken lassen, und Elisa strich Noemi breit grinsend über die Wange.

»Gut gemacht, Emi. Rosa wäre stolz auf dich.«

Noemi starrte sie an und lächelte in die Runde, weil es das

Einzige war, was ihr übrig blieb. »Vielleicht hätte sie auch eine Idee, wie ich schnell hier verschwinden kann?«

Jemand tippte ihr von hinten auf die Schulter. Widerwillig drehte sie sich um, bereit für einen lockeren Spruch oder weitere Glückwünsche – und sah in Fabios Augen. Eine tiefe Freude lag darin, die jedes Wort überflüssig machte und alles andere in den Hintergrund drängte: den Applaus, die Rufe und selbst Giadas begeistertes Winken.

Fabio strich ihr eine Haarsträhne hinters Ohr und zögerte, als wollte er sie um Erlaubnis bitten.

Noemi schlang ihm beide Arme um den Hals, lachte und hob das Gesicht. Sie war sicher, dass sie Mandelblüten vom Himmel fallen sehen würde.

Danke, Nonna. Für alles.

Epilog

»Scusa, Noemi! Der Elektriker hat viel länger gebraucht als gedacht!«

Mariana stürmte in die Cioccolateria, riss in ihrer Eile beinahe eine Schüssel vom Tisch, fing sie im letzten Augenblick auf und drehte sich damit einmal im Kreis.

Noemi hob eine Augenbraue. »Dafür hast du aber verdammt gute Laune. War der Handwerker nett?«

Mariana strahlte. »Ja, und so sexy! Ich musste ihm einen Espresso anbieten, das macht man hier so.«

»Natürlich.« Noemi nickte und band sich die Schürze ab. »Und dabei länger mit ihm plaudern, alles andere wäre unhöflich gewesen. Ansonsten wärst du natürlich pünktlich gewesen.«

»Ha, du verstehst mich«, sagte Mariana und nahm die Schürze entgegen. »War denn viel los?«

»Nein, nicht wirklich. Vermutlich genießen alle das schöne Wetter und kommen erst am Abend vorbei. Ich hatte zwischendurch sogar Zeit, um ein Pralinenpäckchen für meine Eltern und für meine Freundin Anja zu packen.«

Beide sahen nach draußen, wo in der Gasse nur wenige Menschen unterwegs waren. Der April meinte es gut mit ihnen und hielt die Temperaturen seit über einer Woche über der Zwanzig-Grad-Marke. In kürzester Zeit war Venedig nach einem Winter voller Grau und Regen, aber auch zauberhaften Tagen mit eisklarer Luft, zum Leben erwacht. Auf den Kanälen waren die Boote unterwegs und mittlerweile auch Gondeln, denn die Touristen waren wie erwartet mit der Sonne gekommen. Sie schlenderten mit verklärten Gesichtern durch die Stadt, die noch immer einen Hauch der Wintermagie verströmte, aber vor allem mit dem Frühling lockte, der die ersten Blumen auf den Balkonen blühen ließ und die Gäste der Lokale auf die Straßen trieb, um sich an kleinen Tischen oder stehend an den Mauern der Kanäle zuzuprosten.

Noemi streckte sich. »Und ich habe in der Küche für Nachschub gesorgt.«

»Auch Mandelpralinen?« Mariana beugte sich vor und nickte zufrieden, als sie den gefüllten Teller in der Auslage entdeckte. »Ah, du warst fleißig, gut. Seit dem Piacere fragt fast jeder danach.«

Es stimmte. Nonna Rosas Mandelträume waren zu Stars der Cioccolateria Simonetti avanciert – und hatten womöglich Matteos Entscheidung beeinflusst, Noemi einzustellen. Wobei Mariana fest davon überzeugt war, dass es auch mit einer Dame namens Isabella zu tun hatte, die ihm vor einigen Wochen begegnet war und mit der er mehr und mehr Zeit verbrachte. Zufälligerweise arbeitete sie im Teatro la Fenice und kannte Signora Dalla, Leas mittlerweile ehemalige Nachbarin, die ihr so oft die Nerven geraubt hatte.

Nach ihrer Rückkehr aus San Gimignano im vergangenen Jahr hatte Noemi Matteo zunächst mit Elisa und seinem Halbbruder Raffaele zusammengebracht. Die ersten Gespräche waren laut Elisa verhalten verlaufen, doch sie war eine Weile in der Stadt geblieben, und nach und nach hatte sich Matteo an die neuen Verhältnisse gewöhnt und sich schließlich über den Zuwachs in der Familie gefreut.

Lediglich seinen Vater wollte er nicht mit den Entwicklungen konfrontieren. Es lag auf der Hand, dass sich Alfredo Simonetti niemals wieder ganz erholen würde, und auch Elisa war damit einverstanden, ihn nicht wiederzusehen. Es wäre eine Begegnung gewesen, die viel Trauer und dunkle Gefühle hätte zurückbringen können, und von denen hatte sie in all den Jahren genug gehabt. Nach einigen Wochen in Venedig war sie wieder nach Matraia gereist, wohnte bei den Manganos und verbrachte ihre Tage mit langen Spaziergängen an Martas Seite, der Elisas Gegenwart noch immer sehr half, sich nicht so oft in ihrem Kopf zu verlieren.

Noemi dagegen war in Venedig geblieben. Matteo Simonetti war vom Erfolg auf dem Piacere und vor allem von den Reaktionen auf Fabios Beitrag nahezu überrollt worden. Auf einmal bestellten Menschen aus ganz Europa bei ihm, und er bekam Anfragen für die Teilnahme an weiteren Festivals. Da Alfredo nie wieder ins Geschäft zurückkehren würde und er sich weiterhin um ihn kümmern wollte, hatte er Noemi spontan eine Stelle angeboten – die sie ebenso spontan angenommen hatte. Gemeinsam kümmerten sie sich um die Herstellung der Pralinen. Darüber hinaus war sie für die Onlinebestellungen zuständig und repräsentierte die Simonettis auf Festivals und Stadtfesten. Niemals hätte sie sich vorgestellt, dass ihr beruflicher Weg in Venedig enden würde – zumindest vorläufig, denn man wusste schließlich nie, was die Zukunft bereithielt. Aber die Abwechslung zwischen der Küche der Cioccolateria, in der sie sich mittlerweile ganz zu Hause fühlte, und dem Besuch von Veranstaltungen an wechselnden Orten war genau das Richtige. Damit hatte Noemi eine Basis, zu der sie immer wieder zurückkam. Etwas Besseres hätte sie sich nicht erträumen können.

Anfangs war sie zwischen Deutschland und Venedig hin- und hergependelt, um Dinge zu regeln und eine Wohnung zu finden, während sie bei Lea und Enrico wohnte. Doch seit Anfang des Jahres war alles an seinen Platz gerückt, und allmählich fühlte sie sich heimisch in ihren eigenen vier Wänden.

Noemi sah auf die Uhr. »Gut, dann laufe ich mal los. Morgen bin ich noch mal hier, um die Trüffel aufzustocken und mit Matteo die Planung durchzugehen.« Anschließend würde sie sich auf den Weg zum Schokoladenfest nach Padua machen – in Begleitung von Elisa, Marta und Giada, worauf sie sich bereits jetzt freute.

Schnell huschte sie unter dem roten Vorhang hindurch, holte ihre Handtasche und winkte Mariana zum Abschied. »Bis morgen!«

Eine Viertelstunde später öffnete sie die Haustür und stieg die Treppe zu ihrer Wohnung im zweiten Stock empor. Der Flur war vor Kurzem frisch gestrichen und mit gerahmten Schnappschüssen bestückt worden, die der Eigentümer selbst gemacht hatte. Sie waren nicht besonders gut und ließen die Faszination der Bauwerke Venedigs eher geringer erscheinen, aber er war sehr stolz darauf, also hatte die Hausgemeinschaft entschieden, sämtliche Augen zuzudrücken.

Die Treppen hoben sich von den hellen Wänden ab, da

sie alt waren und in der Mitte durchhingen, aber sie sollten auch noch erneuert werden, und wenn Noemi ehrlich war, mochte sie diese Mischung, die einen Teil des Charmes der Stadt ausmachte.

Als sie die Tür aufschloss, lief das Radio, irgendein italienischer Popsong. Dazu hämmerte und schabte etwas im Wohnzimmer. Sie hängte ihre Tasche auf, ließ aber die Schuhe an, da der Boden mit Tapetenfetzen übersät war. Sie blieb im Türrahmen stehen, verschränkte die Arme vor der Brust und betrachtete amüsiert das Bild, das sich ihr bot: Fabio stand auf einer Leiter und versuchte, mit einem Spachtel die letzten Tapetenreste von den hohen Wänden zu kratzen. Schultern und Kopf waren mit weißen Stücken und winzigen Schnipseln bedeckt. Noemis Blick wanderte zu dem Streifen gebräunter Haut an seinem Bauch, den das alte T-Shirt immer dann freiließ, wenn er die Arme hob.

»Weißt du, dass du so energisch die Tapete ablöst, dass sie sich bereits bis in die Diele verteilt hat?«

»Hey! Ich dachte, du kommst später.« Er stieg von der Leiter, trat zu ihr und zog sie in seine Arme.

Noemi wehrte sich nur halbherzig. Für Fabios Umarmungen würde sie jederzeit mehr in Kauf nehmen als etwas Renovierungsstaub auf Haut und Klamotten. Sie lachte, als er den Kopf schüttelte und dadurch eine dünne Wolke aus weißen Partikeln auslöste, ehe er sie in die Luft hob und küsste. Sie schloss die Augen und vergaß für wenige Momente die Welt um sich herum, ehe er sie wieder auf dem Boden abstellte. »Du warst fleißig«, sagte sie, nachdem sie sich umgesehen hatte.

Sie hatten entschieden, alles Schritt für Schritt zu renovieren und mit dem Schlafzimmer anzufangen, da Fabio zu Recht angemerkt hatte, er würde sich dort mit ihr am häufigsten aufhalten. Jetzt waren noch das Wohn- und das Arbeitszimmer übrig, und Noemi liebte ihre gemeinsame Wohnung schon jetzt. Sie war nicht sehr groß, lag aber im Zentrum von Venedig und besaß einen kleinen Balkon, den sie im vergangenen Jahr bereits von außen hatte bewundern können. Damals hätte sie nie damit gerechnet, hier eines Tages zu wohnen. Signora Dalla, deren Gesang Noemi so beeindruckt hatte, war nur wenige Wochen nach ihrer Rückkehr wegen eines festen Engagements am Teatro di San Carlo in Neapel ausgezogen. Lea hatte kaum verbergen können, wie sehr sie sich darüber freute. »Viel länger hätte ich ihre Übungsarien nicht mehr ertragen.« Sie war drauf und dran gewesen, den Hausbesitzer abzufangen, um ihm klarzumachen, was sie von ihren neuen Nachbarn erwartete, und Enrico hatte sie nur mit Mühe davon abhalten können. Umso mehr hatte sie sich gefreut, dass Noemi und Fabio die Zusage für die Wohnung bekommen hatten.

Noemi schmiegte sich an Fabio und lauschte seinem Herzschlag.

Er zupfte etwas aus ihrem Haar und schnipste es weg. Ein winziger Papierfetzen segelte zu Boden. »Alles gut in der Cioccolateria?«

»Ja. Morgen rede ich noch einmal mit Matteo, übermorgen geht es nach Padua.« Sie hob den Kopf und betrachtete ihn. »Und vorher erwarten wir ja noch einen Gast. Es ist ganz schön viel los.«

Fabio nickte gedankenverloren. Sie sah ihm an, dass schon die Erwähnung ihn leicht nervös machte, und drückte seinen Arm, um ihn daran zu erinnern, dass er nicht allein war.

Seine Mutter hatte sich bei ihm gemeldet, während sie sich auf dem Weg nach Matraia befanden, um den Foodtruck wieder gegen Fabios weißen Fiat zu tauschen – zunächst mit einer Textnachricht, in der sie fragte, ob er Zeit hätte, um zu telefonieren. Noemi hatte es als ideale Möglichkeit für einen Zwischenstopp betrachtet und die Landschaft der Toskana genossen, während Fabio mit seiner Mutter redete. Im Anschluss hatte er sich neben sie gestellt, in die Ferne geblickt und lange geschwiegen. Es war ungewohnt für ihn, dass Giuliana Serra nach all den Jahren wieder Teil seines Lebens sein wollte, und noch wusste er nicht, was er davon halten sollte. Ob ein ehrlicher Wunsch dahintersteckte oder der Stolz, dass ihr Sohn es in seiner Welt ebenso geschafft hatte wie sie in ihrer? Aber auch das würde er herausfinden, und Noemi würde ihm beistehen, wann immer es nötig war. Zunächst war nur ein kurzer Besuch geplant, denn Fabio ließ sich nicht davon abbringen, sie auf das Schokoladenfest in Padua zu begleiten.

»Ich freue mich so, dass du mitkommst«, sagte sie. »Schließlich musst du direkt im Anschluss nach England.«

Er hauchte einen Kuss auf ihre Nase. »Wenn Linda mir einen Kontakt vermittelt, dann salutiere ich und springe ins Flugzeug.«

Das *Taste of Europe* hatte seit dem Piacere zahlreiche neue Abonnenten gewonnen – und Linda Giles war im Nachhinein so begeistert gewesen, dass sie Fabio mit einigen Bekannten aus dem Business zusammenbrachte und sogar hin und wieder Pralinen in der Cioccolateria orderte.

Noemi nickte todernst. »Verstehe. Linda ist also meine Konkurrenz.«

»Nicht, solange du bessere Pralinen machst, Signorina Caos.«

Beide blickten zur Seite, als in der Wohnung gegenüber die Balkontür geöffnet wurde.

»Oha«, sagte Noemi, als Lea den Kopf nach draußen streckte, sich aber sofort wieder zurückzog. »Ich wusste nicht, dass sie heute im Homeoffice arbeitet.« Sie schielte zum Radio. »Sollen wir sie so begrüßen, wie es sich für die Nachfolger der Vormieterin gehört?« Ehe er antworten konnte, hatte sie sich das Radio geschnappt und suchte, bis sie das Klassikprogramm fand.

Noemi ging zur Balkontür, öffnete sie und betrachtete die Straße unter sich. Noch immer konnte sie kaum glauben, dass dies ihr neues Zuhause war und ihre beste Freundin direkt gegenüber wohnte. Oder dass sie mit dem Mann zusammengezogen war, den sie hier kennengelernt hatte und ohne den sie sich ihr Leben nicht mehr vorstellen konnte. Selbst Elisa ließ sich regelmäßig blicken, und Noemis Eltern hatten sich für den kommenden Monat angekündigt.

Bei ihrer Ankunft in Venedig war ihre Zukunft völlig ungewiss gewesen, doch nur knapp ein Jahr später hatte sie ihren Platz gefunden.

Auch wenn sie für Fabio immer Signorina Caos bleiben würde.

Noemi blickte über die Schulter, sah, wie Fabio sie mit

amüsiertem Kopfschütteln betrachtete, und zog den Regler am Radio bis zum Anschlag. Einen Atemzug später erscholl die Arie der Violetta aus dem ersten Akt von *La Traviata* und füllte die gesamte Gasse aus.

Es dauerte nicht lange, bis sich etwas in der Wohnung gegenüber bewegte. Jemand brüllte, auch wenn die Worte es nicht schafften, die Musik zu übertönen. Einen Atemzug später trat Lea auf den Balkon und schüttelte eine Faust in Noemis Richtung.

Die winkte, hatte ein Einsehen und drehte die Lautstärke wieder runter. »Bitte was?«

»Ich sagte«, rief Lea, »dass ihr eure Hintern hier herüberschwingen sollt. Ich habe gekocht!«

Fabio trat neben Noemi, nahm ihr das Radio aus der Hand und streckte einen erhobenen Daumen in Leas Richtung. »Wir sind gleich da!« Er ließ den Apparat achtlos fallen, packte Noemi und hob sie auf seine Arme.

Sie kicherte und hielt sich fest, während sie beobachtete, wie Lea den Kopf schüttelte.

Dabei lag ein Lächeln auf ihren Lippen.

Noemis Pralinenrezepte aus der Toskana

Nonna Rosas Mandelträume

Es werden Pralinenformen benötigt.

Für ca. 40 Pralinen

200 g ganze Mandeln (geschält)
50 g Zucker
30 g Mandelnugat
2 EL Wasser
Etwas Öl
Schalenabrieb von zwei unbehandelten Orangen
400 g Vollmilchkuvertüre

Den Zucker im Wasser erhitzen und auflösen, anschließend so lange rühren, bis der Zucker eine goldbraune Farbe angenommen hat, und die Mandeln darin karamellisieren. Einen Schuss Öl hinzugeben, noch einmal durchrühren und die Mandeln auf einem Blech abkühlen lassen.

Einen Teil der Mandeln für die spätere Verzierung beiseitelegen. Den Rest fein mahlen. Den Mandelnugat mit 100 g der Kuvertüre bei niedriger Hitze im Wasserbad schmelzen, anschließend die gemahlenen Mandeln und die abgeriebene Orangenschale unterrühren. Die Masse in die Pralinenformen füllen, abdecken und mehrere Stunden aushärten lassen.

Die übrige Kuvertüre bei niedriger Hitze im Wasserbad schmelzen. Die Pralinen aus den Formen lösen, vorsichtig mit der Kuvertüre überziehen, mit je einer Mandel verzieren und fest werden lassen.

Honigtrüffel

Es werden Pralinenhohlkugeln benötigt.

1 Packung Pralinenhohlkugeln Vollmilch (ca. 50 Stück)
150 g Vollmilchkuvertüre
100 g Sahne
150 g weiße Kuvertüre
60 g dunkler flüssiger Honig
20 g Butter
½ Päckchen Vanillezucker

Die Sahne in einem Topf zum Kochen bringen. Anschließend die weiße sowie 100 g Vollmilchkuvertüre darin schmelzen.

In einem anderen Topf vorsichtig die Butter erwärmen und mit dem Honig sowie dem Vanillezucker verrühren.

Die Buttermischung in die Schokoladenmischung einrühren und etwas abkühlen lassen (wer ein Küchenthermometer zur Hand hat: auf 28 Grad!).

Die Masse in einen Spritzbeutel geben, in die Hohlkugeln füllen und ruhen lassen, bis die Masse fest ist.

Zum Schluss die restliche Vollmilchkuvertüre im Wasserbad schmelzen und die Kugeln damit verschließen. Fest werden lassen.

Zitronentrüffel

Für ca. 35 Pralinen

400 g weiße Kuvertüre
2 oder 3 Bio-Zitronen (je nach Größe)
80 g Butter
250 g Puderzucker (fein gesiebt)
Etwas Thymian (wenn möglich frisch)

Die Zitronen auspressen und etwas Schale abreiben. Saft und Schalenabrieb zusammen mit dem Thymian in einem Topf erhitzen, kurz durchziehen lassen und absieben.

200 g Kuvertüre klein hacken, zum Zitronensaft geben, darin schmelzen lassen und alles gut verrühren. Anschließend abgedeckt mehrere Stunden kühl stellen.

Die Butter mit einem Handrührgerät schaumig schlagen. Ebenfalls die gekühlte Schokoladenmasse, die dann nach und nach unter die Butter gerührt wird.

Die Pralinenmasse mit einem Spritzbeutel auf ein mit Backpapier ausgelegtes Blech tupfen und erneut fest werden lassen.

Die restliche Kuvertüre im Wasserbad schmelzen und die Pralinen damit überziehen. Kurz antrocknen lassen, dann mit dem Puderzucker bestäuben.

Blaubeertrüffel

Für ca. 35 Pralinen

400 g weiße Kuvertüre
100 g Blaubeeren (Tiefkühltruhe)
80 g Butter
200 g Puderzucker
½ Päckchen Vanillezucker
1 Prise Zimt

Die Früchte antauen lassen und pürieren. In einem Topf mit dem Vanillezucker und dem Zimt erhitzen.

200 g Kuvertüre im Wasserbad schmelzen und mit der Beerenmischung verrühren. Die Masse abgedeckt mehrere Stunden kühl stellen.

Die Butter mit einem Handrührgerät schaumig schlagen. Ebenfalls die gekühlte Schokoladenmasse, die dann nach und nach unter die Butter gerührt wird.

Die Pralinenmasse mit einem Spritzbeutel auf ein mit Backpapier versehenes Blech geben und erneut fest werden lassen.

Die restliche Kuvertüre schmelzen und die Pralinen damit überziehen. Kurz antrocknen lassen, dann mit dem Puderzucker bestäuben.

Tartufo al cioccolato

Für ca. 35 Pralinen

150 g Haselnüsse (ganze Kerne)
100 g Sahne
60 g Puderzucker
250 g Zartbitterschokolade
100 g Vollmilchschokolade
80 g Butter
40 g Kaffeelikör

Den Backofen auf 170 ° C (Ober-/Unterhitze) vorheizen und die Nüsse auf einem Backblech darin 10–15 Minuten rösten. Anschließend sofort vom Blech nehmen, damit sie nicht im Nachhinein auf dem heißen Metall noch anbrennen. Größere Hautstücke ablösen und die Nusskerne grob hacken.

Die Sahne mit dem Puderzucker aufkochen lassen. Die Schokoladen klein hacken, mitsamt der Butter in die Sahne-Zucker-Mischung einrühren und schmelzen. Anschließend etwas abkühlen lassen und den Likör sowie die gehackten Haselnüsse einrühren.

Eine kleine Form (ca. 15 x 20 cm) mit Backpapier auskleiden. Die Masse einfüllen, abdecken und fünf Stunden kalt stellen. Die ausgehärtete Trüffelmasse in Würfel schneiden.

Gianduja

Für ca. 50 Pralinen

300 g Vollmilchkuvertüre
150 g Mandeln
150 g Haselnüsse
150 g Puderzucker

Den Backofen auf 170 °C (Ober-/Unterhitze) vorheizen und Mandeln sowie Nüsse auf einem Backblech darin 10–15 Minuten rösten. Anschließend sofort vom Blech nehmen, damit sie nicht im Nachhinein auf dem heißen Metall noch anbrennen. Größere Hautstücke ablösen und die Mandeln bzw. Nusskerne abkühlen lassen.

Mandeln und Nüsse mahlen und mit dem Puderzucker vermischen.

Die Kuvertüre im Wasserbad schmelzen und unter die Nusspaste rühren.

Eine Form mit Backpapier auskleiden. Die Masse einfüllen, abdecken, völlig auskühlen lassen und zum Schluss in Würfel schneiden.